DANIELA
OHMS

Winterhonig

ROMAN

Besuchen Sie uns im Internet:
www.knaur.de

Originalausgabe April 2016
© 2016 Knaur Verlag
Ein Imprint der Verlagsgruppe
Droemer Knaur GmbH & Co. KG, München
Alle Rechte vorbehalten. Das Werk darf – auch teilweise –
nur mit Genehmigung des Verlags wiedergegeben werden.
Covergestaltung: ZERO Werbeagentur, München
Coverabbildung: Gettyimages / masahiro Makino; FinePic®, München
Satz: Adobe InDesign im Verlag
Druck und Bindung: CPI books GmbH, Leck
ISBN 978-3-426-65397-5

2 4 5 3 1

*Für meine Oma
Die sich dieses Buch schon lange gewünscht hat.
Vielen Dank, dass du mir deine »Erinnerungen« anvertraut hast –
auch wenn ich mir die Freiheit genommen habe,
sie ein bisschen zu verändern und zu ergänzen.*

PROLOG

Niemals würde Mathilda den Geruch von weißen Nelken vergessen. Sie hatte den Tod in vielerlei Gestalt gesehen. Vor allem später, im Krieg, war er überall gewesen. Nicht weit von ihrer Haustür entfernt hatte er begonnen, sein Unwesen zu treiben. In Plakaten und Worten hatte er sich angekündigt, mit Steinen und Fackeln war er unschuldigen Menschen entgegengeflogen, hatte sich in ihren Augen gespiegelt und über ihre Schreie gespottet. In seiner Grausamkeit hatte der Tod immer weitere Formen gefunden, während er mit tausenden Soldaten in den Osten gezogen war. Jeder Mann, ob er wollte oder nicht, hatte in seinem Namen gekämpft – auch Mathildas Brüder und die Liebe ihres Lebens hatte er mit sich in den Krieg genommen.

Selbst zu Hause, dort, wo es noch scheinbar friedlich gewesen war, hatte der Tod keine Gelegenheit ausgelassen, um seine Intrigen zu spinnen. Ganz gleich, ob er Krankheiten aussandte oder mit den Bomben von Himmel regnete oder die Menschen dazu brachte, ein Todesurteil zu fällen – in all diesen Momenten schien es ihm gleichgültig zu sein, ob es Frauen, Kinder oder Babys waren, die er aus ihrem Leben riss. Und ebenso unbekümmert schien er über die Menschen zu denken, denen er alles genommen hatte, was sie liebten.

Nicht ein einziges Mal hatte Mathilda erlebt, dass der Tod gerecht gewesen wäre.

Doch über all diesen Erinnerungen hing der Geruch von Nelken wie der Atemhauch, der das Sterben begleitete. Unweigerlich folgten ihre Gedanken dieser Spur, wann immer sie dem Duft begegnete. Und dann tauchte es auf, arbeitete sich aus dem Nebel der Vergangenheit empor und lag wieder direkt vor ihr: Das Gesicht ihrer Mutter, das Gesicht einer Puppe, so leblos und bleich wie in Form gegossenes Wachs. Für einen Atemzug verharrte das Gesicht vor ihren Augen, losgelöst von allem anderen. Ihre Mutter war so nah. Mathilda bräuchte nur die Hand auszustrecken, um sie zu berühren.

Spätestens mit diesem Gedanken folgten die restlichen Bilder. Sie stand wieder in der winzigen Schlafstube, umgeben von ihren älteren Geschwistern und eingehüllt in den Duft der Nelken, mit denen die Haare und das Bett ihrer Mutter geschmückt waren.

An jenem Tag, irgendwann im Sommer 1930, war Mathilda dem Tod zum ersten Mal begegnet. Sechs Jahre war sie alt gewesen, kaum groß genug, um von oben auf das Bett zu schauen, auf dem ihre Mutter aufgebahrt lag. Damit sie etwas sehen konnte, hatten ihre Schwestern sie nach vorne geschoben. Und nun stand sie da, gefangen zwischen schwarzen Kleidern und schweigenden Blicken, ganz dicht über diesem Gesicht, das bis gestern noch lebendig gewesen war.

Tot ... Das Wort schwebte um sie herum in dem winzigen Zimmer, vermischte sich mit dem Geruch der Nelken und trieb zwischen den Gedanken ihrer Familie umher, ohne auch nur einmal ausgesprochen zu werden. Dennoch hatte Mathilda es oft genug gehört. Wie ein Gespenst war es zwischen ihren älteren Schwestern hin und her gehuscht und stets verschwunden, wann immer sie genauer zugehört hatte. Den ganzen Tag lang hatte Mathilda versucht, die Stimmung und die geflüsterten Worte zu begreifen. Aber erst jetzt sickerte die Bedeutung aus dem leblosen Gesicht ihrer Mutter.

Tot ... erstarrt ... verlassen ...

Mathilda stand zwischen ihren sieben Schwestern und ihren beiden Brüdern. Ihr Vater kniete neben dem Bett auf dem Boden, und die langen Finger ihrer Oma streiften wie ein zarter Vogel über ihre Schulter. Dennoch spürte Mathilda, dass sie von nun an allein war. Es war nur eine vage Ahnung, doch in der schwerfälligen Art, mit der ihr Atem ein- und ausströmte und in ihrer Kehle brannte, konnte sie es bereits fühlen. Zusammen mit dem Geist ihrer Mutter schien auch alle Wärme verschwunden zu sein.

Mathilda konnte die Gegenwart der Toten nicht länger ertragen. Ihr Blick wandte sich ab, suchte etwas, woran sie Trost finden konnte. Aber sie entdeckte nur die Hände ihres Vaters, die sich zitternd um den

Rosenkranz klammerten. Mathilda kannte seine Hände allzu gut. Sie waren groß und rauh, sie konnten den schweren Pflug lenken und riesige Zentnersäcke über die Schultern wuchten, sie konnten als wütende Faust auf den Tisch schlagen oder ihren kindlichen Ungehorsam mit einem einzigen Streich zum Schweigen bringen. Doch so hilflos wie jetzt hatte Mathilda sie noch nie gesehen.

Vielleicht war es dieses zittrige Bild von seinen Händen, aus dem zum ersten Mal die Angst hervorkroch. Nichts konnte Mathilda halten, und niemand würde sie je wieder trösten, wenn ihre Mutter fort war und selbst die Hände ihres Vaters von aller Kraft verlassen waren.

Mathilda schloss die Augen. Aber der Duft der Nelken strömte umso schwerer in ihre Lunge. Und schlagartig war das Gesicht ihrer Mutter wieder da, lebendig dieses Mal. Dennoch schwebte nur ein schwaches Lächeln auf ihrem Mund. Ihre Haare lagen zerzaust auf dem Kissen, und in jeden Atemzug mischte sich ein verhaltenes Stöhnen.

Die Krankheit hatte sie von innen aufgefressen, langsam und schleichend. Auch diese Worte hatte Mathilda von ihren Schwestern gehört, und ihr Zeitgefühl verlor sich in den Wochen und Monaten, die sie neben dem Bett ihrer Mutter gesessen hatte. Die Schwestern hatten ihr einen Wedel in die Hand gedrückt, mit dem sie die Fliegen verscheuchen sollte, solange ihre Mutter schlief. Jedes Mal, wenn sie aufwachte, musste Mathilda ihr etwas zu trinken geben. Dann lächelte die Mutter ihr zu und flüsterte tröstende Worte. Mathilda konnte ihre Liebe spüren, so sanft und ehrlich wie das schwache Streicheln ihrer Hand auf den Haaren.

Manchmal, wenn das Wetter schön gewesen war, hatten die Schwestern ihre Mutter nach draußen gebracht und sie neben dem Holunderbusch auf eine Bank gesetzt. Dort hatte Mathilda dann vor ihr im Gras gesessen und mit einem leisen Singen gespielt. Die Mutter hatte ihr zugesehen, bis sie im Schein der Sonne zusammengesackt und eingeschlafen war.

Aber auch diese Tage waren immer seltener geworden, bis ihre Mutter endgültig zu schwach gewesen war. In den Wochen darauf hatte Mathilda beobachtet, wie die Fliegen immer zudringlicher wurden. Sie hatten sich in die Augen- und Mundwinkel ihrer Mutter gesetzt, von wo sie sich kaum noch verscheuchen ließen. Mathilda hatte die Fliegen mit den Fingern anstupsen müssen, damit sie aufflogen, und umso verzweifelter zugesehen, wenn sie nach einem kurzen Kreisen wieder zurückkehrten. Was diese Monate jedoch bedeuteten und worauf all die schrecklichen Momente hinausliefen, begriff Mathilda erst jetzt.

»Wenn ich wenigstens die Kleine mitnehmen könnte ...« Schwach erinnerte sie sich an die Worte, die ihre Mutter der Oma zugeflüstert hatte, wenige Tage vor ihrem Tod. Erst jetzt verstand Mathilda, was ihre Mutter gemeint hatte.

»Der liebe Gott hat deine Mama zu sich geholt«, hatte ihre Oma ihr am Morgen erklärt. »Aber hab keine Angst. Sie hat nun keine Schmerzen mehr, und die Muttergottes wird sich gut um sie kümmern.«

Dorthin hatte ihre Mutter sie also mitnehmen wollen, zur Muttergottes, die sich gut um sie kümmerte. Aber sie hatte es nicht getan, und jetzt war Mathilda allein, ohne Mutter und ohne Muttergottes. Wer kümmerte sich nun um sie?

Mathilda öffnete die Augen und sah der Reihe nach zu ihren Schwestern auf. Agnes war die Älteste. Schon seit die Mutter so krank geworden war, führte sie den Haushalt, und wahrscheinlich würde sie diese Aufgabe weiterhin übernehmen. Um Mathilda hatte sie sich jedoch nie besonders gekümmert. Wenn überhaupt, dann schimpfte Agnes nur, weil sie etwas falsch machte oder zu langsam arbeitete. Eigentlich war es nicht wichtig, ob Mathilda hier war oder nicht, sie war überflüssig, die Kleinste und Letzte, die allen anderen nur zur Last fiel. Viel lieber wollte sie dort sein, wo ihre Mutter war.

Mathilda trat einen zögernden Schritt vor. Sie rechnete damit, dass jemand sie festhalten würde. Aber die Hand ihrer Großmutter glitt kraftlos von ihrer Schulter. Auch die anderen beachteten sie nicht, während sie sich zwischen den schwarzen Kleidern hindurchschob. Mathilda durchquerte die Stube und ging in den Flur. Die Tür nach draußen stand auf, vielleicht um die Nachbarn hereinzulassen, die sich ebenfalls von der Toten verabschieden wollten.

Einzig Mathilda würde sich nicht länger verabschieden. Sie wollte ihre Mutter wiederfinden, wollte ihr folgen. Wenn sie inzwischen bei der Muttergottes war, vielleicht würde sie dort auf »ihre Kleine« warten.

Mathilda folgte dem Windzug, der von draußen hereinwehte. Auf dem Treppenabsatz vor der Tür blieb sie stehen. Einzig ihr Blick huschte weiter, in einer schnellen Runde durch den Garten, dann über die Latten der Gartenpforte hinweg auf den Sandweg dahinter. Die Dunkelheit hatte sich bereits über die Felder gelegt, nur auf den Wiesen tanzten weiße Nebelschleier und der Wind rauschte durch den Fichtenwald gegenüber.

Die Statue der Jungfrau Maria war nicht weit entfernt. Von hier aus konnte Mathilda sie nicht sehen, aber sie kannte die Stelle, an der sie zwischen den Feldern an der Wegkreuzung stand. Genau dort musste ihre Mutter sein und auf sie warten.

Mathilda streifte die Holzschuhe von ihren Füßen und rannte barfuß über den Gartenpfad. Die kleine Pforte inmitten der Hecke bewegte sich im Wind, aber Mathilda schlüpfte einfach durch den schmalen Spalt.

Gleich dahinter hielt sie inne. Mit einem kalten Geräusch rauschte der Wind durch die Fichten, schwarze Schatten lagen vor ihr. Wenn sie zur Muttergottes wollte, musste sie durch die Dunkelheit am Fuß des Waldes. Mathilda zögerte.

»Tildeken, was tust du da?« Eine Kinderstimme rief ihr nach. »Warum läufst du nach draußen?« Es war ihr Bruder. Joseph. Seine Holzschuhe klockerten auf der Steintreppe, stapften über den Gartenweg und folgten ihr durch die Gartenpforte. Schließlich schoben sich seine Finger zwischen ihre und ließen sie aufsehen.

Joseph war einen Kopf größer als sie und vier Jahre älter. Mit traurigen Augen schaute er auf sie herab. »Was tust du hier, Tildeken? So ganz allein. Es ist dunkel.«

Mathilda wurde schwindelig. »Mama«, flüsterte sie. »Ich wollte sie wiedersuchen.«

Joseph schüttelte sanft den Kopf. »Scht.« Er zog Mathilda in seine Arme. »Du kannst sie nicht wiederfinden. Niemand kann das. Sie ist fortgegangen und sie wird nie wieder zurückkommen. Aber sie ist jetzt im Himmel, dort geht es ihr gut. Das weißt du, oder?«

Mathilda drückte sich noch enger an ihn, ihre Hände klammerten sich an seine Jacke, ihre Nase rieb sich an seiner Brust. Ja, sie wusste, dass Joseph recht hatte: Ihre Mutter war im Himmel, bei der Muttergottes, an einem Ort, an den Mathilda ihr erst folgen konnte, wenn sie tot war.

1. KAPITEL

Hörste, Paderborner Land, Juli 1940

ZUHAUSE
In großen geschwungenen Buchstaben ließ Mathilda Alvering ihre Zehen durch den Sand streifen. Wie ein Herzschlag pulsierte das Wort durch ihre Gedanken, seit sie heute Morgen aufgewacht war. Jetzt saß sie vornübergebeugt auf dem gefällten Birnbaum am Rande der Hofzufahrt und blickte auf die Buchstaben hinab, die sich wie dunkle Schatten in den Sand prägten. Ein Jahr lang hatte sie im Haushalt einer alten Dame gelebt, um ihr Pflichtjahr abzuleisten. Doch heute war der Tag, an dem sie nach Hause zurückkehren würde.

V O R F R E U D E schrieb sie direkt darunter. Dennoch war Mathilda sich nicht sicher, ob sie wirklich so fühlte. Freute sie sich darauf, nach Hause zurückzukehren? Oder fürchtete sie sich davor?

Über diese Frage dachte sie nun schon den ganzen Morgen nach. Wenn sie sich an den kleinen Bauernhof ihrer Familie erinnerte, dann gab es einiges, was sie vermisste, genauso wie Ereignisse, die sie lieber vergessen würde.

Aber vor allem eines fragte sie sich: Würde sie mit ihrer Heimkunft auch in ihre Kindheit zurückkehren? Allein der Gedanke war seltsam. Mathilda war nicht mehr das Mädchen, als das sie hierhergekommen war. In diesem einen Jahr in Tante Rosalias Haushalt war sie erwachsen geworden.

Wie würde es nun also sein, wieder ihrem Vater gehorchen zu müssen? Oder sich von Katharina von einer Arbeit zur nächsten scheuchen zu lassen, ohne je ein Dankeschön von ihrer großen Schwester zu erhalten?

Im Laufe ihres Pflichtjahrs hatte Mathilda gelernt, dass auch sie es wert war, geachtet zu werden. Tante selbst hatte ihr diese Regel beigebracht und war immer darauf bedacht gewesen, dass ihre Achtung einem Pflichtjahrmädchen ebenso galt wie einem Tischler oder einem Unternehmer. Aber zu Hause war Mathilda immer nur das verträumte Kind gewesen, das zu langsam arbeitete und tollpatschige Fehler machte, ganz gleich, wie viel Mühe sie sich gab, alles recht zu machen.

Ob ihre Familie bei ihrer Rückkehr erkennen würde, wie sehr sie sich verändert hatte?

Mathilda atmete tief ein und versuchte, an etwas Schöneres zu denken. Gleich darauf wusste sie, worauf sie sich wirklich freute. Mit der nackten Fußsohle verwischte sie die Worte und schrieb ein neues an ihre Stelle:

BRUDER

Wehmütig schaute sie auf das Wort, buchstabierte es leise vor sich hin, ehe sie die sandige Straße entlangsah, die sich in einer geraden Linie zwischen den Häusern des Dorfes hindurchzog. Von hier aus konnte sie weit sehen. Erst zwischen den Weizenfeldern in der Ferne verlor sich die Spur des Weges. Doch von Joseph war noch nichts zu erkennen.

Mathilda grub die Füße tiefer in den Sand und versuchte, den Hufschlag eines nahenden Pferdes zu spüren. Aber dort war nichts. Nicht einmal eine Ahnung. Nur die heiße Sommerluft streifte durch ihre Haare, hinter ihr in der Hecke zirpten die Grillen ihr heiseres Lied, und irgendwo auf der anderen Seite des Dorfes bellte ein Hund.

Der Rest des winzigen Ortes lag regungslos in der Sonne. Ausnahmslos jeder schien die Mittagsruhe im Inneren seines Hauses zu genießen.

Einzig Mathilda saß hier draußen auf dem Stamm des Birnbaumes und wartete. Sie wischte die Schweißtröpfchen beiseite, die sich auf ihrer Schläfe gebildet hatten, warf einen verstohlenen Blick auf die Nachbarhöfe und zog ihren Rock über die Knie. Milder Sommerwind streifte um ihre Waden und kühlte sie ab.

Wenn ihr Vater sie so sehen würde ... Ein winziges Lächeln stahl sich um ihre Mundwinkel. Zweifellos, ihr Vater würde schimpfen wie ein Rohrspatz. Aber jetzt, nachdem sie ein Jahr in einem anderen Haushalt gelebt hatte, nachdem sie gelernt hatte, wie man die Hemden für einen Unternehmer bügelte und wusste, wie richtiger Bohnenkaffee schmeckte, würde es ihr vielleicht endlich gelingen, sich nicht mehr klein und schlecht zu fühlen, wenn ihr Vater seine Tiraden über sie niedergehen ließ.

Mathilda zog die Füße aus dem sandigen Boden und schaute noch einmal auf die Reste des Wortes: BR D R.

Ein wehmütiges Ziehen mischte sich in ihre Freude. Sie würde Joseph nur kurz sehen, vermutlich nur für wenige Tage, ehe er in den Kriegsdienst eintreten musste. Ob sie ihren Bruder nach Frankreich schicken würden? In das besetzte Paris vielleicht? Oder in die Normandie, an einen der Strände, von denen aus man angeblich bis nach England sehen konnte?

Mathilda schaute zurück in den Sand, wischte die Überreste von BR D R beiseite und schrieb ein neues Wort:

K R I E G

Beim Anblick der krakeligen Buchstaben presste sich ein dumpfes Gefühl um ihr Herz. Ausgerechnet ihr Lieblingsbruder musste in den Krieg.

»Ist Joseph immer noch nicht gekommen?«

Mathilda zuckte zusammen. Hastig ließ sie ihren Rock über die Waden fallen und drehte sich um. Tante Rosalia war nach draußen gekommen. Die rundliche, alte Dame stand in der offenen Haustür und lächelte ihr zu.

Mathilda erwiderte ihr Lächeln und bemühte sich, besonders höflich zu klingen. »Ich nehme an, mein Bruder ist aufgehalten worden. Eigentlich ist es nicht seine Art.«

Mit bedächtigen Schritten kam die Tante über den Hofplatz auf sie zu. »Und dann sitzt du hier in der Sonne und wartest, ohne mir etwas zu sagen?«

Mathilda erhob sich und achtete darauf, das Wort im Sand mit ihren Füßen zu bedecken. »Es macht mir nichts aus, Tante Rosalia. Er wird gewiss gleich kommen.«

Auf Tantes Gesicht breitete sich ein gemütliches Lächeln aus, ganz so wie es ihre Art war. »Oder du kommst noch einmal mit mir herein und wir trinken ein schönes Glas Milch zusammen.«

Wärme strömte durch Mathildas Brust und verdrängte die Beklemmung. Tante Rosalia mochte sie. Auch, wenn sie am Anfang oft streng gewesen war, um ihr die vielen Dinge beizubringen, die es in einem vornehmen Haushalt zu tun galt. Letztendlich war die Tante immer gerecht gewesen, und im Laufe der Zeit hatte sie Mathilda immer wieder gesagt, was für ein fleißiges Pflichtjahrmädel sie war.

Tante Rosalia … Manche wunderten sich darüber, warum Mathilda sie so nennen durfte. Schließlich waren sie in keiner Weise verwandt, und es war Tantes Aufgabe, sie zu einer guten Hausfrau zu erziehen. Doch die alte Witwe hatte Mathilda von Anfang an darum gebeten, sie so zu nennen. Seit sie ihren Mann 1917 im Großen Krieg verloren hatte, hatte sie fast keine Familie mehr, nur noch ihren Neffen Gregor, der bis vor kurzem bei ihr gewohnt hatte und im Tiefbauunternehmen seiner Eltern arbeitete. Aber inzwischen war auch Gregor für den Kriegsdienst eingezogen worden.

»Ich weiß nicht, ob ich noch genug Zeit habe für ein Glas Milch«, erwiderte Mathilda. »Womöglich hat Joseph es eilig.«

Tante Rosalias Augen schimmerten feucht. »Wahrscheinlich hast du recht. Dann warten wir eben beide noch ein bisschen in der Sonne.« Sie stieß ein tiefes Seufzen aus und blickte ebenfalls den Sandweg entlang, über den Joseph früher oder später kommen musste. »Ein Jammer, dass Gregor nicht hier ist. Sonst hätte er dich mit dem Automobil bringen können.«

Mathilda musste lächeln. Mit dem Automobil wäre sie gerne noch einmal gefahren. Doch auf ihren Bruder und die Fahrt in ihrem alten Gig freute sie sich umso mehr. »Es ist schon in Ordnung, Tante. Ich fahre gerne mit meinem Bruder, auch wenn ich ein wenig warten muss. Wer kann schon sagen, wie oft wir noch zusammen Kutsche fahren.«

Tante Rosalia griff nach Mathildas Hand. »Ach Mädel.« Sie klang schwermütig. »Der große Weltkrieg hat sich unsere Männer genommen, und der neue Krieg wird euch jungen Mädchen die Männer nehmen.«

Mathilda widerstand dem Drang, ihre Hand wegzuziehen. Sie mochte es nicht, wenn Tante solche Dinge sagte.

»Nach dem Frankreichfeldzug habe ich ja noch gehofft, dass Hitler bald Frieden mit England schließt«, fuhr Tante Rosalia fort. »Aber jetzt sieh dir das an: Immer weitere Soldaten zieht er sich heran. Zuerst meinen Gregor und jetzt deinen Joseph.«

Mathilda presste die Lippen aufeinander. Tante Rosalia hatte recht. Solange Hitler neue Soldaten einzog, war der Krieg noch lange nicht vorbei.

Ein dumpfes Vibrieren unter ihren Füßen weckte ihre Aufmerksamkeit und ließ ihren Blick über den Weg zwischen den Weizenfeldern huschen. Eine kleine Kutsche mit heruntergeklapptem Verdeck näherte sich zwischen den Weizenfeldern. Bis jetzt konnte Mathilda weder die großen Räder noch die Beine des Pferdes hinter den langen Ähren ausmachen. Aber der kleine braune Wallach senkte gehorsam den Kopf und trabte mit rundem Hals. Nur Joseph war in der Lage, den schreckhaften Max so zu fahren, dass er zufrieden auf seinem Gebiss kaute.

»Ist das euer altes Pferdchen, das schon 1918 im Weltkrieg gedient hat?« Tante Rosalia schirmte mit der Hand die Sonne ab.

Mathildas Lächeln kehrte zurück. »Ja, das ist unser Max. Jedes Mal, wenn etwas knallt oder scheppert, springt er weg und zittert am ganzen Körper. Dann können wir froh sein, wenn er niemanden abwirft oder die Kutsche mitreißt.«

Tante Rosalia nickte vielsagend. »So ist das mit dem Krieg. Niemand kommt ohne Spuren zurück, auch wenn sie noch so sehr glauben, große Helden zu sein.«

Mathildas Lächeln verblasste. Stattdessen fühlte sie wieder das dumpfe Drücken in ihrer Brust. Doch dieses Mal mischte sich eine weitere Ahnung hinein: Die Tante musste besser aufpassen, was sie redete. »Lass das nicht die Witwe Sielmann hören.«

Tante Rosalia lachte. »Die Witwe Sielmann weiß genau, wovon ich spreche. Sie möchte nur nicht darüber nachdenken. Schließlich fühlt Eifer sich besser an als Furcht. Und die Witwe Sielmann möchte ihren gefallenen Mann lieber rächen als um ihn trauern.«

Mathilda versuchte, die düstere Ahnung zu verdrängen. Sie wusste, was die Tante meinte. Auch Mathilda würde am liebsten voller Eifer an den Sieg glauben. Aber offenbar war sie anders als die Witwe Sielmann: Je mehr sie darüber nachdachte, desto weniger wollte es ihr gelingen, eifrig zu sein. Dachte die Witwe Sielmann etwa weniger nach als sie?

Mathilda ahnte, wie rebellisch dieser Gedanke war. Aber dann schüttelte sie den Kopf. Sie wollte nicht rebellisch sein, auf keinen Fall!

Der kleine Einspänner hatte die Weizenfelder inzwischen hinter sich gelassen und Joseph lenkte den Wallach zwischen die ersten Häuser des Dorfes. Als er die Hofzufahrt beinahe erreicht hatte, parierte er zum Schritt. Eine Wolke aus feinem Sand verfolgte den Gig und umhüllte die Kutsche mit einem bräunlichen Schleier. Max senkte den Kopf und schnaubte den Staub aus seinen Nüstern. Vor ihnen hielt Joseph an, hakte die Leinen ein und sprang zu ihnen herunter. Mit einem strahlenden Lächeln kam er auf Mathilda zu und zog sie an sich. Erst dann schien ihm aufzufallen, wie ungebührlich sein Verhalten war und er wandte sich an Tante Rosalia. »Bitte entschuldigen Sie die Verspätung. Eine unserer Kühe hat gerade ein Kälbchen bekommen. Einen ziemlichen Brocken von Bullenkalb. Da war jemand gefragt, der ein bisschen Kraft hat, um es herauszuziehen.«

»Ein Kälbchen?« In Mathildas Bauch braute sich Aufregung zusammen. »Welche Kuh war es? Emma, Elfriede oder Erna? Ist alles gut gegangen?«

»Es war Emma. Und ja, Mutter und Kind geht es gut. Als ich gefahren bin, hat Emma gerade damit angefangen, sein Fell mit der Zunge zu kämmen.«

Mathilda musste lachen. Ihr Bruder besaß ein unvergleichliches Talent, mit Worten umzugehen. Niemand sonst benutzte solche Formulierungen. Überhaupt stellte sie erleichtert fest, dass er noch genauso aussah wie immer. Er trug braune Hosen, deren Hosenträger sich über sein weißes Hemd spannten, und sein Gesicht färbte sich in einem sommerlichen Honigton unter der grauen Schirmmütze. Nur von seinen blonden Haaren war unter der Mütze nichts mehr zu sehen, und

Mathilda fragte sich, ob er sie ebenfalls an den Seiten kurz geschoren hatte, wie es so viele Männer taten, sobald sie in die Wehrmacht eintraten.

»Wenn wir uns beeilen, kommen wir vielleicht gerade noch rechtzeitig, damit du dem Kälbchen einen Namen geben kannst«, fuhr Joseph fort. »Aber dann müssen wir uns wirklich sputen, sonst hat Leni die Aufgabe schon an sich gerissen.«

Mathilda seufzte. Sie kannte das Temperament ihrer großen Schwester. »Wenn Leni schon weiß, wie sie ihn nennen will, wird sie ohnehin nicht auf mich hören.«

Joseph grinste. »Sag das nicht. Sie freut sich so, dich wiederzusehen, vielleicht lässt sie dir den Vortritt.«

In Mathilda stieg leises Misstrauen auf. »Leni freut sich, mich zu sehen? Bist du dir sicher?«

Joseph wiegte den Kopf von einer Seite zur anderen. »Heute Morgen hat sie es mindestens dreimal wiederholt. Und dann hat sie gemeint, dass du vielleicht die Feldarbeit übernehmen könntest, während sie sich um den Stall kümmert. Aber das wollte sie dich eigentlich selbst fragen.«

Das Misstrauen löste sich auf. Diese Antwort klang schon viel eher nach der Leni, die sie kannte. »So läuft also der Hase.«

Joseph zuckte entschuldigend mit den Schultern. »Du kennst ja unser Schwesterken. Sie meint es nicht böse.«

Mathilda nickte. Ja, sie kannte ihre Schwester. In ihrer Kindheit war Leni mitunter ein richtiges Biest gewesen, das sie mit allen Mitteln austrickste, um einen Vorteil zu bekommen. Aber inzwischen war sie der lustigste und fröhlichste Mensch, den Mathilda kannte, und ein einziger Tag in Lenis Gegenwart reichte aus, um alle Finsternis aus ihren Gedanken zu vertreiben. Wahrscheinlich war Leni genau die Gesellschaft, die sie jetzt brauchte. »Ich freue mich auch auf sie.«

»Dann sollten wir wohl mal fahren.« Joseph bückte sich zu dem schmalen Koffer und Mathildas Lederstiefeln, die sie neben dem Baumstamm abgestellt hatte. Kommentarlos stellte er beides vor die Sitzfläche des Gigs.

Mit einer Mischung aus Wehmut und Vorfreude drehte Mathilda sich noch einmal zu der alten Dame um und streckte ihr die Hand entgegen.

Die Tante ignorierte die Hand und zog sie in ihre wuchtigen Arme. »Du warst ein gutes Pflichtjahrmädchen, Mathilda«, sagte sie mit belegter Stimme. »Falls du irgendwann Hilfe oder einen Rat brauchst, oder falls du dir eine richtige Anstellung als Hausmädchen wünschst, dann bist du in meinem Haus immer willkommen.«

Mathilda löste sich aus der Umarmung und nickte. »Danke, Tante. Das weiß ich zu schätzen. Aber ich fürchte, ich werde in nächster Zeit keine Anstellung annehmen können. Meine Familie braucht mich für die Arbeit auf dem Hof.«

Tante Rosalia winkte ab. »Nein, natürlich nicht. Und wenn deine Familie dich eines Tages nicht mehr braucht, wirst du selbstverständlich deine Lehre zur Schneiderin machen und nicht als Hausmädchen für eine alte Tante arbeiten.«

Zum ersten Mal seit langem dachte Mathilda wieder an ihren Wunsch, den sie seit Ausbruch des Krieges längst begraben hatte. »In Ordnung. Dann mache ich eine Lehre. Entweder zur Schneiderin oder zur Krankenschwester. Ich habe mich noch nicht entschieden.«

Tante schüttelte vehement den Kopf. »Aber solange der Krieg dauert, wirst du mir keine Krankenschwester. Das musst du mir versprechen! Sonst werde ich bei der Wochenschau jedes Mal unruhig.«

Mathilda nickte. »Versprochen.« Schlagartig wurde die Wehmut stärker als die Vorfreude auf zu Hause. Tante Rosalia war im letzten Jahr zu der einzigen Person geworden, der es gelungen war, ihre fehlende Mutter zu ersetzen. Am liebsten hätte Mathilda sie mit nach Hause genommen.

Doch manche Träume ließen sich nicht so leicht erfüllen. »Auf Wiedersehen, Tante! Es war schön bei dir.« Mit diesen Worten wandte Mathilda sich ab und kletterte auf den Zweiersitz des Gigs. Von oben schaute sie zu, wie Joseph Rosalias Hand schüttelte und sich ebenfalls bedankte.

Gleich darauf sprang ihr Bruder neben sie auf den Sitz und griff nach den Leinen. Er schnalzte mit der Zunge und Max setzte sich in Bewegung.

Mathilda winkte der alten Dame noch einmal zu und versuchte die Tränen herunterzuschlucken, während Joseph die Kutsche wendete. Doch ganz gleich, wie viel Mühe sie sich gab, die Feuchtigkeit sammelte sich in ihren Augen und löste sich in kleinen Tropfen.

Joseph schaute sie nur kurz von der Seite an, und Mathilda war ihm dankbar für sein Schweigen. Das Pferd zockelte im Schritt voran und ließ ihr ausreichend Zeit, sich ein letztes Mal im Dorf umzusehen und zu verabschieden. Vor ihrem inneren Auge glitten die Bilder des letzten Erntedankfestes vorbei, das sie auf dieser Straße gefeiert hatten, und als sie an dem Haus der Witwe Sielmann vorbeikamen, musste sie an den 2. September des letzten Jahres denken. Mathilda hatte gerade mit dem Wäschekuben vor dem Haus gestanden und die weißen Hemden über das Waschbrett gerieben, als die dürre Witwe auf ihren langen Beinen von Haus zu Haus gestürmt war und bei allen an die Tür gepoltert hatte. »Heute ist erster Mobilmachungstag! Heute ist erster Mobilmachungstag!«, waren ihre Rufe durch das Dorf geschallt, bis nach und nach alle Menschen auf die Straße gekommen waren, um sich lauthals über den Kriegsbeginn zu ereifern. Wie immer lagen die guten und die schlechten Erinnerungen nah beieinander.

Als sie zwischen den letzten Häusern hindurchfuhren, blinzelte Mathilda die Tränen aus ihren Augen und wischte sie entschlossen von ihren Wangen. Joseph ließ die Leinen auf den Rücken des Pferdes klatschen, und Max trabte gehorsam an. Der Schwung drückte Mathilda tiefer in den Ledersitz, warmer Fahrtwind wehte in ihr Gesicht und mit ihm der Duft von reifem Weizen.

Joseph sagte noch immer nichts, und für eine Weile war Mathilda froh darüber. Doch mehr und mehr fragte sie sich etwas, vor dessen Antwort sie sich am meisten fürchtete. Schließlich hielt sie es nicht mehr aus. »Für welchen Tag gilt dein Einberufungsbefehl?«

Joseph musterte sie von der Seite. Mathilda bemerkte es, aber sie wagte es nicht, ihn anzusehen.

»Für übermorgen.«

»Schon übermorgen?« Mathilda konnte ihr Entsetzen nicht verbergen. Hatte sie ernsthaft gehofft, noch ein paar Tage mit ihrem Bruder verbringen zu können? »Und wohin werden sie dich schicken?«

Joseph schnalzte mit der Zunge, um Max anzutreiben. »Du musst dir keine Sorgen machen. Ich habe Glück. Nachdem sie herausgefunden haben, wie gut ich reiten kann, haben sie mich für die Kavallerie gemustert. Ich muss also weder zur Luftwaffe noch zur Flak und auch nicht zur Marine. Und diese drei Waffengattungen tragen im Krieg gegen England das größte Risiko. Außerdem muss ich nicht zu Fuß marschieren, ganz egal, wo sie uns hinschicken.«

Mathilda beäugte ihn misstrauisch. »Und was macht die Kavallerie?«

Joseph räusperte sich. »Im Wesentlichen stellen sie die Aufklärungsabteilungen. Im Feldzug gegen Frankreich haben sie wahre Heldentaten vollbracht. Karl hat mir davon geschrieben.«

Mathilda zuckte bei dem Namen zusammen. »Karl?«

Joseph musterte sie erneut. »Genau. Er hat geschrieben, dass seine Vorgesetzten dabei sind, neue Reiter zu rekrutieren, um die Verluste auszugleichen. Und Rittmeister von Steineck hat zugesagt, mir eine Empfehlung zu schreiben. Also drück mir die Daumen, dass ich nach meiner Ausbildung in die gleiche Schwadron komme wie Karl.«

Karl! Mathilda versuchte, sich nichts anmerken zu lassen. Vor zwei Jahren war er in die Kavallerie eingetreten und es sollte sie nicht wundern, wenn er tatsächlich in Frankreich gekämpft hatte. Doch bislang hatte sie es vermieden, darüber nachzudenken. Sie hatte nicht wissen wollen, ob Karl gefallen war. Sie hatte überhaupt nichts von ihm wissen wollen. Bis jetzt ... Er hatte Joseph also geschrieben. Das bedeutete, er war noch am Leben.

Ein versteckter Teil von ihr atmete auf. Aber der Rest von ihr rebellierte. Seit zwei Jahren hatte Karl kein Wort mehr mit ihr geredet. Von einem Tag auf den anderen war er weggegangen, ohne ihr zu schreiben oder sie zu besuchen. Gerade so, als wären sie keine Nachbarn gewesen, als hätte es ihre Freundschaft nie gegeben, als wären die vielen gemeinsamen Momente in ihrem letzten Sommer ohne Bedeutung.

Aber womöglich hatte Mathilda sich auch getäuscht, und der letzte Sommer mit Karl war nur für sie bedeutungsvoll gewesen.

Joseph und Karl waren seit jeher beste Freunde. Aber was war mit ihr? Konnte es sein, dass sie immer nur die kleine Schwester gewesen war? Bis zum Schluss?

»Schreibt ihr euch oft?« Mathilda wollte die Frage nicht stellen. Doch sie kam von allein aus ihrem Mund, in einem Tonfall, der viel zu eifersüchtig klang.

»Brrrr!« Joseph parierte das Pferd zum Schritt, ließ die Leinen lockerer und sah Mathilda an. »Dir schreibt er doch auch. Oder etwa nicht?«

Mathilda schaute verstohlen auf ihre Füße. »Nein. Noch nie.«

»Seit damals?« Joseph wirkte überrascht.

Mathilda schüttelte den Kopf. Ihr Hals war trocken.

»Ich verstehe das nicht. Ihr wart …« Joseph suchte nach den richtigen Worten. »Ich hätte schwören können, dass ich eines Tages euer Trauzeuge werde.«

Mathilda blieb jegliche Antwort im Hals stecken. Nur ein leises »Hhm« kam heraus.

»Mathilda?« Joseph legte ihr die Hand auf die Schulter. »Was ist los? Was ist damals geschehen?«

Sie zuckte mit den Achseln. »Ich weiß es nicht«, flüsterte sie. »Ich war noch fast ein Kind. Vielleicht hat er mich nicht gesehen.«

Josephs Stimme wurde ernst. »Wenn du das glaubst, dann täuschst du dich. Karl hat dich immer gesehen! Von Anfang an hat er dich klarer gesehen als jeden anderen. Und in dem Sommer vor zwei Jahren warst du vierzehn.« Joseph ließ ihre Schulter los und nahm die Leinen wieder in beide Hände. »Ich bin dein Bruder, Tildeken, aber selbst mir ist damals aufgefallen, dass du kein Kind mehr warst.«

Mathilda schnappte nach Luft. Röte stieg ihr ins Gesicht. Aber Joseph war so anständig, sie nicht länger anzusehen.

Sie war also kein Kind mehr gewesen … In diesem Sommer, in dem sie nur noch an Karl gedacht hatte und an niemanden sonst. Auf einmal sah sie sein Gesicht wieder vor sich, sein jungenhaftes Lächeln, die dunklen Haare und seine braunen Augen, in denen genug Wärme lag, um einen kalten Tag zu überstehen. Erinnerungsfetzen blitzten auf, Bilder von Karl, die sich so sprunghaft aneinanderreihten wie die Bilder eines Kinofilmes, der schon zu oft gerissen und wieder geflickt worden war. Für eine Sekunde sah sie den Nachthimmel über sich, spürte das Drücken der Fichtenwurzeln in ihrem Rücken und betrachtete Karls Arm, der neben ihr in den Himmel zeigte. Weich und warm perlte seine Stimme in ihr Ohr, während er ihr nach und nach die Sternbilder erklärte.

In der nächsten Erinnerung saß sie auf einem Pferd, Karl stand neben ihr in der Reitbahn. Unablässig gab er Kommandos und korrigierte ihre Haltung. Doch seine Worte waren freundlich, seine Augen lächelten. Mathilda spürte wieder, wie schwierig es war, alles richtig zu machen, und zugleich wurde ihr bewusst, dass Karl der einzige war, von dem sie etwas lernen konnte, ohne Angst zu haben. Weil er sie für ihre Fehler nicht bestrafen würde. Weil er immer gut zu ihr war.

Weil sie ihm vertraute.

Wieder wechselte das Bild. Dieses Mal saß er neben ihr auf dem Klavierhocker. Ihre Seiten berührten sich, während sie gemeinsam spielten, ein Stück für vier Hände, das er ihr beigebracht hatte, eine melancholische Melodie, auf deren Wellen ihre Gefühle davonflogen.

Und über alldem lag ein Hauch von Aufregung. Niemand hatte Mathilda je erlaubt, mit Karl Klavier zu spielen – oder von ihm reiten zu lernen. Oder überhaupt so viel heimliche Zeit in seiner Nähe zu verbringen. Einige Jahre zuvor waren solche Dinge noch als Kinderspiele durchgegangen. Doch in jenem Sommer waren sie beide zu alt gewesen, um sich noch länger wie Kinder zu benehmen. Ein schmerzhaftes Ziehen quälte sich durch Mathildas Brust. Sie vermisste Karl, vielleicht sogar genauso sehr wie ihre Mutter.

Oder noch mehr?

Aber Karl wollte nichts mehr von ihr wissen. Er hatte sich von ihr abgewandt und ihr mit keinem Wort erklärt, warum.

Mathilda versuchte, nicht länger an ihn zu denken. Stattdessen ließ sie ihren Blick über die Landschaft streifen. Kornfelder und Wiesen wechselten sich ab und streckten sich flach und endlos in die Ferne. Mathilda konnte bis zum Horizont schauen, an dem sich die ersten Hügel des Sauerlandes abzeichneten. Nur hier und da störten winzige Birkenwäldchen oder Fichtenschonungen die Sicht. Für eine Weile versuchte sie, den Ausblick zu genießen. Dennoch kehrten ihre Gedanken immer wieder zu Karl zurück. Womöglich konnte Joseph ihre drängendsten Fragen beantworten. Aber viel Zeit würde ihr nicht mehr bleiben, um sie ihm zu stellen. Bald würden sie da sein.

Obwohl Mathilda allen Mut zusammennahm, war ihr Flüstern so leise, als käme das Geräusch von den Pferdehufen, die sich im Viertakt durch den Sand pflügten. »Wenn es stimmt, dass ich ihm doch etwas bedeute – warum ist er dann einfach weggegangen? Und warum hat er mir nie geschrieben?«

Joseph ließ sich Zeit. Mit ernster Miene sah er Mathilda an und schien zu überlegen. Als er endlich antwortete, lag etwas Drängendes in seiner Stimme. »Ich weiß zwar nicht, was damals genau passiert ist. Aber du warst erst vierzehn, Mathilda, und Karl war schon neunzehn. Damit stand es für ihn auf Messers Schneide. Er hätte dich nur einmal anfassen müssen, und das Zuchthaus wäre ihm sicher gewesen.«

Ein heißer Schauer flutete Mathildas Körper. Sie sah hastig nach unten, um ihr gerötetes Gesicht zu verstecken.

Joseph scherte sich nicht darum. »Und dann erst unser Vater. Wenn er geahnt hätte, was zwischen euch vorgeht, hätte er Karl mit der Peitsche vom Hof gejagt – oder Schlimmeres.«

Mathilda schloss die Augen. Im Grunde hatte sie es gewusst, auch damals schon. Aber Karls Gegenwart war zu schön gewesen ... Konnte es also wahr sein? Hatte Karl sich damals tatsächlich in sie verliebt? Zu gerne wollte sie daran glauben und darauf hoffen, dass er eines Tages zu ihr zurückkehren würde. Doch seit damals war viel Zeit vergangen. Was, wenn Karl inzwischen eine andere Frau liebte? Eine, die so alt war wie er. Oder noch schlimmer: Was würde geschehen, wenn er im Krieg fallen würde?

Mathilda weigerte sich, daran zu denken. Dennoch sah sie die Bilder aus der Wochenschau vor sich: Soldaten, die sich in Stellungsgräben duckten und Reiter, die stolz an den marschierenden Fußtruppen vorbeiritten und sich an die Spitze setzten.

Aufklärungseinheiten ... Was genau waren Karls Aufgaben?

Mathilda räusperte sich. »Du hast gesagt, dass Karls Einheit in Frankreich wahre Heldentaten vollbracht hat? Was hast du damit gemeint?«

Joseph sah sie erschrocken an. Gleich darauf ersetzte ein gezwungenes Lächeln den Schreck. »Was heißt hier Heldentaten ... Sie haben eine Möglichkeit gefunden, um durch die Seine zu schwimmen und auf der Feindesseite einen Brückenkopf zu errichten, so dass auch der Rest der Division übersetzen konnte. Ohne das wäre ein Sieg nicht möglich gewesen.« Joseph lachte auf und winkte ab. »Aber wahrscheinlich können sich nur Männer für solche Einzelheiten begeistern.« Wieder lachte er. Doch Mathilda hörte den nervösen Unterton.

Einen Fluss zu überqueren, auf dessen anderer Seite der Feind stand ... Was er beschrieb, klang gefährlich. Ihr fiel wieder ein, was er vorhin nur nebenbei erwähnt hatte: Dass er vielleicht zu Karls Einheit kommen würde, weil sie neue Reiter suchten, *um die Verluste auszugleichen.*

Eben hatte Karls Name sie von der Bedeutung der Worte abgelenkt, aber jetzt begriff sie es: Einige Reiter in Karls Schwadron waren bei ihrer »Heldentat« gefallen. Karl hätte ohne weiteres einer von ihnen sein können, und beim nächsten Mal würde womöglich auch Joseph mit ihnen kämpfen.

Mathilda wurde schwindelig. »Gibt es eigentlich keinen anderen Weg?«, flüsterte sie. »Könntest du nicht doch zu Hause bleiben? Wenn du angibst, dass Papa schon alt ist und nicht mehr richtig arbeiten kann, und deine Familie dringend einen Mann auf dem Hof braucht? Vielleicht könnten wir auch mehr produzieren, wenn du dableibst. Ein paar weitere Tiere halten. Oder du reitest Pferde zu ... auf dem Gestüt. Sie brauchen doch sicher Nachschub für ihre Kavallerie.«

Joseph lupfte seine Kappe und kratzte sich am Kopf. »Glaub mir, ich habe diese Gedanken bereits hin und her gewälzt. Aber diesen Weg gibt es nicht. Ich bin kriegsverwendungsfähig. Und unser Vater ist nicht so krank, dass er nicht mehr arbeiten könnte. Jeder im Dorf weiß das. Und es gibt nichts Gefährlicheres, als in solchen Dingen zu lügen. Wenn ich versuche, mich zu drücken, dann ist das Wehrkraftzersetzung.«

Mathilda senkte den Kopf. Auch für weniger schlimme Vergehen waren schon Leute abgeholt worden.

Joseph ließ den kleinen Max wieder antraben. »Du solltest aufhören, dir über so etwas den Kopf zu zerbrechen«, erklärte er betont lässig. »Die meisten Männer müssen irgendwann in den Krieg. Bis jetzt ist es in jeder Generation so gewesen. Außerdem komme ich zuerst in die Ausbildung und bin so lange in Schloss Neuhaus stationiert. Es dauert also noch eine Weile, ehe ich wirklich in den Kampf muss. Und wenn es so weit ist, wird Karl auf mich aufpassen – und ich auf ihn.« Joseph grinste ihr zu. Doch Mathilda erkannte den Zweifel in seinen Augen.

»Ich bin gespannt, was du zu dem Kälbchen sagst.« Übergangslos wechselte Joseph das Thema. »Und stell dir vor: Katharina hat heute Morgen zu Ehren deiner Rückkehr einen Kuchen gebacken.«

Mathilda sah ihn mit großen Augen an. Katharina hatte einen Kuchen für sie gebacken? »Das glaube ich dir nicht. Sie hat den Kuchen gebacken, weil heute Sonntag ist.«

Josephs Grinsen wurde noch breiter. »Und wenn schon. Wenn ich den Kuchen esse, werde ich mich darüber freuen, dass du wieder da bist.«

Und ich werde darum trauern, dass du bald weg bist ..., dachte Mathilda. So gesehen war es ein Abschiedskuchen.

»Komm, Mäxchen.« Joseph schnalzte. »Hopp, hopp, wir sind gleich zu Hause.«

Mathilda blickte zu dem Pferd, dessen Trabschritte eifriger wurden. Sie hatten das Dorf inzwischen beinahe erreicht und bogen in den Weg ein, der sie nach Hause führen würde. Sie betrachtete die einzeln stehenden Höfe, an denen sie vorbeikamen. In den meisten Familien gab es junge Leute, die sie aus ihrer Schulzeit, von den Dorffesten oder den abendlichen Zusammenkünften kannte. Aber vermutlich würde es nicht mehr lange dauern, bis nur noch die Mädchen daheim waren, während fast alle Söhne im Krieg kämpften.

Die Höfe um sie herum standen nun immer dichter zusammen, und schließlich fuhren sie durch den Dorfkern. Der Weg gabelte sich und führte auf zwei Seiten um die Kirche herum. Mathildas Blick wanderte zur Dorfschule, streifte den kleinen Gemischtwarenladen daneben und glitt weiter zu dem riesigen Fachwerkhof des Bürgermeisters. Die meisten der großen Höfe lagen direkt im Dorf, während sich die kleineren Hofstellen über viele Hektar hinweg zwischen den Feldern verteilten.

Sobald sie das Ende des Dorfes erreichten, eilte Mathildas Aufmerksamkeit voraus. Wieder erstreckte sich der Sandweg auf einer geraden Linie zwischen den Feldern. Aber weiter hinten konnte sie das Fichtenwäldchen ausmachen, neben dem ihr kleiner Bauernhof lag, und links davon, durch eine majestätische Kastanienallee mit dem Sandweg verbunden, leuchteten die riesigen Stallungen und das weiße Haupthaus des benachbarten Gestütes.

Wenn irgendein Anwesen im Ort dem Hof des Bürgermeisters Konkurrenz machte, dann dieses. Dennoch galten die Steinecks in ihrem Dorf als Sonderlinge. Ihre Vorfahren stammten nicht nur aus dem verhassten Preußen, sie waren auch noch Protestanten, und stachen ihrem katholischen Dorf damit wie ein Dorn ins Auge.

Die Nationalsozialisten hatten nicht viel an den alten Feindschaften zwischen Katholiken und Protestanten geändert, aber es gab genug Parteimitglieder im Dorf, die Rittmeister von Steineck hofierten und sich gerne mit ihm sehen ließen. Vor allem bei den großen Bauern und dem Bürgermeister war er seit einigen Jahren ein gerngesehener Gast.

Doch im Grunde hatte Mathilda sich niemals für die Hierarchien des Dorfes interessiert. Ihre Familie war ein kleines unbedeutendes Licht, das auf den Feldern am Rande der Gemeinde sein täglich Brot verdiente. Zwar erinnerte sie sich noch gut an den Hochmut ihres Vaters, mit dem er auf die größeren Nachbarn herabsah, weil sie am Sonntag mit dem falschen Gebetsbuch unter dem Arm eine weite Reise zu einer evangelischen Kirche antraten. Aber für Mathilda hatte das Gestüt stets eine eigene Bedeutung besessen: Karl hatte dort gelebt. Er war vierzehn Jahre alt gewesen, als er im Dorf aufgetaucht war und auf dem

Gestüt eine Stellung als Pferdeknecht angenommen hatte. Ein dunkelhaariger Fremder unter dem Dach der wohlhabenden Außenseiter, ein unbedeutender Pferdebursche, der in einer Kammer neben dem Pferdestall hauste und der zugleich überall auffiel. Obwohl er nur ein einfacher Knecht war, konnte er hervorragend reiten. Überhaupt war er viel zu gebildet für einen Stalljungen. Allein damit waren ihm die Dorfgerüchte von Anfang an sicher gewesen.

Einzig für Mathilda war mit Karls Ankunft ein neues Zeitalter angebrochen. Sie war damals erst neun gewesen, ein verschrecktes kleines Mädchen, das jüngste von zehn Geschwistern, um das sich kaum jemand gekümmert hatte, seitdem ihre Mutter gestorben war. Nur Karl schien sich vorgenommen zu haben, ihre Angst zu vertreiben. Von ihm hatte sie gelernt, wie schön das Leben sein konnte und was es hieß, glücklich zu sein.

Sie erreichten die ersten Wiesen des Gestütes. Eine von ihnen war gemäht worden, und das Gras trocknete in der Sonne. Der Duft von frischem Heu stieg Mathilda in die Nase und vermischte sich mit dem milden Geruch der Pferde.

Mathilda schauderte. Das hier war ihre Heimat, mit diesem Geruch war sie aufgewachsen. Er begleitete ihre Arbeit am Tag, und nachts wehte er durch ihr Fenster und setzte sich in ihre Träume …

Auf der nächsten Weide grasten eine Reihe von Stuten mit ihren Fohlen. Der kleine Max drehte seinen Kopf in ihre Richtung und wieherte ihnen zu. Manche der Zuchtstuten sahen auf und brummelten zurück. Aber gleich darauf grasten sie weiter. Nur die Fohlen schlossen sich zu einer neugierigen Herde zusammen, galoppierten auf den Zaun zu und blieben in sicherem Abstand stehen.

Mathilda musste lächeln. Sie sahen aus wie eine tuschelnde Horde von Kindern, die sich gegenseitig zur Seite schubsten, um besser sehen zu können, und die es trotzdem nicht wagten, der strengen Nachbarstante die Hand zu geben.

Ein munteres braunes Fohlen mit einem weißen Stern auf der Stirn stach ihr besonders ins Auge. Unwillkürlich sah sie zurück zu den Mutterstuten und hielt nach Selma Ausschau. Doch Karls braune Stute war nicht da. Natürlich nicht. Überhaupt standen deutlich weniger Pferde auf den Weiden als früher. Die meisten Reitpferde des Gestütes waren in den Krieg einberufen worden, darunter mit Sicherheit auch Karls Ostpreußenstute.

Mathilda sah wieder zu ihrem Bruder. »Weißt du, ob Selma … ob sie …?«

»… noch lebt?«, vollendete Joseph die Frage. »Ja, sie ist kurz nach Karls Einberufung abgeholt worden. Er hatte Glück und sie wurde ihm als Reitpferd zugewiesen, wahrscheinlich auch deshalb, weil der Steineck seine Beziehungen im Spiel hatte. Seitdem hat Karl sich nie von ihr trennen müssen. Er sagt, sie sei jetzt in ihren besten Jahren für ein Kriegspferd. Noch jung und kräftig, aber gleichzeitig schon ruhig genug, um der Belastung standzuhalten.«

Mathilda musste schlucken. Die gute Selma … Wieder legte sich ein drückendes Gefühl um ihre Brust. Sie versuchte, die trüben Gedanken zu vertreiben, während Joseph zum Schritt parierte und die Kutsche an der Kastanienallee vorbeilenkte, die vom Sandweg abzweigte und bis zur Einfahrt des Gestütes führte. Mathilda schaute in den schattigen Tunnel zwischen den Bäumen. Am Ende konnte sie die Tordurchfahrt und den Hofplatz dahinter erkennen. Früher waren dort fast immer Pferde angebunden gewesen, die geputzt oder gesattelt wurden. Auch auf dem Reitplatz, der sich neben der Zufahrt an die Stallungen anschloss, war fast immer jemand geritten. Jetzt hingegen lag der große Vierseithof still in der Mittagsruhe. Nur der Wind rauschte leicht durch das Laub der Kastanien.

Gleich darauf glaubte Mathilda, die Klänge eines Klaviers würden sich in die Stille schleichen, eine traurige Melodie, weit entfernt und nur so leise, dass sie kaum zu hören war. Doch schon der nächste Windzug wehte die Melodie davon und Mathilda wusste, dass die Erinnerungen ihr nur einen Streich spielten. Die Melodie war seit zwei Jahren verklungen.

Hastig riss sie sich los und sah wieder nach vorne, zu dem kleinen Hofgebäude aus roten Ziegelsteinen, dessen Garten von einer dichten Hecke umgeben war. Nur noch wenige Meter, dann waren sie da.

Zu Hause.

Das Kläffen eines Hundes begrüßte sie, als sie die Hecke erreichten. Lumpi, der kleine gefleckte Mischlingsrüde, den Joseph vor einigen Jahren aufgezogen hatte, flitzte hinter den Büschen entlang. Nur hier und da blitzte sein buntes Fell hinter dem Laub auf, ehe er durch eine Lücke in der Hecke schlüpfte und um die Räder der Kutsche sprang.

»Brrr!« Joseph parierte das Pferd zum Stehen, ehe Lumpi zwischen den Rädern verschwinden konnten. »Du verrückter kleiner Hund!«, rief er. »Komm schon hier hoch, wenn du nicht überfahren werden willst.« Er klopfte auf seinen Oberschenkel und der kleine Rüde sprang mit einem gewagten Satz vor Josephs Füßen auf den Kutschbock. Gleich darauf wuselte er um Mathildas Beine, streifte mit der Nase ihren Koffer, schnüffelte an ihren Schuhen und leckte über ihre Hand.

»Lumpi, pfui!« Joseph schimpfte ihn an. »Sitz! Und bleib still.« Während er den Gig auf den Hofplatz lenkte, schallte ihnen ein tieferes Bellen entgegen. Diana, die Jagdhündin ihres Vaters, zerrte an ihrer Kette und lief ihnen so weit entgegen, wie sie konnte.

Max warf unwillig den Kopf hoch, und Joseph lenkte die Kutsche in gebührendem Abstand an der braunen Münsterländer-Hündin vorbei.

Noch ehe Joseph zum Halten kam, wirbelte eine junge Frau aus dem offenen Deelentor. »Diana, still!«, rief sie im Vorbeigehen und eilte mit gerafften Röcken auf die Kutsche zu: »Mathilda!« Lenis Gesicht strahlte, als sie neben dem Gig stehenblieb.

Zuerst dachte Mathilda, ihre Schwester wolle zum Hitlergruß ansetzen, aber Leni streckte ihr nur die Hand entgegen, um ihr aus der Kutsche zu helfen. »Na komm schon, Tildeken, alle warten auf dich.« Ihre Augen funkelten in einem hellen Graugrün, beinahe wie die Augen einer Katze.

Mathilda zog eine Grimasse, während sie an Lenis Hand auf den Boden sprang. »*Alle warten auf dich.*« Wie oft hatte sie diesen Spruch in ihrer Kindheit gehört? »Die Räder stehen doch gerade erst still«, wandte sie vorsichtig ein.

Leni lachte lauthals auf und machte klar, dass sie Mathilda nur aufziehen wollte. Schwungvoll warf sie ihre Haare zurück, die in weichen, dunkelbraunen Locken auf ihre Schultern fielen. Mathilda konnte sich lebhaft vorstellen, wie ihre Schwester bis gerade eben vor dem Spiegel gestanden hatte, um sie zu bürsten.

»Hat Joseph dir schon von dem Kälbchen erzählt?« Leni klang aufgeregt. »Der Kleine ist ein richtiger Kaventsmann. Na komm, ich zeig ihn dir.« Sie verstärkte den Druck um Mathildas Hand und zog sie mit sich. »Er braucht noch einen Namen. Irgendwas mit E. Vielleicht Edelbert oder Elmar? Aber Edelbert passt nicht so recht, edel sieht er eigentlich nicht aus. Elmar schon eher. Was meinst du?«

Mathilda musste über den Wortschwall ihrer Schwester lachen. Wie immer machte Lenis Tempo sie ein wenig schwindelig. Auch die Jagdhündin duckte sich unterwürfig, als sie an ihr vorbeistürmten. Hinter sich hörte Mathilda Josephs Lachen und Lumpis Kläffen. Doch gleich darauf tauchten sie in die kühle Dunkelheit der Deele, und die Geräusche blieben draußen zurück.

Mathilda folgte ihrer Schwester nach rechts durch die Verbindungstür, die zum Kuhstall führte. Die Mittagssonne stahl sich durch die Butzenscheiben in den kleinen Stall und warf breite Strahlen in die staubige Luft. Hier drinnen war es ruhig. Nur Ernas und Elfriedes Wiederkäuen schmatzte leise vor sich hin, und Emma blickte ihnen forschend entgegen. Ihre dunklen Kuhaugen wirkten zugleich stolz und besorgt. Es war ein Ausdruck, den Mathilda schon bei vielen Tieren gesehen hatte, wenn sie gerade Junge bekommen hatten. Bei Katzen oder Hunden war er wilder als bei Kühen, aber Mathilda ahnte auch in Emmas Augen, was die Kuh ihnen sagen wollte: Dass sie ihr Kind beschützen und mit Hörnern und Hufen verteidigen würde.

»Ist ja gut.« Mathilda lehnte sich an die Heuraufe und schaute darüber in den Stall. »Ich tue deinem Kind nichts.«

Das Kälbchen stand neben Emma und stupste mit dem Kopf gegen ihr Euter. Es hatte die gleichen schwarz-weißen Flecken wie alle ihre Kühe und seine Ohren zuckten, während es trank. Es sah so pummelig aus, als wäre es schon einige Tage alt. Nur das feuchte, verstrubbelte Fell verriet, dass es heute erst auf die Welt gekommen war.

»Dein Kind ist wirklich hübsch geworden.« Mathilda hielt der Mutterkuh ihre Hand entgegen. »Ich bin es, Tildeken. Kennst du mich noch?«

Emma schnupperte prustend an ihren Fingern und streckte ihre lange Zunge heraus. Mathilda konnte ihre Hand gerade noch zurückziehen, bevor sich die rauhe Zunge darum wickelte. »Na, na, na!«, lachte sie. »Meine Hand ist doch kein Grasbüschel.«

Auch Leni lachte. Sie lehnte sich vornüber an die Heuraufe und legte ihre Arme darauf ab. »Dann halt deine Hand gut fest. Emma schlingt sie sonst herunter und überlegt sich erst beim Wiederkäuen, dass sie kein Fleischfresser ist.«

Mathilda musste grinsen. Lenis Scherze hatten ihr gefehlt. Auch wenn sie manchmal derb waren oder auf Kosten anderer gingen, Lenis Art, aus allen Dingen etwas Lustiges zu machen, spülte wie frisches Wasser um Mathildas Herz.

»Wirklich gut, dass Joseph vorhin noch da war«, fuhr Leni fort. »Allein hätte ich den Brocken da bestimmt nicht herausbekommen. Und Papa war nach der Kirche noch beim Großjohann, um mit ihm über die beiden Ferkel zu sprechen, die er kaufen will. Katharina ist zwar da. Aber glaub man ja nicht, dass unser Tineken sich hier ihre Finger schmutzig gemacht hätte. Die hatte ganz geschäftig in der Küche zu tun.« Leni schnaubte. »Aber ist ja noch mal gut gegangen.«

Mathilda konnte nicht aufhören, das Kälbchen zu betrachten. Am liebsten wollte sie in den Laufstall gehen und sein flauschiges Fell kraulen. Aber sie trug noch ihr bestes Kleid, das Tante Rosalia ihr zum letzten Weihnachtsfest geschenkt hatte.

Plötzlich lachte Leni so laut los, dass Mathilda zusammenzuckte. Auch die Kühe fuhren erschrocken auf, und das Kälbchen verlor die Zitze, an der es saugte.

»Weißt du noch?«, gluckste Leni. »Wie sie uns als Kinder immer zu Böttchers Mama geschickt haben, wenn der Klapperstorch über das Haus flog?« Das Grinsen schob sich so breit über ihr Gesicht, dass sich ihre Wangenknochen zu rosigen Bergen auftürmten.

Mathilda erinnerte sich noch gut daran: Wie ihre Mutter sie zu viert auf den Nachbarhof geführt hatte. Meistens waren sie artig nebeneinander gelaufen, Lotti, Leni, Joseph und sie, die vier kleinsten Kinder ihrer Familie. Sie hatten sich an den Händen gehalten und vor Aufregung den Himmel abgesucht, in der Hoffnung, den Klapperstorch irgendwo zu entdecken.

»Und ich dachte immer, wunders, was der Klapperstorch für eine Kraft haben muss, um ein ganzes Kälbchen in seinen Krallen zu tragen«, kicherte Leni.

Mathilda kam es vor, als wäre es erst gestern gewesen. »Ja, und dann saßen wir alle bei Böttchers auf der Küchenbank und Böttchers Mama hat uns Leberwurstbütterken geschmiert, damit wir nicht so aufgeregt sind. Aber du wolltest dich immer ans Fenster drängeln, um den Klapperstorch zu sehen.«

Leni ließ prustend die Stirn auf die Heuraufe fallen, stützte ihre Wange mit der Hand ab und grinste Mathilda von unten herauf an. »Ich habe auch wirklich nicht verstanden, wie ihr bei der Aufregung etwas essen konntet.«

Mathilda ließ sich von ihrem Lachen anstecken. »Die Leberwurstbütterken waren hervorragend«, schwärmte sie. »Nirgendwo gab es so gute Leberwurstbrote wie bei Böttchers Mama. Außerdem durfte ich so viele haben, wie ich wollte. Und sie hat die Kruste abgeschnitten.«

Leni stieß sie kichernd an. »Aber stell dir vor, der Klapperstorch hätte das Kalb fallen gelassen. Nicht auszudenken!«

»Als du das gesagt hast, hat Böttchers Emil vor Lachen am Boden gelegen. Weißt du noch?«

Lenis Miene nahm einen gefährlichen Ausdruck an. »Und ob. Er hat mich ausgelacht. Und dann hat er mich an die Hand genommen und zurück zur Küchenbank geführt. Mit so einem Grinsen auf dem Gesicht.« Sie hielt ihre Hände rechts und links neben ihre Wangen. »Ich sag dir, der wusste haargenau, wie so ein Kälbchen in Wirklichkeit geboren wird.«

»In allen blutigen und unanständigen Einzelheiten«, ergänzte Mathilda.

»›Und wenn der Klapperstorch das Kalb fallen lässt?‹« Leni verstellte ihre Stimme zu einem gehässigen Tonfall. »Damit hat mich Böttchers Emil noch Jahre später aufgezogen.« Sie kniff erbost die Augen zusammen.

Mathilda musste über ihre Schwester schmunzeln. Es war das eine, mit Leni gemeinsam Scherze zu machen – aber Scherze *über* Leni zu machen, sorgte für ihren lebenslangen Hass. Und was Emil betraf, so hasste Leni ihn mit glühender Leidenschaft.

»Was ist denn hier für ein Lärm?!« Eine brummige Stimme ließ sie zusammenfahren. »Wollt ihr, dass der Emma ihre Milch gerinnt und das Kälbchen zu wachsen aufhört?«

Mathilda drehte sich hastig zur Tür. Ihr Vater war hereingekommen. Mit gebeugten Schultern und ernster Miene stand er vor ihr. Seine grauen Augen musterten sie abschätzig.

Mathilda streckte ihm die Hand entgegen. »Guten Tag, Papa.«

Ihr Vater musterte sie. Erst jetzt fiel Mathilda auf, wie alt er geworden war: Tiefe Furchen gruben sich in sein Gesicht, seine Haut wirkte schlaff und ledrig, und alles an ihm war dünn. Er war nur noch wenig größer als sie, beinahe als wäre er im letzten Jahr geschrumpft. Oder war sie selbst noch ein Stückchen gewachsen?

»Guten Tag, Tildeken.« Er ergriff ihre Hand. »Da bist du also wieder.«

Mathilda konnte nicht ausmachen, ob er wohlwollend oder gleichgültig klang. Doch gleich darauf verfinsterte sich sein Blick. »In allen blutigen, unanständigen Einzelheiten«, murmelte er.

Mathildas Atem erstarrte, glühende Röte schoss in ihre Wangen. Hastig senkte sie den Kopf. Ein harter Kloß setzte sich in ihren Hals. Nur mühsam konnte sie dagegenanflüstern: »Bitte entschuldige, Vater. Diese Worte sollten ein Scherz sein.«

»Ein Scherz?« Ihr Vater ließ ihre Hand los. »Ob die Jungfrau Maria wohl Verständnis für solche Scherze hat?« Er räusperte sich. »Vielleicht sollten wir besser darum beten, dass die vornehmen Unternehmersleute nicht solch ein lustiges Soldatenliebchen aus dir gemacht haben.«

Mathilda presste die Lippen zusammen. Heiße Tränen drängten sich in ihre Augen.

Ihr Vater wandte sich ab und lehnte sich gegen die Heuraufe, um das Kälbchen zu begutachten. Erst jetzt schob sich ein mattes Lächeln um seine Mundwinkel. »Da hat Tineken also nicht übertrieben. Das ist ja wahrhaftig ein kräftiger kleiner Sonntagsbraten.«

Mathilda schauderte. Wie immer machte ihr Vater keinen Hehl daraus, was dem kleinen Bullenkalb in ein bis zwei Jahren drohte. Und dass der Spruch offenbar von Katharina stammte, wunderte sie ebenso wenig. Sie konnte förmlich sehen, wie ihre Schwester in der Küche bereits die Messer wetzte. Ihr Vater krempelte sich die weißen Sonntagsärmel auf und ging nach nebenan in die Waschküche. Mathilda und Leni standen schweigend nebeneinander und lauschten dem Plätschern, mit dem er sich die Hände in der Waschschüssel wusch.

Als er zurückkam, sah er sie verkniffen an. »Dann seht man zu, dass ihr zwei hier fertig werdet. Joseph hat schon ausgespannt, und das Tineken hat den Kuchen auf dem Tisch stehen. Eure Schwester gibt sich immer große Mühe mit allem. Es ist unhöflich, sie warten zu lassen.«

Mathilda nickte gehorsam.

»Ja, Papa«, murmelte auch Leni. Aber Mathilda hörte die unterdrückte Rebellion in ihrem Tonfall.

Sobald ihr Vater in der Deele verschwunden war, zog Leni eine Fratze in seine Richtung. »Katharina hier, Tineken da«, zischte sie. »Und die unanständigen Soldatenliebchen auf der anderen Seite.« Ihre Augen verengten sich zu Schlitzen. »›Sie gibt sich ja solche Mühe mit allem.‹ Und wir? Wir geben uns wohl keine Mühe?! Wir benutzen nur immer die falschen, frechen Worte.«

Mathilda atmete tief ein. In ihr tobte es, ein rasender Sturm aus Furcht, Scham und Eifersucht. Da war es also wieder, ihr Zuhause, und mit ihm ein ganzes Knäuel aus verstrickten Gefühlen, für die sie früher nicht einmal einen Namen gehabt hatte.

Doch jetzt war sie erwachsener geworden. Sie durfte sich nicht länger davon unterkriegen lassen. Stattdessen wollte sie nur noch die guten Gefühle wahrnehmen: Lenis Fröhlichkeit, Josephs Verständnis, die Zärtlichkeit zu einem neugeborenen Tier. Hastig drehte sie sich zurück zu dem strubbeligen Kälbchen, wollte sich durch seinen friedlichen Anblick trösten lassen, so lange, bis sie die Tränen endlich herunterschlucken konnte. Sogar mehr als das. »Weißt du was? Wir nennen ihn Emil! Genau wie Böttchers Emil.« Sie verstellte ihre Stimme auf die gleiche Weise wie Leni: »›Und was, wenn der Klapperstorch den Emil fallen lässt?‹«

Leni prustete los. »Das ist gut«, rief sie. »Mathilda, du bist genial! So nennen wir ihn.«

2. KAPITEL

Fichtenhausen, Paderborner Land, April 1933

Mathilda wusste nicht, wann genau Karl nach Fichtenhausen gekommen war. Auch nicht, wann Joseph ihn zum ersten Mal getroffen hatte. Sie wusste nur, dass ihr Bruder ihn bereits kannte, als sie Karl zum ersten Mal gesehen hatte.

Es war im Frühling gewesen, in der Zeit kurz vor Ostern. Von jeher war es Kinderaufgabe, die Gösseln zu hüten, und so waren Joseph und sie jeden Tag nach der Schule mit den Gänsemüttern und ihren Küken ins Bruch gezogen, damit sie dort Kräuter und Gras fressen konnten.

Meistens hatten Mathilda und Joseph beim Gänsehüten nicht viel zu tun. Sobald sie die Gänsemütter und ihre Gösseln ins Bruch getrieben hatten, reichte es aus, wenn sie ein Ohr auf das eifrige Piepsen der Kleinen hatten. Nur, wenn die Kleinen schrien und die Gänsemutter anfing zu zetern, war eines der Küken in den Abzugsgraben gefallen, aus dem Joseph sie retten musste.

Aber in der Regel blieb ihnen ausreichend Zeit, um zu spielen, bis sie die Gänse am Abend wieder nach Hause bringen mussten. Seit ihre Mutter vor drei Jahren gestorben war, war es fast die einzige Zeit, die sie zum Spielen hatten. Wann immer Joseph und sie auf dem Hof waren, wurden sie von ihren älteren Schwestern von einer Arbeit zur anderen gescheucht.

Die Zeit im Bruch hingegen hatten sie ganz für sich, und Mathilda liebte diese Nachmittage. Meistens spielten sie mit Murmeln, schnitzten sich Spielfiguren aus Weidenzweigen oder fingen Käfer und Frösche, denen sie winzige Zoogehege bauten.

Dass es in manchen Städten einen Zoo gab, hatte ihre Schwester Betti ihnen erzählt. Betti war vor zwei Jahren nach Hannover gezogen und brachte von dort die unglaublichsten Geschichten mit. Nur zu Weihnachten, Ostern und Pfingsten kam sie nach Hause. Bei einem dieser Feste hatte sie Joseph und Mathilda versprochen, dass sie in Hannover in den Zoo gehen würden, wenn sie einmal zu Besuch kämen. Aber bis jetzt hatte Mathilda sich vergeblich darauf gefreut. Nicht ein einziges Mal war ihr Vater mit ihnen nach Hannover gefahren. Er war nicht einmal allein dort gewesen.

Mathilda hatte lange gebraucht, um zu verstehen, warum Betti das schwarze Schaf der Familie war. Betti war von der katholischen Kirche exkommuniziert worden, weil sie einen Protestanten geheiratet hatte. Das hatte ihr Vater ihr nie verziehen.

Gerade in diesem Frühjahr hatte Mathilda sich besonders viele Gedanken über Betti gemacht. An dem ersten Sonntag nach Ostern würde ihre Erstkommunion sein, und erst durch den Kommunionsunterricht hatte sie begriffen, wie wichtig der rechte Glauben war, um ein gutes Leben zu führen.

An einem sonnigen Nachmittag Anfang April saß sie mit Joseph zusammen am Rande des Seerosenteiches. Links von ihnen schimmerte das dunkle Wasser und rechts erstreckte sich die Weite des Bruches. Ihre Gänse plantschten am Teichufer und fiepten unermüdlich vor sich hin.

Hinter ihnen lag ihre Plaggenhütte am Rand des Birkenwäldchens. Die Hütte hatte ihnen ihr Vater gebaut, als sie noch klein gewesen waren. Sie bestand aus getrockneten Heidekrautplaggen, die aus dem Moorboden ausgestochen wurden. Inzwischen war die Hütte schon alt, aber sie hielt noch immer. Joseph und sie mussten nur darauf achten, sie in Ordnung zu halten und hin und wieder mit neuen Plaggenstücken zu reparieren.

Neben der Hütte hatten sie sich ein Sofa und einen Hocker aus Torfplaggen gebaut. Dort saßen sie auch an jenem Nachmittag und machten ihre Hausaufgaben. Vor allem Joseph hatte reichliche Schularbeiten. Er war in der siebten Klasse und hatte in seinem vorletzten Schuljahr so viel für die Schule zu tun, dass er kaum noch Zeit zum Spielen fand. Oder wollte er nicht mehr spielen? Manchmal war Mathilda sich nicht sicher.

Ein leises Seufzen schlich sich aus ihrem Mund, während sie die

39

Gänseküken beobachtete. Nur zu gerne würde sie spielen. Doch sie musste endlich ihre Sündenliste fertigstellen, damit sie zu ihrer Erstkommunion die erste Beichte ablegen konnte. Schon seit Wochen brütete sie darüber, um keine Sünde zu vergessen.

»Mathilda!« Josephs Ermahnung ließ sie zusammenzucken. »Hör auf, in der Gegend herumzugucken. Du musst weitermachen!«

Mathilda nickte hastig und versuchte, sich zu konzentrieren. Sie wollte alles noch einmal durchgehen und in Ruhe überlegen, was sie vergessen hatte.

1. Gebot: Du sollst dir kein Gottesbild machen.

Ich habe mir Gott immer als dicken, freundlichen Mann vorgestellt, der einen weißen Bart trägt und im Himmel sitzt, hatte Mathilda daruntergeschrieben. Was so schlimm daran sein sollte, sich Gott auf diese Weise vorzustellen, verstand sie noch immer nicht. Aber es würde wohl nicht schaden, wenn sie es beichtete.

2. Gebot: Du sollst den Namen des Herren, deines Gottes nicht missbrauchen.

Dieses Gebot war eines der leichteren, denn soweit Mathilda wusste, hatte sie nie dagegen verstoßen. In ihrer Familie war es streng verboten, im Namen Gottes zu fluchen und Mathilda wäre es nicht im Traum in den Sinn gekommen, dagegen zu verstoßen.

3. Gebot: Du sollst den Tag des Herren heiligen.

Was das betraf, war sich Mathilda nicht sicher. Sie hob den Kopf, um ihren Bruder zu fragen: »Wenn ich sonntags auf dem Rückweg von der Kirche nach Hause renne – ist das dann Arbeit oder nicht?«

Joseph zuckte mit den Schultern. »Ich weiß nicht genau. Ich denke nicht, du machst das ja, weil es dir Spaß macht.«

Mathilda steckte den Bleistift in den Mund und kaute darauf herum. »Und wenn ich dabei helfe, die Kühe zu füttern?«

Joseph starrte ins Leere. »Nein, das ist auch keine Sünde. Sie haben Hunger und müssen gefüttert werden. Katharina muss es ja auch nicht beichten, wenn sie uns Essen kocht. Aber das Futter sollte schon am Samstag gesucht und zubereitet werden.«

Mathilda atmete erleichtert aus und machte hinter das dritte Gebot einen Strich. Das vierte Gebot war hingegen deutlich schwieriger: *Du sollst Vater und Mutter ehren.*

»Hör auf damit!«

Mathilda schreckte auf. »Wie bitte?«

Joseph deutete auf ihr Gesicht. »Hör auf, an deinem Bleistift zu kauen. Wenn Katharina dir deshalb einen neuen kaufen muss, fängst du dir eine.«

Mathilda zog hastig den Bleistift aus dem Mund. Das Holz war bereits von deutlichen Nagespuren überzogen. Sie starrte darauf und kaute stattdessen auf ihren Lippen. Ob das auch eine Sünde war, wenn sie ihre Sachen versehentlich kaputtmachte? Bestimmt. Aber Mathilda wusste nicht, unter welchem Gebot sie so etwas beichten sollte. Also schrieb sie es einfach ans Ende ihrer Liste.

Doch ihr Problem lag immer noch darin, dass sie Vater und Mutter ehren sollte. »Was ist eigentlich mit Katharina? Muss ich Katharina auch ehren, obwohl sie nicht meine Mutter ist?«

Joseph sah abermals von seinen Hausaufgaben auf. »Nein, nein, das musst du nicht. Da steht schließlich nicht, dass wir unsere Schwestern wie Mütter oder Väter ehren müssen.«

Mathilda fiel ein Stein vom Herzen. Erleichtert strich sie die 23 mühsam beschriebenen Momente durch, in denen sie Katharina nicht gehorcht oder sie in Gedanken verflucht hatte.

5. Gebot: Du sollst nicht töten.

Mathilda hatte ausführlich mit Joseph darüber gesprochen, dass Tiere schlachten und Fliegen erschlagen nicht darunterfielen. Und einen Menschen würde sie nun wirklich niemals ermorden.

Mathilda übersprang das 6. Gebot. Auch das 7. war problemlos, denn gestohlen hatte sie noch nie etwas. Erst beim 8. wurde es wieder unangenehm. Volle 13 Mal hatte sie Katharina, ihrem Vater oder ihren anderen Schwestern nicht die Wahrheit gesagt, wenn sie heimlich mit Joseph gespielt hatte oder ein anderes Geheimnis bewahren wollte – und das nur in den drei Wochen, seit sie diese Liste führte. Wie oft sie vorher schon gelogen hatte, konnte sie beim besten Willen nicht mehr sagen.

Das neunte Gebot betraf sie nicht und schien nur für Männer zu gelten. Wozu sollte sie auch eine Frau haben wollen? Eine neue Mutter hätte sie gebrauchen können, aber keine würde so schön und so gütig sein wie ihre eigene Mutter, also wollte sie lieber keine andere. Entsprechend gab es nichts zu beichten.

Dafür war das zehnte Gebot umso schlimmer, genaugenommen war es sogar gemein: *Du sollst nicht begehren deines nächsten Gut.*

Darunter hatte Mathilda etwas geschrieben, was sie bislang noch niemandem verraten hatte, nicht einmal Joseph:

Ich bin neidisch auf die Puppe, die meine Freundin Anna zum letzten Weihnachtsfest bekommen hat. Aber vor allem bin ich neidisch, weil das Christkind Anna schon oft eine Puppe gebracht hat und mir noch nie. Warum ist das Christkind so ungerecht?

Mathilda überlegte, ob sie den letzten Satz lieber streichen sollte. Schließlich sollte man in der Beichte ja nur die Sünden gestehen und keine Fragen an den Pastor stellen. Höchstens im Kommunionsunterricht hätte sie ihn fragen können, aber dann wären ja auch die anderen dabei. Und in Annas Gegenwart wollte sie nun wirklich nicht darüber sprechen. Immerhin war Anna ihre Freundin, und es war nicht recht, auf sie neidisch zu sein.

Mathilda schaute zu Joseph und überlegte, ob sie ihn um Rat bitten sollte. Er hatte sich wieder über sein Heft gebeugt, und sie konnte nur die braune Mütze erkennen, die sein Gesicht vor der Sonne abschirmte.

Sie beschloss, dass es besser war, ihn nicht wegen der Sache mit Annas Puppe zu belästigen, sonst würde er sie wieder rügen. Aber eine ähnliche Frage brannte auf ihrem Herzen: »Meinst du, der Osterhase hat uns in diesem Jahr wieder vergessen? Letztes und vorletztes Jahr war er nur bei Anna und Liesel. Warum vergisst er uns immer?«

Joseph sah zu ihr hoch. Er schien zu zögern, seine Miene wirkte bedrückt, ehe er antwortete. »Ich weiß es nicht, Mathilda. Vielleicht war ein Teil der Hasenfamilie krank, und sie haben es nicht bis zu uns geschafft. Oder sie hatten Angst vor unserer wilden Diana.«

Mathilda dachte an die Osterhasengeschichten, die Joseph ihr in den letzten Wochen erzählt hatte: Von dem strengen Osterhasenlehrer und den Osterhasenkindern, die in der Malschule lernten, wie man die Eier bepinselte. Immer wieder hielt sie nach den kleinen Häschen Ausschau. Ein paar von ihnen hatte sie schon gesehen.

Sie konnte sich gut vorstellen, dass so kleine Häschen große Angst vor einem jungen Jagdhund hatten.

»Aber in diesem Jahr werde ich aufpassen und Diana einsperren.« Joseph lächelte ihr zuversichtlich zu. »Dann kommen die Osterhasen bestimmt wieder zu uns.«

Vorsichtig erwiderte Mathilda sein Lächeln. Sie hoffte darauf, dass er recht hatte. Sie hoffte es mehr als alles andere!

Schließlich schaute sie zurück auf ihre Sündenliste. Inzwischen hatte sie fast alles aufgeschrieben. Nur das 6. Gebot war ihr noch immer ein Rätsel: *Du sollst nicht Unkeuschheit treiben.*

Sie hatte Joseph schon einmal danach gefragt, aber er hatte sich geweigert, ihr zu antworten. Mathilda wurde allmählich unruhig. Bis zu ihrer ersten Beichte musste sie herausfinden, was das hieß. »Das 6. Gebot ...«, setzte sie vorsichtig an. »Du sollst nicht Unkeuschheit treiben – was ist damit gemeint?«

Joseph sah erschrocken zu ihr auf. Seine Lippen bewegten sich und Mathilda konnte beinahe erkennen, wie er sich eine neue Ausrede überlegte. Es musste ein schlimmes Gebot sein, wenn es ihm so schwerfiel, darüber zu reden.

»Bitte, Joseph«, bettelte sie. »Du musst es mir erklären. Sonst kann ich doch nicht richtig beichten.«

Ein roter Schimmer huschte über Josephs Wangen, er sah zu Boden und räusperte sich. »Das bedeutet, dass du dich da unten nicht anfassen darfst. Wenn du es doch tust, dann ist das unkeusch.«

Mathilda neigte verständnislos den Kopf zur Seite. »Was meinst du denn mit *da unten*? Meine Füße? Warum darf ich meine Füße nicht anfassen?«

Joseph lachte nervös auf. »Nein. Nicht deine Füße. Ich meine da.« Er zeigte zwischen seine Beine, auf die Stelle, an der er etwas hatte, was bei Mathilda fehlte. Es war lange her, seit sie es gesehen hatte. Es musste damals gewesen sein, als ihre Mutter noch lebte und sie zusam-

43

men mit Joseph am Samstag in der Waschküche in dem großen Bottich gebadet hatte. Nur einmal hatte Mathilda das lustige Ding angefasst. Aber ihre Mutter hatte ihr erschrocken auf die Hand gehauen und etwas gemurmelt. Erst jetzt erinnerte sie sich an die Worte, die sie damals nicht verstanden hatte: »Lass das, Tildeken. Das ist Sünde.«

Mathilda wurde rot. Sie durfte Joseph also nicht *da unten* berühren. Aber hatte er nicht gerade gesagt, dass sie sich selbst nicht berühren durfte? Bei ihr war an dieser Stelle doch gar nichts Besonderes. Abgesehen davon fand sie die Stelle ekelig. Eigentlich wollte sie sich nicht dort anfassen. Aber sie musste es doch?! Um sich auf dem Klo ... Erst durch Josephs rügenden Blick fiel ihr auf, dass sie schon wieder den Bleistift im Mund hatte. Hastig zog sie ihn heraus.

Das mit dem Klo war ein Problem. Sie musste sich doch abputzen. Selbst ihre Mutter hatte darauf bestanden und es ihr beigebracht. Dann konnte es also so falsch nicht sein. Trotzdem musste sie sichergehen. »Und was ist, wenn ich auf dem Klo war?«, flüsterte sie.

Josephs Gesicht färbte sich dunkelrot. Mit einem hastigen Räuspern schaute er wieder auf seine Hausaufgaben. »Dann musst du das beichten.«

Mathilda schluckte. »Jedes Mal? Muss ich die Zahl dazuschreiben?«

Joseph nickte nur und beugte sich noch tiefer über sein Heft.

Mathilda überlegte. Wie oft war sie heute auf dem Klo gewesen? Nein, sie musste den gestrigen Tag zählen und dann ausrechnen, wie viele Tage sie schon lebte. Nein, auch das war falsch. Seit wann ging sie selbst auf das Plumpsklo und putzte sich ab? Vielleicht seit sie drei war?

Mathilda rechnete. Sie ging etwa sieben Mal am Tag aufs Klo. Vor zwei Monaten war sie neun Jahre alt geworden. Minus drei blieben also sechs Jahre und zwei Monate. Sechs Jahre mal 365 ... Mathilda schrieb die Rechnung auf die Rückseite ihrer Liste. Allein das machte 2 190 Tage, mit 7 multipliziert ... machte 15 330. Aber auch dabei fehlten noch die letzten beiden Monate, sie rechnete es auf den Tag genau: plus 64 mal 7 – machte 15 778.

Eine niederschmetternde Zahl! Allein dafür würde sie in der Hölle schmoren. Dunkle Angst füllte ihren Brustkorb und stieg von unten in ihre Kehle. Ihre Hand zitterte, während sie ihre Sünde aufschrieb: *Seit meinem 3. Geburtstag habe ich 15 778 Mal Unkeuschheit getrieben.* Mathilda versuchte, das dunkle Gefühl herunterzuschlucken. Tränen wollten in ihre Augen steigen. Hastig wandte sie sich von Joseph ab und blickte in die andere Richtung. Besser war es, wenn er von ihrem beschämenden Ergebnis nichts erfuhr. Wenn sie gründlich genug beichtete, würde der liebe Gott ihr dann die grässliche Sünde verzeihen?

Plötzlich entdeckte sie einen Reiter, der zwischen den Wiesen über den Feldweg auf sie zuritt. Von weitem konnte sie nur erkennen, dass dunkle Haare unter seiner Mütze hervorschauten. Sein Pferd war braun, mit schwarzer Mähne und einem weißen Stern auf der Stirn. Sie konnte sich nicht daran erinnern, dieses Pferd schon einmal gesehen zu haben, und sie kannte alle Pferde aus der Gegend. Auch den Reiter erkannte sie nicht. Gab es jemanden in ihrem Dorf, der so dunkle Haare hatte? Linnenkamps Hugo hatte dunkle Haare, und auch die von Rittmeister Steineck waren braun. Aber der Gutsherr besaß eine andere Statur, wenn er auf dem Pferd saß. Er war stämmiger und größer. Doch dieser Reiter war so schmal, als wäre er noch fast ein Kind.

Mathilda stupste Joseph von der Seite an.»Wer ist das?«

Ihr Bruder folgte der Richtung und sprang auf.»Das ist Karl! Der neue Stallbursche von den Steinecks«, rief er begeistert. Dann sah er Mathilda nachdenklich an.»Er ist Protestant«, erklärte er mit gesenkter Stimme.»Wenn wir uns mit ihm anfreunden, sollten wir Papa besser nichts davon erzählen.« Auf seinem Gesicht erschien ein Grinsen. »Aber Protestant hin oder her, Karl ist sehr nett. Er hat versprochen, mir Reitunterricht zu geben.« Ohne weitere Umstände lief Joseph über die Wiese und winkte dem Reiter entgegen.

Mathilda sah ihm verwundert nach. Joseph kannte den Fremden also schon. Und er wollte ihm Reitunterricht geben? Neugierig stand sie auf, schob die Liste in ihren Schultornister und lief ihrem Bruder hinterher. Joseph öffnete dem Reiter das Gatter ihrer Wiese, und der Fremde ritt zu ihnen herein. Mathilda lief schneller. Sie wollte den neuen Stallburschen unter die Lupe nehmen.

Ihr Atem ging schwer, als sie Joseph und den Fremden erreichte. Karl war vom Pferd gesprungen und stand neben Joseph. Er war ein bisschen größer als ihr Bruder, fast so groß wie ein erwachsener Mann, nur dass er eher wie ein Junge aussah. Die Haare, die unter seiner braunen Kordmütze hervorschauten, waren beinahe schwarz. Nur die Sonne ließ sie in einem rötlichen Schimmer leuchten.

»Darf ich vorstellen«, Joseph zeigte auf Mathilda. »Das ist Mathilda, meine kleine Schwester. Und das hier ist Karl, wie ich dir gerade schon gesagt habe.«

Zum ersten Mal begegnete sie dem Blick des Fremden. Karl sah von oben auf sie herunter und musterte sie mit ernster Miene. Mathildas Herz fing an zu rasen. Seine Augen waren braun, hellbraun, karamellfarbenbraun. Ein warmes Lächeln erschien darin.

Ein Lächeln begann in den Augen! Noch nie hatte Mathilda darauf geachtet, aber jetzt konnte sie sehen, wie es in seinen Augen anfing und sich über sein Gesicht ausbreitete, bis es in jeden Winkel strahlte. Doch es hörte nicht bei ihm auf. Es flog zu ihr herüber, traf sie wie ein Sonnenstrahl und setzte sich in ihr Herz. Von dort aus zog es weiter durch ihren Körper, wärmte sie und legte sich um ihren Mund.

Aber etwas in seinen Augen stimmte nicht. Unter seinem Lächeln lag etwas verborgen. Sofort hatte sie es gesehen. Es rührte ein Gefühl an, das sie kannte, aber sie brauchte eine Sekunde, ehe sie es deuten konnte.

Er war traurig! Das war es. Hinter seinem Lächeln war er traurig, vielleicht sogar noch trauriger als sie. Und noch mitten in diesem Gedanken machte Mathilda etwas, was sie normalerweise nur sehr widerstrebend tat: Sie reichte ihm ihre Hand.

Karl nahm sie. Warm und rauh schlossen sich seine Finger um ihre. Aber sie beide sagten nichts. Kein »Guten Tag«, kein »Angenehm«. Mathilda spürte nur seine Wärme, sein Lächeln und seine Traurigkeit.

In diesem Moment wusste sie, dass sie Freunde werden würden. Ganz gleich, ob er Protestant war.

3. KAPITEL

Besetztes Frankreich,
Grenzgebiet der Departements Vienne und Charente, Juli 1940

Gleißend hell hing die Sonne am Himmel und brannte auf die Flüchtlinge herab. Die Hitze flimmerte über der trockenen Erde, fing sich zwischen den verdorrten Grashalmen und flirrte in silbrigen Schleiern um die Franzosen herum, die sich in einer endlosen Kolonne die Straße entlangschoben. Bis zum Horizont reihten sich Kutschen, Karren und Fahrräder hintereinander, dazwischen riesige Menschentrauben. Ihre Schritte wirbelten den Staub auf, der sie wie eine Wolke umhüllte und sich in einer grauen Schicht über ihre Kleider und Haare legte.

Karl ließ sein Pferd am Rand des Flüchtlingsstromes entlang patrouillieren und betrachtete der Reihe nach die müden Gesichter. Die meisten von ihnen waren Frauen, Kinder und alte Leute. Manche besaßen Esel oder Pferde, die ihre Sachen trugen. Andere führten ein Schwein oder eine Ziege am Strick. Aber sie alle waren erschöpft. Die meisten liefen gebeugt und schauten zu Boden. Kinder jammerten um Wasser und weinten vor Müdigkeit, nur hier und da durch die Stimmen der Mütter unterbrochen, die zu einem Murmeln geworden waren.

Vor einem Monat waren die Menschen von Nordfrankreich aus Richtung Süden geflohen. Doch nun, nach dem Waffenstillstand, kehrten sie in ihre Heimat zurück in der Hoffnung, dass ihre Dörfer noch standen und ihr Hausrat nicht geplündert oder zerstört worden war.

Ein winziger Stich regte sich in Karls Magengrube. Diese Mütter und Kinder waren vor ihm geflohen, vor der deutschen Wehrmacht, in der er diente, vor ihren Bombern und Gewehren, mit denen auch er noch vor wenigen Wochen geschossen hatte. Spätestens der Blick in ihre Gesichter machte ihm klar, dass auch er die Schuld an ihrem Leid trug.

Karl atmete tief ein, um den Gedanken zurückzudrängen. Dennoch wusste er, dass dieser Zweifel immer bleiben würde: Es war falsch, ein Soldat zu sein, es war falsch, ein Gewehr zu führen und Menschen zu töten. Und am falschesten war es, ausgerechnet in der deutschen Wehrmacht zu kämpfen. Doch er hatte keine andere Wahl. Es gab nur einen Weg, auf dem er weitermachen konnte. Er würde Soldat bleiben und Befehle befolgen. Es war nicht nur seine Pflicht, der er sich nicht entziehen konnte, es war auch seine einzige Chance.

Seine Aufmerksamkeit kehrte zu den Flüchtlingen zurück. Wieder betrachtete er jedes einzelne der Gesichter, versuchte, sie wahrzunehmen, ehe er weitersah, immer auf der Suche nach den Menschen, die sich anders verhielten, die sich nicht vor ihm und seinesgleichen duckten. Tatsächlich entdeckte er sie: Vereinzelte Frauen und ältere Leute, die ihn herausfordernd ansahen, so als würden sie nur darauf warten, sich gegen ihn zu wehren. Karl hielt ihren Blicken stand, hielt sie länger als nötig und lächelte ihnen zu.

Die meisten reagierten überrascht, für Sekunden verschwand die Müdigkeit aus ihren Augen. Manchmal huschte ein freundlicher Zug über ihre Miene. Doch in anderen Gesichtern brannte stiller Zorn, den sein Lächeln bestenfalls in Misstrauen verwandelte. Nur die Kinder sahen ihm offen entgegen, trotz allen Schreckens noch voller Vertrauen in ein lächelndes Gesicht.

Dieses Mal war es ein kleines Mädchen, das neugierig zu ihm hoch schaute. Karl zwinkerte ihr zu, zog einen Apfel aus seiner Satteltasche und warf ihn in ihre Richtung.

Das Mädchen schnappte ihn aus der Luft, ihre Augen leuchteten auf. Auch ihre Mutter hob den Kopf. Die Mundwinkel der Kleinen zogen sich nach oben. *Merci.* Lautlos kam das Wort über ihre Lippen.

»De rien.« Karl tippte mit der Hand an seinen Helm.

»Moi aussi«, rief ein kleiner Junge und streckte ihm die Arme entgegen. Mit einem Mal kam Leben in die Gruppe, weitere Kinder riefen ihm zu und sprangen in seine Richtung. Karl musste lachen. Er holte die letzten Äpfel aus der Satteltasche und warf sie den Kindern zu. Schließlich zuckte er mit den Schultern und sah mitleidig in die Runde.

»Je n'ai plus rien.« Er deutete auf Civray, auf das Dorf, das nur noch einen halben Kilometer entfernt lag. »Mais mes camarades vous donneront de l'eau et de la soupe, quand vous êtes dans le village.«

Die Gesichter der Menschen hellten sich auf. Einige wurden schneller und riefen die Nachricht von Wasser und Suppe weiter nach hinten. Wie ein Lauffeuer raste die Botschaft durch die Kolonne. Selbst weit hinten hoben die Menschen ihre Köpfe. Ein aufgeregtes Raunen erhob sich über den Reihen und verzweigte sich in unzählige Gespräche.

Es war eine dünne Suppe, die hauptsächlich Kohl und nur wenig Fett enthielt und in keiner Weise mit dem zu vergleichen war, was die Köche für die eigenen Soldaten in der Gulaschkanone zubereiteten. Dennoch war es Suppe, und die Tatsache, dass eine deutsche Besatzungstruppe für eine ganze Flüchtlingskolonne Essen bereitstellte, war eher eine Ausnahme.

Ihr Kommandeur war einer der wenigen, die sich nicht lange mit Bürokratie und den Befehlen von oben aufhielten. Die Suppe hatte er kurzerhand selbst in Auftrag gegeben. Auch, wenn es für die Mannschaften immer wieder mühsam war, ausreichend Lebensmittel zu organisieren und so mancher darüber murrte, ihr Kommandeur beharrte darauf, dass die Flüchtlinge versorgt werden mussten.

Als weitere Maßnahme hatten sie am Rande des Dorfes einige Wiesen mit provisorischen Zelten und Aborten eingerichtet, auf denen die Flüchtlinge übernachten und im Notfall auch für ein paar Tage lagern konnten. Nur so war es zu verhindern, dass die schlafenden Menschen die Straße versperrten oder auf der Suche nach einem Lagerplatz das reife Getreide zertraten.

Ob Oberleutnant von Boeselager das alles in Auftrag gegeben hatte, weil er so ein guter Mensch war, oder ob es nur eine weitere brillante Strategie in seiner Sammlung von außergewöhnlichen Kriegsstrategien darstellte, blieb Karl bis jetzt ein Rätsel. In jedem Fall war es ein kluger Schachzug. Immerhin war es ihre Besatzungsaufgabe, den Flüchtlingsstrom ruhig zu halten – und satte Menschen ließen sich deutlich leichter kontrollieren als hungrige.

Was auch immer den Kommandeur dazu bewogen hatte, solche Entscheidungen zu treffen, Karl war froh darüber. Allein bei der Vorstellung, diese Frauen und Kinder hungern zu sehen, lief es ihm kalt den Rücken herunter.

Als Karl seinen Blick ein weiteres Mal über die Kolonne schweifen ließ, bemerkte er, wie Oberreiter Rabe zu ihm herübersah. Oscar Rabe gehörte zur gleichen Reitergruppe wie er und patrouillierte auf dem Straßenabschnitt neben ihm. Er machte ein paar feixende Gesten und schien sich darüber zu amüsieren, dass Karl den Flüchtlingszug aufgemuntert hatte.

Karl nickte ihm zu und seufzte leise. Allzu gerne wollte er daran glauben, dass sie gut und fair zu den Flüchtlingen waren. Genauso wie die meisten seiner Kameraden glaubten, der Krieg gegen Frankreich wäre eine gerechte Sache. Doch er wusste es besser. Schon von Natur aus konnte ein Krieg nicht gerecht sein. Bei diesem Krieg kam hinzu, dass er Hitlers Werk war. Und was der deutsche Führer als Gerechtigkeit empfand, hatte Karl längst mit eigenen Augen gesehen.

Noch mit diesem Gedanken unterbrach er sich selbst und schimpfte sich einen Narr. Er musste aufhören, darüber nachzudenken! Selbst, wenn er keinen Ton davon sagte, allein solche Überlegungen waren zu gefährlich. Sie brachten ihn dazu, verräterische Dinge zu tun.

Stattdessen wendete er sein Pferd und blickte in die andere Richtung. Auch hier, auf der dem Dorf zugewandten Seite, ritten seine Kameraden an der Kolonne entlang, um den Flüchtlingsstrom zu kontrollieren. Manchmal gab es tatsächlich kleinere Unruhen, die sie beschwichtigen mussten. Aber an diesem Tag war alles ruhig geblieben. Einzig die glühende Hitze machte ihnen zu schaffen, Flüchtlingen wie Soldaten gleichermaßen. Die Uniform klebte auf Karls Haut, der Schweiß sammelte sich in seinem Nacken und lief kitzelnd die Wirbelsäule hinunter. Am liebsten hätte er die graue Feldbluse ausgezogen oder wenigstens den Helm abgenommen. Aber weder das eine noch das andere war gestattet. Er nahm sich lediglich die Freiheit, die Uniformjacke ein wenig aufzuknöpfen.

Ein Schrei riss ihn aus seinen Gedanken, gefolgt von mehrstimmigem Gezeter. Weiter vorne geriet die Kolonne ins Stocken, einzelne

Leute blieben stehen, und die nächsten stauten sich dahinter. Es war in jenem Abschnitt, der von Unteroffizier Palm kontrolliert wurde. Karl hielt nach seinem Vorgesetzten Ausschau und fand Palms Pferd, das ohne Reiter direkt neben dem Tumult stand.

Schnell ließ er seine Stute antraben, lenkte sie am Feldrand entlang in Richtung Aufruhr. Als er ankam, entdeckte er, dass Palm sich mitten im Geschehen befand. Er hielt eine junge Frau am Handgelenk, die sich verzweifelt gegen ihn wehrte. »Arrêtez! Ne me touchez pas!«, rief sie auf Französisch, wiederholte es ein ums andere Mal: »Hören Sie auf! Lassen Sie mich los!«

Karl konnte nicht ausmachen, warum Palm sie festhielt, doch dem Unteroffizier schien es sichtlich Spaß zu machen. »Was denn?! Hab dich nicht so«, rief er auf Deutsch zurück. »Wenn du mich anbettelst, musst du auch dafür bezahlen.« Er strich mit seiner freien Hand über ihre Wange.

Die Französin wich zurück, seine Hand fiel herunter. Wie zufällig landete sie auf ihrer Brust. »Huch«, lachte er. »Was haben wir denn da? Wenn du ein paar Privilegien willst, kommst du mit und wir reden darüber.«

Die Französin versuchte, ihn wegzustoßen, drehte ihr Handgelenk in seinem Griff.

Ludwig Palm hielt sie nur umso fester.

Die anderen Französinnen in der Kolonne waren zurückgewichen. Manche sahen mit erschrockenen Blicken zu, andere senkten den Kopf und versuchten, unauffällig weiterzugehen. Doch niemand wagte es, der bedrängten Frau zu helfen.

In Karl stieg die Wut hoch. Er wollte von seinem Pferd springen und Palm von der Französin wegzerren. Aber der Unteroffizier war sein Vorgesetzter. Wenn er mit Gewalt eingriff, drohten ihm schwere Konsequenzen. Er musste ruhig bleiben, musste sich etwas anderes ausdenken, um Palm von der Frau abzubringen.

Dann bemerkte er ein Mädchen, das einen kleinen Jungen auf dem Arm hielt. Sie stand nur wenige Meter neben Palm und der Frau. Die Kleine musste etwa zehn oder elf Jahre alt sein und war unübersehbar die Tochter der Französin. Sie hatte die gleichen dunklen Haare, die braunen Augen und das schmale Gesicht ihrer Mutter. Nur von dem Jungen konnte Karl nicht viel erkennen. Schlaff hing er auf dem Arm seiner Schwester. Karl sprang zu Boden. Ein paar Franzosen wichen ängstlich zur Seite, als er das Pferd an ihnen vorbeiführte.

Palm hatte die Frau inzwischen aus dem Flüchtlingsstrom beiseitegezogen und drängte sie auf ein Gebüsch zu, das am Straßenrand stand. »Na komm schon«, säuselte er. »Eine kleine Gefälligkeit, und du bekommst, was du willst.« Seine Hand tastete wieder nach ihrer Brust.

Die Französin schrie ihn an: »Sale Boche! Va te faire voir!« Ihre Miene verzerrte sich zu einer Grimasse, kurz bevor sie ihm ins Gesicht spuckte. Palm holte aus, gab ihr eine Ohrfeige und stieß sie zu Boden. »Wag es noch mal, dreckige Hure! Du bist festgenommen!« Damit stürzte er sich auf sie, drehte die Arme auf ihren Rücken und fesselte sie.

»Non, Maman!« Das kleine Mädchen schrie dazwischen. »Il est malade! Mon frère est très malade. Nous avons besoin d'aide.«

Karl konnte nicht länger zusehen. Er ging auf Palm zu. Doch er musste sich zusammenreißen, durfte seinem Vorgesetzen nicht zeigen, wie wütend er war. »Was ist geschehen? Kann ich helfen?«

Palm sah zu ihm auf. Seine Mütze war zu Boden gefallen, und seine geöffnete Feldbluse hing nur noch halb auf seiner Schulter. »Bergmann.« In seinen Augen erschien ein merkwürdiges Blitzen. »Hast du das kleine Luder hier gesehen? Sie hat mich angespuckt! Sie leistet Widerstand.«

Karl hätte liebend gerne mit ihm diskutiert, um ihm zu sagen, dass die Französin jedes Recht hatte, sich gegen seine Übergriffe zu wehren. Aber nichts davon würde helfen. Stattdessen übersetzte er das, was das Mädchen gesagt hatte: »Ihr kleiner Sohn ist krank. Sie braucht Hilfe für ihr Kind.«

Palm stand auf und zerrte die Frau auf die Füße. »Von wegen Hilfe! Sie hat Widerstand geleistet. Und der Kleine simuliert, weil sie bei uns schmarotzen wollen. Sie hat mich ›Boche‹ genannt.« Palm straffte die

Schultern und schob die Frau so, dass sie vor ihm stand. »Allein dafür gehört sie festgenommen!«

Karl erwiderte den Blick seines Vorgesetzten. Genaugenommen hatte die Französin ihn einen »sale boche« genannt, einen »dreckigen Deutschen«. Aber vermutlich war es besser, wenn Palm das nicht so genau erfuhr. In jedem Fall hatte sie recht: Palm war ein dreckiger Deutscher, und Karl musste die Zähne aufeinanderbeißen, um ihm das nicht ins Gesicht zu sagen.

Unteroffizier Palm kniff die Augen zusammen, die Muskeln an seinen Wangen zuckten. »Abführen!« Damit stieß er die Frau in Karls Richtung. Sie stolperte voran und konnte sich gerade noch abfangen, um nicht in seine Arme zu fallen. »Gefreiter Bergmann, bringen Sie die Widerständlerin in eine unserer Arrestzellen!« Auf Palms Gesicht erschien ein falsches Grinsen. Doch in seiner Miene lag noch etwas: Eine offene Drohung, falls Karl auf die Idee kommen sollte, sich dem Befehl zu widersetzen.

Mit einem Ruck wandte Karl sich ab, fasste die Zügel seines Pferdes enger und legte die Hand an die Fesseln der Frau. »On y va«, murmelte er und schob sie mit sanftem Druck voran. So unauffällig wie möglich schaute er sich um und suchte nach den beiden Kindern. Aber sie waren nirgendwo zu sehen. Nur ein paar der anderen Flüchtlinge blickten ihn hasserfüllt an. Hier und da öffnete jemand den Mund und er konnte die geflüsterten Worte von ihren Lippen lesen: »Sales Boches!« Karl atmete tief ein. Sie hatten recht. Solange er für die Deutschen kämpfte und ihre Befehle ausführte, war er kaum besser als Palm: ein dreckiger Deutscher.

»Je suis désolé.« Nur leise entschuldigte er sich bei der Französin, während er sie am Rand des Flüchtlingsstroms entlang führte. Sie hatte aufgehört, sich zu wehren. Aus den Augenwinkeln konnte er erkennen, wie sie nach jemandem Ausschau hielt. Aber wann immer Karl zu ihr hinübersah, schaute sie zu Boden. »Ihre Kinder«, setzte er auf Französisch fort. »Ich nehme an, sie haben sich versteckt?«

Die Französin fuhr erschrocken herum. Zum ersten Mal sah sie ihn an, mit gehetzten, verängstigten Augen. Natürlich! Das war der Grund, warum sie sich nicht weiter gegen die Festnahme gewehrt hatte. Sie wollte verhindern, dass ihre Kinder ebenfalls festgenommen wurden.

»Ihr Sohn ist krank«, stellte Karl fest. »Unteroffizier Palm spricht kein Französisch. Er hat es nicht verstanden. Aber wenn Sie erlauben, werde ich nachher nach Ihren Kindern suchen und den Kleinen zu einem Arzt bringen.«

Sie antwortete mit keinem Wort. Nur ein misstrauisches Kräuseln huschte über ihre Stirn.

Am liebsten hätte Karl sie freigelassen. Er müsste nur ihre Fesseln lösen, damit sie davonlaufen konnte, am besten irgendwo im Dorf, in irgendeiner Ecke zwischen den Häusern, sobald sie unbeobachtet waren.

Allein der Gedanke ließ seine Finger kribbeln. Diese Frau war unschuldig. Unteroffizier Palm hatte sie nur deshalb bedrängt, weil er sie provozieren wollte. Damit sie ihm einen Grund gab, um sie festzunehmen. Und wenn sie erst einmal im Gefängnis war, konnte Palm sie jederzeit »besuchen«.

Karl wurde übel. Er musste der Französin helfen. Wenn er verhindern wollte, dass Palm sich in dieser Nacht über sie hermachte, dann *musste* er sie freilassen!

Während sie die Flüchtlingsschlange am Rand des Feldes überholten und dem Dorf immer näher kamen, grübelte er darüber nach. In Gedanken ging er alle Gassen und Winkel des Dorfes durch, die sie durchqueren mussten, ehe sie zum Hauptquartier gelangten. Manche Winkel waren so versteckt, dass sie vermutlich niemand sehen würde. Und später könnte er behaupten, ein paar Franzosen hätten ihm aufgelauert und die Frau befreit.

Aber würde er wirklich einen unbeobachteten Moment finden? Ein Zeuge reichte aus, um ihn als Verräter ans Messer zu liefern.

Nein, er musste eine andere Lösung finden. Was wusste er über den Keller, den sie als Gefängnis nutzten? Er hatte ein schmales Fenster auf der Rückseite des Hauses. Um im Keller einen Zellentrakt herzurichten, war es vergittert worden. Aber womöglich waren die Stäbe nur provisorisch verankert und ließen sich von außen lösen. Ob es wohl möglich war, die Französin in der Nacht zu befreien?

Inzwischen hatten sie das Dorf erreicht. Die Hufe des Pferdes klapperten auf dem Pflaster. Die Dorfbewohner blieben misstrauisch stehen und sahen ihm zu, wie er die Gefangene neben sich herführte. Manche von ihnen zischten verächtliche Worte, die nur halb an Karls Ohren drangen. Doch es reichte aus, um zu wissen, dass sie ihn meinten.

Schließlich bogen sie um die letzte Ecke und liefen auf das Herrenhaus zu, das als Hauptquartier beschlagnahmt worden war. Ein paar Reiter standen als Wachen davor, nahmen Karl sein Pferd ab und ließen ihn mit der Gefangenen eintreten. Im ersten Moment hoffte er darauf, ihrem Kommandeur zu begegnen. Georg von Boeselager würde sich vermutlich über die Gefangene wundern und nach den näheren Umständen fragen. Aber er war nirgendwo zu sehen. Das Wohnzimmer, das er als Büro nutzte, war leer. Nicht einmal sein Adjutant war dort und auch sonst erschien alles ruhig.

Karl überlegte, ob er die Französin zum Hinterausgang hinausführen sollte. Aber es war zu spät. Die Wachen vor der Tür hatten ihn gesehen.

»Es tut mir wirklich leid«, murmelte er der Französin zu. »Ich wünschte, ich könnte das hier verhindern.« Er führte sie zur Kellertür, öffnete sie und schob die Gefangene in den dunklen Schacht, der zwischen feuchten Bruchsteinen nach unten führte.

Plötzlich blieb sie stehen, stemmte sich gegen ihn und versuchte, an ihm vorbei nach draußen zu kommen. »Lassen Sie mich frei«, rief sie auf Französisch. »Ich habe nichts getan! Ich bin unschuldig. Meine Kinder haben niemanden, der sich um sie kümmert. Ohne mich sind sie allein.«

Karl erstarrte. Eine Sekunde lang wollte er sie einfach vorbeilassen. Aber dann begriff er, dass genau das die Falle war, die Palm ihm gestellt hatte: Sein Vorgesetzter *wollte*, dass er sie freiließ. Schon lange schien er zu ahnen, wie Karl in Wirklichkeit dachte. Und jetzt wartete er nur auf einen Grund, ihn endlich als Verräter anzuschwärzen. Karl durfte die Französin nicht befreien! Nicht, wenn er überleben wollte.

»Was ist da los?« Unten vor den Gefangenenzellen erhob sich Tumult. Zwei weitere Wachen kamen herauf und starrten ihnen entgegen.

Ein harter Kloß versperrte Karls Hals. Er musste sich zwingen, um pflichtgemäß zu antworten: »Ich bringe eine Gefangene. Unteroffizier Palm hat sie im Flüchtlingstreck festgenommen.«

Die beiden Soldaten kamen ihm weiter entgegen, nahmen die Frau in Empfang und führten sie nach unten. Schließlich öffneten sie eine der Zellentüren und stießen sie hinein.

Keiner von ihnen fragte, was sie getan hatte.

* * *

Als wäre nichts gewesen, beendete Karl seinen Patrouillendienst. Drei weitere Stunden lang ritt er in seinem Straßenabschnitt hin und her, zwischen Oscar Rabe, seinem besten Freund, und Unteroffizier Palm, der ihn immer wieder prüfend musterte.

Karl wusste, dass er die Französin nicht würde vergessen können. Auch wenn es nicht möglich war, sie zu befreien, irgendetwas musste er unternehmen. Immer wieder hielt er von seinem Posten aus nach ihren Kindern Ausschau. Doch er entdeckte sie nirgends. Letztendlich konnte er nur hoffen, dass sie nicht mit dem Flüchtlingstreck auf eigene Faust weitergezogen waren. Kinder, die sich bedroht fühlten, waren unberechenbar.

Die Sonne hing bereits deutlich niedriger am Himmel, als der Dienst ihres Reiterzuges endlich beendet war. In einer langen Kolonne ritten sie zum Quartier zurück und saßen auf dem Vorplatz ab. Damit ihre Rückkehr geordnet ablief, gab es eine genaue Reihenfolge. Zu jeder Reitergruppe gehörten sechzehn Männer und sechzehn Pferde, die sich vor dem Stalleingang anstellten und warteten, bis die vorherige Gruppe ihre Pferde untergebracht hatte. Der Stall selbst befand sich in einer alten Bruchsteinscheune, die sie provisorisch umfunktioniert hatten. Als sie die Pferde hineinführten, hallte das Hufgeklapper in einem zigfachen Echo von den Bruchsteinwänden wieder und vermischte sich mit dem Plaudern der Männer, die ihren Abend planten. Mit munteren Stimmen riefen sie durch den Stall und brachen immer wieder in Gelächter aus.

Normalerweise mochte Karl diesen Moment. Es war der eine Augenblick, der sich überall ähnlich anfühlte, hier in Frankreich genauso wie in der Kaserne in Schloss Neuhaus oder wie damals auf Gut Steineck. Es war der Moment, in dem er nach Hause kam, in dem die Arbeit hinter ihm lag und die Konzentration endlich nachlassen durfte. Den ganzen Tag lang musste er funktionieren, musste Befehlen gehorchen und jeden Handgriff kontrollieren, um ja keinen Fehler zu machen. Erst, wenn sie am Abend den Stall erreichten, durften die Gefühle und Gedanken zu ihm zurückkehren, die er sich weder in der Reitbahn noch im Gefecht leisten konnte. Unter dem leisen Schnauben der Pferde und dem Plätschern der Tränke hatte er stets die Ruhe gefunden, um über das Geschehene nachzudenken, um seine Gefühle zu ordnen und die schlimmsten von ihnen zu überwinden. Früher, auf Gut Steineck, hatte er oft Stolz empfunden, auf das, was er zuvor in der Reitbahn geleistet hatte. Später, zu Beginn des Krieges, war es der Augenblick gewesen, in dem er zum ersten Mal die Furcht spürte, die er im Kampf verdrängt hatte. Allein unter dem Klappern der Hufe und dem Rascheln des Strohs ließ sich so manches Zittern verbergen, das niemand sonst sehen sollte.

Nur heute war es anders. In seiner Brust tobte ein Sturm, der sich nicht so leicht besiegen ließ. Karl fühlte sich schuldig. Schuldig am Schicksal der gefangenen Französin, an der Angst ihrer Kinder, an dem Schrecken, den die Flüchtlinge durchleben mussten. Mit einem harten Drücken gesellte sich diese Schuld zu jener, die seit Beginn des Krieges in seiner Brust hauste: Er hatte Menschen getötet. Wie viele, wusste er nicht. Und wenn er nichts unternahm, würde womöglich auch diese Französin sterben.

Die Schuld in seiner Brust brodelte, unbändige Wut drängte sich darunter hervor und wollte ihn vorantreiben. Am liebsten wollte er alles stehen- und liegenlassen und nach draußen laufen, wollte wenigstens die Kinder finden, wenn er sonst schon nichts tun konnte.

Karl atmete tief ein. Zuerst musste er ruhig werden. Er musste die Wut kontrollieren, durfte sie nicht an die Oberfläche lassen. Nur mit einem kühlen Kopf konnte er Entscheidungen treffen.

Hinter den anderen führte er sein Pferd zur Tränke und versuchte, sich auf die gewohnten Handgriffe zu konzentrieren. Nachdem Selma ihren Durst gestillt hatte, brachte er sie in ihre Box, nahm ihr die Trense ab und sah zu, wie sie sich auf den frischen Heuhaufen stürzte. Die Standplätze der Pferde waren nur mit Flankierbäumen voneinander getrennt und blieben zum Gang hin offen. Entsprechend musste er seiner Stute ein Halfter anlegen und sie anbinden. Erst dann zog er den Sattel von ihrem Rücken und hängte ihn über das Fußende des Flankierbaumes. Den Woilach, die warme Wolldecke, die ihnen als Sattelunterlage diente, legte er ordnungsgemäß darüber, mit der feuchten Seite nach oben. Schließlich wandte er sich wieder seinem Pferd zu, strich über den Widerrist und suchte nach Druckstellen. Das Fell in Selmas Sattellage war nass und kräuselte sich in der Feuchtigkeit. Auch das Fell an ihren Flanken färbte sich dunkel. Aber es schien alles in Ordnung zu sein.

Nichts war in Ordnung, solange die Französin unschuldig in ihrer Zelle saß! Wie ein Blitz zuckte der Gedanke durch seinen Kopf.

Karl schloss die Augen, versuchte, sich zu fangen. Gleich darauf zwang er sich, weiterzumachen. Wie jeden Abend tastete er Selmas Beine und Fesseln ab, prüfte, ob sie kühl oder heiß waren. Doch abgesehen von dem Schweiß schien der anstrengende Tag keine Spuren an ihr hinterlassen zu haben.

Also nahm er lediglich seinen Hufauskratzer, hob Selmas Vorderhuf hoch und achtete darauf, jedes noch so winzige Steinchen zu entfernen.

Aber ganz gleich, was er versuchte, um sich abzulenken, das Brodeln in seiner Brust ließ sich nicht zurückdrängen. Es verwandelte sich nur, in dumpfe Übelkeit, die mit jedem Herzschlag in seinem Magen drückte.

»Was ist denn mit dir los, Bergmann?« Die Frage ließ ihn zusammenzucken. Es war Oscar Rabe, der bei seinem Pferd in der Nachbarbox stand und zu Karl herüberschaute. »Du siehst aus, als hätte dir jemand Gift in die Suppe getan.«

Karl richtete sich auf und starrte seinen Freund an.

»Himmel!« Oscar grinste ihn an und biss in einen Apfel. »Du bist ja spuckeweiß. Wenn ich dich zum Arzt bringen soll, sagst du mir Bescheid, ja? Oder soll ich lieber gleich den Eimer holen?«

Karl schüttelte den Kopf. Nicht er musste zum Arzt. Der kleine Junge musste dorthin. Sofort! »Tust du mir einen Gefallen, Rabe?« Er deutete auf seinen Hufauskratzer und den Striegel. »Würdest du meine Sachen aufräumen? Ich muss was erledigen!«

Oscar hörte auf zu kauen und hob verständnislos die Augenbrauen. »Na sicher«, nuschelte er. »Geh du nur. Soldaten mit Mission sollte man nicht aufhalten.«

Karl nickte ihm zu, klopfte seinem Pferd auf das Hinterteil und ließ die beiden stehen. Mit hoch erhobenem Haupt schritt er durch den Pferdestall. Er mochte vielleicht spuckeweiß sein, aber darüber hinaus durfte er sich nichts anmerken lassen. Tatsächlich beachtete ihn niemand. Seine Kameraden waren noch immer in Gesprächen und Abendplanungen versunken, und ein Großteil von ihnen war längst auf dem Weg zur Essenausgabe.

Karl hingegen wanderte mit forschen Schritten durch das Dorf. Er musste so aussehen, als hätte er ein wichtiges Ziel, damit niemand bemerkte, wie planlos er durch das Dorf streunte. Tatsächlich durchsuchte er jeden Winkel und jede Gasse, ging von einem Haus zum nächsten, immer auf der Suche nach den dunkelsten Ecken. Er musste die Kinder finden! Wenigstens das war er der Französin schuldig.

Das Dorf war wie ausgestorben. Die meisten Franzosen hatten sich in ihre Häuser zurückgezogen, vermutlich, weil sie ihren deutschen Besatzern nicht begegnen wollten. Trotz aller Winkel und Gassen war es ohne die Menschen übersichtlich. Aber so sehr Karl sich auch bemühte, er fand die Kinder nicht.

Vielleicht hatten die beiden Unterschlupf bei einer französischen Familie gefunden? Oder waren sie doch mit den anderen Flüchtlingen weitergezogen?

Karl wollte nicht aufgeben. Stattdessen lief er eine weitere Runde, dieses Mal über das Dorf hinaus. Als er schließlich die Charente erreichte und über eine der Brücken gehen wollte, ahnte er, wo sich die Kinder versteckt hatten. Natürlich waren sie nicht zwischen den Häusern, nicht dort, wo sie von Menschen gefunden und verjagt werden konnten.

Möglichst lautlos verließ Karl die Straße, schlich sich die Böschung zum Fluss hinab und lugte unter die Brücke. Ein fahles Gesicht sah ihm entgegen, große Augen und ein gehetzter Blick. Das Mädchen!

Karl atmete auf. Die Kleine sprang auf ihre Beine, schien weglaufen zu wollen und blieb dann unschlüssig stehen. Ihr Bruder lag neben ihr. Hastig bückte sie sich, um ihn hochzuheben.

»Arrêtes.« Karl flüsterte ihr zu, übersetzte seine Gedanken so schnell wie möglich ins Französische: »Ich tue euch nichts! Ich will euch helfen.«

Das Mädchen zögerte. Dann hob sie ihren Bruder hoch und wich einen Schritt zurück.

Der Kleine regte sich in ihren Armen. »Non«, murmelte er. »… veux dormir …«

»Nicht weglaufen.« Karl machte eine beschwichtigende Geste. »Dein Bruder muss zu einem Arzt. Mein Vorgesetzter, heute Nachmittag, er spricht kein Französisch, er hat deine Mutter nicht verstanden. Aber ich kann euch helfen. Wir haben einen Arzt in unserer Schwadron, er ist nicht weit weg.«

Das Mädchen starrte ihn an. »Sie waren das«, stieß sie hervor. »Sie haben meine Mutter weggebracht! Und jetzt wollen Sie uns wegbringen. Ich vertraue Ihnen nicht!«

Ihre Worte versetzten ihm einen Stich. Sie hatte recht. Er war alles andere als vertrauenswürdig. »Ich weiß«, gab er zu. »Ich habe sie mitgenommen. Aber ich wollte es gar nicht. Es war ein Befehl. Und ich bin Soldat. Ich muss den Befehlen meiner Vorgesetzten gehorchen.«

Das Mädchen kniff die Augen zusammen. Beinahe konnte er sehen, wie ihre Gedanken arbeiteten, fast so, als würde sie ihn und seine Absichten durchleuchten. Schließlich hob sie ihr Kinn. »Und welchem Befehl gehorchen Sie jetzt?«

Karl unterdrückte einen überraschten Laut. Sie war schlau! Sie erinnerte ihn an jemanden … an ein anderes Mädchen … das inzwischen längst eine junge Frau sein musste. Oder lag es daran, dass ihn alle Mädchen an dieses eine erinnerten?

Karl fegte den Gedanken beiseite, er musste sich konzentrieren. Die

Sorge der Kleinen war berechtigt: Solange Befehle ein Grund waren, um schlimme Dinge zu tun, war es wohl besser, keinem Soldaten zu vertrauen.

Dennoch musste er alles daran setzen, sie zu überzeugen. »Im Moment habe ich keinen Befehl«, erklärte er. »Ich habe Feierabend, und in meiner Freizeit kann ich tun, was ich will.« Karl seufzte leise. »Um ehrlich zu sein: Ich habe ein schlechtes Gewissen, weil wir eure Mutter gefangen genommen haben. Deshalb möchte ich euch helfen.«

Das Mädchen legte skeptisch den Kopf zur Seite.

»Und dein Bruder ...« Karl deutete auf den Jungen. »Er sieht aus, als bräuchte er dringend Hilfe. Hier unter der Brücke wird es feucht und kühl heute Nacht. Außerdem werdet ihr bald sehr hungrig sein.« Er lächelte ihr zu und hoffte, dass es so ehrlich wirkte, wie er es meinte. »Auf der Krankenstation gibt es wenigstens warme Betten und richtige Fleischsuppe.«

Die Miene des Mädchens hellte sich auf. Beinahe sah es aus, als würde sie nachgeben. Aber dann verfinsterte sich ihr Blick. »Was ist mit meiner Mutter? Was werden Sie mit ihr tun?«

Karl spürte, wie die Wut wieder hervorkommen wollte. So unauffällig wie möglich schob er die Hände hinter den Rücken und ballte sie zu Fäusten. »Ich weiß es nicht«, gestand er. »Darüber entscheidet unser Kommandeur. Aber ich persönlich denke, dass eure Mutter unschuldig ist. Also wird sie hoffentlich freigelassen.«

Eine Sekunde lang blieb das Gesicht des Mädchens regungslos. Dann nickte sie. »In Ordnung! Sie bringen uns zum Arzt, und dann reden Sie mit Ihrem Kommandeur, damit er unsere Mutter freilässt.«

Karl hielt überrascht die Luft an. So, wie sie es sagte, klang es logisch, als wäre es das einfachste der Welt, bei Oberleutnant von Boeselager an die Zimmertür zu klopfen.

Natürlich. Sie wusste nicht, wie es war, Soldat zu sein. Eine eigene Meinung war nicht gefragt. Auf höherer Rangebene durfte er sich nicht einmischen und wenn er unbedacht die falschen Worte aussprach, musste er mit der Todesstrafe rechnen.

All die Jahre war er ein einfacher Reiter zwischen vielen gewesen.

Immerzu hatte er versucht, möglichst wenig aufzufallen. Nur hin und wieder war er versehentlich aus der Masse hervorgestochen, zumeist deshalb, weil er Dinge konnte, die für einfache Soldaten ungewöhnlich waren. Zum Beispiel fließendes Französisch sprechen.

Er war schon auffällig genug, selbst, wenn er sich noch solche Mühe gab. Das Letzte, was er auf sich nehmen sollte, war ein abendliches Gnadengesuch bei seinem Kommandeur.

Aber konnte er das wirklich tun? Konnte er eine Frau und ihre Kinder im Stich lassen, nur, um unauffällig zu bleiben?

Seine Schuldgefühle pressten sich um sein Herz, bis er nachgab und dem Mädchen die Hand entgegenstreckte. »D'accord! Ich bringe euch zum Arzt und dann rede ich mit meinem Kommandeur.«

Wie bei einem Viehhandel schlug das Mädchen ein und folgte ihm durch das Dorf.

* * *

Nachdem Karl die Kinder zum Sanitätsoffizier gebracht hatte, stieg er zum zweiten Mal an diesem Tag den Hang zum Hauptquartier hinauf. Das Herrenhaus lag etwas erhöht über dem Dorf und wachte über die anderen Häuser wie ein Schäfer über seine Herde. Oder wie ein Wolf, der die Schafe von weitem beobachtete?

Karl verdrängte die Vorstellung und sah zu den Fenstern hinauf. Ein gelblicher Lichtschein leuchtete ihm entgegen und wies auf die Anwesenheit des Kommandeurs hin. Ob Palm schon bei ihm gewesen war? Ob Boeselager sich bereits ein Urteil gebildet hatte? Womöglich kam er längst zu spät.

Wieder ließen die Wachen Karl passieren und öffneten ihm die Tür. Doch während er die Halle durchquerte und auf die geschlossene Bürotür zuging, bildeten sich winzige Schweißtröpfchen auf seiner Haut. Seine Finger klebten, als er sie zur Faust ballte, um an die Tür zu klopfen.

»Herein!« Boeselagers Stimme antwortete, und Karl meinte, leichte Verwunderung in seinem Tonfall zu hören. Es war eine unübliche Zeit, um beim Chef vorzusprechen. Er musste sich zusammenreißen, um die

Tür in einem normalen Tempo zu öffnen und sie nicht wie ein schüchterner Schuljunge aufzuschieben.

Als er eintrat, hatte Georg von Boeselager sich längst erhoben und kam ihm in der Mitte des Zimmers entgegen. Karl bemerkte den wachsamen Ausdruck in seinen Augen, die verhaltene Energie, die in seinen Bewegungen lauerte. »Schorsch«, wie ihn die Männer inoffiziell nannten, war nur wenige Jahre älter als Karl, ein kleiner zierlicher Reiter, der auf den ersten Blick verletzlich wirkte. Doch der Eindruck täuschte. Zumeist zeigte ein einziger Satz von ihm die beharrliche Klugheit, die ihn in kürzester Zeit zum Kommandeur einer 200 Mann starken Reiterschwadron gemacht hatte.

Auch jetzt sah er Karl entgegen, als hätte er ihn längst durchschaut.

Karl stieß im Militärgruß die Hand an seinen Helm. »Guten Abend, Herr Oberleutnant.«

»Gefreiter Bergmann.« Der andere bat ihn mit einer Geste herein. »Das trifft sich gut, mit Ihnen wollte ich ohnehin sprechen. Gleich morgen früh hätte ich Sie rufen lassen.« Georg von Boeselager deutete auf den breiten Lederstuhl, der seinem Schreibtisch gegenüberstand. »Nehmen Sie doch Platz.«

Karl gehorchte und beobachtete, wie sich der Kommandeur auf den Stuhl gegenüber setzte.

Georg von Boeselager sah ihn forschend an. »Dann schießen Sie los, Bergmann. Was führt Sie zu so später Stunde in mein Büro? Sie haben doch längst Feierabend und könnten mit Ihren Kameraden die Freizeit genießen.«

So sachlich wie möglich versuchte Karl die Worte hervorzubringen, die er sich zurechtgelegt hatte. »Ich war mir nicht ganz sicher. Aber ich dachte, ich schulde Ihnen einen Bericht über die Französin, die Unteroffizier Palm heute festgenommen hat und die ich hierher gebracht habe.«

Boeselager nickte nachdenklich. Wieder erschien es Karl, als würde er ihn durchleuchten. »Ihre Sorge ist unberechtigt, Gefreiter Bergmann. Unteroffizier Palm hat mir längst Bericht erstattet.«

Karl bemerkte, wie sich seine Hände selbständig machten, wie sie

63

anfangen wollten, die Stuhllehne zu kneten. Er musste sich zusammenreißen.

»Wie gesagt ...«, fuhr der Kommandeur fort. »Ich hätte Sie wohl erst morgen rufen lassen, aber es trifft sich gut, dass Sie hier sind.« Er räusperte sich. »Nun ja, wie soll ich sagen: Palms Bericht wirkte an manchen Stellen ein wenig ...« Er suchte nach dem richtigen Wort. » ... unschlüssig. Daher wollte ich Sie fragen, was Sie mir über den Zwischenfall berichten können.«

In Karl breitete sich ein Hauch von Erleichterung aus. Er wurde um seine Sicht der Dinge gebeten? Das war weit mehr, als er erwartet hatte. Dennoch musste er die Worte mit Bedacht wählen. Einen Kameraden beim Chef anzuschwärzen, wurde unter Soldaten nicht gern gesehen. Und viele Soldaten fanden es normal, dass die Frauen eines besiegten Volkes zur Kriegsbeute gehörten.

Georg von Boeselager war jedoch ein gläubiger Katholik, und bis jetzt schien er sehr viel Wert darauf zu legen, dass die besiegten Franzosen mit Anstand und Respekt behandelt wurden.

»Leider kann ich Ihnen nicht zu Hundertprozent sagen, was geschehen ist«, begann Karl vorsichtig. »Ich bin erst auf die Situation aufmerksam geworden, als Unteroffizier Palm bereits mit der Französin gestritten hat. Ich weiß also nicht, was der Auslöser war.«

Ludwig Palm hatte erwähnt, dass die Frau ihn angebettelt hatte. Karl vermutete, dass sie um Hilfe für ihr Kind gebeten hatte. Aber das alles war Spekulation, und gegenüber dem Kommandeur musste er sich an die Fakten halten. »Allerdings erschien mir die Art, wie Unteroffizier Palm die Auseinandersetzung geführt hat, ausgesprochen unangebracht.« Er fühlte, wie Zunge und Gaumen trocken wurden, musste sie erst wieder anfeuchten, ehe er aussprechen konnte, was er gesehen hatte: »Er hat die Französin unsittlich bedrängt.«

Ein strenger Zug bildete sich um Boeselagers Mund. »Können Sie das näher ausführen, Bergmann?«

Karl biss sich von innen auf die Wangen. Er wollte es nicht aussprechen, aber offensichtlich hatte er keine andere Wahl. Also schilderte er, wie Palm die Frau berührt und womit er sie beschimpft hatte. Schließlich übersetzte er auch die Worte der Französin und die ihrer Tochter. Zuletzt schloss er damit, dass er die Kinder wiedergefunden hatte und dass der Junge tatsächlich sehr krank war.

Georg von Boeselager war inzwischen aufgestanden und lief in seinem Zimmer auf und ab. Als Karl endete, blieb er neben ihm stehen und sah mit undurchdringlicher Miene auf ihn herab. »Gibt es noch andere Reiter, die die Situation miterlebt haben?«

Karl überlegte. Er fragte sich, ob Oscar vielleicht etwas gesehen hatte. Aber der Straßenabschnitt seines Freundes war zu weit entfernt gewesen. »Nein«, antwortete er. »Sonst war niemand in der Nähe.«

Boeselager wandte sich ab und verschränkte die Hände auf dem Rücken. Mit nachdenklicher Miene lief er zum Fenster und blieb dort stehen. »Mir gegenüber hat Unteroffizier Palm den Verdacht geäußert, die Französin könnte etwas mit den Brandstiftern zu tun haben, die nördlich von hier eine unserer Vorratsscheunen angezündet haben. Können Sie mir sagen, wie er auf diese Idee gekommen ist?«

Karl hielt den Atem an. Er hatte von der Brandstiftung gehört. Es war das erste Mal, dass die Franzosen Widerstand leisteten, und bis jetzt war nicht klar, ob es sich um Einzeltäter oder um eine Gruppe handelte, ob es überhaupt eine geplante Tat war oder ob der Brand natürliche Ursachen hatte.

Doch wie auch immer, die Verbindung zu der Französin erschien ihm an den Haaren herbeigezogen. »Ich habe nichts beobachtet, was darauf hindeuten würde«, erklärte er mit fester Stimme. »Die Französin und ihre Kinder kamen mit den anderen Flüchtlingen aus südlicher Richtung. Bevor sie an Unteroffizier Palms Straßenabschnitt ankamen, müssen sie meinen schon passiert haben, und ich habe nichts Ungewöhnliches gesehen.«

Genau genommen waren sie ihm zwischen den anderen überhaupt nicht aufgefallen. Karl versuchte, sich zu erinnern. Er hatte den Kindern im Flüchtlingstreck Äpfel zugeworfen. Waren die Kinder der Französin darunter gewesen? Hätte er ein Mädchen oder eine Mutter mit einem kranken Jungen auf dem Arm nicht bemerken müssen? Oder waren sie doch nicht an seinem Abschnitt vorbeigekommen?

Mit einem Mal wurde ihm heiß. Was, wenn Palm sie herausgepickt hatte, weil sie aus einer anderen Richtung dazugestoßen waren? Wie kam der Unteroffizier nur auf diese Widerstandsgeschichte? Hatte er etwas gesehen, von dem Karl nichts mitbekommen hatte? Palm musste schließlich eine Begründung vorgebracht haben, um Boeselager so einen Verdacht zu schildern.

»Fassen wir noch einmal zusammen.« Boeselager drehte sich zu Karl um. »Ob die Französin etwas mit dem Widerstand zu tun hat, ist fragwürdig. Palms Argumente erschienen mir ausgesprochen dünn. Dafür hat er sich der Französin gegenüber höchst unehrenhaft und ... sagen wir mal: willkürlich grausam verhalten. Würden Sie dem so zustimmen?«

Karl nickte langsam. »Ja, so in etwa könnte man es beschreiben.«

Boeselager kam mit gemessenen Schritten auf ihn zu. »Was Palms Verhalten betrifft, so steht hier leider Aussage gegen Aussage. Er wird wohl kaum zugeben, was Sie über ihn gesagt haben, aber ich werde ihn im Auge behalten. Und was die Französin angeht ...« Er nahm einen Kuli, der auf dem Tisch lag und tickte ihn mit der Rückseite in seine Handfläche. »So muss ich sie und ihre Kinder wohl noch einmal befragen. Aber zerbrechen Sie sich darüber nicht den Kopf, Bergmann. Ich werde die Angelegenheit in den nächsten Tagen klären, und wenn die Französin unschuldig ist, werde ich sie freilassen. Im Moment sieht alles danach aus.« Er legte den Kuli beiseite, streckte Karl die rechte Hand zum Abschied entgegen und deutete mit der anderen auf die Tür. »Vielen Dank für Ihre Offenheit, Gefreiter Bergmann. Sie dürfen jetzt wegtreten.«

Auf dem Weg zur Tür fiel Karl noch etwas ein. Wahrscheinlich war es eine ungehörige Frage, aber er musste sie stellen. »Die Wachen, unten vor den Arrestzellen ... Unteroffizier Palm ist doch hoffentlich nicht zum Wachdienst eingeteilt? Oder doch?«

Boeselager wippte auf den Zehenspitzen und hob eine Augenbraue. Karl konnte sehen, wie ihm das Szenario durch den Kopf ging. Dann nickte er. »Seien Sie unbesorgt, Bergmann. Ich werde den Wachplan überprüfen und dafür sorgen, dass Unteroffizier Palm nicht daraufsteht.«

4. KAPITEL

Fichtenhausen, Paderborner Land, Juli 1940

Ein lautes Poltern ließ ihren Traum zersplittern, fegte Bilder und Gedanken beiseite und riss sie aus dem Schlaf.

»Aufstehen, Mädels, die Nacht ist vorbei!« Sie kannte die Stimme, unerbittlich und laut, unterlegt mit einem harten Klopfen.

Mathilda fuhr auf. Sie saß in ihrem Bett. Das Klopfen kam von der Tür. Mit jedem Fausthieb schlug das Holz gegen die Scharniere. »Los, los!« Noch einmal dröhnte die Stimme ihres Vaters. Dann stapften seine Schritte davon. Mathilda sackte zurück in die Kissen. Draußen war es noch stockfinster und selbst die Vögel schienen noch zu schlafen. Wovon hatte sie geträumt?

Aus Lenis Bett kam ein unwilliges Murmeln: »… ndlich Ruhe … terschlafen.«

Allzu gerne wollte Mathilda dem Vorschlag ihrer Schwester folgen … Nur noch einmal kurz die Augen schließen … Nur noch einmal schauen, wovon sie geträumt hatte …

»Raus, ihr Transusen!« Katharina fauchte von nebenan herüber. »Habt ihr gehört?!«

Mathilda zwang sich, die Augen zu öffnen. Licht flackerte durch den Türspalt, der zu Katharinas Zimmer führte.

Leni brummte: »Sklaventreiber.« Ihre Strohmatratze knisterte, als sie dem Lichtschein auswich und sich zur Wand drehte.

Mathilda musste grinsen. So, wie sie Leni kannte, würde sie dieses Spiel treiben, bis Katharina schimpfend neben ihrem Bett stand. Doch Mathilda war es lieber, sich keinen Ärger einzuhandeln. Nicht an ihrem ersten Tag. Also schlug sie die Bettdecke zurück und stemmte sich über die Kante der Bettkiste. Mit leisen Schritten ging sie zu Leni und beugte sich über sie. »Na los, komm schon mit. Die Milch muss um halb sieben an der Straße stehen.«

Leni knurrte noch einmal. Aber schließlich erhob sie sich, streckte die Beine aus dem Bett und stand auf. Gerade noch rechtzeitig, bevor Katharina mit forschen Schritten aus dem Nachbarzimmer kam, kontrollierend herübersah, und auf den Flur hinausrauschte.

* * *

Ein matter Lichtstreifen schimmerte am östlichen Horizont, als sie jeweils mit einem Joch über den Schultern den Sandweg entlangmarschierten. Die Vögel zwitscherten in allen Tonlagen, und der Nebel über den Bruchwiesen leuchtete in milchigem Weiß. Die Müdigkeit saß noch immer tief in Mathildas Knochen, während sie schweigend hinter Leni herstapfte. Immer wieder fielen ihre Augen zu, nur, um sich beim nächsten Stolpern wieder zu öffnen. Auch der Holzbalken des Joches ließ ihr keine Ruhe, tanzte auf ihrem Nacken auf und ab und ließ die leeren Milcheimer im Takt klappern.

Als sie das nächste Mal aufsah, entdeckte sie Anna und Liesel, die über die Hofzufahrt der Böttchers auf sie zukamen. Beide Nachbarmädchen trugen ebenfalls ein Joch und mussten sich unter dem Holzbalken nach vorne ducken. Mathilda und Leni blieben stehen und warteten, bis die beiden sie eingeholt hatten.

Anna gesellte sich an Mathildas Seite und lächelte ihr zu. »Sag bloß, du bist wieder da.«

Mathilda erwiderte ihr Lächeln. »Seit gestern.« Ihr letztes Wort ging in einen Gähnen über. »Entschuldige.«

Anna kicherte und ließ sich gleich darauf von dem Gähnen anstecken. »Ist noch zu früh heute.«

Mathilda freute sich, ihre Kindheitsfreundin wiederzusehen, auch wenn ihre Gespräche noch warten mussten, bis die Sonne aufgegangen war. Stattdessen tauschten sie nur ein kurzes Lächeln, ehe sie schweigend weiterschlurften. Selbst Annas große Schwester Liesel, die tagsüber fast immer ein Gerücht oder eine Sensationsmeldung zu berichten hatte, setzte in dieser Frühe einfach nur einen Fuß vor den anderen.

Im Gänsemarsch liefen sie zwischen den Feldern entlang und bogen schließlich in den Weg ein, der sie in die Bruchwiesen führte. Von weitem konnte Mathilda die schwarz-weißen Kühe erkennen, die sich wie lebendige Farbtupfer durch den Nebel bewegten. Auch Emil, das neugeborene Kälbchen, war bei ihnen und stakste neben seiner Mutter in seinen zweiten Lebenstag. Nur für ein paar Tage würden die beiden beisammenbleiben – damit das Kälbchen die lebensnotwendige Biestmilch bekam. Danach würden sie Mutter und Kind voneinander trennen, den kleinen Emil mit Ersatzmilch füttern und die Mutterkuh melken.

Leni erreichte das Gatter ihrer Weide und zog es auf. Während Mathilda ihr in die Wiese folgte, gingen Liesel und Anna weiter zur nächsten Weide, auf der die Böttcherschen Kühe grasten. Mathilda und Leni hockten sich neben Elfriede und Erna und fingen an zu melken. Beinahe augenblicklich sank Mathilda zurück in die schläfrige Trance. Während ihre Hände im gleichmäßigen Rhythmus die Striche entlangmassierten, lehnte sie ihren Kopf gegen den Bauch der Kuh und schloss die Augen.

Erst mit Sonnenaufgang erwachten ihre Lebensgeister. Wie ein Feuerball erhob sich die Sonne im Osten und färbte die Nebelschleier in kräftigem Orange. Winzige Tautröpfchen glitzerten an den Grashalmen, und die gelben Sumpfdotterblumen reckten der Sonne die Köpfe entgegen. Mathilda beobachtete einen Schwarm Lerchen, die mit lautem Getriller über die Wiese und auf das Birkenwäldchen zuflogen, das sich hinter dem Weidezaun erstreckte. Auf der anderen Seite des Wäldchens lagen die Wiesen des Gestütes. Allen voran die kleine, versteckte Wiese, auf der Karl ihnen heimlichen Reitunterricht gegeben hatte.

Mathilda schloss die Augen, reckte das Gesicht zur Sonne und lächelte verträumt. Sie liebte das Bruch, die weiten Wiesen, das Birkenwäldchen und ihre kleinen Geheimnisse, die dieser Ort bewahrte.

Schließlich drehte sie sich zurück zu ihrem Melkeimer, klopfte Elfriede dankbar das Hinterteil und stand auf. Auch Leni war fertig. Sie hängten die vollen Milcheimer zurück an das Joch und machten sich auf den Rückweg. Dieses Mal lag der Holzbalken schwer und drückend auf ihren Schultern. Mathilda musste den Kopf nach vorne neigen, damit er nicht allzu sehr gegen ihr Genick presste. Kurz bevor sie das Gatter erreichten, kamen auch Liesel und Anna zurück über den Weg. Liesel nickte mit dem Kopf in die Richtung der Kühe. »Das ist aber ein süßes neues Kälbchen! Seit wann habt ihr das denn?«

Leni grinste schelmisch. »Das Kalb ist von gestern«, rief sie zurück. »Ein kleines Bullenkalb. Wir haben ihn Emil genannt, nach eurem Bruder.«

Anna prustete los.

Auch Liesel grinste. »Wie seid ihr denn darauf gekommen?«

Mathilda und Leni wechselten einen Blick. Vielleicht war es besser, nicht die ganze Geschichte mit dem Klapperstorch zu erzählen.

Leni zuckte leichthin die Schultern. »Es musste ein Name mit E sein, den wir noch nicht hatten. Da fiel uns Emil ein. Ist doch naheliegend.«

Liesel schmunzelte noch immer. »Da wird sich der Herr SS-Kamerad aber geehrt fühlen, wenn ich ihm davon schreibe.«

* * *

Zu Hause in der Milchkammer maßen sie den Teil der Milch ab, den sie abgeben mussten und füllten ihn in Milchkannen. Seit Kriegsbeginn durften sie nicht mehr selbst buttern. Stattdessen mussten sie pro Milchkuh eine bestimmte Milchmenge für Kriegszwecke abliefern. Jeden Tag fuhr der Milchkutscher herum, um die Milchkannen abzuholen und zur Molkerei zu bringen. Da er in ihrer Nachbarschaft wohnte, war ihre Milch morgens die erste, die abgeholt wurde.

Mathilda beeilte sich, um auch die Milch vom Vorabend aus dem Brunnenschacht heraufzuziehen. Der Brunnen war der kühlste Ort auf dem Hof und wohl der einzige, an dem die Milch in der Sommerwärme nicht so schnell verdarb. Schließlich trugen sie die gefüllten Kannen an die Straße, gerade noch rechtzeitig, ehe der Milchkutscher vorfuhr. Erst danach gab es etwas zu essen, Schwarzbrot mit Rübenkraut und eine Tasse Getreidekaffee.

Schließlich waren die Schweine an der Reihe. Während Joseph und ihr Vater die Ställe ausmisteten, mussten Mathilda und Leni sich um das Futter kümmern. Jeden Tag kochten sie zwei große Schweinepötte mit allem, was sich finden ließ. Ein wesentlicher Teil davon waren die Brennnesseln und Disteln aus dem Bruch, um die ihre Kühe einen großen Bogen machten. Mit Brotmessern bewaffnet, suchten Mathilda und Leni die Bruchwiesen ab, schnitten das Unkraut mitsamt den Wurzeln aus dem Boden und sammelten es in ihre Körbe.

An den Wiesenrändern, entlang der Abzugsgräben, wuchs das meiste Unkraut. Nebeneinander wanderten sie daran entlang, sprangen hin und her über die Gräben, stets auf der Suche nach dem fettesten Grünzeug. Mathilda lief barfuß und spürte den kühlen Tau an ihren Füßen. Auch ihr Rocksaum war inzwischen feucht geworden. Doch die Sonne schob sich immer höher und gewann allmählich an Kraft. Die Nebelschleier tanzten in ihrem Licht und lösten sich endlich auf.

Immer wieder atmete Mathilda tief ein. Sie konnte nicht aufhören, die Schönheit und Weite des Bruches zu genießen. Nur an das Stechen der Disteln und Brennnesseln musste sie sich erst wieder gewöhnen. Bei Tante Rosalia im Haushalt waren ihre Hände zu weich geworden.

Eine Weile liefen sie schweigend nebeneinander her. Doch irgendwann fiel Mathilda eine Frage ein, die sie Leni noch nicht gestellt hatte.

»Warum bist du eigentlich wieder hier? Ich dachte, Rote-Kreuz-Schwestern würden im Krieg dringend gebraucht? Wieso haben sie ausgerechnet dich wieder nach Hause gehen lassen?«

Leni blieb stehen. Jegliche Fröhlichkeit in ihrer Miene verblasste.

»Ich hab ein Ekzem bekommen. An meinen Händen. Wahrscheinlich von den Desinfektionsmitteln. Es wollte monatelang nicht weggehen und ist immer schlimmer geworden. Die Ärzte wussten auch keinen Rat. Irgendwann war die Haut so wund, dass ich nichts mehr ohne Schmerzen anfassen konnte. Und wenn ich mit diesen Händen eine infektiöse Wunde angefasst hätte, wäre ich selbst krank geworden. Deshalb haben sie mich freigestellt.« Leni zuckte mit den Schultern. »Aber das traf sich gut, weil es just zu der Zeit war, als Stefan einberufen wurde.«

Mathilda betrachtete ihre Schwester von der Seite und versuchte, aus ihr schlau zu werden. »Ich dachte, du hättest deinen Beruf geliebt? Du wolltest doch immer zu den Kindern ins Kinderkrankenhaus.«

Ein erschrockener Ausdruck huschte über Lenis Gesicht. »Natürlich hat es Spaß gemacht mit den Kindern. Sie waren meistens fröhlich, obwohl sie krank waren. Und sie waren dankbar, wenn man ihnen vorgelesen hat oder einfach nur bei ihnen war. Aber …« Leni bückte sie sich nach einer Brennnessel, rupfte sie heraus und warf sie in den Korb.

»Aber was?«

Leni winkte ab. »Eigentlich hat man gar keine Zeit, ihnen vorzulesen oder bei ihnen zu sein, und überhaupt …«

Etwas stimmte nicht. Normalerweise gehörte Leni nicht zu den Menschen, denen man alles aus der Nase ziehen musste. »Und was *überhaupt* …?«

Erst jetzt drehte Leni sich zu ihr. Auf einmal erschien sie wütend. Ein rosiger Schimmer lag auf ihren Wangen, ihr Mund verzog sich zu einem geraden Strich. »Und überhaupt sind diese Naziärzte ein grässliches, gottloses Pack. Wenn ich nicht dieses Ekzem bekommen hätte, dann hätte ich ihnen gesagt, dass sie mich irgendwo an die Front schicken sollen, damit ich helfen kann, den Soldaten ihre Gliedmaßen zusammenzuflicken. Ich hätte gerne irgendwas Anständiges gemacht. Ich bin Krankenschwester geworden, um den Menschen zu helfen, und nicht um … arrhhhh!« Sie lief ein paar Schritte vor und stürzte sich auf eine Distel.

Mathilda wagte es kaum noch zu fragen. »Und nicht um was?«, flüsterte sie.

Leni wirbelte herum, starrte sie wütend an und schleuderte die Distel in den Korb. »Und nicht um was?«, äffte sie. »Warum dies …? Warum das …? Du bist immer noch ein Kind! Ständig musst du einem Fragen stellen. Jetzt sei doch endlich mal still!«

Mathilda zuckte zusammen. Leni starrte sie an. Ihr Gesicht glühte, ein merkwürdiger Schimmer in ihren Augen. Dann wandte sie sich ab und stapfte voran. Mathildas Gedanken schwirrten. Was war in diesem Kinderkrankenhaus passiert? Es musste schlimm sein, wenn Leni nicht darüber reden wollte. Ausgerechnet Leni, die normalerweise über alles redete und kaum etwas schlimm fand. Doch Mathilda wagte es nicht mehr, sie noch einmal darauf anzusprechen.

* * *

Das laute Ticken der Wanduhr erfüllte die Stube, während sie schweigend am Tisch saßen und frühstückten. Es war gerade erst halb zehn, doch Mathilda kam es vor, als wäre bereits der halbe Tag vergangen. Immer wieder fragte sie sich, was der Grund für das Schweigen war. Dann schaute sie verstohlen in die Runde, zu ihrem Vater, der am Kopfende in seinem gemütlichen Sorgenstuhl saß und sich auf der Tischplatte ein Brot mit Mettwurst schmierte, zu Katharina, deren Gesicht sich zu einer strengen, verschlossenen Miene formte. Dann zu Leni, die seit ihrem Ausbruch noch immer nicht gesprochen hatte, und schließlich zu Joseph, der an diesem Morgen ungewöhnlich blass war.

Es war sein letzter Tag. Mathilda hatte das Gefühl, dass sie irgendetwas tun sollten, um ihn zu verabschieden. Aber wie es aussah, würde dieser Tag ein normaler Arbeitstag auf dem Feld werden. Bis jetzt hatten sie noch nicht einmal darüber gesprochen, dass er ab morgen Soldat sein würde.

Doch vielleicht galt dieses Schweigen ihm.

Erst nach einer Weile räusperte sich ihr Vater und durchbrach die Stille. »Jetzt, wo Mathilda wieder da ist, würde ich gerne ein paar Dinge mit euch besprechen.« Er sah zwischen Leni und ihr hin und her. Kein Wort über Joseph.

Mathilda schluckte den letzten Bissen herunter und wartete.

»Mit dem Krieg haben sich ein paar Dinge auf diesem Hof verändert.« Ihr Vater senkte die Stimme. »Im Holzschuppen hinter der Scheune haben wir noch zwei Schweine und ein paar Hühner. Die halten wir schwarz. Wenn ihr sie nach draußen lasst, achtet darauf, dass ihr dafür genauso viele Tiere von den anderen im Stall lasst. Der Veitmann ist ein scharfer Hund. Der bringt es fertig, das Vieh auf den Weiden zu zählen, damit ihm nichts entgeht.« Ihr Vater beugte sich über den Tisch und wurde so leise, als würde der Veitmann hinter der Tür stehen. »Eine der Sauen bekommt bald Ferkel. Zwei davon will ich bei der Zählung verstecken. Die kommen später zu den schwarzen Tieren in den Schuppen. Wer weiß, wie lange dieser Krieg noch geht und wie viel sie uns in Zukunft noch wegnehmen werden. Schließlich wollen wir auch übernächsten Winter noch was zu beißen haben.«

Mathilda gelang es, dem Blick ihres Vaters standzuhalten. Und plötzlich kam es ihr so vor, als sähe sie etwas in dem matten Hellgrau seiner Augen, das ihr bislang entgangen war. Eine tiefe, unruhige Sorge, die ihn voll und ganz beherrschte. Zum ersten Mal ahnte sie, wie es sein musste, wenn man zehn Kinder und einen Hof hatte. Zehn eigenwillige Kinder, die Widerstand leisteten und Dummheiten machten, und einen Hof, der zu klein war, um all diese Kinder zu versorgen. Dazu noch ein Krieg, der ihnen alles wegnahm, was sie nicht unbedingt zum Überleben brauchten. Einschließlich der Söhne. Zuerst Stefan und jetzt Joseph. Damit hatte ihr Vater nur noch Töchter, die ihm helfen konnten.

Mathilda sah nach unten und betrachtete die Tischplatte. Zum ersten Mal verstand sie ihren Vater, begriff, wie es diese Sorgen geschafft hatten, verbitterte Falten in sein Gesicht zu graben – und warum er nicht anders konnte, als unerbittlich und streng zu sein.

Ihr Vater erklärte noch mehr, sprach den ganzen Alltag und die Aufgaben mit ihnen durch. Mathilda kannte das meiste davon. Nur manches hatte sich verändert. Sie musste sich Mühe geben, um sich alles zu merken. Dennoch glitten ihre Gedanken immer wieder davon, immer dann, wenn sie Joseph ansah und die Blässe in seinem Gesicht bemerkte.

Nachdem ihr Vater schließlich fertig war, als Katharina aufstand und anfing, das Frühstück abzuräumen, konnte Mathilda sich nicht länger zurückhalten. »Heute ist Josephs letzter Tag.« Sie stellte den Satz einfach in den Raum, versuchte es ohne Wertung und ohne Vorwurf.

Katharina hielt inne. Auch ihr Vater sackte zurück auf den Stuhl, von dem er gerade hatte aufstehen wollen.

Leni räusperte sich unbehaglich, und Joseph hob den Kopf. »Ich gehe doch erst mal nur in die Ausbildung«, erklärte er leise. »Die Kaserne ist in Schloss Neuhaus. Ich bin noch in der Nähe. Wenn ich Ausgang habe, können wir uns treffen.«

»Lotti ist doch auch in Schloss Neuhaus. Dann gehen wir alle zusammen ins Kino!«, rief Leni dazwischen.

Joseph lächelte, Leni lachte, Katharina deckte weiter den Tisch ab. Nur ihr Vater blickte ins Leere und knetete die Hände, bis seine Finger weiß wurden.

»Außerdem ist der Krieg sowieso bald vorbei«, behauptete Leni. »Wir haben Polen und Frankreich besiegt. Jetzt wird England auch bald kapitulieren, und dann haben wir es geschafft. Du wirst sehen, Joseph.« Sie grinste ihm zu. »Dich werden sie da unten gar nicht mehr brauchen.«

Joseph lächelte noch immer. Aber inzwischen wirkte es matt und voller Zweifel.

»Dann wirst du jetzt also doch noch ein Reiter.« Der Blick ihres Vaters kehrte zurück aus der Leere und wandte sich an Joseph. »Damit bekommst du also das, was du immer wolltest.«

Mathilda stockte der Atem. Joseph öffnete den Mund, aber ihm schien keine Verteidigung einzufallen.

»Joseph wollte Reiter auf einem Gestüt werden«, warf Leni ein. »Kein Kavallerist in der Wehrmacht. Außerdem müssen alle Männer in den Krieg. Was kann er dafür?«

Die Oberlippe ihres Vaters zuckte. Ohne weitere Worte stand er auf und stapfte nach draußen. Katharina räumte die letzten Frühstücksreste vom Tisch und Leni starrte zerknirscht vor sich hin. Auch Joseph stand ohne weitere Worte auf und verließ die Stube. An seinen Schritten im Flur konnte Mathilda hören, dass er in eine andere Richtung ging als ihr Vater. Ein letztes Mal sah sie zu Leni, die ihr betreten zulächelte. Erst dann folgte sie Joseph nach draußen, überquerte den Hof und fand ihn im Pferdestall. Ihr Bruder stand neben dem alten Max und striegelte sein Fell.

»Warum ist Papa so wütend auf dich?«, fragte Mathilda leise. »Du kannst nichts dafür, dass sie dich eingezogen haben. Und was ist so schlimm daran, dass du zur Kavallerie gehst?«

75

Joseph seufzte leise. »Ich nehme an, er ist gar nicht wütend auf mich. Er ist nur wütend auf diejenigen, die ihm nun auch noch seinen zweiten Sohn wegnehmen. Die Kavallerie hasst er eigentlich nur deshalb, weil er ein Problem mit den Preußen hat, vor allem mit den Steinecks.«

Mathilda nickte. Eigentlich sollte man meinen, dass die uralten Geschichten nicht mehr von Belang waren. Aber ihr Vater hatte sie noch deutlich zu spüren bekommen.

Vor mehr als hundert Jahren waren ihre Vorfahren Leibeigene der benachbarten Gutsbesitzer gewesen. Bis dahin hatten fast alle Menschen im Bistum Paderborn zur katholischen Kirche gehört. Nur das Nachbargut war schon im Dreißigjährigen Krieg in die Hand der protestantischen Familie von Steineck gefallen. Allein deshalb wurden sie von den umliegenden Bauern seit vielen Jahrhunderten verachtet.

Nach den Napoleonischen Kriegen war Westfalen den Preußen zugesprochen worden, zum Ausgleich für andere Gebiete, die sie abgeben mussten.

Gleich zu Beginn hatte die preußische Regierung etliche Reformen durchgeführt. Unter anderem hatten sie die Bauern von der Leibeigenschaft befreit. Auf den ersten Blick schien das eine gute Sache zu sein, doch tatsächlich bedeutete es, dass die Bauern ihr Land freikaufen mussten. Aber kaum ein Bauer hatte die Summen aufbringen können, die sie als Entschädigung an ihre Gutsherren zahlen sollten. Also waren sie gezwungen gewesen, Schulden zu machen, die sie im Laufe der Zeit ablösen mussten.

Auch Mathildas Vorfahren hatten erhebliche Schulden bei den Steinecks gemacht, die über viele Generationen hinweg abgearbeitet werden mussten. Selbst ihr Vater hatte noch einen Teil dieser Schulden übernommen. Erst mit der rasanten Inflation, die nach dem Weltkrieg die Deutsche Mark entwertet hatte, hatte er die restlichen Schulden abbezahlen können. Zuvor jedoch, noch vor dem großen Krieg, hatte er einen Teil des Steineckschen Landes bewirtschaften müssen, um seine Schulden zu tilgen. Ihre ältesten Geschwister, Agnes und Stefan, waren damals gerade erst geboren worden, und sein eigener Hof hatte seine ganzen Arbeitstage gefordert. Für das Land der Gutsherren waren ihm nur noch die Nächte geblieben.

»Du meinst, er hasst die Steinecks, weil er seine Nächte auf ihren Feldern verbringen musste? Nur im Licht der Öllampe und so übermüdet, dass er von Geistern und großen Raubkatzen verfolgt wurde ...?« Joseph nickte. »Genau das. Dafür verabscheut er sie. Und mit ihnen die Preußen und jeden, der evangelisch ist.« Ihr Bruder schaute sie traurig an. »Deshalb durfte ich keine Ausbildung bei den Steinecks anfangen, und deshalb durften wir nicht mit Karl befreundet sein.« Joseph lachte bitter. »Und jetzt ist es der Grund, warum er über die Kavallerie schimpft, anstatt sich anständig von seinem jüngsten Sohn zu verabschieden.«

5. KAPITEL

Besetztes Frankreich,
Dorf Civray, Departement Charente, an der Grenze zu Vienne
Juli 1940

Es war ein lauer Sommerabend, an dem sie zu viert nebeneinander her ritten: Oscar Rabe, Rudolf Stiege, Paul Neumann und Karl. Das Dorf lag hinter ihnen, die Sonne hing als orangefarbener Feuerball über dem Horizont, und die Wärme strahlte von der Erde zu ihnen herauf. Nach dem Abendessen hatten sie ihre Uniformen gegen Badehosen getauscht und die Pferde noch einmal aus ihren Ställen geholt. Jetzt streifte die Abendluft ihre Beine und trocknete den Schweiß des Tages.

Auch heute war der Flüchtlingsstrom wieder unerbittlich von Süd nach Nord gezogen. Doch im Gegensatz zu den vorherigen Tagen war endlich die Anspannung von Karls Schultern gefallen: Georg von Boeselager hatte die Französin freigelassen, und so weit Karl mitbekommen hatte, war sie unmittelbar danach mit ihren Kindern weitergereist. Der Junge hatte sich inzwischen von seinem Fieber erholt, und Karl war erleichtert darüber, dass die Geschichte noch einmal gut ausgegangen war.

Instinktiv schweifte sein Blick über die weite Landschaft. An jedem Busch und jeder Vertiefung blieb er hängen. Er ertappte sich dabei, wie er nach Spuren des Gegners suchte, nach versteckten Soldaten, die ihnen auflauerten und jeden Moment schießen würden. Nur mühsam konnte Karl sich klarmachen, dass es keinen Gegner mehr gab. Der Feldzug war vorbei, Frankreich hatte sich ergeben, und Partisanen hatten sie bislang nicht zu fürchten.

Gefahr lauerte höchstens in den eigenen Reihen.

Karl versuchte, nicht daran zu denken. Stattdessen ließ er die nackten Zehen in der Luft wackeln.

»Stimmt es eigentlich, dass der Boeselager dich zum Unteroffizier befördern will?« Paul Neumann unterbrach seine Gedanken. Auch die anderen beiden sahen ihn neugierig an.

Karl unterdrückte ein Seufzen. »Das hat sich aber schnell herumgesprochen.«

Neumann zuckte die Schultern. »Na sicher. Der Palm erzählt es überall herum. Man müsste schon taub und blind sein, um es zu überhören.«

Rudolph Stiege nickte. »Dabei wird er nicht müde zu erwähnen, dass du für die Aufgabe nicht hart genug wärst.«

Karls Unbehagen kehrte zurück. Erst vor wenigen Tagen hatte Boeselager ihn über die Beförderung unterrichtet. Karl war darüber so erschrocken, dass er es kaum hatte verbergen können. Es war niemals sein Ziel gewesen, sich zu profilieren und aufzusteigen. Und es passte ganz und gar nicht in seinen Plan, unauffällig zu bleiben. Am liebsten hätte er die Beförderung abgelehnt. Aber er hatte keine Wahl: Eine Beförderung war ein Befehl.

Am meisten Sorgen bereitete ihm jedoch Palms Reaktion darauf. Karl wusste nicht, woher der Unteroffizier es erfahren hatte, aber seither versuchte er, Stimmung gegen ihn zu machen.

Oscar knurrte leise. »Dabei ist er selbst der schlechteste Gruppenführer aller Zeiten. Ich wünschte, der Boeselager würde dich auf seinen Posten setzen.«

Karl lief ein heißer Schauer über den Rücken. »Bloß nicht!«, stieß er hervor. »Der Palm hasst mich doch so schon genug. Wenn ich ihn jetzt auch noch von seinem Posten verdränge, schießt er mir bei nächster Gelegenheit eine Kugel in den Rücken.«

Neumann lachte. »Wahrscheinlich. Der Palm ist ein falscher Hund. Und dich hat er schon gehasst, als du ihm in der Reitstunde die schwierigen Lektionen vorreiten musstest.« Er stellte seine Stimme tiefer und ahmte ihren früheren Ausbilder nach: »›Oberreiter Bergmann, zeigen Sie mal dem Palm, wie man eine ordentliche Traversale reitet.‹«

Oscar und Stiege fielen in Neumanns Lachen ein. Nur Karl war nicht nach Lachen zumute. Stattdessen schaute er ein weiteres Mal in die

Ferne, allein deshalb, damit die anderen seine Miene nicht deuten konnten.

Palm war zwei Jahrgänge vor ihm in die Kavallerie eingetreten. Im Gegensatz zu Karl hatte er sich sofort für die Unteroffizierslaufbahn verpflichtet. Aber Karl war in die gleiche Reitstunde befördert worden, obwohl er nur ein einfacher Reiter gewesen war. Auch zwei junge Remonten waren ihm für die Ausbildung zugewiesen worden, was Karl zu dem jüngsten Reiter in der Mannschaftslaufbahn gemacht hatte, der Kavalleriepferde ausbilden durfte.

Für Ludwig Palm schienen das alles Gründe zu sein, um ihn zu hassen. Karl hatte eine Weile darauf gehofft, dass der Krieg den ehrgeizigen Unteroffizier ablenken würde. Aber mit dem Frankreichfeldzug war es nur noch schlimmer geworden. Palm war zum Führer ihrer Reitergruppe ernannt worden und überwachte seither jeden Schritt, den Karl machte. Doch bislang hatte er sich nichts zuschulden kommen lassen.

Wenn nur die Sache mit der Französin nicht wäre. Vermutlich ahnte Palm, dass Karl ihn bei Boeselager angeschwärzt hatte.

»Ich weiß, was der Palm für ein Problem hat«, fuhr Stiege fort. »Er träumt schon lange von seiner Beförderung zum Wachtmeister. Aber der Boeselager hat ihn in jeder Beförderungswelle übergangen. Jetzt wurmt es ihn, dass du ihn bald eingeholt hast.«

Die anderen beiden nickten. Rudolph hatte recht. Dabei ahnte Karl, warum Ludwig Palm nicht befördert wurde: Weil er die Befehlsgewalt über andere Menschen gerne ausnutzte, um Grausamkeiten oder Demütigungen zu verüben. Vielleicht gab es andere Kommandeure oder SS-Scharführer, bei denen Palm Karriere machen würde, aber Georg von Boeselager schien Soldaten zu fördern, die Verantwortungsbewusstsein und Mut zeigten. Zumindest war das seine Begründung für Karls Beförderung gewesen.

»Also mich würde es nicht wundern, wenn der Boeselager dich auf Palms Posten setzt. Du wärst ein guter Gruppenführer.« Oscar zwinkerte Karl zu. Er trug keinen Helm, und seine blonden Haare leuchteten orange im Licht der Abendsonne.

In diesem Augenblick wurde Karl ein weiteres Mal klar, wie jung sein Freund war. Schon oft hatte er sich gefragt, warum Oscars Eltern ihm erlaubt hatten, mit 17 Jahren in die Wehrmacht einzutreten. Oscar hätte gut und gerne noch vier Jahre lang zu Hause bleiben können. Vielleicht wäre der Krieg bis dann längst vorbei gewesen. Doch jetzt war es zu spät und nur Gott wusste, ob Karl ihn im nächsten Gefecht schützen konnte. Als Gruppenführer wäre er umso mehr für seine Untergebenen verantwortlich.

Karl versuchte, die aufsteigende Furcht zurückzudrängen. Vielleicht hatte Palm recht. Vielleicht war er tatsächlich nicht hart genug, um Unteroffizier zu werden.

Aber wie es auch kam – er hatte keine Wahl. Allein Boeselager bestimmte, wozu er verwendet wurde.

Karl ließ seinen Blick wieder nach vorn wandern, auf das glitzernde Wasser der Charente, das vor ihnen zwischen den Erlen des Flussufers schimmerte. Am liebsten wollte er nur noch daran denken: An einen friedlichen Feierabend am Ufer des Flusses. Aber die Furcht ließ ihn nicht los. Wenn er Ludwig Palm von seinem Posten verdrängen sollte, hätte er einen Feind fürs Leben. Und ein Feind in den eigenen Reihen war das Letzte, was er gebrauchen konnte. Das Eis, auf dem er stand, war auch so schon dünn genug.

Bevor die anderen das Gespräch fortsetzen konnten, ließ Karl seine Stute angaloppieren. Aus den Augenwinkeln sah er, wie seine Kameraden ihm folgten. In einer losen Gruppe rasten sie über den Feldweg. Das glitzernde Wasser des Flusses rückte näher, so lange, bis der Weg nach links abbog und sie am Flussufer entlang galoppieren ließ.

Karl lehnte sich über den Hals seiner Stute, presste die Knie zusammen, ging in den leichten Sitz und fühlte das warme Fell an seinen Beinen. Es war genauso wie damals, die Indianerspiele seiner Kindheit ... Er fühlte den Wind in den Haaren, hörte das Lachen seines Bruders. Jemand stieß ein Johlen aus, wie ein Indianer auf Kriegspfad ...

Die Realität holte Karl zurück: Es war nur Oscar, der neben ihm jubelte. Sein Bruder war nicht hier.

Dumpfer Schmerz bohrte sich in Karls Lungen. Er schloss die Augen, um das Gefühl zu überwinden, spürte die Geschwindigkeit des Pferdes und konzentrierte sich darauf.

Als er die Augen wieder öffnete, lag vor ihnen die Badestelle, ein flaches Flussufer, das sanft in das gräuliche Wasser hineinführte. Karl parierte die Stute zum Trab, ließ sie in das Wasser hineinlaufen, bis es an ihren Seiten hochspritzte. Eiskalt spülte es um seine Beine und schlug um seinen Oberkörper zusammen, doch nur für eine Sekunde, ehe sich das Wasser warm anfühlte. Schmerz und Furcht lösten sich aus seiner Brust und trieben mit der Strömung davon. Gleich darauf hörte er sein Lachen, wie es sich mit dem Plätschern des Wassers vermischte.

Auch die anderen waren in den Fluss geritten und tummelten sich neben ihm auf ihren Pferden. Oscar robbte wie ein Äffchen über den Mähnenkamm nach vorne, gab seinem Wallach einen Kuss zwischen die Ohren und ließ sich neben ihm ins Wasser fallen. Sein Pferd zuckte nur nachsichtig mit der Mähne und senkte den Kopf, um zu trinken.

Karl musste schmunzeln. Kavalleriepferde ließen sich alles gefallen. Dafür wurden sie gezüchtet, ausgewählt und ausgebildet. Ein Kriegspferd musste seinem Reiter blind vertrauen, selbst dann, wenn neben ihm das Artilleriefeuer heulte.

Oscar tauchte prustend wieder auf und spritzte Wasser in Karls Richtung. »Willst du da oben auf deinem Pferd etwa trocken bleiben?«

Auch Rudolph und Paul schwammen durch den Fluss und grinsten ihm zu.

Mit einem Mal spürte Karl den Drang, wieder ein Kind zu sein, im Wasser zu spielen, als wäre die Welt in Ordnung. »Na wartet!« Er kniete sich auf Selmas Rücken und sprang zwischen den anderen ins Wasser.

Lachend tobten sie im Fluss umeinander. Immer wieder schwammen sie gegen die schwache Strömung und ließen sich wieder zurücktreiben. Erst als sie kaum noch konnten, kletterten sie auf die Rücken ihrer Pferde.

»Ich habe genug«, erklärte Neumann. »Ich reite zurück und lege mich aufs Ohr.«

Stiege nickte. »Ich auch.« Er schaute fragend zu Karl und Oscar. »Und ihr?«

Karl wollte noch nicht zurück, noch nicht so schnell. Diese Abende am Fluss waren die friedlichsten Stunden des Tages. Selbst, wenn er am nächsten Morgen müde sein würde, er wollte den Frieden noch ein wenig auskosten.

Auch Oscar machte keine Anstalten, den beiden zu folgen. »Ich bleibe noch«, erklärte er.

Nachdem Rudolph und Paul hinter der Flussböschung verschwunden waren, ließen sie ihre Pferde ein Stückchen flussaufwärts waten. Schließlich entdeckten sie eine winzige Insel in der Charente und gingen an Land. Ein paar struppige Erlen wuchsen darauf, umgeben von saftigem Gras. Während die Pferde ihre Köpfe zwischen die langen Halme senkten, legten Karl und Oscar sich ans Ufer. Der Himmel hatte sich inzwischen in dunkles Violett verfärbt. Nur dort, wo die Sonne hinter dem Horizont verschwunden war, leuchtete er türkisfarben.

Erst nach einer Weile durchbrach Oscar die Stille. »Findest du nicht auch, dass sie hübsch sind?«

Karl schüttelte verwirrt den Kopf. »Wen meinst du?« Er deutete in den Himmel. »Es ist noch zu hell, um Sterne zu sehen und Wolken sind keine da.«

Oscar lachte leise. »Ich meine die Französinnen, wen denn sonst. Natürlich sind nicht alle hübsch. Aber viele von ihnen. Und wir ... wir sind weit weg von zu Hause, keine Eltern, die uns dreinreden, keine Nachbarn, die einen schon als Ehemann für die Jüngste ausgeguckt haben.« Er grinste Karl an. »Meinst du nicht, dass es nett wäre, sich hier ein Mädchen zu suchen? Einfach nur so? Ein bisschen Spaß, solange wir hier sind?«

Karl zuckte zusammen. »Du willst dir eine Französin suchen? Um mit ihr Spaß zu haben?«

Oscar räusperte sich. »Natürlich nur, wenn sie das auch will. Aber die französischen Männer sind gerade nicht da. Vielleicht ...«

Karl blickte ihn streng an. »Ihre Männer sind nicht da, weil wir sie entweder gefangen genommen oder umgebracht haben! Findest du nicht, dass das ein bisschen zu makaber ist, um etwas mit einer Französin anzufangen?«

Oscar presste beleidigt die Lippen aufeinander, ein Gesichtsausdruck, mit dem er noch mehr als sonst wie ein Kind aussah. »Ich dachte ja nur ... Da ist eine im Dorf, die lächelt immer so nett. Deshalb dachte ich, sie mag mich auch, und ... Ach, egal.«

Karl tat es leid, dass er seinen Freund so angefahren hatte. Oscar hatte es nicht böse gemeint. »Also, wenn sie dich auch mag«, lenkte er leise ein. »Dann ist es vielleicht in Ordnung. Aber du musst Verantwortung übernehmen. Einfach nur so, zum Spaß, solange wir hier sind. Das ist Unrecht.«

Oscar wirkte verlegen. »Du hast ja recht.« Er legte sich zurück ins Gras und schaute wieder nach oben. »Du bist immer so vorbildlich, fast schon so züchtig wie ein katholischer Priester.« Ein freches Schmunzeln umspielte seine Lippen. »Deshalb frage ich mich manchmal, ob du überhaupt ... *lebendig* bist?«

Karl stieg die Röte ins Gesicht. *Lebendig* ... Die Art, wie Oscar das Wort sprach, ließ keinen Zweifel daran, was er meinte. Die Bilder vor Karls Augen wollten sich verselbständigen, sprangen zurück in die Vergangenheit, in einen ganz besonderen Sommer vor zwei Jahren. Er hatte lange versucht, nicht mehr daran zu denken. Aber jetzt sah er ihr Gesicht wieder vor sich, ihre leicht geschwungene Nase, ihre zitternden Lippen, die blonden Strähnen, die sich aus ihrem Zopf gelöst hatten. In diesem Sommer war sie erwachsen geworden, unübersehbar. Wochenlang waren sie umeinander herumgeschlichen. Die Verwirrung wühlte sich durch seine Eingeweide. Er wollte sie noch einmal berühren, wollte sie in den Arm nehmen. Aber er durfte es nicht!

Hastig schüttelte er den Kopf, zwang sich dazu, in die Gegenwart zurückzukehren. »Keine Sorge«, sagte er heiser. »Ich bin lebendig. Vielleicht sogar lebendiger, als ich sein sollte.«

Oscar pfiff leise. Ruckartig richtete er sich auf und sah von oben auf Karl herab. Inzwischen war es so dunkel, dass sich seine weißen Zähne hell aus der Umgebung hervorhoben. »Das ist es also! Du hast schon ein Mädchen.«

Karl schüttelte den Kopf. Er brauchte einen Moment, um seine Stimme wieder unter Kontrolle zu bringen. »Nein, habe ich nicht.«

Oscar stieß gegen seine Schulter. »Und ob! Du hast gerade an sie gedacht. Ich habe es genau gesehen.«

Karl setzte sich auf, winkelte die Beine an und legte die Arme darum. Wie ein schimmerndes Band zog sich die Charente vor ihnen durch die Dunkelheit und verschwand hinter der nächsten Biegung zwischen den Erlen. Nur ihr leises Plätschern störte die Stille, während sich der letzte Lichtschein des Himmels im Wasser spiegelte. Ohne dass er es wollte, musste Karl an einen anderen Fluss denken, an das Mädchen, mit dem er dort gewesen war.

»Nun sag schon.« Oscar wirkte aufgeregt. »Erzähl mir von ihr! Wer ist sie? Ein Mädchen aus Deutschland?«

Karl schüttelte den Kopf. »Es ist nicht wichtig, wer sie ist«, erklärte er leise. »Weil ich niemals mit ihr zusammen sein könnte.«

Oscar schnaubte unwillig. »Warum nicht? Hat sie dich etwa abgewiesen?« Plötzlich klang er angriffslustig. »Also, wenn sie dich tatsächlich nicht haben wollte, dann hat sie keine Ahnung, was gut für sie …«

»Sie hat mich nicht abgewiesen.« Karl sah seinen Freund zum ersten Mal an. »Aber ihr Vater hätte es niemals zugelassen.«

Auf Oscars Stirn erschien eine steile Falte. »Wer ist ihr Vater, dass *du* ihm nicht gut genug bist? Schau dich an, Karl Bergmann: Du siehst gut aus, du bist gebildet, du sprichst fließendes Französisch! Außerdem bist du einer der besten Reiter der Schwadron, auf direktem Weg, ein Unteroffizier zu werden. Wenn du wolltest, hättest du wahrscheinlich sogar das Zeug zum Offizier! Also was an dir ist nicht gut genug?«

Karl hielt den Atem an. Er hatte zu viel verraten. Wie hatte er sich nur verleiten lassen? Es gab zu viele Stellen in seiner Geschichte, die nicht zusammenpassten. Nur, wenn er schwieg, konnte er darüber hinwegtäuschen. Oscar war vielleicht sein Freund, aber in dieser Welt durfte er nicht einmal seinen Freunden vertrauen.

Er musste dieses Gespräch beenden. Sofort. »Wir sind im Krieg, Oscar. Es ist besser, wenn ich keine Freundin habe. Wer weiß, ob sie mich zurückbekommt.« Mit diesen Worten stand er auf und griff nach Selmas Zügeln. »Ich denke, wir sollten zurück. Bevor wir im Dunklen durch den Fluss schwimmen müssen.«

Oscar fluchte. »Du bist eine verflixte Auster, Karl Bergmann! Man könnte meinen, du hättest ein gefährliches Geheimnis.«

Karl versuchte, den Kloß in seinem Hals herunterzuschlucken. Doch nur mit einem Lachen konnte er ihn verdrängen. Oscar durfte nicht bemerken, wie recht er hatte. »Na komm schon. Sammel dein Pferd ein, wir müssen los!«

* * *

Es war noch früh am nächsten Morgen, als sie den Pferdestall hinter sich ließen und zu Fuß durch die Gassen von Civray wanderten. Während er schweigend neben Oscar herlief, versuchte Karl den Frieden des Augenblickes zu genießen. Die Luft war noch angenehm kühl und wehte mit einem frischen Geruch durch das Dorf. Der sommerliche Duft von reifen Gräsern lag darin, vermengt mit der Feuchtigkeit des Nebels.

Sie hatten den Stalldienst erledigt, ihre Pferde gefüttert und geputzt und den frischen Mist aus dem Stall gefahren. Es war Sonntag, und den Frühgottesdienst hatten sie auf diese Weise verpasst. Doch wenigstens blieb ihnen noch ein wenig Zeit, ehe sie am Mittag den nächsten Patrouillendienst übernehmen mussten. Der Flüchtlingsstrom floss unaufhaltsam weiter, über alle Sonntage hinweg. Nur manche der Flüchtlinge übernachteten einen Tag länger auf den Wiesen, um sich auszuruhen und die Messe zu besuchen. Dennoch war ihr Dienstplan sonntags ein wenig lockerer. Unter der Auflage, dass sie im Dorf blieben und im Notfall zur Verfügung standen, hatten sie ein paar Stunden Freizeit.

Je näher sie dem Dorfplatz kamen, desto deutlicher hörten sie die Menschen. Obwohl es noch so früh war, drang eifriges Plaudern zu ihnen, Deutsch und Französisch in einem wilden Durcheinander, nur hin und wieder durch das Hufgetrappel von Pferden unterbrochen. Einzelne Stimmen hoben sich zwischen dem Murmeln empor, riefen etwas oder brachen in lautes Gelächter aus.

Als sie den Dorfplatz erreichten, standen einige ihrer Kameraden rund um den Dorfbrunnen, die meisten mit nackten Oberkörpern, manche mit eingeseiften Haaren, andere bereits mit einem Handtuch um die Schultern. Inmitten des Platzes wartete eine bunt gemischte Schlange aus Soldaten und französischen Hausfrauen darauf, Wasser aus dem Brunnen zu ziehen.

Karl und Oscar stellten sich ans Ende der Schlange und beobachteten das Treiben: Zwei jüngere Soldaten, die sich die Oberkörper eingeseift hatten, lieferten sich eine Wasserschlacht, während die jüngeren Französinnen sie verstohlen beobachteten. Nur die älteren Frauen schauten möglichst geringschätzig drein. Aber Karl stellte fest, dass fast jede von ihnen heimliche Blicke auf die Soldaten riskierte.

Einige der Männer schienen es bemerkt zu haben und sonnten sich in der Aufmerksamkeit. Allen voran Ludwig Palm, der nicht weit von der Schlange entfernt seinen Oberkörper abrubbelte und zwei jungen Französinnen einen Kussmund zuwarf. Die beiden sahen hastig zu Boden und wandten sich ab.

Auch Karl wollte vermeiden, in Palms Sichtfeld zu geraten. So unauffällig wie möglich schaute er in die andere Richtung über den Dorfplatz. Vor der Kirche standen noch zahlreiche Leute, einige Franzosen in dunklen Anzügen und Kleidern, und dazwischen Grüppchen von Soldaten. Karl entdeckte ihren Kommandeur zwischen ihnen, der sich lebhaft mit einem französischen Mann unterhielt, von dem Karl wusste, dass es der Bürgermeister war. Die beiden hatten sich augenscheinlich miteinander arrangiert, was vermutlich einer der Hauptgründe war, warum die Bürger von Civray größtenteils bereit waren, mit ihren Besatzern friedlich zusammenzuleben. Immerhin waren die meisten der Soldaten in französischen Familien, in deren Stallungen oder in leerstehenden Häusern untergebracht. Dabei kam es immer wieder zu Konflikten, und ihrem Kommandeur war es wichtig, stets eine Lösung zu finden, bei der weder Gewalt noch Zwang angewendet wurde.

Karl und Oscar schliefen zusammen mit ein paar anderen Reitern auf dem Strohboden eines Bauernhofes. Zwar war das nicht die komfortabelste Unterkunft. Aber bei den sommerlichen Temperaturen war es trocken und warm, und Karl war froh darüber, nicht einer französischen Familie zur Last zu fallen.

Die Schlange am Brunnen rückte weiter vor, und Karl bemerkte überrascht, dass sie inzwischen vorne standen. Oscar ließ den Eimer in den Brunnen hinab, zog ihn gefüllt wieder hoch und verteilte das Wasser in die beiden Tränkeeimer, die sie mitgebracht hatten. Etwas abseits vom Dorfbrunnen suchten sie sich einen Platz. Dabei achteten sie darauf, einen deutlichen Sicherheitsabstand zu Ludwig Palm zu halten. Genauso wie die anderen zogen sie ihre Hemden aus und wuschen sich. Das Wasser brannte eiskalt auf Karls Haut. Er musste die Zähne zusammenbeißen, um nicht darunter aufzustöhnen.

Oscar gab sich weniger Mühe und stieß mit jedem Wasserschwall geräuschvoll die Luft aus. Schließlich bibberte er leise vor sich hin.

Karl lachte. »Du klingst wie ein kleiner Junge, wenn du so rumzitterst.«

Oscar zog eine Grimasse. »Haha. Sehr komisch.«

Karl nahm seine Kernseife, schäumte sich die Haare und den Oberkörper damit ein und wartete, bis Oscar ebenso weit war. Schließlich schütteten sie sich gegenseitig das Wasser über die Haare, um möglichst sparsam damit umzugehen.

Karl war gerade dabei, sich den Oberkörper abzutrocknen und die Haare abzurubbeln, als er Unteroffizier Palm bemerkte, der langsam auf ihn zu schlenderte. Zwischen seinen Fingern klemmte eine Zigarette und sein Hemd hing ihm nur lose über den Schultern. Die Knöpfe standen offen und zeigten die blonden Haare auf seiner Brust. »Sieh an, sieh an, Gefreiter Bergmann.« Er blieb vor Karl stehen und klopfte ihm gegen die Schulter. »Mit einem Herz für alles, was schwach und hilflos ist.« Ein merkwürdiges Lächeln erschien auf seinem Gesicht.

Ein aufgeregtes Rufen unterbrach ihn. »Die Feldpost ist da!« Der Ruf kam von einem jungen Unteroffizier, der einen Sack voller Briefe und Pakete auf den Dorfplatz schleppte. Von allen Seiten liefen die Männer zusammen und scharten sich um ihn. Nach und nach rief er Namen aus und verteilte die Briefe und Päckchen an diejenigen, die sich meldeten.

Palm hatte sich halb zu ihm umgedreht. Als er zu Karl zurücksah, lag ein fadenscheiniges Lächeln über seinen Mundwinkeln. »Die Post ist da, Bergmann. Wollen Sie nicht hingehen und sehen, ob Ihre Liebsten ihnen geschrieben haben?«

Karls Herzschlag verlangsamte sich, all seine Sinne gingen in Lauerstellung, während seine Miene vollkommen unbewegt blieb. Ob Palm etwas bemerkt hatte? Ob er ihn so genau beobachtet hatte, dass er die Anzahl der Briefe kannte, die Karl erreichten? Womöglich sogar die Absender? Manchmal war Palm selbst derjenige, der die Briefe verteilte. Es war also möglich, dass es ihm längst aufgefallen war: Karl bekam niemals Post von seiner Familie.

Umso mehr musste er sich dazu zwingen, unauffällig zu reagieren. So beiläufig wie möglich erwiderte er Palms Lächeln und lüftete das Handtuch vor seinem nackten Oberkörper. »Wie Sie sehen, bin ich noch nicht angezogen. Ich werde mir meine Post abholen, sobald mein Name aufgerufen wird.«

»Palm! Ludwig Palm?« Wie auf ein geheimes Stichwort hielt der junge Unteroffizier einen Brief in Palms Richtung.

Palms Lächeln zuckte. »Wie Sie meinen, Bergmann.« Er schnippte die Zigarette in den Staub, zertrat sie mit der Stiefelspitze und wandte sich ab. Mit ausladenden Schritten ging er über den Dorfplatz, um seinen Brief entgegenzunehmen.

Karl sah ihm regungslos nach.

»Mann, Mann, Bergmann!« Oscar trat neben ihn. »Musst du dich immer mit ihm anlegen? Eines Tages schießt er dir wirklich eine Kugel in den Rücken.«

Erst jetzt spürte Karl seine Gänsehaut, kalter Schweiß hatte sich in seinen Handflächen gebildet. Doch auch vor Oscar musste er den Schein wahren. »Keine Sorge.« Er bemühte sich um einen flapsigen Tonfall. »Ich werde einfach darauf achten, ihm nie den Rücken zuzudrehen.«

Oscar stieß die Luft aus. »Du hast Nerven.«

Karl grinste ihm zu, nur flüchtig, damit Oscar nicht erkannte, wie misslungen es war.

»Also, ich gehe schon rüber«, erklärte sein Freund. »Du kannst dann ja nachkommen.«

Karl nickte. Während er nach und nach die Knöpfe seines Hemdes schloss, sah er Oscar nach und beobachtete die lächelnden Gesichter, mit denen die Soldaten ihre Briefe und Päckchen in Empfang nahmen. Er selbst hatte nur wenige Menschen, die ihm schrieben. Eigentlich nur Joseph und manchmal Veronika von Steineck. Karl unterdrückte ein Seufzen. Die Kavallerie war die einzige Familie, die er noch hatte, und der Krieg sein einziges Zuhause.

»Karl Bergmann?« Der Unteroffizier rief über den Dorfplatz. »Wo ist Karl Bergmann?«

Karls Herzschlag beschleunigte sich. Er wollte gerade seine Hand heben, als Oscar den Brief schon entgegennahm und in seine Richtung deutete. Karl biss sich von innen auf die Unterlippe. Dann hatte ihm also doch noch jemand geschrieben.

* * *

Wie Karl erwartet hatte, war der Brief von Joseph. Er trug den Absender der Kaserne in Schloss Neuhaus, in der sein Freund stationiert war, und er war so dick, wie Karl es von Josephs Briefen gewöhnt war.

Den ganzen Tag lang trug er den Brief in seiner Hosentasche mit sich, immer auf der Suche nach einem unbeobachteten Moment. Doch erst am Abend fand er die passende Gelegenheit, ihn zu lesen. Während die anderen ihre Freizeit auf dem Hof mit Kartenspielen verbrachten, zog Karl sich auf den Strohboden zurück. Jeder von ihnen hatte sich eine kleine Nische eingerichtet, in der er für sich sein konnte, und Karl setzte sich in seine Ecke. Er lehnte sich gegen einen Berg aus Stroh, winkelte die Beine an und öffnete den Brief.

Joseph schrieb von seiner Ausbildung in der Kaserne, von der jungen, temperamentvollen Stute, die ihm zugeteilt worden war und von den anderen Kameraden, die er inzwischen kennengelernt hatte. Er schrieb ausführlich, so wie es seine Art war, und Karl schmunzelte nicht zum ersten Mal darüber, dass er im Grunde genauso gut Romane schreiben könnte.

Während Karl las, konnte er seinen Freund vor sich sehen, wie er bei schlechtem Licht spätabends auf der Stube saß und mit mühsam offen gehaltenen Augen diesen Brief verfasste. Er sah das Pferd auf dem Putzplatz umhertänzeln und konnte beinahe Josephs Stimme hören, mit der er die Stute beruhigte.

Dann kam der Punkt, an dem Josephs Erzählung zu seinem Abschied von zu Hause zurückkehrte. Er schrieb von seinem Vater, der sich bis zuletzt mit ihm gestritten hatte, vermutlich, weil er nicht zeigen wollte, wie sehr ihn der Abschied von seinem zweiten Sohn betrübte. Josephs Worte waren unverblümt wie immer. Er brachte die Dinge gerne auf den Punkt. Und dann erschien ein Name in dem Brief, ein einziges Wort, das Karl in Aufruhr versetzte.

Mathilda! Ein Jahr lang war sie fort gewesen, und Joseph hatte schon lange nicht mehr von ihr geschrieben. Aber nun war sie auf den Hof ihrer Familie zurückgekehrt und ihr Name traf Karl wie ein Blitz.

Er löste seinen Blick von dem Brief, lehnte sich an das Strohbündel hinter sich und schloss die Augen. Er wollte nicht noch mehr lesen, wollte nicht noch mehr über Mathilda erfahren.

Dennoch sah er ihr Gesicht vor sich. Ihre blonden, langen Haare, die meistens zu Zöpfen geflochten waren, oder die feinen Linien ihrer Lippen, die sich bildeten, wenn sie Angst hatte, etwas zu sagen. Nur, wenn er mit ihr allein gewesen war, hatte sie es gewagt, ihre Fragen zu stellen.

Seit Karl sie kannte, hatte sie tausende von Fragen gestellt, am Anfang vorsichtig, fast ängstlich, aber später voller Wissbegier. Ihre Augen konnten neugierig funkeln oder so abwesend vor sich hinblicken, als würde sie über die Dinge hinausschauen. Und dann wieder wirkten sie so verloren, als wäre sie ganz allein auf der Welt.

Karl hatte sich schon damals in diese Augen verliebt, in die zarte und kluge Seele, die sich dahinter verbarg. Manchmal war es ihm so vorgekommen, als würde er sich selbst darin spiegeln.

Es war ihm schwergefallen, Mathilda zu vergessen.

Oder nein, wenn er ehrlich war, dann war es ihm nie gelungen.

Aber er hatte nicht damit gerechnet, dass allein ihr Name ihn auch jetzt noch so sehr treffen würde. Er spürte den Sog, der von diesem Brief ausging. Zwei Jahre hatte er Mathilda nicht mehr gesehen. Einzig in Josephs Zeilen versteckte sie sich.

Eilig sah er zurück auf den Brief. Plötzlich wollte er mehr wissen, wollte jedes Wort über sie einsaugen und es gleich noch einmal lesen. Immer wieder.

Sie würde Dir gefallen, Karl. Sie ist kein Kind mehr. Ganz und gar nicht. Sie ist eine junge Frau geworden, und ich fürchte, sie bemerkt gar nicht, wie sehr sie den Männern den Kopf verdreht.

Wahrscheinlich ist es gut, dass die meisten Männer jetzt im Krieg sind, denn sonst bräuchte sie wohl dringend einen Bruder, der auf sie aufpasst. Oder einen festen Freund, der gut zu ihr ist und sie nicht mehr aus den Händen gibt.

Vielleicht fragst Du Dich, warum ich Dir das schreibe und so viel von Mathilda berichte. Nun ja. Wir haben über Dich gesprochen. Eigentlich nur ganz zufällig, weil ich etwas über Dich erzählt habe. Dabei hat sich herausgestellt, dass ihr beiden Euch nie geschrieben habt. Mathilda glaubt, dass Du sie damals einfach vergessen hättest.

Versteh mich nicht falsch, Karl. Ich will Dir nicht reinreden, und es ist Deine Entscheidung. Aber ich wollte Dir sagen, dass sie deshalb noch immer traurig ist. Außerdem muss ich gestehen, dass ich mich wundere. Ich hatte immer den Eindruck, ihr beide würdet Euch mögen, auf besondere Weise. Schon als sie noch ein Kind war, aber später erst recht. Vielleicht ist etwas geschehen, was ich nicht mitbekommen habe. Aber ich wollte Dir das zu bedenken geben. Vielleicht solltest Du ihr schreiben.

Mit diesen Worten war der Brief beendet. Nur noch die Grußformel stand darunter. Langsam ließ Karl ihn sinken und blickte über den Strohboden. In großen Haufen türmte sich das Stroh unter dem Dach auf. Von seinem Platz aus konnte er nur wenige der Schlafnischen sehen, aber bis jetzt schien er noch immer allein zu sein.

Karl schaute zurück auf den Brief, blätterte nach vorne und las ihn noch einmal. Zeile für Zeile flogen Josephs Worte an ihm vorbei, bis er das Ende ein zweites Mal erreichte. Mit jedem Satz kam er Mathilda näher, und schließlich war es, als würde etwas in ihm aufbrechen. Seit zwei Jahren verbot er sich jeden Kontakt mit ihr. Unzählige Male hatte er darüber nachgedacht, dass sie keine gemeinsame Zukunft hatten, dass es zu gefährlich wäre, ihr näherzukommen. Dabei hatte er sich Tag ein, Tag aus in die Arbeit gestürzt, zuerst in der Militärausbildung, dann im Krieg, bis es ihm gelungen war, seinen Kummer unter schlimmeren Dingen zu ersticken.

Doch in den kurzen Momenten zwischen Feierabend und Schlaf brachen die Gedanken hervor. Dann fühlte er die Scherben, zu denen sein Herz zersplittert war. Unzählige Stunden hatte er schon mit seinem Schicksal gehadert und vergeblich nach einem Ausweg gesucht.

Aber erst jetzt ließ er den Gedanken zu, den er immer verdrängt hatte. Er hatte ihr weh getan, weil er sie ohne Erklärung verlassen hatte.

Ein Geständnis wäre jedoch zu gefährlich gewesen! Manche Geheimnisse musste man bis in alle Ewigkeit für sich behalten. Erst der Krieg hatte so manches geändert. Zwei Jahre waren inzwischen vergangen. Wenn es ihm bis jetzt geglückt war, in der Wehrmacht unterzutauchen, war die Gefahr vielleicht vorüber.

Karl flog noch einmal über die letzten Zeilen des Briefes. Joseph hatte recht. Er musste Mathilda schreiben, musste sich endlich bei ihr entschuldigen.

6. KAPITEL

Fichtenhausen, Paderborner Land, Juli/August 1940

Während sich der Juli dem Ende entgegenneigte und der August begann, forderte die Getreideernte jede Minute der langen Sommertage. Da es in diesem Jahr unmöglich war, in der Familie ausreichend Helfer für die Ernte zu bekommen, taten sie sich mit Böttchers zusammen und mähten ihre Felder gemeinsam. Schon im frühen Morgengrauen spannten sie die Pferde vor die Mähmaschine, auf der ihr Vater und Böttchers Papa arbeiteten. Einer lenkte die Pferde, während der andere die Garben ablegte. Mathilda, die anderen Mädchen und Böttchers Mama liefen hinter der Mähmaschine her, banden die Garben zusammen und stellten sie auf. Nur langsam erhob sich die Sonne hinter dem Frühnebel, aber im Laufe der nächsten Tage würde sie die Korngarben trocknen.

Katharina blieb derweil in der Küche und bereitete für alle das Essen zu. Mehrmals am Tag brachte sie ihnen Schwarzbrot mit Rübenkraut aufs Feld, manchmal auch eine Mettwurst oder Kuchen.

Wenn ihr Vater nicht zuhörte, lästerte Leni darüber, dass Katharina wie immer die leichteste Arbeit tun durfte. Auch Mathilda stellte sich vor, wie schön es wäre, an Katharinas Stelle in der Küche zu stehen und Leckereien zuzubereiten, während alle anderen auf dem Feld schuften mussten. Aber es war ausgeschlossen, dass sie jemals tauschen würden. Katharina war die Hausfrau, und Mathilda hatte so gut wie nie am Herd gestanden. Vermutlich konnte sie nicht einmal einen einfachen Eintopf zubereiten. Selbst in ihrem Pflichtjahr hatte die Tante sie nur ein einziges Mal beauftragt, etwas zu kochen. Mathilda war an jenem Tag allein gewesen und hatte für sich selbst sorgen müssen. Tante Rosalia hatte ihr ein Glas mit eingekochtem Fleisch gegeben, das sie sich zubereiten sollte. Doch in dem Versuch, den Deckel zu öffnen, war es zerbrochen, und die feinen Splitter hatten das schöne Fleisch verdorben. Dafür schämte Mathilda sich noch immer, und vermutlich war es besser, wenn sie nicht mit Katharina tauschte.

Auch an jenem Tag kehrten sie zum Mittagessen mit verstaubten Haaren und verschwitzter Haut ins Haus zurück. Wie immer gingen Mathilda und Leni in die Küche, wuschen sich die Arme und das Gesicht, und betraten schließlich die Stube. Hier drinnen war es angenehm kühl. Katharina deckte gerade den Tisch. Hinter Mathilda und Leni kam sie in die Stube und trug einen großen Topf mit Gemüsesuppe auf. Mit dem Ellenbogen deutete sie auf einen Briefstapel, der auf der Tischecke lag. »Die Feldpost ist gekommen. Da ist auch was für euch dabei.« Ein neugieriger Unterton mischte sich in ihre Worte.

»Zeig her!« Leni sprintete zum Tisch und riss die Briefe an sich. Zwei davon sortierte sie aus und legte sie neben ihren Platz. Einen dritten studierte sie ausführlich und schenkte Mathilda ein anzügliches Grinsen. »Na sieh mal einer an.«

Katharina blieb auf dem Weg zum Geschirrschrank stehen und schaute über Lenis Schulter. »Karl Bergmann«, murmelte sie. »Ist das ein Karl, den wir kennen? Oder haste den aus deinem Pflichtjahr, Tildeken?«

Mathildas Herz machte einen Sprung. »Ich habe keinen Karl Bergmann aus meinem Pflichtjahr! Ich habe überhaupt niemanden aus meinem Pflichtjahr.«

Lenis Grinsen wurde noch breiter. »Dann wird es wohl der Steinecken Karl sein.«

Mathildas Herz vollführte einen weiteren Hopser. Karl schrieb ihr? Nach all der Zeit? Das musste ein Irrtum sein. Hastig riss sie den Brief aus Lenis Hand. Doch ihre Finger zitterten, die Schrift wackelte vor ihren Augen. Tatsächlich, dort stand ihr Name und ihre Adresse.

»Karl Bergmann«, sinnierte Katharina und ging weiter zum Wandschrank. »So heißt der also.«

Mathilda starrte auf den Absender. Bergmann ... Fieberhaft überlegte sie, ob sie Karls Nachnamen schon einmal gehört hatte. Aber Knechte und Stallburschen wurden so gut wie nie mit ihrem Nachnamen gerufen. Seitdem sie ihn kannte, war er immer nur Karl gewesen. Wenn überhaupt, dann hatten sie ihn Steinecken Karl genannt, nach dem Gut, auf dem er arbeitete. Aber seinen richtigen Nachnamen hatte nie jemand benutzt.

»Warum schreibt er ausgerechnet dir, Tildeken?« Katharina trug einen Stapel Teller zum Tisch und verteilte sie darauf. »Ich dachte, die Lotta hätte ihm immer schöne Augen gemacht?«

Mathildas Herzrasen wurde noch schneller.

Leni lachte. »Dann hast du aber nicht besonders gut aufgepasst, Tineken. Die Lotta hat ihm vielleicht schöne Augen gemacht. Aber Karls Augen waren immer nur bei Mathilda.«

Katharina hielt mitten in der Bewegung inne und sah Mathilda verkniffen an. »Warste nicht damals noch ein Kind?«

Mathilda schluckte. Wenn Katharina sie so ansah, hatte sie noch immer das Bedürfnis, sich vor der drohenden Strafe zu verstecken. Nur mühsam konnte sie sich eine Ausrede ausdenken. »Sicherlich. Ich war noch ein Kind. Ich weiß auch nicht, wovon Leni redet. Er war nur … ein Freund.«

Eine steile Falte lag zwischen Katharinas Augen. »Und jetzt schreibt er dir? Weiß Papa davon?«

Mathilda erschrak. Da hatte sie zwei Jahre lang gewartet, bis sie etwas von Karl hörte. Und jetzt würde ihr Vater vermutlich jeden Kontakt verbieten. Sie wusste nicht, was sie sagen sollte, wie sie die Situation retten konnte.

Lenis Lachen wehte durch die Stube. »Ach was«, erklärte sie leichthin. »Mach dir man keine Sorgen, Tineken. Im Krieg schreibt man doch an alle Nachbarn und Freunde, damit sie wissen, dass es einem gutgeht. Das muss ja nicht gleich ein Heiratsantrag sein.« Sie schob sich zwischen Tisch und Sitzbank hindurch und ließ sich auf ihren Platz fallen. Gleich darauf lachte sie noch lauter. »Und außerdem: Wer würde unser Tildeken schon heiraten wollen, die ist ja immer noch ein halbes Kind.«

Katharina sah zu Mathilda, musterte ihren Körper und lachte spöttisch. »Recht hast du.«

Mathilda presste die Zähne aufeinander. Wieder einmal kam sie sich winzig vor, wie das dumme Kind, das sie immer gewesen war.

Ausgerechnet jetzt kam ihr Vater zur Tür herein. Schnell steckte sie den Brief in ihre Kittelschürze und setzte sich neben Leni auf die Bank. Ihr Vater nahm seine Kappe ab, hängte sie über die Stuhllehne und setzte sich mit gebeugtem Rücken auf seinen Platz. Noch in der gleichen Bewegung falteten sich seine Hände zum Tischgebet. Mathilda senkte den Kopf, schob ihre Hände ineinander und hoffte darauf, dass niemand über den Brief sprechen würde.

* * *

Bis zum Abend trug sie den Brief in ihrer Schürzentasche, ohne ihn noch einmal anzusehen. Sie wollte allein sein, wenn sie ihn las. Doch erst nach dem Abendessen fand sie Gelegenheit dazu. Während Katharina, Leni und ihr Vater sich in die Abendsonne setzten, behauptete Mathilda, dass sie schon zu Bett gehen wollte.

Sobald sie im Mädchenschlafzimmer war, zog sie den Brief hervor. Er war ungewöhnlich dick und zerknittert vom langen Herumtragen. Einen Moment lang starrte sie mit zitternden Händen darauf.

Dann schob sie das Kuvert unter ihr Kopfkissen. Sie musste sich zuerst umziehen. Nur, wenn sie den Brief im Bett las, konnte sie ihn jederzeit verstecken und sich schlafend stellen, falls jemand hereinkam.

So schnell wie möglich zog sie die Schürze und das Kleid aus, faltete sie zusammen und legte sie für den nächsten Tag auf die Kommode. Als sie wieder aufsah, entdeckte sie sich selbst im Spiegel. In der sommerlichen Hitze hatte sie nicht einmal ein Unterhemd unter ihrem Kleid getragen, und das Mädchen, das ihr nun entgegenschaute, war nackt. Mathilda wollte zurückzucken und sich abwenden. Es war unanständig, sich nackt im Spiegel zu betrachten. Sie hatte es immer vermieden, ihren Körper anzusehen.

Doch jetzt konnte sie nicht anders. Sie musste wissen, ob Leni recht hatte, ob sie wirklich noch ein kleines Mädchen war. Zögernd betrachtete sie die schmalen Konturen ihres Oberkörpers, ihren flachen Bauch und die Rippen, die durch ihre Haut schimmerten. Auch ihre Hüften waren schmal und die Beckenknochen stachen kantig hervor. Eine Schönheit war sie wahrlich nicht.

Oder doch? Ihr Blick fing sich an ihren Brüsten. Sie waren klein. Aber sie wirkten fest und rund, wollten sie dazu einladen, ihre Hände darumzulegen.

Ganz von allein schob sich ihre Hand über den Bauch, wanderte höher und stieß von unten an ihre Brust. Mathilda schloss die Augen. Ja, sie war fest und rund, warm und empfindlich. Kribbelnde Gänsehaut zog sich darüber und lief über ihren Körper.

Ihre Gedanken protestierten. Sie durfte sich nicht berühren! Nicht so, nicht mit dieser Absicht. Es war unkeusch! Nur die Stimme des Teufels wollte sie verführen, eine Sünde zu begehen.

Schritte huschten über den Flur, näherten sich ihrem Zimmer.

Mathilda zuckte zurück, sprintete zu ihrem Bett und griff nach ihrem Nachthemd. So schnell sie konnte, zog sie es an, keine Sekunde zu früh, bevor die Tür aufgedrückt wurde.

Leni streckte ihren Kopf durch den Türspalt, schob sich ins Zimmer und strahlte Mathilda entgegen. »Und? Was schreibt Karl in seinem Brief?«

Mathilda wich zurück und schüttelte den Kopf. »Ich weiß es noch nicht. Ich habe ihn noch nicht gelesen.«

Leni hob die Augenbrauen. »Warum denn nicht?«

Mathilda zuckte mit den Schultern. »Ich hatte noch keine Zeit.«

Leni rollte die Augen. »Und jetzt? Jetzt hast du Zeit! Dann lies ihn doch mal.« Sie schaute um Mathilda herum zu ihrem Bett. »Wo hast du ihn denn?«

Mathilda stellte sich vor ihr Kopfkissen.

Leni schüttelte lachend den Kopf und schlenderte weiter zu ihrem eigenen Bett. Lässig ließ sie sich darauffallen und wippte auf der dreigeteilten Matratze.

Mathilda rührte sich nicht von der Stelle. Leni sollte gehen! Sie wollte allein sein, wenn sie Karls Brief las! Aber sie wagte es nicht, das zu sagen.

»Was ist los mit dir?« Leni wurde ernst. »Hör mal, wenn du böse auf mich bist, weil ich dich heute Mittag ein kleines Mädchen genannt habe. Dir ist hoffentlich klar, dass ich dich damit nur retten wollte! Was meinst du, würde passieren, wenn Katharina spitzkriegt, dass da was Ernstes zwischen dir und Karl läuft? Dann rennt sie sofort zu Papa und erzählt es ihm. Und was glaubst du, was der dann tut? Dann war das dein erster und letzter Brief von Karl. Alle weiteren würden verschwinden, bevor du sie zu Gesicht bekommst.«

Mathilda schluckte. Leni hatte recht. Ihre Kinderfreundschaft mit Karl war schon schwierig genug gewesen. Aber ihr Vater würde es niemals dulden, dass sie sich Liebesbriefe schrieben. Falls es Liebesbriefe waren. Wahrscheinlich schrieb er nur einen Höflichkeitsbrief an eine Kindheitsfreundin. Auch deshalb wollte sie beim Lesen allein sein. Damit niemand sehen konnte, wie enttäuscht sie war.

»Oh, Tildeken. Jetzt schau doch nicht so vorwurfsvoll.« Leni klang verzweifelt. »Was ich heute Mittag gesagt habe, war wirklich Quatsch. Du bist kein Kind mehr. Sieh dich doch mal an.« Sie sprang auf, packte Mathilda an den Schultern und drehte sie zum Spiegel.

Das Nachthemd hing weiß und schlaff an ihr herunter, versteckte ihren Körper und ließ zugleich die markantesten Stellen hervortreten. Vor allem ihre Brüste prägten sich in den dünnen, abgewetzten Stoff.

Leni stellte sich hinter sie und schaute über ihre Schultern. »Jetzt zeig ich dir mal, wie schön du bist.« Sie nahm Mathildas Zöpfe, löste die Flechten daraus und bürstete ihre Haare.

Mathilda fiel auf, dass sie beinahe gleich groß waren. Vielleicht war ihre Schwester noch zwei oder drei Zentimeter größer als sie, aber das würde vermutlich so bleiben.

Der größte Unterschied zwischen ihnen war Lenis Schönheit. Schon seit ihrer Kindheit hatte Mathilda sie dafür bewundert. Mit ihren hohen Wangen, den funkelnden blauen Augen und den braunen, gewellten Haaren sah ihre Schwester wie eine Schauspielerin aus. Mathilda hatte es nie gewagt, sich selbst mit Leni zu vergleichen.

Doch jetzt nahm Leni ihren Kopf zwischen die Hände und schob ihn so, dass Mathilda ihr Spiegelbild ansehen musste: Ihr Gesicht war schmaler und zarter als das von Leni. Der Babyspeck war verschwunden, was ihre Augen betonte. Sie wirkten dunkel, beinahe braun im Dämmerlicht. Mathilda mochte braune Augen. Doch ihre waren in einem tiefen, dunklen Blau gefärbt. Ein Lächeln formte sich auf ihrem Gesicht und brachte ihre Augen zum Strahlen. Erst jetzt bemerkte sie, dass sie den gleichen Reiz besaßen, den sie an Lenis Augen so schön fand. Waren das ihre Wimpern, die so strahlten? Oder das dunkle Blau?

Ihre Schwester schob die gebürsteten Haare über Mathildas Schultern, bis sie in blonden Wellen auf ihre Brüste fielen. Die Sonne hatte das Blond zu tausend verschiedenfarbigen Strähnen ausgeblichen, und zum ersten Mal wurde Mathilda klar, dass sie ebenso schön war wie Leni. Mit dem Strahlen in ihren Augen sah sie aus wie die Sonne selbst.

Leni beugte sich an ihr Ohr: »Siehst du jetzt, wie schön du bist?«, flüsterte sie. »Das warst du schon immer. Deswegen wollte ich als Kind auch ständig, dass mir alle sagen, wie schön ich bin. Weil ich so eifersüchtig auf meine kleine niedliche Schwester war.«

Mathilda drehte sich überrascht zu ihr um. Sie erinnerte sich noch gut daran, wie oft Leni den Erwachsenen ihre Lieblingsfrage gestellt hatte: »Wer ist schöner? Mathilda oder ich?« Und sie hatte von allen ihre Lieblingsantwort gehört. »Natürlich du, Leni. Mathilda ist doch noch fast ein Baby.« So oft hatte Mathilda diese Antwort gehört, dass sie zu einer unumstößlichen Wahrheit geworden war. Erst im Rückblick begriff sie, dass es eine Erwachsenenantwort war, etwas, was man dem fragenden Kind antwortete, um es nicht zu enttäuschen. Dass sie Mathilda damit umso mehr trafen, hatte offensichtlich niemand bemerkt.

»Ach Tildeken!« Leni stupste sie auf die Nase. »Dabei sind wir beide hübsch. Siehst du? Wir sehen aus wie Engelchen und Teufelchen.«

Mathilda musste lachen. Leni hatte recht. Nebeneinander sahen sie aus wie der Gegensatz von hell und dunkel. Und dennoch waren sie sich ähnlich. Nicht nur ihre Augen besaßen die gleiche, strahlende Form. Auch ihre Lippen bildeten eine ähnliche Linie, die bei Mathilda sanft wirkte und sich bei Leni zu einem teuflischen Schmunzeln verzog.

Leni zwinkerte ihr zu. »Nachdem ich das jetzt mal gesagt habe, lass ich dich endlich deinen Brief lesen.« Mit einem leichten Lachen hüpfte sie zur Tür, drehte sich noch einmal zu Mathilda und winkte ihr zu. Dann war sie verschwunden.

Mathilda blieb wie angewurzelt stehen, ihre Gedanken wirbelten durcheinander. Sie war nicht das hässliche Entlein, für das sie sich immer gehalten hatte – allein diese Erkenntnis ließ sich kaum fassen. Nur ihr Spiegelbild sagte ihr, dass es wirklich so war. Hatte Karl sie auch so gesehen? Vor zwei Jahren? Als hübschen Engel?

Plötzlich hielt sie es nicht mehr aus. Sie musste seinen Brief lesen, jetzt sofort. Mit weichen Knien lief sie zum Bett, schlüpfte unter die Decke und holte den Brief aus seinem Versteck. Ihre Finger zitterten, während sie die Klappe des Kuverts löste und den Brief herauszog. Schließlich mummelte sie sich unter die Decke und hielt das Papier in das letzte Licht, das von draußen hereinfiel.

O.U., 29. Juli 1940

Liebe Mathilda,

Schon seit mehr als einer Woche versuche ich, diesen Brief zu schreiben, fünf Versuche habe ich schon gemacht, habe die Blätter zerrissen und verbrannt, weil es die falschen Worte waren. Aber ich muss es noch einmal versuchen, ich muss Dir schreiben, Mathilda, wie ich es schon längst hätte tun sollen.
Joseph hat mir berichtet, dass Ihr über mich gesprochen habt. Bitte sei Deinem Bruder nicht böse deswegen. Ich weiß, wenn man mit jemandem über etwas spricht, das einem zu Herzen geht, dann möchte man nicht, dass er es preisgibt. Aber ich für meinen Teil bin sehr froh darüber, dass Joseph diese Regel gebrochen hat, dass er

den ersten Schritt für uns beide gegangen ist. Ohne ihn hätte ich diesen Brief vielleicht nie geschrieben.
Aber die Wahrheit ist: Du bedeutest mir sehr viel, Mathilda. Der Tag, an dem wir uns zum letzten Mal gesehen haben ... Schlimme Dinge waren geschehen, ich war kaum bei mir, als Du plötzlich neben mir standest. Ich kann nur ahnen, wie sehr ich Dich verwirrt habe. Aber Du sollst wissen, dass der Moment zugleich der schönste und der grausamste in meinem Leben war. An diesem Tag habe ich nicht nur Dein Herz, sondern auch meines gebrochen.
Doch ich musste gehen, ich hatte keine andere Wahl, und aus irgendeinem Grund habe ich mir eingeredet, dass es für Dich leichter wäre, wenn ich die Verbindung abbreche. Ich dachte, Du seist jung genug, um mich zu vergessen, jung genug, um einen anderen zu finden, der Dir wichtiger ist als ich. Aber wenn ich Joseph glauben kann, dann bist Du auch heute noch traurig darüber.
Das tut mir leid, Mathilda. Es war gewiss nicht meine Absicht. Ganz im Gegenteil: Seit ich Dich zum ersten Mal gesehen habe, wollte ich, dass das kleine Mädchen glücklich wird. Ich wollte Dich lachen hören, und jedes Lächeln von Dir hat mich mitten ins Herz getroffen. Ich selbst war ein trauriger Mensch, als ich bei Euch ankam, aber Du hast mir wieder einen Sinn gegeben.
Ich könnte ewig so weiterschreiben, Mathilda, einen endlosen Schwall von Worten, die ich Dir nie gesagt habe. Dabei sind diese Worte so oft durch meinen Kopf gezogen, so oft haben meine Gedanken zu Dir gesprochen, selbst jetzt noch, zwei Jahre später.
Das Verrückteste daran ist, dass ich dachte, es würde vorbeigehen. Ich habe mir eingeredet, dass ich Dich mit der Zeit vergessen würde. Doch alles, was ich seitdem getan habe, konnte den Schmerz nur betäuben, aber niemals besiegen. Selbst damals, im Frieden.
Die Ausbildung zum Kavalleristen ist hart. Fünf Stunden am Tag mussten wir reiten: Dressur, Gelände, Ausdauer und Kondition, und dazwischen die Ausbildung der Jungpferde. Meine Vorgesetzten haben schnell erkannt, wie gut ich reite, und schon hatte ich zwei Remonten, die ich täglich reiten musste. Dazu dann noch die

Ausbildung an den Waffen, Säbel und Karabiner, Taktikschulung und Kriegskunst. An manchen Tagen konnte ich erst wieder abends im Bett eigene Gedanken fassen. Aber oft auch gar nicht, denn nach so einem Tag zieht dich der Schlaf in ein tiefes, schwarzes Grab.

Doch zwischen alldem warst immer Du, Mathilda. Wenn wir Ausgang hatten, wollten die anderen mich mitnehmen. Sie haben mir Mädchen gezeigt und wollten mich dazu bringen, mit ihnen auszugehen. Aber zwischen all den fremden Gesichtern hab ich nur nach Dir gesucht. Jedes blonde Mädchen bekam einen Blick von mir – aber Dich habe ich nie gefunden, und eine andere wollte ich nicht.

Eines Tages stand plötzlich Lotta vor mir, mitten in Schloss Neuhaus. Ich habe mich furchtbar erschrocken, ihr zu begegnen. Lotta! Deine Schwester. Mein erster Gedanke war, sie nach Dir zu fragen. Nur gerade eben konnte ich mich davon abhalten, mich auf diese Weise zu verraten. Wir haben uns nur kurz unterhalten, darüber, dass ich in der Kaserne bin und sie bei vornehmen Leuten als Köchin arbeitet.

Von da an habe ich sie häufiger gesehen. Unsere Begegnungen er schienen zufällig, aber ich denke, Lotta hat sie provoziert. Zweimal haben wir uns sogar verabredet und sind zusammen ausgegangen. Versteh mich nicht falsch, Mathilda. Lotta ist nett, ich mag sie. Aber ich habe nie etwas Besonderes für sie gefühlt. Immer, wenn ich mit ihr ausgegangen bin, habe ich nur an Dich gedacht. In ihrer Gesellschaft war ich Dir wenigstens ein bisschen näher.

Aber für Lotta hatte es eine andere Bedeutung. Darüber haben wir nie geredet, doch es war offensichtlich. Am Ende war das auch der Grund, warum ich mich nicht mehr mit ihr getroffen habe. Ich wollte ihr keine falschen Hoffnungen machen.

Irgendwann in dieser Zeit hat sie mir gesagt, dass Joseph gern meine Adresse hätte. Seit damals schreibe ich Deinem Bruder. So manches Mal habe ich darüber nachgedacht, Dir ebenfalls zu schreiben. Aber ich habe niemals den Mut dazu gefunden.

Es tut mir leid, Mathilda. Wenn ich jetzt darüber nachdenke, dann ahne ich, welchen Kummer ich Dir bereitet habe. Ich hoffe, Du kannst mir verzeihen?
Wenn Du wüsstest, wie es mir geht, während ich diesen Brief schreibe. Kannst Du an meiner Schrift sehen, wie meine Hand zittert? Meine Ehrlichkeit erschreckt mich und die Aufregung flattert in meinem Bauch. Ich habe solche Angst, dass Du den Brief zerreißt, wenn Du ihn bekommst, gelesen oder ungelesen. Am liebsten würde ich ihn selbst wieder zerreißen und einen neuen beginnen. Aber sie werden alle so wie dieser hier. Wenn ich schreibe, fließen die Worte einfach heraus. Dann kann ich kein Geheimnis und keine Grenze mehr bewahren.
Ich wünschte, Du würdest vor mir stehen. Dann könnte ich Dein Gesicht sehen, dann würde mich Dein Lächeln erlösen oder Dein Stirnkrausen jedes weitere Geständnis verstummen lassen. Aber so verhallen meine Worte in der Weite des weißen Papiers. Sie rufen hinaus zu Dir, immer weiter, bis endlich Deine Antwort erklingt.
Doch wie sollst Du antworten, solange Du mich nicht hörst?
Wie gut, dass der Feldzug vorbei ist, dass wir Waffenstillstand haben. Wenn ich in den nächsten Tagen ins Gefecht müsste, würde mir die Nervosität jede Konzentration rauben. Der Gegner würde mich erschießen, noch bevor ich es bemerkt hätte.
Ich bin mitten im Feindfeuer über die Seine geschwommen, mit den Salven der MPs über mir und meinem Pferd am Zügel hinter mir. Die Strömung hätte mich fortgerissen, wenn ich Angst gehabt hätte. Drei Kameraden sind auf diese Weise gestorben. Eigentlich ist es ein Wunder, wie ich in diesen Minuten so gelassen sein konnte.
Aber jetzt habe ich Angst. Vor Dir, Mathilda, und vor Deiner Antwort. Wenn Du lieber nichts mehr von mir wissen möchtest, dann sag es mir schnell. Bevor ich wieder in den Krieg muss und mit der Ungewissheit sterbe.
Das Sterben kann sehr schnell gehen. Ich habe gesehen, wie Menschen vergehen, die eben noch gelacht haben. Das ist auch der Grund, warum ich Dir endlich schreibe: Weil ich in ein paar Wochen

vielleicht keine Gelegenheit mehr dazu habe. Aber ängstige Dich nicht zu sehr. Im Moment sind wir hier in Sicherheit. Ich würde gerne von Dir hören.
In Liebe,
Dein Karl

Die letzten Worte verschwammen vor Mathildas Augen. Sie ließ das Papier sinken und legte ihren Kopf in die Kissen. Unaufhörlich kreisten seine Worte durch ihre Gedanken, so lange, bis sie von leiser Klaviermusik abgelöst wurden, von einer traurigen Melodie, die um sie herumschwebte. Ein warmes Gefühl strich durch ihren Bauch. Wenn sie an Karl dachte, dann gab es so viel. So viele Erinnerungen, an denen sie sich festhalten wollte.

Auf einmal fiel ihr etwas ein. Mathilda schlug die Decke zur Seite und sprang auf. So schnell sie konnte, zog sie eine Kiste unter ihrem Bett hervor, öffnete den Deckel und wühlte darin herum. Ein paar alte Schulsachen und das wenige Spielzeug, das sie besessen hatte, waren darin. Mathilda suchte zwischen den Sachen, bis sie die Puppe fand. Ihr Kopf bestand aus einem grauen Socken und gelben Wollfäden, die zu breiten Zöpfen geflochten waren. Ihr Körper war aus grobem Sackleinen geformt und von einem roten, hübschen Kleid verhüllt. Ihr Knopfaugengesicht lächelte freundlich, und wenn Mathilda sie knautschte, knisterte das Stroh, mit dem sie gefüllt war.

Mathilda gab Karla einen Kuss, drückte sie an sich und wühlte weiter in der Kiste. Schließlich hielt sie das Glas in der Hand. Es war ein Einmachglas, mit einem roten Einmachgummi als Dichtungsring, und mit dem kleinen Etikett, das sie immer besonders gemocht hatte. Bienen und Schneeflocken waren darauf gezeichnet und dazwischen ein Wort in ordentlicher Schrift: *Winterhonig*.

Mathilda öffnete das Glas und schnupperte. Der Honig roch noch genauso wie früher, nach Lebkuchen und Weihnachten. Doch als sie ihren Finger hineintauchte, stieß sie auf eine feste Masse. Im Laufe der Jahre war der Honig kristallisiert. Sie musste ihren Finger deutlich fester hineinbohren, ehe sie einen Krümel davon lösen konnte. Als sie ihn in den Mund steckte, schloss sie die Augen. Es schmeckte noch süßer als früher, noch intensiver. So langsam wie möglich ließ sie den Honig auf ihrer Zunge schmelzen. Erst, als sich die Süße in ihrem Mund verteilt hatte, schluckte sie ihn herunter.

Schließlich schloss sie das Glas, stellte es in die Kiste und schob sie zurück unter das Bett. Mit der Puppe im Arm schlüpfte sie unter ihre Decke, rollte sich auf der Seite zusammen und blätterte den Brief zurück zum Anfang. Dann las sie ihn noch einmal – und ein drittes Mal, immer wieder, bis die Buchstaben in der zunehmenden Dunkelheit verschwanden.

7. KAPITEL

Fichtenhausen, Paderborner Land, Frühling 1933

Die Lehrerin hasste sie. Diese Wahrheit war so unumstößlich wie die Zehn Gebote oder das Amen am Ende ihrer Gebete. Nur den Grund, warum die Lehrerin sie hasste, kannte Mathilda nicht. War es deshalb, weil sie in den ersten zwei Jahren so oft zu spät gekommen war? Oder, weil sie mit dem guten Vorbild ihrer älteren Schwestern nicht mithalten konnte? Oder machte sie zu viele Fehler im Rechtschreiben? Doch im Grunde wunderte Mathilda sich nicht. Allem Anschein nach war sie ein dummes Kind, und es war nur natürlich, dass Lehrerinnen dumme Kinder hassten.

Einzig Joseph behauptete, dass sie ganz bestimmt nicht dumm sei und dass sie die vielen Fehler nur deshalb machte, weil sie in Gegenwart der Lehrerin keinen klaren Gedanken fassen konnte.

Aber Mathilda war sich nicht sicher. Zwar fühlte sie sich schlecht, wann immer sie der Lehrerin gegenübersaß. Trotzdem bemühte sie sich, so gehorsam wie möglich zu sein und Fräulein Helbeck keinen Ärger zu machen. Vielleicht würde die Lehrerin sie dann irgendwann mögen.

Nur mit dem Lehrer kam Mathilda besser zurecht. Er unterrichtete Mathematik, und rechnen konnte sie gut. Also durfte sie im Rechenunterricht vorne bei den guten Schülern sitzen, während sie in den Deutschstunden hinten bei den schlechten saß.

Zwischen den Stunden musste sie sich jedes Mal beeilen, um rechtzeitig den Platz zu wechseln. Vor allem dann, wenn der Lehrer die Zeit überzog, war die Pause so kurz, dass sie es nicht schnell genug schaffte.

So war es auch an diesem Morgen. Mathilda musste noch die Mathehausaufgaben von der Tafel abschreiben, als der Lehrer nach draußen ging. Nur knapp wurde sie damit fertig und sammelte gerade ihre Sachen zusammen, als Fräulein Helbeck zur Tür hereinkam.

»Alvering!« Die scharfe Stimme Fräulein Helbecks sauste auf sie nieder. »Was machst du hier vorne? Ab nach hinten zu den Dummköpfen!«

Mathilda zuckte zusammen. Ihr Griffelkasten rutschte aus ihren Händen und fiel mit einem Scheppern zu Boden. Die anderen Kinder lachten. Manche von ihnen lauter, andere gar nicht. Mathilda konnte Leni heraushören, die besonders spöttisch klang.

Hastig hob sie den Griffelkasten auf und presste ihn an die Brust. Sie musste sich bei der Lehrerin entschuldigen. Aber ihre Kehle war wie zugeschnürt. Also versuchte sie es mit einem Lächeln.

Fräulein Helbeck kniff die Augen zusammen. Sie knallte ihre Tasche auf das Pult und ließ Mathilda ein weiteres Mal zusammenzucken. »Was soll das, Alvering? Willst du mir eine Grimasse schneiden?« Sie griff nach dem Stock, streckte ihn aus und deutete in die Ecke neben den Ofen. »Ab in die Ecke, Alvering, mit dem Gesicht zur Wand! Bis zum Ende der Stunde! Und heute Nachmittag hundertmal den Satz: ›Ich soll meiner Lehrerin keine Grimasse schneiden.‹ In Schönschrift und fehlerfrei. Finde ich auch nur einen Fehler, oder sehe ich, dass du herumkritzelst, dann darfst du ihn morgen zweihundertmal schreiben.«

Mathilda hörte ein weiteres Kichern. Dieses Mal konnte sie nicht sagen, ob es Leni gewesen war.

»Wer hat gekichert?!« Die Lehrerin deutete mit dem Stock in die Klasse.

Sofort war es mucksmäuschenstill. Nur Mathilda raschelte, während sie ihre Sachen in den Tornister steckte und ihn auf den richtigen Platz stellte.

Auf dem Weg zum Ofen begegnete sie Josephs Blick, der ihr mitleidig entgegensah. »Fräulein Helbeck«, setzte er vorsichtig an. »Mathilda sitzt im Rechenunterricht vorne, weil sie ...«

»Ich will deine Ausreden nicht hören, Joseph Alvering.« Die Lehrerin fauchte dazwischen. »Oder möchtest du in der anderen Ecke stehen?«

Joseph warf Mathilda ein letztes, entschuldigendes Lächeln zu, danach konnte sie ihn nicht mehr sehen, weil sie ihm den Rücken zukehren musste.

* * *

Am Nachmittag wollte sie die Schmach am liebsten verbergen. Beim Mittagessen saß sie mit gesenktem Kopf da und grübelte, wann und wo sie ihre Strafarbeit am besten schreiben konnte, ohne dass es jemand bemerkte. Vielleicht könnte sie sich auf die Bank hinter dem Fichtenwald zurückziehen, oder sie würde heute Abend noch vor den anderen ins Mädchenzimmer gehen.

Aber Letzteres war riskant, weil es immer sein konnte, dass eine ihrer Schwestern ebenso früh zu Bett gehen oder allein sein wollte. Und falls das geschah, würde es zu spät sein, um noch eine andere Gelegenheit zu finden. Also musste sie früher mit der Strafarbeit beginnen. Vielleicht konnte sie die Sätze zwischen ihren anderen Hausaufgaben tarnen? Sie könnte sagen, dass sie heute besonders viel zu tun hatte. Vielleicht hätte sie dann Glück und niemand würde sie behelligen.

Aber jetzt, am Küchentisch vor allen anderen, konnte sie nicht darüber sprechen. Leni und Joseph würden sofort wissen, was sie meinte. Ihr Bruder würde sie bestimmt nicht verraten, bei Leni hingegen war sie sich nicht sicher.

Mit halbem Ohr bekam sie mit, wie ihr Vater anfing, die Aufgaben für den Nachmittag zu verteilen. Mathilda hob vorsichtig den Kopf und hoffte darauf, dass sie zusammen mit Joseph für etwas Ruhiges eingeteilt wurde. Die Gösseln waren inzwischen groß genug und mussten nicht mehr gehütet werden. Aber vielleicht würden sie eine Arbeit bekommen, bei der sie nebenher ihre Hausaufgaben machen konnten.

»Mathilda.« Ihr Vater sprach sie an. »Du hilfst Katharina dabei, im Kuh- und im Schweinestall die Fenster zu putzen. Bald ist Pfingsten, da muss es überall blitzen und blinken.«

Mathilda schluckte und zwang sich zu einem Nicken. Spätestens jetzt waren alle Möglichkeiten verloren. Für die Stallfenster würden sie den ganzen Nachmittag brauchen, und Katharina würde sie kaum aus den Augen lassen.

Ein lautes Lachen ließ Mathilda zusammenzucken. Es war Leni, ihre Augen funkelten. »Aber Tildeken hat doch gar keine Zeit. Die muss noch ihre Strafarbeit machen: *Ich darf meiner Lehrerin keine Grimassen schneiden.* Hundertmal in Schönschrift.«

Mathilda erstarrte. Alle anderen verstummten, während sich sämtliche Blicke auf sie richteten. Nur das Ticken der großen Standuhr setzte sich in die Stille: *Klick-Klack, Klick-Klack, Klick-Klack.*

»Ist das wahr?« Ihr Vaters durchbrach das Ticken. »Du hast deiner Lehrerin eine Grimasse geschnitten?«

Mathilda warf einen hilfesuchenden Blick zu Joseph. So war es nicht gewesen. »Aber ich wollte nur ... Der Griffelkasten ist mir runtergefallen ... Ich saß noch vorne ... und ich ...«

»Red dich nicht heraus!«, brüllte ihr Vater und langte über den Tisch. Seine Hand klatschte auf ihre Wange, warf ihren Kopf zur Seite. Scharfer Schmerz riss durch ihre Lippe, zeitgleich mit ihrem Schrei. Etwas Warmes lief über ihren Mundwinkel. Mathilda presste die Hand darauf, klebrige Flüssigkeit sammelte sich unter ihren Fingern.

Blut! Es musste Blut sein. Niemand durfte es sehen!

Panik tobte durch ihre Gedanken. Sie sprang auf, stieß ihren Stuhl zurück und rannte aus der Stube.

»Mathilda!« Ihr Vater brüllte ihr nach: »Bleib hier!«

Mathilda schüttelte den Kopf. Der Schmerz trieb Tränen in ihre Augen. Sie konnte nicht zurück, konnte nicht stehenbleiben. Sie rannte einfach weiter, aus dem Haus, durch den Fichtenwald, bis zu ihrer Bank, von der aus man über die Wiesen des Gestütes sehen konnte. Nur heute wollte sie nichts sehen. Tränen versperrten ihren Blick, so klein wie möglich kauerte sie sich auf die Sitzfläche. Immer fester presste sie die Hand auf ihren Mund, aber die warme Flüssigkeit sickerte zwischen ihren Fingern hindurch und tropfte auf ihr Kleid. Immer mehr Blut strömte aus der Wunde.

Mathilda beugte sich über den Rand der Bank, damit es auf den Boden tropfte. Ein leises Schluchzen quälte sich aus ihrem Mund.

»Was ist mit dir?«

Mathilda schreckte auf. Vor ihr stand jemand. Sein Schatten fiel auf sie herab. Es war Karl, der neue Pferdeknecht der Steinecks. Sie hatte noch nicht viel mit ihm zu tun gehabt, aber Joseph war seit einiger Zeit mit ihm befreundet.

Doch heute sah er nicht aus wie ein Pferdeknecht. Er trug einen Imkeranzug und schaute aus dem Schatten des Imkerhutes zu ihr herunter. Nur das Netz, mit dem er sein Gesicht vor den Bienen schützen konnte, hatte er zur Seite geschoben.

Mathildas Blick huschte zum Bienenhaus der Steinecks, das hier hinten am Waldrand stand. Wenn Karl dort gewesen war, hatte er sie schon die ganze Zeit beobachtet?

»Mathilda!« Karl starrte auf das Blut an ihrer Hand. »Was ist passiert? Was hast du da?«

Sie presste die Hand noch fester auf ihren Mund. Er durfte es nicht sehen. Niemand sollte es sehen.

Karl setzte sich neben sie auf die Bank. »Zeig mal her.« Er sprach leise, zog ihre Hand mit sanfter Gewalt zur Seite und betrachtete die Wunde. Eine steile Falte erschien auf seiner Stirn. »Ich kann vor lauter Blut kaum etwas erkennen.« Er wurde unruhig. »Es könnte eine Platzwunde sein. Oder ein kleiner Schnitt, der genäht werden muss. In jedem Fall muss es versorgt werden.«

Mathilda sah ihn erschrocken an. Sie riss sich los und presste die Hand wieder auf ihren Mund. Was sollte das heißen? Musste sie zum Arzt? Oder ins Krankenhaus? »Ich kann nicht zum Arzt. Ich muss noch den Satz schreiben, sonst …« Sie brach ab. Karl sollte nicht wissen, welche Schmach ihr geschehen war. Hastig sah sie nach unten. Noch immer strömte das Blut über ihre Hand. Auch ihr Kleid war von roten Flecken übersät.

»Du musst nicht zum Arzt.« Karl klang entschlossen. »Versorgt werden muss es trotzdem. Komm mit!« Er zog ein sauberes Taschentuch aus seiner Tasche, reichte es ihr und nahm ihre zweite Hand, die nicht mit Blut überströmt war. Sein Griff duldete keinen Widerspruch, als er sie von der Bank hochzog und sie neben sich herführte. Seine Hand fühlte sich warm und trocken an, auf merkwürdige Weise beruhigend. Mathilda gab ihren Widerstand auf und ging neben ihm her.

Der Sandweg, über den er sie führte, umrundete den Fichtenwald und traf auf den breiteren Sandweg, der ins Dorf führte. Aber schon nach wenigen Metern bog Karl wieder in die Allee ab, über die sie das Gestüt erreichen würden.

Mathildas Herz begann zu rasen. Brachte er sie tatsächlich zum Gestüt? Schon seit sie klein gewesen war, bewunderte sie die großen, weißen Gebäude von weitem, aber sie war noch nie dort gewesen.

»Wie ist das passiert?« Karl brach das Schweigen, während sie durch die schattige Allee wanderten.

Mathilda wollte es nicht erzählen. Er sollte nichts davon wissen. Stattdessen sah sie zwischen den Bäumen hindurch und hoffte, dass niemand aus ihrer Familie gesehen hatte, wie Karl sie hierherführte.

Karl folgte ihrem Blick. »Haben sie dich geschlagen?« Unterdrückter Zorn schwelte in seiner Stimme.

Mathilda senkte den Kopf. Was sollte sie darauf sagen? Sie durfte nicht lügen. Aber darüber reden konnte sie ebenso wenig. Also nickte sie nur.

Karl stieß ein kaum hörbares Knurren aus.

Mathilda betrachtete ihn von der Seite. Die steile Falte auf seiner Stirn war noch immer da, seine Miene wirkte finster.

Schließlich erreichten sie das Ende der Allee und damit auch den Torbogen, der sie in den Hof des Gestütes führte. Mathilda presste das Taschentuch noch fester auf ihre Lippe und sah sich staunend um. Von vier Seiten schmiegten sich die weißen, langen Gebäude um den Hofplatz. Nur von weitem hatte Joseph ihr erklärt, was sich in den einzelnen Gebäuden befand: Links neben der Einfahrt lag der große Pferdestall, dessen Fenster zur Straße zeigten. Daneben, an der kürzeren Seite des Hofes, grenzte die Scheune mit den anderen Viehställen an, und gegenüber zog sich ein zweiter Pferdestall entlang, der in das Gesindehaus überging. Neben dem Gesindehaus führte eine schmale Ausfahrt zum Hinterausgang des Hofes hinaus. Dort hinten, außerhalb des Hofplatzes gab es noch eine Reithalle, die gerade erst gebaut worden war.

Das imposanteste Gebäude war jedoch das Wohnhaus, das sich

rechts von ihnen erhob, ein großes Herrenhaus mit hohen zweiflügeligen Sprossenfenstern, die sich auf zwei Stockwerken aneinanderreihten. Mathilda hatte sich schon oft gefragt, wie viele Zimmer es wohl in diesem Haus gab. In jedem Fall wäre es groß genug, um für jeden einzelnen von Mathildas elfköpfiger Familie ein eigenes Zimmer bereitzuhalten. Doch ein Haus wie dieses würden sie niemals besitzen – und dass die Steinecks keine Kinder hatten, darüber lästerte das ganze Dorf.

Zu Mathildas Erstaunen führte Karl sie auf direktem Wege zum Gutshaus. Dabei ging er nicht die große Freitreppe zum Haupteingang hinauf, sondern zog sie um die Ecke des Gebäudes herum, bis sie einen kleinen Nebeneingang erreichten. Als wäre es das Selbstverständlichste der Welt, öffnete er die Tür und führte Mathilda ins Innere des Gutshauses.

Ein warmer Geruch von kochendem Gemüse und Fleisch kam ihr entgegen, blau-weiß karierte Fließen kleideten den Fußboden und gegenüber erkannte Mathilda einen großen gusseisernen Ofen, vor dem eine dicke Frau stand und in einem Kochtopf rührte. Sie waren in der Gutsküche! Und die Frau am Kochtopf war Grete, die Köchin der Steinecks.

Karl nickte ihr entgegen.»Mahlzeit!«

Grete drehte sich zu ihm um.»Oh, Karl, da bist du ja schon. Das Essen ist gleich so weit.« Ihr Blick wanderte weiter zu Mathilda, musterte sie mit sichtbarem Erstaunen.»Wen hast du uns denn da mitgebracht?« Ein gutmütiges Mondlächeln breitete sich auf ihrem runden Gesicht aus.

Karl erwiderte ihr Lächeln.»Das ist Mathilda, die Kleine von den Alverings. Sie ist verletzt. Weißt du, wo Veronika ist? Sie soll sich das mal ansehen.«

Veronika? Mathilda zuckte zusammen. Veronika von Steineck war die Gutsherrin persönlich. Warum sollte ausgerechnet sie sich ihre Wunde ansehen?

Grete schaute so unbekümmert, als sei es das Selbstverständlichste der Welt.»Ich nehme an, die Gutsherrin ist noch oben in der Bibliothek, wie immer um diese Zeit.«

113

Karl nickte ihr zu und zog an Mathildas Hand. »Danke Grete.« Damit führte er Mathilda durch die Küche, ein paar Stufen hinauf und schließlich in eine große Diele, an deren Seite eine Treppe in das Obergeschoss führte.

Mathilda sah sich erstaunt um. Im Vergleich zu ihrem kleinen Bauernhof war diese Diele eine riesige Halle. Die Wände waren dunkel vertäfelt und über und über mit Hirschgeweihen und anderen Jagdtrophäen geschmückt. Am meisten wunderte sie jedoch, wie selbstverständlich Karl sie durch das Haus führte. Durfte ein unbedeutender Pferdeknecht im Haus seiner Herrschaft so unbedarft herumlaufen? Oder war er ein besonders dreister Knecht? Mathilda lief mit eingezogenen Schultern. Jeden Moment rechnete sie mit einer scharfen Rüge.

Im Obergeschoss gingen sie eine Galerie entlang, bis sie eine Tür erreichten. Karl klopfte an und wartete. Erst als ein gedämpftes »Herein!« ertönte, drückte er die Klinke und trat ein.

Vor ihnen lag ein riesiges, helles Zimmer, das rundherum von hohen Regalen umrahmt wurde. Mathilda blieb erstaunt stehen. Noch nie hatte sie so viele Bücher an einem Ort gesehen. Sie hätte nicht einmal erwartet, dass es überhaupt so viele Bücher gab. Bislang hatte sie geglaubt, das Buchregal in der Schule sei groß. Erst jetzt ahnte sie, dass die zwanzig oder dreißig Bücher in der Schule wohl nur eine winzige Auswahl waren.

Inmitten der Bibliothek stand ein großer, dunkelbrauner Schreibtisch, auf dem Papiere ausgebreitet lagen. Dahinter saß eine blonde Frau in einem weißen Kleid. Die Gutsherrin, Veronika von Steineck. Sie hob den Kopf und sah ihnen entgegen. »Karl«, rief sie erfreut. »Was kann ich für dich tun?«

Mathilda kannte Veronika von Steineck nur vom Sehen, noch nie hatte sie die Gutsherrin sprechen hören. Aber bislang war sie davon ausgegangen, dass sie streng sein musste, mindestens so streng und unnachgiebig wie die Lehrerin, vielleicht sogar genauso grausam. All die Schauergeschichten fielen ihr ein, alte Geschichten von früher, die ihre Oma an langen Winterabenden erzählt hatte und in denen die

Gutsherrschaft die armen Bauern unterwarf und sie mit Peitschenhieben und anderen Strafen knechtete.

Die blonde Frau am Schreibtisch passte nicht in dieses Bild. Sie lächelte ihnen zu.

Karl nahm seinen Imkerhut ab und erwiderte das Lächeln. »Das ist Mathilda, die Kleine von den Alverings. Sie ist verletzt. Würdest du dir das mal ansehen?«

Er duzte die Gutsherrin! Mathilda fuhr der Schock durch die Knochen. Aber Veronika von Steineck lächelte noch immer. »Natürlich!« Sie erhob sich und kam um den Schreibtisch herum.

Karl legte die Hand auf Mathildas Rücken und schob sie weiter in den Raum.

Die Gutsherrin streckte ihr die Hand entgegen. »Guten Tag, Mathilda. Freut mich, deine Bekanntschaft zu machen.«

Mathildas Hand zuckte, um die Begrüßung zu erwidern. Aber sie war noch immer mit Blut beschmiert, das allmählich zu bräunlichen Krusten trocknete.

Mit einem Mal wirkte die Gutsherrin besorgt. Sie brach die Begrüßung ab und hockte sich vor Mathilda. Mit einer sanften Bewegung nahm sie ihr das Taschentuch aus der Hand und zog es von der Wunde. Doch es war bereits daran festgetrocknet. Mit tausend Stacheln strahlte der Schmerz über ihre Wange. Mathilda jaulte auf. Neue Tränen traten in ihre Augen und ließen das Gesicht der Gutsherrin verschwimmen.

Nur ihre Stimme konnte sie noch hören: »Arme Kleine. Wie ist das denn passiert?« Ihr zärtlicher Klang ließ einen warmen Schauer über Mathildas Rücken rieseln. Schon lange hatte niemand mehr so zu ihr gesprochen. Seit ihre Mutter gestorben war.

»Sie ist geschlagen worden.« Karl antwortete an ihrer Stelle. Noch immer lag das Knurren in seinem Tonfall.

Die Tränen lösten sich aus Mathildas Augen, liefen über ihre Wangen und gaben das Gesicht der Gutsherrin frei.

Mit undurchdringlicher Miene sah Veronika von Steineck zu Karl auf. Ein leises Seufzen wich aus ihrem Mund, ehe sie wieder auf die Wunde schaute. »Ich fürchte, das muss genäht werden. Aber ich denke, dass ein oder zwei Stiche reichen werden. Wenn ich mir Mühe gebe, wird man die Narbe später kaum sehen.«

Mathilda hielt den Atem an. Sie dachte an Fridas Nähnadeln und stellte sich vor, wie sie neben der Verletzung in ihre Haut stachen. Sie wollte nicht genäht werden, aber sie wagte es genauso wenig zu protestieren. Einzig ihre Beine fühlten sich weich an.

Die Gutsherrin stand auf, ging zu ihrem Schreibtisch und suchte etwas aus einer der Schubladen heraus. »Karl, bitte bring Mathilda hierher zum Stuhl. Ich möchte, dass sie sitzt, während ich nähe.«

Mathilda wurde schwindelig. Sie konnte Karls Schritte hören, spürte abermals seine Hand an ihrem Rücken, mit der er sie zum Schreibtisch schob und sie dann sanft auf den Stuhl drückte. »Keine Angst«, flüsterte er. »Sie macht das nicht zum ersten Mal.«

Veronika von Steineck drehte sich zu ihnen um. Sie hielt ein kleines Tablett in der Hand und stellte es neben Mathilda auf den Tisch. Zwei kleine Fläschchen standen darauf, ein wenig Verbandszeug ... und eine Nadel. Mathilda starrte darauf.

Schließlich hockte sich die Frau wieder vor sie, so dicht, dass Mathilda die winzigen Fältchen in ihrer Haut sehen konnte. Es waren freundliche Fältchen, die wie Strahlen um ihre Augen lagen und das Lächeln darin festhielten. »Keine Sorge, meine Kleine. Es wird nicht wehtun. Ich werde etwas darauftupfen, damit du die Stiche nicht spürst.« Sie öffnete eines der Fläschchen und tränkte einen der Tupfer mit der Flüssigkeit. Mathildas Blick huschte über das Etikett, aber sie hatte das Wort darauf noch nie gehört: Kokain-Lösung 10%.

Die Gutsherrin tupfte die Flüssigkeit vorsichtig auf Mathildas Oberlippe. Im gleichen Moment wurde ihre Haut taub. Dort wo eben noch der Schmerz gewesen war, blieben nur noch eine blasse Erinnerung daran und das Gefühl, dass ihre Oberlippe verschwunden war.

»Karl hat recht. Ich mache das nicht zum ersten Mal.« Die Gutsherrin lächelte ihr zu. Aus den Augenwinkeln sah Mathilda die Nadel, die sich ihrer Lippe näherte. Aber sie spürte nur einen leichten Druck, während die Gutsherrin anfing zu erzählen: »Ich stamme aus einer Familie, in der es üblich war, dass auch Mädchen einen guten Beruf erlernen. Wir hatten einen großen Gutshof, so wie diesen hier. Aber schon in unserer Kindheit stand fest, dass mein großer Bruder später das Gut übernehmen sollte. Also musste ich mir etwas anderes überlegen. Ich wollte Ärztin werden und habe angefangen, Medizin zu studieren. Einige Semester später brach der Große Krieg aus. Idealistisch wie ich damals war, wollte ich sofort etwas für unsere Soldaten tun. Ich wollte nicht feige sein und weit weg von der Front studieren, während hunderte Soldaten meine Hilfe gebraucht hätten. Also habe ich mein Studium unterbrochen und bin nach Frankreich gegangen.« Sie zögerte, ein dunkler Schatten flog über ihr Gesicht. »Dort habe ich weitaus schlimmere Wunden genäht als diesen kleinen Riss.«

Sie neigte sich näher an Mathildas Wunde und betrachtete ihr Werk. Gleich darauf kehrte ihr Lächeln zurück und wischte den Schatten fort. »Aber neben allem Schrecken hatte der Krieg auch etwas Gutes für mich. An der Front habe ich Gustav kennengelernt. Er war Offizier und kam mit einer leichten Verletzung in unser Lazarett. Wir haben uns ineinander verliebt, und bald war mir klar, dass ich meine Pläne für ihn über den Haufen werfen würde. Nach dem Krieg haben wir geheiratet, und ich bin mit ihm hierhergezogen. Seitdem helfe ich ihm, das Gestüt zu führen, vor allem in den Zeiten, in denen er in Schloss Neuhaus in der Kaserne ist und seine Reiter ausbildet.«

Veronika von Steineck seufzte leise. »Deshalb bin ich niemals mehr eine richtige Ärztin geworden. Aber eine kleine Wunde wie deine zu nähen, das ist eine leichte Übung.« Sie nahm eine Schere und schnitt den Faden ab. »Schon fertig. Und es hat gar nicht weh getan, oder?«

Mathilda wollte nach ihrer Lippe tasten, doch die Gutsherrin hielt ihre Hand fest. »Nicht anfassen. Zumindest jetzt noch nicht. Du hast Schmutz und Bakterien an den Fingern. Ich habe die Wunde desinfiziert, aber wenn du sie anfasst, könnte sie sich entzünden. Und dann gäbe es bestimmt eine Narbe.«

Mathilda senkte gehorsam die Hand. Ein dankbares Lächeln wollte sich auf ihrem Mund bilden, aber die Naht spannte an ihrer Lippe. Veronika von Steineck erhob sich und sah zu Karl, der mit undurchdringlicher Miene am Schreibtisch lehnte. Schon die ganze Zeit hatte er dort gestanden und sie mit mitleidigem Blick beobachtet. Er trug noch immer den weißen Imkeranzug. Einzig den Hut mit dem Netz hatte er abgenommen und neben sich auf den Schreibtisch gelegt.

»Du kannst Mathilda jetzt wieder zu ihrer Familie bringen«, erklärte die Gutsherrin.

Mathilda zuckte bei dem Gedanken zusammen. Plötzlich fiel ihr ein, welchen Ärger sie bekommen würde: Sie war weggelaufen, obwohl sie mit Katharina die Stallfenster putzen sollte, sie hatte eine genähte Wunde an ihrer Lippe, nach der sie gefragt werden würde, und sie musste noch immer ihre Strafaufgabe machen, für die ihr Vater sie geschlagen hatte. Ohne dass sie es verhindern konnte, kehrten die Tränen in ihre Augen zurück.

Karl bemerkte es. »Was ist los?«, fragte er sanft. Er löste sich vom Schreibtisch und kniete sich vor sie. »Was haben sie dir getan?«

Mathilda konnte nichts gegen das leise Schluchzen tun, das sich aus ihrem Mund löste. »Ich muss noch den Satz schreiben«, flüsterte sie.

Karl fasste nach ihrer Hand, streichelte beruhigend darüber. »Was für einen Satz?«

Mathilda schüttelte ausweichend den Kopf. »Eine Strafarbeit, für die Schule. Weil ich gelächelt habe …«

Karl kräuselte die Stirn. »Du musst eine Strafarbeit schreiben, weil du gelächelt hast?« Er wechselte einen irritierten Blick mit der Gutsherrin.

Mathilda nickte.

»Das musst du erklären.« Auch die Gutsherrin klang sanft.

Stockend begann Mathilda zu erzählen. Von ihrem Lächeln und der Ungerechtigkeit ihrer Lehrerin, über die Strafarbeit, die sie nirgendwo erledigen konnte, bis hin zu der Ohrfeige ihres Vaters. Karl und die Gutsherrin hörten ihr schweigend zu.

Erst als Mathilda geendet hatte, ergriff Veronika von Steineck das Wort: »Dann solltest du deine Strafarbeit hier an meinem Schreibtisch machen. Ich gebe dir Papier, und wenn du fertig bist, bringt Karl dich zurück und passt auf, dass sie dich nicht noch einmal bestrafen.«

Mathilda starrte die Gutsherrin an. Nie im Leben wäre sie auf die

Idee gekommen, dass diese reiche Frau bereit wäre, einem armen Bauernmädchen zu helfen. Aber nur wenige Minuten später saß sie mit einem brandneuen Schulheft an dem großen Schreibtisch und schrieb. Ihre ersten Sätze wurden so zittrig, dass sie ein paar Mal von vorn anfangen musste. Erst nach einer Weile konnte sie sich konzentrieren und füllte eine Seite nach der anderen.

Die Gutsherrin hatte die Bibliothek inzwischen verlassen und aß unten gemeinsam mit ihren Bediensteten zu Mittag. Auch Karl ging kurz hinaus. Als er zurückkehrte, hatte er seinen Imkeranzug gegen seine übliche Stallkleidung ausgetauscht und balancierte einen Suppenteller auf seiner Hand. Zu Mathildas Verwunderung aß er den Eintopf neben ihr am Schreibtisch, bis er schließlich ans Fenster trat und auf den Gutshof hinabsah.

Irgendwann konnte Mathilda von draußen die Rufe hören. Ihre Familie suchte nach ihr! Natürlich. Inzwischen mussten Stunden vergangen sein, seit sie vom Mittagstisch aufgesprungen war. Der Ärger würde fürchterlich sein!

Als sie fertig war, kam Karl zu ihr herüber. Er deutete auf das kleine Heft und lächelte ihr zu.»Ich habe dich morgens vor der Schule schon ein paar Mal gesehen. Offensichtlich reite ich zur gleichen Zeit aus, zu der du losmusst. Was hältst du davon, wenn ich dich morgen früh mit dem Pferd zur Schule bringe? Dann könnte ich das Heft solange behalten und es dir dann geben. Ich fürchte, wenn du es jetzt mitnehmen würdest, hätte deine Familie nur unnötige Fragen.«

Mathilda nickte erleichtert. Ein vorsichtiges Lächeln legte sich über ihr Gesicht.

»Mathildaaaa ...« Wieder ertönte ein Ruf von draußen. Dieses Mal erkannte sie Katharina.

Mathilda versuchte, ihre Furcht herunterzuschlucken, aber es gelang ihr nicht.

Auch Karls Miene wirkte besorgt.»Na komm. Ich denke, es wird Zeit, dass ich dich zurückbringe.«

* * *

Mathildas Herz raste, als sie an Karls Hand auf ihren Hof zurückkehrte. Der Puls rauschte in ihren Ohren, während sie zusammen die Deele durchquerten und an der Tür zum Haus stehen blieben. Karl hob die Faust, lächelte Mathilda noch einmal zu und klopfte an. Es schien eine Ewigkeit zu dauern, ehe die Tür aufgerissen wurde. Katharina stand vor ihnen, sah zwischen ihnen hin und her und öffnete den Mund ...

Karl kam ihr zuvor. »Mathilda hat geblutet«, erklärte er ruhig. »Wir haben ihr geholfen und die Wunde versorgt.«

Katharina starrte ihn an. »Wir?«, fragte sie spitz. »Wer ist *wir*?«

Karl sagte nichts dazu, sondern lächelte nur höflich. »Keine Ursache«, erwiderte er, gerade so, als hätte Katharina sich bedankt. »Das haben wir gern getan.«

Katharinas Augenbrauen schoben sich zusammen. Ihr Mund stand offen, doch sie brachte kein Wort hervor.

Karl tippte sich an die Mütze. »Einen schönen Tag wünsche ich noch.« Damit wandte er sich zum Gehen.

Mathilda blieb mit klopfendem Herzen stehen. Er durfte sie nicht allein lassen, nicht so. Sobald er weg war, würde Katharina mit Fragen und Schimpfereien über sie herfallen.

»Ach, bevor ich es vergesse ...« Karl drehte sich noch einmal um. »Mathilda darf heute nicht so viel reden.« Er deutete auf seine Oberlippe. »Damit die Naht an ihrer Lippe nicht aufreißt. Am besten, sie bekommt ein wenig Ruhe.«

Katharina starrte ihn an, schaute gleich darauf zu Mathilda und musterte die Naht an ihrer Lippe. »Von wegen Ruhe«, rief sie und schob Mathilda mit grober Hand in den Flur. »Von mir aus soll sie den Mund halten, Hauptsache sie putzt die Stallfenster, ohne noch länger zu trödeln!«

Mathilda zog den Kopf ein. Wenn sie Glück hatte, würden ihr die Fragen erspart bleiben.

8. KAPITEL

Fichtenhausen, Paderborner Land, August 1940

Eine Woche lang wusste Mathilda nicht, was sie Karl antworten sollte. Die Ernte hielt sie noch immer den ganzen Tag lang auf Trab und ließ ihr nur wenige Stunden am Abend, in denen sie so müde war, dass sie sich kaum wach halten konnte. Inzwischen hatten sie das meiste Getreide gemäht. Die Garben trockneten in der Sonne, und schließlich kam der Lohndrescher, den ihr Vater schon dringend erwartete, und fuhr seine Dreschmaschine in ihre Deele. Fortan mussten die Garben vom Feld mit einem Wagen hereingebracht und dem Drescher auf den riesigen Dreschkasten geworfen werden, wo er sie aufschnitt und in die Trommel führte.

An den meisten Tagen bildeten Anna, Leni und Mathilda eine Kette vom Strohwagen auf dem Hof bis zum Dreschkasten in der Deele. Zumeist stand Anna auf dem Strohwagen, warf die Garben zu Leni weiter und Leni warf sie zu Mathilda, die sie dem Drescher auf den Dreschkasten hinaufreichte. Schon bald fanden sie einen stetigen Rhythmus in ihrer Arbeit, der sich dem Quietschen, Surren und Schlagen der Dreschmaschine anpasste. Ihre Bewegungen fügten sich in den Takt der Maschine, bis die Garben so präzise in den Händen des Dreschers landeten, dass nicht eine Sekunde Pause entstand. Auf der anderen Seite des Dreschkastens nahmen ihr Vater und Böttchers Papa die vollen Getreidesäcke entgegen und trugen sie auf den Trockenboden, während Liesel mit wechselnden Helfern die fertiggebundenen Strohballen auf den Strohboden packte. Manchmal waren Frida und Thea dabei, um zu helfen, dann wieder fanden sich ein paar jüngere Burschen aus dem Dorf, die jedoch bezahlt werden wollten. An einem Nachmittag packte sogar Katharina mit an.

Dennoch waren sie zu wenig Leute. Fast jeden Abend mussten sie noch ein oder zwei Helfer für den nächsten Tag organisieren, damit sich das Stroh hinter der Maschine nicht staute. Oft mussten Mathilda und Leni am Abend noch arbeiten, nachdem der Drescher bereits Feierabend gemacht hatte und die Dreschmaschine schon stillstand. Dann mussten sie das Stroh auf dem Boden aufstapeln, das nur ungeordnet dorthin geworfen worden war.

Alles in allem fehlten Joseph und Stefan mehr als dringend und auch Böttchers jammerten über die Abwesenheit ihrer drei Söhne. Einer von ihnen war in Polen gefallen, während die anderen beiden noch immer im Krieg waren.

»Wir brauchen dringend einen Zwangsarbeiter«, erklärte Böttchers Mama in einer der Pausen, und Böttchers Papa nickte zum ersten Mal zu diesem Vorschlag, obwohl er bislang immer dagegen gewesen war.

Doch Mathilda hatte sich inzwischen an die anstrengende Arbeit gewöhnt. Auch die gleichförmigen Bewegungen störten sie nicht. Im quietschenden Rhythmus der Dreschmaschine machten ihre Gedanken sich selbständig. Unzählige Worte zogen durch ihren Kopf, die sie an Karl schreiben wollte. Ihre gemeinsame Vergangenheit lief durch ihre Erinnerung, während sie passende Sätze formulierte. Aber bislang hatte sie nichts davon niedergeschrieben. Karls Brief war eine Liebeserklärung gewesen, und alle Worte, die sie fand, waren ebenfalls eine Liebeserklärung. Aber Mathilda wagte es nicht, einen solchen Brief zu schreiben.

Irgendwann, inmitten ihrer Erinnerungen, fanden längst verschüttete Melodien den Weg in ihre Gedanken. Solange sie denken konnte, hatte sie sich davor gefürchtet, laut zu singen. Sie hatte Angst gehabt, von ihren Schwestern ausgeschimpft oder verspottet zu werden. Nur als kleines Kind hatte sie manchmal gesungen, bis ihr Vater es ihr verboten hatte, weil sie die Mittagspause störte. Erst jetzt, unter dem lauten Quietschen und Rattern der Dreschmaschine fing sie an, die Lieder zu singen, die durch ihren Kopf zogen. Zuerst summte sie nur, aber dann wurde sie lauter, bis sie aus vollem Halse sang, ohne dass es jemand mitbekam.

Zumindest glaubte sie, dass es niemand mitbekam. Bis zu der Pause, in der Böttchers Mama sie mit einem liebevollen Lächeln ansah. »Du singst wunderschön, Mathilda! Warum hören wir dich nicht häufiger?«

Mathilda wurde rot. Zusammen mit Leni und Anna saßen sie auf fertigen Strohballen vor der Deele und aßen Brote mit Mettwurst und Rübenkraut. Liesel lehnte ein Stückchen neben ihnen an der Hauswand und streckte ihr Gesicht in die Sonne.

»Das liegt nur daran, dass Mathilda zurzeit so gute Laune hat.« Leni zwinkerte ihr zu und leckte sich den süßen Sirup von den Fingern.

Mathilda zuckte zusammen. Hastig sah sie sich um, um sicherzugehen, dass ihr Vater nichts mitbekommen hatte. Aber er war nirgendwo zu sehen.

»Wieso? Was macht dich denn so gut gelaunt?« Liesel neigte sich neugierig in ihre Richtung. Auch Annas Augen richteten sich auf Mathilda.

Böttchers Mama lächelte wohlwollend. »Bestimmt ist es ein netter junger Mann. Richtig?«

Mathilda schaute Leni böse an. Immerhin hatte ihre Schwester ihr gerade erst geraten, die Sache nicht an die große Glocke zu hängen.

Leni blickte unschuldig in den Himmel. »Ach nichts. Ich wollte nur mal schauen, wie ihr reagiert. Oder sieht hier irgendjemand einen jungen Mann?«

Auf Liesel Gesicht erschien ein breites Grinsen. Sie deutete mit dem Kopf an dem Strohwagen vorbei, der allen anderen die Sicht versperrte. »So ganz zufällig sehe ich einen.«

Mathilda reckte den Kopf, doch sie konnte nicht am Strohwagen vorbeisehen. »Na, dann kommt mal her!« Liesel winkte sie zu sich.

Mathilda stand zögernd auf. Die anderen eilten an Liesels Seite. Gleich darauf kreischte Böttchers Mama auf: »Emil!«

Endlich konnte auch Mathilda um den Wagen herumspähen. Ein junger Mann kam über den Sandweg auf den Hof geschlendert. Er trug eine graue Uniform mit den Runen der SS am Kragenspiegel, dazu eine Schirmmütze auf deren Frontseite der SS-Adler prangte. Böttchers Mama lief ihrem Sohn mit ausgestreckten Armen entgegen. Anna und

Liesel folgten ihr. Emil zog seine kleine Mutter in die Arme und wirbelte sie herum. Ihr lautes Juchzen hallte über den Hof.

Nur Leni blieb neben Mathilda stehen und stöhnte leise auf. »Oh nein. Nicht ausgerechnet der.«

Emil kam mit einem breiten Grinsen auf sie zu. Dabei hielt er seine Mutter im rechten Arm und seine beiden Schwestern im linken. Mathilda konnte sich lebendig vorstellen, dass ebensogut drei andere Frauen in seine Arme passen würden.

»Sieh an, sieh an«, rief er ihnen entgegen. »Alverings Leni und Klein-Tildeken.« Er blieb vor ihnen stehen, ließ seine Frauen los und streckte mit einer zackigen Gesten den Arm nach vorne. »Heil Hitler!«

Mathilda stand regungslos. Sie war es nicht gewöhnt, den Führer zu grüßen. In ihrer Familie tat es niemand, und Tante Rosalia hatte auch keinen Wert darauf gelegt.

Auch Leni machte keine Anstalten, den Hitlergruß zu erwidern. Sie starrte Emil nur mit stolzem Blick an.

»Was ist?«, fragte er scharf. »Wollt ihr denn gar nicht den Führer grüßen?«

Mathilda hob zögernd den Arm. Doch sie kam nicht weit, ehe Leni sie mit dem Ellenbogen anstieß. Ihre Schwester stellte sich auf die Zehenspitzen. »Wo ist er denn, der Führer?« Sie blickte suchend über Emils Schultern. »Sag bloß, du hast ihn mitgebracht? Das ist ja eine Überraschung!«

Emils Gesichtszüge entgleisten, doch gleich darauf fing er sich wieder. Seine Stimme wurde tief und bedrohlich. »Also immer noch die freche Leni ...«

Lenis Augen blitzten, ein schelmisches Lächeln legte sich auf ihre Lippen. »Wenn ich den Führer sehe, dann grüße ich ihn.«

Emil schien nicht zu wissen, wie er reagieren sollte, aber dann lachte er. »Mutig bist du, das muss man dir lassen.« Er grinste provozierend. »Erst neulich kam mir zu Ohren, ihr hättet ein Kalb nach mir benannt? Was für eine Ehre. Wusstet ihr, dass der Stier ein Symbol von männlicher Kraft und Fruchtbarkeit ist? In der Gestalt eines Stieres hat Zeus die Europa geraubt und unseren Kontinent erobert.«

»Emil!« Seine Mutter wies ihn empört zurecht. »Was ist das für ein heidnisches Gerede? Gott ist zornig auf Menschen, die goldene Kälber verehren. Wir glauben an den lieben Gott, an seinen Sohn Jesus Christus und an den heiligen ...«
»Verstaubte, katholische Moral.« Emil wischte ihren Protest beiseite. »Kein Wunder, dass Katholiken als rückständig gelten. Es wird schon darüber gespottet. Ein strenger Katholik sei fast so schlimm wie die Juden.« Zornige Röte stieg in sein Gesicht. Plötzlich wurde er eifrig: »Davon musst du dich lösen, Mutter! Großartige Veränderungen stehen bevor! Eine Zeit des Umbruchs! Wir Deutschen müssen das Erbe unserer germanischen Ahnen weitertragen, ihre Stärke und ihren Heldenmut, verbunden mit technischem Fortschritt. Das ist die Zukunft! Keine verstaubte Religion, die von alten, eunuchischen Männern in rosafarbenen Kleidern gepredigt wird.«

Böttchers Mama neben ihm wurde immer kleiner. Mathilda sah, wie Tränen in ihren Augen schimmerten. »Ach mein Emil«, jammerte sie. »Wir wollen uns doch jetzt nicht streiten. Es ist so schön, dass du wieder bei uns bist.«

Emils Gesicht erstarrte zu einer Grimasse. »Du hast recht, Mutter.« Er setzte ein gezwungenes Lächeln auf.

Böttchers Mama lächelte zurück, aber das unglückliche Schimmern in ihren Augen blieb. »Wie kommt es, dass du hier bist und wir nichts davon wussten?«, fragte sie betont fröhlich.

Emils Lächeln entspannte sich. Doch Mathilda konnte die Unruhe sehen, die unter der Oberfläche lauerte. »Ich habe Ernteurlaub bekommen.« Er zog Liesel noch einmal an sich. »Euch damit zu überraschen, war Schwesterkens Idee.«

Als sie kurz darauf ihre Pause beendeten, schien Emil alles daranzusetzen, ihnen zu zeigen, was ein starker Mann leisten konnte. Ohne zu fragen, welche Arbeit er übernehmen sollte, kletterte er an Annas Stelle auf den Getreidewagen und warf Leni die Garben hinunter. Nur wenige Handgriffe später fluchte sie wie ein Rohrspatz, weil er alles durcheinanderbrachte. Anstatt die Garben einzeln und im passenden Rhythmus zu werfen, griff er so viele, wie er tragen konnte, und schleuderte sie Leni entgegen. Die meisten davon fielen zu Boden, verloren einen Teil der wertvollen Körner und Leni musste sie erst wieder aufsammeln, ehe sie die Garben weiterwerfen konnte. Der Rhythmus geriet ins Stocken, bis die Maschine leerlaufen musste, weil sie nicht schnell genug waren.

»So geht das nicht!« Über den Lärm der Dreschmaschine schrie Leni ihrem Lieblingsnachbarn entgegen. »Du bringst alles durcheinander.«

Emil griff die nächsten Garben und grinste ihr zu. »Wenn ich euch zu schnell bin, dann seid ihr wohl zu langsam. Oder vielleicht zu schwach?«

Leni fuhr zu ihm herum. »Böttchers Emil! Du bist ein eingebildetes Riesenkalb!« Mit drohenden Schritten ging sie zum Wagen und schimpfte zu ihm hinauf. Aber der Rest ihrer Worte ging unter dem Lärm der Maschine und schließlich unter dem Fluchen des Dreschers unter, der von seinem Dreschkasten herabschimpfte, weil es nicht weiterging. Von allen Menschen, die Mathilda kannte, konnte er am schlimmsten fluchen. Ein Donnerwetter aus Plattdeutsch regnete auf Mathilda nieder und beschrie den *Deibel* in jedem Satz. Das Gezeter endete erst, als Böttchers Papa seinen Sohn vom Wagen beorderte und ihn beauftragte, von nun an die Getreidesäcke zu schleppen. Anna kehrte vom Strohboden zurück auf ihren alten Posten und schließlich konnten sie in Ruhe weitermachen. Nur Lenis Augen glühten immer noch, und Mathilda konnte ihr ansehen, wie sie neue Flüche ausdachte, mit denen sie Emil bei nächster Gelegenheit ärgern würde.

Als sie Feierabend machten, setzte ihre Familie sich noch mit den Böttchers hinter dem Haus zusammen. Einzig Mathilda zog sich direkt nach dem Abendessen auf ihr Zimmer zurück. Während der eintönigen Arbeit waren ihr endlich die richtigen Worte eingefallen, die sie Karl schreiben wollte.

Aber kaum hatte sie sich mit seinem Brief und einem Papierbogen an die kleine Schreibkommode gesetzt, schlüpfte Leni hinter ihr ins Zimmer. »Dieser Emil raubt mir noch den letzten Nerv!« Ihre Schwester ging zu ihrem Bett und ließ sich mit einem Stöhnen daraufallen.

»Er macht nicht eine Sekunde Pause mit seinem eifrigen Geschwafel. Die Nationalsozialisten sind ja sooo großartig und was der Führer nicht alles für uns getan hat. Und überhaupt der Führer. Und wieder der Führer. Und dann die bolschewistischen Juden im Osten ...« Leni blies die Backen auf und ließ die Luft mit einem Zischen durch den Mund entweichen.

Mathilda lachte. Sie hörte durch das offene Fenster, wie Emil hinten im Garten eine begeisterte Rede hielt. Nur seine genauen Worte drangen nicht bis zu dieser Seite des Hauses.

Leni fiel in ihr Lachen ein. Gleich darauf fing sich ihr Blick an Mathildas Schreibtisch. »Was machst du denn da? Schreibst du ihm?« Ein neugieriges Funkeln erschien in ihren Augen.

Mathilda nickte. »Heute bin ich nicht so müde.«

Leni kam zu ihr herüber. Ohne zu fragen, schaute sie über ihre Schulter, und Mathilda war froh, dass sie noch nichts geschrieben hatte.

»Du hast ja noch gar nichts.« Leni wirkte enttäuscht. »Ist er das?« Sie deutete auf Karls Brief, nahm ihn in einer schnellen Bewegung an sich und faltete ihn auseinander.

»Halt!« Mathilda sprang auf. »Was soll das?«

Leni wich einen Schritt zurück. Ihre Augen bewegten sich über die Zeilen.

Wilder Schwindel tobte durch Mathildas Kopf. Leni durfte den Brief nicht lesen! »Das ist meiner«, rief sie. »Gib ihn her!« Sie wollte den Brief aus Lenis Hand ziehen. Aber ihre Schwester hielt ihn fest, so sehr, dass er zerreißen würde. Leni würde sich darüber lustig machen. Jeden Moment würde sie loslachen.

»Hör auf!« Mathildas Stimme wurde schrill. Sie spürte eine tiefe, verzweifelte Wut, die in ihrem Bauch aufschäumte. Ohne darüber nachzudenken, ballte sie die Faust. Eine Sekunde später schlug sie zu, stieß die Faust so heftig gegen Lenis Schulter, dass ihre Schwester zurücktaumelte. Schmerz explodierte in Mathildas Hand, ihre Knöchelchen stauchten sich zusammen und ließen sie gemeinsam mit Leni aufschreien: »Au!« Leni protestierte.

Doch Mathildas Wut stürmte. »Gib! Ihn! Wieder! Her!«

Leni lachte und reichte ihr den Brief. »Ist ja gut.« Sie hob die Hände. »Ich gebe mich geschlagen. Ich war doch nur neugierig.« Sie lachte noch immer.

Mathilda starrte sie an. Glühende Enttäuschung wühlte sich durch ihre Eingeweide. Sie hatte gerade angefangen, Leni zu mögen. Aber im Grunde war ihre Schwester noch genauso wie damals.

Leni wurde ernst. »Tut mir leid! Das war nicht böse gemeint.« Mathilda drehte sich von ihr weg und drückte den Brief an ihren Bauch.

»Tildeken!« Lenis Ton veränderte sich, klang plötzlich erschrocken. »Es tut mir leid. Das war gemein von mir. Gleich am Sonntag werde ich es beichten.« Ein mildes Schmunzeln mischte sich in ihren letzten Satz.

Mathilda explodierte. Sie fuhr zu ihrer Schwester herum. »Das ist NICHT komisch!«

Leni wich zurück, und plötzlich war jegliches Schmunzeln aus ihrem Gesicht verschwunden. Stattdessen erschien eine Ernsthaftigkeit, die Mathilda nicht von ihr kannte. »In Ordnung. Dann sag ich dir jetzt mal was: Dieser Brief ...«, sie deutete mit dem Finger darauf, »auch wenn ich nur ein paar Zeilen davon gelesen habe ... Aber das ist das Schönste, was je ein Mann zu Papier gebracht hat. Ich hab ja immer geahnt, dass das zwischen dir und Karl was Besonderes ist. Spätestens jetzt ist es sonnenklar: Dieser Bursche liebt dich! Und solche Briefe ...« Sie schüttelte langsam den Kopf. »... bekommt bei weitem nicht jede Frau. Und ich sag dir noch was: Seit er diesen Brief hier abgeschickt hat«, sie deutete aus dem Fenster, »sitzt dein Karl dahinten in Frankreich und kaut sich die Fingernägel ab. Also solltest du ihm endlich, ENDLICH zurückschreiben, bevor er noch kopfüber irgendwo runterspringt.« Erst jetzt kehrte das Schmunzeln in Lenis Gesicht zurück. Aber es wirkte weicher, beinahe liebevoll. »Und damit du genug Ruhe hast, gehe ich wieder nach draußen und höre mir den Rest von Emils Ansprache an.« Sie rollte die Augen und legte die Hand auf die Türklinke. »Ach ja. Falls ich die Nationalhymne singe, weißt du, dass Katharina auf dem Weg ins Schlafzimmer ist.«

Mathilda musste lachen. Ihre Wut war verraucht. Leni öffnete die Tür und wandte sich zum Gehen. Als sie schon fast draußen war, drehte sie sich noch einmal um. »Nur einen guten Rat habe ich noch: Du solltest deinen Karl bitten, seine Briefe an Fridas Adresse zu schicken. Damit Papa und Katharina nicht spitzbekommen, was hier los ist.« Mathilda wurde unruhig. Ihr Vater würde ihre Verbindung zu Karl nicht gutheißen. Und Frida war eine gute Wahl als Helferin. Seit ihre Schwester verheiratet war, lebte sie mit ihrem Mann und ihrem kleinen Stiefsohn Willi in einem Haus auf der anderen Seite des Dorfes, und tatsächlich hatte sie schon so manches Geheimnis ihrer Schwestern gedeckt. Auf Frida konnte sie sich verlassen. »Ja«, flüsterte sie. »Ich denke, das ist eine gute Idee.«

9. KAPITEL

Fichtenhausen, 18. August 1940

Lieber Karl,

seit einer Woche denke ich nun schon darüber nach, was ich Dir in diesem Brief schreiben soll, welches die richtigen Worte sind und in welcher Reihenfolge ich sie am besten aufschreiben sollte. Aber selbst jetzt weiß ich kaum, wie ich am besten beginnen könnte.
Nur eines weiß ich nach dieser Woche: Wie Du Dich gefühlt haben musst, als Du versucht hast, Deinen Brief an mich zu schreiben. Ich kann mir vorstellen, wie Du einzelne Versuche zerrissen und weggeworfen hast, und ich würde mich wundern, wenn mir nicht dasselbe passiert.
Eigentlich sollte ich diesen Brief wohl mit einem Dank beginnen, dafür, dass Du mir geschrieben hast. Aber jedes Dankeschön und alle üblichen Floskeln erscheinen mir zu schwach, um zu sagen, was er mir bedeutet.
Deshalb versuche ich es anders. In der letzten Woche habe ich viel darüber nachgedacht, was ich fühle. Am Anfang war es verworren, manches lag verschüttet. Aber inzwischen habe ich endlich Worte dafür gefunden. Worte, die etwas über mich sagen, was ich noch nie auf diese Weise sagen konnte.
Ich weiß, ich bin erst 16 Jahre alt, und dennoch ist es so, als würde mein Leben aus vier Teilen bestehen, aus vier Abschnitten, die ich nacheinander gelebt habe und die jetzt wie Splitter hinter mir liegen. Immer waren es Menschen, die mein Leben zerbrochen haben, ganz besondere Menschen, die ich zuerst geliebt und dann verloren habe.
Der erste dieser Menschen war meine Mutter. Bis ich sechs Jahre alt war, war ich immer bei ihr. Ich habe sie geliebt, und sie hat mich geliebt. Sie hat mich vor allem beschützt, hat den Neid meiner

Geschwister abgefangen und jeden Streit geschlichtet. *Selbst wenn mein Vater mir einen Klaps gegeben hat, hat sie versucht, es wiedergutzumachen.* Sie hat ihn nicht aufgehalten, das nicht. *Sie hat ihm niemals widersprochen, wenn er uns erziehen wollte, nicht einmal dann, wenn seine Bestrafungen unangemessen waren. Aber danach hat sie mich getröstet, hat mich in den Arm genommen oder mir etwas Besonderes zugesteckt, um das Unrecht wiedergutzumachen.*
In diesen ersten Jahren war ich glücklich. Wir alle waren glücklich. Wenn die Großen abends die Tiere gefüttert haben, sind Joseph und ich durch die Stallgänge getobt. Im Halbdunkel haben wir Verstecken gespielt, und niemand hat sich daran gestört. Auch wenn die Großen im Sommer auf dem Feld waren, durften wir in aller Ruhe spielen. Dann waren wir mit Mama und Oma allein im Haus und hatten den Garten ganz für uns, während Mama in der Küche das Essen zubereitete und Oma in der Fliederlaube vor dem Haus saß und für uns alle Strümpfe gestrickt hat. In der großen Hofeiche hat Papa eine lange Kettenschaukel aufgehängt, in der wir uns gegenseitig Anschwung geben konnten. Auch die Großen mochten die Schaukel, und ich weiß noch, wie sie abends oft mit ihren Freunden aus dem Dorf rund um die Schaukel standen. Dann konnte ich ihr Lachen und Jauchzen hören, während ich in meinem Bett lag und eingeschlafen bin.
Überhaupt war an den Wochenendabenden immer etwas los auf unserem Hof. Im Sommer saßen die Großen unter den Fichten am Waldrand und haben gesungen. Und im Winter trafen sie sich auf der Deele, um zu tanzen.
Ich weiß, später, als Du schon da warst, gab es solche Feste auch noch manchmal. Aber viel seltener, und es wurde niemals wie vorher. Solange Mama noch lebte, waren alle fröhlich und ausgelassen. Mama und Papa waren mitten unter uns und haben mit uns gelacht und getanzt.
Ganz besonders erinnere ich mich an Ostern und Weihnachten, an den Zauber, der über diesen Feiertagen lag. Zu Ostern waren die

kleinen Osterhasen überall. So oft habe ich sie damals auf dem Feld gesehen, dass ich fest von ihrer Existenz überzeugt war. Und jedes Mal am Sonntagmorgen konnten wir Kleinen die bunten Eier in unserem Garten finden, die die Osterhasenfamilie dorthin gebracht hat.

Auch Weihnachten war von dieser Magie umgeben, und selbst Nikolaus war ein besonderes Fest. Ich erinnere mich noch an das Jahr, in dem plötzlich der Nikolaus und Knecht Ruprecht im Flur unseres Hauses standen. Der Nikolaus hat mit seinem Stab auf den Boden gedonnert, und dann kamen sie zu uns in die Stube. Was habe ich mich erschrocken. Knecht Ruprecht sah so böse aus, als wollte er uns mit seiner Rute schlagen. Wir Kleinen mussten alle ein Gebet aufsagen, aber ich bekam kaum den Mund auf vor Furcht. Trotzdem schenkte der Nikolaus jedem von uns ein kleines Säckchen mit Klümpchen, Nüssen und Obst.

Danach sollten auch die Großen beten, aber Stefan hat sich geweigert. Stell dir vor, Knecht Ruprecht ging mit der Rute auf ihn los, und ich hatte noch nie solche Angst um meinen großen Bruder. Die Großen haben gekreischt und sind auf den Flur gerannt. Aber Stefan hat nur gelacht und den Kopf eingezogen. Knecht Ruprecht hat nicht lockergelassen, hat ihn hinter dem Tisch hervorgezerrt und mit der Rute aus dem Haus gejagt. Auch die anderen sind weitergeflohen, bis Nikolaus und Knecht Ruprecht sie vor dem Fichtenwald zusammengetrieben hatten. Danach war es nur noch ein einziges wildes Gelächter – und schließlich Papas Schimpfen, als die Großen zurückkamen.

Damals habe ich geglaubt, das alles sei echt. Erst Jahre später habe ich mich gefragt, wer eigentlich den Nikolaus und den Knecht Ruprecht gespielt hat. Inzwischen vermute ich, der Knecht Ruprecht war Böttchers Heinz, Stefans bester Freund, mit dem er auch in der freiwilligen Feuerwehr war. Und der Nikolaus war Thiemanns Wolfgang, der unserer Thea damals schon schöne Augen gemacht hat. Inzwischen ist sie mit ihm verheiratet. Wusstest Du das schon? Oder war das nach Deiner Zeit?

Nein, jetzt erinnere ich mich, es war genau in Deinem letzten Sommer hier bei uns. Thea ist von Wolfgang schwanger geworden, deshalb musste sie ihn heiraten. Alle waren nur noch damit beschäftigt. Zuerst wollten sie es vor Papa geheim halten. Aber dann hat er es doch mitbekommen, und es gab einen Riesenärger.

Wenn ich jetzt darüber nachdenke, dann war das wohl der Grund, warum auf Dich und mich in diesem Sommer niemand so richtig geachtet hat. So gesehen sollten wir Thea wohl dankbar sein.

Aber danach, als Du schon fort warst, ging es sehr traurig weiter: Thea hat das Baby verloren, noch bevor es geboren wurde. Seitdem ist sie sehr unglücklich. Sie haben es noch zwei weitere Male probiert, aber immer hatte sie eine Fehlgeburt. Jetzt gehen wir alle davon aus, dass sie keine Kinder bekommen kann. Nur Thea selbst möchte es noch nicht einsehen.

Aber ich schweife ab. Eigentlich wollte ich in der richtigen Reihenfolge erzählen.

Als ich sechs Jahre alt war, ist meine Mutter gestorben. An diesem Tag bekam mein Leben einen Riss, und alles, was vorher war, war verloren. Früher habe ich das noch nicht verstanden, aber jetzt weiß ich, dass die anderen ebenso unglücklich waren wie ich. Selbst Papa ist an diesem Tag zerbrochen. Seitdem ist das Lächeln von seinem Gesicht verschwunden, und auch die fröhlichen Feiern in unserem Haus hörten auf. Von nun an war alles dunkel und still.

Agnes sollte für Joseph, Leni, Lotti und mich sorgen. Aber sie war darin noch strenger, als es Papa je gewesen ist. Immer, wenn ich etwas falsch gemacht habe, setzte es eine Tracht Prügel. Und ganz gleich, wie viel Mühe ich mir gab – ich habe jeden Tag etwas falsch gemacht.

Immer, wenn sie mich geschlagen hat, habe ich mich verkrochen und geweint, entweder unter der Hecke im Garten oder auf der Bank hinter dem Fichtenwald, auf der ich früher oft mit Mama gesessen habe. Nur im Winter bin ich manchmal unter das Bett gekrochen, damit mich niemand findet.

Vielleicht hätte Papa Agnes daran gehindert, so hart zu mir zu sein.

Aber er hat das alles nicht gesehen. Die viele Arbeit auf dem Hof ließ ihm keine Zeit, sich um seine kleinen Kinder zu kümmern. Jetzt weiß ich, dass er damals auch selbst noch ganz krank war von seiner Trauer. Er wollte uns alle zu ordentlichen Menschen erziehen. Aber er hatte mit jedem seine Last. Stefan war schon immer jähzornig, und die beiden hatten oft Streit. Auch mit Agnes hatte er Ärger, weil er nie wusste, wo sie das Geld ausgab, mit dem sie haushalten sollte. Das meiste davon floss wohl in ihre Aussteuer, die ausgesprochen üppig war, als sie heiratete. Aber all diese Dinge, die zwischen den Menschen einer Familie ablaufen, habe ich damals noch nicht durchschaut. Von dem Tag an, als Mama starb, war ich einfach nur verloren.

Nur einen Menschen gab es noch für mich: Joseph. Er hat alles getan, was er konnte, um für mich da zu sein. Er hat mich getröstet und beschützt. Aber oftmals konnte auch Joseph mir nicht helfen.

An manchen Tagen war ich ganz aus Angst. Dann war dieses Gefühl überall, um mich herum und in mir drin. Aus heiterem Himmel konnte mich die Angst packen und meine Kehle zuschnüren. Dann hat sie meinen Magen ausgefüllt und meine Beine gelähmt. Selbst meine Stimme war stumm unter der Angst.

Es gibt so viele Dinge, vor denen ein kleines Mädchen Angst haben kann. Ich hatte Angst vor den Schlägen meiner Schwester, Angst vor dem Schimpfen meines Vaters. Ich hatte Angst vor Lenis spitzer Zunge und vor Stefans Hand, die noch schneller ausrutschen konnte als die von Agnes.

Aber auch vor anderen Menschen hatte ich Angst, vor meiner Lehrerin, die mich gehasst hat und deren Stock immer an der Seite ihres Pultes lehnte. Jedes Mal, wenn ich in der Schule vorlesen sollte, war ich ganz kalt vor Angst, dann sind meine Worte zu einem Stottern zerfallen und haben sich ineinander verheddert.

Aber wenn ich in der Schule ankam, dann war ich ohnehin schon ausgebrannt von der Panik, die mich auf dem Weg begleitet hat. Vom ersten Schultag an musste ich allein gehen. Mama war gerade erst tot, und ich war ganz allein auf dem langen Weg von unserem Hof ins

Dorf. Joseph, Leni und Lotta waren meistens schon dort, wenn ich gehen musste. Wir kleinen Kinder hatten erst am Nachmittag Schule, wenn die Großen schon wieder nach Hause gingen. Die Erwachsenen dachten wohl, am Nachmittag sei es für ein kleines Mädchen in Ordnung, allein zu gehen. Doch für mich war es die Hölle. Der weite Weg, ganz allein durch den Fichtenwald und dann die langen Sandwege zwischen den Feldern entlang. Im Sommer konnte ich kaum über das hohe Korn hinwegsehen, und im Winter war es auf dem Rückweg schon dunkel. Auf diesen Wegen fielen mir all die schauerlichen Geschichten ein. Die Großen erzählten von Räubern und bösen Menschen, von Zigeunern, die kleine Kinder klauten und von einem Mörder, der im Nachbardorf ein Mädchen umgebracht hatte. All diese Geschichten zogen durch meinen Kopf und lähmten meinen Atem, manchmal sogar meine Schritte.

Wenn die Wintertage dunkel und grau waren, blieb ich manchmal schon im Fichtenwald hinter dem Haus stehen und wagte mich nicht weiter. Es gab zwei Knaben aus meiner Klasse, die manchmal diesen Weg entlanggingen. Ich verabredete mich nie mit ihnen, aber oft blieb ich einfach stehen und hoffte darauf, dass sie gleich kommen würden. Doch genauso oft gingen sie einen anderen Weg, oder sie waren den Weg schon eher gegangen als ich. An diesen Tagen wartete ich lange im Wald und kam viel zu spät zur Schule. Dann bekam ich Schläge von der Lehrerin – und noch einmal Schläge zu Hause, wenn mein Vater oder Agnes davon erfuhren.

Auch in den Nächten hat mich die Angst so manches Mal mitgerissen und ein böses Spiel mit mir getrieben. Bei uns auf dem Hof wurde kaum noch gefeiert. Aber woanders im Dorf gab es die Feste, zu denen meine Schwestern gingen. Einmal im Monat wurde in dem Saal ein Theaterstück gespielt oder ein Tanzfest veranstaltet. Während die Großen dorthin gingen, musste ich allein im Mädchenzimmer ins Bett gehen. Doch die größten Schrecken verbargen sich in der Dunkelheit. In der Dunkelheit kamen die Geister her-

vor ... Ich wollte sie nicht sehen, also ließ ich die Deckenlampe an und stand die halbe Nacht in meinem Nachthemd neben dem Lichtschalter. Erst, wenn ich meine Schwestern hörte, habe ich die Lampe ausgeschaltet und bin ins Bett geschlüpft. Dabei habe ich nie daran gedacht, dass sie das leuchtende Fenster schon von weitem sehen konnten. Ich habe mich nur gewundert, warum sie mich jedes Mal erwischt haben und Agnes hereinkam, um mit mir zu schimpfen.

Irgendwann in dieser Zeit wurde Agnes schwanger und musste heiraten. Nach ihr kam Katharina zurück nach Hause, um für uns zu sorgen. Ich habe mich gefreut und dachte, dass nun alles besser werden würde. Auch Papa hat Katharina herbeigesehnt und über sie gesprochen, als sei sie das liebste und beste Geschöpf auf Erden.

Tatsächlich wurde für Papa einiges besser. Mit Katharina musste er niemals so streiten wie mit Agnes. Sie ist schon immer seine Lieblingstochter gewesen, und die beiden hielten zusammen wie Pech und Schwefel.

Doch für uns Kleinen gab es nichts zu lachen. Auch Katharina hatte nicht das kleinste bisschen Wärme für uns. Immer war sie grimmig und unzufrieden, und jedes ihrer Worte war ein Befehl. Sie fand, dass ich mit meinen acht Jahren alt genug sei, um richtig zu arbeiten, und so musste ich alles das lernen, was man in der Landwirtschaft tun muss. Von da an mussten Joseph und ich uns verstecken, wenn wir spielen wollten. Aber meistens dauerte es nicht lange, bis sie nach uns rief und mit uns schimpfte. Dabei teilte sie uns am liebsten die Aufgaben zu, die sie selbst nicht machen wollte. Wann immer wir es wagten, ihr zu widersprechen oder auch nur zu zögern, sagte sie es Papa, und der bestrafte uns, ohne Katharinas Worte auch nur zu hinterfragen.

Am schlimmsten waren jedoch die Feiertage. Der Osterhase und das Christkind hatten mich vergessen. Zu Ostern bin ich vergeblich durch den Garten geschlichen, um nach bunten Eiern zu suchen, während ich Anna und Liesel auf Böttchers Hof vor Freude quietschen hörte. Und zu Weihnachten lag allenfalls kratzige Unterwä-

sche auf meinem Teller. Aber niemand sagte mir, dass es den Osterhasen oder das Christkind gar nicht gibt.
Allzu oft habe ich geglaubt, dass es meine Schuld wäre. Ich war zu unartig, zu langsam, zu dumm – deshalb wurde ich vom Osterhasen vergessen und vom Christkind verschmäht.
Aber dann kamst Du. Und von einem Tag auf den anderen hast Du mein Leben wieder umgekrempelt. Ich weiß nicht, wie Du das gemacht hast, aber Du warst immer da, wenn ich Hilfe brauchte. Ein ums andere Mal hast Du mich gerettet und es gewagt, allen anderen die Stirn zu bieten. Erinnerst Du Dich, wie Du mir zum ersten Mal geholfen hast? An jenen Tag, an dem mich mein Vater geschlagen hat und Du mich zu Veronika gebracht hast, damit sie meine Lippe näht?
Von diesem Tag an hast du mich jeden Morgen auf dem Schulweg mit dem Pferd begleitet. Endlich musste ich mich nicht mehr davor fürchten, auf dem Weg entführt oder ermordet zu werden. Manchmal sind wir zusammen auf Deinem Pferd geritten. Dann hast Du mir gezeigt, wie ich die Zügel halten muss und wie ich das Pferd lenken konnte. Oft haben wir uns unterhalten, und ich habe Dir so manches Geheimnis verraten, das ich niemandem sonst erzählt hätte.
Danach gab es viele Momente, in denen Du mich gerettet hast. Ich war gerade erst neun Jahre alt, aber viel zu oft hat Katharina mich beauftragt, die Hühner für das Mittagessen zu schlachten. Du hast mir die Aufgabe abgenommen, wann immer Du es mitbekommen hast – und so manches Mal hast Du mich offen vor meinen Schwestern in Schutz genommen. Auch Joseph hat hin und wieder versucht, mich in Schutz zu nehmen, aber er war meinen Schwestern und Papa genauso ausgeliefert wie ich. Nur Du warst für ihre Strafen unerreichbar.
Dafür habe ich Dich bewundert, für Deinen Mut, Dich vor ein kleines Mädchen zu stellen, auch wenn Du Dir damit noch so viele Feinde machst. Erst durch Dich habe ich gefühlt, dass ich etwas wert bin. Selbst die Magie ist mit Dir in mein Leben zurückgekehrt. Mit einem Mal kamen die Osterhasen wieder in unseren Garten und das Christ-

kind hat sich Mühe gegeben, mir eine Freude zu machen. Jetzt muss ich schmunzeln, während ich das schreibe, weil ich weiß, dass Du es warst. Aber damals war es Magie. Und damit schließt sich der Kreis: Ich möchte Dir danken, Karl, für all das, was Du für mich getan hast. Ich weiß, das waren jetzt viele Worte und viele Seiten. So viele sogar, dass ich mehrere Abende dafür gebraucht habe und meine Hand inzwischen schmerzt. Aber ich musste alle diese Dinge schreiben, um Dir zu zeigen, wie sehr ich Dir danken möchte! Denn ich nehme an, das habe ich nie getan. Obwohl Deine Freundschaft für mich so besonders war, habe ich sie als selbstverständlich genommen. Vielleicht sind Kinder so, dass sie alles als selbstverständlich nehmen, das Gute genauso wie das Schlechte.

Aber jetzt bin ich kein Kind mehr und kann sehen, dass ich diesen Dank versäumt habe.

Irgendwann bist auch Du wieder verschwunden, von einem Tag auf den anderen.

Am Anfang dieses Briefes habe ich geschrieben, mein Leben bestünde aus vier Teilen. Einen ersten Teil mit meiner Mutter und einen gebrochenen Teil ohne sie, einen dritten Teil, in dem Du mein Leben wieder zusammengefügt hast und einen vierten Teil, in dem es wieder ein Stück weit zersplittert ist. Ja, Du hast recht. Ich war sehr traurig ohne Dich. Aber mehr als das möchte ich nicht darüber schreiben. Nicht jetzt. Im Moment bin ich einfach froh darüber, dass Du mir diesen Brief geschickt hast. Deshalb sollst Du nur eines wissen: Mit Deinem Brief habe ich dir alles verziehen.

Jetzt stehen wir wieder am Anfang. Zumindest wünsche ich mir das. Und ich wünsche mir, dass Du mir wieder schreibst.

Alles Liebe,
Deine Mathilda

Karl ließ den Brief sinken, lehnte sich zurück gegen das Stroh und schloss die Augen. Undeutlich drang das Gemurmel seiner Kameraden zu ihm, die es sich in ihren Schlafsäcken gemütlich gemacht hatten.

Aber Karl hatte sich die Strohballen so zurechtgerückt, dass seine Ecke weitgehend geschützt war und niemand ihn sehen konnte. Nur so konnte er ungestört Mathildas Brief lesen. Seit er seinen Brief abgeschickt hatte, war er unruhig gewesen. Ganz gleich wie einfach seine Aufgaben waren, er hatte sich kaum darauf konzentrieren können.

Als heute der Brief gekommen war, waren seine Beine so weich geworden wie Gummi. Ausgerechnet Unteroffizier Palm hatte die Feldpost in ihrem Reiterzug verteilt und sich darüber lustig gemacht, dass Karl »Mädchenpost« bekam, bevor er ihm den Umschlag überreicht hatte.

Karl war es schwergefallen, bis zum Abend zu warten, ehe er den Brief las. Aber die Zeit hatte es nicht anders zugelassen, und jetzt war er froh darüber, mit Mathilda allein zu sein.

Er öffnete die Augen und ließ seinen Blick noch einmal über das beschriftete Papier streifen. Immer wieder las er einzelne Zeilen und streichelte mit den Fingern darüber.

Schließlich stieß er auf das P.S., das Mathilda unten ergänzt hatte. Er sollte an Fridas Adresse schreiben und nicht an ihre, weil sie nicht wollte, dass ihr Vater oder Katharina etwas davon mitbekamen.

Karl wusste schon lange, dass Mathildas Vater nichts von ihm hielt. Dennoch spürte er einen Anflug von Enttäuschung. Wie sollte er jemals um ihre Hand anhalten, wenn er nicht einmal Briefe an sie schicken durfte?

Du bist ein Narr, Karl! Er bewegte lautlos die Lippen. Er durfte Mathilda nicht heiraten. Und ohne eine Hochzeit konnte er nicht mit ihr zusammen sein. Wenn er es dennoch versuchte, würde er ihr nur schaden, ihren Ruf ruinieren und ihr noch einmal das Herz brechen.

Besser wäre es, sich wieder von ihr fernzuhalten.

Es war ein Fehler gewesen, ihr überhaupt zu schreiben. Was hatte er sich nur dabei gedacht? Hatte er geglaubt, dass sie nur Freunde sein würden? Oder hatte er gehofft, dass sie damals noch ein kleines Mädchen gewesen war ... das gar nicht mitbekommen hatte, wie sehr er sich in sie verliebt hatte? Karl vergrub den Kopf in seinen Händen und blickte auf den Brief hinab.

Wenn er ehrlich war, dann wusste er genau, warum er ihr geschrieben hatte: Weil er nicht länger ohne sie leben wollte.
Und jetzt war es zu spät. Mathilda hatte ihm verziehen, sie gab ihm eine zweite Chance. Nach alldem durfte er sie nicht noch einmal im Stich lassen. Also würde er ihr weiterschreiben. Solange es nur Briefe waren, konnte nichts Schlimmes passieren.

10. KAPITEL

Fichtenhausen, Paderborner Land, Sommer 1933

Es war einer jener Abende, die niemand geplant hatte und für die es keinen besonderen Anlass gab. Spontan hatte sich die kleine Feiergesellschaft an diesem Samstag Abend in ihrer Deele zusammengefunden. Wie genau es sich ergeben hatte, wusste Mathilda nicht. Aber vermutlich lag es daran, dass die meisten ihrer Geschwister ein paar Freunde mitgebracht hatten und irgendjemand auf die Idee gekommen war, Musik zu machen.

Oder es lag daran, dass sie auch diejenigen aus dem Dorf zu Gast hatten, die Musik machen konnten. Wolfgang Thiemann, Theas heimlicher Freund, spielte Akkordeon, und Siegfried, ein Freund von Stefan, konnte so herzzerreißende Melodien aus seiner Geige hervorzaubern, dass die Mädchen ihm zu Füßen lagen. Wer Lust dazu hatte und die Texte kannte, sang zu den Liedern, doch die meisten tanzten mit ausladenden Schritten.

Zwischen den landwirtschaftlichen Geräten am Rand der Deele hatten ihre Geschwister Strohballen zusammengetragen, auf denen sich immer neue Gesprächsgrüppchen versammelten. Auch Böttchers Liesel und Emil waren vom Nachbarhof herübergekommen, und Mathilda bedauerte es, dass Anna nicht dabei war. Wenn ihre Freundin hier wäre, hätte sie eine Spielkameradin gehabt. Aber Anna war noch zu klein, um auf ein abendliches Fest zu gehen.

Genau genommen war auch Mathilda noch zu klein für eine derartige Feier. Aber niemand achtete auf sie. Sie konnte so viele Hackbällchen essen, wie sie wollte, und Katharina schien gar nicht daran zu denken, sie ins Bett zu schicken. Sie war viel zu sehr mit ihrem neuen Freund beschäftigt, der sie schon den ganzen Abend im Arm hielt.

Von Zeit zu Zeit kam ihr Vater in die Deele und schaute prüfend in die Runde. Manchmal blieb er eine Weile und unterhielt sich mit jemandem, oder er rauchte auf der Bank an der Frontseite der Deele seine Pfeife und sah ihnen zu. Aber seit ihre Mutter gestorben war, schienen ihm derartige Feiern keine Freude mehr zu machen, und so verschwand er nach einiger Zeit wieder im Haus.

Überhaupt hatte es ein solches Fest in ihrer Deele schon lange nicht mehr gegeben. Umso mehr genoss Mathilda das Getümmel. Überall gab es etwas zu tun und zu sehen. Sie konnte tanzen oder den Gesprächen lauschen. Und wenn sie leise mitsang, gab es niemanden, der sich darüber beschwerte. Aber am meisten freute sie sich darüber, dass auch Karl gekommen war. Genauer gesagt hatte Joseph ihn mitgebracht. Am Anfang saßen die beiden auf zwei Strohballen neben dem Deelentor und klebten getrocknete Blumen und Kräuter in ihr Herbarium. Mathilda setzte sich zu ihnen und bewunderte die vielen Pflanzen, die sie gesammelt hatten. Erst, als mehr und mehr Gäste kamen, brachten die Jungen ihr Herbarium in Josephs Zimmer, vielleicht auch deshalb, weil Leni einen Spruch darüber machte, dass sie sich mit *Kinderkram* beschäftigten.

Karl reagierte gelassen darauf, aber Joseph ließ sich solche Sprüche nicht zweimal sagen. Seit einiger Zeit gab er sich Mühe, erwachsen zu sein. Karl ließ sich mitunter sogar eher zu einem Spiel überreden als ihr Bruder.

Doch an diesem Abend war es Mathilda gleichgültig, ob sie spielten. Es reichte ihr, wenn sie dabei sein durfte. Die meiste Zeit verbrachte sie mit Joseph und Karl, tanzte mit ihnen oder saß zwischen ihnen auf den Strohballen. Am Anfang war Mathilda vorsichtig. Sie befürchtete, dass Karl sie wegschicken würde, wenn sie allzu lange an seiner Seite blieb. Sie wusste sehr wohl, dass sie ein kleines störendes Kind war, und es war ohnehin schon ein Wunder, dass er sich so oft mit ihr beschäftigte.

Aber Karl lächelte ihr immer wieder zu. Manchmal machte er einen Scherz, der nur für sie gedacht war, dann zeigte er ihr einen Zaubertrick mit einer Münze und schließlich teilte er sein Stück Kuchen mit ihr. Spätestens als er sie an die Hand nahm und auf die Tanzfläche zog, war Mathilda glücklich. Karl war der lustigste Tänzer von allen. Er kannte Tänze, die allen anderen fremd waren und zeigte ihr die Schritte. Mathilda musste lachen, immer wieder stolperte sie über ihre Füße, bis Karl sie auffangen musste, damit sie nicht fiel. Lachend hielt er sie in den Armen, hob sie hoch und wirbelte sie durch die Luft.

Als er sie wieder absetzte, tanzten sie weiter. Nach und nach gelang es ihr, die Schritte richtig hintereinanderzusetzen. Mathilda war so konzentriert, dass sie nur am Rande bemerkte, wie sich immer mehr Mädchen um Karl versammelten. Zuerst waren es Leni und Lotti, dann auch die Freundinnen der beiden. Sie ahmten Karls Tanzschritte nach und lachten. Vor allem Lotta hatte ungeschickte Füße. Mehr als nur einmal stolperte sie in Karls Richtung. Jedes Mal lachte er und fing sie auf, nur eine Sekunde lang, ehe sie wieder auf ihren Beinen stand.

Als es zum vierten Mal passierte, blieb Mathilda stehen, schaute den beiden zu und stellte fest, dass Lotti zu groß und zu schwer war, um von Karl durch die Luft gewirbelt zu werden. Karl tanzte inzwischen auf der anderen Seite des Kreises. Die Mädchen umringten ihn, kicherten und lachten, während er ihre Tanzschritte korrigierte.

Ein merkwürdiges Gefühl zog durch Mathildas Bauch.

Mit verbissenem Ehrgeiz probierte sie die Schritte, bis sie keine Fehler mehr machte. Am liebsten wollte sie Karl anstoßen und es ihm zeigen. Aber sie wagte es nicht, und er beachtete sie nicht mehr.

Immer stärker pochte das Gefühl durch ihren Bauch.

Schließlich machten die Musiker eine Pause. Von einem Moment auf den anderen war die Deele nur noch vom Kichern und Plaudern der Gäste erfüllt. Die Mädchen zogen Karl von der Tanzfläche. Auch Joseph und Böttchers Emil waren bei ihnen, und noch ein paar andere Burschen in ihrem Alter, mit denen Mathilda wenig zu tun hatte. In einer großen Gruppe ließen sie sich auf die Strohballen fallen.

Mathilda schlich hinter ihnen her. Sie wollte sich zu ihnen setzen, aber es war kein Platz mehr. Mit hängenden Schultern stand sie da, bis Joseph in ihre Richtung sah. Er rutschte auf seinem Strohballen zur Seite und bot ihr eine Ecke an, auf die sie sich setzen konnte. Es war unbequem, aber besser, als mit hängendem Kopf danebenzustehen.

Lotti saß neben Karl. Mit ihrer Schulter kuschelte sie sich an ihn und kicherte bei jedem Satz, den er sagte.

Plötzlich erkannte Mathilda, was das bedeutete. Alle ihre Schwestern verhielten sich so, wenn sie mit ihren Freunden zusammensaßen. Sie musste nur noch einmal in die Runde sehen, dorthin, wo sich die Älteren versammelt hatten: Thea und Wolfgang, Katharina und Bernhard, Frida und Helmut.

Und jetzt also Lotti und Karl?

Mathilda schluckte, um das Bauchdrücken zu verdrängen. Aber es nutzte nichts. Das Gefühl wurde nur noch schlimmer.

Was war nur los mit ihr?

Leni zog eine Flasche mit Selbstgebranntem unter ihrem Rocksaum hervor. In der anderen Hand hielt sie drei Pinnchen versteckt, die sie inmitten der Runde auf den Fußboden stellte. Die anderen wurden still und beobachteten, wie Leni die Gläschen mit Schnaps füllte. Schließlich warf sie einen prüfenden Blick in die Runde. Aber ihr Vater war nicht mehr da, und die Großen beachteten sie nicht. Mit einem breiten Grinsen verteilte Leni die Gläser.

So ging es ein ums andere Mal, bis jeder ein paar Gläschen getrunken hatte. Selbst Karl und Joseph machten mit. Mathilda zählte die Gläser, die in Karls Richtung wanderten. Es waren drei, ziemlich schnell nacheinander, bis er genauso albern kicherte wie Lotti und die anderen Mädchen.

Mathilda konnte nicht verstehen, was daran so lustig war. Ihr Bauchdrücken verwandelte sich in Wut: Sie war wütend auf Lotti, weil sie sich an Karls Schulter lehnte, auf Leni, die ihnen den Alkohol servierte, und auf Karl, weil es ihm gefiel.

Als Leni ein weiteres Glas in seine Richtung schob, sprang Mathilda auf. »Das ist Alkohol«, rief sie. »Den dürft ihr nicht trinken!«

Leni packte sie am Arm. »Sei still, du Kröte«, zischte sie. »Sonst erinnere ich Katharina daran, dass du müde bist und ins Bett musst.«

Die Mädchen um sie herum kicherten. Auch Emil lachte mit. Erst jetzt wurde Mathilda klar, was sie getan hatte, dass alle über sie lachten. Selbst Josephs Gesicht zeigte ein Grinsen. Ein heißes Brennen stieg in ihre Augen. Nur für eine Sekunde wagte sie es, in Karls Richtung zu sehen.

Er war der Einzige, der nicht lachte. »Na, na, na.« Damit wandte er sich an Leni. »Immer freundlich mit den jungen Fohlen.« Seine Aussprache klang verwaschen.

Leni lachte auf. »Junge Fohlen?« Sie funkelte Karl an. »Deine Pferdevergleiche kannst du dir schenken, Stallknecht!« Das letzte Wort spuckte sie ihm entgegen.

Karl richtete sich auf. Ein grimmiger Ausdruck zuckte über sein Gesicht, wurde gleich darauf von einem Lächeln vertrieben. »Meine Pferdevergleiche sind immer noch besser als deine Reptilienmetaphern.« Sein Lächeln streifte Mathilda, ehe er sich wieder an Leni wandte. »Außerdem ist sie deine Schwester. Wenn Mathilda also eine Kröte ist, dann bist du auch eine: Sumpfkröte!«

Leni starrte ihn an.

»Quak«, machte Emil, und die ganze Runde brach in Gelächter aus.

Leni bedachte ihre Freunde mit einem wütenden Augenfunkeln. Emil nutzte den Moment, um die Schnapsflasche an sich zu bringen. Während er mit Leni um die Pinnchen rangelte, schlich Mathilda zu ihrem Platz zurück. Sie wagte es nicht mehr, jemanden anzusehen.

Erst, als Karl aufstand und nach draußen ging, schaute sie ihm nach. Nur wenige Augenblicke später erhob sich auch Lotti und folgte ihm.

Das Gefühl nagte sich wie ein Tier mit scharfen Zähnchen in Mathildas Magen. Ohne es zu wollen, folgte sie den beiden aus der Deelentür. Doch sie hielt sich im Schatten der Hauswand, drückte sich in die Ecke zwischen Deele und Scheune, bis sie erkannte, wohin Karl und Lotti gegangen waren. Nebeneinander standen sie am Rand des Hofplatzes, nicht weit von der Gartenhecke entfernt.

Mathilda schlich sich an der Hauswand entlang und schlüpfte durch die schmale Lücke zwischen Hecke und Haus. Hinter der Hecke huschte sie geduckt voran, bis sie auf Höhe von Karl und Lotti angekommen war.

Sie suchte sich eine Stelle, an der die Zweige des Weißdorns nur spärlich gewachsen waren. So gut sie konnte, spähte sie durch das Gestrüpp hindurch. Dennoch konnte sie von Lotti und Karl nur ihre Oberkörper sehen, während ihre Gesichter verborgen blieben.

»Du hast übrigens recht«, erklärte Lotti leise. »Leni ist wirklich eine Sumpfkröte. Ständig hackt sie auf allen herum.«

Karl seufzte. »Das kann man wohl sagen. Vor allem auf Mathilda hackt sie herum.«

Mathilda hielt den Atem an. Plötzlich hatte sie Angst davor, weiterzulauschen. Was, wenn er noch mehr über sie sagte?

»Genau genommen hackt ihr alle auf Mathilda herum«, ergänzte Karl.

»Ich nicht!«, rief Lotti empört. »Ich mag die Kleine.«

Karl stieß ein leises Lachen aus, ein merkwürdig warmes Geräusch. »Stimmt. Du bist anders.«

Die spitzen Zähne bohrten sich tiefer in Mathildas Magengrube.

Lotti trat einen Schritt auf Karl zu. »Mir ist kalt.« Sie klammerte die Arme um ihren Oberkörper.

Auch Mathilda spürte, wie die kühle Nachtluft unter ihr Kleid kroch.

»Warte.« Karl zog seine Strickjacke aus und legte sie um Lottas Schultern.

Lottis »danke« war nur noch ein Flüstern.

Wieder biss das kleine Tier zu. Was, wenn er Lotta mehr mochte als sie? Wenn er sich von jetzt an nur noch um sie kümmern würde?

»Mir macht es nichts aus, dass du nur ein Stallknecht bist.« Lottas Stimme war dünn, ein seltsames Zittern lag darin.

Karl lachte leise. Es war sein typisches Lachen, das sich normalerweise wie ein warmer Trost um Mathildas Herz legte.

»Wenn du …« Lotta fing an zu stammeln. »Also … wenn du mich … küssen möchtest …« Ihre Stimme versagte endgültig, setzte sich in einem Flüstern fort: »… dann habe ich nichts dagegen.«

Ein erschrockener Laut wollte aus Mathildas Mund schlüpfen. Hastig schlug sie die Hand davor.

Erst dann hörte sie Karl: »Wie bitte?« Er wich vor Lotta zurück.

»Entschuldige …« Plötzlich war er derjenige, der stammelte. »Lotta … ich … vielleicht hast du das falsch verstanden. Aber ich … werde dich nicht küssen.«

Das Beißen in Mathildas Brust hielt inne, schickte einen seltsamen Schwindel durch ihren Kopf.

Lotta lachte leise: »Ich weiß, wir sollten anständig sein.«

»Nein!« Karl klang entgeistert: »Nicht deshalb ... sondern ... um dich zu küssen, da müsste ich ...« Er zögerte, sprach die letzten Worte so leise, dass Mathilda es kaum hören konnte: »... dich lieben.« Lotta gab einen erstickten Laut von sich. »Ach so«, machte sie verschämt, ihre Schritte stolperten rückwärts. »Tut mir leid.« Damit verschwand sie aus Mathildas Blickfeld. Nur ihre Holzschuhe klapperten, während sie zur Deele rannte.

Mathilda verharrte regungslos. Auch Karl blieb an Ort und Stelle stehen. Für eine Sekunde befürchtete sie, dass er sie bemerken würde. Aber dann ging er davon, hinaus auf den Sandweg.

Mathilda horchte, wartete so lange, bis sie sicher war, dass er nach Hause ging. Erst dann schlich sie an der Hecke und der Hauswand entlang und schlüpfte zurück in die Deele.

Leni, Emil und ihre Freunde saßen noch immer auf den Strohballen. Nur Lotti war nirgendwo zu sehen. Auch Joseph hatte die Gruppe verlassen und stand bei den Musikern. Siegfried zeigte ihm seine Geige und wies ihren Bruder an, wie er sie halten musste.

Mathilda wusste nicht, wohin sie gehen sollte. Sie wollte nicht mehr bei Leni und ihren Freunden sitzen, doch zu Joseph und den Musikern konnte sie nicht gehen. Sonst würde Katharina sie entdecken und ins Bett schicken. Andererseits war ihr nicht mehr danach zumute, noch länger zu feiern. Genauso gut konnte sie ins Bett gehen.

»Also, dieser Karl ist seltsam.« Emils Worte hielten sie zurück. »Ich sage euch, der Bursche hat Dreck am Stecken. Warum sonst sollte einer von Ostpreußen nach Westfalen ziehen? Noch dazu ein 14-Jähriger. Der hat dahinten was verbrochen und ist dann weggelaufen. Darauf wette ich!«

»Meinst du?« Lenis Augen wurden groß. Auch ihre Freundinnen starrten Emil an.

»Das könnte tatsächlich sein«, stimmte Liesel zu. »Da ist einiges merkwürdig an ihm: Habt ihr schon mal einen Stallburschen gesehen, der die Pferde seiner Herrschaft reitet? Aber dieser Karl benimmt sich, als wäre er einer von Steinecks Bereitern. Das sind die edelsten Tiere, die er unter seinem Sattel spazieren führt. Aber immer nur, wenn der olle Steineck nicht zu Hause ist.«

Leni wandte sich zu ihrer Freundin. »Du meinst, er darf es gar nicht und nimmt sich die Pferde einfach aus dem Stall?«

Liesel zuckte die Schultern. »Scheint fast so. Außerdem soll er im Haus der Steinecks ganz selbstverständlich ein und aus spazieren.«

»Vielleicht ist er ja ein gemeiner Dieb und inspiziert das Haus nach wertvollen Sachen«, mischte sich eine von Lenis Freundinnen ein. »Und sobald die Steinecks nicht da sind, schlägt er zu und verschwindet mit ihrem Vermögen.«

»Oder …« Emil beugte sich nach vorne. Auch die anderen neigten sich in seine Richtung, bis sie einen verschwörerischen Kreis bildeten. Mathilda musste näher herangehen, um sie zu verstehen.

»Oder er ist ein kommunistischer Spion aus Russland.«

Die Mädchen schauten ihn verblüfft an. »Meinst du wirklich?« Lenis Freundin erschien beeindruckt.

Emil lehnte sich zurück. »Wer weiß. Auf jeden Fall ist er ein Schürzenjäger, der unschuldigen Mädchen nachsteigt.« Er machte eine vage Geste in die Runde. »Das habt ihr ja heute gesehen. Er hat kaum einen Rockzipfel ausgelassen.«

Die Mädchen senkten die Köpfe. Liesel räusperte sich verlegen. Einzig Leni sah suchend durch die Deele: »Wo ist eigentlich Lotti geblieben? Sie ist doch vorhin mit ihm nach draußen …«

Liesel deutete auf die Tür, die ins Wohnhaus führte. »Sie ist eben wieder reingekommen und ins Haus gerannt.«

Einen Moment lang herrschte Schweigen. Dann wandte Leni den Kopf. Als sie Mathilda entdeckte, wirkte sie überrascht. Aber sie fing sich schnell, ihre Augen kniffen sich zu engen Schlitzen zusammen. »Tildeken. Was stehst du denn da so blöde herum? Musst du ins Bett?«

Mathilda wich einen Schritt zurück. Ihr wurde heiß und kalt, beides gleichzeitig. Die Worte über Karl wirbelten durch ihren Kopf. Stimmte das? War er ein Dieb? Ein Verbrecher auf der Flucht? Heiße Tränen drängten sich in ihre Augen.

Niemand sollte sie sehen. Mathilda wirbelte herum, rannte auf die Deelentür zu und lief nach draußen. Sie kam nicht weit, ehe sie mit jemandem zusammenprallte.

»Hoppla!« Es war Karl, seine Arme fingen sie auf. Ein gequältes Lachen drang an ihr Ohr. »Autsch! Mathilda! Du hast einen ziemlich harten Kopf, wenn man ihn gegen die Rippen bekommt.«

Mathilda wich vor ihm zurück, sah zu ihm auf. Was machte er hier? Wollte er etwa zurückkommen?

Karl presste die Hand gegen seinen Rippenbogen. Gleich darauf wirkte er besorgt. »Mathilda.« Er ging vor ihr in die Hocke. »Du weinst ja.«

Das Tier in ihrer Brust biss zu. Aber dieses Mal fühlte es sich schön an, wie ein sanftes Nagen, das ihr den Atem raubte. Er hatte sich geweigert, Lotti zu küssen, er war nicht mit ihr zusammen. Und er war kein Verbrecher! Zumindest hoffte sie das.

Ein Schluchzen löste sich aus ihrer Kehle. Viel zu laut hallte der Laut über den Hof.

»Mathilda!« Karl fasste sie an den Schultern. »Was ist passiert?«

Sie schüttelte den Kopf. Es war unmöglich zu sagen. Sie wusste ja selbst kaum, warum sie so weinen musste, woher diese Bauchschmerzen kamen, wenn sie an ihn dachte.

»Ist es wegen Leni?« Karl knurrte. »Hat sie was Schlimmes gesagt?«

Mathilda betrachtete sein Gesicht, seine dunklen Augen, seine schwarzen Haare, die unter der Mütze hervorschauten. Sie konnte nicht anders, sie musste es sagen: »Sie haben über dich geredet.«

Karl ließ ihre Schultern los. Ein besorgtes Runzeln huschte über seine Stirn. »Haben sie das?!« Er klang merkwürdig. »Was sagen sie denn über mich?«

Mathildas Herz raste. Sie hatten so vieles gesagt, schreckliche Dinge. Sie wollte es nicht erzählen. Nur eines davon drängte sich auf. »Sie sagen, du bist ein Schürzenjäger. Der allen Mädchen nachstellt.«

Karl sah sie erschrocken an. »Das sagen sie von mir?«

Mathilda zuckte die Schultern. »Emil hat es gesagt.«

Karl hob die Hand, lüftete seine Mütze und kratzte sich am Kopf. »Schürzenjäger ...« Er lächelte grimmig. »Ich würde eher sagen, die Mädchen haben mir nachgestellt. Ich konnte ja kaum noch irgendwo hintreten, ohne über sie zu fallen ...« Plötzlich wirkte er schuldbewusst. »Tut mir leid, Mathilda. Wem erzähl ich das. Du bist noch ein Kind. Wahrscheinlich verstehst du gar nicht ...«

Das Tierchen nagte in Mathildas Brust. Vielleicht verstand sie es nicht. Aber sie wollte es verstehen. »Und Lotti?« Ihre Stimme schwankte.

Karl erstarrte. »Was weißt du von Lotti?«

Mathilda schluckte, ihre Bauchschmerzen rumorten. »Ihr wart zusammen hier draußen.«

Karl sprang auf, ging ein paar Schritte rückwärts und wandte sich ab. »Mathilda, da ist nichts!«, rief er. »Ich will nichts von deiner Schwester. Und die da drinnen können aufhören zu reden! Ich will überhaupt nichts von irgendeinem Mädchen. Emil kann sie alle für sich haben!«

Mathildas Bauchschmerzen verschwanden – nur eine winzige Ahnung davon blieb zurück.

Karl drehte sich wieder zu ihr. »Und sonst? Haben sie noch mehr gesagt?« Dunkle Schatten tanzten über seine Wangen, ließen ihn groß und bedrohlich erscheinen.

Mathilda wich zurück. Was, wenn sie sich täuschte? Wenn er tatsächlich ein Verbrecher war?

Die Schatten verschwanden, sein Gesicht wurde weich. Er hockte sich wieder vor sie. »Tut mir leid! Ich wollte dich nicht erschrecken. Es ist nur ...« Er senkte den Kopf. Seine Mütze fiel zu Boden, aber er kümmerte sich nicht darum. »Ich weiß, dass sie über mich reden. Ich merke es daran, wie sie mich ansehen, wie sie aufhören zu reden, wenn ich dazukomme. Aber ich weiß nicht, was sie sagen.« Er sah wieder auf. »Du verstehst das vielleicht noch nicht, aber ich muss wissen, was sie von mir glauben. Das ist wichtig.«

Mathilda sah ihm in die Augen. »Es waren schreckliche Dinge.«

In Karls Blick erschien etwas Verletzliches, so als würde ihm jedes weitere Wort weh tun. »Sag es mir trotzdem.«

Mathilda schluckte. Sie musste ordnen, was sie gehört hatte, konnte die Worte nur langsam hintereinanderreihen. »Sie sagen, es ist seltsam, dass du von so weit her kommst … Sie wundern sich, weil du die edlen Pferde reiten darfst, und weil du im Haus der Steinecks ein und aus spazierst. Etwas stimmt nicht mit dir. Vielleicht bist du ein Spion, ein kommistischer, aus Russland. Oder du bist ein Verbrecher.« Ihre Stimme brach, wurde mit den schlimmsten Worten zu einem Flüstern: »Einer, der geflohen ist. Ein Dieb, der die Steinecks ausrauben will.«

Karl schloss die Augen. Mathilda konnte gerade noch erkennen, wie sein Kinn zitterte, ehe er die Hände vors Gesicht schlug. »Das denken sie von mir?«, flüsterte er.

Mathilda betrachtete seine Haare, auf denen der Abdruck der Mütze noch zu sehen war. Sie wollte ihn trösten, streckte ihre Hand aus und schob sie in das dunkle Schwarz. Seine Haare fühlten sich anders an als ihre eigenen, dichter, schwerer, und dennoch weich. Mathilda löste sie von seinem Kopf, hob sie zwischen den Fingern an, bis sie nach allen Seiten abstanden.

»Und du? Was denkst du von mir?« Karl sah zu ihr auf. »Glaubst du auch, dass ich ein Verbrecher bin?«

Das Tier in Mathildas Brust sprang auf. Mit langsamer Bewegung strich es um ihr Herz. Er war kein Verbrecher! Doch Mathilda konnte nichts sagen.

»Hör mir zu.« Er zog ihre Hände aus seinen Haaren und hielt sie fest. »Das ist nichts als dummes Gewäsch! Ich bin kein Verbrecher, das kannst du mir glauben. Die Pferde darf ich reiten, weil ich es kann. Mein Vater war Pferdehändler, ich bin mit Pferden aufgewachsen. Ich habe schon auf ihrem Rücken gesessen, bevor ich laufen konnte. Jeden Tag bin ich geritten, und sobald ich es konnte, musste ich Pferde ausbilden. Gut ausbilden, damit sie sich teuer verkaufen ließen. Davon mussten meine Eltern leben und ihre Kinder ernähren.« Karl atmete tief ein. Wieder schloss er die Augen. »Meine Familie war arm. Deshalb sollte ich ausziehen. Sobald ich mit der Schule fertig war, sollte ich eine Stelle annehmen, um selbst Geld zu verdienen. Das war in meiner Familie nicht viel anders als bei euch: Deine Schwestern müssen doch auch aus dem Haus und woanders arbeiten, sobald sie groß sind.« Er machte eine Pause, blickte auf die Mütze, die noch immer am Boden lag. Aber er ließ sie liegen.

»Dass meine neue Arbeit so weit weg ist, war Zufall. Wir waren mit unseren Pferden in Königsberg auf dem Pferdemarkt. Dort haben wir Veronika von Steineck getroffen. Sie hat gute Ostpreußenpferde gesucht, um sie in ihre Westfalenzucht einzukreuzen. Dabei kam sie mit meinem Vater ins Geschäft. Ich musste ihr die Pferde vorführen, und er hat geredet. Zum Schluss haben sie verhandelt, und er hat ihr gesagt, wenn sie die braune Stute auch noch nimmt, bekommt sie mich dazu. Als Pferdeknecht. Eigentlich sollte es nur ein Scherz sein. Aber Veronika war begeistert. Sie war ohnehin auf der Suche nach einem weiteren Knecht, und es hat ihr gefallen, wie ich mit den Pferden umgehe. Also hat sie eingeschlagen.«

Mathilda sah ihn ungläubig an. »Sie hat dich auf einem Pferdemarkt gekauft?«

Karl lachte. »Gekauft wohl nicht. Ich bin ja kein Sklave.« Ein trauriger Unterton lag in seinen Worten.

Mathilda stellte sich vor, wie es sein musste, über so eine weite Strecke von der Familie getrennt zu sein. Allein bei dem Gedanken kam sie sich verloren vor. »Vermisst du deine Familie nicht?«

Karl hielt inne. »Doch«, erklärte er heiser. »Ich vermisse sie. Sehr sogar.« Er wich ihr aus, nahm seine Mütze und stand auf.

Mathilda betrachtete ihre Hände. Die Stellen, an denen er sie gehalten hatte, fühlten sich kalt an.

»Und weißt du, wen ich am meisten vermisse?« Karl sah zu ihr herab. »Meine kleine Schwester. Emma. Sie war so alt wie du. Andauernd war sie in Schwierigkeiten, immerzu musste ich sie beschützen.« Ein schiefes Lächeln lag um seinen Mund, nur um gleich darauf zu verblassen. »Letzten Winter ist sie gestorben. An einer Lungenentzündung.«

Mathilda erstarrte. Ihr Blick fing sich an der einzelnen Träne, die seine Wange hinablief. Das Licht der Hoflampe spiegelte sich darin.

Mit einer unwirschen Bewegung wischte er sie weg. »Jetzt weißt du, warum ich hier bin.« Er räusperte sich. »Und warum ich dich so gerne habe.«

Einen Moment lang standen sie voreinander, so lange, bis er nach ihrer Hand griff. »Lass uns wieder reingehen.« Er beugte sich zu ihr herunter. »Und eines verspreche ich dir: Von jetzt an tanzen nur wir beide.«

Mathilda kam sich vor, als würde sie schweben, während sie an seiner Seite zurück in die Deele ging. Die Musik spielte wieder, und Karl machte sein Versprechen wahr. Sie tanzten zusammen. Er drehte sie herum, hob sie hoch und wirbelte sie durch die Luft, bis ihr schwindelig wurde. Mathilda ignorierte die Kommentare ihrer Geschwister, und auch Karl beachtete niemanden mehr.

Irgendwann setzten sie sich an den Rand, um sich zu erholen. Erst jetzt bemerkte sie, wie müde sie war. Immer wieder fielen ihre Augen zu, bis sie nichts mehr dagegen tun konnte. Schließlich gab sie den Kampf auf und lehnte sich an seine Schulter.

Dass sie in dieser Haltung eingeschlafen war, wurde ihr erst bewusst, als sie das nächste Mal erwachte. Sie lehnte nicht mehr an Karls Schulter, vielmehr lag ihr Kopf auf seinem Schoß. Warme Finger kraulten durch ihre Haare, leises Gemurmel drang zu ihr: Karl und Joseph, sie unterhielten sich. So wollte sie weiterschlafen. Für immer.

Als sie das nächste Mal aufwachte, wurde sie getragen. Sie konnte die Arme fühlen, die sie hielten, die Luft darunter, die plötzlich kalt war.

»Willst du sie wirklich tragen?« Es war Katharina. »Wir können sie auch aufwecken.«

Mathilda hielt die Augen geschlossen. Sie wollte nicht geweckt werden. Sie wollte bei Karl bleiben.

Aber die Stimme, die Katharina antwortete, war eine andere: »Ach was, ich schaff das schon! Ein Mehlsack ist schwerer als der kleine Floh hier.« Es war Stefan. Ihr großer Bruder trug sie auf den Armen. Nicht Karl.

Kurz darauf wurde sie in ihr Bett gelegt. Sie kuschelte sich in die kalte Decke und spürte, wie Thea sich neben sie legte. Die Betten standen dicht an dicht in ihrem Zimmer, kaum genug Betten für sie alle. Zu zweit mussten sie sich eines teilen.

Mathilda fühlte sich schwer, sie wollte weiterschlafen, in ihre Träume eintauchen. Aber im Zimmer blieb es unruhig. Zuerst das Tuscheln, leises Kichern, dann ein kühler Windhauch, der Mathildas Ohren streifte. Das Bett neben ihr war wieder leer. Thea war nicht mehr bei ihr.

Mathilda blinzelte, um zu sehen, was los war. Thea lag in einer der Fensternischen, zusammen mit Wolfgang. Auch die andere Fensternische war belegt: Von Frida und ihrem Liebsten.

Mathilda kannte den Anblick. Jedes Mal, wenn ihr Vater die Burschen am Abend zur Vordertür hinausschickte, kehrten sie durch die Fenster des Mädchenzimmers wieder zurück. Schon oft hatte sie dabei zugesehen. In wechselnder Besetzung lagen die Paare in den Fensternischen, je nachdem, welche ihrer Schwestern einen Freund hatte.

Dieses Mal schaute sie noch einmal genauer hin. Angestrengt spähte sie in das Bett gegenüber, in dem Lotta zusammen mit Leni schlief. Was, wenn Karl sie belogen hatte, wenn er zurückgekehrt war, um sich mit Lotti zu treffen? Doch Lotti und Leni lagen friedlich in ihrem Bett.

Aus den Fensternischen drang leises Rascheln, durchmischt mit einem seltsamen Stöhnen. Es war ekelig. Mathilda wollte es nicht länger hören, wollte erst recht nicht hinsehen. Eilig zog sie die Decke über ihre Ohren und schloss die Augen.

Zum letzten Mal wachte sie auf, als Thea ins Bett zurückkehrte. Die Beine ihrer Schwester waren eiskalt.

11. KAPITEL

Fichtenhausen, Paderborner Land, Sommer 1940

Den restlichen Sommer hindurch schrieben sie sich Briefe. Über das Jahr, in dem sie sich kennengelernt hatten, über die vielen Momente, in denen sie Karl begegnet war und er ihr geholfen hatte. Mathilda liebte es, auf diese Weise in ihre Vergangenheit einzutauchen. Doch zum Ende des Sommers kam eine Notiz von ihm, die ihr Angst machte. Bis jetzt hatte sie gehofft, dass der Krieg bald zu Ende sein würde. Doch sein Brief ließ sie ahnen, wie sehr sie sich getäuscht hatte.

O.U., 15. September 1940
Liebe Mathilda,

wir sind verlegt worden. Innerhalb weniger Tage mussten wir unser Quartier im Grenzgebiet abbrechen und sind nun an die Atlantikküste geschickt worden.
Der Abschied von unserer alten Unterkunft ist mir nicht leichtgefallen, vor allem deshalb, weil wir trotz allem eine ruhige und friedliche Zeit verbracht haben.
Was von nun an folgt, ist wieder ungewiss.
Seit wir hier angekommen sind, sind unsere Tage so übervoll, dass ich abends wie ein Stein in mein Bett falle.
Ich hoffe, Du bist mir nicht böse, weil ich Dir in den letzten zwei Wochen nicht geschrieben habe. Aber bis jetzt war die Feldpost noch unzuverlässig. Überhaupt ist uns verboten worden, über den Krieg zu schreiben. Ich darf Dir weder sagen, wo genau wir sind, noch, was wir hier tun – für den Fall, dass der Gegner meinen Brief in die Hände bekommt.
Ich weiß, das klingt so, als müsstest du Dir Sorgen machen. Aber ich

versichere Dir, dass hier alles ruhig ist. Wahrscheinlich hast Du gehört, dass es am 7. September einen großen Angriff auf London gab. Deshalb kann ich mir gut denken, dass Du Dich sorgst, weil wir nun so »nah daran« sind.
Aber tatsächlich sind wir gar nicht so nah. Es soll Stellen an der Ärmelkanalküste geben, von denen aus man bis nach England sehen kann. Aber wenn ich hier auf das Meer hinausschaue, sehe ich nur einen endlosen Ozean.
Es ist wunderschön hier! Warst Du schon einmal am Meer, Mathilda? Ich vermute, nicht. Also verrate ich es Dir: Diese Weite raubt einem den Atem. Wenn ich am Strand oder oben auf den Klippen stehe, dann schaue ich auf dunkles, glitzerndes Wasser, das sich bis an den Horizont erstreckt. Du wirst es mir vielleicht nicht glauben, aber hier am Meer kann man sehen, dass die Welt eine Kugel ist. Weil sich der Horizont zu beiden Seiten krümmt.
Auch das Land ist so karg, dass man an vielen Stellen weit sehen kann. Es ist ein wenig hügelig, und hinter den Stränden ragen Steilküsten auf. Aber wenn man oberhalb der Klippen auf einem Hügel steht, reicht der Blick bis weit ins Hinterland.
Wald gibt es hier kaum. Nur Felsen und Gras und kleine graue Steinhäuser. Und dazwischen den Wind. Er kommt vom Meer und fegt über das Land. Alles duckt sich unter ihm, selbst die Bäume. Allein wegen ihm ist es hier deutlich kühler als dort, wo wir vorher waren. Im Süden Frankreichs ging der Sommer dem Ende entgegen, aber hier ist es bereits kühler Herbst.
Trotzdem waren wir bis jetzt fast jeden Tag im Meer. Wenn die Luft auch kalt ist – das Wasser ist noch erstaunlich warm. Nicht so warm natürlich wie ein See im Sommer. Nicht einmal so warm wie der Fluss, in dem wir früher gebadet haben. Aber wenn man kräftig schwimmt, dann erfriert man nicht und hält es eine Weile aus.
Auch Selma hat den Transport gut überstanden. Sie scheint den Strand und die Weite ebenfalls zu mögen. Wenn ich mit ihr über den Sand galoppiere, wird sie rasend schnell. Allein das ist ein unglaubliches Gefühl, mit einem Pferd den Strand entlangzufliegen.

Ich wünschte mir, Du könntest das auch einmal erleben. Natürlich nicht jetzt, sondern im Frieden.
Ich wünsche mir den Frieden, Mathilda. Sehr sogar.
Es tut mir leid, ich würde Dir gerne noch so viel mehr schreiben. Aber meine Hand kann den Stift kaum noch halten, und meine Augen wollen immer wieder zufallen. Auch dieser Tag war nicht weniger hart als alle anderen.
Aber dieses Mal werde ich versuchen, Dir den nächsten Brief etwas eher zu schreiben.
Mach Dir keine Sorgen um mich. Ich komme schon durch.

Liebste Grüße,
Dein Karl

* * *

Frankreich, Halbinsel Cotentin, September 1940

Es war dunkel, als Karl die Unterkunftsbaracken verließ und noch einmal den Weg zu den Klippen hinaufstieg. Eisiger Wind stürmte vom Meer heran und zerrte an seiner Uniform. Doch der Mond schien hell und zauberte ein geheimnisvolles Glitzern über den Ärmelkanal, der sich weit in die Ferne dehnte. Zum unzähligsten Mal bewunderte Karl den Anblick und spürte, wie die Weite sein Herz auseinanderzog. Auch seine Gefühle dehnten sich aus und nahmen alles das in sich auf, was um ihn herum war, bis in die weite Ferne hinein, in die er sehen konnte.

Doch mit der Weite spürte er auch die schrecklichen Dinge, die um ihn herum geschahen. Ein orangefarbenes Leuchten schimmerte am Himmel, kaum mehr als eine schwache Reflexion, die genau dort leuchtete, wo England liegen musste.

Oder war es nur seine Einbildung?

Er war sich nicht sicher. Aber ganz gleich, ob er es mit eigenen Augen sehen konnte oder nicht, auch in dieser Nacht tobte der Luftkrieg weiter. Irgendwo dort hinten fielen Bomben aus deutschen Flugzeugen ... um Häuser zu zerstören, in denen Frauen und Kinder schliefen. Ob sie auch heute wieder London unter sich begruben? Oder eine andere Stadt? Oder beschränkten sie sich dieses Mal auf das Bombardement eines Militärflughafens?

Die Männer, die er hinter sich in der Baracke gelassen hatte, feierten. Was sie feierten, hatte niemand gesagt, aber unter der Leitung von Ludwig Palm stießen sie auf alles an, was ihnen einfiel: Auf den Sieg über die Franzosen, auf Hitlers Genialität, auf ihre Verlegung und die letzten anstrengenden Tage, und vor allem darauf, dass sie England bald besiegen würden.

Von Letzterem waren sie tatsächlich überzeugt.

Vielleicht war es das, was Karl am meisten Angst machte. Die Männer sprachen davon, dass sie *nur noch* England einnehmen mussten, und schon wäre der Krieg gewonnen. Einige von ihnen bedauerten, dass Winston Churchill Hitlers Friedensangebote nicht angenommen hatte, aber viele freuten sich darauf, ihren deutschen Kampfesmut zu beweisen. Sie waren aufgeregt, weil sie bald England kennenlernen würden, und sahen den Krieg als großes, spannendes Abenteuer.

Karl tat sich schwer damit, ihre Naivität zu teilen. Sie alle, zumindest die meisten von ihnen, hatten das Sterben noch nicht gesehen. Und wenn sie es gesehen hatten, dann hatten sie es nicht begriffen. Sie verehrten die gefallenen Kameraden als Helden und wollten von toten Franzosen nichts hören, gerade so, als wären sie keine Menschen. Aber vor allem weigerten sie sich, hinter die Dinge zu schauen, sich vorzustellen, dass ein Krieg noch viel verheerender werden konnte. Karl hingegen erinnerte sich noch gut an das, was sein Vater vom Ende des letzten Krieges berichtet hatte. Sein Vater war immer ein Mensch gewesen, der offen erzählte und nichts beschönigte, der seine Kinder aufklären wollte, bis ins letzte Detail. Und so hatte er vom Krieg gesprochen, vom Dreck und Elend der Schützengräben und der Würdelosigkeit, in der seine Kameraden gestorben waren. Allein seine Worte hatten Bilder heraufbeschworen, die Karl noch heute sehen konnte, wenn er die Augen schloss.

Doch sosehr sein Vater den Krieg verabscheut hatte, er hatte die

Schuld daran nie auf die Gegner geschoben. In seinen Erzählungen waren die Franzosen in den gegenüberliegenden Schützengräben keine Monster gewesen, sondern normale Menschen, die genauso litten wie sie. Das Bild, das die Nationalsozialisten verbreiteten, war ein anderes. Ihnen war jedes Mittel recht, um den Hass gegen ihre Feinde zu verbreiten, und einige von Karls Kameraden schienen daran zu glauben, dass ihre Gegner Monster waren. Zuerst hatten sie an die französischen Monster geglaubt und jetzt an die englischen.

Jeden Tag wurden neue Geschichten erzählt, die in den Nachbarorten geschehen sein sollten: Weiter nördlich bombardierten die Engländer deutsche Stellungen, Seeminen versperrten den Weg über den Ärmelkanal und unter Wasser lauerten die U-Boote der Royal Navy nur darauf, jedes deutsche Boot in Trümmer zu legen. Doch besonders hinterhältig sollten die nächtlichen Überfälle sein, bei denen die Briten mit Booten übersetzten, die Wachen eines deutschen Stützpunktes ermordeten und dann Karten und Geheimdokumente stahlen.

In den Nachrichten hieß es, die Engländer seien an allem schuld. Der Krieg würde nur deshalb weitergeführt, weil Churchill sich weigerte, mit Hitler Frieden zu schließen. Deshalb sci auch die Luftschlacht um England ein notwendiges Übel. Nur durch die Angriffe auf englische Städte ließe sich die Kriegsmoral der Engländer brechen, um endlich ein friedliches Europa zu erschaffen. Spätestens, seit die Engländer Berlin bombardiert hatten, waren die letzten Zweifel beseitigt.

Manchmal erschien es Karl, als sei er der Einzige, der über die Ereignisse nachdachte – und wenn ihn nicht alles täuschte, dann hatten die Deutschen die englischen Städte zuerst angegriffen. Sie waren auch die ersten gewesen, die britische Luftstützpunkte bombardiert hatten. Und das »friedliche Europa« sollte selbstverständlich von Hitler geführt werden. Eigentlich dürfte sich niemand darüber wundern, wenn Churchill das Friedensangebot ausschlug und stattdessen deutsche Städte und Stellungen bombardieren ließ.

Aber Karl wagte es nicht, darüber einen Streit mit seinen Kameraden zu riskieren. Es war zu gefährlich, eine andere Meinung zu haben.

Umso wichtiger war es ihm, dem Gewäsch der anderen hin und wieder zu entfliehen und mit seinen heimlichen Gedanken allein zu sein.

Vor allem ein Gedanke ging ihm nicht aus dem Kopf: Es war nur eine Frage der Zeit, bis auch ihre Stellung das Opfer eines Angriffs wurde. Falls also ausgerechnet in dieser Nacht ein englisches Überfallkommando an ihren Küstenabschnitt käme, würden die Angreifer auf einen betrunkenen Haufen von Soldaten treffen, die ihren britischen Messern lallend entgegenfielen. Die wenigen Wachen, die abgestellt worden waren, um ihre Unterkunft zu sichern, würden im Ernstfall kaum etwas gegen ein Überfallkommando ausrichten können.

Vielleicht war auch das ein Grund, warum Karl hier heraufgekommen war, weil er das Meer in einem so heiklen Moment lieber selbst im Auge behielt. Auch, wenn er nicht jede Ansicht seiner Kameraden teilte, er hatte genug Freunde dort unten, um sich für sie verantwortlich zu fühlen.

Während er den Weg an den Klippen entlangwanderte, schweifte sein Blick immer wieder über das Meer und versuchte, jede noch so kleine Regung im Mondlicht zu erfassen, jede Unregelmäßigkeit im Glitzern des Wassers, die darauf hindeuten konnte, dass sich ein Boot näherte. Die Mondnächte waren am gefährlichsten, weil sie sich für einen Angriff am besten eigneten.

Karl verließ den Pfad und tastete sich mit langsamen Schritten bis zur Spitze der Klippen vor, die weit über den Strand hinausragten. In ausreichendem Sicherheitsabstand blieb er stehen, breitete die Arme aus und lehnte sich gegen den Wind, der vom Meer wehte und seinen Körper mühelos hielt. Einen Moment lang fragte er sich, ob er sich auf diese Weise auch über den Rand der Klippen lehnen könnte.

Aber er war nicht lebensmüde genug, um es zu versuchen. Er hatte Mathilda versprochen, dass er durchhalten würde. Ganz egal, was in diesem Krieg noch geschehen würde.

Mathilda ... Seit er ihr seinen letzten Brief geschrieben hatte, kam er sich wie ein Betrüger vor, weil er sie darin belogen hatte. Im Grunde belog er sie jedes Mal, wenn er ihr schrieb, dass sie sich keine Sorgen machen sollte, doch dieses Mal war es ernster denn je.

Sie waren kaum in ihrer neuen Stellung angekommen, als sie auch schon zu den ersten Übungen ausrücken mussten. Mitsamt ihrer Uniform waren sie ins Meer befohlen worden, um zu schwimmen, manchmal mehrere Stunden am Stück über weite Strecken die Küste entlang. Dann wiederum waren sie mit Schlauchbooten gepaddelt und hatten die Pferde im Wasser neben sich hergeführt. Und zu guter Letzt war es zu ihrer täglichen Übung geworden, die Steilwände der Klippen hinaufzuklettern. Vom Morgengrauen bis zum Abendessen hatten sie die verschiedenen Manöver trainiert, nur um danach in einen erschöpften Schlaf zu sinken.

Offizielle Angriffsbefehle waren niemals gegeben worden, und auch die genauen Pläne hatten sie bis jetzt nicht erfahren, aber für welches Szenario sie übten, war offensichtlich: Sie sollten nach England übersetzen und dort einmarschieren.

Doch Karl fragte sich jeden Tag von neuem, *womit* sie übersetzen sollten? Die Schlauchboote, mit denen sie geübt hatten, kamen dafür wohl kaum in Frage, und wenn er die Nussschalen betrachtete, die im Hafenbecken vor sich hin dümpelten und auf ihren Einsatz warteten, wurde ihm beinahe schlecht. Gerüchten zufolge waren die Boote aus dem ganzen Reich hierherbeordert worden. Auf den Flüssen und Kanälen sollte es regelrechte Staus gegeben haben, ehe die Schiffe am Ärmelkanal eintrafen. Doch diese bunte Sammlung aus Fischkuttern, rostigen Lastkähnen und größeren Angelbooten erschien alles andere als hochseetauglich, geschweige denn, dass sie sich mit derartigen Nussschalen gegen eine gestandene Hochseeflotte verteidigen könnten.

Viel wahrscheinlicher war es, dass sie mitten im Ärmelkanal von den Kreuzern und U-Booten der Royal Navy abgeschossen wurden, sofern ihre Bötchen nicht schon vorher von Wellen überrollt wurden und im Meer versanken.

Und selbst wenn am Ende noch das ein oder andere Boot übrig bleiben sollte, bräuchten die Engländer nur am anderen Ufer darauf zu warten und sie mit Feuersalven in Empfang zu nehmen. Sie konnten nur dann einen sicheren Brückenkopf am feindlichen Ufer errichten, wenn es der Luftwaffe zuvor gelang, die englische Küste frei zu bomben. Aber selbst dann würden womöglich noch genug versprengte britische Soldaten übrig bleiben, um sie in Empfang zu nehmen.

Karl atmete tief ein und streckte sein Gesicht dem Wind entgegen. Wenn sie den Angriffsbefehl gegen England bekamen, dann war er so gut wie tot. Genauso gut konnte er noch einen Schritt vortreten und sich gegen den Wind über den Klippenrand lehnen.

Mathilda hatte er all das verschwiegen. Karl kannte niemanden, der so empfindsam und verletzlich war wie sie. Er wollte nicht, dass sie seinetwegen nicht mehr schlafen konnte. Lieber hoffte er darauf, dass Hitler sich gegen eine Landung in England entschied.

Tatsächlich war es in den letzten Tagen ruhiger geworden. Sie mussten kaum noch schwimmen und klettern, und ihre Manöver wurden immer kürzer. Stattdessen trainierten sie wieder mehr mit den Pferden. Gestern und vorgestern hatten sie endlich ein kleines bisschen ausgeschlafen – und heute war der erste Abend, an dem Karl noch wach genug war, um freiwillig herumzulaufen.

Womöglich war auch das der Grund, warum die Männer in den Baracken feierten, weil sie ahnten, dass die größte Gefahr vorbei war. Morgen Abend würde Vollmond sein, und wenn sie England angreifen wollten, hätten sie spätestens heute Nacht damit beginnen müssen.

12. KAPITEL

Fichtenhausen, Paderborner Land, November 1940

Bis in den November hinein waren sie mit der Ernte der Runkelrüben beschäftigt. Es war eine unangenehme Arbeit, bei der Mathilda und Leni die meiste Zeit allein waren. Ihr Vater half ihnen nur stundenweise, weil die gebeugte Haltung beim Rübenziehen in seinem Rücken schmerzte, und Katharina hielt sich vom Rübenfeld fern, so gut sie konnte. Nur am Nachmittag brachte sie Brote mit Rübenkraut, ehe sie so schnell wie möglich wieder ins Haus verschwand. Seit sie sich vor ein paar Jahren bei der Rübenernte eine langwierige Blasenentzündung eingefangen hatte, befreite ihr Vater sie davon. Dabei war die gebückte Haltung nicht das Unangenehmste bei der Arbeit. Viel schlimmer war die Nässe. Bis über die Knie standen sie zwischen den Rübenblättern, auf denen sich Tau und Regenwasser sammelten. Trockene Tage waren selten im November, und so waren ihre Kleider andauernd durchweicht. Auch ihre Hände verschrumpelten in der Nässe, während sie die Rüben an den Blättern packten, sie aus der Erde zogen und in eine Reihe legten. In einem zweiten Schritt wurden die Blätter mitsamt den Rübenköpfen mit einem kräftigen Spatenhieb abgetrennt. Für die Rüben wurden am Feldrand Löcher ausgehoben. In diesen Mieten wurden sie über den Winter gelagert, bedeckt mit einer Schicht aus Stroh, Laub und Erde, um sie vor Frost zu schützen.

An den Tagen, an denen die Temperaturen unter zehn Grad fielen, war es am schlimmsten. Das Wasser auf ihren Händen fühlte sich wie Eis an. Die Kälte biss in ihre Haut und ließ sie zu kleinen Rissen aufspringen. Mehrmals am Tag schmierten sie sich dicke Schichten von Vaseline auf ihre Hände, um die Wunden heilen zu lassen. Aber die Wirkung war nur von kurzer Dauer, ehe sich die Salbe zwischen den Rübenblättern abrieb.

In einer der Stunden, in denen ihr Vater mit ihnen arbeitete, sprach

Leni ihn darauf an, dass Katharina ihnen helfen sollte, wenigstens für ein paar Stunden am Tag.

Aber ihr Vater schüttelte den Kopf. »Wir müssen das Tineken schonen«, erklärte er. »Schließlich brauchen wir sie. Was sollte ich alter Mann denn wohl tun, wenn ich mein Tineken nicht mehr hätte.«

Mathilda und Leni sahen sich über den Rücken ihres Vaters hinweg an. Feiner Regen nieselte auf sie herab, und die Fichten am Rand des Feldes rauschten im Wind. In diesem Moment teilten sie den gleichen Gedanken: *Und was ist mit uns? Braucht er uns etwa nicht?*

Sie beide wussten die Antwort. Im Grunde brauchte er sie viel dringender als Katharina. Aber es wäre zwecklos, darüber zu diskutieren. Er liebte Katharina mehr als jedes andere seiner Kinder, und nicht einmal Leni wagte es, etwas dagegen zu sagen.

Stattdessen suchte sie sich andere Möglichkeiten, mit denen sie sich an Katharina rächen konnte: Jedes Mal, wenn Leni einen Brief von einem ihrer Verehrer bekam, jubelte sie und sprang wie ein Kind durch die Stube. Es war offensichtlich, dass sie es nur tat, um Katharina zu ärgern. Ihre große Schwester war schon seit einigen Jahren mit ihrem Theo zusammen. Mathilda war sich nie sicher, ob die beiden sich wirklich liebten, oder ob Katharina ihn nur behielt, um überhaupt einen Freund zu haben. Mit Bernhard, ihrem vorherigen Freund, war sie ganz anders gewesen. Mit ihm hatte sie glücklich ausgesehen. Doch die Sache hatte nicht lange gehalten, ehe Bernhard sich ein anderes Mädchen gesucht hatte.

Auch Theo war schon seit 1939 im Krieg, zuerst in Polen und jetzt hoch oben in Norwegen. Doch zu Katharinas Leidwesen gehörte er zu den schreibfaulen Männern. Nur alle zwei oder drei Wochen bekam sie einen kurzen Brief von ihm, meistens, wenn er sich etwas wünschte. Dann war sie für ein paar Tage gut gelaunt, backte ihm Kekse, flickte ihm eine Hose und schickte ihm ein Päckchen. Doch schon ein paar Tage später begann ihre Warterei von vorne, und sie lief wochenlang mürrisch durch das Haus. Wenn es ganz schlimm wurde und auch noch die dritte Woche verstrich, dann knallte sie mit den Türen und warf in der Küche mit Sachen um sich.

Zu allem Überfluss ließ sich auch der Vater von ihrer üblen Laune anstecken, so dass es auf dem nassen Feld mitunter angenehmer war als im stickigen Haus.

Leni kannte den wunden Punkt ihrer Schwester, und spätestens nach dem Ausspruch ihres Vaters ließ sie keine Gelegenheit mehr aus, um in Katharinas Wunden herumzustochern. Mit schwärmerischer Stimme erzählte sie von ihrem Lieblingsverehrer, einem jungen Arzt aus Lippstadt, den sie in ihrer Zeit als Krankenschwester kennengelernt hatte. Er schrieb ihr noch immer, und es war offensichtlich, dass Leni sich Hoffnungen machte.

Doch der Arzt war bei weitem nicht der einzige, der ihr Briefe schrieb. Leni lästerte zwar oft genug über die stumpfen Bauernsöhne, die sie niemals heiraten würde. Aber sie wies keinen davon zurück. Und so waren es mitunter fünf Briefe, die sie in der Woche bekam, nur, um mit jedem einzelnen vor Katharinas Nase herumzutanzen.

Selbst Böttchers Emil schrieb ihr seit seinem letzten Heimaturlaub. Anfangs schüttelte Mathilda darüber den Kopf, und Leni spottete lauthals über ihn. Aber in Wirklichkeit hatte sie großen Spaß an seinen Briefen. Zumindest kicherte sie pausenlos, wenn sie darin las, und ebenso, wenn sie ihm zurückschrieb. »Wir ärgern uns nur«, war Lenis Kommentar, wenn Mathilda nachfragte. Aber ihr Blick veränderte sich von Mal zu Mal, bis es allzu offensichtlich war, was tatsächlich zwischen den beiden vorging.

An einem besonders kalten Tag setzte Leni ihrer Rache gegenüber Katharina die Krone auf. An diesem Tag war es nur knapp über null Grad. Umso schneller mussten sie arbeiten, damit die Rüben keinen Frost abbekamen, ehe sie in die Mieten geschichtet wurden. Doch ihre Hände waren inzwischen so aufgesprungen, dass Mathilda vor Schmerzen die Tränen in die Augen traten. Aber das war nichts im Vergleich zu dem, was Leni zu schaffen machte: Zusätzlich zu den üblichen Rissen, waren ihre Hände von dem roten Ekzem entzündet, wegen dem sie ihre Krankenschwesternarbeit aufgegeben hatte. Den halben Morgen lang murmelte sie wütend vor sich hin: »Ich muss mit dem Ekzem hier raus aufs Feld. Aber das gute Tineken wird geschont, nur weil sie irgendwann, vor etlichen Jahren, nach der Rübenernte krank geworden ist.«

Allein an Lenis Miene konnte Mathilda erahnen, wie sie sich die wildesten Rachephantasien ausdachte.

Als sie schließlich zum Mittagessen in die Stube kamen, war es so weit. Auch an diesem Tag war Katharina schlecht gelaunt, weil Theo ihr noch nicht geschrieben hatte. »Nicht einmal einen Dank schickt er mir«, murrte sie, während sie das Essen auftrug. »Dabei habe ich ihm so einen wackeren Kuchen gebacken.«

Ihr Vater war noch nicht da, und Leni saß mit der Vaseline am Tisch, um sich unter Katharinas Augen ihre knallroten Hände zu behandeln. Mathilda sah die Katastrophe kommen, kurz bevor sich ein bösartiges Lächeln auf Lenis Gesicht formte. »Wann merkste endlich, dass dein Theo da oben in Norwegen schon längst eine Neue hat?«, säuselte sie. »Sind bestimmt hübsch, die Norwegerinnen. Und wahrscheinlich nicht mal prüde. Dich behält er doch nur wegen dem wackeren Kuchen und den Keksen und den warmen Unterhosen, die du ihm strickst. Und vielleicht auch ein klitzekleines bisschen dafür, damit sein Bett nicht kalt ist, wenn er aus Norwegen zurückkommt.« Leni stellte die Vaseline auf den Tisch und grinste Katharina an. »Einen Dank darfste von so einem nicht erwarten! Und glaub man ja nicht, dass dein Theo besser ist als dein Bernhard damals.«

Spätestens von diesem Moment an war der Krieg um eine Front reicher geworden. Jeden Tag gab es von nun an neue Kämpfe an der Leni-Katharina-Front, und Mathilda tat gut daran, sich so weit wie möglich herauszuhalten.

Doch sie konnte sich kaum dagegen wehren, dass Leni sie auf ihre Seite zog. Manchmal weihte sie Mathilda in ihre Pläne ein, aber meistens waren es spontane Gemeinheiten, die Mathilda nur als Zuschauerin miterlebte.

Es dauerte nicht lange, ehe Katharina zurückschlug. Das eine Mal servierte sie Leni kalte Suppe, beim nächsten Mal war das Fleisch auf ihrem Teller verdorben. Spätestens jetzt misstraute Leni jedem Essen, das Katharina ihnen zubereitete.

Wenn sie am Nachmittag die Rübenkrautbrote brachte, nahm Leni mit skeptischem Blick den Korb entgegen. »Was hast du denn dieses Mal damit angestellt? Haste draufgespuckt? Oder Senf zwischen das Rübenkraut geschmiert?«

Katharina erwiderte Lenis Grimasse: »Gute Idee. Mache ich nächstes Mal.«

Das Ganze endete damit, dass Leni gerade so lange abwartete, bis Katharina nicht mehr zu sehen war, ehe sie die Brote in hohem Bogen auf das Feld hinauswarf, genau dorthin wo die Krähen hockten und in der aufgewühlten Erde pickten. Mit einem Kreischen flogen die schwarzen Vögel auf, nur um sich gleich darauf auf die Brote zu stürzen.

Bereits nach wenigen Tagen kannten die Krähen das Spiel. Jeden Nachmittag kamen mehr von ihnen, um auf die Brotmahlzeit zu warten.

»Na großartig«, kommentierte Mathilda, als Leni bereits zum fünften Mal ihre Brote entsorgte. »Jetzt müssen wir hier draußen nicht nur frieren und Schmerzen erdulden, wegen eurem Streit müssen wir auch noch hungern.«

Leni grinste nur und legte die Hand auf ihren flachen Bauch. »Keine Sorge. Das ist gut für die Figur. Katharina kann ruhig das Fett für uns alle ansetzen.«

Mathilda verdrehte die Augen. Es hatte keinen Sinn, mit Leni darüber zu diskutieren.

Einen Tag später löste Leni das Problem auf andere Weise. Kurz nachdem sie Katharinas Brote zu den Krähen geworfen hatte, ging sie ins Haus, um sich ein trockenes Kleid anzuziehen. Als sie zurückkehrte, trug sie einen kleinen Korb über dem Arm. »Du glaubst es nicht«, schimpfte sie. »Da komme ich ins Haus, und wo finde ich Katharina?« Sie machte eine bedeutungsvolle Pause. »Während wir hier draußen placken und frieren und leiden, sitzt sie hinter der Nähmaschine, mümmelt Mettwurstbrote und liest einen Groschenroman. Das ist mal ein toller Arbeitstag!« Leni stellte den Korb ab, lüftete ein kleines Tuch und zauberte darunter eine Leckerei nach der anderen hervor: Zwei dicke Mettwursttrillen, gekochte Eier, zwei Bratenscheiben und zuguter Letzt: »Theos Lieblingsmarmorkuchen!« Ein böses Grinsen verdunkelte das Blau in Lenis Augen.

Mathilda sah sie entsetzt an. »Du hast den Kuchen gestohlen, den sie für Theo gebacken hat?«

Leni zuckte die Schultern. »Na und? Uns steht auch mal ein wackerer Kuchen zu. Davon abgesehen würde ich auch gerne mal Kekse oder Kuchen für Emil backen, oder du für Karl. Aber wir beide dürfen ja nicht mal in die Küche. Also ...« Sie schnitt eine dicke Scheibe von dem Kuchen ab und reichte sie Mathilda.

Es war nicht richtig, den Kuchen zu nehmen. Dennoch lief Mathilda das Wasser im Mund zusammen, auch ihr Magen knurrte. Abgesehen davon war der Kuchen ohnehin nicht mehr zu retten. Mathilda konnte daran teilhaben oder eine weitere Front gegen ihre teuflische Schwester eröffnen.

Plötzlich musste sie lachen. Von allein griffen ihre Hände nach dem Kuchen. »Manchmal bist du wahrhaft böse, Helene Alvering.«

Leni grinste und hob ihre rechte Augenbraue. Eine Geste, die sie wie den leibhaftigen Mephistopheles erscheinen ließ. »Gern geschehen, Schwesterken!«

Obwohl sich Mathildas schlechtes Gewissen kaum beruhigen ließ, setzte sie sich mit Leni auf den Strohballen neben der Rübenmiete und machte sich gemeinsam mit ihr über den Inhalt des Korbes her.

Als sie das zweite Stück von dem Kuchen aßen, fiel ihr Lenis Kommentar wieder ein. »Sieh an, sieh an, du würdest also gerne für Emil Kuchen backen? Ich dachte, seine angeberischen Nazireden gehen dir auf die Nerven?«

Leni stieß sie in die Seite. »Ach was. Er mag vielleicht ein Angeber sein«, erklärte sie, »aber eigentlich ist das nur eine Maske. So wie ich das sehe, hat er sich bei den Nazis verrannt. Er wollte raus aus dem Dorf, die große weite Welt sehen, gegen die alten verstaubten Regeln protestieren. Aber dass er bei den Nazis gehorchen und nach ihrer Nase tanzen muss, passt ihm gar nicht. Von seinen Nazipredigten ist er auch abgekommen.« Leni schaute nachdenklich in den Himmel. »Er darf ja nicht schreiben, was sie dahinten so treiben. Aber inzwischen klingt er alles andere als begeistert. Wenn du mich fragst, dann braucht unser Riesenkalb jetzt jemanden, der ihm hilft, aus dem Sumpf wieder herauszufinden.«

»Und dieser jemand willst du sein?«, warf Mathilda ein.

Leni zuckte mit den Schultern, doch ihr Grinsen verriet sie.

Vermutlich gab es niemanden, der besser zu ihrer draufgängerischen Schwester passte als Emil. Nicht nur, weil er den gleichen Drang verspürte, die Welt zu sehen, er war vor allem der Einzige, der Lenis Frechheit gewachsen war.

Mathilda sah zum Gestüt hinüber, betrachtete die langgezogenen, weißen Stallgebäude. Sie verstand, was Leni meinte. Auch wenn Karl sich nicht in die Idee der Nazis verrannt hatte, sie wüsste dennoch gerne einen Weg, um ihn aus den Fängen der Wehrmacht zu befreien.

Leni folgte ihrem Blick. »Ich sehe, was du denkst. Ich sehe es!«, triumphierte sie. »Und? Was schreibt er dir eigentlich?« Sie senkte verschwörerisch ihre Stimme. »In letzter Zeit landen verdächtig viele Briefe von Joseph auf unserem Küchentisch.«

Mathilda musste schmunzeln. Leni hatte recht. Karl und sie hatten ihre Versteckstrategie geändert. Mitte Oktober hatte Joseph seine Kavallerieausbildung in Schloss Neuhaus beendet und war nach Frankreich kommandiert worden. Nun ritt er in der gleichen Aufklärungsabteilung wie Karl. Seitdem steckten Karls Briefe in einem Kuvert, das Joseph beschriftet hatte. Zusammen mit Josephs Briefen landeten also mindestens zwei Briefe pro Woche auf ihrem Küchentisch.

Katharina hatte zwar bereits eine Bemerkung darüber gemacht, wie unglaublich dick diese Briefe waren, aber dass Joseph seiner Lieblingsschwester gleich zweimal pro Woche schrieb, wunderte sie nicht.

»Also? Was schreibt er denn nun?«, drängelte Leni.

Mathilda überlegte, welchen Teil sie Leni erzählen wollte. Bei ihrer Schwester wusste man nie, welche Details sie am Ende gegen einen verwenden würde.

Karl schrieb nicht viel über den Krieg. Im September hatte alles so ausgesehen, als würden die Soldaten in naher Zukunft nach Großbritannien übersetzen. Aber inzwischen war von einer Invasion in England nicht mehr die Rede. Dennoch wusste Mathilda nicht, ob die Gefahr wirklich abgewendet war, oder ob die Soldaten nur nicht darüber schreiben durften.

Stattdessen vertieften Karl und sie sich mit jedem Brief weiter in ihre gemeinsamen Erlebnisse. Mathilda schrieb ihm Episoden aus ihrer Vergangenheit, und er ging in seinen Briefen darauf ein.

Doch darüber sollte Leni nichts wissen. Mathilda erzählte ihr lieber nur die unpersönlichen Dinge. »Er hat einen Lehrgang zum Unteroffizier gemacht. Und direkt danach einen Lehrgang zum Ausbilder. Jetzt muss er die neuen Mannschaften im Reiten weiterbilden. Also auch Joseph.« Sie lächelte Leni an.

Ihre Schwester lachte. »Na, dann ist ja alles beim Alten. Papa wäre begeistert!«

Mathilda funkelte sie böse an. »Wenn du auch nur ein Wort sagst ...«

Leni hob lachend die Hände. »Keine Sorge! Meine Lippen sind versiegelt.« Sie legte den Zeigefinger gegen ihren Mund. »Und was sonst noch? In diesen dicken Briefen steht ja wohl noch mehr?!«

Mathilda seufzte. Es gab nicht mehr viel, was sie Leni verraten wollte. »Karl hat geschworen, dass er Joseph beschützen wird. Und Joseph hat mir kurz darauf so ziemlich das Gleiche geschrieben, nur umgekehrt.«

Leni lachte wieder. »Die beiden ... Ich bin wirklich froh, dass Karl es auf dich abgesehen hat, ansonsten würde ich mir allmählich Sorgen um Josephs Orientierung machen.«

Mathilda kniff die Augen zusammen. Sie konnte sagen, was sie wollte, aus Lenis Mund kam alles wie ein Bumerang zurück.

Bevor ihre Schwester weiterlästerte, wollte Mathilda ihre Gedanken lieber in eine andere Richtung lenken. Plötzlich fiel ihr etwas ein, das sie schon lange ärgerte. »Eines verstehe ich nicht: Warum muss ich mit Karls Briefen eigentlich so ein Versteckspiel treiben, während du jede Woche fünf Briefe von zig Verehrern bekommst?«

Leni grinste und stopfte sich ein großes Stück Kuchen in den Mund. »Kann ich dir genau sagen«, murmelte sie zwischen den dicken Kuchenkrümeln hindurch. Sie kaute ein paar Mal, schluckte und trank einen Schluck Rhabarbersaft. »Also, erstens: Du bist 16, und ich bin 21. Auf dich müssen sie aufpassen, mir können sie nichts mehr sagen. Zweitens: Mal abgesehen von dem Arzt sind meine Verehrer allesamt stramme Bauernburschen. Papa würde jubeln, wenn ich einen davon nähme. Und drittens: Katharina und Papa würden es nicht mehr wagen, mich zu bevormunden. Weil sie wissen, dass ich mich wehre.« Sie nahm das Messer und schnitt noch ein Stück vom Kuchen ab. »Du musst einfach anfangen, dich zu wehren, Mathilda. Noch Kuchen?« Leni hielt ihr das Stück hin. »Wir müssen den jetzt aufessen. Beweisvernichtung!«

Mathilda hatte inzwischen so viel gegessen, dass sie fast platzte. Aber Leni hatte recht. Wenn sie sich mit einem halben Kuchen sehen ließen, brach die Hölle los. Also nahm sie das Stück und biss hinein.

»Das mit dem Wehren meine ich übrigens ernst.« Leni nahm das Messer in die Faust. »Du darfst dir diese Sache mit Karl nicht ausreden lassen. Das zwischen euch ist etwas Besonderes. So einen wie ihn findest du kein zweites Mal. Also musst du es durchsetzen, ganz egal, was es kostet!« Sie stach mit dem Messer auf den Kuchen ein und trennte das nächste Stück ab, als wollte sie ein Schwein zerteilen. »Wenn alle Stricke reißen, lässt du dir eben ein Kind von ihm machen.«

»Wuuuß?« Mathildas Entsetzen prallte gegen das Kuchenstück in ihrem Mund. Sie musste abwechselnd kauen und husten, während Leni vor Lachen halb vom Strohballen kippte.

Bilder zogen vor ihrem inneren Auge vorbei, ihre Schwestern, nachts auf der Fensterbank, ihr Tuscheln und Kichern, das seltsame Stöhnen. Spätestens, als Thea schwanger geworden war, hatte Mathilda begriffen, dass die skandalösen Babys etwas mit dem nächtlichen Spaß zu tun hatten. »Das mach ich nicht!«, rief sie, sobald sie wieder sprechen konnte. »So wie bei Agnes und Thea? Nachts auf der Fensterbank? Auf keinen Fall!«

Leni kugelte sich vor Lachen über den Essenskorb. »Du bist herrlich, Mathilda. Wusste ich doch, dass dich das schockiert.« Sie rang nach Luft, erholte sich allmählich, bis nur noch das Grinsen auf ihrem Gesicht blieb. »Aber der Rat ist ernst gemeint. Wusstest du schon, dass Thea es damals genauso gemacht hat? Wolfgang Thiemann, der Lehrersohn, der nichts anderes als seine Musik im Kopf hatte. Papa hätte das niemals zugelassen, wenn sie nicht mit dem Kind angekommen wäre. Und bei dir wäre es das Gleiche: Sobald du schwanger wärst, würde Papa darauf bestehen, dass du heiratest, selbst wenn es Karl ist.«

Mathilda schluckte. Ihr Blick huschte wieder zum Gestüt hinüber, zu dem Stallgebäude, in dem Karl früher in seiner Kammer gewohnt hatte. Ein warmes Kribbeln zog durch ihren Bauch. Wenn er hier wäre ... Wenn er wenigstens noch einmal hierherkäme. Trotzdem wollte sie kein Fensterkind! Nicht jetzt, nicht im Krieg, und nicht, solange sie erst sechzehn war.

Aber selbst, wenn der Krieg vorbei wäre und Karl zurückkehrte, fiel ihr kein Ort ein, an dem sie mit ihm leben könnte. Ihr Vater würde sie sicher nicht länger im Haus dulden, und auf dem Gut müsste sie schon als Magd anfangen, wenn sie dort wohnen wollte.

»Wenn ich das tun würde, würde Papa mich dafür verachten«, erklärte sie leise. »So wie er Betti verachtet, weil sie in einer Fabrik arbeitet und einen Protestanten geheiratet hat. Dann müsste ich mit Karl irgendwohin in die Stadt ziehen und ihm aus den Augen gehen.«

Leni lachte nicht mehr. Nachdenklich schob sie mit dem Messer die Krümel auf dem Kuchenbrett zusammen. »Was ist dir wichtiger? Karls Liebe? Oder Papas Achtung? Das ist die Frage, die du dir stellen solltest. Für alles andere findet sich eine Lösung.« Leni räusperte sich. »Und außerdem ... Überleg doch mal ...« Die Bewegung ihres Messers wurde schneller. »Katholiken, Preußen, der alte, uralte Streit ... Und Karl ist nur ein armer Knecht. Das stammt doch alles noch aus dem letzten Jahrhundert. Katholiken oder Protestanten, Gutsherren, Bauern oder Knechte. Die Zeiten haben sich längst geändert. Wir leben in der Moderne, Mathilda, und wir haben alle die gleichen Möglichkeiten. Mit ein bisschen Geschick können wir unser Leben selbst gestalten und aufsteigen. Papa hat das nur noch nicht verstanden. Er klammert sich an alte, verstaubte Zeiten.«

In Mathilda keimte Hoffnung auf. »Du meinst, ich soll mich einfach über ihn hinwegsetzen?«

Lenis Gesicht glühte, Eifer brannte in ihren Augen. »Im Notfall musst du das sogar! Es ist dein Leben, Mathilda, und ich lasse nicht zu, dass dir ein griesgrämiger Alter alles kaputt macht, nur weil seine Überzeugungen noch im letzten Jahrhundert festhängen.«

Mathilda dachte zurück an die Nächte im Mädchenzimmer. Es war immer ein bisschen unterschiedlich gewesen, aber manche der Männer hatten wie Tiere geklungen. Niemals wollte sie so etwas tun, das hatte sie sich geschworen! »Aber das ist ekelig.«

Leni drehte sich in ihre Richtung. »Was ist ekelig? Ein Kind zu bekommen?«

Mathilda schüttelte den Kopf. »Ich meine damals ... Wenn sie auf der Fensterbank ... Hast du sie nicht gehört? Dieses Stöhnen und Jammern. Manchmal war es ...« Sie suchte nach einem passenden Ausdruck, nach irgendeinem Vergleich. Schließlich nahm sie das beste, was ihr einfiel: »Das hat sich angehört wie ein Schlachtfest.«

Leni prustete los. »Wie ein Schlachtfest!«, rief sie. »Na, du hast ja eine Ahnung.« Sie brauchte einen Moment, ehe sie sich erholt hatte. Aber schließlich beugte sie sich zu Mathilda. »Auf der Fensterbank ist es kalt und hart, das gebe ich zu. Einen gemütlicheren Ort solltest du dir schon suchen, wenn du es mit Karl tust. Außerdem willst du wohl kaum, dass wir euch zuschauen.«

Mathilda wurde rot. Ein heißes Gefühl zog durch ihren Körper. »Aber ich habe es doch gar nicht vor. Ganz bestimmt nicht!«

Leni lachte gutmütig. »Dann solltest du noch einmal darüber nachdenken. Es ist nicht ekelig. Ganz und gar nicht. Eigentlich ist es sogar ziemlich schön. Vor allem, wenn man verliebt ist.«

Mathilda fuhr zu ihrer Schwester herum. »Woher willst du das wissen?«

Leni hob ihre teuflische Augenbraue. »Vielleicht, weil ich es ausprobiert habe?!«

Mathilda starrte sie an. Wie konnte Leni solche Dinge sagen und gleichzeitig so gelassen bleiben? »Du hast es ausprobiert? Bist du wahnsinnig? Hattest du denn keine Angst, schwanger zu werden?«

Leni rollte mit den Augen. »Oh Mathilda, dir muss man wohl alles erklären. Wenn man aufpasst, wird man doch nicht schwanger!«

Mathilda dachte nach. Zuerst war Agnes versehentlich schwanger geworden und musste heiraten, und später Thea. Aber wenn es bei Thea Absicht gewesen war ... Hieß das, sie hatte eine Wahl gehabt? Ob sie schwanger werden wollte oder nicht? Und was war mit Frida? Sie hatte mindestens ebenso oft Männerbesuch gehabt wie ihre Schwestern.

Leni lachte und deutete auf Mathildas Gesicht. »Nun schau doch nicht so, mit deinen großen Augen.« Gleich darauf beugte sie sich an Mathildas Ohr. »Wenn du nicht schwanger werden willst, dann müsst ihr ein Präservativ benutzen.« Leni setzte sich wieder zurück und grinste. »Aber davon will dieses katholische Dorfvolk hier ja lieber nichts wissen. Frida war die Einzige, die uns das schon vor Jahren gepredigt hat. Aber Agnes war zu stolz, um auf ihre kleine Schwester zu hören. Nur Thea war klug genug, Fridas Ratschläge anzunehmen.«

Ein Präservativ? Mathildas Gedanken drehten sich im Kreis. Sie hatte das Wort noch nie gehört. Ob sie Leni danach fragen sollte? Wenn sie es erfahren wollte, hatte sie vermutlich keine andere Wahl. »Ein Präservativ?« Nur ganz leise brachte sie die Frage hervor. »Was ist das?« Jeden Augenblick rechnete sie mit Lenis Lachanfall.

Auf deren Gesicht erschien jedoch nur ein mildes Lächeln. »Ich hab's geahnt. Kein Mensch hat dir je davon erzählt.« Leni seufzte. »Aber das macht nichts. Dann werde ich dir heute Abend welche zeigen. Ich habe eine Dose mit Präservativen in meinem Nachttisch.«

13. KAPITEL

Fichtenhausen, 5. Dezember 1940

Mein liebster Karl,

auf unserem Hof ist der Winter eingekehrt, und wir können uns endlich ein wenig in der guten Stube zurücklehnen. Ich freue mich schon darauf, Dir noch längere Briefe zu schreiben. Aber ich sorge mich auch ein wenig, weil Ihr nie etwas darüber berichtet, was mit Euch im Krieg geschieht?! Wenn es so ruhig und ungefährlich ist, wie Du schreibst, warum seid Ihr dann noch in Frankreich? Warum kann der Krieg nicht einfach vorbei sein?

Ich weiß, Katharina würde jetzt sagen, ich denke zu viel, aber irgendeinen Zweck muss es ja haben, dass Ihr noch immer an der Atlantikküste seid. Früher oder später werdet Ihr England angreifen ... Das stimmt doch, oder?

Bitte verzeih mir, ich sollte nicht solche Fragen stellen und ich weiß auch, dass Ihr nichts darüber schreiben dürft. Aber diese Ungewissheit macht es umso schrecklicher. So gut ich kann, verfolge ich die Nachrichten und hoffe darauf, keine Schreckensbotschaften aus Frankreich zu hören. Aber in den Nachrichten klingt immer alles gut. Liegt das daran, dass wirklich alles gut ist? Oder soll es nur so klingen, damit wir beruhigt sind?

Am liebsten würde ich diese quälenden Gedanken vergessen und stattdessen an etwas Schönes denken. An Weihnachten zum Beispiel. Aber ganz gleich, was ich versuche, meine Gedanken kehren immer wieder zum Krieg zurück. Ich frage mich, wie dieses Weihnachtsfest wohl werden wird. Ohne Joseph und Stefan. Und ohne Dich. Auch wenn wir beide nie zusammen Weihnachten gefeiert haben, muss ich jedes Jahr an Dich denken. Schon seit damals, seit unserem ersten Weihnachtsfest 1933. Weißt Du noch?

Dieser Winter damals war der schönste Winter, an den ich mich erinnern kann. Jeden Morgen, wenn ich zur Schule musste, hast Du hinter dem Fichtenwald mit Selma auf mich gewartet. Wir haben uns nie verabredet, aber Du warst immer da.
In jenem Winter hast Du angefangen, mich »Schneeflocke« zu nennen. Zum ersten Mal hast Du es gesagt, als ich mitten im Schneetreiben auf Dich zugekommen bin. Wir beide waren von oben bis unten mit Schnee eingepudert. Auch Selma sah aus wie ein Schneepferd. An diesem Tag hast Du mich mit »Guten Morgen, Schneeflocke«, begrüßt.
Von da an hast Du mich immer so genannt, und ich mochte meinen neuen Spitznamen. Er gehörte ganz allein uns beiden, genauso wie diese Momente, in denen wir zusammen auf Deinem Pferd saßen. Den Sattel hast Du jeden Morgen weggelassen, damit wir bequemer zusammen reiten konnten. Dafür musstest Du mich jedes Mal auf Selmas Rücken heben, weil ich ohne Steigbügel nicht hinaufgekommen wäre.
Eines Morgens hast Du mich gefragt, was ich mir vom Christkind wünsche, und ich habe Dir von der Puppe erzählt.
Jetzt muss ich schmunzeln, aber damals habe ich eine Weile gebraucht, um alles zu durchschauen.
Ja, es war wirklich ein schöner Winter. Wenn nur nicht dieser Streit gewesen wäre, zwischen Dir und meinem Vater. Damals habe ich fast nichts davon begriffen. Aber inzwischen ist mir klar geworden, dass dieser Streit wohl der Grund ist, warum Briefe mit Deinem Absender bis heute nicht offen bei uns auf dem Küchentisch liegen dürfen. Wenn wir geahnt hätten, delche Auswirkungen das alles hat ...

* * *

Fichtenhausen, Paderborner Land, Weihnachten 1933

Seit ihre Mutter gestorben war, war Weihnachten ein trauriges Fest. Auch dieser Weihnachtsabend verlief genauso, wie Mathilda ihn aus den letzten Jahren kannte. Dicht gedrängt saßen sie rund um den Tisch in der Stube. Abgesehen von Agnes und ihren Kindern waren alle Geschwister gekommen, und Mathilda konnte sich zwischen Joseph und Lotti kaum auf der Bank rühren. Schon in den Tagen zuvor hatte Katharina sich gereizt und schlecht gelaunt um die Vorbereitungen gekümmert, und auch jetzt lief sie die meiste Zeit gehetzt zwischen Küche und Stube hin und her, um das Essen aufzutragen.

Der Weihnachtsbaum stand auf seinem Platz neben dem Ofen. Es war ein kleiner Baum, den ihr Vater auf einen Hocker gestellt hatte, damit man nicht zu ihm hinabsehen musste. Aber er war hübsch geschmückt, mit selbstgebastelten Strohsternen und brennenden Kerzen. Wie immer hingen auch ein paar Holzengel daran, die ihr Vater geschnitzt hatte. Sie bestanden aus dem Abfallholz, das er beim Herstellen der Holzschuhe übrig behielt. Früher hatte er voller Stolz jedes Jahr drei oder vier neue Engel an den Baum gehängt und einige weitere an die Leute aus dem Dorf verkauft. Doch seit ihre Mutter tot war, fehlte ihm die Zeit für »derlei Spielerei«, wie er es nannte.

Aber Mathilda vermutete, dass er die Engel nicht mehr schnitzte, weil sie ihn an ihre Mutter erinnerten. Jedes Jahr hatte sie den neuen Engeln ein weißes Kleid gehäkelt und ihnen feine Gesichter gemalt.

Auch Mathilda musste beim Anblick der Engel an ihre Mutter denken. Im Sarg hatte sie ebenfalls ein weißes Kleid getragen. Ob sie jetzt ein Engel war? Oben im Himmel beim lieben Gott? Oder vielleicht an der Seite der Muttergottes?

Mathilda versuchte, sich mit diesem Gedanken zu trösten. Doch an diesem Weihnachtsabend gab es nichts, was ihre Traurigkeit verdrängen konnte. Wie schon in den Jahren zuvor, hatte das Christkind sie auch dieses Mal vergessen. Auf ihrem Gabenteller lagen nur ein dicker Schlüpfer und ein Paar Wollsocken, die Katharina für sie gestrickt hatte. Dabei hatte Mathilda sich solche Mühe gegeben. Jeden Abend hatte sie zu Gott und zum Christkind gebetet, und in der Beichte hatte sie Acht gegeben, auch ja keine Sünde auszulassen. Und dennoch schien das Christkind sie bestrafen zu wollen. Vielleicht weil sie so oft unkeusch war? Oder war es wegen der Sache mit Annas Puppe?

Mathilda hatte ihrer Freundin irgendwann erzählt, dass sie sich eine Puppe wünschte, aber niemals eine bekam. Offensichtlich hatte Anna Mitleid mit ihr gehabt und ihr zum Trost eine alte Puppe von sich geschenkt. Doch jene Puppe besaß keine Augen mehr. Ganz leer und tot hatte sie Mathilda angeschaut, bis sie ihren Anblick nicht mehr hatte ertragen können. Also hatte sie die Puppe ganz hinten in ihren Schrank unter die Wäsche geschoben. Vielleicht war das der Grund, warum das Christkind sie bestrafen wollte, weil sie undankbar mit ihrem Geschenk umging?

»Was ist denn mit dir los?« Joseph stieß sie von der Seite an. »Warum schaust du so unglücklich, Tildeken?«

Mathilda zuckte die Schultern und starrte auf den weißen Schlüpfer und die grauen Socken. Dazwischen lagen zwei Äpfel, Haselnüsse und Walnüsse. »Ich hätte so gern eine Puppe gehabt.« Sie flüsterte so leise, dass es niemand außer Joseph hören konnte. Vor allem Leni sollte es nicht mitbekommen, damit sie es nicht lauthals durch die ganze Stube trompetete.

Joseph legte ihr den Arm um die Schultern. »Aber du wirst doch in ein paar Monaten zehn. Meinst du nicht, dass du schon zu alt bist für eine Puppe?«

Mathilda stiegen Tränen in die Augen. Vielleicht war sie tatsächlich schon zu alt. »Aber ich hatte schon lange keine Puppe mehr. Anna hat mindestens fünf oder sieben Puppen.«

Joseph seufzte leise. »Vielleicht hättest du das nur ein bisschen eher sagen müssen«, flüsterte er.

Mathilda wusste nicht, was er meinte. Sie hatte es doch gesagt. Jeden Tag hatte sie es dem Christkind gesagt, und das seit mindestens drei Jahren. Aber sie wagte es nicht, weiter darüber zu sprechen. Erst der Nachtisch lenkte sie ab. Katharina servierte Karamellpudding mit eingemachten Himbeeren. Mathilda wollte gerade ihren Löffel hineintauchen, als es im Flur an die Haustür klopfte.

»Wer ist das denn?« Katharina wirkte ungehalten.

Auch ihr Vater hob den Kopf und sah in die Runde. »Um diese Zeit? Hat jemand von euch noch Gäste eingeladen?«

Mathildas Geschwister murmelten. Ratlos sahen sie sich an und zuckten die Schultern.

Es klopfte ein weiteres Mal.

Mit einem genervten Seufzen stand Katharina auf und ging zur Tür. Als sie ein paar Minuten später zurückkehrte, sah sie noch genervter aus. Grimmig deutete sie auf Mathilda. »Tildeken. Da ist Besuch für dich.«

Das Murmeln ihrer Familie verstummte. Neun Leute hoben ihre Köpfe und sahen Mathilda an. Leni war diejenige, die zuerst aussprach, was alle dachten: »Besuch für Tildeken? Und das am Weihnachtsabend?«

Mathildas Herz pochte aufgeregt. Wer es wohl sein mochte? Wieder musste sie an das Christkind denken.

Doch Katharina sah nicht so aus, als stände das Christkind vor der Tür. »Na los! Jetzt geh schon!« Sie machte eine scheuchende Bewegung. »Beeil dich und bring uns nicht den ganzen Abend durcheinander!«

Wie in Trance stand Mathilda auf, kletterte über Joseph und Leni hinweg und ging hinaus in den Flur. Der Besucher, der im Eingangsbereich stand, war Karl. Direkt vor der geschlossenen Haustür war er stehengeblieben, so als hätte er sich nicht weiter hereingewagt. Mit halb gesenktem Kopf sah er sie an. Seine Wintermütze hatte er abgenommen und hielt sie vor seinem Bauch. Abgesehen davon war er vornehmer gekleidet als sonst. Auch wenn sein dunkler Mantel an manchen Stellen ausgeblichen wirkte, darunter trug er eine dunkelblaue Anzughose.

Mathilda hatte ihn noch nie in solchen Kleidern gesehen. Sie wollte ihn fragen, was er hier machte, aber sie brachte keinen Ton hervor.

»Frohe Weihnachten, Schneeflocke.« Karl sprach leise.

Mathilda öffnete den Mund, wollte seine Begrüßung erwidern. Doch es war kaum mehr als ein Flüstern: »Frohe Weihnachten.«

»Ich habe …« Karl fing an zu stammeln. »Da ist …« Er warf einen unsicheren Blick zur Stubentür.

Mathilda sah sich ebenfalls um. Aber ihr war niemand in den Flur gefolgt. Vorsichtshalber ging sie ein paar Schritte rückwärts und drückte die Stubentür ins Schloss.

Karl räusperte sich. »Ich fürchte, dem Christkind ist ein Missgeschick passiert.« Er zog seine Mütze zur Seite.

Erst jetzt sah Mathilda, dass er dahinter ein kleines Päckchen versteckte. Karl hielt es ihr entgegen. »Das Christkind hat dein Geschenk versehentlich im Gut abgegeben.«

Mathilda starrte auf das Päckchen. Es war in Zeitungspapier eingewickelt, mit gelben Sternen bemalt und mit einer grünen Schleife geschmückt.

Zuerst verstand sie nicht, was das alles sollte. Sie hatte noch nie ein so schönes Geschenk gesehen, eines, das wie ein Briefpaket verpackt war. Und erst recht hatte sie noch nie ein solches Geschenk bekommen.

Erst dann begriff sie, was er gesagt hatte: Das Christkind hatte ihr Geschenk ins Gut gebracht? Konnte das der Fehler sein? War das der Grund, warum sie seit Jahren nur noch die kleinen Gaben ihrer Schwestern bekam? Hatte das Christkind ihre Geschenke womöglich jedes Mal im Gut abgegeben?

»Du kannst es ruhig annehmen.« Karl lächelte ihr zu. Etwas in seiner Miene war anders als sonst, beinahe so, als würde er sich fürchten.

Mathilda streckte die Hand nach dem Geschenk aus und strich darüber. Die Schleife fühlte sich samtig an. Auch die Sterne auf dem Papier waren mit glatter Farbe gemalt. »Ist das wirklich für mich?«

»Das ist es.« Karl zeigte auf den Namen, der in verschnörkelter Schrift auf dem Papier geschrieben stand. »Schau hier. Auf dem Gut haben wir keine Mathilda.« Wieder lächelte er. »Ich gehe also davon aus, dass du gemeint bist.«

Tatsächlich kannte sie niemanden im Dorf, der genauso hieß wie sie. Vorsichtig nahm sie das Geschenk aus Karls Händen. Es war groß genug, um eine Puppe zu sein!

Mit zitternden Händen löste sie die Schleife, öffnete das Papier und schaute in das Gesicht einer kleinen Stoffpuppe. Mit schwarzen Knopfaugen sah das Puppenmädchen sie an. Ein roter, aufgestickter Mund lächelte aus ihrem beigen Sockengesicht. Darunter trug sie ein Kleid aus rotem Samt, das sich angenehm weich anfühlte. Ihre Haare bestanden aus gelber Wolle und hingen in zwei langen, geflochtenen Zöpfen auf ihrem Rücken.

»Gefällt sie dir?« Karls Stimme klang heiser. Er trat einen Schritt zurück und fuhr sich mit der Hand durch die Haare. Mathilda sah auf die Puppe. Es war *ihre* Puppe. Ein warmes Gefühl strich durch ihre Brust. »Sie gefällt mir.«

Karl räusperte sich. »Das freut mich.« Mathilda sah zu ihm auf. Sie bemerkte die strubbelige Spur, die seine Finger in seinen Haaren hinterlassen hatten.

»Ich habe noch etwas für dich.« Karl steckte die Hand in seine Jackentasche. »Ein Geschenk von mir.« Langsam zog er ein kleines Einmachglas heraus, das mit einem roten Gummi abgedichtet war. Er lächelte schüchtern und hielt es ihr entgegen.

Mathilda nahm das Glas, drehte es und schaute auf das Etikett. »Winterhonig« stand in ordentlicher Schrift darauf. Der Rand des kleinen Schildes war mit Bienen und blauen Schneeflocken verziert.

»Den habe ich für dich gemacht«, erklärte Karl leise. »Es ist ein Rezept von meiner Mutter. Honig gewürzt mit Zimt, Nelken, Kardamom und noch ein paar anderen Gewürzen. Er riecht und schmeckt wie Lebkuchen. Als ich klein war, haben wir ihn jeden Winter bekommen. Immer, wenn ich traurig war, hat meine Mutter Milch aufgewärmt und einen Löffel Winterhonig hineingerührt.« Ein zurückhaltendes Lächeln strich über sein Gesicht. »Und wenn ich besonders traurig war, hat sie mir eine Geschichte dazu erzählt, von den Bienen, die im Winter ihren Honig brauchen, um zu überleben. Während draußen alles kalt und unwirtlich und tödlich ist, gibt der Honig ihnen die Kraft und die Wärme, um den langen Winter zu überstehen.« Wieder kratzte er sich am Kopf, deutete gleich darauf auf Mathilda. »Genauso ist es mit dir. Wenn du traurig bist, musst du nur von dem Honig naschen, und schon gibt er dir Trost und Hoffnung, um den schweren Moment zu überstehen.«

Mathilda fühlte, wie das Honigglas in ihren Händen warm wurde. »Das ist eine schöne Geschichte«, flüsterte sie.

Karl nickte. Feuchtigkeit schimmerte in seinen Augen. »Ich möchte die Geschichte auch immer besonders gern.« Er schaute zur Stubentür und trat unruhig auf der Stelle. »Ich denke, ich gehe dann mal.«

Mathildas Hand zuckte, wollte ihn festhalten und mit in die Stube nehmen. Es war eng dort drinnen, aber wenigstens für eine halbe Stunde würde er bleiben können. Weil er das Geschenk des Christkindes hierhergebracht hatte ...

Doch Karls Hand lag bereits auf der Klinke. »Hab noch ein schönes Weihnachtsfest, Schneeflocke.« Damit öffnete er die Tür und lief die Treppe hinab.

Mathilda fing die Tür auf, bevor sie zufallen konnte. Sie trat nach draußen und durchsuchte die Nacht. Der Schnee leuchtete hell im Mondlicht. Dennoch erkannte sie Karl nur flüchtig, wie er mit schnellen Schritten hinter der Hecke verschwand. Sie wollte ihm nachlaufen, oder wenigstens hinterherrufen. Stattdessen flüsterte sie nur: »Die Puppe ist wunderschön.«

Als sie sicher war, dass Karl nicht zurückkehren würde, ging sie ins Haus zurück. Sie brachte den Winterhonig ins Mädchenzimmer und versteckte ihn in ihrem Schrank. Ihre Schwestern durften ihn nicht finden. Leni würde mit Sicherheit davon naschen, und wenn er in Katharinas Hände geriet, dann würde sie ihn mitnehmen und in der Küche verbrauchen.

Nein, von Karls Winterhonig durfte niemand erfahren!

Sobald Mathilda in die Stube zurückkehrte, verstummten die Gespräche und alle sahen ihr entgegen.

»Und?« Leni war die erste, die ihre Frage in den Raum warf. »Was hat er gewollt, der Steinecken-Karl?«

Mathilda wurde wieder rot. Sie hielt die Puppe dicht an ihre Brust gepresst. Das Stroh, mit dem sie gefüllt war, raschelte. Liebevoll streichelte Mathilda über die blonden Wollhaare und sah Leni entgegen. »Er hat mir ein Geschenk gebracht«, erklärte sie. »Das Christkind hat das Paket versehentlich im Gestüt abgegeben.«

Eine Sekunde lang herrschte Stille. Dann brach Leni in schallendes Gelächter aus.

* * *

In den Tagen zwischen Weihnachten und Silvester bekam sie Karl nicht ein einziges Mal zu Gesicht. Zu gerne wollte Mathilda sich noch einmal bei ihm bedanken und ihm sagen, dass der Winterhonig tatsächlich nach Lebkuchen schmeckte und dass sie ihre Puppe nach ihm benannt hatte: Karla. Aber sie wagte es nicht, allein zum Gestüt zu gehen.

Umso überraschter war sie, als sie Karls Stimme kurz nach Silvester auf der Deele hörte. Mathilda lief gerade durch den Flur und wollte nach draußen schlüpfen, als sie den Streit bemerkte, in den ihr Freund verwickelt war. In der offenen Tür blieb sie stehen und lauschte.

»Was sollte das mit der Puppe?« Es war ihr Vater, er brüllte über die Deele. »Was fällt dir ein, meiner Tochter eine Puppe zu schenken?«

»Ich ...« Karl haspelte. »Mathilda ... Sie ... Sie hat mir erzählt, wie lange sie sich schon eine Puppe wünscht. Und dass sie nie ...«

Mathilda wich aus der Tür zurück, lehnte sich im Flur an die Wand. Doch Karl hatte sie nicht gesehen. Niemand hatte sie gesehen.

So nah wie möglich rutschte sie an den offenen Türspalt heran. Wenigstens von hier aus wollte sie hören, warum die beiden sich stritten. Ging es tatsächlich um ihre Puppe?

»Für was hältst du dich eigentlich?« Ihr Vater schrie weiter. »Willst du damit sagen, wir könnten nicht selbst für sie sorgen? Glaubst du, ihre Familie wäre zu arm, um ihr eine Puppe zu kaufen?«

»Nein!« Karl klang verzweifelt. »So habe ich das nicht gemeint. Ganz gewiss nicht. Ich wollte ihr nur eine Freude machen.«

»Eine Freude?! Wir brauchen dich nicht, um ihr eine Freude zu machen. Ich kann ihr selbst eine Puppe kaufen. Eine echte Puppe, nicht solch eine Lumpenpuppe, wie du sie gebastelt hast.« Ihr Vater schnaubte. »Als bräuchten wir Almosen von einem dahergelaufenen Stallknecht.«

»Das sollten keine Almosen sein.« Karls Stimme wurde kleinlaut. Auf einmal hörte er sich jung an, viel jünger als sonst. »Bitte entschuldigen Sie, Herr Alvering, es wird nicht wieder vorkommen.«

Einen winzigen Moment lang herrschte Stille. Mathilda spähte durch den Türspalt. Vielleicht konnte sie etwas sehen, wenigstens einen kurzen Blick auf eines der Gesichter erhaschen.

»Ich will hoffen, dass das nicht mehr vorkommt.« Ihr Vater war leiser geworden. Doch der drohende Tonfall blieb. »Das nicht und auch sonst nichts mehr, was ich an merkwürdigen Geschichten von dir hören musste.«

Karl erschien in Mathildas Sichtfeld. Er ging rückwärts, so als würde er aus dem Gang zurückweichen, der zum Kuhstall führte.

Ihr Vater folgte ihm. »Seit du hier aufgetaucht bist, stiftest du nur Unruhe. Überall mischst du dich ein. Alles weißt du besser. Also, was für ein Bürschchen bist du eigentlich?« Eisige Abscheu lag in seiner Stimme. »Und was, in drei Teufels Namen, willst du von meiner Tochter.«

»Wie bitte?« Karl wich noch immer zurück. Er wirkte erschrocken, sein Mund stand offen.

Ihr Vater ließ ihn nicht zu Wort kommen. »Du gehst mit ihr zum Arzt, du reitest mit ihr auf dem Pferd, du tanzt mit ihr und du lässt sie auf deinem Arm einschlafen. Und jetzt machst du ihr auch noch Weihnachtsgeschenke.« Mit jedem Schritt trieb er Karl weiter Richtung Deelentor. »Sie ist noch ein Kind!«

»Was?« Karl sprang zurück. Er sah so entsetzt aus, wie Mathilda ihn noch nie gesehen hatte. »Natürlich ist sie das«, rief er. »Ich weiß, dass sie ein Kind ist!«

Mathildas Vater blieb stehen.

»Großer Gott!« Karl krächzte die Worte hervor. »Ich würde ihr niemals etwas tun. Nie!« Sein Gesicht war kreidebleich. »Ist es *das*, was Sie von mir denken?«

Mathildas Herz raste. Sie hielt die Puppe im Arm, so wie immer in den letzten Tagen. Sie war sich nicht sicher, worum die beiden sich stritten. Nur eines begriff sie: *Karl* hatte ihr die Puppe geschenkt, nicht das Christkind! *Er* hatte sie gebastelt. Aus einem alten Socken und anderen Lumpen. Niemand geringerer als Karl hatte ihrer Puppe den lächelnden Mund gestickt und die Knopfaugen angenäht. Zärtlich presste sie Karla an sich.

»Ich weiß nicht, was ich von dir denken soll.« Ihr Vater war ruhiger geworden, aber sein Tonfall wirkte noch immer bedrohlich. »Du bist ein Streuner, der aus dem Nichts hier aufgetaucht ist. Du solltest verschwinden! *Das* denke ich über dich!«

Karl taumelte zurück. Mathilda erkannte, wie er den Kopf schüttelte, eine kurze, hilflose Geste, ehe er mit der Hand durch seine Haare strich. Wovor hatte er solche Angst? Vor ihrem Vater?

Mathilda wollte zu ihm laufen. Sie wollte durch die Deele rennen und ihm in die Arme fallen. Damit er sich nicht noch weiter verjagen ließ. Damit ihr Vater erfuhr, wie wichtig er für sie war.

Stattdessen traf sie auf Karls Blick. Geradewegs schaute er an ihrem Vater vorbei und entdeckte sie in dem Türspalt. »Schneeflocke.« Nur seine Lippen formten das Wort, seine Stirn kräuselte sich unglücklich. Einen Atemhauch später machte er kehrt und lief aus der Deele.

Von diesem Tag an sah sie Karl deutlich seltener. Er kam nicht mehr auf ihren Hof, und nur an den dunkelsten Tagen brachte er sie morgens zur Schule. Selbst Joseph musste sich von nun an heimlich mit ihm treffen. Jeden Sonntag in der Mittagspause schlichen sie sich ins Bruch, damit Karl ihrem Bruder heimlichen Reitunterricht geben konnte, und so manches Mal musste Joseph eine Tracht Prügel einstecken, wenn ihre Lügen und heimlichen Treffen aufflogen.

14. KAPITEL

Fichtenhausen, Paderborner Land, Weihnachten 1940

Mit riesigen Schritten ging der Dezember voran. Der Duft von Lebkuchen, Stollen und Butterplätzchen zog durch das Haus und die Stube war mit festlichen Tannenzweigen geschmückt. Mathilda mochte die weihnachtliche Stimmung, dennoch konnte sie sich kaum darüber freuen. Seit ihrem letzten Brief wartete sie vergeblich auf eine Antwort von Karl. Immer wieder fragte sie sich, was sie falsch gemacht hatte, bis sie ahnte, was der Grund war. Sie hatte zu viel von dem Streit mit ihrem Vater geschrieben. Womöglich hatte Karl sich darauf besonnen, dass er sich von ihr fernhalten musste. Es war genauso wie damals, in ihrem letzten Sommer: Sobald sie sich zu nahe kamen, verschwand er aus ihrem Leben.

In den Nächten lag Mathilda lange wach und drückte die kleine Karla an sich. Manchmal stand sie auf, holte das Einmachglas unter ihrem Bett hervor und naschte einen Krümel von dem Winterhonig. Er schmeckte süß und nach Lebkuchen, doch auf den Trost wartete sie vergeblich. Wenn sie anschließend in ihr Bett zurückkehrte und aus dem Fenster schaute, fühlte sie sich nur umso einsamer.

Bis Anfang Dezember war der Winter eher mild gewesen. Aber pünktlich vor Weihnachten begann es zu schneien. Winzige Schneeflocken rieselten vom Himmel und legten sich als dünne Winterdecke über die Landschaft.

Als sie am Morgen des Heiligen Abends nach draußen kamen, war es eisig kalt. Die Temperatur war auf minus zehn Grad gefallen, und sie mussten aufpassen, dass die Milch nicht gefror, wenn sie zu früh an der Straße stand. Also ließen sie sich Zeit mit dem Melken und füllten den abgabepflichtigen Teil der Milch erst kurz vor sieben Uhr in die Blechkannen.

Mathilda hatte gerade die ersten beiden Kannen hochgehoben, um sie nach draußen zu tragen, als sie das Motorengeräusch eines Automobils hörte.

»Nanu?« Leni sah alarmiert auf. »Holen sie die Milch heute nicht mit dem Pferdefuhrwerk? Schnell!« Hastig hob sie zwei Kannen an und spurtete zusammen mit Mathilda auf den Hof.

Das Auto, das sich über den zugeschneiten Sandweg näherte, sah ganz und gar nicht nach einem Milchwagen aus. Mathilda erkannte den bordeauxroten Opel der Steinecks. Von weitem holperte er über den gefrorenen Schnee, brach hier und da das Eis einer Pfütze und tuckerte langsam über den Weg, der zwischen ihrem Hof und dem Fichtenwald hindurchführte.

Mathildas Schritte wurden langsamer. Das Automobil der Steinecks war kein ungewöhnlicher Anblick. Gustav von Steineck war Offizier der Reserve und fuhr häufiger zwischen seinem Gestüt und der Kaserne in Schloss Neuhaus hin und her. Der Milchwagen war hingegen weit und breit nicht zu sehen. Also stellte sie die Kannen in aller Ruhe am Straßenrand ab.

Sie hatte sich gerade abgewandt, als die Reifen hinter ihr im Schnee knirschten und anhielten. Verwundert drehte sie sich um.

Der Opel stand in ihrer Hofzufahrt. Eine der Hintertüren flog auf, jemand sprang heraus, in einer grauen Uniform und mit einem kleinen Koffer. Es war Joseph! Er warf die Tür wieder zu und rannte die letzten Schritte in ihre Richtung.

»Was machst du denn hier?« Leni war schneller als Mathilda. Übermütig sprang sie ihrem Bruder entgegen.

Während die beiden sich umarmten, betrachtete Mathilda den Opel, der noch immer neben ihnen stand. Sie erkannte Gustav von Steineck am Steuer, seinen grauen Bart und die gutmütigen Lachfältchen ... Auf dem Beifahrersitz saß noch jemand.

»Karl.« Mathilda flüsterte. Er sah zu ihr auf, als hätte er sie schon die ganze Zeit angesehen, vermutlich schon seitdem sie mit den Milchkannen aus dem Stall gekommen war. Doch seine Miene wirkte ernst. Er lächelte nicht, er winkte ihr nicht zu, er sah sie einfach nur an. Ein trauriger Schimmer lag in seinen Augen.

Gustav von Steineck sagte etwas. Einzig seine Mundbewegung war hinter der Windschutzscheibe zu sehen.

Karl riss sich von Mathilda los. Mit pflichtbewusster Haltung antwortete er dem Offizier.

Das Auto fuhr an.

Karls Blick schnellte zu ihr zurück. Mathilda wollte ihm etwas zurufen. Doch sie wusste nicht, was. Einzig ihr Mund stand offen.

Kurz darauf blickte sie auf die Rückseite des Wagens.

* * *

Von diesem Augenblick an konnte Mathilda nur noch daran denken, wann und wo sie ihn treffen würde. Am liebsten würde sie sich davonschleichen und zum Gestüt hinüberlaufen. Allein Weihnachten hielt sie davon ab. Sämtliche Geschwister kamen zu Besuch, und die Tage waren ausgefüllt mit Feierlichkeiten. Selbst Stefan hatte Heimaturlaub bekommen, und ihre Stube platzte aus allen Nähten. Agnes brachte ihre Kinder mit, und Betti kam aus Hannover. Obwohl sie im fünften Monat schwanger war, hatte ihr Mann keinen Heimaturlaub bekommen. Also war es ihr umso wichtiger, das Weihnachtsfest mit ihrer Familie zu verbringen.

Erst am 27. Dezember wurde es auf ihrem Hof allmählich ruhiger. Betti reiste am Morgen ab, und auch Agnes kehrte mit ihren Kindern ins Nachbardorf zurück. Am Nachmittag beschlossen ihr Vater, Katharina und Stefan, einen alten Onkel zu besuchen. Auch Leni wollte mit ihnen fahren, während Joseph und Mathilda zu Hause bleiben sollten, um am Abend die Tiere zu füttern.

Gemeinsam zogen Joseph und sie den wuchtigen Pferdeschlitten aus der Scheune und spannten die beiden Pferde davor. Kurze Zeit später sahen sie zu, wie die vier mit dem Schlitten vom Hof fuhren.

Inzwischen hatten sich die Schneeflocken zu einem wahren Schneetreiben verdichtet, und schon wenige Meter hinter der Hofzufahrt verschwand der Pferdeschlitten hinter einem weißen, tanzenden Flockenschleier.

»Und nun?« Mathilda sah Joseph unsicher an. »Du weißt, was ich jetzt am liebsten tun würde, oder?«

Joseph lachte. »Und ob ich das weiß. Seit drei Tagen siehst du so aus, als würdest du bald vor Unruhe platzen. Ich würde sagen, es wird Zeit, dass wir dem Gestüt einen kleinen Besuch abstatten.«

Mathilda sah ihn ungläubig an. »Du meinst, wir sollen einfach so da rüberspazieren?«

Joseph zuckte mit einer leichtfertigen Bewegung die Schultern. »Warum nicht? Karl und ich dienen in der gleichen Schwadron, Gustav von Steineck ist über mehrere Ecken herum mein Vorgesetzter, und alle Knechte auf dem Hof sind gute Bekannte. Abgesehen davon waren wir beide auf dem Gestüt schon immer willkommen. Hast du das vergessen?« Er ging ein paar Schritte auf den Hofplatz hinaus und deutete am Haus vorbei in die Richtung ihrer Nachbarn. »Wenn wir da jetzt hinübergehen, sind wir Bruder und Schwester auf einem netten Nachbarschaftsbesuch zwischen den Feiertagen. Nichts, worüber sich jemand wundern wird.«

»Du meinst, wir sollen jetzt gleich gehen?« Mathilda sah zweifelnd an sich herab. Sie trug noch immer das dunkelblaue Kleid, in dem sie die Tiere gefüttert hatte, darüber ihre Kittelschürze und eine graue Strickjacke. Ganz zu schweigen von ihrem Kopftuch. »Ich sehe aus wie eine Magd.«

»Und wenn schon.« Joseph schmunzelte. »Du siehst so aus, wie du immer ausgesehen hast. Außerdem bist du ein Bauernmädchen und gehst gleich in den Pferdestall. Oder willst du Karl im Pelzmantel gegenübertreten?«

Mathilda musste lachen. Damit spielte er auf den weißen Wollmantel an, den Frida ihr aus einem Stoff genäht hatte, den Stefan ihr aus Frankreich mitgebracht hatte. Mathilda fand ihn wunderschön, aber auf einem Bauernhof wirkte er fehl am Platz.

Abgesehen davon sollten sie keine Zeit verschwenden. Also zog sie lediglich die Kittelschürze aus, tauschte das Kopftuch gegen ihren Filzhut und die graue Strickjacke gegen ihren alten Sonntagsmantel. Schließlich hakte sie sich bei ihrem Bruder ein. Gemeinsam duckten sie sich den wirbelden Schneeflocken entgegen. Nur das Knirschen ihrer Schritte durchbrach die Stille, während sie den Weg zum Gestüt einschlugen. Je weiter sie die Allee hinaufgingen, desto aufgeregter wurde das Flattern in Mathildas Bauch.

Als sie durch das Tor auf den Hofplatz traten, entdeckte sie ein zweites Automobil neben dem Opel der Steinecks. Es war ein grünes opulentes Fahrzeug, das Mathilda noch nie gesehen hatte. »Und was machen wir, wenn wir ungelegen kommen?«, flüsterte sie.

Joseph zuckte die Schultern. »Dann gehen wir und kommen später wieder.«

Mathilda schluckte. In ein paar Stunden würde ihre Familie zurückkehren. Dann wäre es zu spät, um es noch mal zu versuchen.

»Aber was soll schon sein«, Joseph deutete auf das fremde Auto. »Die Steinecks haben Besuch. Na und? Karl ist bestimmt im Stall. Entweder in seiner Kammer oder bei den Pferden.«

Ohne Umschweife führte Joseph sie in den Pferdestall. Sobald sie die lange Stallgasse betraten, hielt Mathilda inne. Karl war tatsächlich hier. Er stand mit dem Rücken zu ihnen vor einem der Laufställe. In seiner Uniform wirkte er groß und schlank, mit kräftigen Schultern und aufrechter Haltung. Doch er war nicht allein. Gustav von Steineck, seine Frau Veronika und ein fremder Besucher in Offiziersuniform standen bei ihm. Mathilda wollte auf der Stelle wieder umkehren.

Aber es war zu spät. Gustav von Steineck hatte sie entdeckt. »Oh, wen haben wir denn da?« Mit einem gutmütigen Lächeln winkte er sie heran.

Auch Karl drehte sich um. Mathilda konnte gerade noch das höfliche Lächeln auf seinen Lippen erkennen, ehe es zerfiel. Seine Augen wurden weit, verwirrter Schrecken flackerte darin. Einen Moment lang schien es, als würde er ihren Anblick in sich aufsaugen, ehe er den Kopf senkte.

Mathilda wurde schwindelig. Sie spürte ihre Bewegungen wie durch Watte, während Joseph sie ganz selbstverständlich in die Soldatenrunde zog und einen zackigen Militärgruß ausführte.

Die Offiziere erwiderten den Gruß. Auch Karl stieß die Hand an seine Mütze, als wäre Joseph ein fremder Soldat.

Gustav von Steineck wandte sich an seinen Gast. »Darf ich vorstellen, das ist Joseph Alvering, ein hervorragender junger Reiter aus der 6. Aufklärungsabteilung. Er ist hier in der Nachbarschaft aufgewachsen und derzeit auf Heimaturlaub. Und das hier ...«, der Gutsherr deutete weiter zu Mathilda, »... ist seine bezaubernde Schwester Mathilda.«

»... die meines Wissens nach ebenfalls eine hervorragende Reiterin ist«, ergänzte die Gutsherrin.

Mathilda sah sie überrascht an. Hitze stieg in ihre Wangen. Wie kam Veronika von Steineck darauf, ihre Reitkünste zu loben?

»Ach, tatsächlich?« Der fremde Gast hob erstaunt die Augenbrauen.

Die Gutsherrin nickte. »Unteroffizier Bergmann hat angefangen, sie auszubilden, als sie noch ein Kind war. Er war damals schon ein ausgezeichneter Reitlehrer.«

»Sagen Sie bloß!« Der Gast nickte anerkennend in Karls und Mathildas Richtung.

Mathilda warf einen verstohlenen Blick auf Karls Gesicht. Sein Ausdruck hatte sich verändert. Mit undurchdringlichem Ernst folgte er dem Gespräch. Selbst das Lob kommentierte er mit einer nichtssagenden Pokermiene.

Mathilda wollte ihn länger ansehen, wollte seine Statur in der Uniform betrachten, seine Haare unter der Mütze. Sie wollte die Veränderungen an ihm sehen und die Details wiederfinden, die noch immer genauso waren wie früher. Aber sie durfte ihn nicht ansehen. Nicht jetzt, während der fremde Gast sie noch immer beäugte. Sonst würde jeder wissen, was zwischen ihnen vorging.

»Wie schön, wie schön!« Der Gast rieb seine Hände. Mathilda bemerkte, wie er ihren Mantel und ihr Kleid musterte. »Weibliche Reiterinnen sind ja heutzutage Gold wert, wenn der Heimatbetrieb am Laufen bleiben soll.« Er wandte sich abwechselnd an Gustav und Veronika von Steineck. »Ich sage Ihnen, was wäre Deutschland ohne seine Frauen! Da haben wir das weibliche Geschlecht wohl generationenlang unterschätzt. Erst unser Führer hat das große Potenzial entdeckt, das in seinem Volk schlummert! Jeder Einzelne leistet seinen Beitrag ...« Er lächelte Mathilda fadenscheinig zu. »... für die Entstehung des tausendjährigen Reiches.«

Mathilda fiel es schwer, seinem Blick standzuhalten. Er musste in etwa so alt sein wie Gustav von Steineck. Aber seine Figur war schlanker und seine Bewegungen wirkten drahtig und schnell. Übergangslos wandte er sich zurück an die Stuten und ihre Fohlen, die sich im Laufstall tummelten. Wie immer um diese Jahreszeit gab es nur noch wenige Stuten, die ein Fohlen bei Fuß hatten. Die meisten Fohlen wurden spätestens im Herbst abgesetzt.

»Wo waren wir stehen geblieben?« Der Gast deutete auf eine junge Fuchsstute.

Gustav von Steineck räusperte sich. Sein Tonfall nahm etwas Geschäftsmäßiges an. »Astoria, acht Jahre alt, hervorragend ausgebildet, nach allen Regeln der Remontenausbildung. Wir haben sie jetzt seit zwei Jahren in der Zucht. Ihre beiden ersten Fohlen sind als Remonten vorgemerkt. In diesem Jahr hat sie ihr Fohlen erst Ende Juli bekommen. Daher habe ich sie noch nicht wieder decken lassen. Mir ist es lieber, wenn die Fohlen im Frühling geboren werden.«

Der Gast winkte mit einer unwirschen Geste ab. »Die Fohlen interessieren mich nicht. Wann ist sie einsatzbereit?«

Eine dunkle Vorahnung breitete sich in Mathildas Magengegend aus. Einsatzbereit? Die Fohlen interessierten ihn nicht? Worum ging es hier eigentlich? Erst jetzt bemerkte sie die verstohlenen Blicke, die die anderen austauschten. Auch die Steinecks sahen so aus, als würden sie sich unwohl fühlen. Karl trat unruhig auf der Stelle, und Joseph wirkte ebenso ahnungslos, wie sie sich fühlte.

Gustav von Steineck druckste herum. »Mir wäre es lieber, wenn das Fohlen noch einen Monat Zeit bekäme.«

Der Gast musterte das Fohlen. »Papperlapapp. Wenn sie jetzt zwei Jahre nur auf der Weide gestanden hat, brauchen wir ein paar Monate, um sie wieder an die Belastung zu gewöhnen. Das Fohlen ist alt genug. Wir können sie am Donnerstag mitnehmen. Damit haben wir jetzt zehn. Welche Tiere können Sie mir noch anbieten?«

Schlagartig begriff Mathilda, was hier vorging. Die Stute sollte in den Krieg! Aber nicht nur sie. Zehn Pferde! Mindestens.

Mathildas Gedanken rotierten. Nur noch die Zuchtstuten und Fohlen waren auf dem Gestüt. Alle anderen Pferde waren schon zu Beginn des Krieges eingezogen worden. Kaltes Entsetzen wühlte sich durch ihren Magen. Der Gast war gekommen, um Zuchtstuten zu Kriegspferden zu machen! Für die Fohlen interessierte er sich nicht.

Mathilda wurde klar, was das alles bedeutete: Der Krieg würde weitergehen! Wenn es schon so weit war, dass die letzten Zuchtstuten eines Gestütes eingezogen wurden, dann würde es nicht mehr lange dauern, bis man sie in einen neuen Feldzug trieb.

Und mit ihnen sämtliche Soldaten. Mathilda sah hilflos in Karls Richtung. Er musste es ihr erklären, sollte ihr sagen, dass es nur halb so schlimm war. Doch Karls Blick sagte das Gegenteil. Nur für eine Sekunde sah er sie an, aber es reichte aus, um das Entsetzen aus seinen Augen zu lesen.

»Mehr Pferde kann ich Ihnen leider nicht anbieten, Herr Major«, erklärte Gustav von Steineck. »Die anderen Stuten sind allesamt trächtig. Wenn ich sie im nächsten Jahr nicht wieder decken lasse, wären sie frühestens im Herbst abkömmlich.«

Der Major drehte sich zu ihm um. »Im nächsten Herbst also! Wie viele Pferde können Sie mir versprechen?«

Ohne weitere Umschweife sahen sich die beiden ins Gesicht. Mathilda fragte sich, ob es Feindseligkeit war, die in der Miene des Gutsherren verborgen lag. Aber schließlich lächelte er höflich. »Vierzehn weitere Stuten im Herbst. Das ist mein letztes Angebot. Mehr eingerittene Stuten habe ich nicht.«

Ein Schatten huschte über das Gesicht des Majors. Gleich darauf nickte er. »In Ordnung. Aber dann nehmen Sie die entsprechenden Stuten bis dahin unter den Sattel. Im Herbst werden sie einiges leisten müssen.«

Mit angehaltenem Atem beobachtete Mathilda das Verhandlungsduell der beiden Offiziere.

»Ich habe nicht mehr genug Männer, um täglich vierzehn Stuten reiten zu lassen«, erklärte Gustav von Steineck.»Wenn Sie sich recht erinnern, sollen zwei von meinen letzten Reitern eingezogen werden. Damit bleibt nur noch einer, und der darf gesundheitsbedingt nicht mehr reiten. Sorgen Sie dafür, dass mein Gestüt wieder als kriegswichtiger Betrieb eingestuft wird, und ich lasse Ihnen so viele Stuten zureiten, wie Sie wollen.«

Der Major starrte ihn an. Gleich darauf brach er in schallendes Lachen aus.»Sie stellen sich das einfacher vor, als es ist, Rittmeister von Steineck. Ich habe Befehl, alle reitbaren Stuten aus Ihrem Betrieb einzuziehen. Ergo brauchen Sie keine Reiter mehr in Ihrem Betrieb. Wenn Sie mit meinen Bedingungen nicht zurechtkommen, ziehe ich die Stuten mitsamt ihren Fohlen ein. Oder Sie füttern die Kleinen mit der Flasche.«

Gustav von Steineck trat einen Schritt zurück. Mathilda konnte sehen, wie die Resignation seine Augen erreichte.»Wir werden uns etwas überlegen, Major von Berlebach.«

Der Major lächelte scheinheilig.»Sehen Sie. Wir werden uns einig.« Er deutete auf Veronika von Steineck.»Sie haben ja Ihre Frau, die hervorragend reitet.« Er machte eine ausschweifende Bewegung, deutete mit einem süffisanten Lächeln auf Mathilda.»Und das Mädchen.«

Mathilda zuckte zusammen. Sie hörte, wie Joseph widersprechen wollte. Aber Karl trat ebenso schnell an ihn heran und legte ihm die Hand auf den Arm.

Major von Berlebach hatte die Reaktion gesehen. Er gab ein leises Schnalzen von sich und sah amüsiert zwischen ihnen hin und her. Seine Augen begannen zu funkeln.»Na dann …« Er schnippte mit den Fingern.»… würde ich die zehn Pferde doch gerne noch unter dem Sattel sehen. Und wo hier schon einmal so viele Reiter versammelt sind.« Er zählte mit dem Finger in die Runde, tippte auf Karl und Joseph, auf Rittmeister von Steineck und sich selbst.»Zehn Pferde und fünf …« – mit der letzten Zahl tippte er auf Mathilda – »… Reiter … Das macht zwei Pferde pro Person. Auf, auf, zum Pferde satteln!«

Mathildas Herz raste. Es war ausgeschlossen, dass sie zwei Pferde vorführte! Sie war seit zwei Jahren nicht mehr geritten! Die meisten der Tiere kannte sie kaum. Und selbst wenn ... Sie wäre niemals gut genug, um diesem Offizier ein Pferd vorzureiten!

Panik stieg ihre Brust hinauf, setzte sich in ihre Kehle und schnürte sie zu.

»Mathilda.« Karl flüsterte ihr zu. Seine Hand legte sich auf ihren Rücken.

Sie fuhr zu ihm herum. Seine braunen Augen waren nah. Seit zwei Jahren hatte sie ihn nicht mehr getroffen. Dennoch kam es ihr so vor, als wäre er kleiner geworden, jünger. Sie hatte ihn eingeholt! Das war es. Inzwischen war sie genauso erwachsen wie er.

Sein Blick wanderte über ihr Gesicht, streifte ihren Mund, ihre Wangen, fing sich in ihren Augen, ehe sich ein schiefes Lächeln um seine Lippen legte. »Du schaffst das, Schneeflocke!«

»Verzeihung?« Es war Veronika von Steineck. Sie klang so liebenswürdig, dass Mathilda sich zu ihr umdrehen musste. Doch die Gutsherrin sprach mit dem Major: »Sie haben vergessen, mich mitzuzählen. Ich würde auch gerne eines der Pferde vorführen. Daher schlage ich vor, Mathilda und ich reiten jeweils eine der Stuten. Und die Herren Kavalleristen beweisen sich mit den übrigen acht Pferden.«

Die Augenbrauen des Majors zuckten amüsiert nach oben. »Sie sind die Frau im Haus. Ich kann Ihren Leuten wohl nichts vorschreiben.«

Veronika von Steineck deutete einen vornehmen Knicks an. »Wenn Sie uns Frauen dann kurz entschuldigen würden. Wir müssen uns umziehen, bevor wir reiten.« In ihrer Stimme schwang eine Spur von Ironie mit.

Der Major machte eine nachlässige Handbewegung und deutete auf eine der Fohlenstuten. »Diese Stute würde ich gern selbst übernehmen.«

Karl beugte sich in Mathildas Richtung. »Ich sorge dafür, dass du Ottilie bekommst«, raunte er, kurz bevor Veronika von Steineck sie am Arm fasste und mit sich nach draußen zog.

Mit weichen Knien lief sie hinter der Gutsfrau über den verschneiten Hofplatz. Dichte Schneeflocken wirbelten um sie herum.

»Mach dir keine Sorgen.« Veronika von Steineck lächelte ihr zu.

»Dass du eine hervorragende Reiterin bist, habe ich vorhin nicht einfach so gesagt.«

Mathilda starrte sie an. Wie konnten sie nur alle so zuversichtlich sein? Erst Karl und jetzt die Gutsherrin? »Ich bin seit zwei Jahren nicht mehr geritten. Das wird eine Katastrophe, Frau von Steineck!«

»Veronika.« Die Gutsherrin lächelte noch immer. »Für dich bin ich ab sofort Veronika. Frau von Steineck klingt furchtbar.«

Mathilda hielt überrascht die Luft an.

Veronika ging wie selbstverständlich darüber hinweg. »Meine liebe Mathilda. Du warst vor zwei Jahren eine gute Reiterin. Also bist du immer noch eine. Vielleicht tun dir hinterher ein paar Muskeln weh. Aber glaube mir: Das Reiten verlernt man nicht.«

Mathilda schluckte. »Meinen Sie wirklich?«

»*Du*«, verbesserte Veronika. »Ja, das meine ich wirklich.«

Sie gingen durch den Seiteneingang in die Küche des Gutshauses. Mathilda folgte der Hausherrin die Treppe hinauf und sah sich ungläubig um, als Veronika sie in ihr Schlafzimmer führte. Es war ein großer Raum mit dunklen Eichendielen, einer blumengemusterten Tapete und einem großen Bett, auf dem eine helle Tagesdecke lag.

Gegenüber stand ein großer Bauernschrank. Veronika zog zwei Reithosen heraus, reichte eine davon Mathilda und drückte ihr kurz danach noch ein eng geschnittenes Hemd in die Hand. »Eine Reitjacke für dich findet sich unten in der Garderobe.«

Während Mathilda sich umzog, wurde sie ruhiger. Sie würde reiten! Allmählich gewöhnte sie sich an den Gedanken. Als sie in den Reitsachen zurück auf den Hof kamen, spürte sie ein aufgeregtes Kribbeln. Doch es war nicht unangenehm, eher wie eine Erinnerung an vergangene Zeiten, an heimliche Reitstunden hinter dem Birkenwäldchen oder in der neugebauten Reithalle.

Nur eine Frage ließ sie nicht los: Was würde passieren, wenn der merkwürdige Gast nicht mit ihr zufrieden war? »Wer ist dieser Major von Berlebach?« Die Frage rutschte ihr heraus. »Ist es richtig, dass er Pferde für den Krieg einzieht?«

Veronika lächelte bitter. »Er ist von der Pferdebeschaffungskommission. Früher war die Remontenkommission zuständig, geeignete Jungpferde für die Militärausbildung zu kaufen. Genau das war immer unser Zuchtziel: Gute Reitpferde für die Kavallerie zu züchten. Aber jetzt gibt es neue Vorschriften. Der Kriegsbedarf muss gedeckt werden. Deshalb wird jetzt alles eingezogen, was vier Beine hat, einen Reiter tragen kann und nicht für die Landwirtschaft gebraucht wird. Unsere Pferde sind zudem gut ausgebildet. Wenn wir die Stuten nicht freiwillig hergeben, müssen wir mit Zwangsmaßnahmen rechnen.«

Mathilda betrachtete die Gutsfrau von der Seite, wie sie in aufrechter Haltung durch das Schneetreiben marschierte. Sie sah so aus, als ließe sie sich durch nichts erschüttern. Auch Gustav von Steineck war ein gestandener Mann, der überall hohe Achtung genoss. Dennoch brachte dieser Major die beiden dazu, seinen Willen zu erfüllen.

Als sie die Stallgasse betraten, waren die meisten der Stuten bereits gesattelt. Einige von ihnen tänzelten unruhig hin und her, andere wieherten hysterisch nach ihren Fohlen, während die Kleinen im Laufstall umhersprangen und gegen die Wände traten.

Plötzlich wusste Mathilda, warum Karl ihr Ottilie zugewiesen hatte. Nicht nur, weil sie früher oft auf ihr geritten war, sondern vor allem, weil die Schimmelstute in diesem Winter kein Fohlen bei Fuß hatte. Ruhig stand Ottilie zwischen den anderen Pferden auf der Stallgasse und sah Mathilda entgegen. Mit einem Mal freute sie sich darauf zu reiten. Es musste ihr nur gelingen, den Major und das Chaos um sich herum zu vergessen.

Karls Pferd stand direkt neben ihrem. Es war eine nervöse Rappstute, die pausenlos hin und her zappelte. Nur Karl blieb ruhig. Er lehnte seine Schulter gegen ihren Hals, kraulte ihre Mähne und sah zu Mathilda. Er musterte sie eindringlich, schaute ihre Reithose hinauf, über die kurze Turnierjacke bis zu dem Militärhelm. Es war unmöglich zu sagen, was er dachte. Nur seine Augen wirkten noch dunkler als sonst.

Kurz darauf kam das Kommando zum Abmarsch. Hintereinander führten sie die Stuten durch die wirbelnden Schneeflocken. Zu Mathildas Erleichterung gingen sie in die Reithalle und stellten die Pferde in der Mitte der Bahn nebeneinander auf.

»Abteilung aufgesessen!« Gustav von Steineck führte das Kommando.

Mathilda beeilte sich, ihren Fuß in den Steigbügel zu setzen und sich in den Sattel zu ziehen. Im ersten Augenblick erschien es ihr furchtbar hoch. Die Stuten der anderen tänzelten und stießen schrilles Gewieher aus. Einzig Ottilie blieb stehen. Weiße Atemwolken dampften vor ihren Nüstern.

»Abteilung ... Marsch! Linke Hand! Durcheinanderreiten im Schritt!«

Mathilda drückte die Waden zu und lenkte die Stute nach links. Für den Anfang ließ sie ihr die Zügel lang, wie Karl es ihr in den Reitstunden beigebracht hatte. Das Pferd musste sich erst strecken und warm werden, bevor man es versammeln konnte.

Es dauerte nicht lange, ehe Karl sein tänzelndes Pferd an ihre Seite lenkte. »Nimm die Zügel auf, Mathilda. Wir haben hier fünf ungerittene Pferde, von denen vier ihre Fohlen vermissen. Das könnte ein bisschen holprig werden. Wenn wir gleich traben, lass sie vorwärtslaufen. Auch, wenn sie von allein schnell wird, trotzdem vorsichtig treiben und sanfte Paraden. Nur so bekommst du sie in deine Hand.«

Mathilda spürte, wie sich ihre Muskeln verkrampfen wollten. Sie musste sich entspannen. Das Pferd würde jeden Anflug von Angst bemerken.

»Und wie immer das Wichtigste ...« Karl beugte sich im Sattel nach vorne. Mit geneigtem Kopf versuchte er unter ihren Helm zu sehen. »Lächeln nicht vergessen!«

Mathilda musste lachen. »Lächeln nicht vergessen!« Wie oft hatte sie diesen Satz schon von ihm gehört? In jeder einzelnen Reitstunde!

Karl fiel in ihr Lachen ein. Seine Augen funkelten, die Wärme seiner Stimme sickerte durch ihren Körper.

Auf einmal fühlte sie sich glücklich. Ganz gleich, was um sie herum geschah: Er war bei ihr, sie lachten und ritten nebeneinander. Wenigstens hier und jetzt war der Krieg so weit entfernt wie der Atlantik.

»Falls wir uns nachher nicht mehr sprechen ...« Karls Tonfall wurde unsicher. »Ich würde dich gern noch einmal allein sehen. Heute Abend im Stall?«

Mathilda verstummte. Plötzlich erschien er verletzlich, fast so, als würde er ihre Ablehnung fürchten.

Ganz allein im Stall, heute Abend ... Ein wildes Flattern sprang durch ihren Bauch.

Sie würde ihn nicht ablehnen, ganz bestimmt nicht. Auch, wenn sie noch nicht wusste, wie sie ihrer Familie entkommen sollte. »Es kann spät werden«, murmelte sie. »Ich muss warten, bis alle schlafen.«

»Abteilung, Teerab!« Das nächste Kommando peitschte durch die Halle. Doch im Grunde war alles gesagt.

»Hals und Bein, Schneeflocke!« Karl lächelte ihr noch einmal zu. »Du schaffst das.« Damit trabte er an und lenkte sein Pferd vor sie in die Reitbahn.

Mathilda folgte ihm.

15. KAPITEL

Fichtenhausen, Paderborner Land, 27. Dezember 1940

Im Pferdestall hatte die Nacht schon lange begonnen. Bereits vor Stunden war es draußen dunkel geworden und das Licht der Stalllampen drang nur schwach in die Ständer und Verschläge, in denen die Pferde standen. Dennoch reichte es aus, um einen goldenen Schimmer auf das Fell der Zuchtstuten zu werfen und sie im Inneren der Ställe zu versorgen.

An diesem Abend hatte es länger gedauert, bis sich die Aufregung des Tages gelegt hatte. Aber inzwischen waren auch die Fohlen wieder ruhig geworden. Nur hier und da drang ein leises Schnauben oder Rascheln aus den Ställen.

Inmitten der Ruhe war das Schaben seines Striegels das lauteste Geräusch, das Karl in die Nacht begleitete. Während er auf Mathilda wartete, putzte er ein Pferd nach dem anderen. Stunde um Stunde verstrich, in denen er sich von einem Verschlag zum nächsten arbeitete. Mit jedem einzelnen Tier ließ er sich Zeit, striegelte mit ruhigen Bewegungen ihr Fell und sah ihnen zu, wie sie von ihrem Heu fraßen. Im Stillen nahm er von ihnen Abschied. Wenn ihre Wege nicht zufällig in die gleiche Schwadron führten, würde er die Stuten nie wiedersehen.

Als er schließlich bei Ottilie anlangte, erschien es ihm, als sei die Zeit bereits seit Ewigkeiten stehengeblieben.

Mathilda hatte ihm gesagt, dass es spät werden würde. Er fand es nicht schlimm, immerhin konnte er auf diese Weise sicher sein, dass niemand anderes mehr im Stall sein würde.

Aber was es bedeutete, so lange zu warten, begriff er erst im Laufe der Stunden. Quälend langsam floss die Zeit dahin und folterte ihn mit seinen Gedanken. Tausend Möglichkeiten zogen durch seine Phantasie, die alle damit endeten, dass Mathilda nicht kommen würde.

Was, wenn sie entdeckt wurde, sobald sie sich davonstehlen wollte?

Ihre Familie würde sie zweifellos davon abhalten, mitten in der Nacht einen Mann zu besuchen. Und wenn Mathilda erst einmal dabei erwischt worden war, konnte er darum beten, sie überhaupt noch einmal wiederzusehen.

Doch wenn er ehrlich war, dann war es ebenso gut möglich, dass sie es gar nicht erst versuchen würde. Er hatte lange genug in einem katholischen Dorf gelebt, um zu wissen, was es für ein Mädchen bedeutete, sich nachts mit einem Mann zu treffen. Genauso vehement wie der Pastor das Keuschheitsgebot von der Kanzel predigte, genauso laut tuschelte das Dorfvolk über diejenigen, die es brachen.

Im Grunde wusste jeder, dass es diese nächtlichen Treffen gab und wer daran beteiligt war. Jede Frau, die nicht den ersten Freund heiratete, galt spätestens nach dem zweiten Mann als leichtes Mädchen, nach dem man nur die Finger ausstrecken musste, um Erfolg zu haben.

Mit dem Aufstieg der Nationalsozialisten war es nicht gerade besser geworden. Nur die Doppelmoral zog immer weitere Kreise unter denjenigen, die sich nicht entscheiden konnten, ob sie lieber gläubige Katholiken oder heldenhafte Nationalsozialisten sein wollten. Im Zweifelsfall nahmen sie sich einfach, was sie haben wollten, und wenn es ein hübsches Mädchen war, dann besaß es ungefähr den Stellenwert eines grasenden Rehs vor der Flinte eines Jägers.

Manche Männer, die sonntags in die Kirche gingen, mussten nur genug trinken, um sich damit zu brüsten, wessen Röcke sie bereits angehoben hatten. Und oft waren es jene Geschichten, die so klangen, als hätten die Mädchen sich nur zögernd darauf eingelassen. Dennoch war jede Schwangerschaft ein zwingender Grund für die junge Mutter, den zugehörigen Vater zu heiraten. Schon so manch einer hatte auf diese Weise seine Traumfrau für sich gewonnen.

Doch selbst für die Fälle, in denen beide Elternteile das ungewollte Kind loswerden wollten, blieb noch immer die Möglichkeit, den Nachwuchs diskret in einem Lebensbornheim abzugeben. Vorausgesetzt, das kleine Waisenkind war blond und blauäugig und stammte von deutschblütigen Eltern.

Karl starrte auf den Metallstriegel, der in seinen Händen zitterte.

Sein Atem ging hektisch, noch immer in dem rastlosen Takt, mit dem er das Fell der Stute gestriegelt hatte. Aber ganz egal, was er versuchte, seine Gedanken setzten sich unerbittlich fort: Die Wahrscheinlichkeit, dass seine Kinder blond und blauäugig würden, war ausgesprochen gering, selbst dann, wenn er sie mit Mathilda zeugte. Umso mehr musste er darauf achtgeben, dass etwas Derartiges nie geschah.

Karl presste seinen Kopf gegen den zitternden Arm, bis die flatternde Bewegung in der Wärme des Pferdefells erdrückt wurde. Selbst wenn sie sich nur hier trafen, wenn sie nur redeten und zusammensaßen und einander ansahen, selbst dann brauchte es nur einen einzigen Zeugen und das ganze Dorf würde in wenigen Tagen darüber zischeln, dass Mathilda sogar für den schwarzhaarigen Knecht der Steinecks zu haben war. Wie leicht es dann erst für einen reinblütigen Bauernsohn sein müsste, sie in sein Bett zu locken?

In etwa so würden die Dorfbewohner über sie denken. Karl konnte ihre anzüglichen Bemerkungen schon beinahe hören.

Alles das musste Mathilda ebenso gut wissen wie er, und wenn sie vernünftig war, würde sie niemals hierherkommen.

Karl wusste nicht, was von beidem er mehr fürchtete: Dass sie sich von ihm fernhielt? Oder dass sie ihren guten Ruf um seinetwegen verlor? Er selbst war jedenfalls schon lange nicht mehr stark genug, um vernünftig zu sein.

Von nun an hing alles von ihr ab.

Langsam hob er den Kopf und setzte die Kreisbewegung des Striegels fort. An den Stellen, die er noch nicht geputzt hatte, klebte noch immer der trockene Schweiß im Fell der Stute.

Mathilda hatte es am Nachmittag geschafft, eine saubere Dressurstunde zu reiten. Kerzengerade hatte sie auf dem Pferd gesessen und alles umgesetzt, was er ihr beigebracht hatte. Obwohl die Kondition der Schimmelstute so schlecht war, dass sie bereits nach einer halben Stunde angefangen hatte zu schwitzen, war es Mathilda gelungen, sie zu versammeln und alle Aufgaben zu erfüllen, die der Major ihr stellte.

Karl lächelte stolz in sich hinein. Von seinem Pferd aus hatte er Mathilda beobachtet. Hin und wieder war er an ihre Seite geritten, um ihr einen Ratschlag zu geben. Aber die meiste Zeit war sie ohne ihn ausgekommen. Sie hatte selbst dann nicht mit der Wimper gezuckt, als der Major sein Pferd in der Mitte der Bahn angehalten und sie zu sich auf den Zirkel gerufen hatte. In allen drei Gangarten war Mathilda im Kreis geritten und hatte die Kommandos des Majors ausgeführt, bis er zufrieden mit der Zunge schnalzte und sie entließ. »Nicht schlecht für ein Mädel«, war sein Urteil über ihre Reitkünste.

Als sie nach der Stunde in die Stallgasse zurückgekehrt waren, hatte ein glückliches Strahlen auf Mathildas Gesicht gelegen. Allzu gerne wäre Karl noch einmal zu ihr gegangen, um sie zu beglückwünschen. Aber er hatte noch ein zweites Pferd zu reiten, und in der Hektik des Pferdewechsels war ihm keine Zeit geblieben. Mal ganz abgesehen davon, dass er unter den Augen der Steinecks nicht zeigen wollte, was er für Mathilda empfand. Seit sie heute auf der Stallgasse aufgetaucht war, gab es keine Zweifel mehr, wie stark seine Gefühle für sie waren. Mathilda musste nur neben ihm stehen, um glühende Blitze durch seinen Körper zu jagen. Es war ihm schwergefallen, seinen Blick von ihr abzuwenden und seine Hände zu kontrollieren. Immerzu hatte er sie berühren wollen, zu gerne wäre er mit ihr aus dem Stall geflohen. Doch der Moment, in dem Mathilda das Interesse des Majors geweckt hatte, hatte alle Dimensionen gesprengt. Noch in der gleichen Sekunde war ihm klargeworden, dass er bereit wäre, für sie zu töten.

Wie er es geschafft hatte, trotz allem ruhig dazustehen, war ihm bis jetzt ein Rätsel. Vermutlich nur deshalb, um Mathilda die Ruhe zu geben, die sie brauchte.

Nach der zweiten Reitstunde hatte er darauf gehofft, sie noch einmal wiederzusehen, bis er herausgefunden hatte, dass sie längst zu ihrem Hof zurückgekehrt war, um die Tiere zu füttern.

Jetzt konnte er nur noch darum beten, dass sie herkommen würde.

Plötzlich fiel es ihm schwer, noch länger aufrecht zu stehen. Er legte seinen Kopf gegen den Hals der Schimmelstute und schloss die Augen.

Was, wenn Mathilda am Nachmittag festgestellt hatte, dass sie doch nichts für ihn empfand? Es war das eine, sich Briefe zu schreiben, aber etwas anderes, wenn man einem Menschen gegenüberstand.

»Beinahe hätte ich dich nicht gefunden.«

Karl schreckte auf, wirbelte herum und entdeckte Mathilda am Rand des Verschlages. Ihre Arme lagen auf der Stalltür, ihr Kopf beugte sich darüber. Ein schüchternes Lächeln erschien in ihren Augen.

Karl hielt den Atem an. Sie war gekommen! So leise, dass er sie nicht gehört hatte. Lange konnte sie jedoch noch nicht hier sein. Die Kälte des Winters färbte ihre Nasenspitze rosa und ließ die Wangen glühen. Ein grüner Filzhut hing tief in ihrer Stirn und verdeckte das Blond ihrer Haare.

»Ich wusste gar nicht, dass du bei den Pferden schläfst.« Sie deutete auf Ottilie, wo er eben noch am Hals der Stute gelehnt hatte. »Noch dazu im Stehen.«

Karl lachte. Erst jetzt wurde ihm klar, dass er wie ein schlafendes Pferd dagestanden hatte.

Winzige Schmunzelgrübchen erschienen über Mathildas Lippen. Karl kannte diese Grübchen. Sie waren kaum mehr als ein weicher Schatten über ihren Mundwinkeln. Wann er dieses Lächeln zum ersten Mal entdeckt hatte, wusste er nicht mehr. Es war so zart, dass man es leicht übersehen konnte. Genau genommen war er sich nicht einmal sicher, ob andere Leute es ebenfalls sehen konnten. Vielleicht war es auch ein Geheimnis, das er als einziger verstand.

Mathildas Geheimlächeln löste sich auf. Ein nervöses Räuspern rutschte aus ihrem Mund.

Er starrte sie an! Hastig sah er nach unten, suchte nach etwas, das er sagen konnte. »Ich habe nicht geschlafen.« Er deutete auf die Stute. »Ich musste nur eine kurze Pause machen, bevor ich anfange, das fünfzehnte Pferd zu striegeln.«

Mathildas Lächeln kehrte zurück, dieses Mal etwas deutlicher. »Du hast fünfzehn Pferde gestriegelt? Alle heute Abend?«

Karl zuckte die Schultern. »Vielleicht waren es auch sechzehn. Oder siebzehn. Ich habe nicht mitgezählt. Vier Stunden können ziemlich lang sein.«

Mathilda schaute ihn reumütig an. »Ich habe dich wohl sehr lange warten lassen.«

Er winkte ab. »Halb so schlimm. Du hast ja gesagt, dass es spät wird.« Er versuchte, ein fröhliches Lächeln aufzusetzen. Dennoch drängte sich die Wahrheit auf seine Lippen, die nagenden Gedanken, die ihn seit vier Stunden nicht los ließen. »Es ist nur ...« Er schob die Hand in seinen Nacken. »Ich dachte schon, du kämst nicht mehr.«

Sie gab ein erschrockenes Geräusch von sich. »Doch! Gewiss komme ich! Warum sollte ich nicht kommen?«

Ein gequältes Lächeln schob sich auf seine Lippen. »In den vier Stunden sind mir ziemlich viele Gründe eingefallen.«

Mathildas Augen weiteten sich. Im Dämmerlicht der Stalllampen wirkten sie beinahe schwarz.

Dabei waren sie grau. Karl wusste, dass ihre Augen dunkelgrau waren, mit blauen und grünen Verästelungen darin. Er wusste es, genauso wie er jedes andere Detail in ihrem Gesicht kannte. Er kannte ihre Sommersprossen, von denen sie als Kind nur wenige gehabt hatte, und die danach mit jedem Sommer mehr geworden waren. Oder das Blond ihrer Haare, das an den Spitzen immer weiter ausblich, während es im Winter dunkler nachwuchs. Er wusste, wie sie ihre Lippen zusammenpresste, wenn sie nicht zeigen wollte, wie traurig sie war. Und genauso kannte er das Leuchten in ihrem Gesicht, wenn ihr jemand eine Freude machte.

Jetzt zog sie die Augenbrauen zusammen. Ein mitleidiger Schatten huschte über ihre Stirn. Vielleicht würden es Falten werden, wenn sie älter war, aber bis jetzt war es nur eine winzige Bewegung. »Es tut mir leid«, murmelte sie. »Aber ich musste warten, bis Katharina eingeschlafen ist. Leni und ich mussten uns ein paar Mal gegenseitig wecken, ehe Katharina so laut geschnarcht hat, dass wir sicher sein konnten.«

Karl erstarrte. »Du hast Leni von uns erzählt?«

Mathilda stockte, auf einmal klang sie unsicher. »Es ging nicht anders. Ohne Leni wäre ich eingeschlafen. Nur sie konnte das Fenster hinter mir zumachen. Und außerdem ...« Mathildas Stimme kippte, musste sich erst wieder fangen, ehe sie den Satz beendete: »Außerdem hilft sie uns schon die ganze Zeit. Damit Katharina die Briefe nicht entdeckt. Sie ist auf meiner Seite.«

Ein hartes Gefühl formte sich in Karls Brust. Ausgerechnet Leni! Sie war unberechenbar, ein liebenswürdiges Unschuldslamm oder ein teuflisches Biest, je nachdem, was sie erreichen wollte. »Leni …«, er knurrte ihren Namen, »… hilft in der Regel nur sich selbst. Und sie steht immer auf der Seite, von der sie sich den größten Vorteil verspricht.«

»Das stimmt nicht!«, rief Mathilda. »Sie hat sich geändert. Sie meint es nett. Sie gibt mir viele gute Ratschläge.«

Gute Ratschläge!? Karl musste die Zähne aufeinanderpressen, um es nicht auszusprechen. Von Lenis Ratschlägen wollte er nichts wissen. Stattdessen steckte er seine Hände unter die Mähne des Pferdes. Er musste verbergen, wie sehr sie zitterten.

Leni war genauso berechnend wie unberechenbar. Man konnte nie wissen, was sie als Nächstes im Schilde führte oder ob sie wirklich nur deshalb nett war, weil sie es ehrlich meinte. Damals war sie sicherlich nicht der einzige Grund gewesen, warum er von hier fortgegangen war, aber zumindest einer der Auslöser, die ihm keine andere Wahl gelassen hatten.

Mathilda sollte von alldem nichts wissen. Nicht jetzt, solange zwischen ihnen noch alles so unsicher war.

Nur eines musste er sicherstellen. »Kennt Leni meine Briefe?« Zögernd drehte er sich zurück zu Mathilda.

Ihre Augen schimmerten, ihre Lippen waren dicht aufeinandergepresst. »Nein«, flüsterte sie. »Was denkst du von mir? Dass ich Leni deine Briefe lesen lasse?« Wieder huschte der traurige Schatten über ihre Stirn. »Manchmal möchte sie wissen, was du schreibst. Aber ich verrate ihr nichts. Ich weiß, dass sie eine falsche Schlange sein kann.«

Das harte Gefühl in seiner Brust wurde weich. Er wollte Mathilda nicht weh tun. Dennoch musste er sie warnen. »Weiß sie; wo du deine Briefe aufbewahrst?«

Mathilda senkte den Kopf. Matt zuckte sie die Schultern. »Ich achte darauf, dass sie es nicht sieht. Aber es gibt nicht so viele Orte zur Auswahl. Wenn sie danach suchen würde …«

Karl stieß die Luft aus. Er konnte also nicht sicher sein … Wenn er

Pech hatte, würde Leni seine Briefe lesen. Dennoch konnte er Mathilda nicht länger unter Druck setzen. Ohne darüber nachzudenken, ging er zu ihr. Erst, als sie aufsah, blieb er stehen. Ihr Gesicht war knapp vor seinem. Einzig die Stalltür trennte sie voneinander, eine Abtrennung, die nur bis zu ihrer Brust reichte. Mathildas Wangen glühten, ihre Lippen waren halb geöffnet, Furcht lag in ihren Augen.

Er müsste nur die Hand heben, um ihr Gesicht zu berühren. Sein Blick fing sich an den blonden Strähnchen, die unter ihrem Filzhut hervorlugten. Ganz leicht könnte er den Hut von ihrem Kopf ziehen, könnte ihren Zopf lösen und den Arm um ihre Schultern legen. Er müsste sich nur vorbeugen, um sie zu küssen ...

Schnell wich er zurück. »Tut mir leid.« Seine Stimme ließ sich kaum noch kontrollieren. Einen Moment lang wusste er nicht, wofür er sich entschuldigte. Für das, was er gerade gedacht hatte? Oder für das, was er gesagt hatte? Oder dafür, dass er es innerhalb weniger Sätze geschafft hatte, sie traurig zu machen?

Mathildas Augen schimmerten noch immer. »Ich werde ein besseres Versteck für die Briefe finden.«

Er wollte nicht länger darüber reden. »Ich würde mir nur wünschen, dass du mit Leni vorsichtig bist«, flüsterte er.

Sie nickte. Doch er konnte sehen, wie sie schluckte.

Fieberhaft überlegte er, was er als Nächstes sagen sollte. Es gab so vieles, worüber sie reden könnten, und einiges, worüber sie reden sollten, doch das meiste davon erforderte mehr Mut, als er aufbringen konnte.

Mathilda zog die Stalltür auf und trat zu ihm in den Verschlag. Fast sah es aus, als würde sie zu ihm kommen. Aber sie ging an ihm vorbei, stellte sich neben Ottilie und klopfte ihren Hals. »Veronika hat mich darum gebeten, von nun an häufiger hierherzukommen. Um ihr beim Reiten der Pferde zu helfen. Genauso wie der Major es vorgeschlagen hat.«

Karl fröstelte. Allein bei dem Gedanken an den Major stellten sich seine Nackenhaare auf.

Doch was Mathilda und die Pferde betraf ... Sie passte zum Gestüt, als hätte sie schon immer hierhergehört, als wäre sie nur versehentlich einen Hof weiter geboren worden.

Schon als sie zum ersten Mal auf einem Pferd gesessen hatte, war ihm klargeworden, dass sie zur Reiterin bestimmt war. Auch Veronika schien es erkannt zu haben, und das vermutlich nicht erst seit heute.

Karl lächelte unwillkürlich. Er mochte den Gedanken, dass Mathilda sich in seiner Abwesenheit um die Pferde kümmerte. »Und? Hast du ihr zugesagt?« Er ertappte sich bei der Vorstellung, mit ihr gemeinsam hier zu leben, einen gemeinsamen Alltag zu haben, der so war wie dieser Nachmittag in der Reithalle. Wenn schon nicht jetzt, dann wenigstens später.

Mathilda zuckte mit den Schultern. »Ich würde gerne.« Sie blickte noch immer auf das Fell der Stute, auf ihre Hand, die darüber strich. »Aber ich kann mir nicht vorstellen, dass mein Vater es erlaubt.«

Ihr Vater. Karl presste die Zähne aufeinander. Immer war es Mathildas Vater, der über sie bestimmte, der ihren Lebensweg plante und ihr genau das verbot, was ihr am wichtigsten war.

»Wirst du ihn wenigstens fragen?« Karl betrachtete ihren gesenkten Kopf, die winzige Lücke, die sich zwischen ihrem Mantel und dem Schal gebildet hatte. Die Haut ihres Nackens schimmerte hindurch und kräuselte sich in der Kälte. Am liebsten würde er die Hand danach ausstrecken und ihren Schal darüberziehen.

»Veronika hat mir versprochen, mit ihm zu reden.« Mathilda lächelte zart. »Gleich nach Silvester will sie zu ihm gehen.«

Veronika ... Karls Hoffnung kehrte zurück. Wenn es jemanden gelingen konnte, Mathildas Vater zu erweichen, dann war sie es. »Du wirst sehen: Veronika wird ihn um den kleinen Finger wickeln.«

Mathilda löste die Hand aus dem Fell der Stute. In ihren Augen lag Enttäuschung. »Das mag sein. Aber selbst, wenn er einverstanden wäre, kann er mich auf dem Hof nicht entbehren. Leni und ich schaffen die Arbeit ja auch so schon kaum.«

Karl senkte den Kopf. Mathilda war die Tochter eines Bauern, die für den Rest des Krieges eine männliche Arbeitskraft ersetzen musste. Und er selbst war Soldat in diesem Krieg, nicht mehr als Kanonenfutter, das auf den nächsten Fronteinsatz wartete. Die Zeiten, in denen er von einer Zukunft träumen durfte, waren vorbei. Schon lange.

»Warum hast du deine Uniform ausgezogen?« Mathilda deutete auf seine Brust.

Karl betrachtete die dicke, grüne Lodenjoppe, darunter seine alte Reithose. Es war dieselbe Kleidung, die er früher getragen hatte. »Ich nehme an, ich mag den Stallburschen lieber als den Soldaten.« Er versuchte, ihr zuzulächeln. Doch es fiel ihm schwer.

»Ich mag den Stallburschen auch lieber.« Wieder zeigten sich die winzigen Grübchen über ihren Mundwinkeln. »Obwohl ich den Soldaten beeindruckend fand.«

Karl konnte ihr nicht länger in die Augen sehen. Er wandte sich von ihr ab, betrachtete das weiße Fell des Pferdes, das an einigen Stellen noch immer staubig war. Mathilda trat neben ihn und strich mit langsamer Bewegung über den Hals der Stute. Karl fühlte ihre Nähe, die Wärme ihres Körpers. Nur wenige Zentimeter trennten ihre Schultern von seinen.

Es waren jedoch ihre Worte, die ihn nicht losließen: Soldaten waren beeindruckend, wie oft hatte er diesen Satz schon gehört? Und wie oft hatte er schon darüber nachgedacht. Er musste den Gedanken endlich aussprechen: »Soldaten sind nicht beeindruckend. Sie sind furchteinflößend.« Er spürte, wie Mathilda ihn von der Seite ansah, wie sie mit ihrem Blick um eine weitere Erklärung fragte. Aber den Rest konnte er nicht über die Lippen bringen. Er konnte ihr nicht sagen, wie gründlich er sein Handwerk gelernt hatte, dass er in der Lage war, zielsicher und effizient zu töten, und dass er seine Kenntnisse bereits einige Male angewandt hatte.

Beinahe wartete er darauf, dass Mathilda nachfragen würde. Aber sie blieb stumm. Natürlich. Sie wusste es längst. Jeder einzelne Mensch wusste, was die Aufgabe eines Soldaten war. Dennoch nannten sie ihre Soldaten »beeindruckend«, vermutlich, weil es der einzige Weg war, einen Mörder weiterhin zu lieben.

Mathilda stand noch immer an seiner Seite. Mit jedem Atemzug wehten winzige Nebelwölkchen aus ihrem Mund. Karl wollte seine

Hand in ihre Richtung strecken, wollte ihre berühren, nur um sicherzugehen, dass sie ihm tatsächlich verzeihen konnte.

Aber es gab zu viel, was zwischen ihnen lag, tausend unausgesprochene Dinge, gemeinsame Erinnerungen, die sie nie geklärt hatten. Er hatte ihr nie gesagt, warum er damals gegangen war.

»Eines verstehe ich nicht ...« Mathildas Flüstern durchbrach die Stille. »Warum will dieser Major ausgerechnet die Zuchtstuten einziehen? Wenn er das jetzt auf allen Gestüten macht, dann gibt es doch bald viel zu wenig Fohlen. Und dann ...« Sie räusperte sich. »Falls die Stuten im Krieg sterben ... Dann gibt es in ein paar Jahren womöglich gar keine Pferde mehr.«

Bereits seit Tagen grübelte Karl darüber nach, seitdem er erfahren hatte, was mit den Zuchtstuten geschehen sollte. »Es dauert mindestens sechs Jahre, bis man ein gutes Kavalleriepferd herangezogen hat«, erklärte er leise. »Ich vermute, der Führer will den Krieg schneller gewinnen. Deswegen ist es ihm egal, ob wir in sechs Jahren noch Nachwuchs haben. Er braucht die Pferde *jetzt*.«

Mathilda drehte sich zu ihm, ihre Augen weiteten sich. »Du meinst, ihm ist es egal, wenn er die Zukunft unserer Pferde ausverkauft?«

Die Zukunft ihrer Pferde ... Karl konnte nichts gegen das zynische Lachen tun, das sich aus seiner Kehle löste. Gleich darauf schluckte er es hinunter. Er wollte Mathilda nicht auslachen. Aus ihrer Sicht mochte es vielleicht so aussehen, als besäßen die Zuchtstuten noch irgendeine Bedeutung. Aber die Wirklichkeit sah anders aus. »Vergiss die Pferde. Sie interessieren niemanden, am allerwenigsten den Führer. Für ihn zählt nur der Sieg. Und dafür verkauft er alles aus, sein ganzes Deutschland und sein ganzes Volk, zuerst die Männer, die als Soldaten für ihn sterben, dann die Frauen, die alle Arbeit allein machen müssen und nebenbei den Nachwuchs gebären, und am Ende die Kinder, die entweder den Bomben zum Opfer fallen oder den Krankheiten oder dem Hunger, den jeder Krieg nach sich zieht.« Ein heißer Schauer lief über seinen Rücken. Er musste aufhören! Selbst, wenn er tausendmal recht hatte. Er durfte es nicht aussprechen!

Mathilda wich ihm aus, strich mit fahriger Bewegung über Ottilies

Rücken. Karl betrachtete ihr Profil, ihre langen, dunklen Wimpern, den leichten Schwung ihrer Nase. Sie würde ihn nicht verraten. Ganz gleich, was er ihr sagte. Oder doch? Konnte er sicher sein?

»Wie wird es weitergehen?« Mathildas Lippen zitterten. »Wofür braucht ihr die vielen Pferde? Um gegen England zu ziehen?«

Karl wurde schwindelig. Er wollte nicht länger an den Krieg denken. Am liebsten wollte er nur noch hier sein, an Mathildas Seite ... in diesem Stall. Er wollte sie ansehen, wollte ihrer Stimme lauschen und seine Hand nach ihr ausstrecken. Doch seine Gedanken reagierten auf die Frage, zogen zurück in die Bahnen, in denen sie sich seit Monaten drehten: Etwas war unlogisch an der Invasion gegen England. Schon seit einiger Zeit fiel ihm auf, dass manche ihrer Übungen nicht zu den Invasionsplänen passten, während andere Vorbereitungen nicht getroffen wurden, obwohl sie bei einem Angriff auf England unerlässlich wären. »Im September war ich mir sicher, dass wir jederzeit mit unserem Marschbefehl rechnen müssen«, erklärte er nachdenklich. »Als wir an der Küste ankamen, haben wir alles geübt, was wir für einen Seeangriff gebraucht hätten. Aber jetzt ...« Er wandte sich ab, schaute über den Futtertrog hinweg auf die ruhige Stallgasse. »Jetzt üben wir nichts mehr davon. Sämtliche Vorbereitungen sehen so aus, als würden wir uns für einen Landmarsch rüsten. Wir trainieren die Pferde, wir machen Schieß- und Spähübungen an Land, aber vor allem ...« Er verzog das Gesicht. Eigentlich war es so offensichtlich. Dennoch schien es niemand zu bemerken. »Wir haben gar nicht die richtigen Schiffe, um für einen Blitzkrieg eine ausreichende Menge an Soldaten überzusetzen. Und wie wir in diesen Nussschalen die Pferde ans andere Ufer bringen sollten, war mir schon von Anfang an ein Rätsel. Wenn überhaupt, dann wäre das ein Selbstmordunternehmen.« Seine Hände fingen an zu zittern, er stemmte sie gegen den Futtertrog. »Es gibt noch keinen offiziellen Befehl. Aber ich bin mir sicher, dass England nicht mehr unser Ziel ist. Inzwischen plant Hitler etwas anderes. Wir sollen wieder landwärts ziehen.«

Mathildas Schritte raschelten im Stroh. Er hörte, wie sie ihm zum

Rand der Pferdebox folgte und hinter ihm stehenblieb. »Welches Land könnte das sein?«

Seine Gedanken überschlugen sich, gingen sämtliche Möglichkeiten durch. Schon tausendmal hatte er das Szenario durchdacht. Doch ganz egal, wie er es drehte, seine Erkenntnis erschreckte ihn jedes Mal von Neuem. »Wenn man alle Länder abzieht, die wir bereits erobert haben und mit denen wir verbündet sind, dann bleibt nicht mehr viel übrig. Jugoslawien und Spanien sind zwar nicht mit Hitler verbündet, stehen ihm aber nahe. Deshalb denke ich, dass er versuchen wird, hier weitere Partner zu gewinnen. Die Schweiz und Schweden sind neutral, kooperieren aber in vielen Punkten mit Deutschland. Ein Angriff würde nur unnötige Kräfte zehren, aber keinen großen Gewinn bringen. Vielleicht müssen wir den Italienern helfen, gegen Griechenland oder Afrika anzutreten, aber das beides sind eigentlich Mussolinis Kriegsschauplätze. Ich gehe davon aus, dass Hitler parallel dazu eigene Pläne schmiedet. Und wenn man das alles ausschließt, dann bleibt nur noch eine Möglichkeit.« Sein Herz raste, seine Zunge weigerte sich, das Wort auszusprechen. Aber es hatte keinen Sinn, die Wahrheit zu verleugnen. »Russland.«

»Russland?« Entsetzen sprang aus Mathildas Stimme. »Warum Russland? Das kann nicht sein. Hitler und Stalin haben einen Nichtangriffspakt!«

Ein schwerer Kloß setzte sich in seinen Hals. »Ein Pakt lässt sich brechen.«

Mathilda gab einen empörten Laut von sich. »Das wäre unehrenhaft! Ein Pakt darf nicht gebrochen werden!«

Karl versuchte, den Kloß hinunterzuschlucken, doch es gelang ihm nicht. »Was glaubst du, warum Stalin und Hitler diesen Pakt überhaupt geschlossen haben? Ganz bestimmt nicht, weil sie sich mögen oder nahestehen. Nein, sie haben den Pakt geschlossen, weil sie sich gegenseitig gefährlich werden können. Beide verfolgen die gleiche Politik. Stalin dehnt seine Sowjetunion genauso aus wie Hitler sein Deutsches Reich, beide verschlingen ein Land nach dem anderen. Inzwischen ist kaum noch etwas übrig, was sie noch einnehmen könnten. Stattdessen haben sie jetzt eine lange, gemeinsame Grenze, an der sie sich gegenüberstehen.« Karl versuchte, das unangenehme Gefühl zu verdrängen. Doch es war zwecklos. »Die Frage ist also nicht, ob man einen Pakt brechen darf. Die Frage ist einzig und allein, wer den Pakt als Erster brechen wird.«

Mathilda gab ein erschrockenes Geräusch von sich. Es dauerte eine Weile, ehe sie flüsterte: »Dann könnten sie doch auch zufrieden sein und den Krieg beenden.«

Karl schnaubt leise. »Wenn Hitler den Krieg beenden wollte, würde er nicht die letzte Reserve an Pferden und Männern einziehen. Und außerdem ...« Er stieß sich von dem Futtertrog ab und drehte sich zu ihr. »Warum gehen eigentlich alle davon aus, dass Hitler Ehre besitzt?«

Mathilda starrte ihn an, das Schwarz ihrer Pupillen dehnte sich aus.

Karl erschrak. Wie konnte er so etwas sagen? Hastig wandte er sich ab. Er hatte schon viel zu viel gesagt. Auch, wenn es seine Meinung über den Führer war, niemand durfte davon erfahren! Nicht einmal sie!

Andererseits ... Mathilda sollte genauso denken wie er, sie sollte die gleichen Zweifel spüren ... Es war ein gefährlicher Gedanke. Wenn er sich in ihr täuschte, könnte er dafür mit dem Leben bezahlen.

Aber womöglich war es das wert. Er musste wissen, ob sie zu ihm gehörte ... »Gustav von Steineck ist ein Mann der Ehre«, begann er langsam. »Oder Georg von Boeselager, der Kommandeur unserer Schwadron. Männer, die Ehre besitzen, achten das Leben, ganz gleich, ob es das Leben eines deutschen Soldaten, eines französischen Gegners oder das einer achtjährigen Zuchtstute ist.« Er straffte die Schultern und blickte wieder auf die Stallgasse. »Wer Ehre besitzt, der vermeidet es, unnötig Blut zu vergießen, und einen Krieg führt er nur dann, wenn er keine andere Wahl hat.«

Mathilda rührte sich nicht.

Karl atmete tief ein. Noch konnte er einen Rückzieher machen. Doch er wollte es aussprechen, wollte seine dunkelsten Zweifel mit ihr teilen. »Hast du dich je gefragt, was mit den jüdischen Familien geschehen ist, die früher hier gelebt haben? Oder warum die Zigeuner nicht mehr kommen, die so oft neben dem Dorf gelagert haben? Du hast selbst gesehen, was die Nationalsozialisten mit ihnen getan haben.«

Mathildas Füße raschelten. Sie räusperte sich unbehaglich. »Ich nehme an, sie sind geflohen.«

Karl schauderte. »Und wohin sollten sie fliehen? Nach Holland? Nach Dänemark? Nach Polen? Oder vielleicht nach Frankreich?«

»Nein.« Mathilda stieß die Worte hervor. »Dorthin können sie nicht. Wir sind überall!«

Karl nickte. Sie hatte es verstanden! Ganz langsam drehte er sich zu ihr.

Mathildas Augen waren noch immer dunkel. »Wo sind sie dann?« Ihre Stimme zitterte. »Wurden sie ... *abgeholt*?«

Karl fiel es schwer, ihrem Blick standzuhalten. Er sah nach unten, kämpfte mit dem Durcheinander, das sich in seine Gedanken drängte. »Ich habe nur Gerüchte gehört.«

»Welche Gerüchte?« Mathilda klang beunruhigt.

Schlimme Gerüchte ... Gerüchte aus Polen, von brutalen SS-Abteilungen, von Lagern, in denen schreckliche Zustände herrschten. Die Worte verhakten sich in seiner Kehle. Er konnte ihr nichts davon erzählen, konnte nur weiter zu Boden sehen.

Sie kam näher, ihre Hand berührte seine Schulter.

Karl hob den Kopf, blickte in ihre Augen. Furcht und Besorgnis mischten sich darin. »Was ist mit dir?« Ihre Hand legte sich an seine Wange. »Du weinst.«

Erst jetzt bemerkte er die Nässe auf seinem Gesicht, die kalte Winterluft, die daran nagte. Nur ihre Hand konnte die Kälte beruhigen. Auf einmal wollte er mehr von ihr! Mehr von ihrer Wärme, von ihrer Berührung. Sie war ihm so nah. Er betrachtete ihr Gesicht, ihren dunklen Mantel, das beige Kleid, das sie darunter trug. Selbst in der Winterkleidung war ihr Körper noch immer zart. Und dennoch war alles Kindliche von ihr abgefallen. Sie war eine Frau geworden.

Ihr Gesicht kam näher, ihr Atem streifte sein Kinn, seine Lippen, ihr Mund legte sich auf seinen.

Glühende Lava schoss durch seinen Körper, brannte alles nieder, was er eben noch gedacht hatte. Seine Arme griffen nach ihr, zogen sie an sich. Die Wolle ihres Mantels war kühl unter seinen Händen. Aber darunter konnte er sie spüren, ihren schmalen Körper, die zähe Kraft, die sich in ihr verbarg. Furcht und Anspannung lagen darin.

Er machte ihr Angst! Er musste sie loslassen!

Doch Mathilda hielt ihn fest, ihre Muskeln wurden weich, schmiegten sich an ihn. Ein heiserer Laut entkam seinem Mund, vermischte sich mit dem Geschmack ihrer Lippen. Weich und warm lagen sie unter seinen, für einen Moment noch ruhig ... unsicher ... ehe sie allmählich erwachten. Ihre Hände schoben sich über seinen Rücken, erreichten seinen Nacken, streichelten seine Haare.

Ein heißer Schauer erfasste ihn, lief über seine Haut und zog durch seinen Körper.

Es war zu viel! Es ging zu schnell! Er musste vorsichtig sein. Schnell riss er sich los. Mathildas Wangen glühten, ihr Mund stand offen. Sein Herz wollte sich überschlagen und auseinanderspringen. Er wollte sie noch einmal küssen, wollte sie in seine Arme ziehen und mit ihr verschmelzen.

Er durfte es nicht! Er musste aufhören. Niemals durfte er ihr näher kommen als jetzt.

Eisige Furcht stahl sich in ihre Augen. »Wenn du jetzt gehst, wirst du dann wieder verschwinden?«

Karl erstarrte. Ihre Worte brannten, trafen ihn dort, wo er am empfindlichsten war. Er wollte es nicht, wollte sie nicht noch einmal verlieren. Hastig zog er sie in die Arme, flüsterte in ihre Haare: »Ich werde nicht verschwinden.«

Ihr Kopf legte sich an seine Schulter, ihr Atem streifte seinen Hals. Er hörte, wie sie mehrere Male ansetzte, ehe sie ihre Frage stellte: »Wie lange bist du noch hier?«

Nicht mehr lange. Er wollte nicht daran denken und musste dennoch eine Antwort geben. »Am 2. Januar verladen wir die Pferde. Mit ihnen zusammen werden wir fahren.«

Mathildas Gesicht drückte sich in seine Halsbeuge. »Treffen wir uns noch einmal? Morgen Abend?«

Am liebsten würde er ja sagen, wollte er sie morgen und an jedem weiteren Abend bei sich haben. Nicht nur das, er wollte alle Tage und Nächte mit ihr verbringen, vielleicht die letzte gemeinsame Zeit, die ihnen blieb. Aber er durfte es nicht. Er musste endlich Verantwortung übernehmen und dafür sorgen, dass nichts Schlimmeres geschah. »Nein«, erklärte er heiser. »Es ist zu gefährlich. Wenn deine Familie dich erwischt ...«

Mathilda riss sich los. Nackte Enttäuschung stand in ihrem Gesicht. »Was ist mit dem Silvesterball? Veronika hat unsere Familie eingeladen. Wirst du dort sein?«

Der Silvesterball der Steinecks! Wieder spürte er einen harten Kloß in seinem Hals. Wollte er sie auf einem Ball wiedersehen?

Ja, er wollte es! Er wollte sie wiedersehen, und wenn es ein Ball war, auf dem zahlreiche Menschen tanzten, dann war es vielleicht gerade der richtige Ort. »Ja«, flüsterte er. »Ich werde dort sein.«

* * *

Nur zwei Tage später beorderte Veronika ihn in die Bibliothek. Gustav war an diesem Abend mit dem Opel vom Hof gefahren, und sie beide konnten sicher sein, dass sie nicht gestört wurden.

Dennoch war er unruhig, während er durch das nachtschlafende Gutshaus ging. Die Vorbereitungen für den Silvesterball waren dem Haus bereits anzusehen: Manche Möbel waren verrückt, die Teppiche in der großen Diele waren weggeschafft worden und an der Wand unter der Treppe zog sich eine lange Tafel für das Büfett entlang. Karl bemühte sich, seine Unruhe zu unterdrücken, die Schultern zu straffen und selbstbewusst voranzuschreiten. Dennoch klangen seine Stiefel nur leise auf den Stufen. Zu sehr hatte er sich angewöhnt, keine Geräusche zu machen.

Als er die Bibliothek betrat, brannte nur die Schreibtischlampe und erhellte Veronikas Arbeitsplatz. Von der Gutsherrin selbst war nichts zu sehen. Karl spähte in die Schatten am Rand des Zimmers, entdeckte sie schließlich an einem der Fenster, das auf den Hof hinausführte. Er war sich sicher, dass sie ihn bemerkt hatte, auch wenn sie keine Regung zeigte. Schweigend stand sie da und schaute nach draußen.

Leise schloss er die Tür, durchquerte den Raum und blieb neben ihr stehen. Wortlos folgte er ihrem Blick, schaute auf den Hof hinaus, genau auf den Eingang des Pferdestalles.

Veronika sog die Luft ein. Wie ein kühler Wind wehten ihre Worte durch den Raum. »Vorgestern Nacht hab ich Mathilda gesehen. Als sie aus dem Pferdestall kam.«

Karl erstarrte, seine Schulterblätter zogen sich zusammen.

Die Gutsherrin drehte sich zu ihm. Vorwurfsvoller Zorn lag in ihrer Miene. »Dann bist du also wegen ihr zurückgekommen?!«

Karl senkte den Kopf. »Und wenn es so wäre?«

Veronika lachte auf. »Wenn es so wäre? ...« Ihre Stimme klang scharf. »Dann wärst du ein Narr! Ein Wahnsinniger, der nicht nur sein eigenes Leben aufs Spiel setzt, sondern auch das von allen Menschen, denen er je etwas bedeutet hat!«

Karl fuhr auf, bemühte sich, ihrer Wut standzuhalten.

Der Lichtschein der Hoflampe schimmerte auf ihrer Haut, rief ein aufgebrachtes Glitzern in ihre Augen. »Du musst es mir sagen: Wie oft war sie bei dir? Wie weit seid ihr gegangen?«

Karl wandte sich ab. Seine Kiefermuskeln zuckten. »Das geht dich nichts an!«

»Oh doch!« Veronika wurde lauter. »Das geht mich etwas an! Du weißt, was wir abgesprochen hatten: Keinen Kontakt mehr. Mit niemandem. Du kommst nie wieder her und eigentlich warst du auch nie hier.«

Eisiges Entsetzen klammerte sich um seine Kehle. Plötzlich spürte er wieder den Abgrund, das gähnende Nichts, das sich vor seinen Füßen auftat. »Ich konnte es nicht«, rief er. »Ich habe meine Vergangenheit schon einmal zurückgelassen! Ich konnte es nicht ein zweites Mal! Glaub mir, ich hab es versucht. Aber seit wir im Krieg sind ... Ich brauche etwas, woran ich mich festhalten kann, wofür ich weiterlebe.«

Er starrte Veronika an, zwang sich dazu, ihr in die Augen zu sehen. »Wenn ich schon keine Zukunft mehr habe, dann lass mich wenigstens von meiner Vergangenheit träumen! Ansonsten bin ich schon so gut wie tot.«

Veronikas Gesicht wurde weich. Mit einem irritierten Blinzeln wandte sie sich ab und sah aus dem Fenster.

»Es ist jetzt zwei Jahre her.« Er sprach vorsichtig. »Seit zwei Jahren bin ich in der Wehrmacht. Denkst du nicht, dass die größte Gefahr inzwischen gebannt ist? Wenn mich bis jetzt niemand enttarnt hat, dann werden sie mich auch in Zukunft nicht finden.«

Veronika rieb sich die Arme, umklammerte ihren Oberkörper, als wäre ihr kalt. »Nein, du täuschst dich. Die Gefahr ist nicht gebannt. Wir wissen nicht, ob sie überhaupt schon nach dir gesucht haben. Womöglich kommt das erst noch.« Mit ernstem Blick drehte sie sich zu ihm. »Du weißt genau, dass sie hier als Erstes nach dir fragen werden.«

Karl schluckte. Sie hatte recht. Mit jedem einzelnen Wort.

Aus Veronikas Augen lösten sich Tränen. »Vielleicht ist es dir egal, wenn du dich selbst und uns in Gefahr bringst. Aber du setzt auch Mathildas Leben aufs Spiel.«

Karl wandte sich ab, wanderte mit langsamen Schritten durch den Raum, bis er die Fenster auf der anderen Seite erreichte. Von hier aus konnte man über die Felder zu Mathildas Hof sehen. In ihrer Stube brannte Licht. Schemen von Menschen bewegten sich darin. »Es ist zu spät«, erklärte er leise. »Ich habe ihr Briefe geschrieben, Joseph ist in meiner Schwadron. Die Verbindung ist wiederhergestellt. Wenn ich Mathilda jetzt verlassen würde, würde das nur noch mehr Fragen aufwerfen.«

Aus den Augenwinkeln konnte er sehen, wie Veronika ihm folgte. Direkt hinter ihm blieb sie stehen.

Er musste sie beschwichtigen, wenigstens ein bisschen: »Wir haben uns nur geküsst. Mathilda wollte am nächsten Abend wiederkommen, aber ich habe sie abgewiesen. Ich bin nicht ganz so kopflos, wie du denkst. Ich weiß genau, dass wir alle in Teufels Küche kämen, wenn sie schwanger würde.«

Veronikas Füsse scharrten auf den Dielen. Einen Moment lang schwieg sie, ehe sie leise seufzte. »Kennt sie dein Geheimnis?«

Karl schloss die Augen. Die Haare in seinem Nacken sträubten sich. »Nein!«

Er hatte Mathilda belogen, unzählige Male. Wann immer er über seine Vergangenheit sprach, verdrehte er die Wahrheit und mischte falsche Behauptungen hinein. Inzwischen gab es so viele Versionen seiner Geschichte, dass er selbst den Überblick verloren hatte.

Doch Mathilda ahnte nichts davon. Sie vertraute ihm. Selbst, wenn er sie geradewegs in den Untergang führte.

Im Grunde wusste er, dass Veronika recht hatte: Er setzte Mathildas Leben aufs Spiel. Je näher er ihr kam, je mehr sie über ihn erfuhr, desto mehr brachten sie sich gegenseitig in Gefahr.

Und dennoch ...

Karl öffnete die Augen. Wieder schaute er nach draußen, auf die erleuchteten Stubenfenster. Für eine Sekunde kam es ihm vor, als könnte er Mathildas Silhouette dahinter erkennen. »Ich kann sie nicht noch einmal verlassen. Das würde uns beiden das Herz brechen.«

Veronikas Hände berührten seine Schultern, ihr Kopf lehnte sich an seinen Rücken.

Karl erstarrte. Doch gleich darauf spürte er den Trost, den ihre Nähe spendete. Schließlich legte er seine Hand auf ihre Finger. »Es tut mir leid, dass ich unsere Abmachung gebrochen habe. Aber wo sollte ich sonst hingehen, wenn ich Heimaturlaub habe? Eine andere Heimat habe ich nicht mehr.«

Veronika rührte sich nicht. Nur ihr Atem strich leise über seine Uniform. »*Mir* tut es leid«, flüsterte sie, »dass ich mein Versprechen damals nicht halten konnte. Du hast dir weiß Gott ein anderes Leben verdient, einen besseren Platz, an dem du stehen solltest.«

Einen besseren Platz ... Die Worte sickerten durch seine Kopf, verwandelten sich in bittere Wut und sammelten sich in seinem Magen. Er durfte nicht darüber nachdenken, an welchem Platz er stehen sollte. Allein der Blick aus diesem Fenster machte es allzu lebendig. »Ich habe meinen Platz verloren!« Er riss sich von ihr los, drehte sich zu ihr um. »Es ist sinnlos, wenn wir weiter davon träumen.«

Veronika wich vor ihm zurück. Traurigkeit verschleierte ihr Gesicht.

Karl schüttelte den Kopf. Von jetzt an musste er weitermachen, musste sich auf das vorbereiten, was ihn schon in kurzer Zeit erwartete. »Du musst mir noch einmal etwas versprechen.« Er zog den Brief aus seiner Tasche, den er in den letzten Tagen geschrieben hatte, hielt ihn Veronika entgegen. »Der hier ist für Mathilda. Ganz egal, ob ich im Krieg falle oder umgebracht werde, sobald ich tot bin, soll sie ihn bekommen. Kannst du mir das zusagen?«

Veronika starrte ihn an. »Du wirst nicht sterben. Du bist ein guter Soldat. Sie haben dich gerade erst befördert.«

Karls Wut schäumte auf, trieb ein bitteres Lachen aus seiner Kehle. »Befördert und zum Spähdienst fortgebildet. Was meinst du, wie lange es ein Unteroffizier im Spähdienst macht, wenn Hitler uns nach Russland schickt?« Er deutete mit dem Brief Richtung Osten. »Ich kann es dir sagen: Ungefähr genauso lange, wie ein russischer Heckenschütze braucht, um seine Waffe zu entsichern.«

Veronika wurde bleich. »Sprich nicht so«, flüsterte sie. »Du darfst die Hoffnung nicht aufgeben.«

»Hoffnung …« Karl schnaubte. »Von welcher Hoffnung redest du? Von der Hoffnung, einen Krieg gegen Russland zu gewinnen? Sogar Napoleon ist daran gescheitert. Und selbst wenn … Ich bin ein einzelner Soldat. Ich bin das *Material* für diesen Krieg, das *Menschenmaterial*. Und da draußen im Stall, da steht das *Pferdematerial*. In ein paar Tagen werden wir verladen und weggebracht. Und wenn wir dann sterben, dann ist das nichts weiter als *Materialverlust*.« Ein hartes Ziehen tobte durch seine Brust, spiegelte sich in Veronikas Augen. Dennoch konnte er nicht aufhören. Brennende Ironie setzte sich in seine Worte. »Ist das nicht ein herrliches Schicksal? Zweimal bin ich ihm entkommen, aber am Ende werde ich doch noch ein Opfer für den Führer. Ausgerechnet für den Mann, der mir ohnehin schon alles genommen hat.« Karl rang nach Atem. Die Ironie in seiner Stimme zerfiel, formte sich in bitteren Ernst. »Wo … bitte schön … soll ich darin meine Hoffnung finden?«

Veronika streckte den Arm nach ihm aus. Erst jetzt fiel ihm auf, dass er ihr den Brief noch immer entgegenhielt. Das Kuvert zitterte in seinen Fingern.

Veronika zog es aus seiner Hand. »Ich kann dir sagen, wo du deine Hoffnung findest ...« Sie klang melancholisch, doch jeglicher Schrecken hatte sich in Entschlossenheit verwandelt. »Du solltest darauf hoffen, dass ich Mathilda diesen Brief niemals geben muss.«

Karl wich zurück. Auch dieses Mal hatte sie recht. Er durfte nicht aufgeben. Er musste den Krieg überleben. Nicht für Veronika, auch nicht für den Platz, den er eigentlich einnehmen sollte ... Nicht einmal für sich selbst ...

Sondern einzig und allein für Mathilda.

16. KAPITEL

Fichtenhausen, Paderborner Land, Silvesterabend 1940/41

Mathilda freute sich auf den Silvesterball. Zwar war ihr Vater skeptisch und wollte lieber mit Katharina und Stefan zu Hause bleiben. Aber wenigstens versuchte er nicht, Leni, Joseph und sie an ihrem Ballbesuch zu hindern. Womöglich hätte er seine Meinung geändert, wenn er gewusst hätte, in welchem Kleid Mathilda zu dem Ball gehen wollte. Erst vor kurzem hatte Frida ihr das Kleid genäht und sie damit überrascht. Es war ein elegantes, ärmelloses Abendkleid aus blauer, fließender Seide, das ihr bis auf die Knie reichte. Um ihre Taille verlief eine enge Schärpe, die auf dem Rücken gerüscht war. Dazu gab es einen feinen Seidenschal, den sie um den Hals schlingen konnte.

Ein solches Kleid war ein Vermögen wert. Seit Kleider und Nahrung auf Marken zugeteilt wurden, konnte man etwas Derartiges nirgendwo kaufen, und Frida hatte es nur deshalb nähen können, weil sie den Stoff schon vor dem Krieg gekauft hatte. Umso glücklicher war Mathilda darüber, dass ausgerechnet sie das Kleid bekommen hatte.

Auch Leni trug ein Kleid, das Frida ihr im Sommer genäht hatte. Es war aus bordeauxroter Seide und noch ein bisschen kürzer als Mathildas. Ihr Vater wäre entsetzt gewesen, wenn er sie beide in dieser Abendgarderobe gesehen hätte. Entsprechend versteckten sie ihre Kleider unter langen Wollmänteln, als sie sich von ihm verabschiedeten. Erst auf dem Gestüt machten sie einen Abstecher in den Stall, zogen ihre Verkleidung aus und trugen den Lippenstift auf, den Leni mitgenommen hatte.

Joseph schmunzelte darüber, aber er versuchte nicht, seine Schwestern daran zu hindern. Während Mathilda und Leni sich umzogen, stand er vor dem Pferdestall und hielt Wache.

Noch nie zuvor war Mathilda auf einem Ball gewesen. Sie kannte die Tanzfeste, die im Dorf gefeiert wurden, oder die Hochzeiten, die meistens auf den Deelen der Bauernhöfe stattfanden. Aber was der Unterschied zu einem Ball war, erkannte sie erst an diesem Abend.

Die männlichen Gäste der Steinecks trugen fast ausnahmslos Uniform. Die meisten von ihnen erkannte Mathilda als Kavallerieoffiziere. Nur gelegentlich waren Unteroffiziere und Mannschaftsgrade darunter. Dazwischen gab es einzelne mit den Abzeichen der Waffen-SS oder ältere Männer, die noch ihre Uniformen aus dem letzten Krieg trugen.

Doch alles in allem waren deutlich mehr Frauen als Männer anwesend. Auch die weiblichen Gäste waren so elegant gekleidet, dass Mathilda und Leni mit ihren Kleidern nur gerade so mithalten konnten. Wenn Mathilda sich vorher noch Sorgen darum gemacht hatte, dass ihr Kleid zu freizügig sein könnte, kam sie sich inmitten der feinen Damen postwendend wieder wie ein Bauerntrampel vor.

Vielleicht lag es aber auch daran, dass abgesehen von ihnen fast niemand aus dem Dorf gekommen war. Nur die Familie des Bürgermeisters entdeckte sie in der Nähe des Einganges. Auch der Ortsbauernführer und der Ortsgruppenleiter waren mit ihren Frauen gekommen. Aber von ihren Freunden und Bekannten aus der jüngeren Generation entdeckte sie niemanden, nicht einmal Böttchers Liesel oder Anna, die ja ebenso direkte Nachbarn waren wie sie, was Mathilda recht bald zu der Frage brachte, warum ausgerechnet ihre Familie eingeladen worden war. Im Grunde konnte sie es nur dadurch erklären, dass Veronika von Steineck sie als Reiterin für ihr Gestüt haben wollte. Aber Mathilda wusste nicht, ob sie deshalb stolz sein sollte oder nicht. In jedem Fall kam sie sich vor wie ein Fremdkörper.

Zum Empfang wurde Sekt gereicht, der ihren Kopf benebelte und sie mit einem leichten Schwindelgefühl durch das Haus schweben ließ. In der großen Diele standen ein langes Büfett und eine Getränkebar, im roten Salon saßen vor allem die Herren in kleinen Grüppchen beisammen, und in dem Saal der Steinecks musizierte ein kleines Salonorchester, das diverse Schlager interpretierte und sie abwechselnd mit klassischen Tanzliedern spielte.

Zwischen all dem Neuen fand Mathilda den Umgang mit den anderen Gästen jedoch am schwierigsten. Die meisten standen in kleinen

Gruppen beieinander und unterhielten sich. Die Gesprächsfetzen, die sie von den Soldaten hörte, drehten sich um den Krieg und verströmten einen eifrigen Ernst, während die Frauengespräche nicht nur die deutschen Erfolge, sondern auch den Heimaturlaub ihrer Männer feierten und von lautem Lachen begleitet waren.

Die meisten Soldaten waren mit ihren Gattinnen gekommen, die sich eloquent mit den Ehefrauen der anderen Soldaten unterhielten. Aber dazwischen waren auch Gäste, die keinen Partner an ihrer Seite hatten, junge Offiziere, deren Blicke unverhohlen die jüngeren Frauen taxierten, sich die hübschesten auswählten und das Gespräch mit ihnen suchten. Auch Mathilda konnte kaum länger als ein paar Minuten an einer Stelle stehen, ehe sich ein junger Mann an ihre Seite gesellte und sie in ein Gespräch verwickelte. Spätestens nach dem zweiten Verehrer versuchte sie, sich an Leni und Joseph zu halten. Aber ihre Gesellschaft machte es nicht besser. Ihr Bruder unterhielt sich mit Kameraden aus der Kavallerie, die nicht lange fackelten, ehe sie Mathilda und Leni ansprachen. Mathilda wurde dabei immer mulmiger zumute, während Leni offenkundig nichts gegen gutaussehende Soldaten einzuwenden hatte. Insbesondere Jungoffiziere weckten ihr Interesse. Eine Weile hoffte Mathilda darauf, dass auch Karl in die Riege der Soldaten stoßen würde, mit denen Joseph sich unterhielt. Doch er war weit und breit nirgends zu entdecken. Schließlich nutzte sie die erstbeste Gelegenheit, um sich von den anderen abzusetzen und nach Karl zu suchen.

Aber schon nach kurzer Zeit kam sie sich wie eine dumme Gans vor, weil sie mit gerecktem Hals von einem Raum in den anderen lief. Als sie Karl endlich entdeckte, stand er mit einer Gruppe jüngerer Offiziere neben dem Büfett und unterhielt sich. Seine Miene wirkte ernst und zurückhaltend, folgte mehr den Gesprächen der anderen, als dass er selbst etwas sagte. Auch er trug seine Uniform, und Mathilda betrachtete von weitem seine Unteroffiziersabzeichen. Auch wenn Karl den Stallburschen lieber mochte als den Soldaten, Mathilda konnte die leise Bewunderung nicht verhindern, die in ihr aufstieg und sich in Wärme verwandelte. Am liebsten wollte sie zu ihm gehen, wollte ihm auf die Schulter tippen und ihn von den Soldaten weglocken. Aber sie kannte die Offiziere nicht und wollte nicht in eine ähnliche Situation hineinstolpern wie mit dem Major. Also würde sie warten, bis Karl sie entdeckte und zu ihr kam.

Am Rand des Büfett blieb sie stehen, gerade rechtzeitig, um zu beobachten, wie die Offiziere in lautes Gelächter ausbrachen. Auch Karl lachte, aber bei ihm wirkte es verhaltener. Schließlich hob er den Kopf, sah sich im Raum um, als würde er etwas suchen. Er schaute zum Eingang, sah über die Köpfe der Menschen hinweg und entdeckte Mathilda. Sein Lachen verstummte, seine Augen wurden dunkler. Sein Blick wanderte die Konturen ihres Kleides hinab, streifte ihre Taille, floss mit der Seide abwärts, bis er ihre Waden erreichte. Plötzlich fühlte sie sich nackt unter dem dünnen Kleid. Ein kühler Luftzug wehte um ihre Beine, streifte ihre bloßen Arme.

Karls Blick huschte aufwärts. Nur flüchtig musterte er ihre Frisur, die kunstvolle Olympiarolle, zu der Leni ihre Haare aufgedreht hatte. Dann wandte er sich ab, schaute wieder in die Runde der Soldaten und sagte etwas. Wieder lachten die Offiziere.

Mathilda drehte sich so hastig zum Büfett, dass ihre Hand beinahe eine der Bratenplatten vom Tisch fegte. Sie spürte noch, wie ihre Fingerknöchel das Fleisch streiften, ehe sie den Arm hochriss.

Was war nur los mit ihr? Karl hatte sie gesehen, er wusste, dass sie hier war. Von nun an musste sie nur noch warten, musste nur so tun, als würde sie sich am Büfett bedienen, bis er zu ihr herüberkam.

Um sich abzulenken, nahm sie sich einen Teller, wanderte an der Tafel entlang und bewunderte die Köstlichkeiten, die darauf angerichtet waren. Hier und da probierte sie etwas und legte kleine Häppchen auf ihren Teller. Aber vor allem wunderte sie sich darüber, woher die Steinecks all diese Lebensmittel und Zutaten bekommen hatten. Mussten nicht auch Offiziersfamilien Lebensmittelkarten vorweisen, wenn sie etwas einkaufen wollten? Oder galten in diesen Kreisen andere Regeln? Bekamen sie womöglich Extrakarten, um derartige Feste auszurichten? Andererseits besaßen auch die Steinecks eigene Felder und Tiere ... Bei dem Gedanken, dass Gustav von Steineck ein paar seiner Schweine schwarzschlachtete, musste Mathilda schmunzeln.

»Das ist aber ein hübsches Lächeln!« Eine Männerstimme riss sie aus ihren Überlegungen.

Mathilda wirbelte herum. Neben ihr stand ein junger Offizier. Auf seinem Gesicht formte sich ein charmantes Lächeln. »Sie haben nicht zufällig Lust, mich an ihren amüsanten Gedanken teilhaben zu lassen?«

Mathilda sah ihn verwirrt an. Woran wollte er teilhaben? An ihren Gedanken über schwarzgeschlachtete Schweine? Abwehrend schüttelte sie den Kopf. Der Raum vor ihren Augen drehte sich ein wenig. Vermutlich stammte das vom Sekt, ebenso wie das breite Lächeln, das sich über ihr Gesicht legte. »Nein, ich denke nicht, dass ich etwas mit Ihnen teilen möchte!«

Der Offizier hob die Augenbrauen. »Das ist aber schade. Sie scheinen eine unterhaltsame junge Dame zu sein.«

Wer sollte unterhaltsam sein? Etwa sie? Mathilda musste kichern. »Da kennen Sie mich aber schlecht. Ich bin ernst und nachdenklich und meistens ein bisschen zu langsam.«

Woher kamen diese Worte? War das der Alkohol?

Der Offizier lachte so schallend laut, dass sich alle Umstehenden zu ihnen umdrehten.

Mathilda sah sich um. Wo war Karl? Es wurde dringend Zeit, dass er an ihre Seite eilte und klarstellte, zu wem sie gehörte. Sie schaute zu den Soldaten, bei denen er eben noch gestanden hatte.

Doch Karl war verschwunden.

Mathilda entschuldigte sich bei dem jungen Offizier und ließ ihn ohne weitere Worte stehen. Stattdessen lief sie durch die Diele, um nach Karl zu suchen. Dieses Mal dauerte es nicht lange, bis sie ihn fand. Mit Veronika und Gustav stand er an der Tür zum roten Salon und unterhielt sich mit einem Gast.

Karl drehte den Kopf zur Seite und entdeckte sie. Wieder strich sein Blick über ihr Kleid, nur kurz, ehe er sich mit einem höflichen Lächeln an den Gast wandte. An seinen Gesten konnte sie sehen, dass er sich entschuldigte, bevor er sich von den Steinecks und ihrem Gast abwandte.

Mathilda glaubte, dass er zu ihr herüberkommen würde. Aber Karl warf ihr nur einen merkwürdiges Blinzeln zu. Gleich darauf ging er in die andere Richtung. Mit zielstrebigen Schritten marschierte er in den hinteren Teil der Diele und bog in den Gang ab, der zur Gutsküche führte.

Mathilda blieb wie angewurzelt stehen. Am liebsten wäre sie ihm gefolgt, hätte ihn dort hinten in der Gutsküche getroffen, wenn schon nicht hier vorne auf der Feier. Doch dann begriff sie, was hier vor sich ging: Er lief vor ihr davon!

Was hatte das zu bedeuten? Erst wollte er nicht, dass sie ihn ein zweites Mal im Stall besuchte, und jetzt wich er ihr aus? Mathilda schluckte. Etwas stimmte nicht mit ihm. Schon im Stall hatte sie es bemerkt: Die Tränen auf seinem Gesicht, die Verzweiflung in seinen Augen, die Art, wie er jede weitere Verabredung verweigerte. Es mochte ja sein, dass er sich in sie verliebt hatte, aber er wollte nicht mit ihr zusammen sein.

Genauso wie damals.

Ein hartes Gefühl zog durch ihren Bauch, vermischte sich mit dem Schwindel und ließ sie schwanken. Erst dann fiel ihr auf, dass sie noch immer auf die Tür starrte, hinter der er verschwunden war. Vielleicht hatten die Steinecks ihn losgeschickt, um etwas zu holen. Womöglich war das alles nur ein Missverständnis, und er würde gleich zurückkehren. Mathilda hoffte es, aber noch mitten in diesem Gedanken kam sie sich lächerlich vor. Die Botschaft war eindeutig: Zweimal war er vor ihr davongelaufen! Sie benahm sich wie ein dummes Küken, wenn sie hier stehen blieb und auf ihn wartete.

Mit gesenktem Kopf wandte sie sich ab. Das Fest hatte seinen Reiz verloren, am liebsten wäre sie nach Hause gelaufen. Aber sie durfte nicht gehen, ehe sie noch einmal mit ihm gesprochen hatte. Ohne nachzudenken, ging sie zum Büfett zurück. Zu ihrer Überraschung entdeckte sie ihren Teller, den sie stehen gelassen hatte, und daneben den jungen Offizier, der ihn noch immer bewachte. »Da sind Sie ja wieder«, begrüßte er sie. »Und ich dachte schon, Sie wären vor mir davongelaufen.«

Mathilda starrte ihn an. *Davongelaufen* ... Der Schwindel wehte das Wort durch ihre Kopf. Ja, sie war davongelaufen, und Karl war ebenso davongelaufen. Aber der Einzige, der davonlaufen sollte, war stehen geblieben und hatte auf sie gewartet. Unwillkürlich musste sie lachen. Sie hörte ihre Verzweiflung in dem Laut, aber den jungen Offizier schien es nicht zu stören. Er lachte mit ihr, als hätte sie einen Scherz gemacht.

Von nun an wurde es umso schwieriger, ihn loszuwerden. Egal, was sie versuchte, um ihn von sich zu weisen, er fand sie *amüsant*. Mathilda wollte ihn abschrecken und erklärte ihm, dass sie ein Bauernmädchen war, das sich nur zufällig auf diesen Ball verirrt hatte. Sie behauptete, dass sie nur barfuß oder in Holzschuhen laufen konnte und zog zur Demonstration die Tanzschuhe aus, die Frida ihr geliehen hatte und die eine Größe zu klein waren.

Doch ihre Abschreckungstaktik zeigte die gegenteilige Wirkung: Er fand ihre Aschenputtelgeschichte rührend und stellte sich als Wilhelm König vor. Ob sein Name echt war, oder ob er ihn dem Märchen angeglichen hatte, konnte Mathilda nicht herausfinden. Er beharrte so lange darauf, dass er wirklich so hieß, bis sie nicht mehr anders konnte, als lauthals mit ihm zu lachen. Immerhin war es ihm gelungen, ihre schlechte Laune zu vertreiben. Er hatte ein warmherziges Gesicht, und aus seinen Augen blitzte der Schalk. Mathilda fing an, ihn zu mögen.

Ohne dass sie sich dagegen wehren konnte, brachte er ihr ein Glas Rotwein, das sie noch fröhlicher machte. Ihre Schritte fühlten sich unsicher an, als er sie auf die Tanzfläche führte. Aber bald schon fügten sie sich in den Takt der Lieder, während sich ihr Oberkörper in seine Arme lehnte. Immer wieder hielt sie nach Karl Ausschau, aber sie fand ihn nirgends. Erst, als Joseph zwischen zwei Liedern neben ihnen auftauchte und Wilhelm König abklatschte, wurde sie den jungen Offizier wieder los.

»Ich halte mich an deinen Schuh, Aschenputtel«, raunte er ihr zum Abschied zu.

Mathilda fiel auf, dass sie noch immer barfuß lief. Während sie Wilhelm König nachsah, spürte sie leises Bedauern. Er war nicht der schlechteste Tanzpartner gewesen. Zumindest, solange Karl nichts von ihr wissen wollte.

»Was tust du da?«, zischte Joseph ihr zu, während sie den nächsten Tanz mit ihm tanzte. »Wenn Papa wüsste, dass du dich dem erstbesten Offizier in die Arme wirfst ...«

In Mathilda kochte eisiger Trotz hoch. »Wenigstens war er lustig«, erklärte sie mit verwaschener Stimme. »Und anständig. Er hat nicht mal versucht, mich zu küssen.«

Joseph kniff die Augen zusammen. »Das wäre noch gekommen.«

Mathilda kicherte. Der Alkohol benebelte ihre Gedanken. Was wollte sie ihrem Bruder sagen? »Er sagt, er ist ein König, und ich bin Aschenputtel. Früher hast du Märchen gemocht.«

Joseph hielt sie im Tanzen ein kleines Stückchen von sich. »Wie viel hast du getrunken?«

Mathilda schüttelte den Kopf. Der Alkohol war nicht wichtig. »Nur ein paar Gläser«, murmelte sie. Viel wichtiger war der Grund, *warum* sie mit Wilhelm König getanzt hatte: Weil Karl nichts mehr von ihr wissen wollte.

Stechender Schmerz bohrte sich durch ihre Brust. Doch ihr Mund plapperte einfach drauflos: »Der Prinz, den du für mich ausgesucht hast, hat mich jedenfalls sitzenlassen. Erst ist er weggelaufen, und dann habe ich ihn seit Stunden nicht mehr gesehen.«

Josephs Gesicht wurde finster. »Falls du Karl meinst«, er deutete mit dem Kopf durch den Saal. »Der ist sehr wohl hier.«

Mathildas sah in die Richtung. Karl lehnte in einer Türnische, die zu einem verschlossenen Nachbarraum führte. Er hielt ein Cognacglas in der Hand und sah sie an. Dunkel und kühl bohrte sich sein Blick in ihre Augen, gerade so, als würde er sie schon länger beobachten. Vielleicht schon die ganze Zeit.

Mathildas Herzschlag stolperte. Es musste ein Missverständnis sein! Er war nicht vor ihr weggelaufen. Sonst würde er sie nicht so ansehen. Sie wollte sich losreißen und zu ihm laufen. Aber sie war kein kleines Kind mehr, sie konnte sich ihm nicht vor all den Leuten an den Hals werfen. Sobald das Lied zu Ende war, würde sie zu ihm gehen und sich entschuldigen.

Doch als Joseph sie aus dem Tanz entließ, war Karl ein weiteres Mal verschwunden.

Wieder suchte Mathilda nach ihm, wieder lief sie wie eine dumme Gans durch das Gutshaus, wanderte durch die Diele, schaute hinauf auf die Galerie und ging in den roten Salon. Sie betrachtete den schwarzen Flügel, der wie ein großer Vogel mitten im Raum stand. Beinahe erwartete sie, dass sie Karl dahinter finden würde. Sie konnte die Melodie hören, die sich ein für alle Mal in ihr Gedächtnis gesetzt hatte. Aber der Klavierhocker war leer.

Wut keimte in ihr auf. Oder war es Enttäuschung? Plötzlich hatte sie keine Kraft mehr, um noch länger nach ihm zu suchen. Wenn sie ihn hier nicht fand, konnte er überall sein: draußen auf dem Hof, im Pferdestall, in seiner Kammer ... Wenn er sich vor ihr verstecken wollte, hatte sie keine Chance, ihn zu finden. Besser sie suchte ihre Schuhe und ging nach Hause.

Als sie jedoch in den Tanzsaal zurückkehrte, war Karl wieder da. Sie entdeckte ihn auf der Tanzfläche, zusammen mit einer jungen Frau, mit der er sich im Walzertakt herumdrehte.

Vielleicht lag es am Alkohol, aber spätestens jetzt verstand sie nichts mehr. Mit hängenden Schultern blieb sie am Rand der Tanzfläche stehen und sah ihm zu.

Nach jedem zweiten oder dritten Lied wechselte er seine Tanzpartnerin. Der Reihe nach forderte er die jungen Damen auf, die ihm mit einem bereitwilligen Lächeln auf die Tanzfläche folgten. Mathilda sah, wie er sich beim Tanzen unterhielt, immer wieder hörte sie sein Lachen. Aber ganz gleich, wie lange sie darauf wartete, er kam kein einziges Mal zu ihr.

Stattdessen musste sie einen Tänzer nach dem anderen abwehren, die sie auffordern wollten. Irgendwann gab sie es auf und ließ sich auf die fremden Männer ein, bis sie genauso wie Karl nach fast jedem Tanz den Partner wechselte.

Schließlich fiel ihr einer auf, der es besonders auf sie abgesehen hatte. Es war ein SS-Obersturmführer, der eindeutig zu alt für sie war. Mathilda schätzte ihn auf dreißig, vielleicht sogar älter. Er hatte blonde Haare, von denen unter der Schirmmütze nur die kurzgeschorenen Seiten zu sehen waren. Doch das Auffälligste an ihm war die weiße Narbe, die quer über seine Wange verlief und seine linke Gesichtshälfte entstellte.

Jedes Mal, wenn Mathilda seinem Blick begegnete, lief ihr ein Schauer über den Rücken. Sie wollte ihn nicht verurteilen, nur weil er eine Narbe hatte. Also tanzte sie mit ihm genauso wie mit jedem anderen. Ganze drei Male forderte er sie auf. Er redete kein Wort, doch er sah sie pausenlos an. Zuerst nur, solange sie miteinander tanzten. Aber später schien er sie auch vom Rand der Tanzfläche aus zu beobachten.

Von Minute zu Minute wurde es unheimlicher. Am liebsten hätte sie jemanden um Hilfe gebeten. Doch Karl schaute kein einziges Mal in ihre Richtung, Joseph schien ein Mädchen gefunden zu haben, das ihm gefiel und mit dem er ununterbrochen tanzte, und Leni hatte sie schon seit einer geraumen Weile nicht mehr gesehen.

Umso erleichterter war sie, als Wilhelm König vor ihr stand und sie aufforderte. »Nachdem ich herausgefunden habe, dass der eifersüchtige Soldat vorhin dein Bruder war ...«, er verneigte sich in einer ironischen Geste vor ihr, »... kann ich nicht umhin, Aschenputtel um einen heimlichen Tanz zu bitten.«

Wieder musste Mathilda lachen. Dieses Mal vor allem vor Erleichterung. Wilhelm König machte zum Glück keine Anstalten, noch einmal seine Tanzpartnerin zu wechseln. Also tanzten sie ein Lied nach dem anderen, bis es auf Mitternacht zuging. Den Mann mit der Narbe hatte sie schon länger nicht mehr gesehen, und auch Karl war ein weiteres Mal verschwunden.

Kurz vor Mitternacht endete die Musik. Stattdessen knallten Sektkorken, und die meisten der Gäste drängten sich zur Eingangstür, um das neue Jahr mit ein paar Raketen zu begrüßen. Erst jetzt fiel Mathilda auf, dass sie noch immer barfuß lief. Wo ihre Schuhe abgeblieben waren, wusste sie nicht. Ohnehin wollte sie nicht nach draußen gehen. Sie wollte weder mitsamt der Menschenmenge im Schnee stehen, noch wollte sie Wilhelm König in die nächtliche Dunkelheit folgen. Sie musste wieder an Josephs Warnung denken, an den Kuss, der sicher noch folgen würde. Sie mochte den jungen Offizier. Aber küssen wollte sie ihn nicht. Viel lieber wollte sie noch einmal nach Karl suchen. Womöglich war es ihre letzte Chance, bevor die Feier dem Ende entgegenging.

Es war nicht leicht, Wilhelm König allein nach draußen zu schicken. Aber schließlich ließ er sich darauf ein, für das Versprechen, dass Aschenputtel ohne ihre Schuhe nicht weglaufen würde.

Kurz darauf wanderte sie durch die leeren Räume. Im Haus waren nur noch so wenige Menschen, dass sie Karl sofort entdeckt hätte. Sie vermutete, dass er sich im Obergeschoss versteckt hielt. Ob sie es wagen durfte, die abgelegenen Winkel des Hauses zu durchsuchen? Vielleicht gleich, wenn sie sicher war, dass auch die Steinecks draußen waren. Zuerst würde sie noch einmal hier unten suchen. Ein weiteres Mal erreichte sie die Tür zum roten Salon und trat ein.

Von den Herrengruppen, die den Abend hier verbracht hatten, war nichts mehr zu sehen. Der Salon war menschenleer. Nur der schwarze Flügel stand noch immer an seinem Platz. Seit zwei Jahren hatte sie nicht mehr am Klavier gesessen. Mit einem Mal kehrte die Melodie zurück. Wie von einem Magneten angezogen, ging Mathilda auf den Flügel zu und setzte sich auf den Schemel. Ihre Finger legten sich auf die Tasten, fanden den richtigen Ton und spielten die Melodie. Sie hatte das Lied niemals richtig gelernt. Nur ihre rechte Hand konnte die Melodie improvisieren, eine einfache Version davon, die sich im Vergleich wie ein Kinderlied anhörte. Allein in ihren Gedanken floss das ganze Stück dahin, in großen, tragenden Wellen, wie ein Fluss, der eine traurige Geschichte erzählte. Es war ein Lied, das sich mit ihrer Stimmung vereinte, in dem sie versinken wollte, bis sie sich darin auflöste. Alles in ihr sträubte sich gegen das Ende. Dennoch erreichte es seinen letzten Ton und verklang in der Leere des kleinen Salons.

»Wie reizend!« Eine Männerstimme ließ sie auffahren, ein leises Klatschen, das direkt hinter ihr war. »Was für ein entzückendes Zigeunerlied.«

Mathilda wirbelte herum. Hinter ihr stand der SS-Obersturmführer mit der Narbe. Ein schiefes Lächeln zog sich über sein Gesicht. »Die Zigeuner haben so viel Sehnsucht in ihren Liedern. Man könnte ihnen beinahe verfallen, nicht wahr?«

Mathilda starrte ihn an, ihr Herz raste. Auf einmal wurde sie sich bewusst, wie nackt sie war, mit bloßen Füßen und Armen stand sie da. Selbst ihr Schal hatte beim Tanzen gestört und lag nun irgendwo am Rand des Tanzsaals.

Der Blick des SS-Offiziers strich über ihre Haut. Sein Lächeln verzog sich zu einem Grinsen. »Dabei wissen sie gar nicht, dass sie von ihrem nichtswürdigen Elend singen, von ihrem Tod und Verderben. Man könnte fast meinen, die Zigeuner sähen tatsächlich in ihre Zukunft.« Sein Grinsen verzerrte sich. Er trat einen Schritt auf Mathilda zu. »So ein hübsches, arisches Mädel …«, sein Mundwinkel zuckte, »… spielt solch hässliches, verdorbenes Liedgut?« Er berührte ihre Wange.

»Mathilda!« Eine scharfe Stimme peitschte durch den Raum.

Sie wich zurück, entdeckte Karl in der offenen Tür. Düsterer Zorn lag in seiner Miene, so beängstigend, als wollte er jeden Moment seine Waffe ziehen. Seine Haare waren zerwühlt, die Mütze war verschwunden.

»Sieh an!« Der Narbengesichtige lachte. »Wen haben wir denn da?«

Erst jetzt konnte Mathilda sich rühren. Sie drehte sich um und rannte, lief wie ein Kind mit nackten Füßen und wehendem Kleid über das Parkett. Am liebsten wäre sie Karl in die Arme gefallen, nur die Wut in seiner Miene hielt sie davon ab. Er packte sie am Arm, klammerte seine Hand so eng darum, dass es weh tat und zog sie mit sich. In der Diele war kaum noch jemand. Niemand bemerkte sie, als Karl sie in den Gang zur Gutsküche zog. Doch er führte sie nicht in die Küche. Er stieß eine Tür auf, hinter der ein enges Treppenhaus lag. Es war ein Ort, den Mathilda nicht kannte, aber sie ahnte, dass es der Dienstbotenaufgang sein musste.

Karls Hand legte sich in ihren Rücken, schob sie die Treppe hinauf, immer weiter, bis sie unter der Dachschräge ankamen. Ein kleines

Dachfenster ließ das Mondlicht auf den Treppenabsatz fallen und erleuchtete eine schäbige Tür, die vermutlich zum Dachboden führte. Karl ließ sie los und wich zurück.

Mathilda fuhr herum, starrte ihm entgegen. Vor dem hellen Dachfenster war nicht mehr als eine dunkle Silhouette von ihm zu sehen. Draußen heulten Raketen, ein rotes Flackern zuckte am Himmel, tanzte durch den winzigen Raum und reflektierte auf seinen Haaren. Ihr Herz raste noch immer, ihr Arm schmerzte. Dennoch hatte sie keine Angst. Karl war bei ihr, sie waren allein. Endlich.

Er wich noch weiter zurück, trat in den Lichtschein unter dem Fenster. Erst hier konnte sie sein Gesicht erkennen. Die Raketen machten eine Pause. Fahl und kalt schimmerte das Mondlicht auf seinen Zügen, gerade hell genug, um die eisige Wut zu erkennen. »Kannst du mir erklären, was das heute Abend sollte?«, fragte er mit verzerrtem Ausdruck.

Mathilda zuckte zusammen, ihre Gedanken rasten. Worauf war er so zornig? Auf den Mann mit dem Narbengesicht? Glaubte er, sie wäre freiwillig bei ihm gewesen? Oder ging es um etwas anderes? »Was genau meinst du?«

»Was ich meine?« Karl lachte hart, wie ein Eiskristall fraß sich der Laut durch die Luft. »Ich meine deinen gelungenen Abend mit Wilhelm König.«

Mathilda wurde schwindelig. Wilhelm König?

Karl fuhr sich mit der Hand durch die Haare. »Wenn du lieber mit ihm zusammen bist, dann sag es mir gleich!« Seine Stimme kippte, der Zorn in seiner Miene brach.

Mathilda fröstelte. Er meinte es ernst. Er war eifersüchtig. Auf einen Mann, den sie heute Abend zum ersten Mal getroffen hatte. »Wie kommst du darauf?«

Wieder lachte er. »Ich habe euch gesehen, Mathilda! Er hat dich zum Lachen gebracht. Mit ihm hast du geplaudert und gescherzt. Du warst fröhlich und ausgelassen. Stundenlang durfte er mit dir tanzen, durfte dich berühren und im Arm halten, bis du nichts anderes mehr wahrgenommen hast. Also sag mir nicht, dass das nichts bedeutet.«

Mathilda schluckte. Ihre Gedanken wirbelten durcheinander, ließen sich kaum ordnen. Ihr Mund öffnete sich, aber sie konnte nichts sagen. »Herrgott, Mathilda!« Karl fluchte. »Sag es mir, wenn es so ist. Ich kenne Wilhelm König. Er ist ein guter Mann. Er ist gebildet, hat Humor ... Er besitzt Ehre und Anstand! Er wäre niemals so grob, dich im Dunkeln eine Dachbodentreppe hinaufzuzerren. Er würde dich auch nicht anschreien oder am Arm packen. Wahrscheinlich sitzt er jetzt unten und wartet auf dich.«

Der Boden unter Mathildas Füßen drehte sich, nur sein Blick hielt sie fest, düster und verzweifelt, kilometerweit entfernt. Von allen Gedanken, die sie nicht fassen konnte, begriff sie nur einen: So wie er von Wilhelm König sprach, voller Respekt und Lob und mit selbstloser Anerkennung, in dieser Art redete man über einen Freund. Sie hatte den ganzen Abend lang mit einem Mann getanzt, mit dem Karl womöglich befreundet war. »Wie gut kennst du ihn?«

Karl schüttelte den Kopf, wandte sich von ihr ab. »Gut genug.« Er stützte sich auf die Brüstung des Fensters. »Gut genug, um zu wissen, dass er der bessere Mann für dich ist. Mit ihm müsstest du dich nicht verstecken. Mit ihm könntest du einfach bei deinem Vater in die Stube marschieren, und er wäre begeistert.« Er legte den Kopf zwischen die Arme und starrte zu Boden. »Ich bin mir sicher, sein Stammbaum ist astrein westfälisch. Lückenlos nachgewiesen bis 1800. Mit Bestnote gekört und zugelassen. Nicht so ein streunendes Ostpreußenpony wie ich!«

Mathilda erstarrte. In diesem Moment hasste sie seine Pferdevergleiche, den bitteren Sarkasmus darin. »Hör auf, so zu reden. Ihr seid doch keine Zuchthengste.«

Karl lachte trocken, ein Geräusch, kaum mehr als das Beben seines Rückens. »Da wäre ich mir nicht so sicher.«

Mathilda schwankte, der Alkohol waberte durch ihren Kopf. Wenn er einen Pferdevergleich haben wollte, sollte er ihn bekommen. »Und wenn schon«, murmelte sie. »Die kleine Bauernstute entscheidet sich für das Ostpreußenpony.«

Sein Lachen verstummte, seine Bewegung erstarrte. Vollkommen regungslos stand er da.

Mathilda wollte auf ihn zugehen, wollte ihre Hand auf seine Schulter legen. Aber so einfach war es nicht. Zuerst musste sie erklären, wie sie an Wilhelm König geraten war. »Du bist vor mir weggelaufen«, flüsterte sie. »Zweimal hast du mich angesehen und dann auf dem Absatz kehrtgemacht. Ich dachte, du willst mich nicht mehr. Genauso wie damals.« Sie senkte den Kopf, von allein sprudelten die Worte aus ihrem Mund. »Eigentlich wollte ich nur noch nach Hause. Aber dann ist Wilhelm König aufgetaucht. Ich wollte ihn loswerden, aber er hat nicht aufgegeben. Er fand mich lustig, und das fand ich lustig, weil es überhaupt nicht stimmte. Eigentlich war ich todtraurig. Aber er hat mich abgelenkt und zum Lachen gebracht, dafür war ich ihm dankbar. Und dann war ich betrunken.« Ihre Worte versiegten, ein Schatten fiel über ihr Gesicht.

Mathilda sah auf. Auch Karl hatte sich wieder aufgerichtet. Seine Haut schimmerte bleich im Licht des Mondes, seine Augen waren schwarz. »Ich bin nicht vor dir weggelaufen.« Die Wärme kehrte in seinen Tonfall zurück. »Ich wollte, dass du mir folgst. Aber ich konnte dir keine Zeichen geben. Niemand sollte sehen, dass wir zusammen weggehen. Also habe ich gehofft, du würdest mich auch ohne Worte verstehen. Deshalb bin ich in die Gutsküche gegangen. Du wusstest, dass sie einen Ausgang nach draußen hat. Dort wollte ich dich treffen.«

Mathilda fing an zu zittern. Es war alles ein Missverständnis gewesen.

Karl trat einen Schritt auf sie zu. »Ich wollte dir sagen, dass wir uns auf diesem Ball nicht wie ein Liebespaar verhalten dürfen. Veronika hat mich gewarnt: Allein wenn wir uns ansehen, kann jeder erkennen, was zwischen uns vorgeht. Ich wollte nicht, dass es Gerede gibt.«

Eine vereinzelte Silvesterrakete heulte in den Himmel, abgesehen davon war es still geworden.

Ein schiefes Lächeln erschien auf Karls Gesicht. »Es hat eine Weile gedauert, bis ich begriffen habe, dass du mich wohl doch nicht ohne Worte verstehst. Also bin ich wieder reingegangen, um dich woanders abzupassen. Aber da warst du schon mit Wilhelm König beschäftigt. Und ich bin fast gestorben vor Eifersucht.« Sein Lächeln verrutschte.

»Du ahnst nicht, wie du in deinem Kleid aussiehst. Ich wusste kaum, wie ich dich ansehen sollte. Aber *er* durfte dich berühren, deine nackten Schultern, deine Taille ... Dafür hätte ich ihn am liebsten angefallen.« Er senkte den Kopf. »Aber es war deine Entscheidung.«

Seine Haare standen so zerzaust von seinem Kopf ab, als hätte er seine ganze Verzweiflung darin vergraben. Mathilda musste schmunzeln. Nichts zeigte seine Gemütslage so deutlich wie der Zustand seiner Frisur. Sobald er nicht mehr weiterwusste, raufte er sich die Haare. Sie streckte ihre Hand danach aus, tauchte ihre Finger in das dunkle Schwarz und strich hindurch. »Wie kommst du eigentlich darauf, dass ich mich für den reinrassigen Zuchthengst interessiere, wenn ich auch das zottelige Ostpreußenpony haben kann, das ich schon mein Leben lang liebe?«

Karl gab ein überraschtes Geräusch von sich. Er zuckte, aber sein Kopf blieb gesenkt. Mathilda konnte nicht von ihm lassen. Ihre Finger verbargen sich in der Wärme seiner Haare, schlichen bis in seinen Nacken.

»Der Cognac war zu viel für mich.« Seine Stimme wurde rauh. »Ich bin betrunken, Mathilda. Wenn du so weitermachst ...«

Schwindel wehte durch ihren Kopf. Plötzlich wollte sie wissen, was geschehen würde. Sie beugte sich an sein Ohr. »Ich gehöre dir.«

Karl fuhr auf. Sein Gesicht war direkt vor ihrem, dunkle Glut brannte in seinen Augen. »Du hast keine Ahnung ...«, sein Atem ging hastig, seine Worte flüsterten, »... was du mit mir machst.«

Mathilda lächelte leicht. Beinahe spürte sie, wie sich sein Blick daran fing.

»Wenn du so lächelst«, sein Mund rückte näher, »dann hast du zwei winzige Grübchen. Hier ...«, er küsste ihren Mundwinkel, »... und hier.« Sein Kuss berührte die andere Seite. »Im Sommer bekommst du Sommersprossen. Fast überall.« Langsam tastete sein Mund ihre Wange entlang, über den Rücken ihrer Nase auf die andere Seite.

Ein heißer Schauer prickelte über ihre Haut, kräuselte sich in ihrem Nacken und rieselte durch ihren Körper. Ihr Atem wurde unruhig, ihre Muskeln spannten sich an. Sie wollte mehr davon. Doch er ließ sich

Zeit. Nur sein Flüstern streichelte ihr Gesicht. »Wenn du traurig bist, dann sehe ich es hier.« Er küsste die Stelle zwischen ihren Augenbrauen, ließ seine Lippen über ihre Stirn streichen. In der nächsten Sekunde zog er sie an sich. Mathildas Knie wollten nachgeben, ihr Körper bebte. Nur seine Arme hielten sie aufrecht. Seine Worte flüsterten in ihren Haaren: »Ich liebe dich, Schneeflocke. So sehr, dass ich für dich sterben könnte.«

Wieder küssten sie sich, und dieses Mal dauerte es lange, ehe sie sich voneinander trennten. Ihre Körper schmiegten sich aneinander, ihre Hände tasteten, ihre Lippen tanzten in einem langsamen Rhythmus. Es kam ihr vor, als könnte sie das Lied wieder hören, die langen, tragenden Wellen und die Sehnsucht darin. Sie vertraute Karl, seinen warmen Händen, seiner Vorsicht und den leisen Fragen, die er stellte. Sie wäre bereit, ihm zu folgen, wohin auch immer er sie führte.

Tatsächlich führte er sie, langsam, aber nicht so weit, wie sie geglaubt hatte. Mit jeder Berührung wahrte er die Grenzen. Ihr Körper brannte, als er sie von sich schob, war von der gleichen Glut erfüllt, die aus seiner Stimme klang. Dennoch lachte er und schüttelte den Kopf, strich ihr Kleid glatt und setzte sich neben sie. Schweigend lehnten sie aneinander und warteten, bis das Feuer allmählich verglühte. Sie sprachen über den Abschied, über den Krieg, über die Hoffnung, sich wiederzusehen. Erst dann standen sie auf, richteten ihre Kleidung und gingen zurück nach unten.

Als sie in die Diele kamen, waren die meisten Gäste schon gegangen. Nur hier und da standen noch Gruppen beieinander. Jetzt ließ Karl sie nicht allein. Er ging an ihrer Seite, berührte mit der Hand ihren Rücken. Vermutlich konnte jeder sehen, wie nah sie sich gekommen waren, allein in ihrem Lächeln ließ es sich nicht verbergen. Aber kaum jemand beachtete sie. Nur Leni schien es mit einem anzüglichen Grinsen zu begreifen.

Von Joseph fand Mathilda keine Spur. Nur vor dem Haupteingang stand jemand, der auf sie gewartet hatte. Wilhelm König hielt ihre Schuhe in der Hand und sah ihnen entgegen. Auch er brauchte nur einen Blick, um die Lage zu durchschauen.

Mathilda sah die Enttäuschung, die über sein Gesicht huschte. Gleich darauf legte sich ein verunglücktes Lächeln um seine Mundwinkel. Er reichte Mathilda ihre Schuhe und klopfte Karl auf die Schulter. »Gute Wahl«, erklärte er leise, und es war nicht ersichtlich, ob er Mathilda oder Karl oder sie beide beglückwünschte. Erst seine nächsten Worte richteten sich eindeutig an Karl: »Halt sie in Ehren, Bergmann, und mach ihr keinen Kummer. Dein Aschenputtel ist was Besonderes.«

17. KAPITEL

Fichtenhausen, Paderborner Land, Winter 1941

Karl, Joseph und Gustav von Steineck verließen das Gestüt nur wenige Tage darauf, zusammen mit den eingezogenen Zuchtstuten, die herzzerreißend nach ihren Fohlen schrien, als sie vom Hof fuhren. Noch in derselben Woche machte Veronika ihr Versprechen wahr und redete mit Mathildas Vater. Und wie Karl es vorausgesagt hatte, gelang es ihr, ihn um den Finger zu wickeln.

Mathilda erfuhr nie, wie das Gespräch verlaufen war. Nicht einmal Katharina durfte dabei sein, als sich Veronika und ihr Vater in der Stube unterhielten, und alles, was Mathilda davon mitbekam, war eine quälend lange Stunde, in der sie am liebsten vor der Stubentür gelauscht hätte. Nur mühsam konnte sie sich beherrschen und verbrachte die Wartezeit bei angelehnter Tür im Mädchenzimmer, immer auf dem Sprung, um eine Arbeit vorzutäuschen, falls Katharina hereinkam. Als sie endlich das Knarren der Stubentür hörte, nahm sie den Berg mit der abgezogenen Bettwäsche und trat auf den Flur hinaus.

Veronika wirkte sehr zufrieden, während sie sich an der Haustür verabschiedete. Aber sie gab nur ein höfliches »Auf Wiedersehen!« von sich, ehe sie ging.

Umso erstaunter war Mathilda, als ihr Vater sich mit leuchtenden Augen zu ihr umdrehte. »Dieses Angebot konnte ich einfach nicht ausschlagen«, erklärte er, und zum ersten Mal sah er sie an, als wäre er stolz auf sie.

Doch was genau das »Angebot« beinhaltete, erfuhr sie erst nach und nach: Veronika zahlte einen erstaunlichen Lohn für ihre Arbeit. Mathilda konnte sich nicht vorstellen, dass irgendein Knecht oder eine Magd auch nur annähernd so viel verdienten, und das, obwohl sie Tag und Nacht auf den Höfen verbrachten. Sie hingegen sollte nur einige Stunden am Tag auf dem Gestüt arbeiten. Genau genommen all jene Stunden, die sie auf dem Hof ihres Vaters entbehrlich war.

Aber wie sich herausstellte, war selbst der hohe Lohn nur ein Teil des Angebots. Zum Ersatz für die eingezogenen Bereiter hatten die Steinecks Zwangsarbeiter angefordert. Die ersten beiden trafen im Laufe der nächsten Wochen auf dem Gestüt ein. Weitere sollten im Frühling folgen, wenn die Feldarbeit begann und mehr Arbeitskräfte gebraucht wurden. Veronika hatte versucht, Männer zu bekommen, die reiten konnten. Aber die ersten Zwangsarbeiter entpuppten sich als Bauern, die sich zwar mit Pferden auskannten, aber noch nie eine Dressurlektion geritten waren. Entsprechend gehörte es zu Veronikas Plan, Mathildas Arbeitskraft gegen die ihrer Zwangsarbeiter einzutauschen, was konkret bedeutete, dass ihr Vater mehr Arbeitsleistung zurückbekam, als er abgab.

Spätestens jetzt wurde Mathilda klar, warum er das Angebot nicht hatte ausschlagen können. Unter dem Strich bekam er also Geld dafür, dass er jederzeit so viele Arbeiter anfordern konnte, wie er brauchte. Und das alles für ein Mädchen, das reiten konnte.

Selbst Leni bekam große Augen, als sie vom Ausmaß des Ganzen erfuhr. »Da haben sich die heimlichen Reitstunden aber gelohnt«, erklärte sie mit einem breiten Grinsen, und wollte im nächsten Satz wissen, was sie mit all dem Geld tun würde.

Mathilda hatte sich noch keine Gedanken über das Geld gemacht. Die Hälfte ihres Lohnes bekam ihr Vater, den Rest durfte sie behalten. Doch selbst wenn sie nur ein paar Monate für Veronika reiten würde, würde es bald mehr Geld sein, als sie je auf einem Haufen gesehen hatte. Aber viel wichtiger als alles Geld war die Bedeutung ihrer neuen Arbeit. Vor allem ihr Alltag änderte sich grundlegend. Ihr Vater stellte sie für mindestens drei Stunden am Tag frei, an manchen Wintertagen auch deutlich länger. In dieser Zeit ritt sie ein Pferd nach dem anderen. Um Zeit zu sparen, musste sie die Stuten nicht einmal selbst fertig machen. Der alte Andreas stellte sie ihr geputzt und gesattelt in die Stallgasse.

Bald kam sie sich wie eine Prinzessin vor, die von einem Stallknecht bedient wurde. Zusätzlich zu dem Lohn bekam sie eine vollständige Reitausrüstung, sogar ein Paar neue Lederstiefel und ein Reitjacket von Veronika, das die Gutsherrin für sie umarbeiten ließ.

Veronika winkte ab, als Mathilda sie eines Tages darauf ansprach. »Geld ist in diesem Krieg nicht mehr viel wert«, erklärte sie. »Und Kleider habe ich mehr als genug. Aber deine Fähigkeit, Dressurpferde zu trainieren, ist nahezu unersetzlich. Ob ein Pferd gut ausgebildet ist, ob es eine gute Kondition besitzt und seinem Reiter gehorcht, das kann im Krieg über Leben und Tod entscheiden. Geld ist im Vergleich dazu nichts. Außerdem bekomme ich das Geld, das ich für dich ausgebe, um ein Vielfaches zurück, wenn ich die Pferde verkaufe. Wenn sie geritten sind, haben sie mindestens den doppelten Wert.«

Erst damit begriff Mathilda, wie besonders ihre Fähigkeit war. Alle männlichen Reiter waren im Krieg, und Frauen, die reiten konnten, waren so selten wie ein fünfblättriges Kleeblatt. In ihrem Dorf gab es zwar etliche Mädchen, die schon einmal mit einem Ackergaul über die Wiese geritten waren, aber darunter war sicher keines, das wusste, was eine halbe Parade war und wozu man sie einsetzte.

Solange Mathilda denken konnte, war ihre Reiterei eine heimliche Leidenschaft gewesen, ein Zeitvertreib, der sich allenfalls als »Knabenspaß« tolerieren ließ, aber keinesfalls als Mädchensport. Selbst Joseph hatte viel riskieren müssen, um sich heimlich von Karl unterrichten zu lassen. So manche Ohrfeige hatte er sich eingefangen, wenn er seine Arbeit für das Reiten vernachlässigte. Aber dass Mathilda reiten lernte, war so unerhört, dass sie ihren Vater gar nicht erst um Erlaubnis gefragt hatte. Nach all dem, was sie deshalb auf sich genommen hatte, hätte sie niemals gedacht, dass ihr unschickliches Hobby eines Tages zu einer »kriegswichtigen Fertigkeit« werden könnte.

Doch in Veronikas Gesellschaft fühlte es sich bald schon selbstverständlich an, als Frau auf einem Pferd zu sitzen. Die Gutsherrin ritt fast immer zusammen mit ihr und gab ihr vom Sattel aus Reitstunden. Sie war eine strenge und zugleich freundliche Reitlehrerin, ebenso wie Karl es gewesen war. Mathilda bemerkte, wie sie mit jedem Tag Fortschritte machte. Jedes Pferd hatte seine besonderen Eigenheiten, auf die sie sich einstellen musste, bis sie auch mit den schwierigen Pferden immer besser zurechtkam. Es war ein merkwürdiges Paradoxon, dass sie all das dem Krieg zu verdanken hatte, während sie zugleich wünschte, dass er endlich vorbei sein sollte.

Was der Krieg tatsächlich für sie bereithielt, lag noch immer im Dunkeln. Nur am Rande erfuhr sie aus Karls Briefen, dass seine Schwadron zu einem Küstenschutzeinsatz eingeteilt worden war. Auch in Frankreich hatte ein kalter Winter Einzug gehalten, so dass die Reiter bei Eiseskälte durch Schnee und Wind patrouillieren mussten, um die Küste zu sichern. Manchmal mit und manchmal ohne Pferde.

Ob sie dabei auch auf Feinde trafen, erfuhr Mathilda nicht. Sie wusste, dass Karl keine Details über seinen Einsatz schreiben durfte, aber gerade diese Andeutungen und Lücken machten ihr die größten Sorgen. Auch von Russland war nicht mehr die Rede, genauso wenig wie von England oder irgendeinem anderen Angriffsziel. Mathilda konnte nur ahnen, dass Karl sich davor hütete, jegliche Gedanken dazu aufzuschreiben. Tatsächlich war irgendwann ein Brief dabei, den die Zensurbehörde geöffnet hatte. Ein entsprechender Vermerk war darauf gestempelt, und einzelne Wörter und Sätze waren geschwärzt worden.

Von da an schrieb Karl nichts mehr über seine Einsätze. Wenn er überhaupt etwas aus Frankreich erzählte, dann beschränkte er sich auf Berichte von den Pferden. Ein paar der Zuchtstuten waren seiner Schwadron zugeteilt worden, und Karl erzählte ihr, dass sein Kommandeur sehr zufrieden mit ihnen war.

Je weiter der Winter voranschritt und allmählich in den Frühling überging, desto fordernder wurde ihr Alltag. Sobald es getaut hatte, begann die Feldarbeit auf dem Hof. Am liebsten hätte Mathilda das alles hinter sich gelassen und nur noch für Veronika auf dem Gestüt gearbeitet. Wahrscheinlich wäre es ein Leichtes, sogar ihren Vater davon zu überzeugen. Aber auch das Reiten war eine Knochenarbeit, wenn man vier oder fünf Pferde hintereinander trainieren musste. Am

Anfang quälte sie ein höllischer Muskelkater, und an besonders langen Tagen lag sie am Abend mit Rückenschmerzen im Bett und konnte nur deshalb einschlafen, weil die Erschöpfung sie innerhalb von Sekunden übermannte.

Bei all dem war sie froh, dass sie Karl hatte, dem sie schreiben konnte, was sie wirklich empfand. Zumindest in den Dingen, die nichts mit Politik und Krieg zu tun hatten, konnte sie ehrlich sein. Also schrieb sie von ihrer Liebe zu den Pferden, über die Angst, die sie überfiel, wenn sie nach einem Sturz wieder aufsteigen musste, und nicht zuletzt über die Verwirrungen, die ihre zweigeteilte Welt mitunter mit sich brachte. Es war nicht immer leicht, zwischen dem Umgangsformen auf einem vornehmen Gestüt und einem armen Bauernhof hin und her zu wechseln.

Daneben erfuhr sie jedoch auch andere Dinge, die sie vorsichtshalber aus ihren Briefen fernhielt. Durch Veronikas aufgeschlossene Haltung, durch die selbstbewusste Art, mit der die Gutsherrin alles hinterfragte, wurde Mathilda klar, wie eingeschränkt und altmodisch die Sichtweise ihrer Familie war. Während der Reitstunden blieb in der Regel keine Zeit, sich zu unterhalten. Aber oftmals machten sie lange Ausritte, um die Kondition der Pferde zu trainieren. In diesen Stunden unterhielten sie sich über Gott und die Welt, und bald schon erahnte Mathilda, woher der Zauber kam, den sie an Karl immer so bewundert hatte. Veronika war diejenige, die ein Gefühl von Freiheit um sich herum verbreitete. In ihrer Gegenwart durfte jeder Mensch so sein, wie er war. Die scheinbar so vornehme Gutsherrin machte keinen Unterschied zwischen reichen und armen Menschen, zwischen Katholiken und Protestanten. Selbst die Zwangsarbeiter durften sich auf ihrem Hof frei bewegen, und die Ideologie der Nationalsozialisten schien ihr nichts zu bedeuten. Veronika richtete sich einzig und allein nach ihrem Verstand und nach ihrem warmherzigen Gespür, das sie allen Menschen entgegenbrachte. Sie war nicht nur gebildet, sie machte sich auch viele Gedanken, und Mathilda durfte ihr ungehindert Fragen stellen. Die Gutsherrin beantwortete sie genauso geduldig, wie Karl es immer getan hatte. Dennoch gab Veronika ihr nie zu verstehen, dass sie ein dummes

Mädchen war. Ganz im Gegenteil: Mathildas Fragen schienen ihr zu gefallen.

Nur eine Frage wagte Mathilda nicht zu stellen. Immer wieder dachte sie an das, was Karl angedeutet hatte, als sie nach Weihnachten im Stall miteinander gesprochen hatten. Was war mit den Juden geschehen? Und warum kamen die Zigeuner nicht mehr in ihr Dorf? Mathilda war sich sicher, dass Veronika auch dazu eine Meinung hatte. Doch die Frage war zu heikel.

Allzu gut erinnerte sie sich an den jüdischen Viehhändler. Als sie klein gewesen war, hatte ihr Vater gerne mit ihm gehandelt, weil er das bessere Vieh zu verkaufen hatte und weil er besser bezahlte als seine deutschen Konkurrenten. Wenn er damals mit seinem Viehwagen auf den Hof gekommen war, war er fast immer von seinen Söhnen begleitet worden. Mathilda erinnerte sich noch gut an die beiden. Während die Väter über das Vieh verhandelt hatten, waren die Söhne zu den Mädchen in die Stube gekommen.

Frida hatte damals noch zu Hause gelebt und arbeitete mit ihrer Nähmaschine in der Stube. Jene Nähstube war ein Magnet für die halbe Dorfjugend und ihre Schwester hatte fast immer Besuch von jungen Frauen und Mädchen, die sich etwas nähen ließen. Mathilda mochte diese Nachmittage, wenn ihre Stube mit Gästen überfüllt war und ihr Lachen durch das ganze Haus drang. Auch die Söhne des jüdischen Händlers saßen oft bei den Mädchen und unterhielten sich mit ihnen. Einer der Burschen hockte am liebsten neben Frida auf dem Tisch. Über seine Witze lachte ihre Schwester am lautesten.

Mathildas Vater störte sich nicht daran, dass die Burschen in ihrer Stube saßen. Das Einzige, worüber er schimpfte, waren die bloßen Knie seiner Töchter. Die Kleider, die Frida schneiderte, wurden immer kürzer, bis es leicht passieren konnte, dass sie im Sitzen über die Knie rutschten. Sobald ihr Vater in die Stube kam und zwischen Männerbesuch und Gekicher die nackten Knie der Mädchen entdeckte, zeterte er wie ein Rohrspatz.

Doch niemals erlebte Mathilda, dass jemand in ihrer Familie über die Juden schimpfte. Sie waren lustig, sie waren ehrlich, und sie gehörten dazu. Womöglich war Frida sogar in den hübschen Händlersohn verliebt. Aber das gehörte zu den Dingen, die Mathilda nie ganz durchschaute.

Es war im Herbst 1933, als sich das alles von einem Tag auf den anderen änderte. Schon seit Wochen hatte der Regen die Felder und Wege aufgeweicht, so dass jeder Gang und jede Fahrt zu einer Schlitterpartie wurde. Als der jüdische Händler an jenem Tag mit seinem Viehwagen in ihr Dorf kam, rutschte er in den Straßengraben. Das Ganze geschah nicht weit von ihrem Hof entfernt, und es war selbstverständlich, dass Stefan die Pferde aus dem Stall holte und dem Viehhändler half, seinen Wagen aus dem Graben zu ziehen.

Am nächsten Morgen hing jedoch ein Plakat an ihrer Hofeiche, mit rostigen Nägeln daran festgeschlagen: »Hier wohnen Judenfreunde!«, stand in großen Lettern darauf. Die gleiche Parole prangte ein zweites Mal an der Tür des Pferdestalls, und ein drittes Mal an ihrem Deelentor, mit weißer Kalkfarbe auf das dunkle Grün der Türen gepinselt.

Die Drohung war unmissverständlich. Selbst Mathilda hatte damals schon begriffen, wie ernst es war, und tatsächlich hatten sie den jüdischen Händler und seine Söhne von diesem Tag an nie wiedergesehen.

Aber was war aus ihnen geworden?

Bis Karl diese Frage aufgeworfen hatte, war Mathilda davon ausgegangen, dass sich die jüdische Familie einfach nur von Fichtenhausen ferngehalten hatte. Soweit sie wusste, wohnte der Händler in Paderborn, und von da aus war es eine weiter Weg zu ihnen. Sie hatte sich nie darüber gewundert, dass sie der Familie nicht mehr begegnet waren. Aber waren sie tatsächlich noch dort? Und wovon lebten sie, wenn sie nicht mehr mit Deutschen handeln durften?

Letztendlich geschah etwas, womit Mathilda nicht gerechnet hatte: Je länger sie über das Thema nachdachte, umso deutlicher kehrten alte Erinnerungen zurück. Es waren Bilder, die Mathilda so tief in sich vergraben hatte, dass sie nicht mehr daran gedacht hatte. Doch nun kamen sie Stück für Stück empor, bis sie den Tag in seiner ganzen Grausamkeit vor sich sah.

* * *

Fichtenhausen, Paderborner Land, Herbst 1933

Seit Wochen hatte der Regen kaum nachgelassen. Die Wege hatten sich in tiefe Matschpfade verwandelt, auf denen man kaum geradeaus laufen konnte, ohne auszurutschen. Mathilda musste ununterbrochen zu Boden schauen, ihr Kleid anheben und genau aufpassen, wohin sie trat. Dennoch sanken ihre Holzschuhe immer tiefer in den Schlamm, bis er von den Seiten hineinquoll und ihre Socken durchnässte. Auch Joseph kämpfte gegen den Matsch, während sie mit ihrer Familie zur Sonntagsmesse wanderten.

Der Himmel war noch immer grau verhangen, doch der Regen hatte an diesem Morgen Erbarmen mit ihnen. Wenigstens ihre Köpfe und Mäntel blieben trocken, wenn sich schon ihre Kleidersäume und Füße mit Schlammkrusten überzogen.

»Das sind ja Zustände wie bei den Zigeunern«, spottete Leni, und Lotti fiel in ihr Gekicher ein.

»Zigeuner« war das Stichwort, das Mathilda zusammenzucken ließ. Seit ein paar Tagen waren die Zigeuner im Dorf, und sie spürte noch die Panik, die in ihrer Familie aufgekommen war, sobald sie davon erfahren hatten. In Windeseile hatte Katharina die Wäsche hereingeholt. Jeden Tag überprüfte ihr Vater die Rübenmieten, und Stefan drehte Extrarunden über das Land, um aufzupassen, dass die Zigeuner ihnen fernblieben. Auch Mathilda durfte seither nicht mehr allein das Hofgelände verlassen, ebenso wenig wie das Vieh, das seit Tagen nicht mehr auf der Weide gewesen war. Aber am schlimmsten war, dass jeder Weg ins Dorf, jeder Gang zur Schule und jeder Marsch zurück an dem Zigeunerlager vorbeiführte.

Auch jetzt auf dem Weg zur Kirche würden sie daran vorbeimüssen. Mathilda konnte die Holzwagen bereits sehen, die am Rand des Dorfes in einer kleinen Runde zusammenstanden. Aus ihren Ofenrohren drang grauer Qualm, ein paar Pferde und Maultiere waren an Pflöcken angebunden und grasten auf dem fremden Feld.

Als sie näher kamen, griff Lotti nach Mathildas Hand. »Pass auf«, zischte sie. »Die Zigeuner klauen Kinder. Vor allem kleine blonde

Mädchen wie dich.« Ihre Stimme klang ernst, während sie wachsam zu den Zigeunerwagen hinüberspähte. »Schlag dir den Schal über den Kopf, damit sie deine Haare nicht sehen. Und komm auf meine andere Seite.« Damit zog sie Mathilda nach rechts, verhüllte ihre Haare mit dem Schal und schützte sie vor den Blicken der Zigeuner. Trotzdem konnte Mathilda die fremden Gesichter sehen, ihre braune Haut und die schwarzen Haare. Ein paar Zigeunerfrauen saßen vor einem Wagen und wuschen Wäsche in einem Holztrog.

»Das haben sie gestohlen«, murmelte Lotti. »Gut, dass wir unsere Sachen hereingeholt haben.«

Ein paar Kinder tauchten zwischen den Zigeunerwagen auf. Mit nackten Füßen und schlammbesudelten Kleidern rannten sie um die Wagen herum. Ihr Lachen hallte in die morgendliche Stille.

Dieses Lachen lockte Mathilda aus der Deckung. Die Kinder spielten Fangen. Es waren drei Knaben und vier Mädchen. Die meisten von ihnen waren kleiner als sie. Nur die beiden Größten mochten in etwa ihr Alter haben. Quietschend und kichernd tobten sie durcheinander, schlugen Finten, um die anderen auszutricksen, und versteckten sich hinter den Zigeunerwagen.

Schließlich war es das älteste Mädchen, das auf Mathildas Familie zu rannte. Die anderen Kinder blieben zurück und blickten ihnen scheu entgegen. Einzig die Große ließ sich nicht aufhalten. Mit einem frechen Lachen umrundete sie Mathildas Familie, tänzelte hinter ihnen herum und streckte ihren Spielkameraden die Zunge raus. In einer fremden Sprache rief sie ihnen zu. An ihrem Tonfall hörte Mathilda, dass sie ihre Freunde neckte.

Plötzlich war das Zigeunermädchen vor ihr. Ganz dicht standen sie sich gegenüber und sahen sich in die Augen. Das Mädchen war genauso groß wie Mathilda, und dennoch schien sie in allem das Gegenteil zu sein. Ihre Haut war braun, ihre Augen dunkel, ihre Haare pechschwarz. Einzelne Strähnen waren zu Zöpfen geflochten, während der Rest ihrer Haare in einem zotteligen Durcheinander über ihren Schultern hing. Schlammspritzer überzogen ihr buntes Kleid, das bis auf den Boden reichte und dessen Saum in einer Pfütze versank.

Das Mädchen lächelte Mathilda zu. Ihre schwarzen Augen leuchteten. »Soll ich dir die Zukunft vorhersagen?« – Sie sprach in sauberem, akzentfreiem Hochdeutsch. »Du wirst einen ...«

»Rosaria!« Eine scharfe Frauenstimme unterbrach das Mädchen. Eine Salve fremdländischer Worte hagelte auf sie ein.

Mathilda wurde zur Seite gerissen. Es war Katharina. Sie zischte von oben auf sie herab: »Sieh ihnen nicht in die Augen. Sonst verfluchen sie dich, ehe du bis drei gezählt hast.«

Mathilda zuckte zurück. Ein letztes Mal traf ihr Blick den des Mädchens. Rosaria war wieder zwischen die Wohnwagen gelaufen. Ihr Mund bewegte sich, so als würde sie auch noch den Rest der Prophezeiung sprechen. Mathilda war zu weit entfernt, um es zu hören.

Katharina zerrte sie vorwärts, trieb sie an, bis sie das Zigeunerlager hinter sich gelassen hatten. Doch Mathilda ließ der Gedanke an das Mädchen nicht los. Was hatte sie vor sich hingemurmelt? Kannte sie wirklich ihre Zukunft? Oder hatte sie einen Fluch gesprochen? Mathilda schauderte.

Als sie kurz darauf in der Kirche ankamen und sich auf ihre Stammplätze setzten, waren die meisten Bänke noch frei. Wie jedes Mal hoffte Mathilda, dass sich die Kirche noch füllen würde. Nicht, weil es ihr selbst wichtig wäre, aber sie wusste, wie sehr sich ihr Vater darüber gefreut hätte. Aber auch an diesem Sonntag blieb die Kirche zur Hälfte leer.

Mitten in der heiligen Messe hörten sie Marschmusik von draußen hereindröhnen, dazu lauten Gesang der örtlichen SA, die wie immer ihren Sonntagsaufmarsch veranstaltete und sich auf dem Kirchplatz versammelte. Angeblich wählten sie den Kirchplatz für ihre Aufmärsche, damit auch die Kirchgänger nach dem Gottesdienst an der Kundgebung teilnehmen konnten. Mathilda wusste es jedoch besser. Zu Hause in der heimatlichen Stube hatte ihr Vater schon oft genug darüber geschimpft, dass die Partei nur versuchte, die Leute aus der Kirche wegzulocken. Was ihnen vortrefflich gelang.

Doch dieses Mal war es anders als sonst. Noch bevor der Gottesdienst beendet war, setzte die Marschmusik aus. Mathilda hörte, wie ein Mann etwas über den Kirchplatz rief. Normalerweise wartete die SA mit der Kundgebung, bis die Messe vorbei war. Aber heute schienen sie es eilig zu haben. Ein vielstimmiges »Jaaaaa« antwortete dem Rufenden. Kurz darauf zerfiel der geordnete Lärm zu chaotischem Geschrei, das sich mit gebrüllten Parolen vom Kirchplatz entfernte.

Mathilda sah fragend zu ihrem Vater. Beunruhigung zeichnete sich auf seinem Gesicht. Aber wie immer sagte er nichts.

Als sie schließlich aus der Kirche kamen, konnten sie das Gebrüll wieder hören. Es kam vom Dorfrand, genau aus der Richtung, in die sie nach Hause gehen mussten.

»Kommt schon! Schnell!« Eine ältere Frau rief den Kirchgängern entgegen. »Sie verjagen die Zigeuner! Das ist ein Spektakel!«

»Sie verjagen die Zigeuner! Kommt schnell!« In Sekundenschnelle verbreitete sich der Ruf über den Kirchplatz, hallte bis in die Kirche hinein.

Auch die Rufe am Dorfrand schwollen an.

»Wir sehen uns das nicht an!« Es war ihr Vater. Sein Gesicht war aschfahl.

»Aber wir haben keine Wahl«, widersprach ihm Katharina. »Wir müssen daran vorbei.«

Ihr Vater warf einen Blick auf Mathilda. »Dann machen wir einen Umweg.«

Gleich darauf gingen sie los. Doch die schmalen Wege waren voll von Menschen. Alle drängten in die gleiche Richtung. Es war kaum möglich, als Familie zusammenzubleiben.

Je näher sie dem Zigeunerlager kamen, desto mehr versuchte Mathilda, etwas zu sehen. Sie musste an das Mädchen denken, dem sie gegenübergestanden hatte, an die anderen Kinder, die noch kleiner gewesen waren als sie. Waren die Zigeuner wirklich gefährlich? Klauten sie kleine Kinder? Waren die Worte des Mädchens ein Fluch gewesen?

»Zigeunerpack! Gesindel!« Die Menschen um sie herum brüllten. Angst und Hass verzerrten ihre Gesichter. »Verschwindet aus unserem Dorf!«

Auch Mathilda hatte Angst, rasende Angst, die ihr Herz zum Toben brachte. Doch es war die Menschenmenge, die sie in Panik versetzte, die brüllenden Fratzen, der Hass in ihren Worten.

Sie hatten das Zigeunerlager fast erreicht. Ohrenbetäubendes Gebrüll schlug ihnen entgegen. Ein lodernder Feuerschein legte sich über die Menge. Kurz darauf sah sie die Braunhemden. In einem Halbkreis standen sie um das Lager. Steine und Dreckkluten flogen durch die Luft, die meisten davon sausten auf die Zigeuner nieder. Doch einige kamen zurück und landeten zwischen den Braunhemden.

Eine letzte Hausecke versperrte ihr die Sicht. Erst, als sie daran vorbeitrat, konnte sie das Feuer sehen: Einer der Zigeunerwagen stand in Flammen!

Die Zigeuner wohnten darin! Die Kinder!

Jemand musste ihnen helfen!

Mathilda sah sich um, wollte ihren Vater darum bitten, oder Stefan, wenigstens Joseph.

Ihre Familie war verschwunden! Um sie herum waren nur Fremde, Halbfremde, Menschen aus dem Dorf, die sie kaum wiedererkannte. Ihre Gesichter waren so anders als sonst, grässliche, brüllende Fratzen.

»Joseph!« Mathilda rief in die Menge hinein. »Papa! Stefan!« Doch sie fand niemanden. Nur der Strom aus Menschen verdichtete sich, riss sie mit sich und trieb sie zum Ort des Geschehens.

Immer lauter brüllten die Fratzen. Steine flogen, wurden neben ihr geworfen, hinter ihr, über ihr. Mathilda wurde gestoßen und vorwärtsgeschoben. Die Braunhemden waren vor ihr, ganz dicht. Einer lag auf dem Boden, regungslos. Allein. Inmitten der anderen.

Sie bekam keine Luft mehr, das Gebrüll sprengte ihre Ohren! Sie musste weg! Musste entkommen! Dorthin, wo es leerer wurde!

Vor ihr war eine Lücke. Die einzige Lücke. Sie führte nach vorne, gab die Sicht frei, direkt auf das Lager. Mathilda konnte die Frauen und Männer sehen, die ihr Lager verteidigten, ihre braune Haut und die Angst in ihren Augen, während sie die Steine zurückwarfen.

Nur die Kinder waren nicht mehr da!

Mathilda rannte. Ohne darüber nachzudenken, lief sie durch die Lücke, um der Menge zu entkommen. Sie stolperte, fing sich wieder, ließ die Braunhemden hinter sich und taumelte den Zigeunern entgegen. Steine flogen um sie herum. Sie duckte sich, fiel zu Boden, krabbelte vorwärts. Vor ihr lagen Verletzte. Zigeuner. Mit dunkler Haut und schwarzen Haaren. Sie rührten sich nicht.

Jemand packte sie! Hob sie hoch, trug sie über die Verletzten hinweg in die Mitte des Lagers. »Mädchen.« Sie sah das Gesicht nur flüchtig. Ein dunkles Gesicht, Augen voller Angst. »Verschwinde von hier!«

Dann war sie allein. Inmitten der Zigeunerwagen. Vor ihr die Front der kämpfenden Zigeuner. Rechts von ihr der brennende Wagen. Die Steine flogen noch immer, schlugen um sie herum in den Boden. Sie musste weiter! Musste weg von hier. Sie rannte, stolperte, fiel zu Boden. Als sie aufstehen wollte, rutschten ihre Füße im Matsch, ließen sie wieder zurückfallen. Sie duckte sich, um den Steinen zu entgehen, schützte ihren Kopf mit den Händen und lugte nach vorne. Sie musste wieder aufspringen! Musste das Lager durchqueren und auf der anderen Seite fliehen, über die Felder!

Dann sah sie den Mann. Er trug eine Fackel. Seine braune Uniform leuchtete im flackernden Licht, die rote Armbinde zuckte mit seinen Bewegungen. Er lief zwischen den Zigeunerwagen umher, verriegelte einen von ihnen und griff nach einem Benzinkanister.

»Nein!« Jemand anderes schrie, eine Stimme, die sie kannte und die dennoch so anders klang. Einen Moment lang begriff sie nicht, wer es war. Dann sah sie ihn. Im Licht der Flammen tauchte er auf, bückte sich nach einer brennenden Holzlatte und stürmte auf den Mann zu.

Es war Karl! Ruß schwärzte sein Gesicht, sein Hemd war zerrissen, verzweifelte Wut tobte in seiner Miene. »Das sind Kinder!«, brüllte er. »Da sind Kinder in dem Wagen!«

Der Mann drehte sich um, grinste Karl entgegen. Eine hässliche Narbe durchteilte seine Wange.

Karl stoppte, stieß nur die brennende Holzlatte in seine Richtung. Mit wenigen Schritten umrundete er den Mann, stellte sich zwischen ihn und den Wohnwagen. Mit der Holzlatte drängte er auf ihn ein. »Geh weg!« Seine Stimme überschlug sich. »Zurück! Verschwinde!«

Der Narbengesichtige lachte. Seelenruhig blieb er stehen und hob den Benzinkanister. »Was ist?«, rief er. »Komm doch mit deinem Feuer.« Er hielt den Kanister in Karls Richtung. »Dann fliegen wir beide in die Luft.«

Karl sprang zurück, zog die Holzlatte zur Seite, um dem Kanister auszuweichen.

Der Mann lachte. Er ging auf Karl zu, hielt den Kanister vor sich wie eine Waffe.

Jetzt war Karl derjenige, der rückwärts lief, der ihm auswich, bis er mit dem Rücken an den Wohnwagen stieß.

Der Mann kippte den Kanister. In einer ausladenden Bewegung goss er das Benzin auf den Boden, schwenkte über Karls Füße und entleerte den Rest unter den Wohnwagen.

»Karl!« Mathilda schrie. Erst jetzt konnte sie aufspringen.

Karls Blick schnellte zu ihr. Nackter Schrecken glühte in seinen Augen. Sein Mund formte ihren Namen.

Der Mann senkte die Fackel.

»Pass auf!«, schrie Mathilda.

Karl wirbelte die Holzlatte herum, zielte auf das Gesicht des Mannes.

Der Narbengesichtige sprang zurück, wich dem Feuer aus.

»Mathilda, öffne den Wohnwagen!«, brüllte Karl

Die Kinder! Der Wohnwagen! Die Tür war verriegelt. Wenn das Benzin in Flammen aufging, würden sie verbrennen!

Mathilda rannte auf den Wohnwagen zu, ihre Holzschuhe versanken im Matsch, wollten sie zu Boden reißen. Nur mit Mühe hielt sie sich aufrecht, konzentrierte sich auf die Tür, nur noch zwei Schritte, einen, sie prallte gegen das Holz. Ein Riegel versperrte die Tür. Sie konnte ihn sehen, musste sich dagegenstemmen, um ihn zu bewegen. Von innen hörte sie Rufe, Kinderstimmen, Fäuste, die gegen die Tür schlugen. Der Riegel löste sich, die Tür flog auf. Die Kinder sprangen heraus.

»Lauft!«, schrie Karl. »Versteckt euch!« Er hielt noch immer den Mann in Schach, traktierte ihn mit der brennenden Holzlatte.

Unter ihm war Benzin! Nur ein Funken und Karl würde in Flammen aufgehen.

»Karl!«, kreischte Mathilda.

Erst jetzt fuhr er herum, sprang auf sie zu und packte sie am Arm. Dann rannten sie, zwischen den Wohnwagen hindurch auf das Feld.

Die Zigeunerkinder waren vor ihnen, strebten auf ein Waldstück zu. Karl setzte ihnen nach, zog Mathilda hinter sich her. Sein Feuer hatte er davon geworfen. Nur er selbst stank noch nach Benzin, nach Ruß und Asche. Sie erreichten den Wald, tauchten in den Schatten der Bäume. Die Zigeunerkinder zerstreuten sich, duckten sich ins Unterholz. Doch Karl rannte weiter, klammerte seine Hand noch enger um Mathildas.

Sie konnte nicht mehr! Sie musste stehenbleiben.

»Weiter!« Karl riss sie vorwärts. »Nicht hierbleiben!«

Sie ließen den Wald hinter sich, erreichten ein Feld und rannten. Erst jetzt erkannte sie, wo sie waren, auf dem Weg nach Hause. Mathilda stolperte, fiel. Einer ihrer Holzschuhe steckte im Schlamm.

Karl ließ ihr keine Zeit. Er zog sie hoch, zwang sie weiter. Vor ihnen lag der Fichtenwald. Nur noch 500 Meter ... 400 ... 300.

Wieder fiel sie. Der Schlamm umfing sie. Sie konnte nicht mehr ... Seine Hand zog vergeblich.

In der nächsten Sekunde wurde sie hochgehoben. Der Schlamm verschwand, Arme hielten sie fest. Sein Atem keuchte an ihren Ohren, Benzingestank stieg in ihre Nase, seine Beine rannten. Mathilda drückte sich an ihn, musste sich leicht machen ...

Dann der Schatten. Über ihnen. Der Wald. Sie waren im Fichtenwald. Karl sackte zusammen. Mathilda fiel über ihn, auf ihn, verknäulte sich mit seinem Körper. Sie hatte keine Kraft mehr. Sie konnte nur liegen bleiben, mit dem Kopf auf seiner Brust. Sein Herzschlag raste, vermischte sich mit seinem Keuchen, mit einem zweiten Geräusch, das leise anfing. Mit jedem Atemzug drang es aus seiner Brust, wurde lauter ... rauher.

Es waren Schreie! Verzweifelte, unterdrückte Schreie! Wie wilde Tiere kämpften sie mit seinem Körper, rebellierten in ihrem Gefängnis, bis er sie freiließ, bis sie brüllend aus seiner Kehle rasten, in kurzen, kreischenden Stößen. Von den Bäumen hallten sie zurück, entfernten sich durch den Wald, trugen seine Wut, seine Angst ... seinen Mut!

Mathilda drückte sich an ihn, wollte die Bilder unter seinem Geschrei vergessen.

Alles, was sie geglaubt hatte, verwischte. Menschen, die sie kannte ... wurden zu Monstern. Fremde, die sie fürchtete ... mussten gerettet werden. Die Kinder! Jünger als sie ... Er hatte versucht, sie zu töten. Zu verbrennen! Der SA-Mann ... Wieder sah sie sein Grinsen, seine Narbe.

Ein gewaltiges Gefühl ergriff sie. Es war überall, in ihr drin, um sie herum, drückte sie auseinander und presste sie zusammen. Wie ein Erdbeben brach es hervor, schüttelte ihren Körper und quälte Laute aus ihrer Brust, die in ihrer Kehle brannten. Sie hörte ein Tier, ein sterbendes Tier, dessen Schreie erstickten. Es war neben ihr, in ihr, vereinte sich mit ihr selbst.

Karls Arme schlossen sich um ihren Rücken und pressten sie an sich. Doch die Bilder blieben: Der Benzinkanister. Der Riegel vor der Wohnwagentür. Der Narbengesichtige hatte gewusst, dass Kinder darin waren ...

Das Tier in ihrem Inneren heulte, fraß ihre Luft, bis sie fast erstickte. Nur Karls Hände konnten sie retten, hielten sie fest, streichelten ihre Haare. Seine Schreie waren verstummt, waren einem Zittern gewichen, das sich mit ihrem vereinte.

Ihre Luft kehrte zurück. Nur noch ein hartes Schluchzen versperrte ihre Kehle, leise und rhythmisch sprang es aus ihrer Brust, so lange, bis selbst diese Kraft verbraucht war.

Mathilda wusste nicht, wie lange es dauerte, wie lange sie auf dem Waldboden lagen und weinten, wie lange er sie festhielt und über ihre Haare strich. Es konnten Minuten sein, oder Stunden, oder der halbe Tag.

Nur eines wusste sie, als das Weinen endlich verebbte: Zwischen all den Menschen, die sie kannte, war er der Einzige, der ihr blieb. Der Einzige, dem sie jetzt noch trauen konnte.

18. KAPITEL

Fichtenhausen, 10. Februar 1941

Liebster Karl,

Ich erinnere mich wieder. An einen Tag im Herbst 33, an Flammen und Steine, an Deine Schreie im Wald. Das alles war weg. Ich wusste nichts mehr davon, so als wäre es niemals geschehen, als wäre es nur ein Traum gewesen, den man vergisst.
Aber jetzt ist es wieder da. Zuerst waren es nur einzelne Bilder, wie ein Blitz im Dunklen, der mir die Umgebung zeigt. Die Blitze wurden immer länger, bis ich die ganze Geschichte »sehen« konnte.
Seitdem habe ich Angst! Die Bilder kommen immer wieder. Sie fallen nachts in meine Träume, tauchen am Tage auf, wenn ich arbeite. Es sind keine normalen Erinnerungen, mein ganzer Körper beteiligt sich daran. Dann ist es so, als würde ich es noch einmal erleben. Meine Knie geben nach, und ich fange an zu zittern.
Aber das ist noch nicht das Schlimmste. Seit meine Erinnerungen zurück sind, muss ich vor allem an eines denken: ER war da, auf der Silvesterfeier. Es gibt ihn noch. Er hat mich beobachtet, die ganze Zeit.
Jetzt frage ich mich, was es bedeutet. Ob er noch immer auf uns schielt, ob er weiß, wer wir sind?
Ich habe Angst, und ich wünschte, Du wärst hier, um mit mir zu sprechen. Du bist der Einzige, mit dem ich es teilen kann. Weil wir all das zusammen erlebt haben. Auch, wenn ich diesen schrecklichen Tag vergessen habe, ich nehme an, dass Du Dich in all der Zeit mit der Erinnerung gequält hast?!
Sind wir uns deshalb so nah? Weil wir diese Kinder gemeinsam gerettet haben? Weil wir beinahe zusammen gestorben wären?
Erst jetzt begreife ich die Zusammenhänge. Erst nach diesem Tag

hast Du mir die Puppe und den Winterhonig geschenkt, erst danach hast Du angefangen, mich Schneeflocke zu nennen.
Ist dieser Tag der Grund für unsere Liebe?

Du fehlst mir!
Deine Mathilda

* * *

O.U., 3. März 1941

Liebste Mathilda,

Ich habe ich mich immer gewundert, warum Du mich nie auf diesen Tag angesprochen hast. Du hast mir so viele Fragen gestellt, aber diesen Tag hast Du mit keinem Wort erwähnt. Ich dachte immer, es würde Dir zu sehr weh tun, Dich zu sehr erschrecken. Ich selbst hätte gern mit Dir geredet, aber ich wollte Dich nicht überfordern. Also habe ich auf den Moment gewartet, in dem Du endlich fragst.
Nie wäre ich darauf gekommen, dass Du es verdrängt hast.
Dass es ausgerechnet jetzt zurückkehrt, wundert mich nicht. War ER das? War es SEIN Gesicht, das Deine Erinnerung zurückgeholt hat? Dieser Silvesterabend war so verwirrend. Erst warst Du mit Wilhelm König zusammen, und dann war plötzlich ER da und hat mit Dir getanzt. Ich war fassungslos, als ich Euch zusammen sah. Ich wusste nicht, wie Du ihm so nah kommen konntest, nach allem, was er damals getan hat.
Aber jetzt begreife ich es. Du konntest Dich nicht mehr erinnern. Er war fremd für Dich.
Ich hätte Dich darauf ansprechen sollen, auf IHN, auf damals. Aber Du weißt, in welchem Zustand ich war. Es wäre zu viel gewesen, ich stand auch so schon neben mir.
Du hast recht. In meiner Erinnerung war dieser Tag immer da. Ich konnte nie an dem Ort vorübergehen, ohne es zu sehen, konnte man-

chen Menschen nie wieder ins Gesicht blicken, ohne daran zu denken. Selbst, wenn ich nicht daran gedacht habe, war es da, im Hintergrund. Dieses Wissen, dass etwas Derartiges wieder passieren kann, jederzeit. Bis in meine Träume hat es mich verfolgt. Wenn Du wüsstest, wie oft ich schreiend aus diesem Alptraum aufgewacht bin und nicht wieder einschlafen konnte.

Dass Du dabei warst, war das Schlimmste daran. Immerzu habe ich Dich gesehen. Deinen panischen Blick, den Schlamm an Deinem Kleid, den Schein des Feuers auf Deinem Gesicht. Meine Alpträume haben tausend Szenarien zusammengebraut, in denen Du gestorben bist.

Ja, ich denke, das war einer der Gründe, warum sich ein Vierzehnjähriger für ein neunjähriges Mädchen interessiert, warum ich so gerne in Deiner Nähe war, obwohl normale Vierzehnjährige wohl einen großen Bogen um neunjährige Mädchen machen würden.

Bei uns war es anders. Ich mochte Dich von Anfang an. Doch seit diesem Tag musste ich auf Dich aufpassen, musste darauf achten, dass Dir nichts geschieht. Du warst meine kleine Schneeflocke, und ich musste dafür sorgen, dass Du den Flammen nie wieder so nah kommst.

Ich liebe Dich,
Dein Karl

* * *

Ehe Mathilda den nächsten Brief von Karl bekam, vergingen beinahe drei Wochen. Es war inzwischen Mitte März, die Arbeit auf dem Feld hatte begonnen, und sie hatte beschlossen, möglichst wenig davon den Zwangsarbeitern zu überlassen. Also stapfte sie tagein, tagaus hinter dem Pferd und dem Pflug über das Feld. Ihre Holzschuhe versanken in dem weichen Sand und machten jeden Schritt zu einer Mühsal. Der Frühling lag bereits in der Luft, doch Mathildas Gedanken waren in der Ferne, in der Vergangenheit, in der Zukunft, von der sie noch immer nicht wusste, wohin sie führen würde. Dann kam der Brief, und der Krieg lüftete unerbittlich seinen nächsten Vorhang.

* * *

Frankreich – Belgien – Holland – Deutschland – Polen – Ostpreußen, 22.–29. März 1941

Liebste Mathilda,

wir fahren. Fast scheint es, als hätte niemand davon gewusst, als hätte es niemand geahnt, nicht einmal die Kommandeure. Ich nehme an, die meisten von uns wollten die Hinweise einfach nicht wahrhaben. Doch jetzt ist es sicher: Der Krieg geht weiter, wir müssen wieder in den Kampf.
Wohin die Reise geht, sagt uns niemand.
Ich denke, ich weiß es trotzdem. Du weißt es auch. Die Transporte rollen gen Osten.
Ich sitze auf dem Lastwagen, während ich diesen Brief verfasse. Es ist nicht leicht, leserlich zu schreiben, wenn man nur die Knie als Unterlage hat und der Lastwagen mit jeder Unebenheit hin und her schaukelt. Aber ich gebe mir Mühe.
Seit drei Tagen sind wir nun schon unterwegs. Der Befehl kam plötzlich, von einem Tag auf den anderen hat er sämtliche Pläne über den Haufen geworfen. Drei Tage hatten wir Zeit, um alles zu verladen, um die Fahrzeuge in Ordnung zu bringen und für jeden einen Platz zu organisieren.
Aber die Fahrzeuglage ist schlecht. Seit dem letzten Feldzug haben wir kaum genug Ersatz bekommen. Wir sollten die Beutefahrzeuge nehmen. Aber viele von ihnen sind nicht geeignet.
Fahren müssen wir dennoch. Auch wenn der Platz nicht ausreicht. Viel zu eng sitzen wir zusammen, drängen uns wie die Ölsardi-

nen aneinander. Auch die Pferde haben kaum genug Platz. Sie sind unruhig. Sie ahnen, was passiert, sie spüren die Aufregung. Als wir gegen Frankreich gezogen sind, waren sie noch ruhiger. Damals wussten sie noch nicht, was Krieg bedeutet. Damals dachten ihre freundlichen Pferdegedanken, dass sie uns bedingungslos vertrauen können.
Jetzt wissen sie es besser.
Trotzdem vertrauen sie uns. Wir sind alles, was sie haben, ihre Anführer. Sie gehorchen und lieben uns.
Vielleicht ist es das, was am meisten weh tut. Dass Selma mir noch immer vertraut, nach allem, was ich ihr angetan habe. Sie weiß nicht, dass unser Leben am seidenen Faden hängt, ihres genauso wie meines.
Ich habe Dir einmal eine Geschichte erzählt, dass Selma auf einem Pferdemarkt verkauft wurde und ich die Dreingabe war. Damals warst Du entsetzt, weil Du dachtest, auch ich wäre verkauft worden. Aber ich habe behauptet, dass ich kein Sklave wäre. Jetzt weiß ich, wie unrecht ich hatte. Ich bin ein Sklave, und ich wurde verkauft. An den Krieg. An Hitler. Kämpfen oder sterben – für einen deutschen Mann gibt es nur diese beiden Optionen.
Damals, vor dem Krieg, war ich ein Knecht, und Gustav von Steineck war ein Gutsherr. Joseph war ein Bauernsohn, und Oscar, einer meiner liebsten Kameraden, der seit einem Jahr an meiner Seite kämpft, war noch ein Schüler.
Aber jetzt ... jetzt sind wir alle gleich: Soldaten!
Die meisten von uns werden nicht zurückkommen.
Es tut mir leid, Mathilda. Ich sollte Dir das alles nicht schreiben, ich sollte meinen ehrlichen Mund halten und Dir nur erzählen, wie schön die Sonne scheint. Die Sonne in Frankreich ist wunderschön. Als wir gefahren sind, war es Frühling. Der salzige Geruch des Meeres, vermischt mit dem Duft von frischem Grün und dem Gesang der Vögel ... Ich wollte, wir wären noch dort.
Erst jetzt weiß ich, wie gut wir es hatten. Dass wir im Frieden waren, mitten im Krieg.

Den ganzen Winter über haben wir an einer Reithalle gebaut, damit wir die Pferde besser trainieren können. Vor ein paar Tagen ist sie fertig geworden. Wir werden sie wohl niemals benutzen.
Wie naiv kann man sein. Wie naiv waren wir, dass wir geglaubt haben, der Frieden im Krieg könnte so weitergehen?
In Wahrheit hat uns nur der Winter in eine Pause gezwungen. Niemand führt gern Krieg, wenn es schneit.
Aber der Frühling. Der Frühling ist die beste Jahreszeit für einen neuen Anfang.
Für einen neuen Angriff.
Wir wissen nicht, was kommen wird, niemand sagt es uns, und wahrscheinlich ist unser Kommandeur genauso ahnungslos wie wir. Als wir Richtung Norden fuhren, als wir in Bentheim die Grenze nach Deutschland überquert haben und Westfalen vor uns lag, da glaubten einige, das Schicksal würde uns nach Hause führen. In diesen Stunden war ich Dir nah, Mathilda, ich habe auf die vorbeiziehende Landschaft gesehen und von Dir geträumt. Doch spätestens, als wir Hannover erreicht hatten, hat auch der Letzte begriffen, dass wir die Heimat nur noch auf Postkarten zu Gesicht bekommen.
Inzwischen haben wir Berlin durchquert und fahren noch immer gen Osten. Es ist zwecklos, unser Ziel zu leugnen. Aber die meisten versuchen es noch immer.
Wann geht es los? Und wie wird es sein? Das sind die einzigen Fragen, die jetzt noch bleiben. Aber niemand stellt sie.
Hast Du schon einmal Theater gespielt? In der Schule? In der Kirche? Vielleicht bei einem Krippenspiel?
Ich schon. Als ich noch in der Schule war. Ein Theaterstück in der Adventszeit. Ich weiß nicht mehr, wer auf die Idee kam, mir eine der Hauptrollen zu geben, aber ganz sicher habe ich mich nicht darum gerissen.
Wenn Du schon einmal Theater gespielt hast, dann kennst Du vielleicht diesen Moment. Die Minuten, in denen man hinten steht. Der Vorhang ist noch geschlossen. Aber das Publikum ist schon da. Du kannst es hören, wie es wartet und dir entgegenfiebert. Fast kannst

Du spüren, wie Einzelne darunter sind, die nur auf Deinen Fehler warten. Zumindest kommt es dir so vor.
Dieser Moment ist der Schlimmste. Der Text ist gelernt, alles ist geprobt, eigentlich müsstest Du es können. Aber ein einziger Hänger, ein einziger Moment, in dem Du unkonzentriert bist ... eine einzige Sekunde, in der Du Angst hast und Dich nicht traust, alles auszuspielen, allein das könnte ausreichen, um alles zu zerstören.
An solche Dinge denkst Du, wenn Du darauf wartest, dass sich der Vorhang hebt. Dir ist so schlecht, dass Du Dich übergeben könntest. Deine Knie sind weich, und der Kopf fühlt sich leer an. Der ganze Text, alles scheint weg zu sein. Im Grunde bist du verloren.
Genauso ist es im Krieg. Diese Tage im Lastwagen sind wie der Moment hinter dem Vorhang. Ich habe alles gelernt, was ich können muss. Ich kann reiten, ich kann kämpfen. Ich besitze sogar etwas, das nicht alle haben: Den Instinkt, im richtigen Moment die richtige Entscheidung zu treffen, den Gegner einzuschätzen und selbst zu überleben.
Aber dieses Mal geht es nicht darum, ob mich jemand aus dem Publikum auslacht. Wenn ich dieses Mal einen Fehler mache, bin ich tot.
Herrgott, Mathilda, ich kann nicht nur schießen, ich kann sogar hervorragend schießen! Kaum jemand trifft sein Ziel so punktgenau wie ich, selbst aus der Bewegung heraus sind meine Treffer sicher.
Aber meine zukünftigen Ziele sind Menschen.
Wenn ich an all das denke, dann wird mir schlecht. Noch viel schlechter als damals hinter der Bühne.
»Meine Damen und Herren! In diesem Theaterstück spielen wir um unser Leben!«
Damals bin ich hinausgegangen und habe gespielt. Später hieß es, ich sei gut gewesen. Authentisch.
Noch während der Aufführung wusste ich, wofür die Übelkeit gut ist: Jene Gefühle, die ich hinter der Bühne kaum noch unter Kontrolle bekam, waren AUF der Bühne mein größtes Kapital. Ich konnte zittern und heulen, konnte schreien und meine Stimme versagen las-

sen – und das alles war ECHT. In diesem Moment, sobald man auf der Bühne steht, ist es nicht mehr schlimm. Man hat abgeschlossen mit dem »Wenn und Aber«, mit den Konsequenzen, die eintreten könnten, wenn man einen Fehler macht.
Und genauso ist es im Krieg. Wenn ich im Kampf bin, sind alle Zweifel vergessen. Dann gibt es nur noch mich und den Instinkt und meine Fähigkeiten, mit denen ich mich und meine Kameraden schütze. Selbst die Angst verschwindet. Für die Angst bleibt keine Zeit, wenn man dem Tod ins Auge sieht. Die Angst ist sein Köder, mit ihr fängt er uns ein. Man muss sie nur überwinden, um am Leben zu bleiben.
In Frankreich habe ich das alles schon erlebt. Ich weiß, dass ich kämpfen kann, ohne zu sterben. Und ich werde mir Mühe geben, es wieder zu tun.
Ich schreibe diesen Brief in mehreren Etappen. Manchmal fällt mir nichts mehr ein, oder ich bin müde, oder meine Knochen schmerzen so schrecklich von diesem Gerüttel, dass ich eine Pause machen muss. Es ist leichter, drei Tage lang auf einem Pferd zu sitzen, als drei Tage auf dem nackten Boden eines fahrenden Lastwagens zu verbringen.
Inzwischen ist der dritte Tag schon fast vorbei. Wir sind in Ostpreußen. Hier liegt noch Schnee. Meterhoch. Je näher wir unserem Ziel kommen, desto schwieriger wird es, mit den Fahrzeugen durchzukommen.
Ostpreußen!
»Wir sind in Deiner Heimat, Karl.« Meine Kameraden klopfen mir auf die Schulter und freuen sich für mich, schlagen mir vor, meine Familie zu besuchen, wenn wir mal frei haben.
»Selma, wir sind in Ostpreußen. Zu Hause.« Das habe ich ihr zugeflüstert, als wir haltgemacht haben. Aber ich denke nicht, dass sie sich erinnert.
Ich wünschte, ich hätte es ebenso vergessen. Ich möchte mich nicht mehr an meine Kindheit erinnern. Es tut weh, und es ist vorbei. Ostpreußen ist nicht mehr meine Heimat.

Mehr kann ich dazu nicht sagen, Mathilda. Auch, wenn ich es gerne würde. DU bist meine neue Heimat. Zu Dir möchte ich zurück und zu niemandem sonst.
Noch eine neue Etappe: Vielleicht erkennst Du es an meiner Schrift. Wir sind angekommen. Wir haben unser neues Lager bezogen und liegen auf unseren Betten. Aber es ist eng. Wir haben kaum genug Platz für alle. Joseph und ich müssen uns ein Bett teilen. Sosehr ich Deinen Bruder mag, ich kann nicht behaupten, dass ich jemals mit ihm kuscheln wollte. Aber wir sind hier nicht die Einzigen, die sich ein Bett teilen. Du kannst Dir nicht vorstellen, welche Witze durch unsere Stube fliegen. Endlich lachen wir wieder.
Es tut gut, derbe Witze zu machen und zu lachen.
Nächster Tag. Ich hab Rückenschmerzen. Dein Bruder hat irgendein Problem mit seiner Schulter. Wenn man sich schon eine 80-Zentimeter-Pritsche teilen muss, sollte man wohl nicht versuchen, sich voneinander fernzuhalten.
Ein paar von den anderen sind heute Nacht auf den Fußboden umgezogen. Ihnen geht es auch nicht besser als uns. Sie hatten nicht mal genug Decken. Witze machen wir trotzdem noch. Sie klingen nur ein bisschen gequälter als gestern.
Aber unser Kommandeur hat die Unterbringung bereits moniert. Wenn wir Glück haben, findet sich bald etwas Neues.
Vier Tage später: Wir hatten Glück. Heute geht es weiter. Wir sitzen wieder auf dem Lastwagen. Aber es schneit. Dicke Flocken wehen vom Himmel und legen sich über die Landschaft. Der Schnee darunter ist vereist, unsere Lastwagen rutschen. Womöglich wären wir schneller, wenn wir reiten würden.
Wieder einen Tag später: Wir sind da. Unser neuer Unterkunftsort ist ein kleines Dorf. Jeweils zu dritt oder zu viert sind wir in den ostpreußischen Familien untergebracht und wohnen mit ihnen in schlichten Holzhäusern. Joseph, Oscar und ich wohnen bei einem alten Ehepaar und schlafen in dem ehemaligen Kinderzimmer. Unsere Gastgeber sind sehr zuvorkommend. Fast müssen wir aufpassen, dass sie nicht ihr letztes Hemd geben, um uns zu verwöh-

nen. Aber wenigstens können wir uns ausruhen und um die Pferde kümmern.
Heute habe ich gehört, dass die Feldpost abgeholt werden soll. Also werde ich diesen Brief jetzt abschicken – und danach mit einem neuen beginnen.

Ich liebe Dich, und ich hoffe, dass wir uns wiedersehen.
Dein Karl

* * *

Ostpreußen, 23. April 1941
Liebste Mathilda,

heute kann ich Dir nur kurz schreiben. Aber ich habe mir vorgenommen, Dir von nun an häufiger ein Lebenszeichen zu schicken. Auch wenn es manchmal nur kurze Briefe sein können.
Alles in allem ist es hier in Ostpreußen noch immer ruhig. Der Winter hat uns aus seinen Klauen entlassen, auch die Wassermassen der Schneeschmelze sind abgeflossen und versickern in der Erde. Noch ist es matschig, aber mit den Pferden ist es möglich, die Wege zu verlassen.
Was wir hier tun und wozu wir eingesetzt sind, darf ich nicht schreiben. Es unterliegt der Geheimhaltung. Aber ich kann Dir versichern, dass ich bislang noch keine Feinde von nahem gesehen habe. Auch Schüsse sind noch keine gefallen.
Nur an die Zukunft mag ich nicht denken. Viel lieber möchte ich der Vergangenheit nachhängen. Unser letzter gemeinsamer Sommer ... erinnerst Du Dich?
Seitdem ich nach Fichtenhausen gekommen bin, warst Du immer da. Ein kleines Mädchen, das mich an meine kleine Schwester erinnert hat. Die meiste Zeit über dachte ich, ich müsste Dich beschützen. Aber in diesem letzten Sommer war es anders. Das kleine Mädchen war verschwunden. An ihrer Stelle stand eine junge Frau vor mir.

Du ahnst nicht, wie sehr Du mich damals verwirrt hast. Zum ersten Mal bemerkt habe ich es, als Joseph nicht mehr da war und wir uns allein getroffen haben.
Bitte tu mir einen Gefallen, Mathilda. Lass uns den Krieg vergessen und gemeinsam in die Erinnerung zurückkehren. In den Sommer, in dem wir uns verliebt haben.

In Liebe und Hoffnung,
Dein Karl

19. KAPITEL

Fichtenhausen, Paderborner Land, 1938

Im Winter 1938 hatte Joseph seine Ausbildung zum Tischler beendet. Aber zu seinem Unglück konnte der Meister ihn nicht übernehmen. Er gab ihm lediglich eine Empfehlung und eine Adresse von einem anderen Meister. So fand Joseph zwar schnell eine neue Stelle, allerdings so weit von Fichtenhausen entfernt, dass er ausziehen musste. Von nun an kam ihr Bruder nur noch manchmal zu Besuch, und Mathilda vermisste ihn schon nach wenigen Tagen.

Am meisten quälte sie sich jedoch, weil sie nicht wusste, was aus ihren Sonntagsreitstunden werden würde. Seit Jahren ging sie jeden Sonntag zusammen mit Joseph ins Bruch, um sich dort mit Karl für die Reitstunden zu treffen. Dennoch war es ihr immer vorgekommen, als wären es vor allem Josephs Reitstunden, bei denen sie mitmachen durfte. Daher wusste sie nicht, ob Karl sie weiterhin unterrichten würde, und in den letzten Wochen mit Joseph hatte sie es nicht gewagt, ihn danach zu fragen.

Umso aufgeregter war sie, als sie an ihrem ersten Sonntag ohne Joseph von der Kirche heimkehrte. In der Mittagspause schlich sie davon und lief mit eiligen Schritten ins Bruch. Die Luft war erfüllt von einem frischen Frühlingsgeruch, auf den Wiesen blühten die ersten Blumen, und der Birkenwald war von einem hellen Grün überzogen.

Doch Mathilda fiel es schwer, die Schönheit des Frühlings zu bewundern. Düstere Gedanken tobten durch ihren Kopf. Sie war nichts weiter als die kleine Schwester, und wahrscheinlich verschwendete Karl nicht einen Gedanken daran, dass sie auch ohne Joseph im Bruch auftauchen würde.

Dumpfe Übelkeit überfiel sie, als sie den Waldrand erreichte und zwischen den Birken hindurchwanderte. Zuerst standen die weißen Stämme so dicht, dass sie nicht sehen konnte, was hinter dem Wald vor sich ging. Aber schließlich lichteten sich die Bäume, und sie konnte die Weide überblicken, die auf drei Seiten von dem Birkenwald umrahmt wurde.

Dort saß Karl auf Selmas Rücken und trabte über die Wiese. In einer sauberen Traversale bog er ab und ließ die Stute seitwärts traben.

Er war also doch gekommen!

Mathilda rannte das letzte Stück durch den Wald. Erst neben dem Zaun bremste sie ab, um das Pferd nicht zu erschrecken. Aber Selma drehte nicht einmal den Kopf. Wie alle Pferde der Steinecks war sie als Kavalleriepferd ausgebildet worden. Zu ihrem Training gehörte es, ihrem Reiter so sehr zu vertrauen, dass nichts und niemand sie erschrecken konnte.

Eine kleine Weile lang konnte Mathilda die beiden beobachten, ohne bemerkt zu werden. Karl war ein guter Reiter, ganz egal auf welchem Pferd er ritt. Doch Selma und er schienen von einem besonderen Zauber umgeben zu sein. Mathilda hatte es nie gewagt, ihn danach zu fragen, aber manchmal kam es ihr so vor, als wäre Selma sein Pferd.

Wenn sie vernünftig darüber nachdachte, wusste sie, dass es Unfug war. Selma war das edelste Pferd, das die Steinecks im Stall hatten. Es war undenkbar, dass ausgerechnet sie dem Stallknecht gehören sollte. Dennoch ließ der Gedanke Mathilda nicht los. Von Anfang an war Selma das Pferd gewesen, das wie selbstverständlich bei ihm war. Mit ihr war er geritten, als Mathilda ihn zum ersten Mal gesehen hatte, auf ihrem Rücken hatte er sie unzählige Male zur Schule gebracht. Aber sie hatten nie darüber gesprochen, wem sie gehörte.

Karl erreichte die gegenüberliegende Seite der Wiese. Zum ersten Mal schaute er in Mathildas Richtung. Gleich darauf bog er ab, trabte auf sie zu und verlängerte die Trabschritte. Es sah aus, als würde Selma über die Wiese schweben. Mit gestreckten Beinen raste sie auf Mathilda zu. Karls Hilfen waren unsichtbar. Kurz bevor er Mathilda erreichte, richtete sich die Stute auf, setzte die Hinterhand unter ihren Körper und kam aus vollem Schwung zum Stehen.

»Da bist du ja endlich.« Karl sah auf sie herunter, ein Lächeln strich über sein Gesicht. »Na los!« Er deutete auf die Tasche, in der sich die Reitkleidung befand. Wie jedes Mal hatte er sie ihr mitgebracht. »Zieh dich um, dann können wir anfangen.«

Mathilda nickte. Allein die Tatsache, dass er hier war, ließ sie mit leichten Schritten voranschweben. Sie griff sich die Stofftasche und rannte durch den Birkenwald bis zu der Plaggenhütte, in der sie als Kinder gespielt hatten. Inzwischen war sie ein wenig eingesunken, aber sie war noch immer geeignet, um sich darin umzuziehen.

In ihren Reitsachen lief Mathilda zur Wiese zurück. Es waren die gleichen Stiefel und Hosen, die sie von Anfang an getragen hatte. Damals, als sie mit elf Jahren ihre erste Reitstunde bekommen hatte, waren sie noch ein wenig zu groß gewesen. Inzwischen passten sie jedoch wie angegossen.

Karl ritt im Schritt, als sie an den Zaun trat. Wieder hielt er vor ihr an und sprang zu Boden. »Bitte sehr!« Er zog Selma die Zügel über den Kopf und hielt sie Mathilda entgegen. »Heute ist sie dein Pferd.«

Mathildas Herzschlag geriet ins Stolpern. »Selma?« Sie kletterte zwischen den Zaunlatten hindurch. »Du lässt mich auf Selma reiten?«

Karl lachte leise. »Sicher. Sie ist ein gutes Pferd, und du bist eine gute Reiterin. Warum solltest du nicht auf ihr reiten?«

Mathilda nahm Selmas Zügel. Doch sie wagte es kaum, an die Stute heranzutreten. Sie war noch nie allein auf Selma geritten. Auch Joseph war nur selten diese Ehre zuteilgeworden. Am Anfang hatte Karl versucht, ihn auf Selma zu unterrichten. Aber schon bald hatte sich herausgestellt, dass Selma nicht das richtige Pferd für Anfänger war. Seitdem hatte er fast immer andere Pferde zu ihrer Reitstunde mitgebracht, von denen Mathilda in der Regel das zahmste Tier bekam.

Bislang hatte sie nur auf Selmas Rücken gesessen, wenn Karl hinter ihr saß und sie zur Schule gebracht hatte, damals, vor fünf Jahren.

»Na los. Worauf wartest du, Gänseblümchen?« Karl riss sie aus ihren Gedanken.

»Gänseblümchen?«

Karl lachte. »Schneeflocke passt nicht zur Jahreszeit.« Mit einer ausladenden Geste deutete er über die Frühlingswiese. Das Gras war bereits bis zur Hälfte gewachsen, die ersten Wiesenblumen reckten sich ans Licht.

»Siehst du hier.« Er ging ein paar Schritte, bückte sich und pflückte eine kleine Blüte. »Ein Gänseblümchen.« Mit der Blume kam er auf sie zu, blieb direkt vor ihr stehen und berührte ihre Haare.

Mathilda erstarrte. Mit angehaltenem Atem verfolgte sie, wie er versuchte, die Blume in ihre Haare zu stecken. Er stand so dicht vor ihr, dass sie seine Wärme fühlen konnte. Sie betrachtete sein Kinn, seine glatt rasierte Haut, die nur wenige Zentimeter entfernt war. Seit wann war sie so groß? So groß, dass sie direkt in sein Gesicht sehen konnte?

Ein warmes Kribbeln sammelte sich in ihrem Bauch. Verstohlen ließ sie ihren Blick über seinen Mund streichen, über seine gerade Nase bis zu seinen Augen. Sie leuchteten in einem dunklen Gold, wie flüssiges Karamell, das jederzeit verbrennen würde, wenn es noch brauner wurde.

Niemand hatte solche Augen wie er. Und niemand hatte solche Haare, in einem rötlichen Schwarz, die wie immer ein wenig struppig unter seiner Schiebermütze hervorlugten.

»Nun wackel doch nicht so.« Er flüsterte, lachte, sein Atem streifte ihr Gesicht. »Sonst reiß ich der armen Blume ihren Stengel ab.«

Augenblicklich hielt sie still. Allzu deutlich fühlte sie, wie seine Finger durch ihre Haare strichen, wie er eine Stelle suchte, an der ihre Zöpfe stramm genug gebunden waren, um die Blume dazwischenzuklemmen. Seine Berührungen rieselten über ihre Kopfhaut, flossen ihren Rücken hinab und vereinten sich mit dem Kribbeln. So lange, bis er eine Stelle fand, an der die Blume hielt.

Mit einem breiten Schmunzeln trat er zurück. »Sehr hübsch!« Er betrachtete ihre Haare, ihr Gesicht, wurde mit einem Mal ernst. »Was ist? Warum schaust du so?«

Mathilda senkte den Kopf. Das Kribbeln sirrte in ihrem Körper. »Ich weiß nicht.« Sie stammelte, ihre Gedanken purzelten durcheinander. »Ich war mir nicht sicher, ob du hier sein würdest.«

Karl sah sie verständnislos an. »Warum sollte ich nicht hier sein? Ich bin jeden Sonntag hier, und das seit vier Jahren.«

Mathilda zuckte die Schultern. »Ich dachte nur ...« Plötzlich schämte sie sich. Am liebsten wollte sie gar nichts mehr sagen, doch ihr Mund sprach wie von allein: »Weil ich nur die kleine Schwester bin.«

Karl räusperte sich. »Du bist eine ziemlich groß gewordene kleine Schwester.« Seine Stimme hatte sich verändert. Ein dunkler Unterton lag darin. »Und außerdem warst du nie ›nur‹ die kleine Schwester.«

Mathilda sah auf, ihre Blicke trafen sich. In Karls Augen lag etwas Sonderbares. »Was war ich dann?« Die Frage rutschte ihr heraus. Hastig biss sie auf ihre Unterlippe.

Aber es war zu spät. Sein Gesicht wurde ernst, nur für einen kurzen Moment, ehe er auflachte: »Du stellst vielleicht Fragen.« Ein schiefes Schmunzeln legte sich um seinen Mund. »Du warst meine Schneeflocke. Und heute bist du mein Gänseblümchen.« Er deutete auf die Blume in ihrem Haar, machte eine scheuchende Bewegung. »Aber jetzt steig endlich auf, sonst verwelkt das Blümchen, bevor wir fertig sind.«

Mathilda gehorchte. Einzig ihre Beine fühlten sich weich an.

Es war etwas Besonderes, auf Selma zu reiten. Mathilda brauchte keinerlei Kraft, weder um sie zu treiben noch für die Paraden. Ganz leichte Hilfen reichten aus, um der Stute zu vermitteln, was sie wollte. Mitunter reichte es schon, sich die nächste Bewegung bloß vorzustellen, sich nur ein winziges bisschen in die Kurven zu lehnen, und schon reagierte die Stute darauf.

Im Laufe der Stunde begriff Mathilda, warum Selma kein Anfängerpferd war: Nur ein Reiter, der seine Bewegungen zu hundert Prozent beherrschte, konnte auf einem Pferd reiten, das so empfindlich war. Spätestens mit diesem Gedanken wurde Mathilda klar, was für eine Auszeichnung es war, dass Karl es ihr erlaubte. Als sie am Ende der Stunde zu Boden sprang, fiel es ihr schwer, sich von der Stute zu trennen. Ein ehrfürchtiges Gefühl überfiel sie, während sie neben Selma stehen blieb und ihren Hals streichelte.

»Das war sehr gut.« Karl trat neben sie. Stolz lag in seiner Stimme. »*Du* warst gut!« Er deutete auf ihre Haare. »Und das Gänseblümchen sitzt noch immer unverändert.«

Mathilda musste lachen. Wieder spürte sie das merkwürdige Kribbeln. Was war nur los mit ihr? Warum war es auf einmal so seltsam, wenn er neben ihr stand? Sie musste sich ablenken, musste an etwas anderes denken. Ihr fiel die Frage ein, die sie sich vorhin schon gestellt hatte. »Manchmal kommt es mir so vor, als ob sie dein Pferd wäre.«

Karl wurde ernst. Er wandte sich ab, steckte die Hand in Selmas Mähne und kraulte sie zwischen den Ohren. Mathilda glaubte schon, er würde ihre Frage ignorieren. Dann nickte er langsam. »Sie ist wirklich mein Pferd. Aber das ist ein Geheimnis. Du darfst es niemandem weitersagen.«

Mathilda schluckte. »Warum ist es ein Geheimnis?«

Karl antwortete nicht. Mit ruhigen Bewegungen löste er Sattelgurt und Trense, zog den Sattel von Selmas Rücken und ließ sie auf der Wiese frei. Gleich darauf wandte er sich ab und stapfte mit gesenktem Kopf zum Zaun.

Mathilda war sich sicher, dass er nicht mehr antworten würde. Dennoch folgte sie ihm. Während er den Sattel über den Zaun legte und die Trense an den Pfosten hängte, blieb sie hinter ihm stehen.

Schließlich setzte er sich ins Gras, lehnte sich an den Zaunpfahl und schaute auf die braune Stute. »Ich war keine neun Jahre alt, als sie geboren wurde.« Leise fing er an zu erzählen.

Mathilda rührte sich nicht. Er antwortete ihr, sie durfte ihn nicht stören, sonst würde er womöglich aufhören.

»Ich weiß noch, dass es kurz vor meinem Geburtstag war. Selma war das erste Fohlen im Februar. Draußen war es eisig kalt, und sie ist zu früh geboren worden.« Karls Stimme war sanft und zugleich so weit entfernt, als wäre er in der Vergangenheit. »An jenem Tag war ich ganz allein im Stall. Ich habe der Stute angesehen, dass das Fohlen kommt, aber ich wusste, dass es zu früh war. Die Geburtstermine standen an jeder Tür geschrieben.«

Mathilda löste sich aus der Starre. Beinahe lautlos setzte sie sich neben ihn, streckte ihre Stiefel ins Gras und lehnte sich gegen die unterste Zaunlatte.

»Ich wollte Alarm schlagen«, fuhr Karl fort, »aber niemand war da.

Also bin ich allein bei der Stute geblieben. Ich war noch zu klein, ich konnte nicht viel tun. Aber ich war bei ihr und habe sie gestreichelt. Zum Glück ging alles ganz leicht. Es war eine schnelle Geburt, und die Stute hat es allein geschafft. Aber Selma war ein Winzling. Noch nie zuvor hatte ich so ein kleines Fohlen gesehen. Ihre Mutter hat sie abgeleckt und versucht, sie zum Aufstehen zu bewegen. Aber Selma wollte nicht aufstehen, sie hatte nicht genug Kraft, um zu trinken. Sie lag nur zitternd im Stroh und hat gefroren.«

Mathilda schloss die Augen, lauschte seinem zärtlichen Tonfall.

»Also habe ich eine Decke geholt und das Fohlen zugedeckt. Ich habe mich neben das Kleine gelegt, um es zu wärmen, so lange, bis mein Vater zurückkam. Von da an hat er sich darum gekümmert, dass Selma die Milch bekam. In den ersten Tagen durfte ich sie mit der Flasche füttern, bis sie kräftig genug war, um selbst zu trinken. Ich schätze, dabei habe ich mich in dieses Fohlen verliebt.«

Mathilda öffnete die Augen und wandte sich in seine Richtung. Mit einem traurigen Lächeln sah er sie an. »Mein Vater hat mir Selma zum Geburtstag geschenkt. Von diesem Tag an hatte ich ein Ziel: In den nächsten vier Jahren wollte ich gut genug reiten lernen, um sie selbst einzureiten. Ich hatte zwar damals schon ein Pony, aber Selma sollte mein erstes Großpferd sein. Ihre Eltern waren reinrassige Trakehner, und ich war so stolz auf sie wie ein Indianerjunge.«

Mathilda musste lächeln. Sie stellte sich den kleinen Karl als Indianer vor, wie er mit Kriegsbemalung und lautem Geheul über eine Wiese tobte. Er musste ein süßes Kind gewesen sein, eines, das mit seinen schwarzen Haaren einen glaubwürdigen Indianer abgab.

»Vier Jahre später war ich tatsächlich gut genug, um sie auszubilden. Aber schon ein Jahr darauf sind wir beide hierhergekommen.« Karl rupfte einen Grashalm aus der Wiese, drehte ihn zwischen den Fingern und starrte darauf. »Hier drin ...«, er legte die Faust an seine Brust, »... ist sie noch immer mein Pferd. Aber offiziell gehört sie den Steinecks. Deshalb ist es mein Geheimnis.«

Mathilda erstarrte. Sie musste daran denken, was er ihr vor ein paar Jahren erzählt hatte: Dass er Veronika von Steineck auf dem Pferdemarkt kennengelernt hatte, als sie mit seinem Vater um ein paar Pferde gefeilscht hatte. Zum Schluss hatte sein Vater einen Scherz gemacht und ihr gesagt, dass sie Karl dazubekäme, »wenn sie die braune Stute auch noch nimmt«.

Erst jetzt verstand Mathilda die ganze Geschichte. »Die braune Stute« war Selma gewesen, und er war seinem Pferd nach Westfalen gefolgt, um es nicht zu verlieren.

Ein scharfes Brennen drängte sich in ihre Augen. Sie musste blinzeln, um es zu unterdrücken. »Das ist eine traurige Geschichte.«

Karl drehte sich zu ihr. »Mit Selma hat er mich erpresst. Ich wollte nicht weg von zu Hause. Freiwillig wäre ich niemals gegangen. Aber er wusste, dass ich meinem Pferd folgen würde.«

Mathilda wollte nicht weinen, auf keinen Fall. Dennoch ließen sich ihre Tränen kaum noch zurückhalten.

Karl schien das Glitzern in ihren Augen zu sehen, sein Blick fing sich an ihrem Mund.

Schnell wandte er sich ab, seine Hand tauchte ins Gras. Er rupfte ein ganzes Büschel heraus und warf es davon. »Ich hatte Glück.« Seine Stimme klang belegt. »Als Veronika klarwurde, dass sie mein Pferd gekauft hatte, hat sie mir gesagt, dass ich so tun kann, als würde Selma mir gehören. Ich allein darf sie pflegen und reiten, und wenn entschieden wird, was aus ihr werden soll, werden sie zuerst nach meinem Einverständnis fragen. Ohne meine Erlaubnis wird sie weder gedeckt noch verkauft. Das haben die Steinecks versprochen, und bis jetzt haben sie sich daran gehalten.«

Karl hielt den Kopf gesenkt, seine Finger zerpflückten einen Grashalm. »Aber eines Tages werde ich sie zurückkaufen. Dann suche ich einen Trakehnerhengst für sie und gründe meine eigene Zucht. Ich fürchte nur, dass ich darauf noch eine Weile sparen muss.«

Mathilda schluckte. Am liebsten hätte sie ihn berührt. Sie wollte die Hand auf seine Schulter legen, sich an ihn lehnen und den Grashalm aus seinen Fingern ziehen. Doch sie wagte nichts davon.

Dabei hatte sie alles das schon getan. Unzählige Male hatte sie ihn umarmt. Sie war Hand in Hand mit ihm gelaufen und hatte durch seine

Haare gestreichelt. Aber irgendetwas hatte sich geändert. Allein der Gedanke fühlte sich verboten an.

Wieder betrachtete sie sein Gesicht. Er sah jung aus, erwachsen zwar, aber trotzdem kaum älter als sie. Seit sie ihn kennengelernt hatte, hatte sie sich keine Gedanken über sein Alter gemacht. Er war in etwa so alt wie Leni, nur das hatte sie sich gemerkt. Aber plötzlich wollte sie es genauer wissen. »Wenn du kurz nach Selma Geburtstag hast, bist du inzwischen achtzehn oder neunzehn?«

Karl drehte sich in ihre Richtung. Seine Miene erschien dunkel im Schatten der Mütze. »Ich bin neunzehn geworden. Am 25. Februar. Wieso fragst du?«

Mathildas Herzklopfen kehrte zurück, heftiger als je zuvor. Der 25. Februar gefiel ihr. »Dann hast du nur eine Woche vor mir Geburtstag. Ich habe am 4. März.«

Karl räusperte sich. »Eine Woche und fünf Jahre ... Und einen Tag, wenn man es genau nimmt. Manchmal sogar zwei.« Er schmunzelte amüsiert.

Mathilda wurde unsicher. Machte er sich lustig über sie? Weil sie nur von der Woche sprach und die fünf Jahre wegließ?

Fünf Jahre! Früher war er ihr unerreichbar erschienen. Aber jetzt? »Wie wichtig sind fünf Jahre?« Auf einmal redete sie drauflos. »Als du herkamst, warst du vierzehn. Jetzt bin ich vierzehn ... Damals bist du mir groß vorgekommen. Aber ich ...? Ich weiß nicht, was ich bin. Ein Kind? Oder erwachsen?« Was redete sie da? Glühende Hitze stieg in ihr Gesicht. »Tut mir leid! Ich rede Schwachsinn. Wahrscheinlich findest du mich lästig ... oder albern ...« Sie wollte aufstehen und davonlaufen.

»Mathilda!« Karls Hand schloss sich um ihren Arm.

Sie erstarrte. Seine Berührung fühlte sich warm an. Auch sein Gesicht war nah.

»Ich finde dich nicht lästig«, flüsterte er. »Und albern warst du nie ... Und ein Kind ...«, er betrachtete ihr Gesicht, »... bist du auch nicht mehr.« Seine Finger bewegten sich, streichelten ihr Handgelenk.

Das Kribbeln in ihrem Bauch wallte auf, wanderte tiefer ...

Hastig ließ er sie los, wich vor ihr zurück.

Mathilda wollte ihn festhalten.

Doch Karl sprang auf. »Du solltest jetzt gehen.« Seine Stimme vibrierte. »Wenn deine Familie herausfindet, dass wir zusammen auf der Frühlingswiese sitzen …« Er lächelte bitter.

Mathilda starrte ihn an. Sie »saß mit ihm auf der Frühlingswiese«. Was wollte er damit sagen? Konnte es sein, dass er genauso fühlte wie sie? Das gleiche, wilde Durcheinander?

Er hatte recht. Sie musste gehen, musste ihre Gedanken ordnen. Mit weichen Knien stand sie auf, drehte sich um und lief davon.

20. KAPITEL

Fichtenhausen, Paderborner Land, Frühling 1941

Im Frühling änderte sich einiges. Fast alle Männer des Dorfes waren inzwischen eingezogen worden. Auch die meisten, die zuvor noch als Arbeiter in kriegswichtigen Betrieben zu Hause geblieben waren, mussten in den Kriegseinsatz. Nur auf den größeren Bauernhöfen durfte ein männlicher Bauer bleiben. In der Regel waren das die Altbauern, während die Söhne in den Krieg mussten.

Der alte Andreas war schließlich der einzige Mann, der auf dem Gestüt der Steinecks bleiben durfte. Er arbeitete schon so lange als erster Knecht auf dem Gutshof, dass er die Landwirtschaft und die Pferdezucht zusammen mit Veronika leiten konnte. Für die tägliche Arbeit waren sie jedoch auf die Zwangsarbeiter angewiesen, die Veronika angefordert hatte. Im Winter waren bereits zwei Franzosen auf das Gestüt gekommen, und für das Sommerhalbjahr wurden ihnen noch drei Polen zugeteilt, die Anfang April gebracht werden sollten.

Mathilda konnte nicht leugnen, dass sie sich davor fürchtete, mit so vielen Männern zusammenzuarbeiten. Immerhin waren sie ihre Kriegsgegner, und ihr graute vor der Rache, die die Männer vielleicht im Sinn hatten. Wenn sie in ihrer fremden Sprache redeten, könnten sie Dinge planen, die Mathilda nicht mitbekam. Außerdem konnte sie ihnen kaum etwas entgegensetzen, falls die Männer zudringlich wurden.

Doch zu allem Überfluss hatte Veronika beschlossen, dass Mathilda anwesend sein sollte, wenn die neuen Zwangsarbeiter ankommen würden. Warum sie das wollte, hatte sie nicht gesagt. Aber Mathilda hatte das vage Gefühl, dass Veronika ihre Ängste durchschaute.

Zu dritt standen Veronika, Mathilda und der alte Andreas schließlich vor dem Herrenhaus und warteten. Die Gutsherrin hatte darauf bestanden, dass sie ihre Reitkleidung anbehielten und schärfte Mathilda ein, auf keinen Fall etwas zu sagen, es sei denn, sie wurde gefragt.

Als pünktlich um elf Uhr der Lastwagen durch das Hoftor rumpelte, blieb Mathilda beinahe das Herz stehen. Die Zwangsarbeiter standen zusammengepfercht in einem offenen Viehwagen, so eng nebeneinander, dass sie sich kaum rühren konnten.

Sobald der Wagen hielt, sprangen drei Ordnungspolizisten aus der Fahrerkabine. Einer von ihnen hielt sein Gewehr im Anschlag und zielte auf die Zwangsarbeiter, während der zweite die Laderampe des Viehwagens herunterklappte und mit seinem Gewehr zwischen die Gefangenen kletterte.

Einzig der ranghöchste Ordnungspolizist ging auf Veronika zu und riss seinen Arm zum Hitlergruß hoch. Gleich darauf wandte er sich wieder dem Wagen zu und las eine Liste mit Namen vor. Die aufgerufenen Arbeiter meldeten sich zaghaft und versuchten, vom Wagen zu steigen. Aber sie standen so eng zwischen den anderen, dass sie sich mühselig nach vorne drängeln mussten.

Die Orpos wurden ungeduldig. »Na los, vorwärts!«, rief derjenige, der sie mit seinem Gewehr bedrohte. Er lief um den Wagen herum und stieß mit seinem Gewehrlauf gegen die Männer, um sie anzutreiben.

Der andere, der auf den Wagen geklettert war, schob sich zwischen den Zwangsarbeitern hindurch. Wann immer er einen der Aufgerufenen erreichte, stieß er ihnen den Gewehrkolben zwischen die Schulterblätter, bis sie über die Rampe vom LKW taumelten und mit gesenkten Köpfen dahinter stehenblieben.

Mathilda hielt den Atem an. Die Männer, die vor ihr standen, waren jung, schmächtige Burschen mit schmalen Schultern, in etwa so alt wie sie. Einer von ihnen sah sogar noch jünger aus. Es waren keine Männer, vor denen man Angst haben musste. Genaugenommen waren es überhaupt keine *Männer*.

Der Ordnungspolizist, der die Liste verlesen hatte, hob den Kopf und rief mit strenger Stimme über den Hof: »Alle polnischen Zivilarbeiter haben stets ein sichtbares Abzeichen mit dem Buchstaben ›P‹ für Pole auf der rechten Brust zu tragen! Der Arbeitsort darf niemals ohne behördliche Genehmigung verlassen werden! Die Unterbringung der Fremdvölkischen muss streng getrennt von dem deutschblütigen

Gesinde erfolgen. Auch die Mahlzeiten dürfen nicht an einem gemeinsamen Tisch eingenommen werden. In den Nachtstunden, ab Eintritt der Dämmerung, herrscht ein strenges Ausgehverbot! Des Weiteren ist es den Zivilarbeitern verboten, öffentliche Verkehrsmittel oder ein Fahrrad zu benutzen. Geselliges Beisammensein mit Deutschblütigen muss streng unterbunden werden, das gilt auch für den Besuch von Gaststätten, Kinos und Theateraufführungen. Auch der gemeinsame Kirchgang mit deutschen Volksgenossen darf keinesfalls gestattet werden. Doch am wichtigsten von allem ...« Der Orpo warf einen Blick in die Runde, von den polnischen Burschen über Veronika bis hin zu Mathilda. »Intime Beziehungen zwischen polnischen Zivilarbeitern und deutschblütigen Mädchen und Frauen gelten als ›Rassenschande‹. Deutschen Frauen, die sich in würdeloser Weise mit Zivilarbeitern einlassen, droht die Einweisung in ein Zuchthaus. Polnische Zivilarbeiter werden mit dem Tod bestraft.« Sein Blick wanderte weiter zu Veronika. »Die Betriebsführer sind verpflichtet, auf die Einhaltung der Vorschriften zu achten und jegliche Zuwiderhandlung unverzüglich der Ortspolizeibehörde zu melden.«

Mathilda schluckte und sah zu Veronika.

Die Gutsherrin antwortete dem Orpo mit einem geschäftsmäßigen Lächeln. »Selbstverständlich«, erklärte sie. »Militärische Disziplin und klare Regeln sind die Zauberwörter. Sie werden sehen, ich habe meine Leute im Griff.«

Der Orpo nickte ihr zu. »Ausgezeichnet!« Er hielt Veronika ein Klemmbrett mit einem Schriftstück entgegen. »Wenn Sie dann hier noch gegenzeichnen würden.«

Veronikas Miene wirkte kühl und unbewegt, während sie ihm die Unterschrift gab.

Gleich darauf riss der Orpo ein weiteres Mal den Arm in die Höhe. »Heil Hitler!« Noch mit dem Gruß wandte er sich ab und rauschte zurück zum Lastwagen. Seine Kollegen hatten bereits die Rampe geschlossen und folgten ihm in die Fahrerkabine. Kaum eine Minute später holperte der Lastwagen vom Hof.

Mathilda musterte ein weiteres Mal die polnischen Burschen, die mit hängenden Schultern vor ihnen standen. Ihre Haare waren bis auf wenige Millimeter kurz geschoren, ihre Kleidung wirkte ärmlich und hing viel zu groß um ihre schmalen Körper. Der Jüngste von ihnen schien sogar noch jünger zu sein, als sie zuerst geglaubt hatte: Vermutlich war er nicht mehr als zwölf oder dreizehn Jahre alt. Stille Tränen liefen über sein Gesicht.

Eine Welle von Mitleid flutete durch Mathildas Körper. Woher kamen diese »Zivilarbeiter«? Und warum mussten sie in Deutschland arbeiten, anstatt in Polen bei ihren Familien zu sein? Bis jetzt hatte sie geglaubt, dass Zwangsarbeiter gefangene Soldaten waren, genauso wie die beiden Franzosen, die seit dem Winter auf dem Gestüt waren. Aber diese Halbkinder waren zu jung, um Soldaten zu sein. Mathilda wandte sich hilfesuchend an Veronika.

Aber die Gutsherrin stand noch immer regungslos da. Mit strenger Miene blickte sie dem LKW nach. Erst, als sich das Motorengeräusch über den Sandweg entfernte, löste sie sich aus der Starre. Die Strenge auf ihrem Gesicht zerfiel und wich einem warmen Ausdruck. Mit einem milden Lächeln trat sie auf die Burschen zu und fing an zu reden. Doch sie sprach kein Deutsch! Sie sprach Polnisch. Fließendes Polnisch!

Die Burschen reagierten überrascht, hoben ihre Köpfe und sahen die Gutsherrin mit erstaunten Augen an. Dem Jüngsten stand der Mund offen, während er die Tränen von seinem Gesicht wischte. Schließlich nickten die drei, gaben kurze Antworten und erwiderten ein zaghaftes Lächeln.

Veronika wirkte zufrieden, als sie sich von ihnen abwandte und dem alten Andreas zuwinkte. »Bitte zeig ihnen ihre Zimmer und die Stallungen. Danach treffen wir uns zum Mittagessen.«

Andreas kratzte sich schmunzelnd am Kopf. »Selbstverständlich.«

Mathilda starrte den Männern nach. Erst, als sie in der Eingangstür zum Gesindehaus verschwunden waren, wandte sie sich an Veronika. »Du sprichst also Polnisch.« Sie versuchte, sich ihre Überraschung nicht anmerken zu lassen. »Was hast du ihnen gesagt?«

Auf Veronikas Gesicht lag ein geheimnisvolles Lächeln. »Ich habe ihnen erklärt, dass sie hier sicher sind und dass ihnen nichts Böses geschieht. Bis zum Ende des Krieges werde ich sie hierbehalten und gut behandeln. Sie sollen nur nicht versuchen, Dummheiten zu machen, und sie müssen sich an die Regeln halten.«

Mathilda presste die Lippen zusammen. Die Vorschriften, die sie gerade gehört hatte, waren grauenhaft.

»Allerdings habe ich vor, die Regeln ein wenig zu variieren ...« Veronika hob ihre rechte Augenbraue. Es war ein Ausdruck, der sie trotzig und stark erscheinen ließ. »Auf meinem Hof werden Menschen wie Menschen behandelt, ganz egal, welchem Volk sie entstammen. Das ist der Grund, warum du heute hier bist. Ich wollte, dass du siehst, wie sie bislang behandelt wurden. Und ich möchte, dass du erfährst, welche Regeln bei uns gelten.«

An diesem Mittag sollte Mathilda zum Mittagessen bleiben. Noch bevor das Essen fertig war, führte Veronika sie in die Küche, an den Tisch, an dem die Steinecks gemeinsam mit ihrem Gesinde aßen.

Die Gutsherrin blieb neben dem ungedeckten Tisch stehen und betrachtete ihn mit einem Stirnrunzeln. Es war eine lange Tafel, die aus zwei Tischen bestand. »Die Vorschrift lautet, dass die Zwangsarbeiter nicht mit uns an einem Tisch essen dürfen. Richtig?«

Mathilda nickte zaghaft.

Veronika zwinkerte ihr zu. »Dann fass mal mit an.«

Mathilda wusste nicht, was die Gutsherrin vorhatte, als sie gemeinsam einen der beiden Tische anhoben. Sie folgte einfach nur den Anweisungen und half dabei, den Tisch ein kleines Stück von dem anderen abzurücken, nicht mehr als zehn Zentimeter.

Mit zufriedenem Blick trat Veronika zurück und nickte der winzigen Lücke zu. »Das dürfte reichen, um nicht an einem Tisch zu sitzen. Meinst du nicht?«

Mathilda starrte sie an. Ein wildes Knäuel aus Gefühlen verwirrte sich in ihrem Inneren. Ungeordnete Bilder erschienen vor ihren Augen: die Zwangsarbeiter, die Gewehre der Ordnungspolizisten, die Tränen auf dem Gesicht des Jüngsten.

Mathilda wurde schwindelig, doch die Bilder setzten sich fort: Karl, die Zigeunerkinder und die brennenden Wohnwagen.

Der Mann mit der Narbe!

Seit Wochen ließen die Bilder sie nicht los, die Gedanken daran und das Gefühl, damit allein zu sein.

Doch in diesem Moment wusste sie, dass sie nicht nur Karl vertrauen konnte. Auch Veronika stand wie ein Fels in der Brandung und sorgte dafür, dass Menschen Menschen blieben. Mathilda betrachtete die Lücke zwischen den Tischen. Es war nur eine winzige Lücke, eine winzige Abweichung von der Regel und dennoch eine heimliche Rebellion.

Auf einmal musste sie lachen, voller Erleichterung und so laut, dass die Gläser im Schrank klirrten. An Veronikas Seite würden nicht nur die Zwangsarbeiter den Krieg überstehen, auch sie selbst musste endlich nicht mehr mit ihren Zweifeln allein sein.

Veronika lachte mit ihr, genauso laut und genauso erleichtert, bis die dicke Köchin in der Tür erschien und sie verständnislos ansah.

Nur wenig später brachte Andreas die drei Polen und die beiden Franzosen. Die Köchin trug das Essen auf, und sie alle setzten sich gemeinsam an den Tisch. Veronika sprach abwechselnd Polnisch und Französisch, hörte sich die leisen Antworten der Zwangsarbeiter an und übersetzte das eine oder andere ins Deutsche.

Als alle wieder gegangen waren, gab Mathilda sich einen Ruck und stellte die Frage, die ihr schon die ganze Zeit auf der Zunge brannte: »Wie kommt es, dass du so viele Sprachen sprichst? Polnisch ... Französisch.«

Veronika lächelte und legte ihr den Arm um die Schultern. »Ich stamme aus einer Offiziersfamilie. Eine höhere Bildung war bei uns üblich, auch für Mädchen. Außerdem war es unseren Eltern wichtig, dass wir möglichst viele Fremdsprachen lernen, und zwar diejenigen unserer direkten Nachbarn. Oder noch anders gesagt: Seit Jahrhunderten wiederholen sich ähnliche Kriege, mit immer den gleichen Gegnern: Frankreich, Polen, Russland. Ihre Sprachen zu beherrschen, kann einem Offizier das Leben retten. Und den Frauen in der Heimat kann es auch nicht schaden, wie du siehst.«

Frankreich, Polen ... »Russland?« Mathilda sah sie überrascht an. »Heißt das, du sprichst auch Russisch?«

Veronika nickte langsam. »So könnte man das sagen. Und seit letztem Jahr lerne ich Englisch. Was von allen die leichteste Sprache ist.«

* * *

Schon wenige Tage später war klar, auf welche Weise Veronika auch die anderen Regeln ausdehnte: Auf ihrem Hof durften sich die Zwangsarbeiter frei bewegen, sie bekamen alles, was sie zum Leben brauchten, und konnten sich mit ihren Sorgen an Veronika wenden. Nur zwei Dinge schärfte sie ihnen ein: Sie durften sich auf keinen Fall mit anderen Leuten anlegen und sollten nicht versuchen, wegzulaufen, denn in diesen Fällen wäre es ihr unmöglich, sie weiterhin zu schützen.

Obwohl alle drei gegenüber den Behörden angegeben hatten, dass sie reiten konnten, war nur einer von ihnen ein passabler Reiter. Die anderen beiden kannten nur den Umgang mit einem Ackergaul. Aber Veronika ging dazu über, ihren Zwangsarbeitern Reitstunden zu geben, nicht nur den Polen, sondern auch den beiden Franzosen. Auch wenn die fünf noch lange nicht gut genug waren, um Dressurlektionen zu reiten, so konnten sie wenigstens dabei helfen, die Kondition der Pferde zu trainieren, und Veronika nahm sie bald mit auf ihre Ausritte.

Genau genommen war es eine weitere Regel, die sie damit ausdehnte: Die fünf durften weder öffentliche Verkehrsmittel noch ein Fahrrad benutzen. Von Pferden war hingegen nie die Rede gewesen, obwohl sie mit Sicherheit das beste Fluchtmittel wären. Aber keiner der Burschen machte auch nur den Versuch, sich von ihnen zu entfernen.

Sämtliche Zeit, die sie nicht mit den Pferden verbrachten, arbeiteten sie auf dem Feld. Dabei ergab es sich bald, dass sich ihre Höfe voll und ganz miteinander verbanden. Veronika und Mathildas Vater verstanden sich immer besser, und auch Böttchers schlossen sich mit ihnen zusammen.

Nur frühmorgens arbeitete jeder im eigenen Stall, um die Tiere zu versorgen. Mathilda und Leni molken die Kühe, striegelten die beiden Arbeitspferde und fütterten die Tiere. Danach ging es auf die Felder, die sie von nun an zusammen mit ihren beiden Nachbarn bewirtschafteten. Dabei machte jeder die Arbeit, die er am besten konnte, und wenn es nötig war, dass mehrere Personen anpackten, gab es immer zahlreiche Hände, die helfen konnten.

Nach der Mittagspause kehrten Mathildas Vater und Böttchers Papa mit den Zwangsarbeitern auf das Feld zurück, während Veronika und Mathilda anfingen, die Pferde zu reiten. Am Abend bekamen schließlich die Zwangsarbeiter ihre Reitstunde, und anschließend ritten sie alle gemeinsam aus, bis die Dämmerung hereinbrach.

Manchmal gingen Mathilda und Veronika danach noch in die Bibliothek, und Mathilda durfte sich Bücher ausleihen, aber oft saßen sie auch mit allen drei Familien beisammen und besprachen die Arbeit der nächsten Wochen. Selbst die Zwangsarbeiter tauten allmählich auf, der Schrecken wich aus ihren Augen und ausgerechnet der kleine Pawel entpuppte sich als humorvolles Kerlchen, das alle mochten.

Doch bei alldem gab es etwas, das Mathilda Sorgen machte: Auch Böttchers hatten seit einiger Zeit einen Zwangsarbeiter. Jean-Luc war Franzose und musste ein bisschen jünger sein als Karl. Er hatte lustige braune Locken, treue Augen und ein niedliches Lächeln. Er sprach ein wenig Deutsch, und sein fröhliches Temperament schien sich durch nichts trüben zu lassen.

So weit wäre alles gut gewesen, aber Sorgen machte Mathilda sich um Böttchers Anna: Ihre Freundin und der hübsche Jean-Luc waren vollkommen vernarrt ineinander.

Das erste Mal fiel es ihr im Frühling auf. Seit die Kühe auf der Weide waren, gingen sie jeden Morgen zusammen mit Liesel und Anna zum Melken ins Bruch. In diesem Jahr kam auch Jean-Luc mit ihnen, und Mathilda bemerkte die Blicke, die Anna und er sich zuwarfen. Immerzu lächelten sie sich an, und Jean-Luc behandelte Anna so zuvorkommend, dass es jedem auffallen musste. Er trug ihre Milchkannen, ganz gleich, ob sie voll oder leer waren, eilte voraus, um ihr das Gatter zu öffnen, und lief wie selbstverständlich an ihrer Seite. Bei all dem hatte er nichts Unterwürfiges, er tat es nicht, weil sie eine Deutsche war und er ihr Zwangsarbeiter, er tat es, weil er Anna mochte. Es war sein

Lächeln, mit dem er sich verriet, die Art, wie er sie beobachtete und auf sie achtete.

Anna selbst schien ebenso verzaubert zu sein. Ihr Lächeln wirkte schüchtern. Nur scheu wagte sie es, in seine Augen zu sehen. Aber Mathilda fiel auf, wie sie ihm nachschaute, sobald er ihr den Rücken zuwandte.

Den ganzen Frühling hindurch waren die beiden wie ein Sternensystem, das umeinander kreiste. Scheinbar zufällig bewegten sie sich in die Nähe des anderen, arbeiteten in benachbarten Feldreihen und schienen immer darauf zu achten, was der andere gerade tat. Dennoch hielten sie einen deutlichen Abstand zueinander. Aber je mehr sie sich voneinander fernhielten, desto greifbarer wurde die Spannung.

Mathilda ertappte sich dabei, wie sie die beiden heimlich beobachtete. Sie erhaschte das Gefühl, das zwischen ihnen lag, und spürte, wie es in ihr nachklang.

Spätestens als sie mit dem Heuen anfingen, veränderte sich etwas zwischen Jean-Luc und Anna. Tagelang mussten sie das Gras auf den Wiesen mähen. Sie mähten im Bruch, hinter dem Fichtenwald, auf den Wiesen der Böttchers, der Steinecks und auf ihren eigenen. Schon im Morgengrauen fingen sie an, mit den Sensen über das Feld zu laufen. Nur solange der Tau auf den Wiesen lag, ließ sich das Gras schneiden. Sobald die Sonne über den Fichtenwald stieg, fingen sie an, das gemähte Gras über die Wiesen zu verteilen, damit es den Tag über trocknen konnte. Abends wurde es wieder zu Haufen zusammengerecht, bis es nach drei Tagen trocken genug war, um es einzufahren. Mehrere Wochen hatten sie auf diese Weise zu tun, ehe alle Wiesen gemäht waren und das Heu in den Scheunen und auf den Heuböden aufgeschichtet war.

Während all der Zeit bemerkte Mathilda, wie sich die Blicke zwischen Anna und Jean-Luc veränderten. Sie verloren ihre Unsicherheit, legten jede Scheu ab, bis ein Glühen in ihren Augen lag, das Bände sprach. Mathilda musste ihre Freundin nicht fragen, um zu wissen, dass sie sich nähergekommen waren, vielleicht sogar nah genug, um jegliche Unschuld hinter sich zu lassen. Auffällig oft arbeiteten Anna und Jean-Luc zusammen, manchmal sogar so, dass sie mit ihrer Arbeit allein waren. Allein im Heu, allein in der Scheune ...

Mathilda fragte sich, ob es sonst noch jemand bemerkt hatte, ob Annas Eltern es ahnten, oder ihre Schwester? Auch Veronika besaß ein feines Gespür für solche Dinge. Doch Mathilda sprach mit niemandem darüber.

Bis der Abend kam, der ihre letzten Zweifel beseitigte. Am Nachmittag hatte sie gemeinsam mit Leni das Heu in Böttchers Scheune gepackt. Die Luft war stickig gewesen, und bald hatten sie so geschwitzt, dass sie die Kopftücher abgenommen hatten. Am Feierabend hatten sie die Tücher jedoch im Heu vergessen. Also gingen Leni und sie nach dem Abendessen noch einmal zu den Nachbarn hinüber. Ohne nachzudenken, betraten sie die Scheune. Leni kletterte als Erste die Leiter zum Heuboden hinauf, Mathilda folgte ihr auf dem Fuß. Ihre Schritte raschelten leise, während sie durch das Heu wateten.

Leni ging um einen Heuhaufen herum, hinter dem ihre Tücher liegen mussten. Direkt dahinter erstarrte sie. Mathilda lief beinahe in sie hinein, wich ihr aus und sah an ihr vorbei: Etwa zehn Meter vor ihnen lag ein Paar im Heu. Ihre Körper waren nackt, Arme und Beine schlangen sich umeinander, ihre Hüften bewegten sich in einem weichen, rhythmischen Takt.

Nur für Sekunden starrte Mathilda darauf, dennoch brannte sich das Bild in ihr Gedächtnis. Es sah schön aus, zärtlich, erinnerte sie an die Silvesternacht, in der sie mit Karl vor der Dachbodentür gestanden hatte, in der sie sich geküsst und gestreichelt hatten.

Gleich darauf zupfte Leni sie am Arm und zog sie mit sich. So leise, wie sie gekommen waren, kletterten sie nach unten und verließen die Scheune ohne ihre Kopftücher.

Für den Rest des Abends redeten sie kein Wort darüber. Zu Hause stellten sie fest, dass Katharina mit ihrem Verlobten ausgegangen war. Ihr Theo war einer der wenigen Männer, die für die Heuernte Heimaturlaub bekommen hatten. Seit ein paar Tagen war er nun hier, was dazu führte, dass Katharina endlich einmal gute Laune hatte.

»Sie hüpft umher wie ein strahlender Käsekuchen«, war Lenis sarkastischer Kommentar dazu. Aber Mathilda gönnte Katharina das seltene Glück. Allein schon deshalb, weil ihre gute Laune auch ihren Vater ansteckte und sich auf die Stimmung im ganzen Haus übertrug.

An diesem Abend waren Mathilda und Leni jedoch erleichtert darüber, dass sie allein waren und mit niemandem reden mussten. Schweigend erledigten sie die restlichen Arbeiten, schälten die Kartoffeln für den nächsten Tag und gingen früh ins Bett. Aber Mathilda konnte nicht einschlafen. Obwohl sich ihr Körper schwer und müde anfühlte, ließen sich ihre Gedanken nicht abstellen. Die Worte »Todesstrafe« und »Zuchthaus« drehten sich in ihrem Kopf. Todesstrafe und Zuchthaus, Rassenschande und würdeloses Verhalten, Jean-Luc und Anna.

Ihre nackten Körper im Heu.

Es hatte schön ausgesehen!

»Mathilda?« Lenis Stimme schreckte sie auf. »Bist du noch wach?«

Mathilda drehte sich in ihre Richtung. »Ja.«

Leni richtete sich mit einem leisen Rascheln auf. »Ich muss die ganze Zeit daran denken.«

Mathilda stützte sich auf den Ellenbogen, ihre Strohmatratze knisterte. »Ich auch.«

Lenis dunkle Haare lagen wie ein schwarzer Kranz um ihr helles Gesicht. Der Ausdruck darauf war kaum zu erkennen, doch ihr Tonfall klang besorgt: »Was sollen wir jetzt tun?«

Mathilda biss sich auf die Unterlippe. »Nichts! Wir tun nichts. Du wirst es doch niemandem erzählen?!«

»Natürlich nicht.« Leni klang erschrocken. »Für was hältst du mich? Ich werde sie bestimmt nicht verraten!«

Mathilda legte den Kopf zur Seite, versuchte Lenis Miene in der Dunkelheit zu ergründen.

»Trotzdem müssen wir etwas tun.« Leni klang unruhig. »Vielleicht mit Anna reden, ihr klarmachen, wie gefährlich das ist. Dafür können die beiden ins Zuchthaus kommen oder ins KZ oder was weiß ich.«

Mathilda schüttelte traurig den Kopf. Sie musste an die Regeln denken, die der Orpo vorgelesen hatte: Für Jean-Luc konnte es die Todesstrafe bedeuten.

Und dennoch ... Sie durften sich nicht einmischen. »Anna weiß selbst, was sie tut«, erklärte Mathilda leise. »Sie kennt die Gefahr. Was würde es bringen, mit ihr zu reden? Wir können den beiden nur helfen, indem wir den Mund halten. Also zu niemandem ein Wort.«

Leni wandte den Kopf ab. Für ein paar Minuten starrte sie aus dem Fenster, dorthin, wo hinter den Feldern Böttchers Hof lag. Dann nickte sie. »Du hast recht. Wir haben nichts gesehen.«

21. KAPITEL

Fichtenhausen, Paderborner Land, Frühling 1938

Pünktlich mit den Osterferien hatte Mathilda die Schule beendet. Eigentlich hatte sie immer geglaubt, dass sie danach eine Ausbildung beginnen wollte, vielleicht zur Schneiderin oder als Krankenschwester. Doch seit diesem Sonntagnachmittag auf der Frühlingswiese, seit sie von Karl allein unterrichtet wurde, war ihr nur noch eines wichtig: Sie wollte in seiner Nähe bleiben.

Entsprechend war sie froh darüber, dass ihr Vater nicht darauf drängte, sie aus dem Haus zu bekommen. Seit der Schnee geschmolzen war, baute er an einer neuen Scheune. Dabei konnte er jede helfende Hand gebrauchen, und selbst Leni war nach Hause zurückgekehrt, um mit anzupacken.

Über Mathildas Zukunft redete derweil niemand. Stattdessen verbrachte sie die meisten Tage auf dem Feld, manchmal zusammen mit Leni und Stefan, aber vieles musste sie allein machen, während sich die anderen der neuen Scheune widmeten.

Vor allem die Männer wurden fast immer beim Bau gebraucht, aber auch Leni bewies ihre Handwerkerfähigkeiten. Mathilda blieb fast das Herz stehen, wenn sie sah, wie ihre Schwester auf den nackten Dachsparren der neuen Scheune herumkletterte. Doch Leni lachte nur darüber. Je gefährlicher das Abenteuer, desto größer war ihre Begeisterung.

Mathilda war froh darüber, wenn sie von diesen Heldentaten nur wenig mitbekam. Umso mehr genoss sie die Zeit, die sie allein auf dem Feld verbrachte. Ungestört konnte sie ihren Gedanken nachhängen, während sie das Unkraut zwischen den jungen Rüben hackte. Am liebsten arbeitete sie auf den Feldern, die zwischen dem Gestüt und dem Hof ihrer Familie lagen. Von dort aus konnte sie so manches beobachten, was auf dem Gutshof vor sich ging, bis sie fast immer wusste, wo Karl sich aufhielt. Sie sah ihn von weitem, wenn er auf dem Reitplatz trainierte, wenn er das Gestüt für einen Ausritt verließ oder wenn er zu dem kleinen Bienenhaus hinter dem Fichtenwald ging. Nur wenn er in den weißgetünchten Gebäuden des Gestütes verschwand, wusste sie nicht, was er tat. Wahrscheinlich arbeitete er die meiste Zeit im Stall, oder er verbrachte die Pausen in seiner Kammer. Aber inzwischen kannte Mathilda seinen Rhythmus und wusste, wann er nach der Mittagsnone herauskam, um sich wieder dem Reiten zu widmen.

Mathilda selbst hielt ihre None möglichst kurz. Nicht nur, weil sie Angst hatte, Karl zu verpassen, sondern vor allem, weil sie die Klaviermusik hören wollte, die in der Mittagszeit über das Feld wehte. Vermutlich war es Veronika von Steineck, die in den Mittagspausen am Klavier saß und spielte. Es waren fremdartige, wehmütige Melodien, die sich in Mathildas Herz festsetzten. So manches Mal sah sie hinüber und versuchte zu raten, aus welchem der Fenster die Musik kam.

Bis zu jenem Tag, an dem sie ihre Neugierde nicht länger bezähmen konnte. Langsam ging sie über das Rübenfeld, erreichte den Gartenzaun der Steinecks und blieb stehen. Der Zaun war nicht hoch. Es wäre ein Leichtes, darüberzuklettern und sich bis zu den Fenstern zu pirschen. Aber Mathilda wagte es nicht.

Stattdessen entdeckte sie etwas anderes. Eines der Sprossenfenster war eine Glastür. Sie stand offen und bald schon bestand kein Zweifel mehr: Von dort aus wehte die Melodie in die Frühlingsluft.

Mathilda nahm all ihren Mut zusammen, trat ein paar Schritte zur Seite und spähte durch die Tür. Der Raum dahinter war riesig. Eine rote Tapete bedeckte die Wände. Mathilda erkannte weiße und rote Polstermöbel und dazwischen einen schwarzen Flügel, dessen Tasten in ihre Richtung zeigten. Wie erwartet entdeckte sie die schmale Gestalt der Gutsherrin. Doch Veronika von Steineck saß nicht auf dem Klavierhocker. Sie stand hinter dem Spieler.

Mathilda konnte nicht erkennen, wer dort am Flügel saß. Wenn es nicht die Gutsherrin war, dann musste es ihr Mann sein.

Schlagartig wurde Mathilda klar, wie ungehörig sie war. Dass sie einfach so in ein fremdes Fenster schaute ... Sie musste sich abwenden, sollte von hier verschwinden ...

Genau in jenem Moment trat die Gutsherrin zur Seite. Mathilda erkannte den Klavierspieler sofort. Seine gerade Haltung und die dunklen Haare, sein weißes Hemd und die braune Reithose. Nur seine Mütze hatte er abgelegt. Seine Haare standen von seinem Kopf ab ... So zerzaust, als hätte jemand hindurchgewühlt ...

Die Hand der Gutsherrin lag auf seiner Schulter!

Mathilda wich zurück. So schnell sie konnte, eilte sie davon, zurück an ihre Arbeit. Auch ihre Gedanken rasten, versuchten zu ordnen, was sie gesehen hatte.

Karl konnte nicht nur Klavier spielen, er war derjenige, den sie jeden Mittag hörte, dessen Melodien sie liebte! Aber er war nicht allein. Die Gutsherrin war bei ihm, so nah, dass sie ihre Hand auf seine Schulter legte ... Oder durch seine Haare zauste.

* * *

Von diesem Tag an sah Mathilda die Hinweise überall. Seit sie Karl kannte, duzte er Veronika von Steineck. Ganz selbstverständlich ging er in ihrem Haus ein und aus. *Sie* gab ihm die Reitkleidung, die er für Mathilda mitbrachte und *sie* hatte ihm erlaubt, sein Pferd weiterhin zu reiten, obwohl es inzwischen *ihr* gehörte. Immer wieder drehte Mathilda ihre Gedanken von rechts nach links und fragte sich, ob sie wirklich richtig gesehen hatte.

Doch es war einer der anderen Knechte, der es deutlich formulierte. Es war, als sie das Richtfest für die Scheune feierten. Fast alle Nachbarn und Freunde waren gekommen. In dem neuen Gebäude saßen sie beisammen, unterhielten sich und tranken selbstgebrannten Schnaps. Seit Stunden hoffte Mathilda nun schon darauf, dass auch Karl vorbeikommen würde. Aber nur die anderen Reitknechte der Steinecks gesellten sich zu ihnen. Zu Mathildas Überraschung fragte Leni schließlich in die Runde, warum Karl nicht mitgekommen war.

»Och, der Karl ...« Der alte Andreas war der Erste, der antwortete. »Der ist gut beschäftigt, solange der Herr nicht im Haus ist.«

Die anderen Reiter brachen in Gelächter aus, ein dreckiger Unterton versteckte sich darin.

Bislang hatte Mathilda nur mit halbem Ohr zugehört, doch jetzt rutschte ihr die Frage heraus: »Wieso?«

Die Knechte lachten noch lauter. »Na, was wohl, Mädchen?« Ferdinand Richter grinste ihr zu. »Der hübsche Karl hat was mit der ollen Steineck. Sie ist ganz vernarrt in ihn, keinen Wunsch kann sie ihm abschlagen. Und er ist dauernd bei ihr. Vor allem, wenn der Alte nicht da ist. Selbst ein Blinder kann sehen, was da läuft.«

»Uhhhh!« Leni klang empört. »Das ist ja ... Sie könnte seine Mutter sein!«

Ferdinand zuckte mit den Schultern. »Sie hat das Geld, ihr gehören die Pferde ... Und für Mitte vierzig ist sie noch recht frisch.« Er prostete Leni mit seinem Schnapsglas zu und zwinkerte in Mathildas Richtung. »Solche wie die kriegen alles für ihr Geld. Auch einen hübschen Knaben, der ihr Bett wärmt.«

Mathilda wurde übel. Schlagartig begriff sie, was das alles bedeutete: Für Karl ging es nicht um das Geld. Ihm war es gleichgültig, ob die Gutsherrin reich oder arm war. Ihm ging es auch nicht um die Frau, oder darum, wie *frisch* sie noch war. Aber sie besaß sein Pferd, das winzige Fohlen, in das er sich verliebt hatte, die stolze Trakehnerstute, die zu ihm gehörte. Wenn er Selma nicht verlieren wollte, musste er der Gutsherrin gefallen. Ganz gleich, was es kostete.

Spätestens von nun an nistete die Eifersucht wie ein Raubvogel in Mathildas Magengrube. Wann immer sie zum Gutshaus hinübersah oder die Klaviermusik hörte, pickte er tiefe Wunden in ihre Brust. Jeden Mittag spielte Karl für die Gutsherrin Klavier, und Mathilda wollte nicht wissen, was sie sonst noch taten. Ihr fiel es schwer, ihm noch länger ins Gesicht zu sehen, sogar so schwer, dass sie an den Sonntagen nicht mehr zu ihren Reitstunden ging.

Doch bei alldem ließ ein Gedanke sie nicht los: Hatte Karl sich freiwillig auf die ältere Frau eingelassen? Oder erpresste sie ihn? Es gab zahlreiche Herrschaften, die so etwas taten. Meistens waren es die Hausherren, die ihren Mägden an die Wäsche gingen. Aber auch den umgekehrten Fall hatte es schon gegeben.

Mathilda schwankte zwischen Mitleid und Eifersucht. Jeden Sonntag überlegte sie, ob sie wieder zu den Reitstunden gehen sollte. Aber jedes Mal entschied sie sich dagegen. Stattdessen ging sie jeden Abend hinter dem Fichtenwald spazieren. Manchmal drehte sie nur eine kleine Runde, an anderen Tagen setzte sie sich auf die Bank und sah in den Sonnenuntergang. Dann streiften ihre Gedanken unweigerlich zu Karl. Ihre Lieblingsbank war nicht weit von dem Bienenhaus entfernt, und sie wusste, dass er an den Abenden häufig dorthin ging. Immer, wenn sie daran dachte, erfasste sie ein aufgeregtes Kribbeln. Aber sie war sich nicht sicher, was es bedeutete: Hoffte sie etwa darauf, ihn wiederzusehen? Oder fürchtete sie sich davor?

Schließlich kam jener Abend, an dem sie die Unruhe der Bienen bemerkte. Schon von weitem hörte sie, wie das Summen zu einem Rauschen anschwoll. Je näher sie auf das Bienenhaus zukam, desto mehr Bienen flogen ihr entgegen. Als sie die Hütte erreichte, erkannte sie einen wabernden Ball aus Insekten, der davor umeinandertanzte.

Die Bienen schwärmten! Eine der Königinnen zog mit einem Teil des Volkes aus, um sich woanders einzuquartieren. Mathilda kannte sich nicht besonders gut mit Bienen aus, aber sie wusste, dass ein Imker in solchen Momenten alles daran setzte, sein Volk wieder einzufangen, bevor es sich eine fremde Heimat suchte. Doch Karl war nicht hier. Seine Bienen waren allein.

Hilfesuchend sah Mathilda sich um. Sie wollte nach ihm rufen, in der Hoffnung, dass er sie auf dem Gestüt hören würde. Aber plötzlich fürchtete sie, dass ihre laute Stimme die Bienen aggressiv machen würde. Eilig lief sie weiter. Sie musste zum Gestüt, musste dort nach Karl suchen. Sobald die Bienen hinter ihr zurückblieben, fing sie an zu rennen, umrundete die Biegung des Waldes.

Dann sah sie ihn vor sich: Karl kniete auf dem Weg, nur wenige Meter von ihrer Bank entfernt. Er krümmte sich nach vorne, fast so, als wäre er verletzt.

Mathilda sprintete das letzte Stück, erreichte ihn und fiel neben ihm auf die Knie. »Karl, was ist mit dir?«

Er hob den Kopf. Sein Gesicht war kreidebleich und merkwürdig schief. »Die Bienen«, flüsterte er. »Sie schwärmen. Ich wollte sie einfangen.«

Mathilda starrte auf sein Kinn, auf die Beule daran, die sich bis zu seinem Hals hinunterzog. Es war ein Stich! Eine der Bienen hatte ihn gestochen. Auch die Haut in seinem Hemdausschnitt war geschwollen, ebenso wie seine Arme, die seltsam verformt aussahen. Er war nicht von *einer* Biene gestochen worden, es mussten mindestens zehn oder zwanzig gewesen sein. Sein ganzer Körper war von Stichen überzogen.

Er trug keinen Imkeranzug! Er war ohne Schutz zu den schwärmenden Bienen gegangen!

»Ich habe auf dich gewartet«, sagte er schwerfällig. »Du gehst jeden Abend hier spazieren. Ich wollte dich fragen … warum du …« Er rang nach Luft. »Warum du … nicht mehr … zu den Reitstunden …« Seine Augen fielen zu, er stöhnte auf. »Ich kann nicht mehr. Du musst die Stiche aussaugen.«

Mathilda schluckte. Er hatte auf sie gewartet … weil sie nicht zu den Reitstunden gekommen war.

Sie sollte seine Stiche aussaugen! Mütter taten so etwas, die Stiche ihrer Kinder aussagen. Aber sie selbst? »Ich kann das nicht«, haspelte sie. »Ich habe das noch nie gemacht!«

Karl schüttelte langsam den Kopf. »Doch. Du schaffst das. Jedes Kind kann …«

Unwillkürlich musste Mathilda an einen Nachmittag vor vielen Jahren denken, daran, wie die Gutsherrin die Wunde an ihrer Lippe genäht hatte. Wenn jemand wusste, wie man diese Bienenstiche behandelte, dann Veronika von Steineck. »Du musst zur Gutsherrin, schnell! Ich bringe dich dorthin.« Sie fasste ihn unter den Armen, wollte ihn hochziehen.

Ein Schauer lief durch seinen Körper, seine Muskeln wurden schlaff, ließen ihn zusammensinken.

Mathilda fing ihn auf, ging unter seinem Gewicht zu Boden und hielt ihn im Arm. Doch er rutschte immer tiefer, bis er wie ein kleines Kind auf ihrem Schoß lag. »Nein«, hauchte er. »Ich möchte es nicht ...« Sein Atem ging schwer. »Dass sie die Stiche aussaugt.« Er griff nach dem obersten Knopf seines Hemdes. Mit zitternden Fingern knöpfte er es auf. »Bitte ...«

Unter seinem Hemd kam ein Meer von roten und weißen Beulen zum Vorschein. Manche waren nur kleine Punkte, andere waren so groß wie ihr Handteller. Dazwischen waren die Einstichstellen kaum zu erkennen. Dennoch zögerte Mathilda nicht länger. Sie fand einen der roten Punkte, beugte sich vor und legte ihre Lippen darauf.

Seine Haut fühlte sich heiß an, weich und fest zugleich, ein wenig kratzig von seinen Haaren. Ihr Herz fing an zu rasen, sein Haut schmiegte sich an ihre Lippen ... Ein angenehmer Duft ging von ihm aus. Trotzdem zögerte sie. Sie wollte ihm nicht weh tun.

»Ich habe auf dich gewartet«, nuschelte er. Seine Hände berührten ihre Haare, strichen über ihren Kopf und zogen sie näher. »Bitte! Du musst das Gift ...«

Mathilda wurde schwindelig. Sie presste die Lippen dichter auf seine Haut, fing vorsichtig an zu saugen.

Karl schrie auf. Es war ein leiser Schrei, der gleich darauf in ein schweres Stöhnen überging.

Mathilda ließ von ihm ab. Ein bitterer Geschmack setzte sich auf ihre Zunge und fing an, sie zu betäuben. Schnell spuckte sie das Gift auf den Boden und sah wieder zu Karl.

Sein Atem ging stoßweise, Schweiß glänzte auf seiner Haut, seine Pupillen erschienen weit und schwarz. »Mach weiter!«

Mathilda gehorchte, legte ihren Mund auf den nächsten Stich und saugte. Wieder schrie er auf, doch dieses Mal ließ sie sich nicht irritieren. Sie spuckte das Gift aus und suchte den nächsten Stich. Mit jedem Mal wurden seine Schreie leiser, gingen in ein Jammern über. Mathilda suchte nach dem zehnten oder elften Einstich, als ein gewaltiges Beben durch seinen Körper ging. Seine Augenlider flatterten, kurz bevor sich seine Iris nach oben drehte und seine Muskeln erschlafften. Leblos hing er in ihren Armen.

»Karl?« Mathilda rüttelte seine Schultern. »Wach auf! Was ist mit dir?«

Er rührte sich nicht. Nur seine Muskeln fingen an zu zittern wie ein gewaltiges menschliches Erdbeben.

Es nutzte nichts, die Stiche auszusaugen. Sie musste Hilfe holen! Sofort! Mathilda schob ihn von ihrem Schoß, bettete ihn im Sand und sprang auf. Ohne ihn noch einmal anzusehen, rannte sie los. Veronika von Steineck war die einzige, die ihn heilen konnte!

Hoffentlich.

Mathilda rannte so schnell sie konnte. Sie kürzte den Weg über das Feld ab, sprang über die Reihen der Steckrüben, bis sie den Sandweg erreichte. Von hier aus waren es nur noch wenige Meter bis in die Kastanienallee. Sie rannte zwischen den Alleebäumen hindurch. Ihr Atem keuchte, ihre Brust schmerzte, aber sie musste es schaffen.

Sie klopfte nicht an, sondern lief zum Seiteneingang, rannte wortlos durch die Küche in die große Eingangshalle und rief nach oben: »Frau von Steineck! Karl ist gestochen worden. Sie müssen kommen!«

Nur wenige Sekunden später sprang oben in der Galerie eine Tür auf. Die Gutsherrin kam heraus und schaute über das Geländer. »Was ist geschehen?«

»Karl ...« Mathilda musste Luft holen, um weiterzusprechen. »Er ist gestochen worden. Mindestens zwanzig Mal. Er stirbt!«

Die Gutsherrin reagierte sofort, rannte zurück in ihre Bibliothek und kam mit einem Arztkoffer zurück. »Los«, rief sie. »Lauf vor, Mathilda! Du bist schneller als ich. Leg seine Beine hoch!«

Mathilda stürzte zur Vordertür, riss sie auf und sprang über die Treppenstufen auf den Hofplatz. Wieder rannte sie, so schnell sie konnte, durch die Allee, über das Rübenfeld zu dem Jungen, der noch immer am Rand des Fichtenwaldes lag. Halb im Laufen ließ sie sich fallen, schlitterte auf Knien zu ihm.

Er rührte sich nicht, sie konnte nicht sagen, ob er noch lebte. Nur ihr Puls rauschte in ihren Ohren. Mathilda fand nichts, worauf sie seine Beine lagern konnte. Also kniete sie sich vor ihn und legte seine Waden über ihre Schultern.

Karl stöhnte auf. Sein Kopf rollte zur Seite, seine Augenlider kämpften, öffneten sich und blinzelten ihr zu. »Meine Schneeflocke.« Ein schwaches Lächeln schob sich auf seine Lippen. »Du bist … Ich …« Wieder drehten sich seine Pupillen nach oben, sein Kopf sackte zur Seite.

»Karl!« Mathilda sah sich hilfesuchend um. Die Gutsherrin kam auf sie zugelaufen. Auch sie nahm die Abkürzung über das Feld. Kurz darauf kniete sie neben ihnen und öffnete ihren Arztkoffer. Mit flinken Fingern holte sie eine Spritze und eine Ampulle heraus und zog das Medikament in den Glaskolben.

»Was hat er?« Mathilda starrte auf die spitze Nadel. »Wird er wieder gesund?«

Statt einer Antwort nickte die Gutsherrin in Karls Richtung. »Zieh seinen Ärmel hoch! Ich muss an seinen Oberarm.«

Mathilda beugte sich vor und bemühte sich, an seinen Arm heranzukommen. Mit seinen Beine auf ihren Schultern kam sie nur bis zu seinem Ellenbogen.

»Halt die Spritze!« Die Gutsherrin drückte ihr die Spritze in die Hand, riss den Ärmel mit einem entschlossenen Ruck auseinander und nahm den Glaskolben wieder an sich. »Er hat einen anaphylaktischen Schock.« Konzentriert drückte sie die Nadel in die Muskeln seines Oberarms. »Das Bienengift stellt seine Blutgefäße so weit, dass sein Blut nicht mehr ausreicht. Das ist so, als würde er verbluten. Sein Herz schafft es nicht mehr lange, dagegen anzupumpen.«

Mathilda deutete auf den Glaskolben der Spritze, der sich allmählich leerte. »Und was ist das?«

»Das ist Adrenalin.« Die Antwort der Gutsherrin klang mechanisch. »Dadurch ziehen sich die Adern wieder zusammen.« Sie zog die Nadel aus seinem Arm und legte die Spritze beiseite.

Mathilda betrachtete Karls Gesicht, wartete darauf, dass er auf das Medikament reagierte. Aber seine Augen blieben geschlossen. Die rot-weißen Flecken hatten sich ausgedehnt, bedeckten seinen ganzen Oberkörper, seine Schultern und Arme. Nur die flache Bewegung seiner Brust verriet, dass er noch atmete.

Die Gutsherrin griff nach seinem Handgelenk, drückte zwei Finger darauf und bewegte ihre Lippen, als würde sie zählen. »Komm schon«, murmelte sie. »Komm zurück.« Die Beherrschung fiel von ihr ab, verwandelte sich in Hektik. »Das ist kein richtiger Puls. Das ist zu flach! Na los, gib dir Mühe! Sag deinem Herz, es soll sich Mühe geben!« Sie strich die verschwitzten Haare aus seiner Schläfe, beugte sich über sein Gesicht. Dann schlug ihr Tonfall um, wurde leise und verzweifelt: »Wach auf, mein Kleiner. Bleib bei mir! Bitte bleib bei mir!« Sie küsste ihn auf die Stirn, küsste ihn ein ums andere Mal.

Mathilda versteinerte. Der Raubvogel in ihrer Brust stieß seinen Schnabel in ihr Herz. Alles, was sie je vermutet hatte, entsprach der Wahrheit. Die Gutsherrin und Karl waren ein Paar. Veronika von Steineck liebte ihn, zumindest das war eindeutig. Doch das alles war bedeutungslos. Ihre Medizin schien nicht zu wirken. Er würde sterben!

»Komm schon!« Plötzlich schrie die Gutsherrin ihn an. »Du sturer Dummkopf! Ohne Anzug zu den Bienen ... Ich habe dir gesagt, dass das passieren wird.« Tränen liefen über ihr Gesicht. »Ich habe deinen Eltern was versprochen! Du kannst jetzt nicht an ein paar Bienenstichen sterben.«

Auf einmal schnappte er nach Luft. Sein Oberkörper bäumte sich auf, und Karl drehte sich zur Seite. Würgend übergab er sich in den Sand.

Die Gutsherrin hielt seine Schultern, stützte ihn, während er sich immer wieder zusammenkrümmte. Mathilda hatte Mühe, seine Beine zu halten: Sie zitterten und wanden sich von ihren Schultern.

Veronika von Steineck bemerkte es. »Halt sie oben, damit das Blut in seinem Oberkörper bleibt.«

Mathilda klammerte ihre Arme um seine Waden, versuchte, sie zu halten.

Ein paar Minuten später sackte er zurück auf den Boden. Die Gutsherrin zog ihn fort von seinem Erbrochenen, hob seinen Kopf in ihren Schoß. Ihre Hände streichelten durch seine Haare, ein leises Schniefen drang aus ihrer Nase.

Karls Augen waren noch immer geschlossen. Nur sein Atem ging endlich wieder gleichmäßig.

»Wird er überleben?«, fragte Mathilda zögernd.

Veronika von Steineck hob den Kopf und sah sie an. Es dauerte einen Moment, ehe sie antwortete. »Er hat es geschafft. Du hast ihm das Leben gerettet.« Sie beugte sich wieder zu Karl hinunter. »Aber ich werde ihn nie wieder zu den Bienen lassen.«

Karl öffnete die Augen. Mit einem Ruck wollte er sich aufrichten. Die Gutsherrin drückte ihn zurück auf ihren Schoß. »Liegen bleiben! Dein Kreislauf ist noch nicht stabil.«

Karl lachte leise, es klang heiser und verzweifelt. Er stemmte sich auf die Ellenbogen, rückte von ihrem Schoß fort, bis er wieder im nackten Sand lag. Nur sein Blick verweilte bei der Gutsherrin. »Du wirst ... es mir nicht ... verbieten.« Seine Worte quälten sich Stück für Stück durch seinen Hals. »Du kannst ... mir höchstens ... den Anzug wegnehmen ... aber das macht ... es nicht besser ... wie du siehst.«

Veronika von Steineck kniff die Augen zusammen. »Du bist ein sturer Dummkopf, Karl v...« Ihre Stimme versagte. Ein seltsamer Schrecken zeichnete sich in ihrem Gesicht. »Karl von Eselshausen!«

Karl funkelte sie an. Ein stiller Streit schien zwischen ihnen zu liegen, etwas, das keiner von ihnen aussprechen wollte.

Dann sprang die Gutsherrin auf, wandte sich ab und lief mit unruhigen Schritten auf dem Waldweg hin und her.

Karl drehte suchend den Kopf, hielt erst inne, als er Mathilda gefunden hatte. Sein Gesicht war noch immer schief, übersät von den roten Flecken, die sich auch dort ausbreiteten, wo sie vorher nicht gewesen waren. »Schneeflocke.« Er hob die Hand in ihre Richtung. »Es tut mir leid. Du hättest das nicht sehen sollen.«

Mathilda wusste nicht, was er meinte. Hätte sie nicht sehen sollen, wie er starb? Oder wie die Gutsherrin ihn küsste?

»Nicht weinen.« Karl streckte die Hand noch höher. Aber seine Beine lagen noch immer über ihren Schultern, seine Finger erreichten sie nicht.

Erst jetzt bemerkte Mathilda die Tränen: Kühl und klebrig rannen sie über ihr Gesicht. Plötzlich stieg Wut in ihr auf, heiße Wut, die sich über die letzten Wochen hinweg angesammelt hatte. Er sollte sie nicht trösten, sollte sie nicht so ansehen, nicht jetzt, nachdem sie mit eigenen Augen gesehen hatte, was zwischen ihm und der Gutsherrin vor sich ging.

Mathilda schob seine Beine von ihren Schultern, ließ sie fallen und sprang auf. Nur für einen Augenblick sah sie auf ihn hinab, auf sein entstelltes Gesicht und den Schrecken in seinem Ausdruck. Dann wandte sie sich ab und rannte davon.

* * *

Seit dem Tag, an dem Karl beinahe am Bienengift gestorben war, sah Mathilda ihn nicht wieder. Anfangs hielt sie sich absichtlich von ihm fern. Sie ging noch immer nicht zum Reitunterricht und sie versuchte, ihm nicht länger hinterherzusehen. Auch ihre abendlichen Spaziergänge nahm sie nicht wieder auf und tagsüber war sie froh darüber, wenn sie auf den Feldern arbeiten musste, die auf der anderen Seite des Hofes lagen. Nur manchmal konnte sie nicht widerstehen. Dann ging sie in der Mittagszeit auf das Feld hinter ihrem Gemüsegarten und wartete auf die Klaviermusik. Doch Karls Musik fiel aus, sowohl in der ersten als auch in der zweiten Woche. Spätestens in der dritten Woche bekam Mathilda Angst. Was, wenn er doch noch gestorben war? Vielleicht war die Wirkung des Giftes später zurückgekehrt? Womöglich hatte das Medikament aufgehört zu helfen, und er war mitten in der Nacht gestorben, allein in seiner Kammer? Würden die Steinecks ihre katholischen Nachbarn zu einer Beerdigung einladen? Oder würden sie gar nichts davon erfahren? Mathildas Angst wurde immer größer.

Am Sonntag ging Mathilda auf ihre Wiese im Bruch. Aber Karl erschien nicht zum Reitunterricht. Auch in den nächsten Tagen war er nirgends zu sehen. Er schien weder zu reiten noch zu arbeiten. Und bei den Bienen sah sie ihn erst recht nicht. Immer wieder spürte Mathilda den Drang, zum Gestüt zu gehen und nach ihm zu fragen. Aber sie scheute sich davor, Veronika von Steineck zu begegnen, und noch weniger wollte sie die beiden zusammen sehen.

An einem vernieselten Frühlingsnachmittag änderte sich schließlich alles. Schon seit Stunden stand sie auf dem Rübenfeld, das an den Garten der Steinecks angrenzte, und rupfte das Unkraut aus den Reihen. Vor allem der Löwenzahn wurzelte so tief in der Erde, dass sie die Wurzeln mit dem Brotmesser abtrennen musste.

Während all der Zeit rauschte der feine Regen vom Himmel, durchweichte ihr Kleid und das Kopftuch und lief in kleinen Rinnsalen über ihr Gesicht.

Mathilda war schon weit über die Mitte des Feldes hinaus, als die Klaviermusik zurückkehrte. Traurig und schön schwebte sie zwischen den Regentropfen, drängte sich in ihr Herz und vermischte sich mit ihrer Furcht. Mit einem Ruck sah sie auf, blickte über das Feld hinweg zu der Glastür.

Sie war zu weit entfernt, um etwas zu erkennen.

Mathilda musste sichergehen. Sie musste sichergehen, dass es Karl war, der spielte, dass er noch lebte und wieder gesund war. Ohne weiter darüber nachzudenken, lief sie über das Feld. Sie kletterte über den Zaun, stapfte durch den Garten und erreichte die Glastür. Wie schon beim letzten Mal stand sie offen, dahinter lag der rote Salon, die Polstermöbel, der Flügel ...

Karl saß an den Tasten und spielte ... Während die Gutsherrin neben ihm auf dem Chaiselongue lag. Sie trug Reithosen und eine Bluse, ihre Augen waren geschlossen, als würde sie schlafen. Oder lauschen.

In ruhigen, traurigen Wellen floss die Musik durch den Raum. Weder Karl noch die Gutsherrin bemerkten, dass Mathilda in der offenen Tür stand.

Langsam wich sie zurück, wollte sich wieder umdrehen und verschwinden. Ihr Holzschuh verhedderte sich, stieß mit einem Klacken gegen einen Stein.

Die Gutsherrin fuhr auf, starrte ihr entgegen. Auch die Musik verstummte. Nur der letzte Ton hing noch in der Luft, als Karl sich ruckartig zu ihr umdrehte. Überraschung und Schrecken mischten sich in seiner Miene. »Mathilda? Was machst du denn hier?«

Er sah gesund aus! Die Schwellungen in seinem Gesicht waren verschwunden, auch seine Stimme klang so kraftvoll, als hätte er niemals im Sterben gelegen.

Erst jetzt wurde Mathilda bewusst, wie sie dastand: Noch immer mit dem Brotmesser in der Hand, mit nassem Kleid und triefendem Kopftuch. Brauner Schlamm klebte auf ihrer Schürze und umhüllte ihre Holzschuhe. Sie wollte sich umdrehen, wollte davonlaufen und alles vergessen.

»Mathilda?!« Karl wirkte besorgt. »Was ist mit dir?« Er stand auf, kam langsam auf sie zu.

Sie wich zurück. »Es ist nichts! Ich wollte nur sehen ... die Musik ... und du ... und ...« Flüchtig schaute sie zu Veronika von Steineck.

Die Gutsherrin kam näher. »Wie wäre es, wenn du reinkommst?« Sie machte eine einladende Geste. »Dann könnte Karl für dich spielen.«

Mathilda hielt inne. Keinesfalls konnte sie in diesem Zustand das Parkett betreten.

»Zieh einfach die Schuhe aus«, forderte Veronika von Steineck sie auf. »Dann wird es schon gehen.«

Mathilda sah zurück zu Karl. Was bedeutete das alles? Waren die beiden ein Paar? Oder waren sie es nicht? Und überhaupt: Warum konnte er Klavier spielen? Ausgerechnet Klavier. Wenn er Flöte spielen würde oder Geige oder Akkordeon. Aber ein Klavier besaßen nur reiche Leute.

Karl trat ein Stück zur Seite. »Veronika hat recht. Komm ruhig rein. Dann spiele ich für dich.« Seine Stimme wurde leiser, legte sich warm und weich um ihr Herz.

Mathilda konnte nicht länger nein sagen. Sie streifte die Holzschuhe von ihren Füßen und trat barfuß auf das Parkett. Schon ein paar Schritte später blieb sie stehen.

Karl ging an ihr vorbei, setzte sich wieder auf den Klavierhocker und legte die Hände auf die Tasten. Einen Moment lang saß er regungslos da. Dann fing er an zu spielen. Wie in einem Tanz strichen seine Finger über das Klavier. Die Melodie war langsam, ihre Töne fügten sich hintereinander und schwebten durch den Raum, erfüllten den Salon und vibrierten unter Mathildas Füßen.

Ohne es zu merken, ging sie weiter, näherte sich dem Flügel und umrundete ihn. Als sie Karls Gesicht sehen konnte, blieb sie stehen. Seine Augen waren geschlossen. Sanft bewegten sich seine Hände, mal strichen sie von rechts nach links, dann wieder blieben sie an einer Stelle. Auch seine Schultern wiegten sich in den Wellen der Melodie, federten die Lautstärke ab, nur um gleich darauf neuen Schwung zu geben.

Mathilda konnte sich nicht von seinem Anblick lösen. Auch jetzt hatte er seine Kappe abgenommen und seine dunklen Haare lagen weich um seinen Kopf. Mathilda wollte sich abwenden, doch ihr Blick fing sich an seinen geschlossenen Augen, an seinen Lippen, die sich kaum merklich mit der Melodie bewegten.

Ein schmerzhaftes Gefühl zog durch ihren Körper, nur wenige Sekunden, bevor sein Lied endete und er die Augen öffnete.

Mathilda ging auf ihn zu. Wieder betrachtete sie seine Haare. Am liebsten hätte sie ihre Hand danach ausgestreckt, doch sie hielt sich zurück, berührte stattdessen die Klaviertasten. Vorsichtig strich sie darüber, drückte eine davon hinunter, so dass ein leiser Ton durch den Raum schallte.

»Möchtest du es lernen?«

Mathilda zuckte zusammen. Nur langsam begriff sie, was er gesagt hatte. »Es lernen? Du meinst Klavierspielen?«

Er schmunzelte. »Wenn du möchtest, gebe ich dir Unterricht.«

Durfte er das? Sie einfach so in diesen Salon einladen, um mit ihr Klavier zu spielen? Hastig sah sie sich um, suchte nach der Gutsherrin und wartete auf ihren Widerspruch. Doch Veronika von Steineck war verschwunden.

»Geht das denn?«, flüstere Mathilda. »Musst du nicht um Erlaubnis fragen?«

Karl lachte leise. »Nein. Mach dir keine Sorgen.« Seine Stimme klang warm, beinahe zärtlich. »Wenn du es lernen möchtest, dann komm morgen Mittag wieder. Oder an einem anderen Tag. Ich bin in jeder Mittagspause hier.«

Mathilda wurde schwindelig. Wenn sie einfach so wiederkommen konnte, in jeder beliebigen Mittagspause, war das ein Beweis dafür, dass alles ganz harmlos war? Dass die Gerüchte nicht stimmten? Oder wollte er sie nur ablenken?

»Was ist mit dir?« Er klang heiser. »Warum siehst du mich so an?«

Mathilda schüttelte den Kopf, wich zurück. Sie wollte es nicht sagen, aber sie musste es wissen, ein für allemal. »Du ... und die Gutsherrin ... Als du ohnmächtig warst, da hat sie dich geküsst ... Und die anderen Knechte sagen ...« Sie konnte nicht weitersprechen.

Karl wurde blass. »Du hast die Gerüchte gehört.« Es war eine Feststellung.

Mathilda starrte zu Boden. Ein Nicken war alles, was sie zustande brachte.

Karl stieß laut hörbar die Luft aus. Dann stand er auf, blieb direkt vor ihr stehen. »Da ist nichts«, flüsterte er. »Gerüchte sind nur Gerüchte, niemals die Wahrheit. Und wenn sie mich geküsst hat, dann nur deshalb, weil ich fast gestorben wäre. Sie hat ein großes Herz für arme Seelen, das ist alles.«

Mathilda schloss die Augen. Plötzlich wünschte sie sich, dass er sie berührte, dass er sie in den Arm nahm, so wie er es früher getan hätte.

Aber er rührte sich nicht. Immer wieder setzte sein Atem aus, er schien zu zögern ... bis er endlich etwas sagte: »Du warst nicht bei den Reitstunden. Ich habe dich vermisst. Bitte komm wieder. Nächsten Sonntag im Bruch. Und schon vorher zum Klavierunterricht. Morgen Mittag?«

Mathilda schaute hoch. Sein Gesicht war noch immer blass, Verwirrung glitzerte in seinen Augen. Schnell wandte er sich ab und starrte auf den Flügel.

Mathilda sah in die gleiche Richtung, betrachtete die schwarz-weißen Tasten, lauschte der Melodie in ihrer Erinnerung. »Ja«, flüsterte sie. »Ich komme wieder. Morgen und am Sonntag.« Damit wandte sie sich ab, lief zur Tür und bückte sich nach ihren Holzschuhen. Ohne sie anzuziehen, rannte sie nach draußen, verfolgt von ihrem rasenden Herzschlag. Karl war nicht tot. Er lebte, und er wollte sie wiedersehen.

22. KAPITEL

Raum um Suwalki, Ostgrenze, 22. Juni 1941

Bevor das Warten auf den Feldzug endlich ein Ende hatte, zeigte es sich noch einmal von seiner schlimmsten Seite. Am 15. Juni bekamen sie ihren Befehl und die Pläne für den Angriff, der im Morgengrauen des 22. Juni stattfinden sollte. Bis dahin blieb ihnen genau eine Woche Zeit, um alles vorzubereiten, um ihre Stellungen einzunehmen, und um zu begreifen, dass sie tatsächlich gegen Russland in den Krieg ziehen würden.

In der Nacht vom 18. zum 19. Juni ritt ihre Schwadron in die Nähe der Grenze, dorthin, wo ihre Aufklärungsabteilung bereitgestellt wurde. Genau genommen war es ein breites Tal, das parallel zur Grenze verlief und durch Hügel und Wälder zergliedert war. In der Mitte des Tales schlängelte sich die Wigra entlang, ein winziger Fluss, kaum mehr als ein Bach. Zur russischen Seite hin wurde das Tal von bewaldeten Höhen geschützt, die auf ihrer Seite der Grenze lagen.

In der Dunkelheit der Nacht schlugen sie ihre Biwaks an der Westseite des Tales auf, gut getarnt inmitten eines Waldes. Östlich ihres Lagerplatzes, über den Großteil des Tales verteilt, lagerten die drei Infanterieregimenter der 6. Division und warteten auf ihren Einsatz. Dicht an dicht igelten sich die Biwaks zusammen, eine niedrige, tarnfarbene Zeltstadt zwischen Hügeln und Wäldern, von Soldaten bevölkert, deren Stimmen sich nur wenig über Flüsterlautstärke erhoben.

Obwohl es wohl kaum einen besseren Ort gab, um sich für einen Angriff zu sammeln, mussten sie vorsichtig sein. Nur ein kleines Stückchen weiter südlich verlief die Grenze in einem Bogen und überließ den Russen den Höhenzug. Von dort aus konnten ihre Gegner bequem über ein Drittel des Tales hinwegsehen. Entsprechend bekamen sie einen strengen Befehl, sich von diesem Drittel fernzuhalten und stets in der Tarnung hinter Hügeln und Wäldern zu bleiben.

Nur die Bauern verbrachten ihre Tage auf den Wiesen am Fuß des feindlichen Hügels, mähten in der Morgendämmerung das Gras, ließen es zu Heu trocknen und fuhren die Ernte ein, als sei alles in bester Ordnung. Auch sie hatten ihre Befehle: Sie sollten sich nichts von dem bevorstehenden Krieg anmerken lassen.

So mussten tausende Soldaten in künstlicher Ruhe ausharren, um keinen Verdacht zu erregen. Nur in den Nächten erkundeten sie die Anmarschwege zur Grenze, während die Tage mit ruhiger Planungsarbeit ausgefüllt waren. Mit Hilfe der Karten besprachen die Offiziere Posten, Aufstellungen und Angriffsstrategien, die schließlich an die Unteroffiziere und Mannschaften weitergegeben wurden.

Für die einfachen Soldaten gab es hingegen kaum etwas zu tun. Die meiste Zeit des Tages saßen sie zwischen ihren Zelten auf dem Boden, spielten Karten, lasen Bücher und versuchten, die Angst zu vergessen. Dennoch lag sie so greifbar in der Luft, dass man Scheiben davon hätte abschneiden können. Selbst wenn sie versuchten, sich nichts anmerken zu lassen, waren die Gesichter dennoch von Furcht überzogen. Die Angst lauerte in den Gesprächen der Männer, die sich entweder um Frauen, um Heldengeschichten oder um belanglose Dinge drehten. Sie zeigte sich in dem Alkohol, der hinter vorgehaltener Hand verteilt wurde, obwohl sie strikten Befehl hatten, nüchtern zu bleiben. Doch am deutlichsten offenbarte sie sich in der schlaflosen Unruhe, die über dem Lager herrschte.

Auch Karl gelang es in diesen Tagen kaum, ein wenig Ruhe zu finden. Erst wenn die Erschöpfung ihn übermannte und seine Gedanken zum Schweigen brachte, fiel er für ein paar Stunden in einen tiefen, traumlosen Schlaf, bis er im Morgengrauen von den ersten Aktivitäten im Lager geweckt wurde.

Danach begann die Qual seiner Gedanken von neuem. Wieder sah er die Angst, die mit jedem Tag weiter um sich griff. Sie versteckte sich in Oscars Lachen, das sich viel zu oft und viel zu unpassend über die leisen Worte der anderen erhob. Wie eine kalkweiße Maske zog sie sich über Josephs Gesicht und begrub seine normale Hautfarbe unter sich. Und nicht zuletzt hockte sie wie ein Schreckgespenst in Karls Gedanken und flüsterte böse Worte.

Während all dieser Stunden, die er in Gesellschaft seiner besten Freunde verbrachte, wünschte er sich, er wäre allein im Krieg. Wann immer er Oscars Lachen hörte oder in Josephs Augen sah, zuckte er zusammen, weil er ahnte, wie es sein würde, wenn das Lachen seiner Freunde verstummte und ihre Blicke erloschen.

Seit er Oscar kennengelernt hatte und Joseph in seine Schwadron gekommen war, hatte er sich die Aufgabe gestellt, seine Freunde im Krieg zu beschützen. Doch jetzt wusste er, dass es nicht viel geben würde, womit er sie schützen konnte. Seite an Seite mit seinen Freunden zu kämpfen, bedeutete lediglich, Seite an Seite mit ihnen zu sterben. Oder ihnen dabei zuzusehen.

So gut er konnte, versuchte Karl sich von diesen Gedanken fernzuhalten. Mehrere Male dachte er daran, Mathilda noch einen letzten Brief zu schreiben. Bis ihm klarwurde, was er ihr damit antun würde. Wenn er ihr schrieb, was er wirklich empfand, würde sie wohl kaum noch in Ruhe schlafen können, und wenn er versuchte, beruhigende Worte zu finden, so musste er feststellen, dass es keine beruhigenden Worte mehr gab. Spätestens mit dieser Woche waren sie ausverkauft.

Der Einzige, der seine Angst meisterlich beherrschte, war Georg von Boeselager. Ihr Abteilungschef nutzte die letzten Tage, um mit jedem seiner Männer zu sprechen. Wie immer war er von einer zähen Energie erfüllt. Selbst das fröhliche Funkeln in seinen Augen erschien so ungebrochen wie eh und je, und wo immer er auftauchte, gelang es ihm, Optimismus zu verbreiten. Es war bewundernswert, wie gut er jeden seiner 250 Männer kannte und wie er es schaffte, jedem Einzelnen seine Stärken noch einmal vor Augen zu führen.

Für den Angriff war ihre Aufklärungsabteilung zuerst vergrößert und anschließend in zwei Teile geteilt worden, in eine Vorausabteilung unter ihrem Kommandeur Major Hirsch und in die Aufklärungsabteilung unter Georg von Boeselager. Ihre Reiterschwadron gehörte zur letzteren, und ihrem Abteilungsführer war es spielend gelungen, auch die neuen Männer in die Abteilung zu integrieren.

Ausgerechnet Leutnant König war zu ihrem neuen Zugführer ernannt worden. Damit war er Karls Vorgesetzter, in der Hierarchie direkt über Palm. Doch Karl verstand sich gut mit ihm, sie behandelten sich mit gegenseitigem Respekt und falls Wilhelm König eifersüchtig sein sollte, so ließ er sich zumindest nichts anmerken.

Am letzten Abend vor dem Angriff bahnte sich der Leutnant seinen Weg zwischen den Biwaks, blieb bei Karl stehen und klopfte ihm auf die Schulter: »Eines wollte ich dir noch sagen, Bergmann«, erklärte er leise. »Wenn wir morgen in den Krieg reiten, dann wünsche ich dir viel Glück! Du musst dir Mühe geben, und ich werde mir auch Mühe geben, damit mein bester Unteroffizier gesund und heile zu seiner Verlobten zurückkehrt.«

Karl öffnete den Mund. Beinahe wäre ihm herausgerutscht, dass er gar nicht mit Mathilda verlobt war.

Doch Wilhelm König war schneller. »Nur damit keine Zweifel aufkommen: Deine Mathilda hat mir gefallen, sehr sogar. Aber wenn ich geahnt hätte, dass sie dir gehört, hätte ich die Finger von ihr gelassen.« Er trat einen Schritt zurück und zwinkerte Karl zu. »Sobald das alles hier vorbei ist, ladet ihr mich einfach zur Hochzeit ein. Wenn ich dann noch ein Tänzchen mit deiner Braut tanzen darf, bin ich zufrieden.«

Karl lachte verlegen. Von einer Hochzeit mit Mathilda durfte er gar nicht erst träumen. Dennoch tat die Vorstellung gut. »In Ordnung«, gab er zurück. »Für den Fall, dass wir heiraten, verspreche ich dir einen Tanz mit ihr.«

Wilhelm König bedachte ihn mit einem letzten, traurigen Lächeln. Dann klopfte er ihm ein zweites Mal auf die Schulter und ging weiter. Karl konnte sehen, wie er hier und da stehen blieb, um mit seinen anderen Männern zu sprechen, ehe er aus seinem Blickfeld verschwand.

Obwohl es noch mitten am Nachmittag war, stand ihre Nachtruhe dicht bevor. Für diesen letzten Abend vor dem Angriff war die Schlafenszeit vorverlegt worden. Der Angriff sollte bereits um drei Uhr nachts erfolgen, und bis dahin mussten sie ausgeschlafen sein.

Zusammen mit den anderen kroch Karl schließlich in sein Zelt und versuchte einzuschlafen. Doch er war zu aufgewühlt, um tatsächlich zu schlafen. Stundenlang lag er wach, ehe er in einen dämmrigen Halbschlaf fiel.

* * *

Kurz nach Mitternacht wurden sie geweckt. Von da an folgte alles einem straffen Zeitplan: Zelte abbrechen, Pferde satteln, Ausrüstung verstauen, jeden Gegenstand an seinen Platz bringen. Es war noch dunkel, als sie aufsaßen. Das Lager um sie herum war spurlos verschwunden.

Nur ein Handzeichen gab ihnen das Kommando zum Abmarsch. 250 Reiter setzten sich in Bewegung und ritten schweigend den Berg hinab. Einzig das Knirschen der Sättel und die gedämpften Hufschläge der Pferde begleiteten ihren Marsch. Als sie die Talsohle erreichten, hob sich dichter Nebel aus dem Bachgrund und zog über die Landschaft. Auch die anderen Regimenter der 6. Division hatten ihre Lager geräumt und die Soldaten an die Grenze vorgezogen. Nur das plattgedrückte Gras ließ erahnen, dass bis vor wenigen Stunden Tausende von Menschen auf den hügeligen Wiesen gelagert hatten.

An dieser Stelle stieß auch die Radfahrkompanie und ein Zug der 6. Panzerjäger-Abteilung zu ihnen, mit denen ihre Aufklärungsabteilung verstärkt worden war. Ohne die schweren Waffen wären sie auf ihren Pferden viel zu verletzlich.

Am Ostrand des Tales kamen sie zum Stehen. Vor ihnen, über den Höhenzug verteilt, war die Infanterie in Position gegangen. Ihre Aufgabe würde es sein, den Weg frei zu kämpfen und die russischen Grenzfestungen zu durchbrechen. Erst, wenn die Infanterie eine Schneise geschlagen hatte, würde ihre Aufklärungsabteilung an ihnen vorbeiziehen, um den ersten Flussübergang zu sichern.

Bis drei Uhr Nachts dauerte die Stille an. Nahezu regungslos saßen sie auf ihren Pferden und beobachteten, wie sich die erste Dämmerung am Rand der Dunkelheit abzeichnete. Auch die Panzer hatten ihre Motoren ausgeschaltet, und die Besatzung saß ebenso schweigend auf den Dächern der schweren Gefährte.

Pünktlich um drei Uhr flüsterte jemand die Zeit, ein Flüstern, das wie eine Welle durch ihre Abteilung zog und sie den Atem anhalten ließ. Um 3:05 Uhr sollte der Angriff beginnen.

Karl schloss die Augen. In Gedanken zählte er die Sekunden rückwärts. 60 bis 1, 3 Uhr 1, 60 bis 1, 3 Uhr 2, 60 bis 1, 3 Uhr 3.

Ein Motorengeräusch erhob sich hinter ihnen, rückte aus der Ferne näher.

60 bis 1, 3 Uhr 4

Das Brummen schwoll an, passierte den Höhenzug westlich des Tales und brach mit lautem Getöse über sie herein.

Selma scheute, Pferde wieherten, Karl hob den Kopf und spähte zwischen den Bäumen in den Himmel. Direkt über ihnen flogen die deutschen Bomber.

3:05

Das Heulen und Brüllen der Artillerie durchbrach die Nacht. Die Bomberverbände überflogen die Grenze. Ein Orkan aus Feuer und Lärm peitschte Richtung Osten. Vergessen war die Stille, vergessen war der letzte Rest von Frieden, Rauch drängte sich durch den Wald und schob sich zwischen den Nebel.

Bald schon fühlten Karls Ohren sich taub an von dem Lärm. Dennoch mussten sie still und regungslos im Sattel sitzen. Ehe ihre Pferde auch nur einen Huf vor den anderen setzen würden, musste der Weg durch die Grenzbefestigungen frei sein.

Mehr als eine Stunde blieben sie im Wald am Fuß des Berges und warteten auf ihren Einsatzbefehl. Nach und nach zeichnete sich ab, dass das Infanterieregiment 58 als Erstes durchbrechen würde. Also wurden sie hinter den linken Flügel verlegt, ritten den Berg hinauf und sahen von oben zum ersten Mal auf das gegnerische Land. Eine hügelige, nebelverhangene Ebene lag vor ihnen. Rechts von ihnen herrschte starker Kampflärm, doch vor ihnen erschien es ruhig. Nur einzelne Schüsse fielen, ehe die Landschaft wieder im verschlafenen Nebel verschwand. Selbst die Infanteristen waren zwischen Hügeln und Nebelbänken kaum zu sehen, während die Dämmerung über der Landschaft aufstieg und die Helligkeit allmählich die Nacht verdrängte.

Um Punkt sechs Uhr bekamen sie ihren Befehl zum Vormarsch. Von ihrem Aussichtspunkt aus konnten sie sehen, wie sich das Infanterieregiment 58 nach dem Kampf sammelte und sich in langer Marschformation auf dem Weg Richtung Osten befand.

Der Moment war gekommen. Sie mussten die Division überholen und ihren Befehl ausführen. Hinter der Grenze gab es zwei Flüsse, deren Übergänge gesichert werden sollten, den Njemen in 20 Kilometer Entfernung und den Szeszupa auf halbem Weg dorthin. Der Szeszupa war der kleinere von beiden, und ihre Aufklärungsabteilung war dazu eingeteilt worden, eine geeignete Brücke zu finden und in Besitz zu nehmen.

Die Panzer setzten sich an die Spitze ihrer Abteilung. Dahinter folgte die Radfahrkompanie und schließlich die Reiterschwadron. In Zweierreihen ritten sie nebeneinander, ließen ihre Pferde im Schritt den Hang hinabgehen und trabten an, sobald sie ebenen Boden erreichten. Innerhalb weniger Minuten hatten sie das Infanterieregiment erreicht und ritten an den marschierenden Soldaten vorbei. Es dauerte eine Weile, bis sie die vordersten Reihen passiert hatten, doch schließlich lag die Weite des Landes vor ihnen.

In diesem Augenblick wurde Karl bewusst, was sie waren: Die vorderste Spitze in diesem Feldzug, kaum mehr als 250 Reiter, ein paar Radfahrer und eine Handvoll Panzer inmitten von Feindgebiet. Auch wenn die Panzer voranrollten und stets zum Angriff bereit waren, auch wenn sie einen Spähtrupp von Radfahrern hatten, der sich als Erstes über Hügel und durch Wälder voranpirschte, sie mussten jederzeit mit einem Hinterhalt rechnen, hinter jedem Busch und auf jedem Baum konnte ein Heckenschütze lauern. Selbst die Kornfelder waren eine hervorragende Tarnung für wartende Feinde.

Demgegenüber waren sie nur 250 Reiter, die dafür ausgebildet waren, selbst die allerkleinsten Anzeichen für die Anwesenheit eines Feindes zu erkennen.

Dennoch spürte Karl, wie seine Angst auf wundersame Weise verschwunden war und nüchterner Konzentration Platz machte. Unentwegt beobachtete er die Landschaft, untersuchte jede Unebenheit auf einen möglichen Hinterhalt. Manchmal konnten es schon Kleinigkeiten sein, die eine Falle verrieten, niedergetretenes Gras, ein frisch gefällter Baum oder auffliegende Vögel. Selbst die Stimmen der Wildtiere konnten verdächtig sein, ebenso wie ihr völliges Schweigen.

Doch auf ihrem Weg blieb alles ruhig. Nur von rechts hinten hörten sie noch immer den Gefechtslärm. Offensichtlich kämpften der mittlere Flügel und die Artillerie noch immer um die Grenzbefestigungen.

Um die Mittagszeit herum war vor ihnen plötzlich ein leises Brummen zu hören. Winzige schwarze Punkte erschienen am Himmel.

»Deckung!« Der Befehl kam prompt, setzte sich von vorne nach hinten fort. »In den Wald«, rief Leutnant König. »Abteilung, rechts um, Marsch!«

Der Wald lag rechter Hand, etwa 50 Meter entfernt und hatte bis eben noch Karls Misstrauen erregt. Jetzt war es womöglich das Einzige, was sie retten konnte.

Sie folgten dem Befehl, warfen die Pferde herum und galoppierten auf den Wald zu. Das Brummen wurde lauter, die Punkte wurden größer, formten sich zu Flugzeugen.

Sie hatten den Wald erreicht, ritten gerade so tief hinein, dass alle folgen konnten und wendeten die Pferde, um das Geschehen zu beobachten.

Ein tiefes Dröhnen toste über den Himmel. Karl zählte zwanzig russische Flugzeuge, die wie ein Vogelschwarm über sie hinwegflogen. Nur wenige Kilometer entfernt warfen sie die ersten Bomben, ungefähr dort, wo die marschierenden Infanteristen sein mussten.

»Heilige Muttergottes!« Joseph bekreuzigte sich.

»Lass es nicht an dich heran«, flüsterte Karl. »Sie sind weg, sie haben uns nicht gesehen. Lass nicht an dich heran, was hinter uns geschieht. Sonst hältst du nicht durch.«

Joseph starrte ihn entgeistert an. Zugleich spürte Karl, wie sich die Angst noch tiefer in ihm vergrub und seine Instinkte umso wacher wurden. Während die meisten anderen versuchten, die Flugzeuge im Blick zu behalten, spähte er prüfend durch den Wald. Sie hatten sich mit der ganzen Abteilung hier verstecken können, ohne angegriffen zu werden.

Das bedeutete, dass hier vermutlich keine Feinde waren. Dennoch wäre es leichtsinnig, sich darauf zu verlassen.

Erst, als er im Wald nichts Verdächtiges entdecken konnte, spähte er zwischen Baumstämmen und Blattwerk auf den Horizont. Inzwischen waren deutsche Flugzeuge hinzugekommen. Die Formation der Russen stob auseinander, bis sie aus Karls Sichtfeld verschwanden. Von nun an konnte er nur noch hören, was geschah. Flugzeuge trudelten und stürzten herab. Die Erde bebte, Detonationen brüllten in seine Ohren. Eine davon musste nah sein, direkt hinter dem Wald. Die Pferde warfen die Köpfe hoch und wichen zurück.

Gleich darauf wurde es still. Die russischen Bomber waren verschwunden, und die deutschen Jäger hatten sich zurückgezogen. Nur das Wiehern und Schnauben der Pferde blieb und durchdrang die betäubende Stille.

Wenige Minuten später bekamen sie das Kommando zum Weitermarsch. Im Westen stiegen schwarze Rauchwolken gen Himmel, genau dort, wo der Rest ihrer Division sein musste.

Karl sah nur kurz in die Richtung. Er durfte es nicht an sich heranlassen. Also wandte er sich wieder nach vorne, lenkte sein Pferd in die Marschformation und hielt die Augen offen. Von nun an übernahmen seine Instinkte die Kontrolle, ließen ihn funktionieren und richteten ihn auf ein einziges Ziel aus: Überleben.

Es dauerte nicht lange, bis sie auf das erste Dorf stießen. Von vorne kam die Meldung, dass sich russische Soldaten darin verschanzt hatten.

»Absitzen zum Gefecht.« Leutnant König gab ihnen das Handzeichen. Sie sprangen von den Pferden, ließen die Tiere mit einem Viertel der Männer zurück und pirschten sich zwischen Hügeln und Büschen voran.

Die Ersten waren längst im Kampf: Hinter der Höhe donnerten die Panzer, begleitet von dem Rattern der Maschinengewehre. Karl brachte sein eigenes MG in Anschlag. Hinter einem Strauch ging er in Deckung und spähte zwischen den Zweigen hindurch. Dahinter lag das Dorf, ein kleiner Ort aus braunen Holzhütten, umzäunten Gemüsegärten und Feldern. Bis vor kurzem mussten Menschen hier gelebt haben,

Familien, Frauen und Kinder. Jetzt sah er nur die Helme der Soldaten. Sie versteckten sich hinter Hecken und Lattenzäunen, in den Nischen zwischen den Häusern, sogar auf den Dächern. Ihre Kugeln pfiffen in der Luft, trafen Sträucher und Steine und hier und da einen Kameraden, der mit einem Schmerzensschrei zusammensackte.

Doch das Mündungsfeuer ihrer Maschinengewehre verriet sie. Karl entdeckte eine kleine Gruppe, die sich hinter einem Gartenzaun verschanzte und in seine Richtung schoss. Sonnenstrahlen blitzten auf ihren Helmen, ihre Gesichter schimmerten weiß zwischen den Zaunlatten.

Wieder war es sein Instinkt, der ihm sagte, was er tun sollte, welche Befehle er geben musste. Seit er Unteroffizier war, unterstand ihm ein kleiner Trupp Männer. Für sie trug er die Verantwortung, ihnen musste er sagen, wie sie angreifen und schießen sollten. Jetzt lagen sie neben ihm in Deckung, hoben ihre Gewehre zusammen mit ihm. »Gezielte Schüsse«, flüsterte er. »Ruhe bewahren. Sie dürfen unser Mündungsfeuer nicht sehen.« Seine Hände waren ruhig, der Gewehrkolben lag fest an seiner Schulter, sein Zeigefinger schloss sich um den Abzug. Eines der fahlen Gesichter lag vor ihm, kaum mehr als fünfzig Meter entfernt.

Wenn er eine ganze Salve schoss, würde das Mündungsfeuer den Gegnern zeigen, hinter welchem Strauch sie in Deckung lagen. Also konzentrierte er sich, schob seinen Finger auf den oberen Teil des Abzuges und löste einen einzelnen Schuss. Ein scharfer Ruck ging durch seine Schulter, warf das Gesicht hinter dem Lattenzaun zurück, bis es dahinter verschwand. Es war nur ein winziges Bild, aus dieser Entfernung nur eine Ahnung vom Tod.

Es durfte keine Bedeutung gewinnen!

Stattdessen musste er schnell sein, musste die Gegner finden, ehe sie ihn fanden. Töten, um zu überleben. Er nahm ein zweites Gesicht ins Visier. Wieder nur ein Schuss. Effektiv und sparsam, mit nur wenigen Schüssen musste er hinkommen. Er suchte sich ein drittes Gesicht … ein Viertes … Mit dem nächsten hörte er auf zu zählen. Es war besser, nicht zu zählen.

Erst, als alles still wurde, löste er den Finger vom Abzug. Hinter dem

Zaun rührte sich niemand mehr. Auch in den Nischen und auf den Dächern war es ruhig geworden. Die Panzer hatten das Feuer eingestellt und die Gewehre schwiegen. Nur die brennenden Häuser zeigten das Inferno, das sie über dieses Dorf gebracht hatten.

Während ihr Kommandeur mit einer kleinen Gruppe in den Ort vorrückte, blieb Karl hellwach. Zusammen mit seinem Trupp verharrte er und gab ihnen Deckung … Bis die Meldung zu ihnen drang, dass das Dorf gesichert war. Karl löste sich von dem Anblick des zerschossenen Ortes, winkte seine Männer mit sich und führte sie zurück zu den Pferden.

Die Tiere waren noch in der Senke, in der die Reiter sie zurückgelassen hatten. Auch Joseph war dort, um für ihren Vierertrupp die Pferde zu halten. Er reichte Karl die Zügel, und sah ihn fragend an.

In diesem Augenblick fiel der Instinkt von Karl ab. Starker Schwindel drehte sich in seinem Kopf, seine Hände fingen an zu zittern, und die Knochen in seinen Beinen fühlten sich an, als seien sie zu Brei zerkocht.

»Du siehst schlimm aus.« Joseph schaute ihn entgeistert an, als würde er den Krieg zum ersten Mal begreifen.

Karl schüttelte den Kopf. Er durfte nicht darüber reden, nicht darüber nachdenken. Es waren nur Soldaten gewesen. Sicher hatte er nur Soldaten getötet. Sein Instinkt musste zurückkehren, musste ihn schützen! Dieser Kampf war vielleicht vorbei, doch der Feldzug hatte gerade erst begonnen.

So fest er konnte, presste er die Zähne aufeinander und nickte Joseph zu. »Es ist der erste Tag. Man gewöhnt sich daran. Steig wieder auf!«

**

Tatsächlich war dieses Gefecht nicht das letzte, das sie an diesem Tag bestehen mussten. Der zweite Kampf galt dem Ort, in dem die Brücke über den Szeszupa lag. Wieder mussten sie schießen und töten, bis sich die Russen zurückzogen und die Brücke freigaben.

Als sie weiterzogen und den Ort für ihr Nachtlager erreichten, verschwand die Sonne bereits hinter dem Horizont. Dennoch blieben die Pferde aufgezäumt und die Ausrüstung in ihren Satteltaschen.

Karl wusste nicht, wer schließlich den verrückten Befehl erteilte, in die Dunkelheit zu reiten. Nur an Boeselagers finsterer Miene konnte er ablesen, dass die Anordnung von weiter oben gekommen war.

In jener Nacht lernten sie alle, dass ein Tagesziel bedeutender war als die Menge der Leben, die dafür geopfert wurden: Die Brücke über den Njemen musste noch eingenommen werden, koste es, was es wolle.

Es dauerte nicht lange, ehe sie in einen Hinterhalt gerieten. Die Schüsse blitzten in die Schwärze der Nacht. Niemand konnte sehen, wohin er zielen musste, und bald schon flohen sie in wilder Jagd.

Erst als sie sicher waren, dass ihre Gegner sie nicht länger verfolgten, fielen sie in Schritt und hielten nach einem Lagerplatz Ausschau. In einer runden Igelformation schlugen sie die Biwaks auf, teilten den Wachdienst ein und versorgten die Verletzten. Nach einer knappen Brotmahlzeit krochen sie in ihre Schlafsäcke.

Sobald Karl in seinem Zelt lag, ließ der Instinkt ein weiteres Mal von ihm ab. Stattdessen kam das Grauen hervor, wurde immer heftiger, bis er es kaum noch ertragen konnte. Wieder und wieder sah er die Gesichter hinter dem Zaun. Weit entfernte Gestalten, nur ein vages Bild, und trotzdem nah genug, um ihren letzten Moment zu teilen. Er hatte sie getötet. Ihnen das Leben genommen, ihre Frauen zu Witwen und ihre Kinder zu Waisen gemacht.

Bleischwer senkte sich die Schuld auf seinen Körper, suchte sich einen Weg in sein Inneres und fraß sich durch seine Eingeweide. Es war ein Gefühl, als würde er ersticken und ertrinken zugleich. Es endete erst, als die Erschöpfung ihn in einen tiefen Schlaf zog.

23. KAPITEL

Fichtenhausen, Paderborner Land, Sommer 1941

Wie große, bleischwere Kraniche zogen sie über den Himmel, einer flog voran, die anderen folgten, leicht versetzt, wie ein Schwarm von dunklen, todbringenden Vögeln. Ihr Dröhnen erfüllte die Luft und brachte den Boden unter Mathildas Füßen zum Beben. Selbst die Rübenblätter, die sie als Schweinefutter abzupfen wollte, zitterten unter ihren Fingern. Mit dem ersten Impuls wollte sie fliehen, wollte sich Deckung suchen oder auf den Boden werfen.

Aber dann richtete sie sich auf und sah den Flugzeugen entgegen. Der Motorenlärm durchdrang ihren Körper, kitzelte ihre Haut und ließ die Härchen darauf vibrieren. Als die Bomber über ihr waren, wollte sie die Hände auf die Ohren pressen. Aber sie zwang sich dazu, die Bedrohung auszuhalten. Da war er also, der Krieg, nicht nur weit entfernt, sondern direkt über ihr. Er brandete durch ihren Körper, verschlang sie mit Haut und Haaren und verlangte von jedem sein Opfer.

Die Flugzeugstaffel dröhnte über sie hinweg ... und ließ sie auf dem Rübenfeld zurück, als sei nichts gewesen.

Aber von diesem Tag an hörte Mathilda die Bomber jede Nacht. Wenn der Himmel verhangen war, flogen sie tief. Dann klapperten die Türen des alten Schlafzimmerschrankes, und der Lärm flutete Mathildas Körper. Wenn das Wetter hingegen gut und die Sicht klar war, flogen sie weit oben und ließen kaum mehr als ein mildes Brummen von sich hören. Aber selbst, wenn es nur ein Flüstern gewesen wäre, seit Mathilda die Bomber zum ersten Mal gesehen hatte, wachte sie von ihren leisesten Anzeichen auf. Dann fühlte sie sich wie eine Gefangene in ihrem Bett, wie eine Maus in der Falle.

Sie musste an die frische Luft laufen, um es zu ertragen. Fast jede Nacht rannte sie nach draußen, huschte durch den Fichtenwald bis zu ihrer Bank. Von dort aus konnte sie beobachten, wie der Himmel in der

Ferne brannte: Lippstadt, Paderborn, Schloss Neuhaus, Bielefeld. Allein die Richtungen ließen sie ahnen, welche Stadt es getroffen hatte. Oder die Zeit, die es dauerte, bis die Flugzeuge zurückkamen.

In all diesen Stunden, die sie auf die Rückkehr der Bomber wartete, kniete Mathilda vor der Bank und betete: Für die Toten, für die Hinterbliebenen, für all jene Menschen, die um ihr Leben fürchteten.

Sie betete für Joseph und für Karl, dessen Briefe immer seltener zu ihr kamen, kaum mehr als kurze Lebenszeichen in kritzeliger Handschrift.

Manchmal betete sie zu Gott, dann zu der Jungfrau Maria, und in den Nächten, die ihr besonders schlimm erschienen, sprach sie mit ihrer Mutter. Als sie klein gewesen war, war ihre Mama oft mit ihr zu dieser Bank gegangen. Dann hatte sie Mathilda auf ihren Schoß gezogen und für sie gesungen. Sie hatte ihr Geschichten erzählt und an den Abenden mit ihr den Mond betrachtet.

Inzwischen durchschaute Mathilda, dass ihre Mutter wohl schon damals von ihrem nahenden Tod gewusst hatte.

Die Bombennächte brachten den Tod wieder näher, als wäre er eine schwarze Schattengestalt, die hinter ihr stand und sie jederzeit holen konnte.

Mathilda war nicht die Einzige, die in diesen Nächten aus dem Schlaf gerissen wurde. Einmal war Leni diejenige, die sie hinter dem Fichtenwald aufsammelte und sie zurück nach Hause brachte. Aber wenige Nächte später tauchte ihr Vater neben ihrer Bank auf. In seiner weißen Leinenunterwäsche stand er vor ihr und betrachtete sie mit tränenfeuchten Augen. »Komm mit, Tildeken«, flüsterte er. »Du musst schlafen, sonst bist du bald am Ende mit den Nerven.«

In diesem Augenblick erkannte Mathilda die Furcht in seinem Gesicht, eine Traurigkeit, die ihn schon lange beherrschte. Ihr Vater hatte bereits zu viel verloren: Seine Frau war gestorben, seine Söhne waren im Krieg, sein Hof war schon einmal niedergebrannt, von einem Blitzschlag im Jahr 1910, lange bevor Mathilda geboren worden war. In jenem Jahr war ihre Mutter mit Katharina schwanger gewesen, dem dritten Kind, das ihrem Vater seitdem das Liebste geworden war. Dass all diese Dinge zusammenhingen, begriff Mathilda erst in dieser Kriegsnacht, als ihr Vater plötzlich vor ihr stand und so liebevoll mit ihr redete wie nie zuvor. Schweigend ging sie mit ihm zurück und fühlte eine Nähe, die sie mit Wärme erfüllte.

Dennoch trieb es sie auch in den nächsten Nächten hinaus. Von ihrer Bank aus lauschte sie den Fliegersirenen, die in der Ferne heulten. Manchmal, wenn das Ziel der britischen Bomber nah war, hörte sie die Detonationen.

Oder kam es ihr nur so vor? Waren die Explosionen nur eine Einbildung? In manchen Nächten wusste sie kaum noch, was sie hörte oder sah. Mit jeder durchwachten Nacht sammelte sich die Schlaflosigkeit in ihrem Körper und verwirrte ihre Gedanken.

In einer dieser schlaflosen Nächte begegnete sie ihrer Mutter. Sie saß direkt neben ihr auf der Bank, so weiß und durchscheinend wie ein Geist. Mathilda wollte sie ansehen, wollte wenigstens noch einmal ihr Gesicht betrachten. Aber wann immer sie in ihre Richtung sah, löste sich die Gestalt auf. Nur ihre Stimme war deutlich zu hören. Ganz leise summte ihre Mutter ein Lied.

Mathilda wollte sich bei ihr anlehnen, wollte sich an sie kuscheln und von ihr getröstet werden. Sie rollte sich auf der Bank zusammen und bettete ihren Kopf dorthin, wo ihr Schoß sein musste.

Doch sie konnte sich nicht anlehnen. Geister waren durchlässig. Einzig die harte Bank lag unter ihrem Kopf.

In dieser Position schlief sie ein und erwachte erst, als der Tau ihren Körper mit einer nassen Decke überzog. Inzwischen dämmerte es, dichter Nebel hing über den Wiesen und der nächtliche Angriff war schon seit Stunden vorbei. Ihre Müdigkeit saß so tief, dass nicht einmal die Rückkehr der Bomber sie geweckt hatte.

**

Mathilda war nicht die Einzige, die in diesem Sommer von Müdigkeit beherrscht wurde. Vor allem Katharina entwickelte sonderbare Symptome. Es begann damit, dass sie sich morgens nur mühselig aus dem

Bett quälte. Ihr Gesicht war kalkweiß, und manchmal stöhnte sie leise, während sie sich anzog.

Mathilda glaubte zuerst, ihre Schwester hätte sich eine Krankheit eingefangen. Aber kurze Zeit später erwischte Leni die Ältere dabei, wie sie sich im Schuppen in einen Eimer übergab. Von da an war es nicht mehr schwierig, sich den Rest auszurechnen. Erst vor einem Monat war Katharinas Verlobter an die Front zurückgekehrt, nachdem er nicht nur seine Urlaubstage, sondern auch sämtliche Nächte mit seiner Freundin verbracht hatte. Wie immer war Leni die Erste, die Katharina darauf ansprach und ihr ins Gesicht sagte, dass sie schwanger war. Für einen Moment sah ihre große Schwester entgeistert aus. Aber dann brach sie in Tränen aus und gestand ihnen die Wahrheit.

Ihr Vater tobte, als er davon erfuhr. Einen halben Tag lang brüllte er durch das Haus, wie Katharina ihm das antun könne, ausgerechnet *sein* Tineken dürfe auf keinen Fall ein uneheliches Kind bekommen.

In den nächsten Tagen wurde er ruhiger und redete davon, dass Katharina und Theo heiraten mussten, so schnell wie möglich, bevor sich ihr Bauch runden und das ganze Dorf darüber tratschen würde.

Doch ganz gleich, wie viele Urlaubsanträge sie stellten, keiner wurde bewilligt. Auch Theo war für den Ostfeldzug eingeteilt worden, und die Antwort auf jeden Antrag lautete »Urlaubssperre«.

Je weiter der Sommer voranschritt, desto tiefer prägte sich die Schmach in die Falten ihres Vaters, bis er resigniert aufgab und sich in sein Schicksal fügte. Schließlich begann die Ernte und ließ ihnen keine Zeit mehr, um über Katharinas Zukunft zu debattieren. Auch in diesem Jahr taten sie sich mit Veronika und mit Böttchers zusammen. Mitsamt den Zwangsarbeitern hatten sie zwar viele Leute, dafür mussten sie auch die dreifache Menge ernten.

Während dieser Zeit verschwand Jean-Luc, der Franzose der Böttchers von einem Tag auf den anderen. Niemand verlor ein Wort darüber. Einzig Anna lief von diesem Tag an umher wie ein Gespenst.

Am liebsten hätte Mathilda sie darauf angesprochen und sie getröstet. Aber sie scheute sich davor, das Schweigen zu brechen. Vielleicht hätte sie es getan, wenn sich eine Gelegenheit ergeben hätte. Aber

Anna war nur noch selten dabei, wenn sie gemeinsam auf dem Feld arbeiteten.

Wann immer Mathilda nicht mit der Ernte beschäftigt war, musste sie sich mit Veronika um die Pferde kümmern. Freie Zeit gab es keine mehr. Selbst die Sonntage verbrachte sie auf dem Gestüt. Noch in diesem Herbst sollten die Stuten in den Krieg ziehen, und Veronika hatte ihre Ausbildung um eine weitere Stufe verschärft. Mit der Kondition und der Dressur ihrer Pferde war sie inzwischen zufrieden. Aber im Krieg würden die Stuten noch weitaus mehr leisten müssen.

Entsprechend beschloss Veronika, die Schrecksicherheit der Pferde zu trainieren, während Mathilda auf ihnen ritt. Sie sollte so furchtlos reiten, als wäre alles in bester Ordnung, während Veronika die Pferde mit Papierbällen bewarf. Wann immer sie scheuten, musste Mathilda sie beruhigen und vorwärtsreiten, damit sie sich an die Attacken gewöhnten.

Je bessere Fortschritte die Pferde machten, desto schlimmer wurden die Schreckmittel, die Veronika auswählte. Zuerst tauschte sie die Papierbälle gegen Zweige und Äste, dann gegen einen Fußball, bis sie mit einer Schreckschusspistole durch die Reithalle schoss.

Unzählige Male stürzte Mathilda vom Pferd, so oft, dass sie bald aufhörte, ihre Stürze zu zählen. Sie lernte es, sich so abzurollen, dass sie sich nicht verletzte, und blaue Flecken wurden zu einer Alltäglichkeit.

Immerhin sorgten ihre Stürze dafür, dass der zukünftige Reiter des Pferdes umso weniger stürzen würde. Jedes Mal, wenn der Aufprall auf den Boden ihr die Luft abschnürte, sprangen ihre Gedanken zu Karl und Joseph. Womöglich würde einer von ihnen auf ihren Pferden reiten, wenn die Tiere erst einmal im Einsatz waren. Allein für diese Möglichkeit war Mathilda bereit, jegliche Schmerzen auf sich zu nehmen.

Tatsächlich wurden die Stuten immer ruhiger. Sie vertrauten ihrer Reiterin, verließen sich darauf, dass Mathilda sie führte und zuckten nur noch zusammen, wenn die Schüsse durch die Halle knallten.

Auch Veronika war zufrieden. An den Abenden lud sie Mathilda und ihre Familie in den roten Salon ein, um vor dem Volksempfänger die

Nachrichten zu hören. Selbst Liesel und Böttchers Mama kamen häufig dazu, um zu erfahren, wie es ihren Soldaten in Russland erging.

Die Nachrichten klangen fast immer so, als gäbe es nur Erfreuliches zu berichten. Die Soldaten kamen zügig voran und schienen ihre Gegner in jedem Gefecht zu besiegen. Doch je mehr dieser Nachrichten Mathilda hörte, desto misstrauischer wurde sie. Konnte es wirklich sein, dass ein Krieg so harmlos war? Und war es überhaupt möglich, dass immer nur die Deutschen siegten? Oder war es vielmehr so, dass die Nachrichten nicht alles erzählten? Womöglich ließen sie die Details aus, in denen es um Verluste und Niederlagen der Deutschen ging. Mehr und mehr reifte dieser Verdacht in ihr. So manches Mal überlegte sie, ob sie Veronika um ihre Meinung fragen sollte, aber sicherer war es, ihre rebellischen Gedanken für sich zu behalten.

* * *

Deutscher Ostfeldzug, Sowjetunion, Sommer bis Herbst 1941

Den ganzen Sommer lang brannte die Sonne vom Himmel, stickig und schwül presste sich die Hitze um ihre Körper, bis sie das Gefühl hatten, darin zu zerfließen. Fliegen und Mücken umkreisten die Pferde, und der Sandboden war so tief, dass jeder Schritt darin schwerfiel. Fast immer ritten sie in einer dichten Staubwolke, die in ihrer Nase kitzelte und sich in ihre Lungen setzte. Überall schlug sich der Staub nieder, überzog das Fell der Pferde, begrub die Farbe ihrer Uniformen und vermischte sich mit dem Schweiß. Ihre Gesichter waren von einer klebrigen, braunen Schicht überzogen, hinter der sie kaum noch zu erkennen waren.

Dennoch verlief der Vormarsch Richtung Osten am Anfang ruhiger, als Karl erwartet hatte. Die meiste Zeit über ritt ihre Aufklärungsabteilung einen Tagesmarsch vor dem Rest der Division. Ihre Aufgabe bestand darin, das Gelände zu erkunden und auf ihrem Vormarschstreifen den bestmöglichen Weg zu finden, auf dem die Division marschieren konnte. Dazu wurden sie abwechselnd in Spähtrupps eingeteilt, die sich auffächerten und der Abteilung vorausritten, um das unbekannte Gelände zu sichten. Die Spähtrupparbeit erinnerte beinahe an ein Indianerspiel, wenn nicht der Einsatz ungleich höher läge. Mit den Pferden ritten sie nur, solange sie sicher waren, keinen Feinden zu begegnen. Sobald das Gelände unübersichtlich wurde, saßen sie ab und pirschten zu Fuß voran. Bei dieser Aufgabe kam es darauf an, unsichtbar und lautlos zu sein. Haargenau mussten sie die Umgebung beobachten, um jeden Hinterhalt zu durchschauen. Wann immer sie auf Feinde trafen, hing ihr Leben davon ab, dass sie die Gegner zuerst entdeckten.

Doch in der ersten Zeit stießen sie nur selten auf Widerstand. Nach ihrem Grenzübertritt durchquerten sie das ehemalige Litauen, das erst 1940 von den Sowjets annektiert worden war. Direkt danach folgte ein Landesstreifen, der bis zum Kriegsbeginn zu Polen gehört hatte. Sowohl die Litauer als auch die Polen verabscheuten die Kommunisten und ihre rigide Herrschaft über das Land. Sie wünschten sich ihre Unabhängigkeit zurück, und jeder, der die Sowjets aus ihrem Land vertrieb, kam ihnen gerade recht.

In dieser Zeit konnte Karl manchmal kaum fassen, was er sah. Insgeheim war er noch nie ein Freund von Hitler und der NSDAP gewesen. Seit die Nationalsozialisten an der Macht waren, hatten sie dafür gesorgt, dass sein Leben in immer dunklere Bahnen abgeglitten war. Nach und nach hatte er alles verloren, was ihm wichtig war, und bis heute hing sein nacktes Überleben daran, sich von alldem nichts anmerken zu lassen. Aber erst auf ihrem Feldzug durch Litauen und Polen wurde ihm klar, dass ihre Nachbarn unter Stalins Herrschaft im Grunde etwas sehr Ähnliches durchgemacht hatten.

Noch in den ersten Wochen ihres Vormarsches stieß ihre Division auf ein Gefängnis, in dem die Sowjets politische Gefangene festgehalten hatten. Vor allem Litauer und Polen, die sich nicht kritiklos in das kommunistische System fügen wollten, waren dort inhaftiert worden.

Als ihre Division das Gefängnis erreichte, war jedoch nur noch der

Hausmeister vor Ort und erzählte, was geschehen war. Wenige Tage zuvor hatten die Sowjets sämtliche Gefangenen nach draußen geführt. Wer laufen konnte, war von ihnen auf einen langen Marsch ins Landesinnere getrieben worden. Aber viele der Gefangenen waren zu schwach gewesen, und so hatten die Gefängniswärter die leeren Kartoffelgruben im Innenhof mit einem unfassbaren Berg von Leichen gefüllt.

Karl hatte das Gefängnis nicht mit eigenen Augen gesehen, aber die Geschichten darüber verbreiteten sich wie moderne Gruselmärchen unter den Soldaten. Etliche Litauerinnen sollten im Gefängnishof gewesen sein, um unter den Leichen ihre Männer und Söhne zu finden.

Tatsächlich gab es viele Orte in Litauen und Polen, an denen sie sehen konnten, wie sehr die rote Armee auf ihrem Rückzug vor den Deutschen gewütet hatte. »Politik der verbrannten Erde«, so nannten die Militärs es, wenn sie ganze Dörfer und Kornfelder niederbrannten, nur um sie nicht dem Feind in die Hände fallen zu lassen.

Unter diesen Umständen wunderte Karl sich nicht darüber, was sie in manchen Dörfern erlebten. Immer wieder trafen sie auf Litauer, die auf die deutsche Seite überlaufen wollten, und einige von ihnen wurden für die Wehrmacht rekrutiert.

Doch Karl konnte ihre Begeisterung nicht teilen. So manches Mal wollte er die Überläufer beiseitenehmen und an der Schulter packen, wollte sie durchschütteln und ihnen sagen, was er über den deutschen Führer wusste. Hitler mochte vielleicht nur ein kleiner Mann mit einem ulkigen Bart und einem Hang zu übertriebenen Reden sein, doch es war ihm gelungen, eine ganze Generation auf seine Ziele abzurichten, sie mit seiner Ideologie zu füttern, bis sie richtig und falsch nicht mehr voneinander unterscheiden konnten. Ein ganzes Volk hatte er dazu gebracht, sogar Frauen und Kinder als Feinde zu bekämpfen, nur weil sie eine andere Religion oder die falsche Hautfarbe besaßen. Selbst Jugendliche waren unter Hitlers Führung zu Mördern geworden, die nun mit Begeisterung für ihn in den Krieg zogen.

Wenn also irgendjemand darauf hoffte, dass Hitler besser sein könnte als Stalin, dann hatte er sich getäuscht. Doch genauso gut wusste

Karl, dass er nicht eines dieser Worte aussprechen durfte. Auch die Nazis hatten Gefängnisse und Lager für Menschen, die sich nicht ihrem System fügten. Allein sein Schweigen bewahrte ihn davor, genau dort zu landen.

Stattdessen wurde ihm immer mulmiger zumute, je weiter sie voranmarschierten. Auch als sie die Grenze zu Russland überquerten, blieb ihnen ein Teil der Bevölkerung wohlgesinnt. Die russischen Bauern litten ebenfalls unter dem Kolchossystem, das die Kommunisten eingeführt hatten und das sämtliches Land und Vieh zu Kollektiveigentum erklärt hatte. Damit waren die Bauern nicht nur enteignet worden, zwei Drittel der Ernte mussten sie seither an den Staat abgeben, selbst wenn die Ernte so schlecht ausfiel, dass es unmöglich wurde, von dem restlichen Drittel zu leben.

Die meisten Bauern waren bettelarm. Ihre Gesichter waren ausgemergelt, und viele der Kinder wirkten kränklich. Die Männer trugen nichts als Lumpen am Körper, und die Frauen fertigten sich ihre Kleider aus dem dünnen Fahnentuch der Sowjetflagge.

Aber selbst das war noch nicht alles: Zahlreiche Bauern und ihre Familien waren von den Sowjets ermordet oder in weit entfernte, sibirische Gulags gebracht worden. Vor allem die großen und mittelgroßen Bauern waren auf diese Weise bestraft worden, sobald sie sich gegen das Kolchossystem gewehrt hatten oder einfach deshalb, weil die Sowjets ihre Gegenwehr befürchteten. Was in den Gulags mit ihnen geschah, wusste keiner. Sicher war nur, dass niemand von dort zurückkehrte.

Solche und ähnliche Geschichten hörte Karl während der Sommermonate von allen Seiten. Die Soldaten tauschten sie untereinander aus, die Offiziere berieten darüber, und die Russen selbst steuerten immer neue Beispiele aus ihren Dörfern bei.

In dieser Zeit machten sie unzählige Gefangene. Immer wieder stießen ihre Spähtrupps auf versprengte Truppenteile der Russen, die sich vor den Angreifern in die Wälder zurückgezogen hatten. Aber bald schon zeigte sich, dass viele von ihnen nicht kämpfen wollten. Oftmals ergaben sie sich freiwillig, sobald sie gestellt wurden.

Mit jedem einzelnen Gefangenen und mit jeder weiteren Geschichte geriet Karls Weltbild weiter aus den Fugen. Lange Zeit hatte er Hitler als Verkörperung des Teufels gesehen. Er hatte geglaubt, auf der falschen Seite zu kämpfen und insgeheim darauf gehofft, dass er irgendwann auf eine bessere Seite wechseln konnte. Allmählich begriff er jedoch, dass der Teufel nicht damit zufrieden war, nur auf einer Seite zu stehen. In einem Krieg tummelte sich das Böse auf jeder Seite, und selbst wenn alle Menschen den Krieg verlieren würden, der Teufel würde ihn in jedem Fall gewinnen.

Karl hatte niemals an die Hölle geglaubt, allzu oft hatte er Mathilda getröstet, wenn sie sich vor dem Fegefeuer fürchtete. Doch in diesen Wochen und Monaten, in denen sie immer tiefer in das russische Land vordrangen, wurde ihm klar, dass die Hölle nicht irgendein entferntes Totenreich war, sie war die Seele des Krieges, und er befand sich mitten darin.

Beinahe war er erleichtert, als die Stimmung der Russen umschlug. Während der Sommer in den Herbst überging, wurde die Gegenwehr der sowjetischen Truppen heftiger, vielleicht, weil sie erst jetzt genug Zeit gehabt hatten, um ihre Kräfte für geordnete Gegenangriffe zu sammeln, oder weil inzwischen auch der gastfreundlichste Kolchosebauer verstanden hatte, dass die Deutschen nicht als Befreier gekommen waren. Knapp tausend Kilometer waren sie in das russische Land vorgedrungen, und allmählich sprachen sich erste Gerüchte herum, was weit hinter den Frontlinien geschah. Wenn die russischen Soldaten in ihrer Division gefangen genommen wurden, bekamen sie vielleicht noch eine Zigarette und eine warme Mahlzeit, doch sobald sie zu den Sammelstellen gebracht worden waren, verloren sich ihre Spuren. Es gab Gerüchte darüber, dass die Deutschen sie schlecht behandelten. Auch um die SS rankten sich wilde Geschichten, von denen niemand wusste, welcher Teil der Wahrheit entsprach und welcher dazu gesponnen war. In jedem Fall war von Juden und Zigeunern die Rede, die zusammengetrieben und aus den Dörfern geholt wurden.

Karl konnte sich lebhaft vorstellen, was danach mit ihnen geschah, aber wann immer seine Kameraden darüber sprachen, hielt er sich aus den Gesprächen heraus. Das Thema war zu heikel, und die Gefahr zu groß, ein unbedachtes Wort auszusprechen.

Letztendlich bekamen die deutschen Truppen ein Problem, das sie sich selbst zuzuschreiben hatten. Knapp tausend Kilometer waren sie innerhalb weniger Monate auf russisches Gebiet vorgedrungen. Aber das Land war groß, und ihre Divisionen hatten sich die besten Straßen und Hauptrouten gesucht, um möglichst schnell voranzukommen. Vor allem die Panzerdivisionen waren tief in den Osten vorgestoßen. Inzwischen gab es zwar zahlreiche Städte, Bahnlinien und Knotenpunkte, die von Deutschen kontrolliert wurden. Dazwischen lagen jedoch viele Quadratkilometer, riesige Wälder, weite Landstriche und winzige Dörfer, in denen noch nie ein Deutscher gewesen war. Ausreichend Platz für die versprengten russischen Soldaten, um sich zu verstecken und zu sammeln.

Entsprechend dauerte es nicht lange, ehe die ersten Partisanen zurückschlugen. Sie attackierten Versorgungszüge und rückwärtige Truppenteile, versuchten, die Bahnlinien wieder unter ihre Kontrolle zu bringen, und legten Hinterhalte.

So wurde ihrer Aufklärungsabteilung eine neue Aufgabe zugewiesen. Während sich die Front allmählich zu einer Linie aufstellte, um noch in diesem Herbst »den letzten Schlag« gegen Moskau zu führen, sollten sie die offenen Flanken gegen Partisanen schützen. Den halben September verbrachten sie damit, in einem unübersichtlichen, teils sumpfigen Waldgebiet aufzuklären, in dem sich die Partisanen verschanzt hatten. Immer wieder brachen Partisanen von dort durch die Frontlinie zu den Russen durch, während von der anderen Seite die Rotarmisten kamen, um die Partisanen mit Waffen und Munition zu beliefern.

Mitte September kam der Befehl, dem Treiben ein Ende zu setzen. Inzwischen hatten sie umfangreiche Karten über das Waldgebiet und die Bewegungen der Russen erstellt. Sie hatten eine Handvoll Quadranten im Wald ausgemacht, in deren Zentrum sich die Partisanen allem Anschein nach eine Art Quartier eingerichtet hatten. Nicht weit davon entfernt lag ein Engpass zwischen zwei Seen, den die Widerstandskämpfer passieren mussten, wenn sie die Front überqueren wollten.

An genau dieser Stelle sollten die Partisanen in die Falle getrieben werden. Boeselager teilte seine Abteilung in kleinere Gruppen auf und wies jeder einen bestimmten Abschnitt des Waldes zu. Auf diese Weise sollten sie möglichst unbemerkt an das Quartier der Partisanen heranschleichen, ein Netz um ihr Gebiet legen und sie dann auf den Engpass zutreiben, wo die Artillerie und die Pioniere mit ihren Minensperren bereits auf sie warteten.

Am Tag des Angriffs saßen sie früh in der Morgendämmerung auf und ritten in einem großen Bogen an ihren Einsatzort heran. Immer weiter zerstreuten sich die einzelnen Gruppen im Wald, bis Karl nur noch die Männer seiner eigenen Gruppe sehen konnte. Ihre Aufgabe war es, von hinten auf das mutmaßliche Partisanenquartier zuzugehen. Dafür hatten sie Wilhelm König als Offizier an ihrer Seite, der notfalls kurzfristige Entscheidungen treffen durfte. Rechts und links von ihnen waren Gruppen plaziert, die leichte Artillerie mit sich führten und die ebenfalls unter Königs Kommando standen.

König war schließlich auch derjenige, der das Handzeichen zum Absitzen gab, sobald es zu gefährlich wurde, um die Pferde noch weiter mitzunehmen. Durch einzelne Löcher in der Blätterkrone fiel mattes Morgenlicht auf sie herunter. Flüchtig sah Karl zu seinen Kameraden. Wilhelm König spähte konzentriert in den Wald, als würde er vom Laub bis zu den Baumkronen alles nach verdächtigen Hinweisen absuchen. Auch Ludwig Palm gab sein Pferd mit einer nachlässigen Bewegung an seinen Pferdehalter ab und schaute sich um. Auf seinem Gesicht zeichnete sich eine merkwürdige Art von Vorfreude, während er bereits das Maschinengewehr von seiner Schulter zog.

Am meisten Sorgen machte Karl sich jedoch um seine Freunde, um Oscar, der mit kindlicher Nervosität an seiner Unterlippe nagte, und um Joseph, der Selmas Zügel entgegennahm und Karl mit einem düsteren Nicken verabschiedete. Wie immer würde er zusammen mit einigen anderen bei den Pferden zurückbleiben, genau hier, in dieser Kuhle inmitten des Waldes. Und wie jedes Mal war es nicht ausgeschlossen, dass die Gegner ausgerechnet die Pferdehalter finden und angreifen würden. Dennoch war Joseph hier hinten sicherer als an vorderster Front oder im direkten Einsatz gegen die Partisanen.

Nur mit einem kurzen Schulterklopfen verabschiedeten sie sich voneinander, ehe Karl mit den anderen weiterging. Von Baum zu Baum schlichen sie durch den Wald, immer nur wenige Meter voran, bevor sie wieder in Deckung gingen. Sie mussten die Umgebung genau beobachten, lauschten auf jedes Geräusch der Waldtiere und verständigten sich mit Handzeichen. Nur wenn sie sicher waren, dass ihnen niemand auflauerte, schlichen sie ein weiteres Stück voran.

Alles in allem war es ein riesiges Waldstück, und ihr geduckter Vormarsch forderte sämtliche Reserven, die Karl noch aufbringen konnte. Seit Beginn des Feldzuges hatte er kaum noch richtig geschlafen. Anfangs waren sie jeden Tag mindestens 50 Kilometer geritten, und seit sie gegen die Partisanen sichern mussten, beherrschten die Spähdienste seine Tage. Inzwischen waren seine Muskeln erschöpft und seine Gefühle abgestumpft. Doch in Momenten wie diesen waren seine Sinne hellwach. Er hörte jedes Knacken, jedes Rascheln und Windrauschen. Wenn er zwischen den Stämmen nach vorne schaute, bemerkte er die Spuren, die nur Menschen in einem Wald hinterließen. Nur menschliche Schritte zerwühlten das Laub in zwei parallelen Linien, und nur Menschen sammelten Brennholz. Auch dieser Wald wirkte zunehmend aufgeräumter, je weiter sie kamen. Kaum ein Stöckchen lag noch am Boden, und die seitlichen Zweige der Bäume waren abgebrochen.

Spätestens jetzt konnte das Lager der Partisanen nicht mehr weit sein. Auf ihrer Karte war nur ein ungefährer Ort eingezeichnet, den sie bald erreichen mussten.

Das deutlichste Zeichen war schließlich der Geruch. Noch war er ganz zart, kaum mehr als Einbildung. Aber Karl erkannte ihn. Es roch nach Feuer und gebratenem Fleisch. Er sah zu Wilhelm König und tippte sich an die Nase.

Wilhelm nickte und bedeutete den anderen, vorsichtig zu sein. Jederzeit mussten sie mit einem Wachposten der Gegner rechnen.

Das Unterholz war dicht und bot ihnen Deckung, aus der sie nach vorn schauen konnten. Das Gelände vor ihnen stieg an, noch etwa 30 oder 40 Höhenmeter, ehe es einen Kamm bildete. Ludwig Palm signalisierte mit Handzeichen, dass er die Gegner hinter dem Höhenzug vermutete. Karl deutete seinerseits auf die Bäume, die den Kamm säumten. Sie wären die ideale Tarnung, um einen Baumschützen als Wachposten zu plazieren.

Aber auch auf das Laub am Hang mussten sie achten. Die Russen waren hervorragend darin, sich zur Tarnung einzugraben und sich dabei nahezu unsichtbar zu machen.

Oberleutnant König bedeutete den anderen mit Handzeichen, worauf sie schauen sollten. Aber die Männer kannten die Anzeichen, auf die sie achten mussten. Für eine gefühlte Ewigkeit spähten sie den Hang entlang und durchsuchten das Laub, schauten die Bäume hinauf und prüften die Baumkronen auf verdächtige Anzeichen. Auch den Höhenkamm selbst suchten sie nach Tarnmöglichkeiten ab, hinter denen ein Posten stehen konnte. Aber Karl fand nichts dergleichen, und auch die anderen schüttelten die Köpfe.

Oberleutnant König teilte sie mit Fingerzeichen in drei Gruppen. Eine Gruppe sollte ein Stück vorangehen, während die anderen beiden Feuerdeckung gaben. Auf diese Weise schlichen sie den Hang hinauf. Auf dem Bauch krochen sie an den Kamm heran, drückten sich so tief wie möglich ins Laub und spähten hinüber.

Dann sahen sie ihr Ziel vor sich. Etwa 200 Meter entfernt lichtete sich der Wald. Dahinter lagen Wiesen und Gebäude. Noch waren zu viele Baumstämme dazwischen, um etwas Deutliches zu erkennen. Aber Karl vermutete, dass es ein winziges Dorf war, das im Wesentlichen aus einer kleinen Kolchose mit Ställen und Scheunen bestand.

Karl suchte den Waldrand ab und fand die Wache neben einer Buche. Es war ein einzelner russischer Soldat, der sich an den Baumstamm lehnte und rauchte. Sein Maschinengewehr stand neben ihm, zwar griffbereit, aber nicht so, als würde er mit einem Angriff rechnen.

Karl wechselte einen Blick mit den anderen. Auch Wilhelm König hatte die Wache gesehen, und das Grinsen auf Palms Gesicht war noch tiefer geworden. Der Unteroffizier zog das Messer aus seinem Gürtel, sah zu Oberleutnant König und deutete mit der Messerspitze zuerst auf sich und dann auf den Wachsoldaten.

König nickte, und Karl war froh, dass die Aufgabe nicht ihm zufiel. Palm hingegen schien sich darum zu reißen. Er duckte sich hinter dem Wall und schlug einen Bogen, der ihn näher an die Wache heranführte. Dann schlich er wieder von Baum zu Baum, immer so, dass der Soldat ihn nicht sehen konnte.

Kurz bevor er die Wache erreichte, knackte ein Ast unter Palms Füßen. Der russische Soldat fuhr herum, entdeckte den Deutschen hinter dem Baum und stürzte sich auf ihn. Ein schneller Kampf entbrannte, Messerklingen blitzten. Nur vage konnte Karl erkennen, wie der Russe ebenfalls ein Messer zog, wie Palm von ihm getroffen wurde, nur wenige Sekunden, ehe der Russe schlaff in Palms Armen zusammensackte. Als er zu Boden fiel, steckte ein Messer in seiner Brust.

Auch Ludwig Palm sank auf die Knie, presste die Hand auf seinen Bauch und lehnte sich nach vorne. Dunkles Blut lief zwischen seinen Fingern hindurch. Einen Moment lang blieb er allein dort liegen, während alle anderen noch einmal den Waldrand auf weitere Wachen absuchten. Kurz danach winkte Oberleutnant König zwei Männer zu dem Verletzten.

Als sie den Unteroffizier aus der Schusslinie gebracht hatten und sich am Waldrand noch immer nichts rührte, überquerten sie den Wall und schlichen weiter voran. Hinter der vordersten Baumreihe gingen sie erneut in Deckung.

Erst jetzt konnte Karl den ganzen Ort überblicken. Es war kaum mehr als eine Ansammlung einfacher Holzhütten, dazu ein Stallgebäude und eine Scheune, die ebenfalls aus Holzplanken gezimmert waren. Der Morgenhimmel darüber war noch von einem düsteren Grau verhangen, dennoch waren die russischen Soldaten überall. Einige kamen mit frisch gekämmten Haaren aus den Hütten, andere saßen mit Blechnäpfen davor und löffelten Getreidebrei. Eine größere Gruppe stand neben einem Feuer, über dem ein gehäutetes Wildschwein hing, vermutlich das Mittagessen, das noch einige Stunden braten musste, ehe es genießbar war.

Erst bei näherem Hinsehen fiel Karl auf, dass Männer in Zivil zwischen den russischen Soldaten waren. Ob sie ebenfalls zu den Partisanen gehörten, ließ sich kaum feststellen.

Ihm wurde mulmig zumute. Kürzlich war der Befehl gekommen, Zivilisten wie Partisanen zu behandeln, wenn sie an ihrer Seite kämpften, was konkret bedeutete, dass Zivilisten erschossen oder gefangen genommen wurden, wenn sie sich mit Partisanen sehen ließen.

Bislang schien niemand im Dorf bemerkt zu haben, dass sie von Deutschen umzingelt waren. Dennoch trugen die Russen ihre Waffen nah bei sich. Entweder hingen die Maschinengewehre über ihrer Schulter oder sie lagen neben ihnen am Boden. Auch andere Waffen konnte Karl ausmachen: Sprengstoff-, Handgranaten- und Munitionskisten, die auf einen Pferdekarren verladen wurden. Vor dem Stallgebäude sammelte sich eine Gruppe, die immer wieder zum Waldrand herübersah und verdächtig nach einem Spähtrupp oder zumindest der Wachablösung aussah.

Viel Zeit würde ihnen nicht mehr bleiben. Sobald der Partisanenspähtrupp den Wald erreichte, mussten sie damit rechnen, entdeckt zu werden.

In diesem Augenblick hörte Karl den Ruf eines Eichelhähers. Er kam von neun Uhr, im Neunziggradwinkel von genau jener Position, an der Boeselager mit seiner Gruppe Stellung bezogen hatte. Kurz darauf folgte der Schrei eines Habichts auf drei Uhr. In unregelmäßigen Abständen ertönten weitere Tierrufe, mit denen der Rest ihrer Abteilung bestätigte, dass alle auf ihren Posten waren. In einem Halbkreis hatten sie das Dorf umzingelt und nur die Seite offen gelassen, in die sie die Russen treiben wollten.

Karl wartete auf den Ruf eines Käuzchens, das nicht weit entfernt sein würde. Als das Krächzen aus dem benachbarten Waldabschnitt herüberdrang, fing er an zu zählen. Jeder der Rufer hatte eine andere Zahl bekommen, damit die Tierstimmen keinen Rhythmus annahmen, den ihre Gegner bemerken würden.

Sobald er die 65 erreicht hatte, richtete er sich auf und gab das heisere Bellen eines Fuchses von sich. Einige der Partisanen drehten sich in seine Richtung und spähten in den Wald. Ob sie doch etwas bemerkt hatten? Karl duckte sich tiefer hinter die Baumwurzel. Nur der Lauf seines Gewehres lag darauf und zielte auf den Soldaten, der am längsten zu ihm herübersah.

Auf einmal erklang die Stimme ihres Dolmetschers, der zusammen mit Boeselager in Stellung lag. Auf Russisch rief er den Partisanen zu: »My okruzhili waschu derewnju. U vas jest' desjat' sekund, tschtoby brosit' oruzhie i sdat'sja.« In Gedanken übersetzte Karl die Worte: *Wir haben Ihr Dorf umstellt. Sie haben zehn Sekunden, um die Waffen fallen zu lassen und sich zu ergeben.*

Gleich darauf brach Chaos aus. Einzelne Partisanen ließen ihre Waffen fallen, andere rannten los und suchten Deckung, bis eine weitere Stimme den Tumult übertönte: »My nje sdajomsja! V attaku!« Es war die Stimme des russischen Kommandeurs. Karl wusste, was er sagte: Die Partisanen würden sich nicht ergeben. Sie würden sich verteidigen, und ihrerseits angreifen.

Auch der Dolmetscher musste es gehört haben und Boeselager darüber informieren. Jeden Moment rechnete Karl mit dem Schießbefehl. Ohne darüber nachzudenken, zielte er auf den russischen Kommandeur.

Doch der Schießbefehl blieb aus. Bedeutete das, dass Boeselager sich dagegen entschieden hatte? Oder hatte der Dolmetscher den Mann nicht gehört?

Das Rattern der Maschinengewehre riss Karl aus seinen Gedanken. Die Russen schossen in den Wald, Kugeln schlugen in Baumstämme und zerfledderten das Laub.

»Feuer erwidern!«, rief Oberleutnant König.

Karl fuhr zusammen. Plötzlich spürte er, wie die Kälte zersplitterte, mit der er sich seit Beginn des Feldzuges schützte. Ein Anflug von Panik ließ ihn die Augen schließen. Nur sein Finger zog ab, seine Schulter stemmte sich gegen den Rückschlag, eine metallische, tödliche Salve löste sich neben seinem Ohr. Nach dem Krieg würde er taub sein, sein rechtes Ohr würde taub sein ... Es war dieser banale Gedanke, der ihn beschützte ...

Bis er die Augen wieder öffnete. Russen lagen am Boden zwischen den Häusern. Karl konnte nicht sagen, wen von ihnen er getroffen hatte. Manche hatten sich zu Boden geworfen und schienen noch zu leben. Auch Zivilisten waren darunter.

Was, wenn die Bewohner des Dorfes gar keine Partisanen waren? Immerhin war es denkbar, dass die Widerständler das Dorf einfach besetzt hatten.

Das Feuer der Gewehre toste um ihn herum. Auch seine Kameraden schossen auf das Dorf. Das Knallen der Karabiner vermischte sich mit dem Rattern der Maschinengewehre und dem Donnern der Artillerie. Eines der Häuser wurde getroffen und ging in Flammen auf. Gleich darauf folgte ein zweites.

Die ersten Russen begannen zu rennen. Vielleicht war es nackte Verzweiflung oder ein Befehl, von dem Karl nichts mitbekommen hatte, in jedem Fall liefen sie auf den Wald zu, zu genau jener Seite, die nicht von Deutschen umstellt war. Der Weg zur Front führte dort entlang. Weiter hinten lag der Engpass zwischen den Seen, der ebenfalls von deutschen Soldaten abgesperrt wurde.

Niemand schoss auf die rennenden Partisanen. Sie sollten in diese Richtung laufen.

Kurze Zeit später war kein lebender Soldat mehr in dem Dorf zu sehen. Die Gewehre verstummten. Einzig die Artillerie heulte weiter, setzte immer weitere Gebäude in Brand.

Karl duckte sich hinter den Baum, sein Herz raste, seine Hände zitterten. Er wollte nicht mehr. Nicht mehr schießen, nicht mehr angreifen, nicht mehr hier sein.

Eine russische Stimme rief seine Aufmerksamkeit zurück. Es war eine Männerstimme, die sich verzweifelt bemühte, den Lärm der Artillerie zu übertönen: »Prekratit'! Prekratit' streljat'! Pozhalujsta! Sdjes' tol'ko zhen'schtschiny i djeti!« Karl verstand die Worte, die der Mann ihnen entgegenschrie, bis er nur allzu deutlich begriff, was den meisten seiner Kameraden verborgen blieb: In den Häusern waren Frauen und Kinder! Die Partisanen hatten dieses Dorf besetzt. Aber nun waren sie fort, und in den Häusern blieben nur noch Zivilisten.

Karl hob den Kopf, fand den rufenden Mann hinter dem Wagen mit der Munition in Deckung. Ausgerechnet dort.

Wenn die Artillerie bislang nicht auf den Sprengstoff geschossen hatte, dann nur, weil sie ihn erbeuten wollte. Doch jetzt würden sie schießen. Wenn kein gegenteiliger Befehl kam, würde irgendjemand auf den rufenden Mann schießen.

Karl fragte sich, wo Boeselagers Dolmetscher war, warum er nicht auf die Rufe reagierte. Gleich darauf wurde ihm klar, dass er den Russen nicht hören konnte. Der Mann befand sich deutlich näher bei Karl, während zwischen Boeselager und dem Zivilisten brennende Häuser und heulende Artilleriekanonen lagen. Womöglich hatte Boeselagers Gruppe sich auch schon längst abgesetzt, um die fliehenden Partisanen zu verfolgen.

Wie es aussah war Karl der Einzige, der den Russen verstanden hatte. Wenn er nicht reagierte, würden sie weiterhin auf Frauen und Kinder schießen, die in den Hütten versteckt waren.

Ein anderes Bild schob sich über das Dorf, ein brennendes Zigeunerlager und ein wütender Mob von SA-Leuten. Damals hatte er sein Leben eingesetzt, um die Kinder zu retten, jetzt gehörte er selbst zu den Brandstiftern.

»Pozhalujsta! Prjekratitje!« Wieder rief der Russe ihnen zu. Schrille Verzweiflung lag in seiner Stimme. »Sdjes' v domah zhen'schtschiny i djeti.«

Karl musste handeln! Niemand wusste, dass er Russisch sprach. Seit seinem Eintritt in die Wehrmacht hatte er diese Fähigkeit nirgendwo angegeben. Wenn er sie jetzt offenbarte, würde man ihn für einen Spion halten. Doch er konnte nicht anders. Es waren schon genug Menschen von seiner Hand gestorben.

Sein Blick huschte zu Wilhelm König, fand ihn nicht weit entfernt hinter einem Baum. Der Offizier zielte auf jemanden. »Nicht schießen!«, rief Karl ihm zu. »Wir müssen aufhören zu schießen! Da sind nur noch Frauen und Kinder in den Häusern. Nur noch Zivilisten, keine Partisanen!«

König ließ das Gewehr sinken. Mit einem Ruck sah er zu Karl herüber. »Woher willst du das wissen?«

Andere fingen wieder an zu schießen. Karl hörte die Gewehrsalven, eine Explosion. Er wollte nicht schauen, ob es den Mann getroffen hatte. »Ich spreche Russisch!«, rief er. »Ich habe den Mann verstanden. Er hat gesagt, dass nur noch Frauen und Kinder in den Häusern sind.«

Wilhelms Augenbrauen zogen sich misstrauisch zusammen. Für eine Sekunde durchbohrte er Karl mit diesem Blick. Dann drehte er sich um und erhob die Stimme: »Gewehrfeuer einstellen! Befehl weitergeben an Artillerie!«

Karl hörte, wie die Unteroffiziere den Befehl weiterriefen, wie das Feuer nach und nach eingestellt wurde, bis einzig Schweigen und Knistern den Wald durchdrangen. Gleich darauf gab es nur noch Wilhelm und ihn, ein stummes Zwiegespräch, mit dem sie sich ansahen. Eisige Fragen sprangen Karl entgegen. Auch, wenn Wilhelm in diesem Moment schwieg, Karl wusste, dass er die Fragen laut stellen würde.

Seit Beginn des Feldzuges waren sie immer bessere Freunde geworden. Doch Karl hatte Wilhelm belogen, hatte ihm etliches verschwiegen, von dem die Wehrmacht nichts erfahren durfte. Nun lag sein Leben in den Händen des Freundes. Wenn die Situation anders wäre, hätte Wilhelm den Vorfall vielleicht verschwiegen, um Karl zu schützen. Aber in diesem Fall würde dem Oberleutnant keine andere Wahl bleiben: Er musste Boeselager Bericht erstatten, um zu rechtfertigen, warum er das Feuer eingestellt hatte.

Zweifel und Bedauern mischten sich in Wilhelms Gesichtsausdruck. Mit einem matten Kopfschütteln riss er sich los und sah wieder nach vorne.

Karl folgte seinem Blick. Im Dorf war es ruhig geworden. Der Munitionswagen stand noch, doch der Mann dahinter lag regungslos am Boden. Fünf Häuser und die Scheune brannten, und von irgendwo drang das Weinen eines Kleinkindes.

»Vorgehen und das Dorf sichern!« Oberleutnant König gab den nächsten Befehl, und Karl gehorchte. Zusammen mit den anderen pirschte er über die Wiesen. Von Deckung zu Deckung schlichen sie voran, duckten sich zwischen Strohmieten und hinter Zäunen. Doch die Deckung war schlecht. Jederzeit konnten sie erschossen werden.

Karl kam ein schrecklicher Gedanke: Was, wenn der Russe gelogen hatte? Was, wenn es doch noch Partisanen in den Häusern gab? Vielleicht hatte der Mann nur darauf spekuliert, dass ihn jemand verstand, um sie damit in die Falle zu locken? Karls Beine wurden weich, seine Hände konnten das Gewehr kaum noch halten.

Aber niemand schoss. Auch, als sie den Pfad in der Mitte des Dorfes erreichten, blieb alles still. Beinahe gespenstisch still.

Dann hörte er das Jammern von Kindern.

Karl und Wilhelm sahen sich an. Der Offizier deutete auf die Tür, hinter der sie das Wimmern hörten, schickte Karl mit einem Nicken vor.

Karl sammelte die Worte in seinen Gedanken, übersetzte sie auf Russisch und rief sie leise durch die Tür. »My sjejtschas sajdjom. Strjel'ba priostanowljena. My wam nitschevo nje sdjelajem.« *Wir kommen jetzt rein. Aber das Feuer ist eingestellt. Wir tun Ihnen nichts.*

Langsam öffnete er die Tür und spähte ins Zwielicht. Mehr als zehn Augenpaare blickten ihm entgegen. Zwei davon gehörten jungen Frauen, der Rest waren Kinder.

Dieses Haus war eines der wenigen Häuser, die noch nicht brannten. Karl wich zurück, lief auf die Dorfstraße und sah sich um. Wenn es zwischen brennenden Wänden und Dächern noch mehr Frauen und Kinder gab, musste er sie finden … und retten.

Auch wenn es ihn sein Leben kostete.

* * *

So schnell sie konnten, holten sie Frauen und Kinder aus den brennenden Häusern, verbrachten schließlich fast den ganzen Tag damit, ihre Wunden zu versorgen, die Flammen zu löschen und wenige Habseligkeiten zu retten. Es gab keinen Befehl, der sie dazu anwies, und lange nicht alle Männer beteiligten sich daran. Aber Wilhelm König und eine Handvoll andere standen Karl zur Seite.

Noch am gleichen Abend bekam er die Rechnung für sein eigenmächtiges Verhalten. Zumindest erwartete er das Schlimmste, als er zusammen mit Wilhelm König vor ihrem Abteilungsführer antreten musste.

Auf Boeselagers Gesicht lag eine Mischung aus Wachsamkeit und Misstrauen, während er sie in seinem Zelt begrüßte. Es war größer als die winzigen Biwaks, in denen sie schliefen, groß genug, um aufrecht darin zu stehen. In einer Ecke gab es sogar eine Holztruhe, die als provisorischer Schreibtisch diente.

Boeselager blieb mitten im Zelt stehen und kam ohne Umschweife zur Sache: »Sie können also Russisch, Bergmann?!« Er taxierte Karl aufmerksam, studierte sein Gesicht, als wolle er jeden Hinweis erfassen. »Warum erfahren wir davon erst jetzt?«

Karl gab sich Mühe, seinem Blick standzuhalten. Noch heute Morgen hatte er große Zweifel daran gehabt, ob es überhaupt eine Chance gab, seine Haut retten. Doch im Laufe des Tages war sein Überlebensinstinkt zurückgekehrt. Er hatte sich nicht nur eine plausible Lügengeschichte ausgedacht, schon seit Stunden sammelte er sein ganzes Schauspieltalent und konzentrierte sich auf seine Rolle. Die Kunst lag darin, sich so sehr in die erfundene Geschichte hineinzuversetzen, dass man selbst daran glaubte. Karl durfte seine Rolle nicht spielen, er musste sie durchleben.

»Heißt das, Sie wissen nichts von meinen Sprachkenntnissen?«, fragte er erstaunt, so ehrlich, dass es ihn selbst überraschte. »Soweit ich mich erinnere, habe ich es bei meiner Einstellung angegeben. 1938. In Schloss Neuhaus.«

Boeselager sah ihn ratlos an. Dann wandte er sich ab und schaute suchend durch sein provisorisches Büro. »Das ist wirklich merkwürdig. Leider habe ich Ihre Akte gerade nicht griffbereit. Aber ich frage mich, wie wir das übersehen konnten. Wir suchen händeringend nach guten Dolmetschern.«

Seine Akte. Karl schauderte. Seine Akte war unvollständig. Gustav von Steineck hatte dafür gesorgt, dass die gefälschten Papiere darin abhandenkamen, damit es im Nachhinein nach Aktenschlamperei aussah und niemand die Urkundenfälschung nachweisen konnte. Bis jetzt waren die fehlenden Blätter noch niemandem aufgefallen. Aber wenn Georg von Boeselager auf die Idee käme, nachzuforschen ...

»Oberleutnant König sagte mir, dass Sie fließendes Russisch mit diesen Dorfbewohnern gesprochen haben.« Der Abteilungsführer bohrte weiter. »Wie kommt es, dass Sie die Sprache unserer Gegner so gut beherrschen?«

Karl musste antworten, ohne zu zaudern. Nur die Wahrheit ließ sich schnell aussprechen. Auf einmal flammte die Erinnerung auf: Ein warmer Sommer, grüne Wiesen und Hügel, unendliche Wälder. Dazwischen dunkle Seen und eine Horde von Kindern.

Masuren – seine Heimat.

»Ich habe es auf der höheren Schule gelernt.« Karl zwang sich zu einem Lächeln. »Mein Vater war Pferdehändler in Ostpreußen. Wir haben viel mit Russen gehandelt. Aber dass ich so gut spreche, habe ich meinem besten Freund zu verdanken. Er war Russe, und wir haben seine Sprache als Geheimsprache benutzt. Beim Indianerspiel, damit die anderen Kinder uns nicht verstehen konnten.« Wieder sah er die Wiesen und Wälder vor sich, Sehnsucht strömte durch seine Brust.

Erst Boeselagers Blick holte ihn in die Gegenwart zurück. Der Offizier sah ihm mit forschender Miene in die Augen. »Sie sind also in Ostpreußen als Sohn eines Pferdehändlers aufgewachsen«, fasste er zusammen. »Wann sagten Sie, sind Sie nach Westfalen gekommen?«

Karl straffte die Schultern. »Ich hab 1933 eine Anstellung in der Nähe von Paderborn angenommen, als Stalljunge in einem Gestüt. Damals war ich 14.«

Boeselager kniff die Augen zusammen. »Als Stalljunge von Ostpreußen nach Westfalen. Das ist ungewöhnlich weit. Warum sind Sie so weit weg gegangen?«

Karl bemühte sich um ein Lächeln. Allzu oft hatte er diese Lüge

vorgetragen, schon so oft, dass sie ihm fast wie die Wahrheit erschien.
»Mein Vater hat damals nach einer Stelle für mich gesucht. In Königsberg auf dem Pferdemarkt hat er einen westfälischen Gutsherren getroffen, der mich anstellen wollte.«

Boeselager musterte ihn noch immer. Karl konnte förmlich sehen, wie er alle Informationen miteinander verglich und sie überprüfte.

»Lassen Sie mich resümieren: Sie waren also auf der höheren Schule und haben dort Russisch und Französisch gelernt. Aber Abitur haben Sie nicht. Stattdessen haben Sie schon mit 14 eine Stelle angenommen, weit von Ihrer Heimat entfernt.«

Ein heißer Schauer strömte durch Karls Körper. Dennoch ließ er seine Stimme fest klingen. »Genauso ist es. Meine Eltern waren arm. Sie hätten mich gerne weiter zur Schule geschickt. Aber sie konnten es sich nicht leisten.«

Boeselager blinzelte. Es war nur eine winzige Geste der Unsicherheit, ehe er sich abwandte und an Wilhelm König richtete. »König! Soweit ich gehört habe, kennen Sie Unteroffizier Bergmann recht gut. Finden Sie, dass seine Geschichte glaubwürdig klingt?«

Wilhelm räusperte sich unbehaglich und sah zwischen Boeselager und Karl hin und her. Dann nickte er. »Er hat für Gustav von Steineck gearbeitet. Als ich das letzte Mal dort war, habe ich Unteroffizier Bergmann getroffen. Und ich habe das Nachbarmädchen gesehen, mit dem er verlobt ist. Ich gehe also davon aus, dass er die Wahrheit sagt.«

Karl begegnete Wilhelms Blick, dem milden Ausdruck von Freundschaft darin.

Boeselager wandte sich wieder Karl zu. »Sie waren also bei Gustav von Steineck. Warum haben Sie das nicht gleich gesagt?« Eine Spur von Freundlichkeit erschien in seinen Augen. »Mich wundert zwar, dass ich davon noch nichts gehört habe, aber wenn Sie 1933, im zarten Alter von 14, auf das Gut von Gustav von Steineck gekommen sind, dann darf ich wohl davon ausgehen, dass Sie kein russischer Spion sind? Oder wie sehen Sie das, Bergmann?«

Karl hielt den Atem an. Sollte das etwa heißen, dass er mit einem blauen Auge davon kam? Dass Boeselager seine Ausrede einfach so akzeptierte, ohne näher in den Akten nachzuprüfen? Er nahm noch einmal Haltung an und blickte dem Abteilungsführer in die Augen. »Ja, davon dürfen Sie ausgehen.«

Boeselager sah ihn forschend an. Dann trat er einen Schritt zurück und schaute ins Leere. »Sie sprechen also Russisch. Das ist interessant.« Er faltete die Hände auf dem Rücken und wanderte vor ihnen auf und ab. Als er Karl ansah, schien er um seine nächsten Worte erst ringen zu müssen. »Sie haben heute gesehen, zu was es führt, wenn wir unsere Gegner nicht verstehen. Es ist ohnehin schon schwer genug, Partisanen von Nicht-Partisanen zu unterscheiden. Ohne ihre Sprache zu sprechen, ist es quasi unmöglich.« Er atmete tief ein. Ein leichtes Zucken an seinen Wangen verriet, wie sehr er die Zähne aufeinanderpresste. »Glauben Sie mir, es erfüllt mich mit tiefem Unbehagen, dass wir heute Frauen und Kinder verletzt und getötet haben. Ja, sie waren in den Häusern versteckt, für uns waren nur die Partisanen zu erkennen, und bis jetzt ist mir nicht eingefallen, wie wir den Befehl anders hätten ausführen können …« Seine Stimme schwankte kaum hörbar. »Aber wir werden ganz sicher ähnliche Befehle bekommen. Und beim nächsten Mal möchte ich vermeiden, Frauen und Kinder anzugreifen. Für diesen Zweck brauche ich Leute, die Russisch sprechen, damit sie sich in der Bevölkerung umhören können. Wir waren lange genug in dieser Gegend, um zu kundschaften. Mit besseren Sprachkenntnissen hätten wir in den umliegenden Dörfern vielleicht die entscheidenden Hinweise aufschnappen können.« Boeselager trat näher an Karl heran, etwas Lauerndes lag in seiner Miene. »Genau genommen ist es sehr gut für uns, dass Ihre Sprachkenntnisse bislang übersehen wurden. Niemand würde mir einen weiteren Dolmetscher zugestehen, aber ich persönlich würde Sie gerne hierbehalten. Sie könnten sich in den Dörfern umhören, ohne dabei als Dolmetscher aufzutreten. Manchmal sprechen die Leute offener, wenn sie glauben, niemand würde sie verstehen.« Boeselager lächelte gerissen. »Ich hoffe also, es macht Ihnen nichts aus, wenn wir über die Sache kein weiteres Wort verlieren.«

Karl wechselte einen Blick mit Wilhelm König. Auch sein Freund lächelte verschlagen.

Konnte es sein, dass er so viel Glück hatte? Karl musste sich Mühe geben, um sich die Erleichterung nicht anmerken zu lassen. »Sicher. Wegen mir müssen Sie sich keine Umstände machen.«

Boeselager nickte geschäftsmäßig und deutete zum Zeltausgang. »In Ordnung, dann hätten wir das geklärt. Rechnen Sie mit meinem Befehl, Unteroffizier Bergmann.«

24. KAPITEL

Fichtenhausen, Paderborner Land,
Herbst / Winter 1941–1942

Inmitten von Alltag und Arbeit verwandelte sich der Sommer in den Herbst, ohne dass Mathilda es bemerkte. Erst als die Pferde für den Krieg abgeholt wurden, begriff sie, dass die dunkle Jahreszeit vor der Tür stand, und mit ihr eine Ungewissheit, die anfing, an ihren Nerven zu zerren.

Das ganze Jahr über waren Karls Briefe kurz gewesen, aber mit der Zeit lernte Mathilda, an seinem Tonfall zu erkennen, ob es ihm halbwegs gutging, oder ob die Erschöpfung ihn niederzwang. Fast immer waren seine Briefe melancholisch. Aber wirklich schlimm wurde es, wenn er den Krieg mit keinem Wort erwähnte und nur behauptete, dass alles in bester Ordnung sei.

Solche Briefe waren nur wenige Zeilen lang und erzählten fast nichts. Dann schrieb er, wie sehr er sie liebte und versprach ihr zu überleben, ehe er sich schon wieder verabschiedete. Nur selten nannte er die Namen von Orten, durch die sie marschierten. Dann verglich Mathilda die Informationen mit dem, was sie in den Nachrichten hörte.

Anfang Oktober sprach der Wehrmachtbericht davon, dass etwas Großes bevorstand. 1000 Kilometer hatten die Truppen inzwischen zurückgelegt und standen nun vor den Toren Moskaus. Wie immer, wenn in diesem Krieg etwas Besonderes geschah, dauerte es Tage, ehe sie davon erfuhren, nervenaufreibende Tage, in denen die Nachrichten nur ankündigten, dass eine große Schlacht im Gang war.

Erst wenn die Kämpfe ein erstes Ergebnis gebracht hatten, folgten die Sondermeldungen und kündeten mit Fanfaren von den neuesten Erfolgen.

In den Oktoberschlachten wurden ganze Armeen russischer Soldaten eingekesselt und »aufgerieben«. Doch je gründlicher Mathilda den

Nachrichten lauschte, desto mehr wunderte sie sich über derartige Worte, die so harmlos klangen und zugleich so schlimme Dinge beschrieben: »Aufreiben« bedeutete Töten. Dazu wurden sechs- bis siebenstellige Zahlen genannt, die nichts Geringeres als »Menschenleben« meinten.

Die meisten Dorfbewohner waren begeistert, wenn sie die Nachrichten hörten. Mathilda schien die Einzige zu sein, die bei alldem nur Trauer empfand. Waren die Russen nicht ebensolche Menschen wie sie?

Zu allem Überfluss war Karls letzter Brief bereits im September geschrieben worden. Auch Joseph hatte seither keine Nachricht mehr geschickt.

Erst Anfang November kam eine kurze Notiz von Karl. Er schrieb, dass Joseph und er die Schlachten gut überstanden hatten. Nur flüchtig deutete er an, dass sie nicht an vorderster Front gekämpft hatten, sondern die Flanken hatten sichern müssen. Bis Kalinin waren sie gekommen.

Im Gegensatz zu den Nachrichten war Karl jedoch weit davon entfernt, die »deutschen Erfolge« zu feiern. Stattdessen schrieb er von dem Herbstregen, der wochenlang anhielt und die Wege in Schlammlöcher verwandelte. Schon den ganzen Sommer über war es den Pferden schwergefallen, sich durch den tiefen Sand zu wühlen. Auch die Fahrzeuge husteten und spuckten unter dem Staub und fielen reihenweise aus. Das alles potenzierte sich im herbstlichen Schlamm. Die Wagen versanken im Boden, während die Pferde manchmal bis zur Brust eingesunken durch den nassen Torf wateten.

Mathilda bat Karl, ihr von nun an wieder häufiger zu schreiben. Dennoch wartete sie auf den nächsten Brief vergeblich. Der Herbst verstrich und ging in den Winter über. Immer näher kämpfte sich die Front an Moskau heran, bis es hieß, die Deutschen würden sich allmählich in ihre Winterstellungen zurückziehen.

Mathilda hoffte, dass die Soldaten nun endlich ein wenig Ruhe finden würden. Wenn der russische Winter so hart war, wie viele behaupteten, vielleicht würden sie dann mit der nächsten Offensive bis zum Frühling abwarten.

Doch nur wenige Tage später sprachen die Nachrichten von »örtlichen Gegenangriffen« die von Deutschen abgewehrt wurden. Kurz vor Weihnachten kam es zu »harten Kämpfen«. Von da an hielten die »schweren Abwehrkämpfe« an, selbst über Weihnachten und Silvester. Auch Ende Januar wurde noch unvermindert gekämpft.

Die Wehrmachtberichte erzählten jedoch erschreckend wenig darüber. Fast immer behaupteten sie, die Deutschen hätten die Feinde »abgewiesen«. Aber Mathilda wurde immer misstrauischer. Auf die großen Erfolgsmeldungen wartete sie ebenso vergeblich wie auf ein Ende der Kämpfe. Während all der Zeit kam kein einziger Brief von Karl und Joseph, nicht einmal ein Weihnachts- oder Neujahrsgruß.

Jeden Tag betete sie um die beiden und bat Gott darum, sie lebendig zu ihr zurückzubringen. Doch je mehr Tage ins Land strichen, desto sicherer war sie, dass ihre Gebete zu spät kamen.

Jedes Mal, wenn sie mit Veronika die Nachrichten hörte, musste sie gegen ihre Tränen ankämpfen. Auch die Gutsherrin wirkte nervöser als sonst. Dennoch versuchte sie, Mathilda zu trösten. »Das ist nur die Feldpost«, erklärte sie. »Von meinem Gustav habe ich auch schon seit Anfang November nichts mehr gehört. Aber der Winter in Russland ist hart, dazu die Kämpfe. Du wirst sehen, Mathilda. Die Feldpost kommt einfach nicht durch.«

Auch Lenis Trostversuche gingen in diese Richtung. »Wenn die beiden gefallen wären, wären deine Briefe wieder zurückgekommen. Mit dem Vermerk ›Gefallen für Volk und Vaterland‹. Solange die Wehrmacht deine Briefe nicht zurückschickt, leben sie noch.«

Spätestens seit dieser Bemerkung befürchtete Mathilda von jedem Brief, dass er wieder zurückkommen würde. Zu allem Überfluss ließ ihr die Ruhe des Winters viel zu viel Zeit zum Nachdenken. Seit die Pferde fort waren und der Schnee über dem Land lag, hatte sie kaum noch Arbeit, in die sie sich flüchten konnte.

Letztendlich war es ausgerechnet Katharinas Schicksal, das sie von ihren Grübeleien ablenkte. Lange hatte Katharina versucht, ihren dicken Bauch unter den Winterkleidern zu verstecken, doch inzwischen zeichnete er sich deutlich darunter ab. Seit sie schwanger war, hatte ihr Verlobter keinen Urlaub mehr bekommen, und sie beide waren noch immer nicht verheiratet. Stattdessen tuschelte das ganze Dorf darüber, dass Alverings Tineken ein uneheliches Kind bekam.

Ihr Vater grämte sich schrecklich. Immer, wenn er von den Dorfgerüchten hörte, verkroch er sich ins Bett und kam für mehrere Tage nicht mehr heraus.

Zu allem Überfluss hatte auch Katharina schon lange keinen Brief mehr von Theo bekommen. Jeden Tag saß sie in der Küche und weinte, während Leni und Mathilda die Arbeit im Haushalt übernahmen.

Zum ersten Mal wurde Mathilda bewusst, wie lächerlich ihre Geschwisterfeindschaften immer gewesen waren, und selbst über Lenis Lippen kam kaum noch ein böses Wort.

In einer eisigen Februarnacht wurde Mathilda schließlich von einem Schrei aus dem Schlaf gerissen. Auch Leni saß aufrecht in ihrem Bett, doch nur für Sekunden, ehe sie aufsprang und zu Katharina ins Nachbarzimmer lief. Allein durch Lenis Reaktion begriff Mathilda, was der Schrei bedeutete. Langsam stand sie auf und folgte ihrer Schwester.

Katharina saß stöhnend im Bett und hielt sich den Bauch, während Leni sich neben sie kniete. »Es geht los.« Leni sah zu Mathilda auf. »Bitte sag Papa Bescheid. Er soll die Hebamme holen. Ich bleibe solange bei ihr.«

Mathilda nickte. Ein zweiter Schrei verfolgte sie, während sie durch den Flur in das Schlafzimmer ihres Vaters eilte und ihn weckte.

Ihr Vater wirkte erschrocken. »Zieh dich an, Mathilda. Und hilf mir, den Max anzuspannen.«

»Jawohl, Papa!« Mathilda war froh über den Auftrag, froh darüber, etwas tun zu können. So schnell sie konnte, zog sie sich an und rannte in den Stall. Gemeinsam mit ihrem Vater holte sie den alten Max aus seinem Verschlag und spannte ihn vor den Schlitten.

Kaum eine Viertelstunde später fuhr ihr Vater vom Hof.

Als Mathilda ins Haus zurückkehrte, war Katharina aufgestanden. Zusammen mit Leni lief sie im Flur auf und ab. Doch alle paar Minuten blieb sie stehen, stützte sich auf Lenis Schultern und schrie.

Es waren diese Schreie, heisere, langgezogene Schreie, die Mathilda schaudern ließen. Am liebsten wäre sie in ihr Bett zurückgekehrt und hätte weitergeschlafen, bis alles vorüber war. Aber sie musste wach bleiben, musste bereit sein, falls sie gebraucht wurde.

Schon bald war Leni diejenige, die die Kommandos gab. Als Kinderkrankenschwester hatte sie offenbar schon einige Geburten miterlebt. Zumindest schien sie zu wissen, was zu tun war. Sie erklärte Katharina, wie sie atmen musste, und schickte Mathilda los, wenn etwas gebraucht wurde.

Mathilda war jedes Mal froh, wenn sie den Raum verlassen konnte. Immer wieder schaute sie auf die Standuhr in der Stube und wartete darauf, dass ihr Vater endlich mit der Hebamme zurückkehrte.

Als sie schließlich das Pferd und die Glöckchen des Schlittens hörte, eilte sie nach draußen. Doch ihr Vater saß allein auf dem Bock. Nur ein eisiger Wind begleitete ihn und brachte Mathildas Kleid zum Flattern.

»Wo ist die Hebamme?«, rief sie über den Sturm hinweg.

Ihr Vater sprang vom Schlitten und sah sie panisch an. »Sie ist bei einem anderen Notfall. Wo, weiß ich nicht. Aber ihre Tochter wollte losgehen und ihr Bescheid sagen. Wie geht es Tineken?«

Sie schreit. Immerzu schreit sie. Die Worte lagen Mathilda auf der Zunge. Aber sie wollte ihren Vater nicht noch mehr erschrecken. »Ich weiß nicht genau. Leni scheint alles im Griff zu haben.«

Als sie das Pferd ausgespannt hatten und ins Haus zurückkehrten, wanderten Katharina und Leni noch immer durch den Flur. Doch Tineken wirkte panisch, als sie erfuhr, dass die Hebamme nicht da war. »Sie soll sich beeilen«, rief sie. »Fahr noch mal los und sag ihr, sie soll sich sputen!«

Ihr Vater wich einen Schritt zurück. Er hielt seinen Hut in den Händen und drehte ihn zwischen den Fingern. »Das habe ich schon gesagt. Ihre Tochter will es ihr ausrichten.«

Katharinas Blick glühte. Für einen Moment stand sie einfach nur da, hielt sich den Bauch und starrte ihren Vater an.

»Ganz ruhig.« Leni trat zwischen sie. »Keine Sorge, Tineken. Das ist dein erstes Kind. Du hast noch ein paar Stunden. Bis dahin ist sie hier. Und zur Not …«, sie lächelte ihr freches Leni-Lächeln, »… hast du mich.«

»Gott behüte!« Katharina schlug ein Kreuzzeichen. Gleich darauf krümmte sie sich zusammen und schrie los, langgezogen und rauh, wie ein verwundetes Tier.

Mathilda schluckte, ihr Vater wurde kreidebleich und wich noch weiter zurück.

Nur Leni wirkte gelassen. »Los, los!« Sie winkte ihnen zu. »Steht nicht im Weg! Mathilda, mach ihm eine heiße Milch. Setzt euch in die Stube und zieht nicht solche Gesichter. Die Schreierei gehört dazu. Daran ist noch keine Frau gestorben.«

Mathilda gehorchte, lief in die Küche und schürte das Feuer im Ofen. Sie war es nicht gewohnt, mit dem Herd zu hantieren, doch nach einer Weile gelang es ihr, Milch auf der Ofenplatte zu erhitzen. Sie verteilte die heiße Flüssigkeit auf zwei Tassen, griff nach dem Honig, den sie hineinrühren wollte und hielt inne. Sie musste an den Winterhonig denken, den Karl ihr vor vielen Jahren geschenkt hatte, an die Worte, die er dazu gesagt hatte: Dass seine Mutter ihm Winterhonig in die Milch gerührt hatte, wenn er traurig gewesen war.

Mathilda hatte es nie ausprobiert.

Eine bessere Gelegenheit würde es nicht geben. Sie zögerte nicht länger, lief in ihr Zimmer und holte den Winterhonig aus dem Versteck unter ihrem Bett. Der Honig ließ sich nur schwer mit dem Löffel herauskratzen. Doch Mathilda löste ein paar große Brocken und verteilte sie gleichmäßig in den beiden Tassen, bis warmer Lebkuchenduft daraus aufstieg.

Als Mathilda mit den Milchtassen in die Stube trat, saß ihr Vater mit gebeugten Schultern am Tisch. Sein Gesicht war noch immer kreidebleich, seine Finger knibbelten an seinem Hut. »Ihr darf nichts geschehen«, hauchte er. »Meinem Tineken darf nichts geschehen.« Er faltete die Hände zum Gebet, stützte seine Stirn dagegen und flüsterte weiter: »Lieber Gott, verzeih mir, wenn ich auf sie geschimpft habe. Lieber eine Tochter mit einem unehelichen Kind als eine Tochter, die bei der Geburt stirbt.«

»Sie wird nicht sterben.« Mathilda bemühte sich, selbstsicher zu klingen. Sie schob ihrem Vater eine Milchtasse entgegen und setzte sich auf den Platz gegenüber. »Du hast Leni doch gehört. Die Schreierei muss so sein.« Mathilda räusperte sich. Genaugenommen wusste sie nicht, ob es wirklich so war. Ebenso gut könnte es eine von Lenis Beruhigungslügen sein. »Hier wurden doch schon genug Kinder geboren«, murmelte sie dann. »Du müsstest doch am besten wissen, wie es ist.«

Ihr Vater sah erschrocken auf. »Ich habe eure Mutter nie dabei gesehen. Sie war immer im Schlafzimmer. Und ich musste draußen warten. Manchmal war ich auf dem Feld, und sie haben mich erst hinterher gerufen. Aber ich meine nicht, dass sie so laut geschrien hat. Außerdem ging es viel schneller.«

Mathilda sah nach unten. *Ihre Mutter.* Sie konnte sich nicht daran erinnern, dass ihr Vater jemals über sie geredet hatte. Doch jetzt klangen Tränen in seiner Stimme. »Sie war eine gute Frau«, erklärte er leise. »Solange wir auch verheiratet waren und so schwer manche Zeit auch war, sie hat mir nie ein böses Wort gesagt.«

Mathilda presste die Lippen aufeinander. Sie musste sich zusammenreißen, um nicht ebenfalls zu weinen. Hastig griff sie nach ihrer Milch, atmete den Lebkuchengeruch und probierte einen Schluck davon. Es schmeckte süß und würzig, nach Geborgenheit und Wärme, erinnerte an Weihnachten und zugleich an den Winter.

»Was hast du da reingetan?« Ihr Vater riss sie aus ihren Gedanken. »Das schmeckt ja wie Lebkuchen.«

Mathilda zögerte. Sollte sie wirklich von dem Winterhonig erzählen? Dann gab sie sich einen Ruck. »Ich habe einen Gewürzhonig hineingetan. Karl hat ihn gemacht und mir geschenkt, als ich noch ein Kind war. Er nennt ihn Winterhonig.« Mathilda machte eine Pause, doch schließlich sprach sie aus, was Karl ihr über den Honig erzählt hatte. »Eigentlich ist jeder Honig ein Winterhonig. Während draußen alles kalt und unwirtlich und tödlich ist, gibt der Honig den Bienen die Kraft und die Wärme, um den langen Winter zu überstehen.«

Ihr Vater sah sie mit gequälten Augen an. Noch immer glitzerten Tränen darin, doch er sagte nichts.

»Und genauso ist es bei uns«, fuhr Mathilda fort. »Wenn wir traurig sind, müssen wir nur von dem Honig naschen und schon gibt er uns Hoffnung und Trost, um den schweren Moment zu überwinden.«

Ihr Vater sah sie erstaunt an, gleich darauf streckte er die Hände über den Tisch und griff nach ihren Fingern. »Ach mein Mädchen ...« Er lächelte dünn. »Du bist eine Denkerin. Genauso wie Joseph ... und Lotti ... und Thea. Das habt ihr von eurer Mutter. So war sie auch. Immerzu still und ruhig, aber in ihren Worten lag pures Gold.«

Mathilda lächelte zurück, nur kurz, bis sich ihre Tränen nicht länger aufhalten ließen. Schnell hob sie ihre Tasse und trank einen weiteren Schluck von der Lebkuchenmilch.

Von da an saßen sie schweigend beieinander, versanken in ihren Gedanken und lauschten Katharinas Schreien, die immer häufiger durch das Haus kreischten. Es waren diese Minuten oder Stunden, in denen Mathilda hoffte, dass Karl recht gehabt hatte. Dass der Winterhonig ihr helfen würde, nicht nur den Winter, sondern auch den Krieg zu überstehen. Sie musste nur regelmäßig davon naschen und Karl würde zu ihr zurückkehren. Ganz bestimmt!

Als es an der Haustür klopfte, sprangen sie zeitgleich auf und hasteten in den Flur. Leni und Katharina standen bereits dort und öffneten die Tür. Die Hebamme kam mit einer eisigen Windböe ins Haus. Schnee rieselte von ihrem Mantel, und ihr Gesicht war rot von der Kälte. Doch noch etwas lag in ihren Augen, ein grausiger Schrecken, fast so, als hätte sie ein Gespenst gesehen. »Meine Nerven«, flüsterte sie. »In all meinen Jahren als Hebamme. So etwas habe ich noch nicht gesehen.«

Mathilda nahm ihr den Mantel ab und hängte ihn an die Garderobe.

»Wieso? Was ist denn geschehen?«, erkundigte sich Leni, neugierig wie immer.

»Böttchers Anna ...«, sagte die Hebamme atemlos. »Sie hat einen kleinen Knaben bekommen. Aber niemand wusste Bescheid. Sie hatten nicht einmal Kleidung für den Kleinen da. Als hätten sie gar nicht mit dem Kind gerechnet.« Die Hebamme wischte die geschmolzenen Schneeflocken von ihrer Stirn. »Auch mich haben sie viel zu spät gerufen. Wahrscheinlich nur, weil es Komplikationen gab. Das Kind lag falsch herum. Die arme Anna wäre fast gestorben.«

»Anna war schwanger?« Leni starrte die Hebamme an.

»Du meine Güte!« Selbst Katharina schien ihre Wehen zu vergessen.

Schlagartig verstand Mathilda, was das alles bedeutete. Deshalb hatte Anna sich seit dem Sommer zurückgezogen. Nicht nur ihr Liebeskummer hatte sie daran gehindert, bei der Ernte zu helfen oder mit ihnen die Nachrichten zu hören …

Mathilda sah zu Leni, dachte an das, was sie beide gesehen hatten. Anna und Jean-Luc im Heu, ihre nackten Körper, etwa zur gleichen Zeit, als auch Katharina Besuch von Theo gehabt hatte.

»Was machen wir denn jetzt?« Der Satz rutschte Mathilda heraus.

Die Hebamme sah sie erschrocken an. »Nichts machen wir. Natürlich machen wir nichts. Ich hätte euch das gar nicht erzählen sollen.«

Es gab keinen Vater zu dem Kind … Wenn sich herausstellte, dass Anna ein Kind von einem Zwangsarbeiter bekommen hatte, wanderte sie ins Zuchthaus.

In diesem Moment kam Katharinas nächste Wehe. Sie krümmte sich zusammen und keuchte auf, die Hebamme trat zu ihr und stützte sie ab. »Komm mit, meine Kleine«, murmelte sie. »Jetzt untersuchen wir dich erst mal und schauen, wie weit du bist.«

Damit führte sie Katharina ins Mädchenzimmer, aus dem sie für die nächsten Stunden nicht mehr herauskamen. Nur Leni eilte hin und wieder durch das Haus, um etwas zu besorgen, während Mathilda und ihr Vater in der Stube warteten.

Mathilda konnte nicht länger gegen die Müdigkeit ankämpfen. Die halbe Nacht lang war sie nun schon auf den Beinen. Jetzt sackte ihr Kopf nach vorne, immer wieder, bis sie auf der Tischplatte einschlief …

… und erst wieder erwachte, als sie das Babygeschrei hörte. Auch ihr Vater schreckte aus seinem Sorgenstuhl hoch, als hätte er geschlafen. Mathilda sprang auf und lief durch den Flur. An der Tür zum Mädchenzimmer klopfte sie an.

»Herein!« Es war die Stimme der Hebamme.

Mathilda trat ein, dicht gefolgt von ihrem Vater.

Das Babygeschrei war inzwischen verstummt. Zögernd gingen sie durch das vordere Zimmer und streckten ihre Köpfe in den hinteren Raum, den Katharina bewohnte.

Ihre ältere Schwester saß auf dem Bett. Mit einem weichen Lächeln beugte sie sich über ihr Kind. In warme Decken gehüllt lag das Kleine auf ihrem Schoß und saugte an ihrer Brust.

»Oh!« Ihr Vater klang verschämt. »Dann komme ich wohl später wieder.« Damit trat er rückwärts durch die Tür.

Einzig Mathilda ging weiter, blieb zwischen Leni und der Hebamme stehen.

Katharina hob den Kopf und strahlte ihr entgegen. »Es ist ein Mädchen. Ich werde sie Therese nennen.«

* * *

Der Rest der Nacht war kurz, und der nächste Tag fühlte sich an, als wäre er in weißen Nebel getaucht. Mathilda war wackelig auf den Beinen, während sie mit Leni die Kühe melkte. Immerzu kreisten ihre Gedanken um die letzte Nacht. Um Katharina und ihre kleine Resi, und um Anna und das verbotene Baby. Vor allem um den Kleinen machte sie sich Sorgen, und um ihre Freundin, die nichts weiter getan hatte, als sich in den falschen Mann zu verlieben.

Als Leni und sie die Milch nach draußen trugen und an die Straße stellten, blieb Mathilda stehen und schaute zu Böttchers Hof hinüber. »Was machen sie denn jetzt mit dem Kleinen?«, flüsterte sie, kaum laut genug, um Leni damit zu erreichen.

Ihre Schwester blieb stehen und sah ebenfalls zu ihren Nachbarn. »Ihnen wird nichts übrig bleiben, als ihn vor einem Kinderheim auszusetzen.«

Mathilda schluckte. Sie versuchte sich vorzustellen, wie es wäre, ein Kind zu bekommen, von dem Mann, den man liebte, und es dann weggeben zu müssen.

Auch Leni wirkte traurig. »Die Hebamme sagt, sie hatten noch nicht einmal einen Namen für das Baby.«

Mathilda fröstelte. Etwas ging nicht mit rechten Dingen zu. Was die Hebamme gesagt hatte, konnte nicht ganz stimmen. Anna und ihre Familie mussten bemerkt haben, dass sie schwanger war. So etwas übersah man doch nicht.

»Wenn sie jetzt man keine Dummheiten machen.« Lenis Stimme klang düster.

Mathilda sah sie erschrocken an. »Wie meinst du das?«

Leni zuckte mit den Schultern. »Ich weiß nicht. Sie stecken ganz schön in der Zwickmühle.«

Mathildas Unruhe nahm zu. »Vielleicht sollten wir zu ihnen gehen. Und ihnen unsere Hilfe anbieten.« Sie machte einen Schritt nach vorn.

Leni packte sie am Arm. »Das lässt du schön bleiben!«, knurrte sie. »Den Mund zu halten, ist alles, was wir für sie tun können. Den Rest müssen sie allein ausbaden. Oder willst du dich mitschuldig machen?«

Mathilda senkte den Kopf.

»Komm mit!« Leni zog an ihrer Hand. »Wir haben genug Arbeit. Und ein eigenes Baby, für das wir sorgen müssen.«

Mathilda nickte zerknirscht und folgte ihrer Schwester in den Stall.

Als sie etwas später ins Haus zurückkehrte, setzte Mathilda sich an die Wiege der kleinen Resi und schaukelte sie, während Katharina schlief und sich von der Geburt erholte.

Das Baby schlief ebenfalls. Mathilda bewunderte die winzige Nase, die schmalen Finger und den Mund, der sich im Schlaf bewegte. »Was ist der Unterschied?«, flüsterte sie. »Zwischen dir und dem armen Wurm nebenan? Zwei Nachbarskinder, in der gleichen, eisigen Februarnacht geboren. Eigentlich solltet ihr Freunde werden. Vielleicht verliebt ihr euch sogar, wenn ihr erwachsen seid. So wie Karl und ich.« Mit dem letzten Satz wurde sie noch leiser, bewegte nur noch ihre Lippen.

Das Baby regte sich. Unglückliche Falten huschten über seine Stirn.

»Schhht!« Mathilda stupste gegen die Handfläche der Kleinen. Die winzigen Finger reagierten, schlossen sich um ihren Zeigefinger und führten ihn zum Mund. Genau in dem Moment klopfte es an der Haustür. Mathilda zuckte zusammen.

»Ja, ja …« Lenis Stimme ertönte. Mit raschen Schritten kam sie aus der Küche, wo sie Katharinas Rolle übernommen hatte und das Mittagessen kochte.

Kurz darauf hörte Mathilda die Hebamme, ihr Tonfall klang merkwürdig. »Ich muss mich setzen«, stöhnte sie. »Bring mich in die Stube, Kind. Es ist so schrecklich.«

Mathilda löste ihren Finger aus der Hand des Babys und huschte zur Tür. Als sie in den Flur kam, konnte sie gerade noch sehen, wie Leni und die Hebamme in die Stube verschwanden. Mathilda folgte ihnen, schloss die Stubentür hinter sich und lehnte sich dagegen.

Die Hebamme nickte ihr zu, setzte sich an den Tisch und keuchte. »Jetzt brauche ich was Starkes. Habt ihr einen Schnaps?«

Leni holte die Flasche mit dem Selbstgebrannten aus dem Stubenschrank und schenkte der Hebamme ein.

Immer wieder schüttelte die alte Frau den Kopf. »Es ist so schrecklich.« Sie setzte das Schnapsglas an und kippte es in einem Zug hinunter.

»Was ist denn geschehen?« Mathilda konnte nicht länger an sich halten.

Die Hebamme sah zu ihr auf. Ihre Augen wirkten glasig inmitten des faltigen Gesichtes. »Das Baby«, stieß sie hervor. »Es ist tot. Sie haben es erstickt.«

* * *

Von diesem Tag an konnte Mathilda das tote Baby nicht mehr vergessen. Sie dachte an Anna, an ihre Freundin, mit der sie gespielt und gelacht und Geheimnisse ausgetauscht hatte, sie dachte an Böttchers Mama, die immer so liebevoll zu ihr gewesen war und manchmal sogar versucht hatte, ihre tote Mutter zu ersetzen. Selbst an Liesel musste sie denken, die zwar eine Tratschliesel war, aber dennoch ein gutes Herz hatte. Wenn selbst solche Menschen in der Lage waren, ein unschuldiges Baby zu töten, nur weil es den falschen Vater hatte …

Allein der Gedanke ließ Mathilda ins Bodenlose stürzen. Wem sollte man noch trauen, wenn solche Dinge geschahen? Wie konnte sie sicher sein, dass sie Veronika vertrauen konnte? Oder Karl? Oder ihrer Familie?

Was Böttchers betraf, so schien niemand zu wissen, dass es dieses Baby jemals gegeben hatte. Zum ersten und einzigen Mal gab es eine Geschichte, die nicht im ganzen Dorf erzählt wurde. Eine böse Geschichte, die nur wenige Menschen in ihren Herzen trugen.

Auch Mathilda, Leni und Katharina schworen einander, niemandem davon zu erzählen. Vielleicht war dies die letzte Ehre, die sie dem Baby erweisen konnten. Wenn es schon gestorben war, um das Leben seiner Mutter zu bewahren, dann durfte dieses Opfer wenigstens nicht umsonst gewesen sein.

Mehrere Tage lang wartete Mathilda darauf, dass die Wahrheit doch noch ans Licht kam, dass ein Wagen des SD oder der Ordnungspolizei vorfuhr und die Böttchers auf Nimmerwiedersehen abholte.

Aber nichts dergleichen geschah. Auch die Hebamme hatte nichts verraten.

Bei all dem konnte Mathilda nur ahnen, wie es Anna ging. Manchmal sah sie ihre Freundin im Garten der Böttchers. Stundenlang kniete sie vor einem kargen Blumenbeet und streichelte einen kleinen, herzförmigen Stein. Mathilda wusste, was unter diesem Stein begraben lag.

Abgesehen davon hielten die Böttchers Abstand. Noch war Winter, und sie hatten noch nicht darüber gesprochen, ob sie ihre Felder im nächsten Jahr wieder gemeinsam bewirtschaften würden. Doch wann immer sich die Nachbarschaft am Abend traf, waren Böttchers nicht dabei. Wenn Mathilda im Gutshaus die Nachrichten hörte, war sie mit Veronika allein. Nur manchmal wurde sie von Leni oder ihrem Vater begleitet. Aber die Böttchers tauchten niemals dort auf.

Mathilda haderte mit sich. Allzu gerne wollte sie mit Veronika über das Baby reden. Sie wollte wissen, wie die kluge Gutsherrin die Tat beurteilte, ob sie davon wusste und ob es richtig war zu schweigen. Aber die Sache war zu heikel für einen weiteren Mitwisser.

Stattdessen blieb Mathilda allein mit ihren Zweifeln. Bis in den Schlaf wurde sie von ihnen verfolgt. Dank der kleinen Resi waren die Nächte unruhig. Immer wieder riss das Babygeschrei sie aus den Träumen. Dann lag sie so lange mit offenen Augen im Bett, bis ihre Schwester die Kleine aus der Wiege holte und das Geschrei verstummte.

Nur in einer Nacht hörte Katharina das Weinen ihres Babys nicht. Ein schrilles Kreischen schreckte Mathilda auf. Wie immer wartete sie darauf, dass Katharina sich um ihre Tochter kümmerte. Doch heute reagierte sie nicht. Das Geschrei des Babys wurde immer panischer, bis es hustete und gurgelte, als würde es an seiner Spucke ersticken.

Mathilda sprang auf, lief hinüber ins Nachbarzimmer und wollte Katharina aus dem Schlaf reißen. Aber etwas war merkwürdig, ihre Bewegungen wurden zäh, als würde sie durch Honig schwimmen. Ganz gleich, wie sehr sie sich anstrengte, sie konnte Katharina nicht erreichen.

Stattdessen trat sie zur Wiege, beugte sich darüber und erschrak. Das kreischende, hustende Baby war nicht Resi. Das winzige Mädchen schlief friedlich in seinem Körbchen. Doch direkt daneben, Schulter an Schulter lag ein zweites Kind, ein kleiner Knabe, so nackt, wie Gott ihn geschaffen hatte.

Annas Baby! Es lebte!

Mathildas Herz machte einen Sprung, schüttelte die dunkle Last von sich ab. Am liebsten hätte sie gelacht und die anderen gerufen. Aber ihr Hals versperrte sich. So sehr sie es auch versuchte, kein Ton kam heraus.

Sie streckte die Hände aus, wollte den Knaben wenigstens aus dem Körbchen heben und an sich drücken. Er brauchte Kleidung, musste etwas trinken.

Ihre Hände erreichten das nackte Kind, wollten es berühren ... und strichen durch den winzigen Körper hindurch.

Vor ihren Augen löste sich das Baby auf, das Geschrei verstummte, der Honig um sie herum verschwand. Plötzlich war es eiskalt. Mathilda stand neben der Wiege und starrte auf die schlafende Resi.

Katharina fuhr auf. »Was ist los? Was tust du da?«

Mathilda blinzelte, schaute noch einmal auf die Stelle, an der das nackte Baby gelegen hatte. Doch es blieb verschwunden. Schlagartig erkannte sie, was sie hätten tun sollen. Sie fing an zu zittern, konnte das Schlottern kaum noch kontrollieren, während sie sich zu ihrer Schwester umdrehte. »Warum haben wir Annas Baby nicht zu uns geholt?«, wisperte sie. »Wir hätten behaupten können, dass du Zwillinge bekommen hast. Dann würde er jetzt noch leben.«

25. KAPITEL

Fichtenhausen, 25. Februar 1942

Mein liebster Karl,

ich bin zu langsam. Ganz gleich, was ich tue und wie viel Mühe ich mir gebe, nie bin ich schnell genug. Papa sagt, ich sei eine Denkerin, und wahrscheinlich hat er recht. Doch selbst beim Denken bin ich zu langsam. Wenn ich nur ein einziges Mal schneller gewesen wäre, wenn ich nur ein einziges Mal gehandelt hätte, anstatt zu grübeln, hätte ich ein Leben retten können.
Aber nun ist es zu spät ... und ich bin am Boden zerstört.
Heute ist Dein 23. Geburtstag, aber ich weiß nicht, ob Du noch lebst. Seit vier Monaten habe ich nichts mehr von Dir gehört, ebenso wenig von Joseph. Alles, was mir von Euch bleibt, sind die Nachrichten, die nur von Kämpfen berichten, aber keine Details verraten. Ihr könntet schon seit Monaten tot sein, und ich wäre die Letzte, die davon erfährt.
Was sind das für Kämpfe, in die sie Euch verwickeln? Schwere Kämpfe, harte Kämpfe, so nennen es die Nachrichten. Aber welche Bilder stecken hinter diesen Worten, welches Leid und welche Verletzungen?
Ich bin mir nicht sicher, ob ich das wirklich wissen möchte, aber noch schlimmer ist es, nur zu ahnen, wie schrecklich es sein muss, an Eurer Stelle zu stehen. Was bedeutet es, in einem harten Winter Krieg zu führen? Papa hat recht. Ich bin eine Denkerin, und meine Gedanken sterben tausend Tode, während sie alles das zerpflücken.
Ich muss endlich wieder an etwas Schönes denken, an etwas, das mich ablenkt und meine Gedanken beruhigt. Ich möchte an Dich denken, an Dich und an den letzten Sommer, den wir gemeinsam erlebt haben.

Spätestens von dem Tag an, an dem Du mir versprochen hast, mir Klavier spielen beizubringen, konnte ich nur noch an Dich denken. Jeden Mittag habe ich mich davongeschlichen, um ins Gutshaus zu kommen. Die anderen haben Mittagsschlaf gehalten, und so ist es niemandem aufgefallen. Am Ende der None habe ich jedes Mal so getan, als sei ich schon eher aufs Feld gegangen.
Wenn ich jetzt darüber nachdenke, dann kann ich sehr froh sein, dass sie mich nicht ertappt haben. Für längere Zeit wäre es wohl kaum gut gegangen. Aber diesen einen Sommer hatte ich Glück.
Am Anfang war ich noch ganz schüchtern. Ich habe mich fremd gefühlt im Gutshaus. Nur Du hast mir das Gefühl gegeben, dass es normal ist, dort am Flügel zu sitzen. Dafür habe ich Dich bewundert, auch, wenn ich nie ganz verstanden habe, wie Du Dich so sicher in diesem Herrenhaus bewegen konntest. Das verstehe ich erst, seit ich Veronika kenne. Sie gibt einem das Gefühl, zur Familie zu gehören.
Damals konnte ich mein Herzklopfen nur mühsam besiegen. Vor dem Flügel gab es diesen Doppelhocker, der eigentlich dafür gedacht ist, vierhändig zu spielen. Er war breit genug für uns beide. Meistens hatten wir eine winzige Lücke zwischen uns. Aber oft genug haben sich unsere Schultern berührt. Dann war ich so nervös, dass ich kaum einen richtigen Ton getroffen habe. Immerzu dachte ich, Du müsstest mich für eine dumme Liese halten. Aber Du warst so geduldig. Hunderttausendmal hast Du mir alles erklärt und meine Finger in die richtige Haltung geschoben, wenn sie so zittrig waren, dass ich sie kaum kontrollieren konnte.
Manchmal frage ich mich, wie viel Du bemerkt hast. Wusstest Du, wie nervös ich war?
Und was war mit Dir? Da war etwas in Deinen Blicken, in Deinem Tonfall. Immer, wenn ich ein bisschen später kam, hast du erleichtert ausgesehen, als hättest Du gebangt, ob ich wirklich komme. Und wenn ich besonders ungeschickt war, wenn Du meine Hände immerzu korrigieren musstest, dann konntest Du kaum sprechen, ohne Dich zu räuspern. Wenn es ganz schlimm wurde, hast Du einen

Scherz gemacht. Dann haben wir gelacht und herumgealbert und uns noch häufiger berührt.
Manchmal haben wir geredet, anstatt Klavier zu spielen. Immer wieder hast Du Dich um die Frage gedrückt, wo Du es gelernt hast. Lange Zeit dachte ich, Veronika hätte es Dir beigebracht. Aber dann hast Du von Ostpreußen gesprochen, von dem Klavierunterricht, den Du als Kind bekommen hast. Ich wollte mehr erfahren, aber mehr hast Du nie erzählt.
Du warst mein Geheimnis und zugleich ein Mysterium. Bis heute gibt es so vieles, das wir niemals ausgesprochen haben. Den ganzen Sommer über war ich wie im Fieber. Ich wollte bei Dir sein, nur noch bei Dir, mittags beim Klavierunterricht, sonntags beim Reiten. Nur in diesen Stunden war ich lebendig. In allen anderen war ich kraftlos und unglücklich, kaum in der Lage, mich aufrecht zu halten.
Zwischen alldem gab es eine Handvoll Treffen, in denen etwas Besonderes geschehen ist. Bis heute streifen sie durch meine Gedanken, und gerade in letzter Zeit lassen sie mich kaum noch los.
Du fehlst mir entsetzlich!

In winterhonigwarmer Liebe,
Deine Schneeflocke

* * *

Fichtenhausen, Paderborner Land, Sommer 1938

Es war einer jener Sommerabende, an dem sie sich vor dem Fichtenwäldchen mit der Dorfjugend trafen. Alle Freunde und Freundinnen ihrer Schwestern waren dabei, manch einer hatte noch andere Freunde mitgebracht, bis es eine riesige Gruppe geworden war, die sich im Moos niedergelassen hatte. Stundenlang unterhielten sie sich, riefen sich Scherze zu oder sangen Lieder. Mathilda mochte den Abend, die ausgelassene Stimmung und die Tatsache, dass auch Böttchers Anna dabei war und leise mit ihr tuschelte.

Aber der Wichtigste von allen fehlte. Schon am Mittag hatte sie Karl erzählt, dass es dieses Treffen geben würde. Bislang hoffte sie jedoch vergeblich darauf, dass er kommen würde.

Als die Sonne allmählich unterging und nur noch orangefarbene Schlieren am Horizont hinterließ, gab Mathilda die Hoffnung auf. Zumal sie nicht wusste, wie lang dieses Treffen dauern würde. Die Sonne ging spät unter, und die Arbeitstage begannen früh. So manches Treffen zerstreute sich bereits nach Sonnenuntergang.

Doch dieses Mal blieb die Stimmung ausgelassen und fröhlich. Selbst, als die letzten rötlichen Lichtstrahlen über das Land krochen, machte niemand Anstalten zu gehen. Nur Mathilda spürte, wie die Enttäuschung durch ihren Körper schlich und sie müde werden ließ.

»Sieh an, sieh an.« Mit einem lauten Lachen hob sich Lenis Stimme über die der anderen. »Der Steinecken Karl hat uns feiern gehört.«

Sein Name ließ Mathilda zusammenzucken. Karl stand vor ihnen auf dem Sandweg. Das rötliche Abendlicht spielte in seinen Haaren, ließ sie leuchten, als wären sie aus schwarzem Feuer. Sie waren nass, als hätte er gerade ein Bad genommen. Vielleicht im Kanal, in dem sie abends oft den Staub der Feldarbeit abwuschen, oder in der Lippe, deren Strömung gefährlich war und an deren Rand es nur wenige Buchten gab, in die man sich hineinwagen konnte.

»Na los, setz dich zu uns!« Leni rückte ein Stück zur Seite und klopfte auf den Platz neben sich.

Karl sah in die Runde, nur flüchtig streifte er Mathilda, bemerkte den Platz an ihrer Seite, den sie den ganzen Abend lang frei gehalten hatte. Dann stieg er zwischen den anderen hindurch und setzte sich neben Leni.

Ein schmerzhafter Stich fuhr durch Mathildas Brust. Mit einem Mal fiel ihr auf, wie oft Leni über ihn redete. Auch sie freute sich, wenn er zu den Treffen der Jugendlichen erschien, und versuchte, ihn in Scherze und Gespräche zu verwickeln.

So war es auch heute: Leni plauderte munter drauflos, ihre Hände tasteten in seine Richtung, und Karls Lachen erwiderte ihre Scherze, während er Mathilda kaum zur Kenntnis nahm.

Auf diese Weise ging es weiter, bis das dunkle Türkis des Himmels von den ersten Sternen abgelöst wurde. In der Deckung der Dunkelheit konnte Mathilda ihren Kummer nicht länger zurückhalten. Unbemerkt stand sie auf, schlich durch den Fichtenwald und ging zu der Bank auf der anderen Seite.

Erst hier kamen die Tränen hervor. Lautlos liefen sie über ihr Gesicht und machten sie umso wütender. Wunderte sie sich etwa? Warum sollte sich ein gutaussehender, nahezu erwachsener Bursche für ein mageres, vierzehnjähriges Mädchen interessieren, wenn er genauso gut die schöne Leni haben konnte?

»Mathilda?« Seine Stimme ließ sie zusammenzucken.

Hastig fuhr sie auf, blickte zu der dunklen Gestalt hoch, die vor ihr stand. Sein Gesicht lag im Schatten, doch allein an seiner Silhouette hätte sie ihn erkannt.

Karl beugte sich zu ihr. »Was ist los?« Er klang besorgt, so wie früher, wenn sie geweint hatte und er der Meinung war, dass er das kleine Mädchen trösten musste.

Mathilda wich ihm aus, drehte sich auf der Bank zur Seite und blickte nach unten.

Die alten Bretter bewegten sich, als er sich neben sie setzte. »Deine Schwester ist wirklich aufdringlich. Ich kann von Glück sagen, dass ich ihr entkommen bin.« Er lachte leise.

Mathildas Herz machte einen Sprung. Doch ihre Wut blieb. »Du hättest dich ja nicht neben sie setzen müssen.«

Karl stieß überrascht die Luft aus. Sie konnte spüren, wie er sie von der Seite ansah.

Mathilda biss sich auf die Unterlippe. Was hatte sie da gesagt? Warum konnte sie nicht den Mund halten?

»Du irrst dich.« Karl wurde ernst. »Nachdem sie mich dazu aufgefordert hat, musste ich mich neben sie setzen. Was meinst du, wäre geschehen, wenn ich mich neben dich gesetzt hätte? Dann wäre Leni wütend gewesen, und alle hätten auf uns geachtet.«

Mathilda drehte sich zu ihm. Wie meinte er das?

Wieder lachte er, dieses Mal klang es nervös. »Ich muss ganz schön verrückt sein, dir hierher zu folgen.« Er fuhr sich mit der Hand durch die Haare. Bis eben waren sie noch ordentlich gewesen, jetzt standen sie von seinem Kopf ab.

Mathildas Herz fing an zu rasen. Am liebsten hätte sie ihn berührt, seine Finger, seine Haare, seinen Arm …

Es gehörte sich nicht! Sie riss sich von seinen Anblick los und schaute über die nächtlichen Wiesen. Inzwischen war es so dunkel, dass Millionen von Sternen am Himmel leuchteten. »Kennst du dich mit ihnen aus?« Sie deutete nach oben.

Karl legte den Kopf in den Nacken. »Mit was? Mit den Sternen?«

Mathilda nickte.

»Ein bisschen.« In seiner Stimme lag ein Lächeln. »Was willst du wissen?«

Mathilda zuckte mit den Schultern. »Ich weiß nicht. Alles. Warum sie da sind? Was sie bedeuten? Ob die Engel dort oben leben?«

Karl lachte leise und nahm ihre Hand. »Dann komm mit.«

Mathildas Herz überschlug sich, seine Hand fühlte sich zärtlich an. Sanft zog er sie voran, bis sie nebeneinander über den Feldweg liefen.

Karl sah abwechselnd in den Himmel und zu Boden, bis er auf einem weichen Moospolster am Waldrand stehen blieb. Er kniete sich ins Moos und zog sie mit sich. »Leg dich hin und schau in den Himmel.«

Mathilda hielt den Atem an. Tausend Warnungen schossen ihr durch den Kopf, wie unanständig es war, sich neben einen Mann zu legen. Selbst wenn es Karl war, oder gerade, weil er es war, auch, wenn sie nur die Sterne beobachteten.

Trotzdem wollte sie es, zusammen mit ihm im Moos liegen, ganz gleich wie verboten es war. Aufregung prickelte durch ihren Körper, während sie sich auf den Rücken legte.

Sobald sie in den Himmel schaute, wusste sie, warum er die Stelle ausgesucht hatte. Ein paar Fichten waren im letzten Winter gefällt worden. Obwohl sie direkt am Waldrand lagen, tat sich über ihnen freie Sicht auf, ein gewölbter, schwarzer Himmel, an dem die Sterne funkelten.

Karl ließ ihre Hand los. Mit sorgsamem Abstand legte er sich neben sie und deutete nach oben. »Die Sterne sind Milliarden von Jahren alt, viel älter, als das Leben auf der Erde.« Seine Stimme flüsterte, wisperte, perlte sanft über sie hinweg. Er sprach von Planeten und Sonnensystemen, von Galaxien und Lichtjahren. Er benutzte Worte, die sie nie gehört hatte und maß den Raum in Zahlen, die zu groß waren, um sie zu begreifen. Manchmal wurde es zu viel, um es zu verstehen, und dann wieder sprach er von Dingen, die ihr so vorkamen, als würde das Weltall im Großen wiederholen, was sie im Kleinen kannte. Er erklärte, wie die Planeten um ihre Sonne kreisten, ohne sie jemals zu berühren, wie sie von ihrer Sonne gewärmt wurden, aber verbrennen würden, wenn sie ihr zu nahe kämen.

Während er das alles erzählte, versank Mathilda in der Schwärze des Himmels und dem Funkeln der Sterne. Seine Gegenwart wärmte sie in der nächtlichen Kühle, bis es ihr vorkam, als sei sie selbst ein Planet, der um eine Sonne kreiste. Ihre Sonne hieß Karl, und wenn sie ihn jemals berührte, würde sie daran verbrennen.

Dennoch wollte sie es. Anfangs lag ihre Hand ganz ruhig im Moos, eng an ihrer Seite und weit genug von ihm entfernt. Doch je länger er erzählte, desto unruhiger wurde sie. Manchmal tastete ihre Hand in seine Richtung, nur um sich gleich darauf wieder zurückzuziehen.

Karl zeigte in den Himmel, während er die Sternbilder erklärte. »Was die Sterne bedeuten, haben sich die Menschen schon immer gefragt. Schon vor langer Zeit, als noch niemand wusste, dass es Planeten und Sonnen sind.« Seine Stimme raunte leise in ihr Ohr und kitzelte ihre Haut. »Die Philosophen haben die Sterne zu Bildern sortiert. Und die Bilder haben sie den Menschen zugeordnet und den Ereignissen auf der Erde.« Karl ließ den Arm sinken, legte ihn neben sich … und stieß auf Mathildas Hand.

Sie zuckten beide zusammen, ihre Hände wollten fliehen, wollten bleiben, eine winzige Sekunde, in der er seine Hand hob, ehe Mathilda sie wieder einfing.

Karl gab nach, ließ seine Finger auf ihre sinken. Nur leicht lagen sie darauf, wie ein Vogel, der jederzeit davonfliegen würde. »Kennst du dein Sternzeichen?«, fragte er rauh.

Mathildas Herz pochte. Sie brauchte einen Moment, ehe sie nicht mehr an seine Hand dachte. »Sternzeichen?«

Karl starrte in den Himmel, schaute der Reihe nach zu den Sternen, als könne er sie ordnen. »Jeder Mensch wird unter einem Sternzeichen geboren. Und diese Zeichen sagen etwas über unseren Charakter. Wie wir sind, wovor wir Angst haben ... Was wir uns wünschen.«

Wieder zog der Himmel Mathilda an. Er war endlos, tief und schwarz.

»Alle Kinder, die Ende Februar oder Anfang März geboren werden, sind Fische.« Karl flüsterte in ihr Ohr. »Also auch wir beide, du und ich.«

Dunkler Schwindel zog sie an sich, ließ sie zusammen mit ihm in die Weite des Himmels stürzen.

Seine Finger bewegten sich, verschränkten sich mit ihren Händen. »Alle Sternzeichen haben eine Reihenfolge«, flüsterte er. »Sie entwickeln sich in verschiedenen Stadien. Dabei ist jedes Sternzeichen die Weiterentwicklung des vorherigen. Und die Fische stehen ganz am Ende. Unsere Seelen sind reifer und weiser als andere Seelen, ganz gleich wie alt wir sind. Aber gerade das macht uns das Leben so schwer. Wir begreifen alles, was um uns herum geschieht, wir fühlen für alle anderen mit, für jede einzelne Kreatur. Dabei wünschen wir uns, dass es allen gutgeht. Aber so ist das Leben nicht, es geht niemals allen gut, und das nagt an uns, betrifft uns, macht uns traurig. So lange, bis uns klar wird, dass es mehr gibt als nur das Leben.«

Mathilda löste ihren Blick aus dem Himmel und betrachtete Karl von der Seite, sein hübsches Gesicht im Licht der Sterne, seinen Mund, der leise erzählte. »Fische begreifen den Tod wie niemand sonst. Schon als Kinder ahnen wir, wie flüchtig das Leben ist, nur ein Moment im großen Ganzen, bis uns der Tod ereilt. Doch auch der Tod ist nicht das Ende. Leben und Tod sind wie die Strömungen in einem Fluss, die umeinandertanzen, die dich hoch drücken und nach unten ziehen, aus dem Leben reißen und ans Ufer spülen. Nur die Fische bewegen sich sicher in diesem Tanz, springen kurz an die Luft, die sie töten könnte, und tauchen wieder ins Wasser, um weiterzuschwimmen.«

Karl richtete sich neben ihr auf. Seine Hand verschwand aus ihrer und stützte seinen Kopf, bis sein Gesicht direkt über ihr war. Seine Augen waren schwarz, endlos tief wie der Himmel. »Bei all dem verbringen wir mehr Zeit mit unseren Gedanken als mit der wirklichen Welt. Andere Menschen können das nicht verstehen. Sie begreifen nicht dieses Ganze, das wir spüren. Deshalb verstehen sie nicht, warum du manchmal langsamer bist als sie, und dass Zeit für dich nicht dasselbe ist. Sie begreifen nicht, warum du die Sterne verstehen willst, warum du nach dem Sinn fragst und dass du diese Dinge genauso brauchst wie Nahrung, um davon satt zu werden.«

Mathilda fröstelte. Seine Worte trafen sie, berührten ihren Kern. So wie immer schon und dennoch um einiges stärker. »Nur du verstehst mich«, flüsterte sie.

Karl schloss die Augen. Sein Gesicht kam noch näher, sein Atem streifte ihre Haut, so verhalten, als würde er jeden zweiten Atemzug auslassen.

Mathilda streckte die Hand aus, berührte seine Wange. Seine Haut war rauh, winzige Bartstoppeln kratzten unter ihren Fingern. Sein Mund bewegte sich, flüsterte stumme Worte, von denen sie keines erreichte. Mathildas Herzschlag stolperte, ihre Hand schob sich in seinen Nacken, in seine Haare.

Plötzlich riss er sich los, setzte sich auf. »Tut mir leid!« Sein Atem ging hektisch. »Ich hätte nicht herkommen sollen.«

»Doch!« Mathilda folgte ihm, streckte die Hand in seine Richtung.

Karl wich ihr aus. Er zog die Beine an den Oberkörper, umklammerte sie mit den Armen. »Da ist noch etwas … das du über Fische wissen musst.« Er klang verzweifelt, starrte in den Himmel, und presste die Worte hervor: »Wir sind so flüchtig wie das Wasser selbst. Auch, wenn wir es wollen, wenn wir uns nichts mehr wünschen … wir können uns nicht aneinander festhalten. Fische besitzen keine Arme. Ganz gleich, was wir versuchen, die Strömung wird uns auseinanderreißen.«

Mathilda schüttelte den Kopf. Sie wollte verstehen, was los war, warum er ihr das alles erzählte und dann zurückwich. »Was habe ich falsch gemacht?«

Karl gab ein Keuchen von sich, einen Laut, der noch verzweifelter klang als alles zuvor. »Nichts! Du hast nichts falsch gemacht. Es liegt an mir!«

»Maaa-thiiiil-daaaa!« Ein lauter Ruf schallte durch den Wald, reflektierte an den Fichtenstämmen und flatterte um sie herum. Es war Katharina.

Karl schreckte auf, sein Blick wurde panisch. »Geh jetzt! Sie suchen dich!«

Die Panik griff auf Mathilda über. Er hatte recht. Sie waren zu lange hier gewesen. Wenn ihre Familie herausfand, dass sie mit Karl im Moos lag … »Wissen sie, dass du mir gefolgt bist?«

Er winkte ab, scheuchte sie hoch. »Ich habe gesagt, ich gehe nach Hause. Und ich bin erst nach einem Umweg hierhergekommen.« Hastig sah er sich um, blickte durch den Wald, in dem niemand zu sehen war. »Am besten sagst du, dass du hier hinten eingeschlafen bist. Das glauben sie dir.« Er deutete auf ihr Kleid, auf das Moos und die Tannennadeln darin. »Außerdem würde es erklären, wie du aussiehst.«

Mathilda wollte noch etwas sagen, wollte ihn nach der nächsten Klavierstunde fragen, nach der nächsten Reitstunde, die schon morgen sein würde. Doch Karl scheuchte sie davon, in der gleichen Sekunde, in der ihr Vater sie rief.

* * *

Fichtenhausen, Paderborner Land, März 1942

Anfang März brachte die Post zum ersten Mal wieder ein Lebenszeichen. Wie immer war der Brief in Josephs Handschrift adressiert. Dennoch hoffte Mathilda, dass er von Karl sein würde. Sofort nach dem

Mittagessen schnappte sie ihn, lief ins Mädchenzimmer und setzte sich auf ihr Bett. Sobald sie ihn öffnete, kehrte die Furcht jedoch zurück. Der Brief war nicht von Karl, er war von Joseph.

Lazarett in Minsk, 16. Februar 1942

Liebste Schwester,

ich lebe und liege im Lazarett in Minsk. Ein Streifschuss hat mich am Kopf getroffen. Aber ich hatte Glück, der Helm hat mich gerettet. Vielleicht auch vor dem gerettet, was noch passiert wäre, wenn ich länger dort geblieben wäre. Es war schrecklich! Doch mehr Worte möchte ich nicht darum machen. Lang habe ich gehofft, die Verletzung würde mich nach Hause bringen. Aber sie ist nicht schlimm genug, und die Männer im Einsatz schwinden mit jedem Tag. Bald muss ich zurück.
Ich weiß, Du sorgst Dich um Karl. Als ich ihn zuletzt sah, trug er mich auf den Armen. Er hat mir das Leben gerettet, aber das ist nun schon mehr als einen Monat her. Wir waren mit einem Spähtrupp unterwegs, als ich getroffen wurde. Karl hat mich zurück zum Quartier getragen, und die Sanitäter haben mich von der Front weggebracht. Seitdem haben wir keinen Kontakt mehr.
Aber nach allem, was ich hier im Lazarett gehört habe, wird die Stellung um Rshew tapfer verteidigt. Seit Anfang Januar stehen wir dort und wehren die Angriffe ab. Ich denke also, Karl lebt noch. Ich hoffe es.
Falls er Dir dennoch nicht schreibt, mach Dir keine Sorgen. Die Feldpost haben wir seit Anfang November nicht mehr gesehen. Sonst hätten wir Euch längst gebeten, uns was Warmes zu schicken. Es ist so unfassbar kalt. Stell Dir den kältesten Tag vor, den Du je erlebt hast, einen mörderischen Wintertag, mit mehr als 20 Grad minus. Und dann nimm die doppelte Kälte. Das ist hier ein normaler Wintertag. Alles friert innerhalb von Sekunden ein. Die Atemluft bildet

Eiszapfen an den Bärten. Ja, Du hast richtig gehört: Bärte. Wir lassen sie uns wachsen, um uns zu schützen. Aber das größte Problem ist die Kleidung. Unsere Uniformen sind zu dünn. Wir tragen sämtliche Wechselwäsche übereinander und stopfen uns Zeitungspapier darunter. Aber zu unserem Glück war unser Verpflegungsoffizier in Westfalen und hat Spenden gesammelt. Warme Pelze und Kleidung für uns und Futter für die Pferde. Ohne das wären wir längst erfroren und die Pferde verhungert. Aber so werden wir durchhalten. Hoffentlich.
Wenigstens hier, im Lazarett ist es warm. Ich wünschte, ich könnte noch länger bleiben. Aber bald werde ich entlassen. Bete für mich, Mathilda. Der schwierigste Teil des Krieges kommt noch.

Alles Liebe,
Dein Bruder Joseph

26. KAPITEL

Ostfront, »Königsbergstellung« in Rshew, März 1942

Fast alles in ihrer Stellung bestand aus Schnee. Die Hütten, in denen sie schliefen, die Stellungsgräben, in denen sie rund um die Uhr gegen Angreifer sicherten, und nicht zuletzt die Schneewälle, die ihre täglichen Wege innerhalb des Dorfes schützten. Mannshoch türmten sie sich auf. Es war ein regelrechtes Labyrinth aus Wällen und Mauern, durch das Karl sich seinen Weg bahnte.

Das Dorf selbst bestand dagegen nur noch aus Trümmern. Die meisten Hütten waren zerschossene Mauerreste, die aus dem schmutzigen Schnee hervorlugten. Die Bewohner waren schon längst vor der Front geflohen, als sich die Deutschen in die Orte rund um Rshew zurückgezogen hatten. Was seither noch an Habseligkeiten übrig war, benutzte ihre Abteilung, um am Leben zu bleiben. Doch viel war es nicht. Die wenigen Hütten, die noch unversehrt waren, wurden als Pferdeställe, von der Feldküche oder dem Abteilungsstab genutzt. Abgesehen davon gab es nur noch vereinzelte Häuser, in denen sie die Keller bewohnen konnten. Der Rest von ihnen schlief in Schneehütten.

Seitdem Ludwig Palm verwundet worden war, hatte Karl seine Stelle als Gruppenführer übernommen. Die sechzehn Mann, die ursprünglich unter ihm gekämpft hatten, waren inzwischen zu einem kleinen Haufen zusammengeschmolzen, mit denen er gemeinsam in einem der Keller hauste. Ihre Unterkunft war jedoch ein feuchtes, dunkles Loch, das sich selbst mit einem Ofenfeuer nur knapp über Frosttemperatur heizen ließ. Zumal ihr Ofen nicht mehr war als eine Blechtonne, die sie als Kamin umgebaut hatten.

Dennoch war das alles weitaus mehr, als sie am Anfang des Rückzugs gehabt hatten. Als sie den Befehl bekommen hatten, rund um Rshew in Stellung zu gehen, hatte es weder Schneehütten noch Öfen gegeben, sondern nur wenige Schutzwälle, die wichtigsten Verteidigungsgräben und zerschossene Häuser inmitten von Schnee und Eis und Temperaturen zwischen 30 und 40 Grad minus. Den Großteil ihrer Stellungen hatten sie bauen müssen, während sie gegen die Russen kämpften.

Rshew selbst lag etliche Kilometer nordöstlich von ihnen. Sämtliche Dörfer rund um die Stadt waren zu Stellungen ausgebaut worden, um den Angriffen der Russen standzuhalten. Trotz allem sah es immer hoffnungsloser aus. An zahlreichen Stellen war der Feind durch ihre Hauptkampflinie gebrochen und überraschte sie täglich mit neuen Angriffen. Selbst wenn es in diesem Dorf für einen Tag ruhig war, konnten sie sicher sein, dass der Kampf an einem anderen Ort tobte.

An diesem Morgen ratterten die Schüsse im Nordosten, vermutlich im Nachbardorf. Auch von weiter weg drang heftiger Kampflärm zu ihnen. Eine russische Kavalleriedivision war schon vor einiger Zeit durchgebrochen und bereitete Ärger im Südwesten.

Karl konnte sich denken, was die Russen versuchten: Sie wollten Rshew umzingeln und die eingeschlossenen Divisionen aufreiben.

Bis jetzt sprachen die Offiziere davon, dass die Lage unter Kontrolle war. Aber Karl war sich nicht sicher, ob er ihnen glauben konnte. Die meisten von ihnen waren Offiziere, die er noch nicht lange genug kannte. Boeselager war Anfang Januar gegen seinen Willen in die Führerreserve versetzt worden. Mit kampfesmutiger Stimme hatte er ihnen eine Abschiedsrede gehalten und versprochen, dass er wiederkommen würde. Doch Karl wusste, dass er es nicht in der Hand hatte. Niemand von ihnen hatte Einfluss darauf, wo er eingesetzt wurde.

Ob es nun an Boeselagers Fehlen lag oder daran, dass sie im Grunde schon längst verloren waren, in jedem Fall wurde die Lage immer trostloser. So gut er konnte, versuchte Karl die Moral und den Reitergeist in seiner Gruppe aufrechtzuerhalten. Dennoch wurde die Stimmung immer roher. Auch er selbst spürte, wie ein Teil von ihm abstumpfte. Die ewigen Stellungskämpfe wurden zum Alltag, und sogar an den Kampflärm hatte er sich längst gewöhnt. Solange ihre Schwadron nicht in Alarm versetzt wurde oder er im Stellungsgraben lag, hörte er die Schüsse kaum noch.

Auch an diesem Morgen galt seine Konzentration dem Wasser, das er zwischen den Schneewällen zum Pferdestall trug. Mühselig hatte er sauberen Schnee gesucht und ihn über dem Feuer in einem Blecheimer geschmolzen. Bis vor wenigen Minuten hatte das Wasser gekocht und ihn in eine Dampfwolke gehüllt, als er bei der Feldküche losgegangen war. Doch der Dampf war schnell verflogen, und inzwischen kräuselte sich die Oberfläche zu einer dünnen Eisschicht.

Karl wechselte den Eimer in die andere Hand, sah zu der strohgedeckten Scheune hinüber und humpelte so schnell er konnte. Der Schmerz in seinem Zeh flammte auf, aber er versuchte, nicht daran zu denken.

Schummerige Dunkelheit umfing ihn, als er die Scheune betrat. Im ersten Moment konnte er nur die hellen Lichtstreifen erkennen, die durch das löchrige Dach hereinfielen. Dazwischen tanzten weiße Flecken vor seinen Augen, die der blendende Schnee hinterlassen hatte. Halb blind ging er weiter, tastete sich voran, bis er Selmas Verschlag erreichte.

Die Stute begrüßte ihn mit einem leisen Brummeln. Dumpf traten ihre Hufe auf den nackten Sandboden, als sie sich zu ihm umdrehte. Einstreu gab es schon lange nicht mehr. Wo immer sich ein paar Strohhalme fanden, wurden sie als Futter gebraucht.

Karl duckte sich unter dem Flankierbaum hindurch und stellte den Eimer vor Selma auf den Boden. Eilig zog er den Handschuh aus, durchschlug die Eisschicht mit der Faust und ließ Selma an den Eimer, bevor das Wasser gänzlich gefror. »Tut mir leid, meine Kleine. Es ist schon wieder kalt.« Seine Hand brannte, das Wasser daran wurde zu Eis. So schnell er konnte, wischte er sie an der Pferdedecke ab und zog den Handschuh wieder über. Seine Finger waren jedoch noch nass genug, um die Kälte mit in den Handschuh zu nehmen. Karl unterdrückte ein Fluchen. Für das nächste Mal musste er einen Stock mitbringen, um das Eis zu durchstoßen.

Die Stute tauchte ihre Nase in das Wasser und trank mit einem schlürfenden Geräusch, bis nur noch die Eisstücke im Eimer raschelten. Gleich darauf hörte er ein hartes Knuspern, mit dem Selma das Eis zerkleinerte.

Karl verzog das Gesicht bei dem Gedanken, auf Eis zu kauen. Er legte seinen Arm über den Pferderücken und duckte sich an Selmas Schulter. Die Kälte musste ihr in die Zähne beißen. Aber er hielt die Stute nicht davon ab. Sie hatte Hunger, und es gab nicht viel, was sie fressen konnte. Die magere Futterration hatte sie schon am Morgen bekommen. Aber von einem halben Händchen Hafer und ein paar Heuhalmen wurde ein Pferd nicht satt. Den größten Teil des Tages war sie damit beschäftigt, die Fichtenstangen anzunagen, aus denen ihr Verschlag gezimmert war. Sie würde auch ihren Sattel anknabbern, wenn er nicht außer Reichweite läge. Selbst die Wolldecke hatte sie schon von ihrem Rücken gezogen und darauf herumgekaut. Seitdem deckte Karl sie nur noch ein, wenn sie geschwitzt hatte und band die Decke so fest, dass sie sich nicht einfach lösen ließ.

Er zog seine Eishand noch einmal aus dem Handschuh, schob sie unter die Decke in das dichte Pferdefell und spürte Selmas Wärme, in der sich die Kälte allmählich beruhigte. In der winterlichen Eislandschaft war ihr Fell zu dem eines Bären herangewachsen. Doch je tiefer Karl seine Hand hineingrub, desto deutlicher spürte er die Rippen, die knochig unter der Haut lagen. »Ich hoffe, dass wir heute eine neue Zuteilung bekommen«, flüsterte er. »Einen riesigen Arm voller Heu und eine Krippe voll Hafer für dich. Und für mich Kartoffeln und ein Stück Braten, das nicht aus Pferdefleisch besteht.«

Selmas Nase schabte noch immer durch den Eimer. Einzig das Eisrascheln war verstummt. Sie hatte alles gefressen.

Karl versuchte, nicht daran zu denken, was mit Selma geschehen würde, wenn sie angeschossen wurde oder sich auf dem glatten Eis ein Bein brach. Genauso, wie er es bei jeder Mahlzeit vermied, zu den Männern zu sehen, deren Pferden etwas Ähnliches geschehen war.

Hunger fühlte sich schlimmer an als ein schlechtes Gewissen. Zumindest so lange, bis er gestillt war und nur noch das schlechte Gewissen übrig blieb.

Selma hob den Kopf, drehte den Hals in seine Richtung und fing an, seine Jacke abzutasten. An seiner Seitentasche hielt sie inne, rieb mit der Oberlippe darüber und versuchte, mit der Nase hineinzutauchen.

Karl konnte ihren Ärger beinahe spüren, bis sie in die Jacke biss und daran zog.

»He.« Er lachte. »Du hast ja recht. Aber nicht so stürmisch. Ich weiß nicht, ob es schon trocken ist.« Er schob ihre Nase weg und zog ein Stück Brot aus der Tasche. Schon vor zwei Tagen hatte er es von seiner Ration abgespart und so lange trocknen lassen, damit es in ihrem Magen nicht gärte. Vorsichtig prüfte er, ob es schon hart war, brach es in zwei Stücke und hielt sie der Stute entgegen. »Aber das ist alles. Mehr habe ich nicht.«

Wie schon so oft überlegte er, ob er nicht doch darum bitten sollte, Selma zu den anderen Pferden ins Hinterland zu verlegen. Fast alle Pferde der Schwadron waren dort, in der Hoffnung, dass sie fernab der Front leichter zu versorgen waren. Nur 16 Tiere waren noch hier, gerade genug für einen berittenen Spähtrupp, den sie hin und wieder brauchten. Boeselager hatte Karl noch im letzten Jahr zum Spähtruppführer ernannt, was im Grunde bedeutete, dass es für Selma keine Wahl gab. Und dennoch: Wenn nicht bald Nachschub kam, würden die Pferde verhungern. Schon seit Monaten ernährten sie sich hauptsächlich vom Stroh der Dächer. Doch selbst das wurde allmählich knapp, zumindest an den Stellen, die erreichbar waren. Bald mussten sie auf die Dächer klettern, wenn sie weiteres Stroh gewinnen wollten, und sich damit als Fernziel für russische Scharfschützen präsentieren.

Ein merkwürdiges Wimmern riss Karl aus seinen Gedanken, ein hartes Schluchzen, das aus dem Nachbarverschlag drang. Erschrocken fuhr er herum. Erst jetzt bemerkte er die menschliche Gestalt, die neben dem Nachbarpferd auf dem Boden hockte, zu einem elenden Haufen zusammengesunken, die Arme über den Kopf geschlagen. »Oscar? Bist du das?«

Der Soldat hob den Kopf. Das Licht war noch immer schummrig, aber Karls Augen hatten sich gut genug daran gewöhnt, um Oscars Gesicht zu erkennen, zumindest die abgemagerte, eingefallene Version, die von seinem Freund noch geblieben war.

Seitdem er Oscar heute Morgen zum Arzt geschickt hatte, war sein

Freund noch nicht wieder aufgetaucht. Karl hatte nicht gewusst, dass er schon zurück war.

»Er sagt, er gibt mir nichts.« Oscars Stimme klang weinerlich. »Angeblich, weil nichts mehr da ist. Ich habe ihn gebeten, mich wenigstens krankzuschreiben. Aber nicht einmal das will er tun ... Weil wir jeden Mann brauchen ... Und so krank wäre ich nicht, dass ich nicht könnte.«

In Karl stieg die Wut hoch. Auch wenn Oscar weder Fieber hatte, noch verletzt war, seine Nerven waren am Ende. Er musste sich dringend erholen, ehe etwas Schlimmeres geschah. »Du bist nicht mehr einsatzfähig! Hast du ihm das gesagt? Hast du ihm von dem Zittern erzählt? Von den Wahnvorstellungen? Von den Angstattacken? So kann ich dich nicht in den Spähdienst mitnehmen! Selbst im Stellungsgraben bist du ein Risiko, für dich und für andere.«

Oscar gab ein gewaltiges Schnauben von sich, mit dem er sich vom Boden abstieß und auf Karl zukam. »Er soll mir nur diese Pillen geben! Ich brauche nur ein eigenes Röhrchen, dann ist alles gut.« Einer der spärlichen Lichtstrahlen fiel auf sein Gesicht. Kalter Glanz lag in seinen Augen. Er hob die Fäuste, presste sie so fest zusammen, dass seine Handschuhe darüber spannten.

Karl wich zurück. Ein eisiger Schauer rann über seinen Rücken. Pervitin. Die Pillen, von denen Oscar redete, waren ein Weckmittel. Es sollte sie wach machen, sollte ihnen die Angst nehmen und das Schmerzempfinden herabsetzen. Und tatsächlich tat es alles das ... und noch einiges mehr. Unter Pervitin konnte man nicht nur drei Tage lang wach bleiben, es entfachte einen Sturm. Nur eine Tablette, und der Mut riss alles andere nieder. Vergessen waren Angst und Schwäche, jeder Skrupel verschwunden. Wie ein Rausch tobte der Sturm durch den Körper und trieb den Krieger aufs Feld, unbesiegbar und groß, ein Held, der den Gegner überrennt. Selbst das Töten fühlte sich großartig an, jeder Schuss, jeder Schlag, jede Gewalt ließ die Gier explodieren, wie einen Sternenregen, der den Körper erfüllt. Unter Pervitin kämpften sie ohne Mitleid, ohne Grenzen und ohne Seele, die tief begraben lag.

Nur eine Tablette, und ein armes Schwein verwandelte sich in ein

Monster. Doch nur solange die Wirkung anhielt. Danach musste man die nächste Pille nehmen. Tat man es nicht, folgte der Zusammenbruch.

»Du musst aufhören, dieses Zeug zu nehmen.« Karl versuchte, beschwichtigend zu klingen. »Es macht dich kaputt.«

Oscar lachte auf. »Das musst du gerade sagen! Wer hatte denn seine beste Woche mit *dem Zeug*? Wer hat mich denn angebettelt?« Er verstellte seine Stimme, sprach hoch und jammerig. »Oh bitte, lieber Oscar. Gib mir noch eine, nur noch eine. Ich kann nicht mehr ohne.«

Karl schluckte. Sein Körper griff die Erinnerung auf, spürte wieder den Sog, die Gier, fing an zu beben unter dem Entzug. »Das ist vorbei«, flüsterte er. »Ich bin darüber hinweg, und du kannst das auch.«

Oscar schnaubte. »Ich sehe, wie du darüber hinweg bist.« Er deutete auf Karls Hand, auf das Zittern, das außer Kontrolle geriet. »Du willst doch auch eine. Gib es zu.«

Karl rang nach Atem, seine Kehle wurde eng. »Will ich nicht.« Er musste die Erinnerung zurückdrängen. »Der Preis ist zu hoch. Ich schäme mich dafür.«

Oscar rückte knurrend näher. »Der feine Herr Bergmann. Immer ein bisschen besser als die anderen. Schämt sich dafür, weil er sich gut gefühlt hat beim Töten. Dabei höre ich dich noch lachen.«

Karl schloss die Augen, öffnete sie wieder, ehe sich die Bilder heraufdrängten. Er musste sie löschen, musste andere darüberlegen. »Ja, ich schäme mich! Und ich habe dafür bezahlt. Auch wenn es noch viel zu wenig war.« Er zog den rechten Fäustling aus, hielt seine Hand in den Lichtstrahl und wackelte mit dem kleinen Finger und dem Ringfinger, von denen die oberen Glieder fehlten. »Zwei halbe Finger und ein Zeh, und um ein Haar der halbe Fuß und der Rest meiner Finger. Dieses Zeug frisst deine Gefühle, nur deshalb fühlst du dich gut … Und feierst selbst dann noch, wenn der Frost ein paar Stücke von dir abbeißt. Oder die Kugeln deinen Körper durchsieben. So lange, bis der Tod dein Leben nimmt!« Er streifte den Fäustling zurück über die Hand, ging vorsichtig auf Oscar zu und legte die Hände auf seine Schultern.

Sein Freund blieb stehen, verharrte ruhig unter der Berührung.

Karl beugte sich zu ihm, lehnte die Stirn gegen seine. »Ich bin froh, dass der Arzt nichts mehr hatte«, flüsterte er. »Du musst damit aufhören, sonst lebst du nicht mehr lange.«

Oscar reagierte nicht. Stattdessen standen sie regungslos da, mit geschlossenen Augen. Nur langsam ließ das Zittern nach, während Karl sich fragte, wie es für seinen Freund sein musste. Er selbst hatte die Pillen nur eine Woche lang genommen. Oscar hatte sie ihm angeboten, hatte seine Ration mit ihm geteilt, die der Arzt ihm gegen Erschöpfung und Angst verschrieben hatte. Es war eine Woche im Kampf gewesen, im dauernden Einsatz. Doch unter dem Pervitin hatte Karl nichts davon gespürt: Keine Angst, keinen Schmerz, nur den Rausch, der ihm noch jetzt wie ein irrer Traum erschien.

Dann war der Zusammenbruch gekommen. Drei Tage lang hatte er geschlafen. Dass er in dieser Zeit nicht erfroren war, hatte er nur Joseph zu verdanken. Sein bester Freund hatte die Tabletten nicht genommen. Er musste alles gesehen haben, die Gewalt, den Wahnsinn, das blutige Sterben. Vor ihm schämte Karl sich am meisten.

Dennoch hatte Joseph ihn gerettet, hatte ihm einen Unterstand gebaut und seinen Schlaf beschützt – und ihn durch Eis und Schnee zum Arzt getragen, sobald es wieder genug Infrastruktur gegeben hatte, um Verletzte zu behandeln.

Nur für seinen Zeh und die beiden Finger war jede Rettung zu spät gekommen. Seither hatte er sich geschworen, sich für immer von den Wachmacherpillen fernzuhalten.

Oscar hingegen hatte nie versucht, die Sucht loszuwerden. Die Tabletten kontrollierten ihn, schon seit Monaten, in denen er sich nur noch darum sorgte, woher er seine nächste Ration bekam. Meistens verschrieb sie der Arzt, oder Oscar bekam sie im Tausch gegen Zigaretten oder Kleidung. So manches Mal hatte Karl ihn daran gehindert, seine wärmsten Sachen dafür herzugeben.

Auch Oscar hatte schon Zehen und Finger an den Frost verloren. Aber ihn störte es kaum. Von dem fröhlichen, liebenswürdigen Burschen, der seit Anfang des Krieges an Karls Seite stand, war nichts mehr übrig geblieben.

»Komm zurück, Oscar!« Karl drückte die Hände um seine knochigen Schultern. »Sag den Drogen, sie sollen mir meinen Freund wiedergeben!«

Oscars Körper wurde schlaff. Mit einem Schluchzen fiel er Karl in die Arme. »Ich schaffe es nicht ... Die Angst ... Sie bringt mich um.« Das Zittern schüttelte ihn. »Ich brauche die Pillen. Ich brauche sie, ich brauche sie ...« Er wiederholte den Satz, immer wieder, bis es nur noch ein leises Nuscheln war.

»Die Feldpost!« Ein aufgeregter Ruf schallte von draußen herein. »Die Feldpost ist durchgekommen! Kommt schnell zum Abteilungsstab. Es sind riesige Säcke.«

Oscar riss sich von ihm los, sprang zurück wie ein Aufziehmännchen. »Die Feldpost«, hauchte er. »Vielleicht haben sie mir was geschickt.« Damit wirbelte er herum und rannte nach draußen.

Die Feldpost war da! Mathilda! Karls Herz machte einen Sprung. Seit November hatte er nichts mehr von ihr gehört, hatte ihr nichts mehr schicken können, weil die Feldpost nicht abgeholt wurde. Jetzt musste er wissen, wie es ihr ging, musste schnell die Briefe holen, die er ihr geschrieben hatte und sie abschicken, bevor die Feldpost wieder fuhr.

So schnell er konnte, lief er nach draußen, machte einen Umweg, um die Briefe aus seiner Unterkunft zu holen und eilte zwischen den Schneewällen bis zur Hütte des Abteilungsstabes. Doch sein Humpeln ließ sich nicht unterdrücken. Der Phantomschmerz biss in seinen Zeh und tat so, als wollte er ihn ein zweites Mal vernichten, vielleicht aus Rache, weil Karl es beim ersten Mal nicht bemerkt hatte.

Vor der Tür drängelte sich bereits die halbe Abteilung. Nach und nach wurden die Briefe und Pakete aus dem Sack gezogen und Namen vorgelesen. Nach einer halben Stunde hielt Karl einen kleinen Stapel Briefe in der Hand, die meisten davon in Mathildas Handschrift, der Rest von Veronika und eine Nachricht von Joseph. Sogar Päckchen waren dabei, von Veronika und Mathilda, groß genug, um warme Winterkleidung zu enthalten.

Karl beeilte sich, stapfte mit der Post auf dem Arm bis zu ihrer Unterkunft. Er war nicht der Erste, als er in den Keller hinunterkletterte. Der größte Teil seiner Gruppe war schon dort, und die anderen kamen nach und nach herein.

Karl ließ sich auf seinem Schlafplatz nieder. Er wusste nicht, wie viel Zeit sie haben würden, um die Post anzusehen. Aber er wollte sich nicht hetzen. Mit den größten Paketen fing er an, packte sie in Ruhe aus. Veronika schickte ihm Hafer und einen Wollpulli, dazu pelzgefütterte Handschuhe und eine Mütze mit Ohrenklappen.

Während Karl die Sachen ordentlich faltete, kam Oscar herein. Er trug einen großen Stapel Päckchen und Briefe auf dem Arm, warf sie auf seinen Schlafplatz neben Karl und kniete sich dazwischen. »Bin aufgehalten worden«, murmelte er. »Immer wird man aufgehalten.« Er zog das größte Paket zu sich heran und riss es mit beiden Händen gleichzeitig auf.

Karl wandte sich wieder seinen Sachen zu. Das nächste Paket war von Mathilda. Von ihr stammten zwei Paar Wollsocken, ein Paar Füßlinge aus Filz, die man in den Stiefeln tragen konnte und lange Wollunterwäsche, für die sie sich entschuldigte, weil es sich eigentlich nicht gehörte, einem Mann Unterwäsche zu schenken, mit dem man nicht verheiratet war. Karl konnte sich vorstellen, wie ihr Gesicht errötete, während sie das schrieb. Dabei ahnte sie nicht, wie gut er die Wollsachen gebrauchen konnte, dass sie im Grunde etwas Lebenswichtiges waren, was ihm bislang gefehlt hatte.

Plötzlich musste er aufpassen, um nicht vor Rührung zu weinen. Das Paket war ein Weihnachtsgeschenk gewesen. Mathilda hatte es bereits im November abgeschickt. Wenn es damals schon bei ihm angekommen wäre ...

Karl hob den Kopf und versuchte, die Tränen herunterzuschlucken. Rein zufällig fiel sein Blick auf Oscar. Sein Freund saß inmitten von Chaos. Der Inhalt seines Paketes war unordentlich umhergeworfen, während er mit fahrigen Bewegungen das nächste Päckchen aufriss. Karl sah zu, wie er die Sachen ausschüttete und hektisch darin herumwühlte. Oscar beachtete nichts davon, warf nicht einmal einen Blick auf den beigefügten Brief, ehe er sich dem dritten Paket zuwandte. Wieder riss er es auf und schüttete alles auf einen Haufen. Wollsachen und Würste purzelten durcheinander, dazwischen zerknickte Briefbögen und die Krümel von längst verschimmelten Keksen.

Karls Kehle schnürte sich zu. »Was tust du da?«

Oscar wühlte weiter, riss noch einmal alles hoch und nahm das vierte Paket. »Irgendwo ...« Er murmelte, riss das Packpapier auf. »Sie müssen doch ... Ich habe sie doch gebeten ... in jedem Brief.«

Karl schauderte. Mit einem Mal wusste er, wonach Oscar suchte.

Das vierte Päckchen war kleiner, kaum größer als ein Brief. Sein Freund riss es auseinander, so heftig, dass auch das Anschreiben darin zerfledderte. Ein Paar Wollsocken fiel heraus und gleich darauf etwas Kleines, Schweres, Längliches. Mit einem dumpfen Laut fiel es zwischen die Wollsachen und rollte darunter. Oscar stürzte sich darauf, wühlte es hervor und umklammerte es mit beiden Händen.

Karl konnte nur den runden Deckel sehen. Doch er hatte das Tablettenröhrchen längst erkannt: Pervitin. In der größten Einheit.

Nur am Anfang hatte Oscar eine ganze Packung besessen. Seitdem hatte der Arzt ihm nur einzelne Tabletten zugeteilt.

Karl wollte nicht wissen, was mit seinem Freund geschehen würde, wenn er sich rund um die Uhr mit den Pillen aufputschte. Er musste handeln, bevor es zu spät war. »Gib sie mir!«

Oscar fuhr auf. »Was?« Der kalte Glanz in seinen Augen hatte sich verändert, wirkte fiebrig und gierig. »Sie dir geben?«, fauchte er. »Das tu ich nicht!«

Karl versuchte zu lächeln. »Keine Sorge.« Er sprach sanft. »Du bekommst sie wieder. Ich bewahre sie nur auf, damit du nicht alle auf einmal nimmst.«

Oscar stieß ein Prusten aus. »Von wegen.« Er presste das Röhrchen noch enger an seine Brust. »Du willst sie für dich!«

Karl spürte wieder das Zittern, bemerkte die Aufmerksamkeit der anderen, die sich ihnen zugewandt hatten. Sie alle hatten es miterlebt. Sie alle erinnerten sich an die Stunden und Tage, in denen ihr Unteroffizier durchgedreht war. Er musste ihnen beweisen, dass er wieder Herr der Lage war, dass sie ihm vertrauen konnten – und dass es Drogen in ihrer Gruppe nicht mehr geben würde. »Gib sie mir!« Er sprach ruhig. »Das ist ein Befehl!«

Oscar sprang auf, wich vor ihm zurück und verhedderte sich in seinen Geschenken. »Du befiehlst mir gar nichts! Schon gar nicht, um mich zu bestehlen!«

Oscar würde davonlaufen, jeden Moment würde er mit dem Röhrchen davonlaufen und es so verstecken, dass Karl es nicht finden würde. Er musste seinen Befehl durchsetzen. Vielleicht könnte er nachgeben, wenn sie allein wären, aber solange die anderen ihnen zusahen, war es unmöglich.

Mit schneller Bewegung zog er die Pistole aus dem Halfter, entsicherte sie und richtete sie auf Oscar. »Gib sie her!«

Oscar keuchte, einen Raunen lief durch den Raum. Aber niemand rührte sich.

Kalter Schweiß bildete sich auf Karls Stirn. Er versuchte, ruhig zu bleiben. »Das ist Wehrkraftzersetzung«, erklärte er leise. »Die selbstzerstörerische Einnahme von Drogen ist Wehrkraftzersetzung, dafür kannst du standrechtlich erschossen werden.«

Nackter Schrecken lag in Oscars Augen. Er rührte sich noch immer nicht, aber sein Griff um das Röhrchen lockerte sich. »Das sind keine Drogen«, flüsterte er. »Es ist Medizin.«

Karl fröstelte. Im Grunde hatte Oscar recht. Pervitin galt als Medizin, auch wenn es wie eine Droge wirkte. Doch das durfte er nicht zugeben. »Medizin ist es nur, wenn es der Arzt verschreibt. Gib mir das Röhrchen, ich gebe es dem Arzt. Dann kannst du es dir von ihm holen.« Er streckte die Hand aus.

»Na los, Rabe!« Jemand rief dazwischen. »Gib ihm die Tabletten. Er ist dein Vorgesetzter!«

Etwas in Oscars Augen erlosch, nicht die Kälte, nicht der Schrecken, sondern etwas, was dahinterlag: der Rest ihrer Freundschaft. Mit einer schlaffen Bewegung ließ er das Röhrchen in Karls Hand fallen.

Karl atmete auf. Er sicherte die Waffe, steckte sie zurück in das Halfter und umklammerte die Tablettenpackung. *Pervitin* ... Er müsste nur eine Pille nehmen, und die Angst würde verschwinden, die Schmerzen würden verstummen ... Es wäre so leicht.

Karls Brust wurde eng. Er durfte es nicht behalten, durfte es nicht dem Arzt geben. Es musste verschwinden! Sein Blick fiel auf den Ofen. Ohne länger darüber nachzudenken, ging er darauf zu und warf das Röhrchen in die Öffnung. Mit einem Zischen und Knacken platzte es auseinander und schmolz zusammen.

»Nein!« Oscar kreischte, rannte durch den Raum und warf sich gegen ihn. Die Wucht riss Karl von den Füßen, der Länge nach schlug er auf den Boden, direkt neben den Ofen. Oscar saß auf ihm, seine Fäuste prasselten auf Karls Schulter, auf seinen Kopf. »Verräter!«, schrie er. »Feiger Verräter!«

Karl legte die Arme um den Kopf, doch er konnte sich nicht wehren. Oscar hatte recht. Er war ein Verräter! Ein feiger Verräter, der den letzten Rest ihrer Freundschaft zerstört hatte. Er hatte die Strafe verdient!

Die Schläge waren hart, verzweifelt. Rasender, tobender Schmerz erfüllte ihn, seine Brust, seinen Kopf, seine Arme. Oscars Knie presste sich in seinen Bauch, immer fester, bis er nach Atem rang. Nur vage sah er den Schatten, der sich über Oscar beugte, jemand, der versuchte, ihn wegzuziehen.

Karl wollte es nicht. Oscar sollte bleiben. »Geht raus!«, keuchte er. *Lasst uns allein*, wollte er sagen, aber der nächste Schlag schnürte seine Luft ab. Nur schemenhaft konnte er sehen, wie die anderen gehorchten, wie sie den Keller verließen. Vielleicht, weil er der Vorgesetzte war, oder weil sie die Pistole fürchteten, die jederzeit gezogen werden konnte, oder weil sie spürten, wie privat dieser Kampf war. Auch, wenn er Oscars Freundschaft zerstört hatte, seine eigene Freundschaft war noch da. Wie ein toter Stein lag sie in seinem Herz und brannte mit den Schlägen. Sie war es, die Oscar aus ihm herausprügeln musste.

Ein harter Stiefel traf ihn in die Seite. Karl wollte ausweichen, aber sein Körper gehorchte nicht. Erst jetzt fiel ihm auf, wie ernst es war. Sein Freund würde ihn umbringen, wenn er sich nicht wehrte.

Karl wusste nicht, wie er es schaffte, seine Arme frei zu bekommen, woher er die Kraft für den ersten Schlag nahm, der Oscars Kinn traf und ihn zurückwarf. Alle weiteren Schläge entstanden aus der Wut. Mit jeder Bewegung, mit jedem Haken auf Oscars Körper wurde er wütender. Doch seine Schläge galten nicht dem Freund. Sie galten dem Krieg, der Zerstörung, dem Pervitin und jedem einzelnen Mord, den er selbst schon begangen hatte. Ungezählte … grauenhafte … Morde … gelöschte Augen … in namenlosen Gesichtern … Aus den Salven seines Maschinengewehres.

Je länger sie sich prügelten, desto seltener wurden ihre Schläge, ihre Stimmen keuchten, wimmerten, stöhnten, bis sie weinend aufeinander zusammenbrachen. Karl wusste nicht, wie lange sie so dalagen, ihre Körper ineinander verknäult, ihre Arme umeinandergeschlungen, wie zwei Liebende, die gemeinsam ertranken. Er spürte nur, dass die Freundschaft in seinem Herzen noch da war, ein harter Stein, der sich nicht zerstören ließ, während Oscar in seinen Armen schluchzte, während Karl über seinen Rücken strich und mit einem Flüstern um Entschuldigung bat.

* * *

Oscar starb zwei Tage später bei einem Angriff der Russen am Südwestwall. Nur für wenige Minuten konnte Karl seinen sterbenden Freund in den Armen halten. Gleich darauf musste er zurück auf seinen Posten. Die Russen hinter dem Wall rückten näher, und Karl musste weiterschießen, weitertöten, mehr als drei Stunden lang.

Schon mehrere Male hatte er erlebt, wie Teile seiner Seele zerbrochen waren, doch in diesen drei Stunden, die er in der gefrorenen Blutlache seines toten Freundes verbrachte, während er selbst ein Leben nach dem anderen auslöschte … in diesen drei Stunden ging ein großer Teil seiner Seele unwiederbringlich zugrunde.

27. KAPITEL

O.U., 5. März 1942

Liebste Mathilda,

ich ertrage den Krieg nicht mehr. Schlimme Dinge geschehen, und ich kann nichts dagegen tun. Gestern ist ein Kamerad gefallen, der ein guter Freund von mir war.
Seitdem lese ich Deine Briefe, sooft ich Zeit dazu habe. Ich warte darauf, dass sie mich trösten. Aber es gelingt immer nur kurz, ehe meine Gedanken in die Gegenwart zurückkehren. Und dennoch: Deine Briefe sind alles, was ich jetzt noch habe. Bitte schreib mir mehr. Schreib mir von früher, von uns, von unserem letzten Sommer. Ich brauche Dich, Mathilda. Und ich liebe Dich mehr als alles auf der Welt.

Ganz gleich, was geschieht!
Dein Karl

* * *

Fichtenhausen, Paderborner Land, 1942

Mathilda gab sich Mühe, Karls Wunsch zu erfüllen. Das ganze Jahr hindurch schrieb sie ihm Briefe und erzählte aus ihrer Vergangenheit. Sie schrieb über jede Kleinigkeit, die ihr einfiel: von den Klavierstunden, von ihren heimlichen Ausritten, von jeder zufälligen Begegnung. Manchmal schrieb sie mehrere Briefe über ein und dasselbe Ereignis. Karls Briefe hingegen blieben knapp und sparten den Krieg aus. Allein darin konnte Mathilda spüren, wie schlecht es ihm ging. Auch sie selbst hatte gute Gründe, die Gegenwart vergessen zu wollen.

1942 war das Jahr der Toten.

Im Frühling sah es noch so aus, als würde wenigstens ein Mitglied ihrer Familie glücklich werden: Theas Mann wurde im Krieg am Bein verwundet, eine komplizierte Verletzung, die noch lange nicht richtig geheilt war und wegen der er für den Rest seines Lebens hinken würde. Aber gerade dies war sein Glück. Für den Krieg sei er nicht mehr verwendungsfähig, hieß es, und so durfte er zu Hause bleiben.

Thea war überglücklich, ihn wieder bei sich zu wissen. Wolfgang war gerade erst einige Wochen aus dem Krieg zurück, als sie schwanger wurde.

Doch auch dieses Mal verlor sie ihr Kind. Im sechsten Monat hörte es auf, sich zu bewegen, und sie musste es tot zur Welt bringen.

Thea war untröstlich. Tagelang schrie sie und weinte, bis der arme Wolfgang nicht mehr wusste, wie er ihr helfen sollte. Frida holte Thea zu sich ins Haus, um für sie zu sorgen und Wolfgang zu entlasten.

Aber nur eine knappe Woche nach Theas Fehlgeburt wurde Fridas Stiefsohn krank. Es war eine schwere Scharlachinfektion, die den kleinen Willi mit Fieber und Übelkeit quälte und von Tag zu Tag schlimmer wurde. Frida versuchte noch, Thea von dem kleinen Jungen fernzuhalten, aber Thea ließ sich nicht vom Krankenbett verbannen. Schon seit sie ihre ersten Babys verloren hatte, liebte sie ihren Stiefneffen, als wäre er ihr eigenes Kind. Während ihre beiden Männer im Krieg waren, hatte sie Frida stets unterstützt und sich wie eine zweite Mutter um den kleinen Willi gekümmert. Jetzt schien die Sorge um das kranke Kind das Einzige zu sein, was gegen ihre Trauer half.

So lange, bis auch Thea krank wurde. Ihr geschwächter Körper konnte dem Scharlach nichts entgegensetzen. Veronika versuchte, ihnen Prontosil zu besorgen, das einzige Medikament, das gegen Scharlach half. Doch sosehr sie sich auch bemühte, das Medikament war nirgendwo zu bekommen.

Währenddessen wurde Thea immer heftiger vom Fieber geschüttelt. In ihrem Wahn sprach sie von Willi und dem Baby, bis es so klang, als wäre Willi ihr Baby. Immerzu wollte sie wissen, wie es ihm ging, jeden Tag wollte sie ihn sehen. Auch dann noch, als der kleine Willi längst an seiner Krankheit gestorben war.

Zwei Tage später folgte Thea ihm nach.

Frida und Wolfgang blieben im Schock zurück, Frida in Trauer um ihren Stiefsohn und ihre Lieblingsschwester, und Wolfgang in Trauer um seine Frau und seine Kinder, die nie lebendig zur Welt gekommen waren.

Letztendlich war Lotti diejenige, die die Sache in die Hand nahm. Nach Theas und Willis Beerdigung kündigte sie ihre Stelle als Köchin und kehrte nach Hause zurück. Jeden Tag besuchte sie abwechselnd Frida und Wolfgang. Vor allem Wolfgang führte sie den Haushalt und versuchte, ihn zu trösten.

Fridas Mann bekam nach dem Tod seines Sohnes wenigstens für ein paar Wochen Fronturlaub. Es war eine Zeit, in der die beiden unzertrennlich waren. Nur wenige Wochen später war Frida zum ersten Mal schwanger.

Leben und Tod liegen in diesem Jahr so nah beieinander – fast so, als wolle Gott uns beweisen, wer der wirkliche Herr in diesem Krieg ist, schrieb Mathilda in einem Brief an ihren Bruder.

Doch die Antworten von Joseph und Karl kamen unregelmäßig. Nur in winzigen Andeutungen schrieben sie, wie sehr das Kriegsgeschehen sie forderte. Die meiste Zeit über mussten sie ihre Stellungen verteidigen, und dann wieder bekämpften sie Gegner, die durch die Frontlinie gebrochen waren und ihnen von hinten in den Rücken fielen.

Um das alles zu verstehen, erfuhr Mathilda jedoch viel zu wenig. Im Herbst sprachen die Nachrichten wieder von »schweren Kämpfen«, während Karl und Joseph schwiegen.

Erst Anfang Dezember kamen wieder Briefe. Sie beide schrieben, dass dieser Winter ruhiger anfing als der letzte. Sie waren der Divisionsreserve zugeteilt worden und hatten in dritter Linie hinter der Front endlich Zeit, sich zu erholen. Sogar die Winterkleidung kam rechtzeitig an, und die Pferde konnten besser verpflegt werden.

Dafür nahm der Krieg an anderer Stelle eine schlimme Wendung: Seit dem Sommer kämpfte Stefan mit der 6. Armee in Stalingrad.

Spätestens ab November beherrschte »Stalingrad« ihr ganzes Dorf. Fast jede Familie hatte einen Sohn in Stalingrad, und spätestens mit

Einbruch des Winters kamen die ersten Briefe mit der gefürchteten Nachricht: »Gefallen für Volk und Vaterland«.

Von da an forderte Stalingrad ein Opfer nach dem anderen. Jeden Sonntag wurden die Namen der Gefallenen in der Kirche verlesen, und das Weihnachtsfest versank in den Schluchzern einer ganzen Gemeinde.

Von Stefan erhielten sie einen Weihnachtsgruß. Auf dem beigelegten Foto sah er so zerlumpt und abgehärmt aus, dass Mathilda ihren stolzen Bruder kaum noch wiedererkannte. Ihr Vater weinte bitterlich, als er das Bild seines geliebten Sohnes sah, während Mathilda, Leni und Katharina sich Mühe gaben, ihrem Bruder mit lieben Worten zu antworten.

Nur wenige Wochen später kam ausgerechnet dieser Antwortbrief mit der tragischen Botschaft zurück: »Gefallen für Volk und Vaterland«.

Von da an trug auch ihre Familie schwarz.

Mathildas Vater war außer sich vor Trauer. Innerhalb von wenigen Monaten hatte er zwei Kinder verloren. Tagelang lag er im Bett und aß kaum noch etwas.

Auch Mathilda wollte die Gegenwart am liebsten vergessen. Und so waren es jene Wintermonate, in denen sie Karl einen Brief nach dem anderen schrieb, während ihre Gedanken in den Sommer 1938 zurückkehrten.

* * *

Fichtenhausen, Paderborner Land, Sommer 1938

Seit dem Abend, als sie gemeinsam in den Sternenhimmel geschaut hatten, sorgte Karl dafür, dass sie sich nicht mehr zu nahe kamen. Er gab ihr zwar weiterhin Klavierunterricht und die sonntäglichen Reitstunden, aber er wirkte schlechtgelaunt, und sprach nur noch selten persönliche Worte.

Wochenlang ging es nun schon so, und auch dieser Sonntag Nachmittag war keine Ausnahme. Die sommerliche Hitze war kaum zu ertragen, als Mathilda zu ihrer Reitstunde im Bruch erschien. Sobald sie auf dem Pferd saß, begann sie zu schwitzen, die lange Reithose klebte auf ihrer Haut, und ihr Hemd weichte durch.

Schlimmer als das war jedoch die Spannung, die in der Luft lag. Die Schiebermütze warf einen dunklen Schatten über Karls Gesicht und ließ ihn umso finsterer aussehen. Unermüdlich gab er seine Reitkommandos, stellte ihr schwierige Dressuraufgaben und korrigierte ihre Fehler.

Mathilda versuchte, alles richtig zu machen, und hoffte darauf, wenigstens ein winziges Lob von ihm zu bekommen. Früher hatte er gelächelt und sie mit kleinen Scherzen aufgemuntert. Doch in letzter Zeit wartete sie darauf vergeblich.

Wann immer Mathilda in seine Richtung sah, fing ihr Herz an zu flattern. Sie konnte die Nacht unter den Sternen nicht vergessen, seine warme Stimme und den Moment, in dem er sich über sie gebeugt hatte, fast so, als wolle er sie küssen.

Unzählige Male hatte sie sich seither gefragt, was sie falsch gemacht hatte. Auch an diesem Sonntag kreiste die Frage durch ihren Kopf. Dabei wurde ihre Unruhe immer größer – bis sie kaum noch etwas richtig machte und beinahe die Kontrolle über ihr Pferd verlor.

»Du bist unkonzentriert!« Karl winkte sie schließlich zu sich. »Und so unsicher, dass es sich auf dein Pferd überträgt. Was ist los?«

Mathilda hielt vor ihm an. Was sollte sie sagen? Müsste er nicht wissen, was los war? Heiße Röte stieg in ihr Gesicht. »Ich weiß nicht, ich … Ich war abgelenkt.«

Karl räusperte sich. Verwirrung erschien in seinen Augen, ehe er sich abwandte. Nur mit der Hand bedeutete er ihr, dass sie weiterreiten sollte.

Der Rest der Reitstunde verlief ebenso wortkarg wie der Anfang. Auch Selma blieb nervös und ungehorsam, mit dem einzigen Unterschied, dass Karl nichts mehr dazu sagte.

Als die Stunde zu Ende war und Mathilda neben ihm auf die Erde sprang, sah er sie zum ersten Mal wieder an. Etwas in seinem Gesichtsausdruck hatte sich geändert, ganz nah standen sie voreinander. »Emil und ein paar seiner Freunde haben aufgepumpte Traktorreifen besorgt.« Karl räusperte sich. »Ich habe gehört, sie wollen damit in der Lippe schwimmen. Soweit ich weiß, wollten deine Schwestern auch kommen.« Er senkte den Kopf, murmelte die letzten Worte nur leise: »Bist du auch dabei?«

Mathilda runzelte die Stirn. Lud er sie gerade ein? Oder brauchte er die Information, damit er ihr besser aus dem Weg gehen konnte?

»Ich weiß noch nicht«, flüsterte sie.

Eigentlich hatte sie nicht vorgehabt, mit den anderen zur Lippe zu gehen. Aber den Grund dafür wollte sie Karl nicht verraten: Sie konnte nicht schwimmen.

Karl trat unruhig auf der Stelle. »Ich würde mich freuen, wenn du kommst. Und außerdem ...« Er hob seine Mütze an, wischte sich mit der Hand über die Schläfe. »Außerdem ist es heiß. Eine Abkühlung wäre sicher nicht schlecht.«

Mathilda starrte ihn an. Er lud sie ein! Er wollte, dass sie dabei war! Und das nach all den Wochen, in denen er ihr ausgewichen war.

»Ja«, stammelte sie. »Ich ... ich werde da sein.« *Und wenn ich dafür im Fluss ertrinke*, setzte sie in Gedanken hinzu.

Karl lachte erleichtert. Wieder nahm er seine Mütze ab und hielt sie zwischen den Händen. Zum ersten Mal fiel das Sonnenlicht in seine Augen und ließ das Braun darin aufleuchten.

Mathilda konnte sich nicht von dem Anblick lösen. Noch immer standen sie nah voreinander. Sie müsste nur ihre Hand heben, um ihn zu berühren.

»Na dann ...« Karl wich zurück und griff nach Selmas Zügeln. »Dann solltest du wohl schnell nach Hause gehen. Damit du deine Schwestern nicht verpasst.«

Mathilda nickte. Er hatte recht. Sie sollte sich beeilen, damit die anderen nicht ohne sie gingen.

So schnell sie konnte, zog sie sich um und lief durch das Bruch zum Hof zurück. Als sie ins Haus kam, hörte sie Gekicher aus dem Mädchenzimmer. Es verstummte, sobald Mathilda die Zimmertür öffnete.

»Ach du bist es«, stieß Leni hervor. »Nicht das griesgrämige Tineken.«

Lotti und Thea lachten. Die drei standen im Badeanzug vor dem Spiegel und bürsteten sich die Haare.

»Was habt ihr denn vor?« Mathilda stellte sich unwissend.

»Wir gehen schwimmen.« Lotti grinste. »In der Lippe, mit ein paar Burschen aus dem Dorf.«

»Mit Emil und Wolfgang ... und ein paar anderen«, ergänzte Leni und knuffte Thea gegen die Schulter. »Gerüchteweise habe ich gehört, dass Karl ebenfalls kommen wollte.«

Mathilda versuchte, sich nichts anmerken zu lassen. Einzig ihre Wangen fühlten sich heiß an.

Auch Lotti senkte den Kopf. Mathilda fiel auf, dass ihre Schwester noch ein kleines bisschen zugenommen hatte. Sie war schon immer pummelig gewesen, aber seit sie in Schloss Neuhaus als Köchin arbeitete, wurde sie allmählich dick.

»Willst du nicht mitkommen?« Lotti lächelte Mathilda an.

Mathilda zuckte verlegen die Schultern. »Ja«, murmelte sie. »Gerne.«

»Du willst Tildeken mitnehmen?«, fuhr Leni schnippisch dazwischen. »Die Kleine kann doch nicht mal richtig schwimmen. In der Lippe ertrinkt sie uns noch.«

Die Worte stachen in Mathildas Brust. Auf einmal bereute sie, dass sie zugesagt hatte. Wenn überhaupt, hätte sie heimlich hingehen sollen.

»Papperlapapp!« Thea mischte sich ein. »Natürlich kommt sie mit. Dann passen wir eben auf.« Sie funkelte Leni an und bedachte Mathilda mit einem herzlichen Lächeln. »Na komm schon, zieh dich schnell um, damit wir loskönnen.«

Rasch schlüpfte Mathilda in ihren Badeanzug, den Frida ihr am Anfang des Sommers genäht hatte. Er war rot mit weißen Punkten und sah todschick aus. Mathilda schaute flüchtig in den Spiegel, gerade lang genug, um zu sehen, wie sich ihre Brüste durch den dünnen Stoff prägten. Dafür, dass der Rest von ihr so mager war, waren sie erstaunlich üppig.

Die anderen zogen sich bereits ihre Sommerkleider über. Sie alle hatten ihre Haare offen gelassen. Vor allem Thea und Leni sahen aus wie dunkle Engel, während Lotti eher die Pausbackenversion darstellte. Mathilda beeilte sich, sie einzuholen. Erst zum Schluss griff sie zu der Haarbürste, löste ihre Zöpfe und bürstete ihre Haare, bis sie in blonden Wellen über ihre Schultern fielen.

»Wen willst du denn verführen?«, erkundigte sich Leni spöttisch.

Mathilda hielt ertappt inne.

»Leni!« Thea klang empört. »Jetzt hör endlich auf, Mathilda zu drangsalieren. Sie geht schwimmen und wäscht sich die Haare, wie wir alle!«

Leni hob ihre rechte Augenbraue. »Na sicher doch. Wie wir alle.«

Als sie fertig waren, schlichen sie so leise wie möglich über den Hof, in der Hoffnung, dass ihr Vater und Katharina sie nicht bemerkten. Aber sobald sie ein Stück entfernt waren, brach das Kichern wieder hervor. Leni und Lotti schubsten sich hin und her und tuschelten, während Mathilda es vorzog, neben Thea zu laufen. Das Schweigen ihrer großen Schwester strahlte eine angenehme Ruhe aus. Nur ein seliges Lächeln lag auf ihrem Gesicht und ließ Mathilda ahnen, an wen sie dachte. Seit sie schwanger war, wirkte Thea glücklich. Selbst das Donnerwetter ihres Vaters hatte sie stoisch über sich ergehen lassen.

Ein lauer Wind wehte über die Felder. Er flatterte in Mathildas Haaren, fing sich unter ihrem Kleid und strich um ihre Beine. Sie sah nach unten und betrachtete ihre nackten Füße, die mit jedem Schritt unter ihrem Kleid hervorkamen. Der Sandweg war heiß unter ihren Sohlen. Doch sie mochte das Gefühl, mit dem sich der Sand zwischen den Zehen hindurchquetschte und um ihre Füße schmiegte. Mathilda schauderte. Wieder musste sie an Karl denken, an die Nacht unter den Sternen. Wie es sich wohl anfühlen würde, wenn er sie berührte? Sie schluckte und versuchte, nicht länger daran zu denken.

Nachdem sie das Dorf durchquert hatten, mussten sie auf der anderen Seite noch einen halben Kilometer zwischen den Feldern entlangwandern, ehe sie das grüne Band aus Erlen und Weiden erreichten. Wie eine Schlange wand sich die Lippe durch die flache Landschaft. Schon von weitem hörte Mathilda das Juchzen und Planschen, das von der Badestelle zu ihnen hallte.

Ein nervöses Kribbeln erwachte in ihrem Magen. Nicht nur wegen Karl, auch der Fluss machte ihr Sorgen. Normalerweise badeten sie in dem Entwässerungskanal, der sich hinter dem Bruch entlangzog. Selbst dort musste Mathilda aufpassen, um nicht an den tieferen Stellen unterzugehen. Aber in der Strömung der Lippe wäre sie verloren.

Sie gingen eine Weile am Ufer entlang, duckten sich zwischen Erlen und Weiden hindurch und erreichten die Badestelle. Es war eine weiträumige Ausbuchtung, in der sich ruhiges, tiefes Wasser versammelte. Doch nur wenige Meter daneben brodelte und gurgelte die Lippe, als wolle sie ein Hürdenrennen gewinnen.

Emil, seine Brüder und ein paar Freunde waren bereits da. Auch Liesel und Anna planschten im Wasser, zusammen mit ein paar anderen Mädchen. Zwischen ihnen schwammen die aufgepumpten Schläuche von Traktorreifen, auf denen sie es sich gemütlich machten, während die Burschen sie im Wasser umherschoben. Nur Karl konnte sie nirgendwo entdecken.

Mathilda spürte Enttäuschung. Womöglich hatte er einen Rückzieher gemacht.

»Los geht's!«, rief Leni den anderen zu, zog sich das Kleid über den Kopf und rannte quietschend ins Wasser.

Lotti zog sich deutlich langsamer um, während Thea von Wolfgang begrüßt wurde. Er stürmte aus dem Wasser, kümmerte sich nicht darum, dass sie noch angezogen war und schlang die Arme um ihren Körper. Thea schimpfte nur kurz. Dann lachte sie und erwiderte seinen Kuss.

Mathilda wusste, dass es sich nicht gehörte, aber sie konnte nicht aufhören, die beiden zu beobachten. Noch nie hatte sie so genau hingesehen, wenn sich ein Paar küsste. Ihre Lippen vereinten sich, als wollten sie ein Stück vom anderen verschlingen. Wolfgangs Arme schmiegten sich eng um Theas Rücken, seine Hände wanderten forsch bis zu ihrem Po.

»Na, na, na«, fuhr Leni lachend dazwischen. »Wo ist denn euer Anstand geblieben?«

Thea und Wolfgang wichen auseinander. Mathilda senkte den Kopf. Doch das Bild blieb in ihrem Gedächtnis und trieb ein seltsames Pulsieren durch ihren Bauch. Es fühlte sich schön an. Verboten.

Nur nicht darüber nachdenken! Hastig sah sie zu den anderen. Thea zog sich das Kleid über den Kopf und lief an Wolfgangs Hand ins Wasser. Kurz darauf planschten und kreischten alle durcheinander. Leni thronte auf einem der Traktorschläuche und ließ sich von Emil durchs Wasser schieben.

Nur Mathilda stand noch immer am Ufer zwischen den Erlen.

»Was ist mit dir?«, rief Anna ihr zu. »Willst du nicht reinkommen?«

Leni lachte. »Was glaubst du denn? Das Angsthäschen traut sich nicht ins Wasser.«

Auch Emil und Liesel lachten.

Nur Anna rollte die Augen und wiederholte ihre Einladung. »Na komm! Es ist gar nicht tief.«

Anna stand nur bis zur Brust im Wasser. Aber Mathilda schüttelte den Kopf. Eigentlich wollte sie nicht mehr hier sein. Nur wegen Karl war sie gekommen, aber wenn es dazu führte, dass die anderen sich über sie lustig machten … Vielleicht wäre es besser, nach Hause zu gehen, bevor er doch noch kam und miterlebte, was für ein Dummerchen sie war. Mathilda konnte sich nicht entscheiden. Stattdessen blieb sie mit gesenkten Schultern stehen.

Es dauerte nicht lange, bis sie niemand mehr beachtete. Also ging sie am Ufer entlang, duckte sich zwischen den Erlenzweigen und ließ die anderen hinter sich. Schließlich erreichte sie eine zweite Ausbuchtung am Flussrand. Sie war deutlich kleiner als die Badestelle, doch sie lag so geschützt zwischen Erlen und Weiden, dass niemand sie einsehen konnte.

Mathilda setzte sich ans Ufer, hob ihr Kleid und tauchte die Füße ins Wasser. Im ersten Augenblick erschien es eisig kalt. Sie gewöhnte sich jedoch schnell daran, bis es genau die Erfrischung war, die sie von der sommerlichen Hitze erlöste.

Eine halbe Ewigkeit saß sie so da, während ihre Gedanken um die peinlichen Momente kreisten. Im Grunde war es nur die lähmende Hitze, die sie daran hinderte, wieder aufzustehen und nach Hause zu gehen. Erst als Schritte hinter ihr knackten, fuhr sie auf.

»Hier bist du also!« Karl stand neben ihr.

Mathilda sprang auf die Füße. So wie jetzt hatte sie ihn noch nie gesehen: Er trug nur eine Badehose, sein Oberkörper war nackt. Zum ersten Mal fiel ihr auf, wie sehr sich seine Statur verändert hatte. Früher war er schmal und knabenhaft gewesen. Aber inzwischen waren seine Schultern breiter geworden, kräftige Muskeln prägten seine Oberarme und zeichneten ein deutliches Muster auf seinen Bauch.

Gleich darauf bemerkte sie, dass Karl sie ebenso ansah. Fast konnte sie fühlen, wie sein Blick ihre offenen Haare streifte, wie er ihren Körper hinabwanderte …

Plötzlich schämte sie sich für das fadenscheinige Leinenkleid, das schon lange nicht mehr richtig weiß war. Mindestens Leni und Thea hatten es vor ihr getragen, womöglich sogar schon Agnes oder Katharina. In jedem Fall war es schon lange nicht mehr in Mode. Wie ein zu lang geratenes Unterhemd fiel es um ihren Körper und zeichnete die Konturen darunter ab. Selbst das rot-weiße Punktemuster ihres Badeanzuges schimmerte hindurch.

Karl räusperte sich. »Willst du gar nicht schwimmen gehen?«

Mathilda schaute auf den Fluss, auf das Springen und Toben der Strömung. »Ich kann nicht schwimmen.«

»Du kannst nicht schwimmen?« Karl sah sie erstaunt an. »Ein Bauernmädchen, das nicht schwimmen kann? Wo gibt es denn so was?«

Mathilda senkte den Kopf. Alle anderen in ihrer Familie konnten schwimmen. Nur sie nicht. »Niemand hat es mir gezeigt.«

Karl lächelte. »Wenn du möchtest, zeige ich es dir.«

Mathilda dachte an die anderen. Sie würden sich lustig machen, wenn Karl ihr Schwimmunterricht gab. »Ich will nicht, dass die anderen es sehen.«

Karl deutete auf die kleine, leere Bucht. »Hier ist niemand, der es sehen würde.«

Mathilda starrte in das dunkle, tiefe Wasser am Flussrand. »Das ist keine Badestelle. Vielleicht sind hier Strömungen.«

Karl lachte leise. »Überlass die Strömungen mir. Ich pass schon auf, dass der Fluss dich nicht mitnimmt.«

Mit ihm zu schwimmen ... Ein warmes Gefühl kribbelte durch ihren Bauch und brachte sie zum Lächeln. »Ich kann es ja versuchen.«

»Sehr gut.« Karl erwiderte ihr Lächeln, drehte sich schwungvoll um und sprang ins Wasser. »Wuhhh!«, stieß er hervor. »Das ist kalt!«

Mathilda lachte. Sie zog das Kleid über den Kopf, hängte es an einen Erlenzweig und streckte ihren Fuß ins Wasser. Die Kälte war so eisig, dass sich eine Gänsehaut über ihren Körper zog. Trotzdem zwang sie sich weiterzugehen, Schritt für Schritt. Als sie bis zur Hüfte im Wasser stand, sah sie triumphierend auf – und hielt inne.

Karls Blick glühte. Die ganze Zeit schon musste er sie angesehen haben: ihre nackten Beine, den engen Badeanzug, die Formen darunter ... Doch Mathilda war nicht empört. Sein Blick fühlte sich sanft an.

Karl wandte sich ab. Wortlos ließ er sich ins Wasser gleiten, tauchte unter und kam mit einem Prusten wieder hoch. »Na los!« Er winkte sie zu sich. »Komm her, dann fangen wir an.« Das Glühen war aus seinen Augen verschwunden.

Oder hatte sie sich getäuscht? War es nie dagewesen?

Mathilda wollte zu ihm, jetzt gleich! Mit angehaltener Luft warf sie sich nach vorne, versuchte, sich mit den Armen im Wasser aufzufangen. Aber sie glitt hindurch. Das Wasser schlug über ihrem Kopf zusammen, spülte um ihr Gesicht und drängte sich in ihre Nase. Sie wollte aufschreien, atmen!

Etwas packte sie, zog sie hoch und hielt sie fest.

Die Luft war wieder da. Keuchend atmete sie ein.

»Was machst du da?« Karl klang erschrocken. »Das Wasser ist flach! Du musst dich nur auf deine Füße stellen!«

Mathilda hustete, spuckte, das Wasser kitzelte in ihrer Nase. Am liebsten wäre sie im Erdboden versunken. Wie dumm war sie nur, dass sie in brusttiefem Wasser unterging? »Tut mir leid«, krächzte sie. »Ich habe nicht dran gedacht.«

Karl lachte, seine Arme hielten sie noch immer. »Nicht entschuldigen. Einfach noch mal versuchen.« Damit ließ er sie los. »Und dieses Mal atmest du tief ein und legst dich flach auf den Bauch. Dazu machst du diese Bewegung.« Er zeigte ihr die Schwimmbewegung.

Mathilda hatte sie schon oft gesehen. Aber so einfach konnte es nicht sein. Auch dieses Mal würde sie sinken wie ein Stein. Hilflos starrte sie ins Wasser.

Karl streckte den Arm aus. »Du kannst dich hier drauflegen, dann halte ich dich.«

Mathilda zögerte. Er würde sie festhalten ... Sie konnte nicht untergehen ... Langsam ließ sie sich nach vorne gleiten.

Karl fing sie auf, schob den Arm unter ihren Bauch, bis sie darauflag. Das warme Gefühl flammte auf, pulsierte durch ihren Körper ... direkt unter seiner Hand.

»Weiteratmen!« Er lachte. »Und schwimmen! Sonst gehst du unter.«

Mathilda schnappte nach Luft, versuchte die Schwimmbewegung.

»Ganz ruhig! Du bist zu hektisch. Du musst ruhig werden. Und dann einatmen ... ausatmen ...« Er machte es vor, atmete ein und aus, in ruhigem Takt.

Wie konnte er so gelassen sein? Mathilda versuchte es ebenfalls, atmete mit ihm zusammen, bewegte die Arme in einer großen Runde. Tatsächlich wurde es besser. Ihr Bauch löste sich von seinem Arm, glitt über ihn hinweg.

Sie schwamm!

Karl applaudierte, ein kurzes, leises Klatschen. »Und jetzt wieder hinstellen und zurückkommen.«

Mathilda gehorchte und drehte sich zu ihm. Die Strömung zog leicht an ihrem Körper. Aber sie wollte sie nicht in den Fluss hinaustreiben, sie wirbelte nur in die Bucht hinein.

»Dieses Mal die Beine nicht vergessen. Schau!« Karl legte sich aufs Wasser, schwamm ein paar Züge an ihr vorbei, während Mathilda seinem Beinschlag zusah.

Sie legte sich vorsichtig aufs Wasser, bewegte ihre Beine ... und war zu spät mit den Armen.

Wieder fing er sie auf, hielt sie diesmal mit beiden Händen in der Taille. »Typisch Fischchen.« Er klang amüsiert.

Mathilda fühlte sich nicht gerade wie ein Fisch. Sie wand sich aus seinen Händen, stellte sich hin und sah ihn gekränkt an. »Mach dich nicht lustig.«

Karls Augen funkelten. »Das hatte ich nicht erwähnt: Fische sind ein bisschen tolpatschig.«

Mathilda versuchte, zurückzufunkeln. Sie wollte ihm beweisen, dass sie nicht tolpatschig war, dass sie bald schwimmen konnte. »Na warte!« Wieder warf sie sich nach vorne, fing dieses Mal mit den Armen an und versuchte den Beinschlag erst danach. Tatsächlich ging sie nicht unter. Sie schwamm ein paar Züge an ihm vorbei, stellte sich wieder hin und kehrte um. Immer wieder warf sie sich ins Wasser. Prustend und keuchend schwamm sie hin und her und wurde mit jedem Mal besser.

Karl stand mit verschränkten Armen neben ihr. Er lachte und gab ihr Korrekturen – wie beim Reitunterricht.

Erst als sie nicht mehr konnte, blieb sie stehen und starrte ihn herausfordernd an. »Siehst du! Ich bin nicht tolpatschig!«

Wieder lachte er, seine Augen leuchteten, während er den Kopf hin- und herwiegte. »Nicht so talentiert wie beim Reiten. Aber für den Anfang ganz in Ordnung.«

Mathilda machte ein beleidigtes Gesicht. Er meinte es nicht böse, trotzdem sollte er damit aufhören. Sie tauchte ihre Hände ins Wasser und spritzte ihm einen Schwall entgegen.

»Hey!« Karl löste die Arme aus der Verschränkung, sah sie mit spielerischer Angriffslust an und spritzte zurück.

Im nächsten Moment führten sie eine Wasserschlacht. Immer höher schwappten die Fontänen, immer näher rückten sie aufeinander zu. Am liebsten hätte Mathilda sich in seine Arme fallen lassen.

Stattdessen wandte sie sich ab und warf sich ins Wasser. Sie schwamm weiter als zuvor, wollte ihm zeigen, wie gut sie schon war: Bis an den Rand der Bucht würde sie schwimmen.

»Halt!« Karl rief ihr nach. »Nicht da entlang!«

Mathilda erkannte die brodelnde Strömung, die nicht weit entfernt war. Aber so verrückt würde sie nicht sein. Sie blieb nur dort, wo alles ruhig war.

»Halt!« Wieder rief er.

Dieses Mal wollte sie diejenige sein, die lachte. Sie wollte sich lustig machen, weil er sich umsonst sorgte.

Plötzlich wurde sie von einer starken Strömung erfasst. Das Wasser zog an ihrem Körper, saugte sie mit sich und trieb sie in einem Halbkreis um die Bucht herum. Mathilda ruderte mit den Armen, versuchte oben zu bleiben. Doch das Wasser riss ihre Füße zur Seite, zog sie nach unten. Ihr Kopf tauchte unter, hilflos zappelte sie mit den Armen. Kurz kam sie hoch, schnappte nach Luft. Karl hechtete auf sie zu.

Dann war das Wasser wieder über ihr. Ihre Füße suchten den Boden, wollten sich hinstellen ... Aber unter ihr war nichts, kein Sand, keine Steine, nur tiefes Wasser, das sie verschlang.

Jemand packte sie, zog sie hoch. Sie rang nach Atem. Die Strömung riss sie noch immer, trieb sie dem Ufer entgegen. Aber Karl war bei ihr.

»Halt dich fest«, rief er. »Ich brauche meine Arme.«

Mathilda klammerte sich an ihn, schlang die Beine um seine Hüften. Jetzt kämpfte er darum, oben zu bleiben, immer wieder zog der Fluss ihn nach unten. Die Strömung trieb sie an den Rand der Bucht, schleuderte sie in ein tiefes Becken, das unter den Wurzeln einer Weide lag. Karl kam prustend wieder hoch. Eilig griff er nach einer Baumwurzel, um sich daran festzuhalten.

Mathilda hing noch immer an ihm. Sie wollte ihn loslassen, wollte sich hinstellen. Aber ihre Füße fanden keinen Halt, nur die Strömung tobte dort unten und wollte sie in die Tiefe ziehen.

Karl klammerte seinen freien Arm um ihren Rücken. »Bleib hier und halt dich gut fest!«

Mathilda zog die Füße aus der Strömung, legte ihre Beine um ihn und duckte sich an seine Schulter. Karl löste seinen zweiten Arm, hangelte sich an den Baumwurzeln entlang, bis die Strömung unter ihnen nachließ.

Plötzlich war alles ruhig. Nur das Wurzeldach beugte sich über sie.

Karls Atem ging schnell. Sein Körper fühlte sich warm an in der Kälte des Wassers. Mathilda wollte sich von ihm lösen, wollte nicht länger an ihm kleben. Doch seine Arme kehrten zurück, legten sich um ihren Rücken und zogen sie an sich. Seine Hände strichen über den dünnen Stoff ihres Badeanzuges. Sein Gesicht drückte sich in ihre Halsbeuge.

Mathilda schauderte, etwas in ihrem Körper reagierte, rieselte so langsam durch sie hindurch, dass sie aufkeuchte. Mit einem Mal verstand sie, was in ihr vorging: Was sie hier taten, war unkeusch! Nackte, unanständige Sünde!

Doch es war ihr gleich. Vielleicht würde sie es beichten, aber bis dahin wollte sie bei Karl bleiben, wollte seine warme Haut spüren. Ihre Lippen berührten seine Schulter, schmeckten die Wassertropfen darauf.

»Mathilda.« Sein Atem streifte ihren Nacken. »Könntest du vielleicht einmal, einen einzigen Tag lang, nichts tun, weshalb ich dich retten muss?«

Sie hob den Kopf, weit genug, um ihn anzusehen. Er lehnte an der Erdwand unter dem Wurzeldach. Das Glitzern des Wassers reflektierte auf seinem Gesicht. »Himmel!« Seine Stimme klang tonlos. »Was tun wir hier?« Er löste seine Hände und schob sie von sich.

Mathilda sprang von seinem Arm. Mit zitternden Beinen stand sie vor ihm. Karls Mund war halb geöffnet, karamellfarbenes Feuer brannte in seinen Augen. Dann huschte sein Blick an ihr vorbei. »Pscht!« Er legte den Zeigefinger auf den Mund, deutete mit einem Nicken auf das andere Ufer.

Mathilda drehte sich um und entdeckte Leni zwischen den Erlen. Sie hatte einen der Traktorreifen bei sich und rief zurück unter die Bäume: »Hier! Hier ist die Strömung!«

Liesel und Anna erschienen hinter ihr, kurz darauf Emil und Lotti. Einer der Burschen warf den Traktorreifen ins Wasser und sprang hinterher. Leni nahm Anlauf und folgte ihm mit einem gewagten Sprung. Auch die anderen liefen planschend und jubelnd ins Wasser.

Mathilda erstarrte. Was sollten sie tun? Sie konnte unmöglich zusammen mit Karl aus dieser Höhle kommen.

Sein Gesichtsausdruck schien das Gleiche zu sagen. »Du bleibst hier stehen«, flüsterte er. »Komm erst raus, wenn ich wieder aufgetaucht bin.« Noch mit dem letzten Wort tauchte er unter. Mathilda konnte sehen, wie er unter Wasser aus der Höhle schwamm, ehe sie ihn aus den Augen verlor. Sie glaubte schon fast, dass ihm etwas geschehen war, als er mitten in der Bucht auftauchte, nicht weit von Leni entfernt.

Ihre Schwester brach in erschrockenes Kichern aus. »Wo kommst du denn her?«

Karl stimmte in ihr Lachen ein. Mit einem Schulterzucken streckte er die Arme zur Seite. »Überraschung!«

Mathilda nutzte die Gelegenheit. Während alle zu Karl sahen, trat sie aus der Höhle und schwamm mit unsicheren Zügen auf die anderen zu.

Lotti entdeckte sie zuerst. »Mathilda! Du kannst ja schwimmen!«

Mathilda schwamm noch ein kleines Stück weiter, so lange, bis alle sie gesehen hatten. Sie konnte das stolze Lächeln nicht verhindern, das sich auf ihre Lippen legte, als sie sich vor die anderen stellte. »Karl hat es mir gezeigt.«

Lenis Blick veränderte sich. Etwas Düsteres funkelte darin, während sie zwischen Karl und Mathilda hin und her sah.

»Leni!«, rief Emil dazwischen und hielt ihr den Traktorreifen entgegen. »Deine Idee, du zuerst.«

Leni wandte sich ab. Mit Kampfgejubel stürzte sie sich auf den Reifen, kletterte hinauf und setzte sich so hinein, dass ihre Arme und Beine über den Rand baumelten. Emil packte den Reifen, schob ihn zu der offenen Seite der Bucht und schubste ihn in die Strömung, in die Mathilda vorhin hineingeraten war. Leni kreischte, während der Reifen in schnellen Kreisen herumwirbelte und auf den Rand der Bucht zuschoss. Wenige Sekunden später prallte er auf die Wurzelhöhle und kam zur Ruhe. Nur Lenis Kreischen hielt an, verwandelte sich in wildes Gekicher. »Juuuuuhhh«, rief sie. »Gleich noch mal!« Sie sprang aus dem Reifen, zog ihn hinter sich her und kam wieder auf sie zu.

Emil war schneller. Er schnappte sich den zweiten Reifen, winkte einen seiner Freunde herbei und ließ sich in die Strömung schieben. Spätestens jetzt war es mit der Ruhe in der Bucht vorbei. Der Reihe nach stürzten sie sich mit den Reifen in die Strömung, angefeuert von denen, die in der Mitte standen und darauf warteten, an die Reihe zu kommen. Selbst Karl probierte es aus und kam mit leuchtenden Augen zurück.

Nur Lotti, Thea und Mathilda zögerten so lange, bis Karl sich einen der Reifen packte und Mathilda zuzwinkerte. »Willst du auch?«
Sie schüttelte den Kopf. »Lieber nicht.«
Karls Schmunzeln blieb. »Dann nur so, ohne die Strömung. Setz dich in den Reifen. Ich schiebe dich.«
Mathilda sah ihn zweifelnd an. »Nur herumschieben?«
Karl hob die Augenbrauen. »Habe ich dir je was Böses getan?«

Mathilda musste lachen. Wie sie es bei den anderen gesehen hatte, stürzte sie sich auf den Reifen und versuchte, hineinzuklettern. Der Reifen wollte sich überschlagen und sie wieder herunterschubsen. Aber Karl fing ihn auf und half ihr nach oben. Von da an schob er sie durch die Bucht, schubste sie an und wirbelte sie herum, bis sie ebenso kreischte wie die anderen. Karl lachte zusammen mit ihr, seine Stimme hallte durch die Bucht, brach sich an den Erlen und legte sich um Mathildas Herz. Erst nach einer ganzen Weile erschien Liesel neben ihnen und forderte den Reifen für sich.

Mit einem übermütigen Schubs ließ Karl den Reifen kippen. Kopfüber stürzte Mathilda ins Wasser, tauchte unter und kämpfte sich erschrocken nach oben. Karls Arme fingen sie auf, zogen sie hoch, bis sie wieder auf den Füßen stand. Sein Lachen hallte, seine Augen funkelten, seine Lippen flüsterten eine scherzhafte Entschuldigung.

Mathilda stürzte sich auf ihn, schubste ihn ins Wasser und spritzte eine Welle über seinen Kopf. Doch Karl lachte nur noch lauter.

Erst ein merkwürdiger Singsang unterbrach ihn. »Karl liebt Mathilda. Mathilda liebt Ka-harl.« Es war Leni. Sie hatte beim Toben innegehalten und beobachtete sie argwöhnisch. Auch die anderen verstummten und schauten zu ihnen herüber.

Mathilda erstarrte. Hastig sah sie zu Karl, gerade noch rechtzeitig, um zu erkennen, wie sein Lächeln verblasste.

Nur Lenis Lachen übertönte die Stille. »Schaut mal!« Mit ausgestrecktem Arm deutete sie auf seinen Oberkörper.»Karl sieht aus wie ein Zigeuner.«

Karl gab einen merkwürdigen Laut von sich, eisiger Schrecken erschien in seinen Augen.

Erst jetzt bemerkte Mathilda, dass Leni recht hatte. Während sich die Haut der anderen allmählich rötete, war Karls Teint dunkel geworden. Seine Haut war zwar lange nicht so schwarz wie die der Zigeuner, aber deutlich dunkler als die der meisten Deutschen.

»Stimmt!« Liesel fiel in Lenis Lachen ein, nur wenige Sekunden, ehe fast alle mitlachten.

Einzig Mathilda konnte nicht lachen. Ein merkwürdiges Bild erschien vor ihren Augen, schreiende Menschen mit dunklen Gesichtern, der Schein von Flammen auf ihrer Haut.

Mathilda schüttelte es ab, hörte Karls Lachen, das in das der anderen einfiel.»Sehr lustig!«, rief er.»Dafür wisst ihr heute Nacht nicht, auf welcher Seite ihr schlafen sollt.« Er deutete in die Runde, zeigte auf die krebsrote Haut der anderen.

Wieder lachten sie, bis sich der Scherz in dem Jubeln und Toben auflöste.

Doch irgendetwas blieb, ein seltsamer Nachgeschmack. Mathilda erkannte die Sorgen, die sich in Karls Gesicht abzeichneten. Auch wenn die anderen unbeirrt weitertobten, Mathildas Stimmung war gebrochen, und Karl schien es ebenso zu gehen.

Kaum eine Viertelstunde später kletterte er ans Ufer, zog sich zwischen den Bäumen an und verabschiedete sich. Angeblich, weil er die Pferde füttern musste.

Sein Abschiedsblick ließ jedoch keine Zweifel mehr: Sie durften sich nicht lieben. Es war verboten. Entweder, weil Mathilda noch zu jung war, oder weil ihr Vater es nicht zulassen würde, oder aus einem anderen Grund, den sie nicht durchschaute.

28. KAPITEL

Fichtenhausen, Paderborner Land, Sommer 1938

Seit jenem Nachmittag am Fluss gab Karl ihr keinen Klavierunterricht mehr. Jedes Mal, wenn sie zum roten Salon ging und durch das Fenster sah, blieb sein Klavierschemel leer. Auch zu ihrer nächsten Reitstunde tauchte er nicht auf. Den halben Sonntag lang wartete Mathilda im Bruch, zuerst enttäuscht, dann voller Sorgen und schließlich in Tränen aufgelöst.

Spätestens am Abend wusste sie, was das alles bedeutete: Karl hatte sich gegen sie entschieden.

Dennoch konnte Mathilda ihn nicht aufgeben. Sie wollte wenigstens noch einmal mit ihm sprechen, wünschte sich zumindest eine Erklärung. Wann immer sie draußen war, hielt sie nach ihm Ausschau. Sie suchte die Felder und Wiesen ab, schaute immer wieder zum Gestüt hinüber, in der Hoffnung, dass sie eine zufällige Begegnung inszenieren konnte. Aber Karl tauchte nirgendwo auf. Er brachte keine Pferde zur Weide, er ging nicht zu den Bienen, und selbst auf dem Dressurviereck neben den Stallungen entdeckte sie ihn kein einziges Mal.

Erst nach vielen Tagen schöpfte sie einen bösen Verdacht: Was, wenn er nicht mehr da war? Wenn die Steinecks ihn fortgeschickt hatten? Wenn ihm etwas geschehen war? Der Gedanke löste solche Übelkeit aus, dass Mathilda sich am liebsten im Bett verkrochen hätte. Doch solange sie nicht wusste, was mit Karl passiert war, konnte sie nicht einmal das.

14 Tage später hielt sie die Ungewissheit nicht mehr aus. Ihre Knie fühlten sich weich an, während sie zum Gestüt marschierte und an der Haustür des Gutshauses anklopfte. Es dauerte lange, ehe sich drinnen etwas rührte. Aber Mathilda wollte nicht aufgeben. Also klopfte sie ein zweites und ein drittes Mal, bis die Tür endlich geöffnet wurde.

Veronika von Steineck stand ihr gegenüber, in ein elegantes, weißes Leinenkleid gehüllt.

Mathilda kam sich dagegen wie ein Bauerntrampel vor. All ihre guten Vorsätze waren verschwunden und hatten ihren Mut mitgenommen. Nur ein Stottern brachte sie hervor. »Ich ... ich würde gerne mit Karl sprechen.«

Traurige Besorgnis erschien im Gesicht der Gutsherrin. »Es tut mir leid, Mathilda. Ich kann dich nicht zu ihm lassen. Er ist sehr krank.«

Krank! Etwas in ihrem Körper fiel, stürzte in einen tiefen Abgrund. Karl war krank. Sehr krank. »Was hat er? Wie gefährlich ist es? Wenn er stirbt, dann ...«

»Ich kann dir leider nichts sagen.« Die Gutsherrin sah noch immer traurig aus. »Ich denke aber nicht, dass er stirbt.«

Mathilda wollte noch mehr Fragen stellen, wollte es genauer wissen. Aber die Gutsfrau schickte sie mit höflichen Worten davon.

Die nächsten Tage wurden zur Qual. Mathilda war krank vor Sorge. Aber es gab nichts, was sie tun konnte. Nur von weitem beobachtete sie das Gestüt. Sie wollte mitbekommen, wenn Karl wieder gesund war, wollte sehen, falls auf dem Gutshof Unruhe aufkam.

Doch von außen erkannte sie nichts. Immer, wenn sie es nicht mehr aushielt, ging sie noch einmal zum Gutshaus und bat Veronika von Steineck darum, ihn sehen zu dürfen. Aber jedes Mal wies die Gutsherrin sie ab.

Eines Abends schlich Mathilda sich in den Pferdestall, zu Karls Kammer, die an die Stallungen angrenzte. Aber er reagierte nicht auf ihr Klopfen, auch nicht, als sie gegen die Tür hämmerte.

Selbst, wenn er schliefe, hätte er sie hören müssen. Spätestens jetzt war Mathilda sich sicher, dass er nicht da war. Womöglich hatten die Steinecks ihn ins Gutshaus geholt, um ihn zu pflegen.

Mehr als zwei Wochen lang verbrachte sie in Ungewissheit, bis zu jenem Mittag, an dem sie die Klaviermusik hörte. Während alle anderen None hielten, hatte Mathilda sich aufs Feld geschlichen, um das Gutshaus zu beobachten. Kaum war sie dort angekommen, hörte sie die Musik, eine traurige, sehnsüchtige Melodie, die sich mit ihren Gefühlen vereinte. Mathilda kannte nur einen Menschen, der solche Melodien spielte: Karl. Er lebte und saß am Klavier.

Ohne darüber nachzudenken, rannte sie quer über das Feld, bis sie den Zaun des Gutshauses erreichte. Die Glastür dahinter schien verschlossen zu sein, also lief sie um das Haus herum und klopfte am Haupteingang. Wieder öffnete die Gutsherrin die Tür.

»Ich möchte zu Karl.« Mathilda keuchte, spähte an Veronika von Steineck vorbei und hörte die Klaviermusik, die durch das Haus hallte.

»Ich kann dich nicht reinlassen«, sagte die Gutsherrin mitfühlend. »Er ist noch zu krank.«

»Aber ich höre ihn doch.« Mathildas Stimme zitterte. »Er spielt Klavier. Ich muss zu ihm.«

Zum ersten Mal wirkte die Gutsherrin unsicher. Sie trat auf der Stelle, drehte sich um und sah in die Eingangshalle. »Ich weiß. Er spielt Klavier. Aber er ist trotzdem nicht ...«

Mathilda setzte sich in Bewegung, ging einfach an der Gutsherrin vorbei und steuerte auf den roten Salon zu.

»Halt! Warte. Was soll das?«, rief ihr Veronika von Steineck nach.

Aber Mathilda kümmerte sich nicht darum. Nahezu lautlos tapsten ihre Füße über die Fließen der Eingangshalle, bis sie den roten Salon erreichte und auf das Parkett trat.

Dort saß Karl am Flügel, seine rechte Schulter wandte sich in ihre Richtung. Doch etwas stimmte nicht mit ihm. Allein an seiner Haltung konnte sie es sehen. Er saß nach vorne gebeugt, sein Kopf zur Seite gelegt, fast so, als hätte er nicht die Kraft, sich aufrecht zu halten. Auch seine Haare waren noch unordentlicher als sonst, waren an manchen Stellen zerzaust und an anderen plattgedrückt, als hätte er seit Tagen im Bett gelegen. Einzig seine Hände schwebten über die Tasten, wie sie es immer getan hatten. In traurigen Wellen ließ er die Melodie anschwellen, trieb sie mit schrecklicher Tragik voran, bis sie so klang wie der Tod selbst, der gekommen war, um ihn zu holen.

Mathilda bewegte sich weiter, ging auf ihn zu und blieb erst stehen, als sie sein Gesicht sehen konnte.

Seine Augen waren geschlossen, nahmen ihn fort aus dieser Welt und ließen ihn in eine andere schauen.

Erst bei näherem Hinsehen erkannte sie, dass er weinte. Seine Tränen lösten sich zwischen den Wimpern, vereinten sich mit den glänzenden Spuren auf seinen Wangen und verloren sich in dem Schatten, den die Bartstoppeln auf sein Gesicht zeichneten. Sein Mund war halb geöffnet, seine Lippen waren blass. Mit einem leichten Zucken lagen sie aufeinander.

Mathilda konnte nicht länger neben ihm stehen. Sie wollte ihn trösten, wollte bei ihm sein und seine Tränen verstehen. Mit leisen Schritten trat sie zu ihm, setzte sich neben ihn auf den Klavierhocker.

Seine Melodie verstummte, Karl fuhr herum. Verwirrung stand in seinen Augen, hundert verschiedene Gefühle, die miteinander stritten, bis nur noch eines übrig blieb: dunkle Verzweiflung.

Mit einer fahrigen Bewegung wandte er sich ab, ließ die Hände auf die Tasten sinken und begann das Lied von neuem. Doch er verspielte sich immer wieder.

Schulter an Schulter saßen sie auf dem engen Klavierhocker, während sich die Wärme seines Oberschenkels durch ihr Kleid drückte. Ein scharfer Schmerz zog durch ihre Brust.

Wieder geriet Karl ins Stocken, seine Hände zitterten. Mathilda starrte darauf, legte ihre Hand auf seine. Sie wollte die Melodie fühlen, wollte eins mit ihm werden.

Sein Spiel verstummte. Plötzlich drehte er sich zu ihr, zog sie in die Arme und stieß ein hartes Geräusch aus, eines, das seinen ganzen Körper zum Beben brachte und von dem sie erst im zweiten Moment begriff, dass es ein Schluchzen war.

In der nächsten Sekunde küsste er sie.

Der Schmerz in ihrer Brust explodierte, tobte durch ihre Sinne. Sein Kuss war weich und rauh, dunkel und hart, schmeckte nach Salz und Tränen. Ihre Lippen bewegten sich, tranken die Verzweiflung und schmiegten sich umeinander. Was sie taten, war verboten, eine Sünde! Dennoch wollte sie nicht aufhören. Ihr Körper schmiegte sich an ihn, ihre Hände streichelten seine Haare, ihr Mund vereinte sich mit seinem. Sein Körper zitterte in ihren Armen, bebte immer heftiger. Sie versuchte, ihn zu halten, schob die Hände über seinen Rücken, grub sie in seine Haare. Doch sein Weinen blieb, presste sich hervor und flüsterte in ihre Ohren.

Dann war es vorbei. Karl wich zurück, als hätte er sich verbrannt, sprang auf und starrte von oben auf sie herab. Die Dunkelheit in seinen Augen tobte, seine Lippen mussten die Worte erst finden. »Wir dürfen das nicht«, stieß er hervor. »Du bist zu jung ... Und dein Vater ...« Er schüttelte den Kopf. »Ich bin der Falsche für dich.« Es klang endgültig, wie ein Abschied. Die Dunkelheit in seinen Augen dehnte sich aus, so als wolle er Mathildas Bild ein letztes Mal in sich aufnehmen. Dann drehte er sich um und eilte aus dem Zimmer. Sobald er die Eingangshalle erreichte, rannte er los, an Veronika von Steineck vorbei, deren weißgekleidete Gestalt in den Schatten hinter der Tür stand.

Die Gutsherrin musste alles gesehen haben, ihre Umarmung, ihren Kuss, ihren Abschied. Mathilda wusste, dass sie sich schämen sollte. Aber sie tat es nicht. Karl war alles, was sie interessierte. Warum hatte er geweint? Warum lief er vor ihr weg? Was bedeutete sein letzter Blick?

Seine Schritte in der Eingangshalle waren verklungen. Nur die Gutsherrin stand vor der Tür und schaute zu ihr herein.

Mathilda sprang auf. Ohne Karl hatte sie hier nichts verloren. Hastig lief sie in die Eingangshalle, trat Veronika von Steineck entgegen. Die Gutsherrin sah traurig aus. Zögernd öffnete sie den Mund, beinahe als wolle sie Mathilda trösten. Doch sie blieb stumm.

In diesem Augenblick ahnte Mathilda, dass gerade etwas passiert war, wofür es keinen Trost gab, dass in Karls Tränen und seiner Verzweiflung ein Rätsel verborgen lag, das zu gefährlich war, um es zu lösen.

Dann war der Moment vorüber. Mathilda ging an der Gutsherrin vorbei und ließ sie hinter sich. Dunkle Schatten beherrschten die Eingangshalle. Nur die Haustür stand offen und warf einen Lichtkorridor auf die Fliesen.

Noch während Mathilda in das Tageslicht hinaustrat, wusste sie, dass sie Karl nicht mehr wiedersehen würde.

* * *

In den nächsten Tagen lernte sie, wie sehr sie ihren Ahnungen trauen konnte. Genauso rätselhaft wie Karl nach Fichtenhausen gekommen war, verschwand er wieder.

Wohin er gegangen war, schien niemand zu wissen. Ganz gleich, wen sie fragte, alle zuckten mit den Schultern. Nicht einmal Joseph wusste etwas und machte sich die gleichen Sorgen wie sie.

Nur Veronika von Steineck schenkte Mathilda ein trauriges Lächeln und erklärte, dass sie nicht darüber sprechen durfte. Ganz gleich, wie sehr Mathilda sie darum bat, die Gutsherrin ließ sich nicht erweichen.

Der Schmerz in ihrer Brust war schließlich alles, was ihr von Karl blieb. Spätestens jetzt wusste sie, wie sehr sie ihn liebte. Mit Haut und Haaren, mit jeder Faser ihrer Muskeln, die keine Kraft mehr besaßen.

Auch der Rest des Dorfes zerriss sich den Mund darüber, was mit Karl geschehen war. Sie sagten, sein Verhältnis zur ollen Steineck sei aufgeflogen, oder er sei ein kommunistischer Spion. Manche sprachen gar von einem schwarzen Wagen, der in der Nacht gekommen sei, um ihn abzuholen.

Je häufiger Mathilda diese Geschichten hörte, desto sicherer war sie sich, dass er verhaftet worden war. Selbst das Schweigen der Gutsherrin passte dazu.

Wohin Karl gegangen war, klärte sich erst ein Jahr später. Ein Jahr, in dem Mathilda jede Nacht um ihn geweint hatte, ein ganzes, langes Jahr, in dem sich der Schmerz in ihrer Brust zwar verändert hatte, aber niemals verschwunden war. Am Ende dieses Jahres, im Sommer 1939, begegnete Lotta ihm in Schloss Neuhaus. Brühwarm erzählte sie davon, dass er die Uniform eines Kavalleristen trug und in der Kaserne stationiert war.

Damit hatte er Mathilda endgültig verraten. Ihr Schmerz verwandelte sich in einen unbändigen Zorn, der durch ihr Inneres tobte. Karl war nicht abgeholt worden, er war weder verhaftet noch hingerichtet noch in ein Lager gesperrt worden. Stattdessen war er in die Wehrmacht eingetreten, *freiwillig*, obwohl er noch zu jung war, um eingezogen zu werden. Ein Jahr lang hatte sie um ihn geweint, während er nur wenige Kilometer entfernt gewesen war. Er hätte ihr nur eine winzige Nachricht schreiben müssen, nur eine kleine Notiz, dass er noch lebte.

Mathilda war außer sich. In ihren Gefühlen tobte ein Kampf. Er hatte sie verraten, betrogen, so maßlos enttäuscht, dass sie ihm nie wieder verzeihen konnte. Dennoch war sie erleichtert. Er lebte! Sie müsste ihm nur einen Brief schreiben, müsste nur nach Schloss Neuhaus fahren, um ihn wiederzusehen.

Aber sie tat nichts davon. Er wollte sie nicht mehr. Zwischen all den Dingen, die sie nicht verstand, war dies die einzige Wahrheit, an der sich nicht rütteln ließ. Also tat sie besser daran, ihn zu vergessen.

Stattdessen begann sie das, was sie schon viel zu lange vor sich hergeschoben hatte: Sie trat ihr Pflichtjahr an, im Haushalt einer alten Dame – damit sie im Jahr darauf endlich eine Ausbildung anfangen konnte. Doch dann ging der Sommer 1939 zu Ende. Und mit dem September kam der Krieg.

* * *

Fichtenhausen, 10. Februar 1943
Liebster Karl,

jetzt fehlen nur noch wenige Tage, dann ist wieder Dein Geburtstag, der 24. Ich erinnere mich noch gut daran, wie ich den letzten Geburtstagsbrief geschrieben habe, und nun ist schon wieder ein Jahr vorbei. Es war ein Jahr voller Alpträume, für Dich wohl noch mehr als für mich. Es war ein Jahr, in dem wir beide versucht haben, vor der Gegenwart zu fliehen, indem wir in die Vergangenheit eintauchten. Aber nun ist der Punkt gekommen, an dem für mich nur noch eine Frage bleibt: WARUM? Warum bist Du damals gegangen? War-

um hast Du Dich nicht einmal von mir verabschiedet? Warum konntest Du mir nicht sagen, wohin Du gehst?
Du hättest mir so viel erspart, wenn ich nur gewusst hätte, dass Du noch am Leben bist.
Über diese Frage habe ich nun lange geschwiegen. Ich hatte Angst vor der Antwort, davor, dass Du wieder verschwinden würdest, wenn ich es wage, die Frage zu stellen. Aber nun gibt es keinen Ausweg mehr.
Bitte gib mir eine Antwort! Jetzt! Bevor es zu spät ist.
Ich liebe Dich. Du bist alles, was ich habe. Aber seit damals weiß ich nicht mehr, ob ich Dir vertrauen kann.

Mit bangem Herzen,
Deine Mathilda

29. KAPITEL

Reiterverband Boeselager, Teleshi (bei Smolensk),
Heeresgebiet Mitte, Februar 1943

Das Tal von Teleshi bildete einen tiefen Einschnitt in einer Landschaft, die sich endlos in die Ferne dehnte. Von weitem war allenfalls der Wald zu sehen, der das Tal zu beiden Seiten säumte. Dazwischen lag der Ort geborgen wie in einem Versteck und bot ihrem Reiterverband eine sichere Unterkunft. Obwohl Smolensk kaum mehr als 15 Kilometer entfernt lag, war Teleshi nur ein winziges Dorf. Am Grund des Tales verlief ein kleiner Fluss, der nur wenige Kilometer weiter in den Dnjepr mündete.

Noch lag das Tal unter dichtem Schnee begraben, aus dem nur die kahlen Bäume und die russischen Blockhäuser herauslugten, die sich auf beiden Seiten den Hang entlangzogen. Doch die Anwesenheit ihres Reiterverbandes war nicht zu übersehen. Seit Mitte Januar war ein Teil von ihnen in den Holzhäusern des Dorfes untergebracht. Zahlreiche Pferde standen in dem großen Kolchosestall, und inzwischen hatten Hufe und Soldatenstiefel tiefe Pfade im Schnee hinterlassen.

Auch der Weg, den Karl am Flussufer entlangritt, war ein solcher Pfad. Unzählige Schritte hatten den Schnee in eine Eisbahn verwandelt, so dass er Selmas Zügel locker ließ, damit sie sich besser ausbalancieren konnte. Auch das Flüsschen neben ihm war noch immer zugefroren. Nur an manchen Stellen war das Eis dünner und verriet, wo es mehrmals am Tag aufgeschlagen wurde, um die Pferde zu tränken.

Das letzte Wegstück führte bergauf. Karl sprang ab, um Selma zu schonen, und führte sie am Zügel. Als er das russische Bauernhaus erreichte, in dem der Regimentsstab residierte, war seine Stute bei weitem nicht das einzige Pferd, das davor angebunden stand. Es gab viel zu besprechen, im neuen Reiterverband Boeselager.

Als Karl in den zentralen Wohnbereich des Bauernhauses eintrat, fand er sich in einem zusammengewürfelten Haufen von Wartenden: Offiziere und Unteroffiziere, Mannschaften und russische Überläufer, die seit einiger Zeit in ihren Schwadronen kämpften. Die meisten Gesichter waren Karl fremd. Nur zwei Männer waren darunter, die ebenfalls aus der 1. Schwadron stammten. Er nickte ihnen zu und stellte sich auf einen Platz neben dem Ofen, der soeben frei geworden war.

Nach und nach rief Rittmeister von Boeselager die Wartenden zu sich ins Arbeitszimmer. Von dem, was dort gesprochen wurde, war nichts zu hören, aber die meisten Soldaten wirkten zufrieden, wenn sie herauskamen. In manchen Gesichtern meinte er, sogar Stolz zu lesen.

Georg Freiherr von Boeselager war von jeher ein Mann gewesen, der seine Versprechen hielt, doch in diesem Winter hatte er sich selbst übertroffen. Seit er im Januar 1942 zur Führerreserve versetzt worden war, hatte er ihnen in Briefen beteuert, dass er alles in Bewegung setzen wolle, um zu ihrer Abteilung zurückzukehren. Aber bis Ende letzten Jahres hatte niemand so recht daran geglaubt. Georg von Boeselager mochte ein guter Offizier sein, aber zaubern konnte er nicht.

Anfang Januar, genau ein Jahr nach seiner Versetzung, hatte er sie eines Besseren belehrt. An jenem Tag war er zu einem Besuch in ihrer Unterkunft erschienen und hatte ihnen eine Botschaft überbracht, die sie kaum glauben konnten: Boeselager war es gelungen, Feldmarschall von Kluge davon zu überzeugen, alle verbliebenen Kavalleristen im Bereich der Heeresgruppe Mitte zu einem neuen Reiterregiment zusammenzuziehen. Dieses Kavallerieregiment sollte eine schnelle, bewegliche Truppe werden, die überall dort eingesetzt werden konnte, wo es brannte. Sie sollten als Reserve bereitstehen, um feindliche Durchbrüche niederzuschlagen und Partisanen zu bekämpfen. Mit ihren Pferden waren sie bestens geeignet, um fliehende Feinde zu verfolgen. Und nicht zuletzt sollten sie die offenen Flanken der Wehrmacht sichern, die bei Angriffen und Rückzügen allzu häufig entstanden. Eine solche Truppe fehlte schon lange, und so war es Boeselager innerhalb eines einzigen Gespräches gelungen, den Feldmarschall davon zu überzeugen.

Ihre Schwadron war die erste gewesen, die von den Plänen erfahren hatte. Nur wenige Tage später war der Aufstellungsbefehl gekommen, und sie waren hierher verlegt worden, in ihren neuen Unterkunftsraum rund um Teleshi.

Doch bis er alle Schwadronen seines neuen Reiterverbandes aufgestellt hatte, würde Georg von Boeselager noch einiges organisieren müssen. So wie heute, hinter der verschlossenen Tür seines Arbeitszimmers. Auch Karl war die Nachricht überbracht worden, dass der Kommandeur ihn sprechen wollte.

Während er am Ofen lehnte und wartete, fiel es ihm schwer, die begeisterten Mienen der Umstehenden zu begreifen. Boeselager mochte ein vorbildlicher Kommandeur sein. Aber sie waren noch immer im Krieg, und ganz gleich, in welcher Form sie neu aufgestellt wurden, es würde weiterhin darum gehen, Menschen zu töten. Vielleicht stiegen ihre eigenen Überlebenschancen, wenn sie unter der Führung eines guten Offiziers kämpften, aber auch darin war Karl sich nicht sicher. Boeselager war bekannt für seine wagemutigen Unternehmungen, und er hatte in diesem Krieg nur deshalb so viel erreicht, weil seine Methoden erfolgreich und effektiv waren.

Die Aufgaben in ihrem neuen Regiment würden also alles andere als ein Erholungsurlaub werden. Stattdessen ahnte Karl, worauf es hinauslaufen würde: Sie würden überall dort kämpfen, wo sich russische Soldaten und Zivilisten kaum voneinander unterscheiden ließen, in abgelegenen Sümpfen und Wäldern, in denen sich Menschen versteckt hielten. Sicherlich würden Partisanen darunter sein, die sich von dort aus neu formierten. Aber auch die Flüchtlinge zogen sich in die Wälder zurück.

Karl widerstand dem Drang, die Augen zu schließen. Er wollte nicht länger darüber nachdenken, wollte nicht die Schuld spüren, die sich meterhoch auf seine Schultern türmte. Stattdessen schob er die Hand in seine Uniformtasche und fühlte den Brief, den er schon seit Tagen mit sich herumtrug: Mathildas Brief, ihre Frage, auf die sie endlich eine Antwort verlangte. Karl verstand ihren Wunsch. Schon allzu oft hatte er darüber nachgedacht, dass sie ein Recht darauf hatte, die Wahrheit zu erfahren. Dennoch scheute er sich davor.

Seine Gedanken brachen ab, als noch ein weiterer Soldat von draußen hereinkam, eine Person, die ihn in Schockstarre versetzte: Ludwig Palm.

Seit Palm vor eineinhalb Jahren verletzt worden war, hatte Karl ihn nicht wiedergesehen. Bis heute war er davon ausgegangen, dass sein ehemaliger Vorgesetzter den Verletzungen entweder erlegen war oder nicht mehr für den Fronteinsatz in Frage kam.

Doch der Soldat, der jetzt vor ihm stand, war offenbar woanders eingesetzt worden, zumindest war er inzwischen Wachtmeister und trug die Abzeichen eines Offiziersanwärters.

Karl blickte nach unten und versuchte, seinen Schrecken zu verbergen. Aber es war zu spät. Wachtmeister Palm trat direkt auf ihn zu. »Sieh an, sieh an.« Ein merkwürdiges Grinsen legte sich auf sein Gesicht. »Der Bergmann. Inzwischen ebenfalls zum Wachtmeister befördert, was?« Er klopfte auf Karls Schulterstück, das seit einigen Monaten von einem silbernen Stern geziert wurde.

Karl bemühte sich, ein freundliches Lächeln zu erwidern. »Es freut mich, dass Sie genesen sind, Wachtmeister O.A.« Er deutete auf die Doppelborte über Palms Schulterstück. »Wie ich sehe, lief es bei Ihnen wohl auch ganz gut.«

Palms Miene zuckte bedrohlich. »So kann man das sehen. Ich wurde in eine andere Verwendung versetzt, nachdem meine alte Stelle neu vergeben war.«

Karl bemühte sich, seinem Blick standzuhalten. Er selbst war derjenige gewesen, der Palms Platz als Gruppenführer eingenommen hatte, zuerst als Vertretung und dann als offizielle Besetzung.

»Aber es hatte auch sein Gutes«, fuhr Palm fort. »Dort wurden meine Qualitäten ganz anders geschätzt.« Er beugte sich näher zu Karl, raunte so leise, dass ihn die Umstehen nicht mehr hören konnten: »In dieser großen, kuscheligen ›Reiterfamilie Boeselager‹ gibt es leider viele Leute, die nur wenig Sinn für Führertreue und unseren nationalsozialistischen Kampf haben.« Er richtete sich wieder auf, schaute in die Runde und sprach seinen letzten Satz laut. »Aber wem sage ich das?« Damit brach er in überhebliches Gelächter aus.

Karls Herzschlag beschleunigte sich, eine Spur von Panik fegte durch seine Adern.

»Wachtmeister Bergmann!« Die Tür zu Boeselagers Arbeitszimmer hatte sich geöffnet. Der Kommandeur stand davor und sah in ihre Richtung.

Karl atmete erleichtert aus. »Wenn Sie mich entschuldigen würden.« Damit wandte er sich von Palm ab, trat dem jungen Kommandeur entgegen und stieß die Hand zu einem Militärgruß an die Mütze.

Boeselager erwiderte den Gruß. Während er Karl hereinbat und die Tür hinter ihm schloss, erschien ein strahlendes Lächeln auf seinem Gesicht. »Mein lieber Bergmann! Es ist schön, Sie so wohlbehalten wiederzusehen.«

Karls Herzschlag beruhigte sich allmählich. Ihr Kommandeur hatte sich kaum verändert. Obwohl Boeselager inzwischen 27 oder 28 Jahre alt sein musste, wirkte er noch immer so jugendlich wie eh und je, ein kleiner, zierlicher Reiter mit der Figur eines Jockeys. Selbst seine Augen leuchteten noch genauso wie in den Friedenzeiten, als er Karls Schwadron in Schloss Neuhaus ausgebildet hatte. »Erzählen Sie, Bergmann. Wie ist es Ihnen im letzten Jahr ergangen.«

Karl senkte den Kopf. Er hatte mit der Frage gerechnet, doch es war nicht leicht, über die Erlebnisse des letzten Jahres zu sprechen. »Es waren harte Kämpfe«, begann er langsam. »Erst in der Stellung bei Rshew und später gegen die Partisanen. Auch in meiner Gruppe gab es Verluste. Ich habe gute Kameraden verloren ... Gute Freunde.« Karl presste die Zähne aufeinander. Er wollte nicht an Oscar denken.

Boeselagers Lächeln wich einem ernsten Ausdruck. Einen Moment lang schwieg er, als wüsste er genau, was in Karl vorging. »Soweit ich gehört habe, sind Sie Ihrer Gruppe ein ausgezeichneter Anführer«, begann er schließlich. Allein an seinem Tonfall ahnte Karl, dass er nun auf das kommen würde, weshalb er ihn hergerufen hatte. »König sagt,

Sie seien sein bester Spähtruppführer. Lautlos und besonnen, mit einer raschen Auffassungsgabe für Situationen und menschliches Verhalten. Ich habe in Ihre Akte gesehen: Über zweihundert erfolgreiche Spähtruppunternehmen und dreieinhalb Kriegsjahre ohne Verwundung sprechen für sich.«

Karl bemühte sich um Haltung. Ein solches Lob aus Boeselagers Mund glich einer Ehrenmedaille. Dennoch spürte er keinen Stolz. Wer auch immer die Legende von soldatischem Stolz erfunden hatte, nach dreieinhalb Kriegsjahren wusste er, dass es nur eine Maske war, mit der sie die schrecklichen Erinnerungen überdeckten.

Wieder musste er an Oscar denken, an das Pervitin, dem er selbst schon einmal verfallen war. »Ich hatte nicht nur rühmliche Momente.« Boeselager nickte. Ein trauriger Schatten erschien auf seinem Gesicht. »Die unrühmlichen Momente haben wir alle, Bergmann. Aber genau das schätze ich an Ihnen: Sie können einen Fehler zugeben und daraus lernen. Sie sehen sich selbst kritischer als alle anderen. Genau aus diesem Grund bin ich so überzeugt von ihnen.«

Karl hielt den Atem an. Spätestens jetzt war er sich sicher, weshalb Boeselager ihn hergerufen hatte. Doch er konnte nicht zusagen, musste es um jeden Preis verhindern.

Sie standen noch immer mitten im Zimmer, auf halbem Weg zu dem Schreibtisch, auf dem sich Papiere und Akten stapelten. Aber Karl war es nur recht. Er war zu unruhig, um sich zu setzen.

Auch in Boeselagers Haltung lag eine gespannte Energie. »Es gibt zwei Dinge, die ich heute von Ihnen möchte.« Der Kommandeur schlug einen geschäftsmäßigen Tonfall an. »Fangen wir mit unseren russischen Kameraden an. Ich würde gerne wissen, wie Sie die Zusammenarbeit mit den Überläufern sehen. Von den anderen Männern habe ich schon einiges gehört. Aber Sie sind einer der wenigen, der ihre Sprache spricht. Welches Bild haben sie von uns, und worum sorgen sie sich?«

Die russischen Überläufer. Das war nicht die Frage, die Karl befürchtet hatte. Genau genommen hatte er nicht einmal mit ihr gerechnet. In jedem Fall war die Antwort alles andere als einfach. Die Zusammenarbeit wurde immer schwieriger. Karl wusste, warum es so war, und die Antwort lag ihm auf der Zunge. Aber genauso gut wusste er, dass es besser war, nichts davon auszusprechen.

Georg von Boeselager bemerkte sein Zögern. »Oder lassen Sie mich so fragen«, er senkte die Stimme, »ich habe schon gehört, dass es mitunter Schwierigkeiten gibt, dass sich die Überläufer manchmal nur schwer für den Kampf motivieren lassen. Ich nehme an, Sie hatten schon häufiger Gelegenheit, ihren Gesprächen zu lauschen. Also fühlen Sie sich ganz frei, Bergmann. Sie sollen mir nicht Ihre eigene Meinung sagen. Ich möchte nur wissen, mit welchen Augen uns die Überläufer sehen.«

Karl schauderte. Fast schien es ihm, als hätte Boeselager seinen Schwachpunkt durchschaut, als wüsste er längst, welche Meinung Karl in seinen Gedanken verbarg. Und jetzt gab er ihm einen Vorwand, um seine Zweifel auszusprechen.

Einen Moment lang standen sie sich gegenüber. Boeselagers Blick hielt ihn fest, und Karl fragte sich, ob er ihm vertrauen konnte. Doch bis jetzt waren die Worte des Offiziers immer ehrlich gewesen. Karl glaubte nicht daran, dass er ihn in eine Falle locken wollte.

»Nach allem, was ich mitbekommen habe«, begann er vorsichtig, »scheinen die Überläufer inzwischen an uns zu zweifeln.« Karl sprach langsam, musste sich zwingen, das Wort »uns« zu benutzen und aus der Perspektive der Deutschen zu sprechen. Aber sobald er einmal angefangen hatte, kamen die Zusammenhänge immer leichter über seine Lippen. »Dabei zweifeln sie gar nicht so sehr an unserem Reiterverband, aber an den Deutschen im Allgemeinen. Als wir im Sommer 41 einmarschiert sind, haben manche Litauer und Ukrainer noch daran geglaubt, dass wir ihre Befreier seien. Sie hatten genug von Stalin und seinen Grausamkeiten. Damals waren sie bereit, uns zu folgen und auf unserer Seite zu kämpfen. Aber jetzt ...« Von nun an wurde es heikel.

Unruhe flackerte in Boeselagers Augen. Er wandte sich ab, faltete die Hände hinter dem Rücken und ging ein paar Schritte. »Sprechen Sie weiter, Bergmann.«

Karl schluckte. »Es gibt diese Gerüchte ... Von den Greueltaten, die von deutschen Truppen im rückwärtigen Heeresgebiet verübt werden.

Gefangenenlager, in denen grausame Bedingungen herrschen, Erschießungen von Menschen, darunter auch Zivilisten, selbst Frauen und Kinder.« Karl senkte den Kopf. Nur mühselig konnte er die Worte aussprechen. »Wenn man den Gerüchten glaubt, dann werden vor allem Juden zusammengepfercht, in Ghettos und Lager gesperrt und umgebracht. Von allen Seiten hört man diese Geschichten. Die deutschen Soldaten tuscheln darüber, unsere russischen Kameraden erzählen davon. Selbst das russische Volk berichtet immer neue Details. Inzwischen wird die Stimmung immer schlechter. Die Überläufer beklagen, dass Hitler nicht besser sei als Stalin, eher noch schlimmer. Und solange diese Gerüchte bestehen, hegen sie schwere Zweifel, ob es wirklich richtig ist, auf unserer Seite zu kämpfen.«

Boeselager drehte sich ruckartig zu Karl herum. »Es sind keine Gerüchte, Bergmann«, sagte er heftig. Zorn loderte in seinen Augen. »Es ist die Wahrheit! Diese Scheußlichkeiten werden tatsächlich begangen.« Boeselager verstummte genauso abrupt, wie die Worte aus ihm herausgebrochen waren. Erschrocken starrten sie sich an, und es war dieser Augenblick, in dem Karl klarwurde, dass sein Kommandeur die gleichen, verbotenen Zweifel hegte.

Ihm wurde schwindelig. Nicht nur er hatte mehr gesagt, als gut für ihn war, auch Boeselager war soeben das Risiko eingegangen, von ihm verraten zu werden.

Boeselagers Hände ballten sich zu Fäusten, öffneten sich und stützten sich auf den Schreibtisch. »Und jetzt zu Ihnen, Bergmann. Wo wir schon dabei sind, ehrlich zu sein: Wie beurteilen Sie unsere Lage? Welche Probleme haben wir und wie können wir sie lösen? Lässt sich dieser Krieg noch gewinnen?«

Karl unterdrückte einen scharfen Laut. Eine solche Frage hatte ihm noch niemand gestellt. Er war Unteroffizier, es war nicht seine Aufgabe, die Kriegslage zu beurteilen. Dennoch war es das, was Tag und Nacht durch seinen Kopf kreiste. »Unsere Lage ist kaum noch unter Kontrolle.« Plötzlich sprudelten seine Gedanken hervor, so ehrlich, wie er sie noch nie formuliert hatte. »Spätestens seit Winter 41 haben die Sowjets Oberwasser. Aber eigentlich hatten wir von Anfang an ein fatales Problem: Wir haben nicht genug Kräfte, um diesen riesigen Raum zu beherrschen. Von vorne stürmen die Russen mit ihren endlosen Massen gegen unsere Front, und im Hinterland werden wir von Partisanen attackiert, die versuchen, uns einzukesseln und unsere Versorgungswege lahmzulegen.«

Boeselager hatte sich wieder aufgerichtet und hörte ihm aufmerksam zu.

Karl holte tief Luft. »Nach meiner Einschätzung hatten wir nur am Anfang eine Chance. Damals hätte es unsere Politik sein müssen, uns mit jenen Völkern zu verbünden, die von Stalin unterdrückt wurden. Nicht nur mit wenigen, ausgesuchten Überläufern. Es gab etliche Litauer, Ukrainer und Weißrussen, die von dem Sowjetregime befreit werden wollten. So viele Soldaten haben sich freiwillig ergeben. Manch einer hätte für uns gekämpft, wenn wir sie anständig behandelt hätten, wenn wir versucht hätten, sie zu retten, anstatt sie zu unterwerfen.« Karl schüttelte den Kopf. Plötzlich konnte er nichts gegen die Wut tun, die in ihm hervor kam und seine Stimme eroberte. »Aber wenn es wahr ist, dass diese Greueltaten im Hinterland verübt werden, dann haben wir unsere einzige Chance verspielt. Zuerst haben die Russen gelernt, Stalin zu hassen, und jetzt wissen sie, dass sie Hitler noch mehr hassen müssen. Damit sind wir chancenlos, völlig verloren in diesem riesigen Land. Ganz gleich, was wir versuchen, die Sowjets werden den längeren Atem haben. Schritt für Schritt werden sie uns zurückdrängen. Und am Ende können wir froh sein, wenn wir nicht auch noch Deutschland an sie verlieren.« Karl richtete sich auf, die Wut in seinem Inneren tobte. Er wusste, dass er sein letztes Fazit nicht aussprechen sollte, aber er hatte ohnehin schon zu viel gesagt. All die Worte, die schon so lange in ihm schlummerten. Mit einem Mal ließen sie sich nicht mehr aufhalten. »Und das alles haben wir nur Hitler zu verdanken. Weil er entschieden hat, dass ihm der Mord an Juden, Kommunisten und dem ›slawischen Untermenschen‹ mehr Wert ist als der Sieg und das Wohl seines Volkes!« Karl hielt inne. Atemlos starrte er seinen Vorgesetzten an. Spätestens jetzt war es besiegelt: Falls Boeselager ein treuer Nazi war, der ihn ans Messer liefern wollte, hatte Karl ihm soeben alle Geständnisse geliefert, die er dafür brauchte.

Boeselagers Blick wirkte ernst. Jedes Lächeln war aus seinem Gesicht verschwunden, nur das Funkeln in seinen Augen leuchtete noch immer. »Wachtmeister Bergmann!« Seine Stimme klang streng. »Vielleicht ist es unvorsichtig, wenn ich das jetzt so sage, aber ich teile Ihre Auffassung. Ich teile sie zu 100 Prozent!«

Karl stieß die Luft aus. Ein überraschtes Lachen wich aus seinem Mund. Boeselager stimmte in sein Lachen ein. Es war ein herzliches, schallendes Gelächter, das den Raum erfüllte. Boeselagers Augen schienen zu sprühen, lebendige, lodernde Funken, die stark genug wären, um ein Feuer zu entfachen.

Dann verstummte er. Mit raschen Schritten ging er um seinen Schreibtisch herum, setzte sich auf seinen Platz und deutete auf den Stuhl gegenüber.

Karl trat an den Stuhl heran, legte seine Hände auf die Lehne und zögerte. Er wollte sich nicht setzen, nicht jetzt, während seine Gedanken rasten und sein Herz flatterte. Doch er durfte nicht widersprechen.

»Sie können gerne stehen bleiben.« Auch Boeselager klang nervös. Noch mitten im Wort stand er wieder auf, setzte sich auf die Ecke seines Schreibtisches und betrachtete Karl mit ernstem Blick. »Ihre Einschätzung der Lage ist erstaunlich, Bergmann. Vor allem, wenn man bedenkt, dass Sie aus Ihrer Position nur beschränkten Zugriff auf Informationen haben.« Er räusperte sich, tippte mit dem Zeigefinger auf eine Akte und sah Karl eindringlich an. »Um es kurz zu machen: Ich möchte Sie zum Offizier befördern. Sie sind ein kluger Mann, Bergmann. Wenn Sie schon ohne Kenntnis allen Materials in der Lage sind, eine so treffende und mutige Lageeinschätzung zu geben, möchte ich Sie in Zukunft als Offizier an meiner Seite wissen.«

Karl wollte etwas sagen, wollte protestieren. Aber Boeselager hob abwehrend die Hand. »Um ganz offen zu sein, Karl: Seit wir uns kennen, wundere ich mich, warum Sie nicht gleich die Offizierslaufbahn eingeschlagen haben. Sie waren von Anfang an ein Ausnahmetalent. Nicht nur im Reiten, auch in Ihrer Art, die Dinge zu durchschauen und alles zu hinterfragen. Selbst Ihr Verantwortungsbewusstsein, Ihre Menschlichkeit und die Fürsorge, die Sie verkörpern, das alles macht Sie zu einem Vorbild. Ein Vorbild, das nicht nur eine Gruppe von 16 Mann führen sollte, sondern mindestens eine ganze Schwadron.«

Karl schluckte, seine Hände begannen zu schwitzen. Da war er also, der Grund, warum Boeselager ihn hergerufen hatte, genauso, wie er es befürchtet hatte.

Doch sein Kommandeur war noch nicht fertig: »Schon damals, als Sie in Frankreich so viel Mut und Verantwortungsbewusstsein bewiesen haben, habe ich darüber nachgedacht, Sie zum Offizier zu befördern. Und inzwischen bedaure ich, dass ich es nicht längst getan habe. Denn wenn Sie schon seit damals Offizier wären, würde ich Sie jetzt zu meinem 2. Abteilungsführer machen. Neben meinem Bruder, der die 1. Abteilung führen wird.« Ein schiefes Schmunzeln huschte über Boeselagers Gesicht. »Aber so würde ich Sie gerne so schnell wie möglich in den Offiziersstand heben und zu meinem Adjutanten machen.«

Karl konnte sich nicht mehr rühren. Er starrte Boeselager an, sein strahlendes Lächeln, das hoffnungsvolle Leuchten in seinen Augen. Plötzlich wusste er, dass der Kommandeur recht hatte. Ihre Gedanken lagen auf einer Wellenlänge, ihre Art zu führen und Verantwortung für andere zu übernehmen, ähnelte sich. Womöglich hatte Boeselager sogar das gleiche, schuldbeladene Gewissen, das ihn dazu trieb, immer wieder gegen den Strom der Nazis zu schwimmen.

Und dennoch ...

Karl straffte die Schultern, hob sein Kinn und zwang sich, die Worte auszusprechen. »Es tut mir wirklich sehr leid, Rittmeister von Boeselager, aber ich kann Ihr Angebot nicht annehmen.«

Der Kommandeur schnellte von der Tischkante hoch. Einen Moment lang erschien er sprachlos. Unverständnis und Zorn spielten in seiner Miene, rangen um den ersten Platz, ehe er die Sprache wiederfand. »Was soll das heißen, Bergmann? Heißt das ernsthaft, Sie wollen Ihre Beförderung ausschlagen? So einfach ist das nicht. Ich kann Sie auch ohne Ihr Einverständnis befördern! Falls Sie zu den Menschen gehören, die zu ihrem Erfolg gezwungen werden müssen.«

Karl klammerte die Hände um die Stuhllehne.

»Herrgott!« Boeselager knurrte. »Noch nie habe ich jemandem so viele Komplimente an einem Tag gemacht. Aber wenn Sie wollen, dann mache ich noch ein bisschen weiter: Unser neues Offizierskorps ist jung. Viel zu jung und viel zu unerfahren. Die meisten kommen direkt von der Offiziersschule und waren noch nicht einen Tag im Krieg. Ich brauche Sie, Bergmann! Ich brauche Ihre Erfahrung, Ihr Wissen, Ihre Intelligenz. Himmel! Nun seien Sie doch nicht so stur! Manchmal könnte ich selbst Ihre Sturheit gebrauchen. Aber bitte auf meiner Seite und nicht gegen mich.« Er schüttelte den Kopf, knurrte noch einmal und stieß ein leises Lachen aus. »Kommen Sie, Bergmann! Das ist kein Heiratsantrag. Ich will Sie nur befördern.«

Karl hätte beinahe gelacht, wenn es nicht so tragisch gewesen wäre. Schnell senkte er den Kopf. »Es tut mir leid, aber ich kann nicht einwilligen.«

Der Kommandeur fluchte, schubste seinen Stuhl zurück und setzte sich. Ruckartig blätterte er durch die Akte auf seinem Tisch. Es war Karls Akte. »Dann habe ich keine Wahl mehr, Wachtmeister Bergmann. Ich habe Sie gelobt, ich habe versucht, Sie zu überreden. Jetzt muss ich Sie zwingen.« Er begann, ein Formular auszufüllen. »Ich kann ebenfalls stur sein.«

Karl stützte sich noch fester auf den Stuhl. Der Boden unter seinen Füßen drehte sich. »Bitte tun Sie das nicht.« Er sprach leise.

Boeselager schrieb mit der rechten Hand weiter und deutete mit der Linken auf Karls Akte. »Leider sind Ihre Unterlagen nicht vollständig. Jemand muss damals in Schloss Neuhaus geschlampt haben. Zumindest fehlen ein paar wichtige Dokumente. Unter anderem Ihre Schulzeugnisse. Außerdem brauche ich Ihren Arierausweis für die Beförderung. Ich gebe Ihnen 21 Tage frei. In der Zeit fahren Sie nach Hause, besuchen Ihre Familie und besorgen mir die Papiere.« Er setzte seine Unterschrift unter das Formular und reichte es Karl.

Es war eine Urlaubsbescheinigung.

Karls Hand zitterte, als er sie entgegennahm. Sein Mund fühlte sich trocken an. Er wusste nicht, was er jetzt noch tun konnte. 21 Tage. Das war genug Zeit, um sich von der Front abzusetzen, um sich in den Schutz der russischen Wälder zurückzuziehen und zu desertieren. Er würde sich alleine in der Wildnis durchschlagen müssen, bis der Krieg vorbei war.

Doch plötzlich wollte er nicht mehr. All die Jahre hatte er sich in der Wehrmacht versteckt, hatte gekämpft und unzählige Menschen getötet, nur um sein Leben zu retten. Wenn er jetzt desertierte, dann gab es vielleicht eine minimale Chance, weiterhin zu überleben.

Aber wofür? Wie kam er darauf, dass sein Leben wertvoller war als die vielen Seelen, die er im Austausch dafür genommen hatte? Und was würde von seiner Seele schon übrig bleiben? Wenn seine Gedanken von der Schuld erdrückt wurden und seine Gefühle darin ertranken? Wenn er erst desertiert war, konnte er nicht einmal zu Mathilda zurückkehren. Viel lieber wollte er aufgeben, jetzt und hier.

Boeselager stand auf, kam mit grimmiger Miene um den Schreibtisch herum und machte Anstalten, ihn zur Tür zu begleiten.

Doch Karl blieb neben dem Stuhl stehen. »Es tut mir leid«, stammelte er. »Ich kann die Papiere nicht besorgen.«

Boeselager blieb stehen, drehte sich zu Karl herum und sah ihn fragend an. »Das müssen Sie mir erklären.«

Karl fing an zu schwitzen. Von nun an war es für jeden Rückzieher zu spät. Er hatte angefangen, also musste er weitermachen.

Boeselager wurde ungeduldig. »Was ist Ihr Problem, Bergmann? Warum können Sie die Papiere nicht besorgen?«

Karl atmete tief ein, zwang sich, den Kommandeur anzusehen. Plötzlich spürte er, wie etwas in ihm brach. Er wollte sich nicht länger verstecken, wollte endlich die Wahrheit aussprechen und Erleichterung finden. Und wenn er schon das Glück hatte, sich seinen Richter selbst auszusuchen, dann war Georg von Boeselager die beste Wahl, die er treffen konnte. »Ich ... ich bin ...« Seine Zunge sperrte sich gegen die Worte.

Boeselagers Blick änderte sich, wirkte alarmiert. »Was sind Sie?«

Karl schloss die Augen, bewegte die Lippen und flüsterte sein Todesurteil: »... kein Arier.«

Für eine Sekunde herrschte Stille. Dann wehte ein Lufthauch über Karls Gesicht, ließ ihn die Augen öffnen und mit ansehen, wie Boeselager sich abgewandt hatte, wie er mit unruhigen Schritten durch das Arbeitszimmer wanderte.

Am anderen Ende des Raumes drehte er sich um und sah Karl erschrocken an. »Was genau sind Sie? Jude? Jüdischer Mischling?«

Karl schüttelte den Kopf.

Boeselager sah ratlos aus. Er musterte Karls Gesicht, trat mit langsamen Schritten näher und betrachtete seine schwarzen Haare, die braunen Augen und seine Haut, die allein durch die Reflexionen des Schnees ungewöhnlich dunkel geworden war.

Boeselager brauchte nur noch ein einziges Wort, um die Wahrheit zu erraten. Doch für den Rest ihres Gespräches schien die Welt im Nebel zu versinken. Während Karl sein Geständnis aussprach, während er sein Leben und seine Geheimnisse vor Boeselager ausbreitete, kam es ihm vor, als würde die Luft um ihn herum aus Watte bestehen. Sie hielt ihn fest, hielt ihn auf wundersame Weise aufrecht und hüllte ihn in eine trügerische Wärme. Mit jedem Wort rückte er seinem Tod näher, und dennoch war es erleichternd, das alles zu sagen. Es nicht länger zu verstecken und damit allein zu sein.

Karl war sich sicher, dass er den Rest des Tages in einer Arrestzelle verbringen würde, bis die SS ihn abholte und ihn ohne weitere Umschweife seinem Ende zuführte. Doch selbst in diesem Moment, in dem Karl nur noch mit Mühe und Not der Herr seiner Sinne war, bewies Boeselager, dass er immer für eine Überraschung gut war. Als Karl geendet hatte, stieß er sich von der Tischplatte ab, ging um seinen Schreibtisch herum und starrte traurig auf Karls Akte. »Ich werde Sie nicht verraten, Bergmann.« Grimmige Entschlossenheit erschien auf seinem Gesicht. »Sie sind einer meiner besten Männer, und Sie haben mein Wort darauf, dass ich alles tun werde, um Sie zu decken. Abgesehen davon haben Sie natürlich recht: Unter den gegebenen Umständen werde ich Sie genau da lassen, wo Sie sind. Sie bleiben Wachtmeister. Keine Beförderung, keine Auszeichnungen, nichts, was unnötige Aufmerksamkeit auf Sie lenken könnte. Und dann hoffen wir, dass es gutgeht.«

Karls Puls dröhnte in seinen Ohren. Wieder zog der Schwindel an seinem Körper, ließ ihn glauben, er müsse in Ohnmacht fallen. Er hatte sich ausgeliefert. Von nun an hielt Georg von Boeselager sein Leben in der Hand. Doch vermutlich gab es kaum einen Ort, an dem es sicherer behütet wurde.

Der junge Kommandeur stand auf und streckte ihm die Hand entgegen. »Kommen Sie, Bergmann.« Seine Stimme wurde leiser. »*von Meyenthal* ...« Ein flüchtiges Lächeln glitt über sein Gesicht. »In jedem Fall sollten Sie jetzt gehen. Wir führen dieses Gespräch schon viel zu lange. Draußen werden sicher schon die Ersten ungeduldig.« Damit begleitete er Karl zur Tür. »Aber vergessen Sie nicht: Wenn Sie jetzt da rausgehen, immer schön lächeln! Ganz gleich, worüber wir gerade gesprochen haben, Sie sind höchst zufrieden.«

Karl drehte sich noch einmal zu ihm. Er wusste nicht, wie er es schaffte, seinen Körper zu kontrollieren und aufrecht stehen zu bleiben. Dennoch formte sich ein Lächeln auf seinem Gesicht. »Danke«, murmelte er. »Das werde ich Ihnen nie vergessen.«

Boeselager lachte. Noch mitten in diesem Lachen öffnete er die Tür und schickte Karl nach draußen.

Ludwig Palm sah ihm misstrauisch entgegen. Die anderen wirkten ungeduldig. Und Karl lächelte, während er hoffte, dass er niemals nach dem Grund für dieses Gespräch gefragt werden würde.

* * *

Nur zwei Tage später wurde Karl erneut zu Boeselager gerufen. Dieses Mal sollte König zusammen mit ihm vor ihrem Chef erscheinen. Einzig die Zeit, zu der Boeselager sie bestellte, war ungewöhnlich. Es war bereits Abend, schwarze Dunkelheit hing über dem Dorf, die Nachtwachen hatten schon längst ihren Dienst angetreten und sämtliche Kameraden frönten ihrer Freizeitbeschäftigung, sofern sie nicht sofort schlafen gingen. Nur Karl marschierte an der Seite von Wilhelm König zum Stabsquartier.

Worum es gehen sollte, hatte König mit keinem Wort erwähnt. Doch seine Miene war ungewohnt ernst, und sein Schweigen ließ darauf schließen, dass es ein schwieriges Thema sein würde.

Dieses Mal gab es keine angebundenen Pferde vor dem Bauernhaus. Auch der zentrale Wohnraum war leer. Selbst Boeselagers Adjutant hatte längst Feierabend gemacht. Die Tür zu seinem Arbeitszimmer stand offen, und das Licht der Arbeitslampe warf seinen Schein in das Vorzimmer. König klopfte leise an, wartete auf das »Herein« und schloss die Tür, sobald Karl eingetreten war.

Boeselager saß hinter seinem Schreibtisch. Aber er war nicht allein. Neben ihm stand sein jüngerer Bruder Philipp. Karl kannte ihn noch aus der Friedenszeit in Schloss Neuhaus. Seit Beginn des Krieges war er ihm jedoch nicht mehr begegnet.

Nur das Licht der Lampe erhellte die Gesichter der beiden. Sie hatten Karten vor sich ausgebreitet, die Georg von Boeselager eilig zur Seite schob. Gleich darauf stand er auf und kam ihnen entgegen, während Philipp sich im Hintergrund hielt.

»Schön, dass Sie beide kommen konnten.« Georg nickte ihnen zu und warf einen prüfenden Blick in die Runde.

Karl fiel auf, dass dichte Vorhänge vor die Fenster gezogen waren. Plötzlich wurde er unruhig. Was, wenn es eine Falle war? Wenn die Brüder beschlossen hatten, ihn mitten in der Nacht zu beseitigen? Selbst Wilhelm König stand auffällig nah neben ihm, so als wollte er ihn im Notfall überwältigen.

Georg von Boeselager räusperte sich. Mit einem Mal wirkte er unsicher, immer wieder wechselte er einen Blick mit König, als würde er sich Hilfe bei einer schweren Entscheidung wünschen.

Karl richtete sich auf. Wenn er in dieser Nacht, an diesem Ort sterben sollte, dann musste es wohl so sein. Zumindest waren die beiden Boeselager-Brüder und Wilhelm König die Letzten, gegen die er sich wehren würde.

»Ich möchte Ihnen heute Abend eine Frage stellen, Karl.« Georg räusperte sich ein weiteres Mal. »Mein Bruder und ich waren uns nicht sicher, ob das eine gute Idee ist. Aber König war ebenfalls der Ansicht, dass Sie der Richtige sind.«

Karl krauste die Stirn. »Der Richtige für was?«
Auch Philipp war inzwischen näher gekommen. Georg ließ seinen Bruder zu ihnen in die Runde treten und sah Karl in die Augen. Wieder zögerte er, seine Hand zuckte, seine Finger hakten sich in den Gürtel. Einzig seine Stimme klang so sicher wie eh und je: »Wenn Ihnen jemand die Möglichkeit geben würde, Hitler zu töten. Was würden Sie tun?«

Karl starrte ihn an. Ein heißes Gefühl strömte durch seinen Körper. Erst jetzt fiel ihm auf, wie nah Boeselagers Hand neben dem Pistolengriff lag, selbst das Koppel war offen. Jederzeit konnte der Offizier schießen. Und er würde es tun, falls Karl die falsche Antwort gab.

Doch auf einmal war jegliche Furcht verschwunden. Es war nicht mehr wichtig, die richtige Antort zu geben. Nur die Worte interessierten ihn noch: *Hitler zu töten* ... Wie oft hatte er davon geträumt? »Herrgott!« Karls Stimme bebte. »Bei all den Menschen, die ich in den letzten Jahren getötet habe, wäre er der Einzige, den ich mir immer schon tot gewünscht habe!«

Die Brüder und König sahen sich ein weiteres Mal an. Das Licht der Arbeitslampe spiegelte sich in Georgs Augen, seine Hand lag noch immer neben der Pistole. »Sie würden es also tun?«

Karl fröstelte. Ging es darum? Hitler zu töten? Wäre es möglich, in seine Nähe zu kommen? »Ja«, flüsterte er. »Wenn er vor mir stünde, ich würde es tun.«

Georgs Augen glitzerten. Das Licht der Schreibtischlampe ließ ihn umso grimmiger aussehen. »Auch, wenn Sie Ihr Leben dabei verspielen?«

Karl lachte auf. »Mein Leben ist schon verspielt. Sein Tod wäre meine einzige Rettung.«

Boeselagers Hand löste sich von der Pistole und fiel herab. »Ich bin froh, dass Sie sich so entschieden haben.« Er lächelte erleichtert. »Ich hätte Sie wirklich nicht gerne erschossen. Aber bei Gott, Ihnen muss klar sein, dass Sie von nun an keine Wahl mehr haben. Wir haben Sie eingeweiht. Entweder Sie sind dabei, oder wir müssen Sie zum Schweigen bringen.«

Karl schauderte. Er dachte an Mathilda, an die Antwort, die er ihr schuldete, an das Leben, das er mit ihr führen wollte und das er nicht führen durfte, solange Hitler die Gesetze bestimmte. »Ich bin dabei.« Er räusperte sich. »Sie müssen mich nicht erschießen. Wenn ich als Attentäter hingerichtet werde, dann ist das die eine Sache. Dann habe ich immerhin ein Stückchen Ehre und Respekt zurückgewonnen, bevor ich sterbe. Aber in einem können Sie sicher sein: Ich werde nichts tun, womit ich Sie verraten würde. Selbst unter der Folter würde ich lieber lügen und sterben, als die zu verraten, denen ich meine letzte und einzige Chance verdanke.«

Georg nickte. Wieder zuckten seine Mundwinkel. »Ich sehe schon, Sie haben die Tragweite begriffen.« Damit wandte er sich an seinen Bruder und deutete in Karls Richtung.

»Wir haben einen Plan.« Zum ersten Mal übernahm Philipp von Boeselager das Wort. Seine Stimme ähnelte der seines Bruders. »Aber Sie müssen damit leben, dass Sie nicht alles erfahren. Nicht die Namen der anderen, nicht die Pläne außerhalb Ihrer Reichweite. Nur das Nötigste. Es dient dem Schutz, falls wir scheitern und auffliegen. Auch wenn Sie jetzt noch glauben, Sie könnten den Schmerzen standhalten. Sie wären nicht der Erste, der unter der Folter seine besten Freunde verrät.«

Karl wurde kalt, eine eisige Gänsehaut zog über seinen Rücken. »Ich verstehe.«

»Sehr gut.« Georg von Boeselager zeigte auf seinen Tisch. »Leider bleiben uns nur noch wenige Tage. Kommen Sie mit.« Er führte sie zu seinen Unterlagen, zog wieder die Karte hervor und breitete sie aus.

»In wenigen Tagen wird Hitler für eine Besprechung nach Krassny Bor ins Hauptquartier der Heeresgruppe Mitte kommen. Wir wissen noch nicht, welcher Tag es sein wird, aber spätestens Mitte März. Bei diesem Besuch sind wir für die Sicherheitsmaßnahmen zuständig.«

Philipp von Boeselager wies mit dem Zeigefinger auf die Karte, zeigte ihm ein Gebäude, das in der Mitte lag. »Das hier ist das Offizierscasino. Beim gemeinsamen Mittagessen mit Hitler ist die Aktion geplant. Mein Bruder und ich werden anwesend sein, zusammen mit ein paar anderen Offizieren, die sich bereit erklärt haben. Offiziell führen wir die Sicherung durch. Aber sobald die Schusslinie frei ist, werden wir das Feuer auf Hitler eröffnen.«

Karl musste tief einatmen, um ruhig zu bleiben. So gut er konnte, konzentrierte er sich auf Georg von Boeselager, der den Rest des Planes erklärte: »Während wir im Offizierskasino sind, führen Sie mit der 1. Schwadron die Außensicherung durch. Soweit die offizielle Aufgabenbeschreibung. Doch in Wirklichkeit sind Sie und König unser Plan B. Für den Fall, dass wir unser Attentat nicht durchführen oder nicht vollenden können, kommen Sie an die Reihe.« Er führte seinen Finger zu einem eingezeichneten Wald und ließ ihn darauf liegen. »Um nach der Besprechung zu seinem Flugzeug zurückzugelangen, muss Hitler durch dieses Waldstück. Dort liegen König und Sie mit der 1. Schwadron auf der Lauer und fangen ihn ab. Ihre Aufgabe wird es sein, vor Ort ein militärisches Standgericht abzuhalten, ihn zum Tode zu verurteilen und das Urteil zu vollstrecken.« Georg sah auf, blickte Karl in die Augen. »Sie brauche ich als Verstärkung für König. Abgesehen von Ihnen beiden ist keiner der Männer eingeweiht. Jeder Mitwisser erhöht die Gefahr. Aber Sie beide sind große Vorbilder für die Männer. Daher gehe ich davon aus, dass sie Ihrem Befehl folgen werden, selbst wenn er sich gegen Hitler richtet. Und im Notfall sind Sie zu zweit, um die Situation unter Kontrolle zu bringen.«

Die Situation unter Kontrolle bringen ... Karls Knochen wurden weich. Die Sache ging zu schnell. Eben noch hatte er um sein Leben gefürchtet, und jetzt war er zum Hitler-Attentäter ernannt worden.

»Aber um Komplikationen zu vermeiden«, Georg sah abwechselnd zu König und ihm, »sollten Sie beide in den nächsten Tagen noch einmal darüber nachdenken, welche Männer womöglich ein Problem darstellen. Falls wir hitlertreue Leute in unseren Reihen haben, sollten wir sie von der Aktion ausnehmen.«

Karl nickte. Ihm fiel jemand ein, der nicht dabei sein sollte. »Was ist mit Ludwig Palm? Wird er in unsere Schwadron zurückkehren?«

Georg verzog das Gesicht. »Machen Sie sich um Palm keine Sorgen, den werde ich von der 1. Schwadron fernhalten. Was meinen Sie, wer schon einmal dafür gesorgt hat, dass er woanders sein Unwesen treibt?« Karl nickte. Georg von Boeselager hatte also heimlich die Fäden gezogen und Palm auf einen anderen Posten versetzen lassen. Plötzlich fühlte er sich besser. Es mochte sein, dass sein Leben von nun an in fremden Händen lag, aber spätestens mit diesem Abend hatten die beiden Boeselager-Brüder und König auch ihr Leben in seine Hände gelegt. Von nun an gehörten sie zusammen, in einer Verschwörung gegen Hitler und im Einsatz für das Leben.

Wieder schob Karl seine Hand in die Uniformtasche, dorthin wo noch immer der Brief steckte.

Es war an der Zeit, Mathildas Frage zu beantworten!

* * *

O.U., 28. Februar 1943

Liebste Mathilda,

schon lange warte ich darauf, dass Du diese Frage stellst, oder besser gesagt: Ich habe darum gebangt, dass Du sie stellen würdest, und gehofft, mir würde zuvor noch möglichst viel Zeit bleiben. Aber ich möchte mich nicht beklagen. Du hast mir sehr viel Zeit gelassen, und nun ist es Dein gutes Recht, auf eine Antwort zu drängen.
Doch ich muss Dich warnen: Es ist eine Antwort, die Du nicht gern hören wirst. Weil sie uns beide voneinander trennt. Allein aus diesem Grund habe ich mich so vor ihr gefürchtet.
In diesem Brief kann ich Dir nichts darüber schreiben. Bislang habe ich gehofft, es Dir eines Tages persönlich zu sagen, aber auch dieser Wunsch wird sich nicht so schnell erfüllen. Daher habe ich vorgesorgt: Veronika bewahrt einen Brief von mir auf. Eigentlich solltest Du ihn bekommen, wenn ich sterbe. Also erschrick Dich nicht. Es ist mein Abschiedsbrief, er klingt, als sei er von einem Toten geschrieben. Deshalb bedenke eines, wenn Du ihn liest: Noch lebe ich. Doch

mein Leben hängt am seidenen Faden. Wie sehr, das wirst Du verstehen, wenn Du meinen Brief gelesen hast.
Ich hoffe noch immer, dass ich eines Tages zu Dir zurückkehren kann. Aber bis dahin müssen wir aufhören, uns zu schreiben. Es ist zu gefährlich geworden. Daher bitte ich Dich nur noch um eine Nachricht: Wenn Du diesen Brief gelesen hast, dann schreibe an Joseph. Schreib ihm, ob Du noch zu mir gehörst, oder ob Du Abstand nimmst.
Danach müssen wir schweigen.
Es tut mir leid, Mathilda! Ich liebe Dich! Jetzt und in Ewigkeit.

Dein Karl

30. KAPITEL

Fichtenhausen, Paderborner Land, März 1943

Mathilda rannte. Der Brief flatterte in ihren Händen, der aufgeweichte Boden ließ sie rutschen und schlittern, während sie zwischen den Alleebäumen zum Gestüt lief. Die Dunkelheit wölbte sich über sie, die Lichter in den Ställen waren gelöscht, und sie wusste, dass es nicht die passende Zeit für einen Besuch war. Doch sie konnte nicht länger warten, konnte keine Nacht schlafen, ehe sie nicht die Antwort kannte.

Das Licht in Veronikas Bibliothek brannte, Mathilda konnte es sehen, sobald sie durch den Torbogen kam. Es war unhöflich, jetzt zu klopfen, aber nicht unmöglich. Ohne zu zögern rannte sie weiter, sprang die Stufen zur Haustür hinauf und hämmerte mit dem großen Messingklopfer dagegen. Selbst draußen konnte sie hören, wie das Klopfen durch die Eingangshalle dröhnte, wie es die Nachtruhe durchbrach und sämtliche Bewohner in Alarm versetzte. Es dauerte auch nicht lange, ehe sie die eiligen Schritte auf der Treppe hörte, leichte Schritte, die sich auf den Fliesen fortsetzten, kurz bevor die Tür aufgerissen wurde. Es war Veronika. Sie wirkte erschrocken. »Was ist geschehen?«

Mathilda rang nach Atem. Ihre Lunge keuchte von dem schnellen Lauf. »Karl ...« Sie hielt den Brief hoch.

Veronikas Beherrschung zerfiel, blanke Angst zeichnete sich in ihren Augen. »Was ist mit ihm?«

Mathilda richtete sich auf, versuchte die wirbelnden Gefühle zu ordnen. Warum war Veronika so besorgt? Karl war nur ihr Knecht! Warum stand sie ihm so nah? »Er hat mir einen Brief geschrieben.« Sie verdrängte das letzte Keuchen und zwang sich zu sprechen. »Er schreibt, dass er dir was gegeben hat. Einen Brief. Eine Erklärung. Etwas, das ich bekommen soll, falls er stirbt.«

Veronika wurde noch blasser. »Was ist mit ihm? Ist er gefallen?« Mathilda schüttelte den Kopf. »Nein. Bis jetzt nicht. Nur dieser Brief. Er klingt wie ein Abschied. Aber er gibt keine Antworten. Alles, was ich wissen soll, steht in dem anderen Brief. Hoffe ich.«

Veronika trat zur Seite, winkte Mathilda in die Eingangshalle. Die Gutsherrin trug ihre Haare offen, als hätte sie sich bereits für die Nacht fertiggemacht. Graue Strähnen schimmerten in dem hellen Blond, passten zu ihrem Gesicht, auf dem sich fahle Schatten zeichneten. An diesem Abend erschien sie älter als sonst, als hätte das nächtliche Klopfen den letzten Anschein von Jugendlichkeit zerrissen, der sie immer umgeben hatte.

Mit einer schwachen Geste winkte sie Mathilda mit sich. »Komm.« Veronika ging voran, doch ihre Stimme schwankte. »Bitte sag mir genau, was er schreibt. Warum soll ich dir den Brief geben, der nur für seinen Todesfall bestimmt ist?«

Mathilda musste tief Luft holen, ehe sie erzählen konnte. »Er sagt, dass er noch lebt, dass er hofft, mich wiederzusehen. Aber sein Leben hängt am seidenen Faden. Mehr weiß ich auch nicht.«

Veronika warf ihr einen furchtsamen Blick zu. Doch sie sagte nichts, während sie Mathilda die Treppe hinaufführte, die Galerie entlang bis in die Bibliothek. Nur eine Stehleuchte neben dem Sofa brannte. Darunter lag auf den Polstern ein aufgeschlagenes Buch.

Schweigend ging Veronika zum Schreibtisch, knipste auch dort eine Lampe an und holte einen Schlüssel aus einer Schublade. Dann trat sie zu einem ihrer Regale, schob eine Reihe von Büchern zur Seite und öffnete ein Geheimfach, das dahinterlag. Einen Moment später zog sie einen Brief heraus, ein dickes Kuvert, das sie Mathilda entgegenhielt. »Er hat ihn mir gegeben, als er vor zwei Jahren hier war, kurz vor Silvester 40/41.«

Mathilda stellte die Winterstiefel neben die Tür und lief barfuß zu Veronika.

Als sie nach dem Brief greifen wollte, zog die Gutsherrin ihn zurück. »Du musst ihn hier lesen.« Etwas Kühles mischte sich in ihren Tonfall. »Er darf diesen Raum nicht verlassen. Damit er auf keinen Fall in die falschen Hände gerät. Ich nehme an, dass sein Inhalt uns alle ins KZ bringen kann.«

Mathildas Blut wich aus ihren Adern. Ihre Beine fühlten sich schwach an, als sie den Brief in Empfang nahm.

Veronika deutete auf ihr Sofa. »Bitte setz dich. Du kannst hierbleiben und lesen, so lange du willst. Aber ich werde im Raum sein.«

Mathilda presste die Lippen aufeinander. »Was ist los mit ihm? Warum kann ein Brief so gefährlich sein?«

Ein bitteres Lächeln erschien auf Veronikas Gesicht. »Weil diese Welt gefährlich ist. Und weil die Menschen vergessen haben, dass sie Menschen sind. Aber ich nehme an, Karls Antworten werden dir mehr sagen als meine Andeutungen.«

Mathilda zog ihre Unterlippe zwischen die Zähne. Sie drehte den Brief hin und her, schlüpfte mit dem Finger unter den Rand und riss ihn auf. Mit schnellen Schritten ging sie zum Sofa, setzte sich darauf und nahm die Briefbögen aus dem Kuvert. Es waren viele, beinahe ein halbes Buch, das sie vorsichtig auseinanderklappte.

Schließlich lehnte sie sich zurück, hielt den Brief unter die Lampe und begann zu lesen.

Fichtenhausen, 29. Dezember 1940

Liebste Mathilda,

wenn Du diesen Brief liest, bin ich wahrscheinlich tot. Oder verschollen. Oder auf andere Weise aus Deinem Leben verschwunden. Ich weiß, dass es Dir weh tun wird, und ich würde Dich gerne verschonen. Aber ich schulde Dir so viele Erklärungen und Antworten, die ich Dir immer vorenthalten habe.

Seit wir uns kennen, habe ich Dich belogen. Nicht immer und nicht in den Dingen, die uns beide betreffen, aber fast immer, wenn ich über meine Vergangenheit gesprochen habe. Manchmal habe ich fast den Überblick verloren über das, was ich Dir und anderen erzählt

habe. Aber nun muss Schluss damit sein. Du sollst die Wahrheit erfahren und nichts als die Wahrheit.
Fangen wir mit meinem Namen an: Er ist eine Lüge. Mein Name ist nicht Karl Bergmann. Mein richtiger Name ist Karl von Meyenthal. Falls Du diesen Namen schon einmal irgendwo gehört haben solltest – es ist Veronikas Mädchenname. Sie ist meine Tante, die Schwester meines Vaters.

Mathilda fuhr auf. Ihr Blick huschte durch den Raum, suchte Veronika und fand sie auf der anderen Seite in einer der Fensternischen. Die Gutsherrin schaute auf den Gutshof hinaus.

Mathilda war es recht so. Sie wollte nicht mit ihr reden, nicht in diesem Moment. Die Zusammenhänge begriff sie auch so. Deshalb also die Nähe zwischen Karl und Veronika, die Vertrautheit und die Selbstverständlichkeit, mit der er sich im Gutshaus bewegt hatte. Und deshalb auch die Furcht in Veronikas Augen.

Mathilda musste mehr wissen. Schnell las sie weiter:

Meine wahre Geschichte beginnt in Ostpreußen, in Masuren, in der schönsten Landschaft, die es geben kann, zwischen Wäldern und Wiesen, Hügeln und Seen. Es ist nicht wie bei Euch, nicht weit und flach bis zum Horizont. Die Landschaft ist wie ein Geheimnis, wie ein Buch von Geheimnissen, die sich Seite für Seite entblättern.
Als Kinder sind wir tagelang durch die Wildnis gestreift, und immer enthüllte sich etwas Neues. Eine neue Lichtung inmitten von Wäldern, eine geheime Wiese mit blühenden Blumen, ein kleiner See, den wir noch nicht kannten, oder ein schmales Tal, durch das ein kleiner Bach plätschert. Es gab wilde Tiere dort, die Du in Fichtenhausen noch nie gesehen hast, auch solche, vor denen wir uns hüten mussten: Wölfe, die sich nachts ihr Herz ausheulten, und Bären, deren Anblick den Tod bedeuten konnte. Selbst wir Kinder hatten Gewehre dabei, wenn wir allein unterwegs waren, für den Notfall, um im Spiel damit zu üben oder um uns einen Hasen über dem Feuer zu braten.

Es gab so viel Schönheit dort, einen solchen Überfluss davon ... Noch heute zieht sich mein Herz zusammen, wenn ich daran denke. Alles dort war üppiger: Saftiges, hohes Gras, das dunkle Grün der Bäume, tiefe, dunkelgraue Seen. Und dann das Licht, die Sonne, wenn sie langsam unterging, wenn sie für Stunden ihren orangefarbenen Schein über die Farben warf. Diese Mischung aus dunklem Grün, über dem ein orangefarbener Schleier schimmert. Solche Wärme lag in dieser Farbe!

Das Grausame daran ist, dass ich die Schönheit damals noch nicht wahrgenommen habe, zumindest nur einen winzigen Teil davon. Wir Menschen sind undankbare Wesen. Oft wissen wir erst das zu schätzen, was wir für immer verloren haben. Und ich weiß, wovon ich rede. Ich habe viel verloren. Fast alles.

Meine Familie. Du hast das »von« in meinem Namen gelesen. Ich habe Dir einmal erzählt, dass meine Familie arm war. Aber auch das war eine Lüge. Meine wahre Geschichte beginnt wie ein Märchen.

Ich bin vielleicht kein Prinz. Aber meine Familie war seit vielen Jahrhunderten im Besitz eines Rittergutes. Unser Gut war ein kleines Schloss. Wir hatten Türme und Gänge, versteckte Winkel, einen Rosengarten und riesige Stallungen. Pferde! So weit das Auge reicht, lagen die Wiesen um unser Gut. Und darauf die Pferde, die mein Vater züchtete. Stolze Ostpreußen, leichte Warmblüter, von denen etliche Trakehnerblut in sich trugen.

Nur ein Pferd, das in Trakehnen geboren wurde, darf sich Trakehner nennen. Aber unsere Pferde waren nah daran. Manche waren im Grunde reinrassige Trakehner, so wie Selma. Wir haben Pferde für die Kavallerie gezüchtet, genauso wie die Steinecks. Die besten und schönsten von ihnen wurden als Jungpferde von der Kavallerie angekauft. Die übrigen haben wir selbst ausgebildet und auf den Pferdemärkten angeboten. In Ostpreußen gab es die besten und größten Pferdemärkte im ganzen Reich. Jeder, der etwas auf sich hielt, kaufte sich sein Reitpferd in Königsberg.

Nur meine kleine Selma gehörte allein mir. Was ich Dir von ihr er-

zählt habe, ist die Wahrheit. Ich war bei ihrer Geburt dabei, allein im Stall, während draußen noch eisiger Winter herrschte.
Auch der Winter ist üppig in Ostpreußen. Der Schnee ist hoch, undurchdringliche Eisdecken bedecken Seen und Flüsse, und die Temperaturen sind so kalt, dass ich über Eure westfälischen Winter nur lachen konnte.
Ich war ein Sohn aus reichem Hause, und entsprechend verlief meine Kindheit. Ich bekam nicht nur ein eigenes Pony und Reitunterricht, ich musste auch andere Dinge lernen, die sich für einen Gutsherrensohn gehören. Ich lernte Fechten und Schießen und die Regeln der Jagd. Man achtete auf meine Höflichkeitsformen, auf meine gehobene Bildung und auf sprachliche Fähigkeiten. Ich ging zwar auf die Höhere Schule, aber was ich dort lernte, reichte meinen Eltern nicht. So bekam ich zusätzlich Privatlehrer in Russisch und Französisch. Und dann das Klavierspielen. Ich habe immer gerne gelernt, egal, was es war. Doch neben dem Reiten war die Musik meine größte Leidenschaft. Die meisten Melodien musste ich nur hören, um sie nachzuspielen. Je trauriger und tragender, desto mehr ließen mich die Melodien versinken, bis ich anfing, eigene Lieder zu komponieren. Auch wenn ich die Noten zu meinen Stücken niemals niedergeschrieben habe, in meinem Kopf bewahre ich sie noch immer.
Manche von ihnen kennst Du.
Mein kleiner Bruder Anton war nur zwei Jahre jünger als ich. In den meisten Dingen wurden wir gemeinsam unterrichtet, und so verbrachten wir viel Zeit zusammen. Dennoch waren wir sehr unterschiedlich. Ich war still, nachdenklich und wissbegierig, während er das Unterhaltungstalent unserer Familie war. Er brachte die anderen zum Lachen und schaffte es immer, dass ihm niemand böse war, selbst dann nicht, wenn er über die Stränge schlug. Ich mochte ihn. Aber unsere gemeinsame Basis war gering. Er hatte seine Freunde und ich meine, deutlich weniger als er.
Ganz anders war es mit Emma. Sie war die Kleinste von uns. Auch von ihr habe ich Dir erzählt, und auch das war die Wahrheit, nur, dass ich Dir einen wichtigen Teil der Geschichte verschwiegen habe.

Emma war das süßeste Kind auf Erden. Sie hatte schwarze Löckchen und goldbraune Knopfaugen. Ich war fünf, als sie geboren wurde, und schon als sie anfing zu laufen, fühlte ich mich für sie verantwortlich. Am Anfang erwarteten meine Eltern von mir, dass ich mich um sie kümmere, später wollte ich es gar nicht mehr anders. Ich habe meine kleine Schwester geliebt, noch mehr als Selma oder irgendjemand anderen.

Doch Emma hatte einen Makel. Nicht nur ihre Haare waren schwarz, auch ihre Haut war dunkel.

Darin liegt unser Geheimnis, Mathilda, der Schatten unserer Familie, der Dämon, der von Beginn an bereit war, unser Leben zu zerstören. Emmas dunkle Haut stammte von unserer Mutter.

Meine Mutter zu lieben und zu heiraten, war der größte Fehler, den mein Vater je begangen hat. Ich weiß, ich bin ihr Sohn, es ist wohl Gotteslästerei, wenn ich meine Eltern dafür verurteile, dass sie mich geschaffen haben. Und im Grunde tue ich das auch gar nicht. Ich bin ihnen dankbar, ich liebe meine Familie, und ich liebe mein Leben, und deshalb macht es mich wütend, weil es von Anfang an verloren war.

Vielleicht bemerkst Du es schon: Ich schweife ab, ich winde mich herum und suche Gründe, um es nicht zu schreiben. Aber nun muss ich es tun. Klar und direkt: Meine Mutter war Halbzigeunerin. Damit bin ich ein Zigeunermischling. Ein Zigeunermischling 3. Grades, so nennen es die Nazis.

Mathilda starrte auf den letzten Absatz. Ihr Herz bebte, während sie die Worte immer wieder las. Er war ein Zigeuner? Ein Zigeunermischling? Wie konnte das sein? Er hatte schwarze Haare, braune Augen, das ja ... Und dennoch ... Er sah nicht so aus wie die Zigeuner. Nicht wie die dunkelhäutigen Menschen, die damals von der SA verjagt worden waren.

Damals!

Mathildas Gedanken wollten sich weiterdrehen, wollten verarbeiten, was sie gelesen hatte. Aber der Brief war noch an seinem Anfang, die meisten Erklärungen würde sie dort finden. Sie schaute wieder auf die Buchstaben, zwang ihre Gedanken unter Kontrolle und las weiter.

Aber fangen wir von vorne an, bei meiner Großmutter, der Mutter meiner Mutter. Sie war eine Sinteza, eine Frau aus dem Volk der Sinti. Aus einem Volk von Pferdehändlern und Kesselflickern, von Musikern und Gauklern, die über Land zogen und sich ihren Unterhalt von der Hand in den Mund verdienten. Jenes Volk war den sesshaften Menschen von jeher ein Dorn im Auge, eine fremde Bedrohung, die sich niemals ganz einschätzen und erst recht nicht zähmen ließ.

Immer wieder gab es Versuche, die Zigeuner sesshaft zu machen und einzugliedern. Ende des letzten Jahrhunderts war so eine Zeit, zu der man die Zigeuner »zähmen« wollte. Sie sollten sich niederlassen, aber kaum ein Dorf wollte sie haben. Wo sie dennoch geduldet wurden, fingen einige an, sich eine Existenz aufzubauen.

Doch daneben gab es noch andere Maßnahmen, Zwangsmaßnahmen, um die Zigeuner »einzudeutschen«. In ein solches Programm kam meine Großmutter. Sie war noch ein kleines Mädchen, kaum sechs oder sieben Jahre alt, als sie ihren Eltern weggenommen wurde. Man teilte sie einer deutschen Familie zu, in der sie erzogen werden sollte.

Für meine Großmutter war es eine schlimme Kindheit. Bei ihren neuen »Eltern« war sie mehr Sklavin als Kind. Verzweifelt bemühte sie sich darum, ein gutes deutsches Mädel zu werden und es allen recht zu machen, während die Erinnerungen an ihre richtige Familie allmählich verblassten.

Die deutsche Erziehung tat ihre Wirkung: Aus dem kleinen, versklavten Mädchen wurde eine strenge und arbeitsame Dienstmagd. Stets war sie pünktlich und korrekt, diszipliniert und höflich. Aber mehr als das konnte sie nicht erreichen. Ganz gleich, was sie versuchte, ihre dunkle Haut war ein Hindernis. Sie bemühte sich um eine Anstellung in einem Haushalt. Aber nur im Stall bei den Tieren wollte man sie dulden.

Auch mein Großvater war nur ein Stallknecht, zwar ein deutscher Stallknecht, aber aus einer armen Familie. Ob er meine Großmutter geliebt hat, habe ich nie erfahren. Als sie von ihm schwanger wurde, hat er seine Vaterschaft verleugnet und sie allein mit dem Kind sitzenlassen. Vielleicht hätte ich ihn später gefragt, wie er ihr so etwas antun konnte. Aber er ist im Großen Krieg gefallen, und ich habe ihn nie kennengelernt.

Aus dieser Verbindung entstand meine Mutter, als armes Mädchen, das allein mit ihrer Zigeunermutter aufwuchs. Ihre Haut war nur wenig heller als die ihrer Vorfahren und damit dunkel genug, um den Hass und die Verachtung der Leute auf sich zu ziehen.

Nur mein Vater war anders. Meine Mutter war kaum 13, als sie zum Arbeiten auf das Gut kam. Mein Vater war wenige Jahre älter als sie. Für den Sohn des Gutsherren ziemte es sich nicht, Umgang mit den Dienstboten zu pflegen, und erst recht nicht mit dem Zigeunermädchen, von dem sich alle fernhielten.

Doch umso besser er meine Mutter kennenlernte, umso mehr gefiel sie ihm. Sie war nicht nur wunderschön, sondern auch klug und wild entschlossen, ihr Leben zu verbessern. Mein Vater bewunderte sie für ihre Stärke und ihren Lebensmut. Er verliebte sich in sie, aber er wagte es nie, ihr seine Liebe zu gestehen oder sie öffentlich zu machen.

Dann kam das Jahr 1914 und mit ihm der Große Krieg. Mein Vater war ein junger Mann, und wie alle Männer meiner Familie hatte er eine Ausbildung zum Kavallerieoffizier begonnen. Als der Krieg ausbrach, wurde er eingezogen und musste an die Front. Er erlitt einige Verletzungen, doch er war bis zum Ende des Krieges im Einsatz.

Danach hatte er sich grundlegend verändert. Im Angesicht von Elend und Sterben erkannte er, wie kostbar das Leben ist, viel zu flüchtig, um sich nach dem zu richten, was andere von einem erwarten. Regeln und Konventionen erschienen ihm immer bedeutungsloser, bis nur noch das Gewicht besaß, was ihn tatsächlich bewegte. Plötzlich wusste er, dass er zu seiner Liebe stehen musste, ganz gleich, was es kostete. Er hatte diese eine Chance, mit meiner Mutter glücklich zu werden, und die wollte er nutzen, selbst, wenn es noch so ungehörig erschien.

Also hielt er um die Hand meiner Mutter an.

In unserem masurischen Dorf herrschte von jeher ein großes Ungleichgewicht zwischen Arm und Reich. Es gab unsere Familie, die den größten Teil des Landes besaß, weitaus mehr als sie selbst bewirtschaften konnte. Und es gab die kleinen Leute, die bis vor wenigen Generationen noch die Leibeigenen unserer Familie gewesen waren.

Als mein Vater ausgerechnet das Zigeunermädchen heiratete, zogen sie die Missgunst eines ganzen Dorfes auf sich. Mein Vater war noch immer der Gutsherr und damit der wichtigste Arbeitgeber, gegen den sich niemand auflehnen durfte. Insgeheim formte sich jedoch eine Front aus Neid und Hass, die sich gegen meine Eltern richtete.

Anfangs ignorierten meine Eltern die Ablehnung. Sie dachten, die Empörung würde vorübergehen. Aber die feindliche Stimmung blieb und schaukelte sich immer weiter hoch.

Meine Eltern machten gute Miene zu bösem Spiel und taten so, als könne ihnen das alles nichts anhaben. Dabei machten sie jedoch einen fatalen Fehler: Sie unterschätzten die Gewalt, die aus dem Neid und dem Hass erwuchs.

Meine Familie spürte das feindliche Klima, aber mein Vater blieb unbesorgt. Er war sich seiner Macht bewusst, und er wusste, dass die Menschen auf die Zusammenarbeit mit ihm angewiesen waren.

Doch dann kamen die Nazis. Schon vor Hitlers Machtübernahme fand die SA in unserem Dorf regen Zulauf. Endlich hatten die Leute eine Möglichkeit, um ihren Frust auszudrücken und gegen die Ungerechtigkeit zu wettern. Unter dem Schutz der Partei war es möglich, die Gutsherrenfamilie offen zu hassen. Und noch mehr als das: Die Gutsherren waren Zigeuner, und die Partei war der Ansicht, dass Zigeuner keinesfalls solchen Besitz haben durften.

Je beliebter die NSDAP wurde, desto schwieriger wurde es für uns, ein friedliches Leben zu führen. Mein Vater verkörperte noch immer zu viel Macht und Ansehen, um sich an ihn heranzuwagen. Aber für uns Kinder wurde das Leben zum Spießrutenlauf. Der Hass der Erwachsenen übertrug sich auf die Dorfkinder, und während sich die Erwachsenen noch zurückhielten, waren die Kinder gnadenlos. Nach und nach verloren Anton und ich unsere Freunde. Mir blieb am Ende nur noch ein russischer Junge, der von den anderen ebenso verachtet wurde.

Schließlich begannen die Übergriffe. Wann immer wir im Dorf unterwegs waren, lauerten die älteren Jugendlichen uns auf. Wenn wir Glück hatten, spielten sie uns nur einen Streich. Wenn wir Pech hatten, überfielen sie uns aus dem Hinterhalt.

Anton hatte von uns am meisten Glück. Er hatte zwar braune Augen, kam mit seinen strohblonden Haaren jedoch überwiegend nach meinem Vater. Dass seine Haut im Sommer schnell braun wurde, fiel kaum auf. Entsprechend fanden auch die Jugendlichen nicht viel Angriffsfläche, um ihn als Zigeuner zu beschimpfen.

Bei mir versuchten sie es schon eher. Aber ich war der Größte, ich konnte mich wehren und ließ mir nichts gefallen.

So dauerte es nicht lange, bis sie es vor allem auf Emma abgesehen hatten. Sie war erst acht Jahre alt, aber sie konnte keinen Schritt durch das Dorf machen, ohne beschimpft und geschubst zu werden. Wann immer es möglich war, hielt ich mich an ihrer Seite. Ich war der älteste Bruder, und ich betrachtete es als meine Pflicht, meine kleinen Geschwister zu beschützen. Aber Emma ging noch zur Volksschule, während Anton und ich weiter entfernt in der höheren Schule waren.

Meine Eltern nahmen die Sache noch immer nicht ernst genug. In Gegenwart der Erwachsenen wagten sich die Kinder nicht an Emma heran. Daher sahen meine Eltern nie, wie schlimm es tatsächlich war. Zumal Emma sich nur selten beschwerte. Die anderen Kinder schüchterten sie ein. Sie drohten ihr schlimme Dinge an für den Fall, dass sie redete, und Emma glaubte daran. Nur mir gestand sie, dass die Kinder ihre Hausaufgaben klauten und sie bei der Lehrerin anschwärzten. In den Schulpausen oder auf dem Nachhauseweg bilde-

te sich ein Kreis um sie, dann wurde sie sie angespuckt, herumgeschubst und »Dreckszigeuner« genannt.
Die Lehrer sahen nicht hin, wenn so etwas geschah.
Ich war außer mir vor Wut. Vor allem auf die größeren Burschen, die so alt waren wie ich. Sie waren ein feiges Pack, wenn sie sich an ein kleines Mädchen heranmachten. Schließlich nahm ich die Sache in die Hand. Ich ließ mir von Emma die Namen nennen und wartete auf passende Gelegenheiten, in denen ich die Knaben allein vor mir hatte. Ich wollte ihnen Angst machen, wollte sie von Emma fernhalten. Frag mich nicht, wie oft ich mich mit ihnen geprügelt habe. Doch es nutzte rein gar nichts. Sobald sie in der Gruppe auftraten, fühlten sie sich umso stärker und gingen nur noch heftiger auf meine Geschwister und mich los.
Erst jetzt bekamen meine Eltern etwas davon mit. Die Eltern der anderen beschwerten sich bei ihnen. Vor allem über mich und die Verletzungen, die ich ihren Söhnen zugefügt hatte. Meine Verletzungen hatte ich bis dahin geheim gehalten.
Bald war ich im ganzen Dorf als Schläger verschrien. Selbst meine Eltern ließen sich davon überzeugen. Ich bekam Hausarrest und Reitverbot. Ganz gleich, wie sehr ich protestierte und erzählte, was die Kinder mit Emma getan hatten, meine Eltern glaubten mir nicht. Nur einmal fragten sie Emma, ob ich die Wahrheit erzählte. Aber die Kleine war so eingeschüchtert, dass sie schwieg.
Dann kam der Winter 33 und mit ihm Hitlers Machtübernahme. Die Menschen in unserem Dorf waren vollkommen aus dem Häuschen. Sie feierten und zogen durch die verschneiten Straßen. Die Älteren betranken sich, und die Jugend ließ sich von der aufgeheizten Stimmung anstacheln.
Irgendwann in diesen Tagen verschwand Emma. Morgens war sie zur Schule gegangen, und am Nachmittag kehrte sie nicht wieder zurück. Tagelang haben wir nach ihr gesucht, auch einige unserer Arbeiter haben uns geholfen. Aber Emma blieb verschwunden.
Erst nach drei Tagen fanden wir sie, eingesperrt in einen Holzschuppen im Wald. Gegen den Durst hatte sie Eiszapfen gelutscht. Aber sie

war halb verhungert und zitterte vor Kälte. Schwach und apathisch lag sie auf dem Boden der Hütte. Als wir sie nach Hause brachten und unter der Bettdecke wärmten, fing ihr Körper an zu glühen. Der Arzt diagnostizierte eine Lungenentzündung. Im Fieber sprach sie wirre Dinge, verwaschene Namen, vermutlich von den Burschen, die sie verschleppt hatten. Doch der Zusammenhang war kaum zu verstehen. Sosehr wir uns bemühten, aus ihren Worten ließ sich nicht nachvollziehen, was genau geschehen war. Selbst die Polizei fand nicht genug Beweise, um von einer vorsätzlichen Tat auszugehen. Fünf Tage später starb sie.

Direkt nach Emmas Tod konnte ich meine Trauer kaum fühlen, nur die Wut auf die Jungen, die es gewesen waren. Für meine Wut brauchte ich keine Beweise, ihre Namen reichten mir.

Mein Vater ertappte mich, als ich das Gewehr aus dem Wandschrank holte. In diesem Moment tat er etwas, was er noch nie zuvor getan hatte: Er entriss mir das Gewehr und schlug mich so heftig, dass ich zu Boden ging. Ich sprang wieder auf, schrie ihn an und warf ihm vor, dass er schuld an Emmas Tod sei. Weil er mir nie geglaubt hatte, weil er nicht hatte hören wollen, wie sehr sie von den Kindern verfolgt wurde. Daraufhin schlug er mich noch einmal. Und ich schlug zurück. Auch mein Vater war nicht mehr Herr seiner Sinne. Er hatte seine jüngste Tochter verloren, und meine Anklage traf den Kern seiner Selbstvorwürfe. Aus den ersten Schlägen wurde eine Prügelei. Damals war ich noch nicht ganz 14. Ich war zwar fast so groß wie mein Vater, aber lange nicht so kräftig wie er. Dafür war ich schneller und wendiger, und meine Wut war so grenzenlos, dass ich immer weiter auf ihn einschlug. Seine Schläge waren seltener, aber gezielt. Wie ich Dir schon schrieb, war er Offizier. Er war für den Kampf ausgebildet. Am Ende war es ein einziger Schlag von ihm, der mich in die Ohnmacht beförderte.

Als ich erwachte, war ich in meinem Zimmer eingesperrt. Tagelang habe ich nur die Dienstboten gesehen, die mir Essen durch den Türspalt schoben. Was anderswo im Haus passierte, wusste ich nicht, weder, was meine Eltern taten, noch wie es Anton ging.

Anfangs schrie ich meine Wut hinaus, ich zertrümmerte meine Einrichtung, aber niemand reagierte. Danach brach ich zusammen. Ich kann nicht mehr sagen, wie viele Tage ich auf meinem Bett lag und weinte. Der Schmerz wollte mich von innen zerreißen, bis ich glaubte daran zu sterben. Irgendwann fing ich an, nach meiner Mutter zu rufen, nach meinem Vater, selbst nach Anton. Ich wollte Trost, jemanden, der mit mir spricht. Aber niemand kam. Inzwischen war ich schon so lange in meinem Zimmer, dass Emmas Beerdigung längst gewesen sein musste. Doch ich besaß keine Kraft mehr, um mich darüber aufzuregen. Im Grunde war es mir nur recht so. Ich wollte nicht sehen, wie sie meine kleine Schwester in der Erde vergruben, wollte nicht den anderen Menschen gegenüberstehen, die allesamt zugelassen hatten, dass ein kleines Mädchen ermordet wurde, nur weil seine Haut dunkler war als die der anderen.

In all dieser Zeit, die ich allein in meinem Zimmer verbrachte, zerbrach etwas in mir. Ich weiß bis heute nicht, was es war. Vielleicht das Vertrauen zu meiner Familie. Oder meine Liebe zu ihnen. Vielleicht auch das Vertrauen und die Liebe zu mir selbst.

Als die Tränen endlich versiegten, war ich angefüllt mit Verachtung. Meine Gedanken waren zerstörerisch. Wieder dachte ich an die Namen, die Emma genannt hatte. Der Impuls, sie zu töten, war verschwunden, aber der Wunsch, sie büßen zu lassen, bestand noch immer.

Aber im Grunde war ich hilflos, eingesperrt in meinem Zimmer, nur ein Bündel Elend. Ich hasste mich selbst für meine Hilflosigkeit, so sehr, dass ich mit dem Gedanken spielte, mir das Leben zu nehmen. Irgendjemand musste sterben, um Emma zu rächen, und wenn es nicht die Täter waren, dann wenigstens ihr nichtsnutziger Bruder, der nicht da gewesen war, um sie zu beschützen.

Für eine Weile dachte ich über die Methoden nach, die ich in diesem Zimmer hätte. Es gab genug Scherben von zerbrochenen Tellern und Gläsern. Es gab das Fenster im Obergeschoss, aus dem ich in die Tiefe springen könnte. Und vielleicht wäre die Gardinenstange über dem Fensterbogen kräftig genug, um sich daran zu erhängen.

Ich suchte mir die spitzeste Scherbe heraus und legte sie bereit. Ich zog mein Bett ab und knüpfte den Bettbezug an die Gardinenstange. Zuletzt stand ich eine halbe Nacht lang auf dem Balkon und starrte hinunter. Doch nichts davon brachte ich über mich. Ich war angefüllt mit Verachtung und Hass, aber ich wollte nicht sterben.

Die erste Person, die mich in meinem Zimmer besuchte, war Veronika. Ich war überrascht von ihrem Anblick. Ich wusste, dass sie meine Tante ist, aber bis dahin hatte ich sie nur sieben- oder achtmal gesehen. Zumeist kam sie einmal im Jahr in den Sommermonaten. Aber dazwischen hatte es auch Jahre gegeben, in denen ihr Besuch ausfiel. Ich hatte sie immer gemocht, aber im Grunde kannte ich sie kaum.

Nun kam sie in mein Zimmer und setzte sich zu mir. Mit einem einzigen Blick erfasste sie die Trümmer, die meine Wut hinterlassen hatte, meine Vorbereitungen zum Selbstmord und die Mahlzeiten der letzten Tage, die unangetastet neben der Tür standen. Dann zog sie mich in die Arme und hielt mich fest. Wir schwiegen lange, ehe sie anfing, in meine Haare zu flüstern. Sie erzählte von der Trauer meiner Eltern, die nicht mehr sie selbst waren. Auch meine Mutter war seit Tagen nicht aus dem Schlafzimmer gekommen, während mein Vater den Hof schon vor einer halben Woche verlassen hatte, um in der Wildnis auf Jagd zu gehen. Seither streunte Anton wie ein verlassenes Kind durch das Haus und wurde nur hier und da von den Dienstboten getröstet.

Während Veronika erzählte, fing ich wieder an zu weinen. Ich hatte geglaubt, keine Tränen mehr zu besitzen, aber ihre Worte förderten immer neue hervor, bis mein Schädel von schrecklichen Kopfschmerzen erfüllt war.

Schließlich sprach meine Tante von Emma und davon, dass es keine richtige Beerdigung gegeben hatte. Meine kleine Schwester lag in dem Familiengrab im Rosengarten, zwischen den Eltern meines Vaters und unzähligen Vorfahren, von denen wir keinen mehr gekannt hatten.

An diesem Tag ging ich zum ersten Mal wieder nach draußen. Vero-

nika begleitete mich zum Grab. Dichter Schnee bedeckte den Rosengarten. Einzig die marmornen Grabsteine lugten daraus hervor, überwuchert von kahlen, dornigen Rosenranken. Die Gräber selbst waren unter einer dicken Schneedecke begraben.
Nur an einer Stelle war der Schnee dünner und zog sich einen länglichen Hügel. Das Grab meiner Schwester. Sie hatte noch keinen eigenen Grabstein, nur ein kleines Holzkreuz, in das ihr Name eingeschnitzt war. Ich erkannte das Werk meines Bruders.
Dieser Anblick brachte mich erneut zum Weinen. Ich bat darum, Anton zu sehen. Doch es war nicht leicht, ihn zu finden. Erst nach Stunden entdeckten wir ihn im Pferdestall, im Stroh neben seinem Pferd. Als er mich sah, sprang er auf und fiel mir in die Arme. Von da an schliefen wir beide in seinem Zimmer.
Veronika blieb mehrere Wochen lang und half uns, so gut sie konnte. Sie kümmerte sich um meine Mutter, redete mit meinem Vater, als er endlich von der Jagd heimkehrte. Immer wieder war sie bei Anton und mir und versuchte, uns Trost zu spenden. Sie und Anton waren die beiden Gründe, warum ich meine Mordgedanken aufschob. Insgeheim wollte ich mich noch immer an Emmas Mördern rächen. Aber ich wusste, dass ich es nicht sofort tun durfte, dass ich es geschickter anstellen musste, wenn ich nicht mein Leben riskieren wollte.
Einzig meine Eltern konnten meinen Ausbruch nicht vergessen. Sie machten es mir nicht zum Vorwurf, aber ich spürte die Distanz und sah die Furcht in ihren Gesichtern. Nur einmal kam mein Vater zu mir und sprach mit mir über unsere Prügelei. Er sagte mir, dass er mich verstehen könnte, dass er ebenfalls daran gedacht hatte, Emmas Mörder zur Rechenschaft zu ziehen. Aber dann erklärte er, dass wir damit den Rest unserer Familie zerstören würden. Wenn einer von uns zum Mörder würde, würden wir nicht nur unsere Freiheit verlieren, sondern auch das Gut und sämtlichen Besitz.
»Denk an Mama und Anton«, schärfte er mir ein, und ich wusste, dass ich ein sehr geschickter Mörder sein musste. Ich nehme an, mein Vater las diesen Gedanken in meinen Augen. Vielleicht war das der Grund ... für alles, was danach kam.

Nur wenige Tage später eröffneten meine Eltern mir, dass sie zusammen mit Veronika eine Entscheidung getroffen hatten: Ich sollte das Gut verlassen und mit Veronika nach Westfalen gehen. Meine Eltern sagten mir, dass sie mich vor dem Lynchmob im Dorf in Sicherheit bringen wollten. Ich hatte es noch nicht mitbekommen, aber die Dorf-SA wetterte noch immer gegen die »Zigeunerfamilie«. Und es war abzusehen, dass ich der Erste sein würde, der mit ihnen aneinandergeriet. Meine Eltern fürchteten, dass die Dörfler mir ebenfalls etwas antun könnten. Insgeheim argwöhnten sie wohl auch, dass ich meine Mordpläne ausführen könnte, sobald ich unbeobachtet war. Sie trauten mir nicht mehr, und sie hatten recht damit.

Auch in anderer Hinsicht zeichnete sich ab, dass ich in Ostpreußen keine Zukunft mehr hatte. Mit den Osterferien würde ich die höhere Schule beenden. Danach sollte ich auf ein Gymnasium gehen, um mein Abitur zu machen. Aber der Direktor des Gymnasiums weigerte sich, mich aufzunehmen.

Meine Noten waren hervorragend, und mein Vater fuhr trotz seiner Trauer dorthin, um sich zu beschweren. Doch der Direktor blieb hart. Als Begründung führte er mein »Zigeunerblut« an und meinen natürlichen Hang zur Kriminalität. Der Ruf als Schläger würde mir vorauseilen, und so jemanden könne er nicht auf seinem Gymnasium dulden.

Als mein Vater mir von dieser Begründung erzählte, musste ich vor Verzweiflung lachen.

Auch deshalb sollte ich meine Heimat verlassen. Meine Eltern wollten, dass ich anderswo die Chance bekäme, meine Schulbildung zu vollenden. Veronika selbst erzählte mir, was sie sich vorstellte. Sie wollte mich nicht einfach nur nach Westfalen mitnehmen, sie hatte noch weitere Pläne mit mir.

Gustav und sie hatten keine eigenen Kinder. Veronika war sich sicher, dass einer von ihnen unfruchtbar sein musste und dass sie auch zukünftig keine Kinder bekommen würden. Aber ein Gut wie das ihre brauchte einen Erben. Für diese Rolle hatte sie mich vorgesehen. Veronika wollte ihren Mann dazu bringen, mich zu adoptieren. Ich

sollte bei ihnen auf dem Gut wohnen und mein Abitur auf einem westfälischen Gymnasium machen.
Für mich wäre es ein Neuanfang, bei dem ich die Gelegenheit bekäme, meine Zigeunerherkunft hinter mir zu lassen. Niemand in meiner neuen Heimat würde wissen, wer meine Großmutter war, und so dunkel wie Emma war ich nicht. Wenn man es nicht wusste, sah man mir meine Herkunft nicht an.
Obwohl das alles gute Argumente waren, weigerte ich mich. Ich wollte meine Heimat nicht verlassen, ich wollte bei meiner Familie bleiben, und nicht zuletzt wollte ich dort sein, wo Emma gelebt hatte. Insgeheim spielte auch meine Rache eine Rolle. Ich konnte nicht gehen, solange Emmas Mörder noch unbescholten herumliefen.
Nie hätte ich damit gerechnet, welche Register mein Vater ziehen würde, um sich durchzusetzen. Veronika blieb, bis ich im Frühling die Schule beendet hatte. Als der Tag kam, an dem sie abreisen wollte, sah für mich alles danach aus, als wäre meine Entscheidung akzeptiert worden. Ich wusste, dass Veronika einige Pferde von meinem Vater gekauft hatte. Das tat sie jedes Jahr, um sie in ihre westfälische Zucht einzukreuzen. Daher wunderte ich mich nicht, als die Pferde am Morgen verladen wurden. Erst als ich nach draußen kam, um mich von Veronika zu verabschieden, führte mich mein Vater zu den Pferden, die sie verladen hatten.
Selma war eines davon.
Voller Empörung verlangte ich, dass sie wieder abgeladen wurde, aber mein Vater lächelte mich nur an und stellte mir das letzte Ultimatum: Wenn ich bei meinem Pferd bleiben wollte, musste ich mit Veronika gehen. Dabei erwähnte er, dass meine Sachen bereits gepackt seien und sich ebenfalls im Wagen befänden. Darunter auch die Dinge, die mir besonders wichtig waren: Meine Lieblingsbücher, meine wichtigsten Klaviernoten, selbst mein Abschlusszeugnis.
Heute kann ich kaum noch sagen, welches der wahre Grund war, warum ich nachgegeben habe. Meine Liebe zu Selma oder der Hass auf meine Eltern, den ich in diesem Moment empfand. Mit knir-

schenden Zähnen und ohne Abschied stieg ich zu Veronika in den Wagen.

Die letzten Blicke meiner Familie gehen mir bis heute durch Mark und Bein. Meine Mutter weinte. Sie wollte nicht, dass ich ging, aber sie schien keine andere Lösung zu wissen. Mein Vater sah verschämt aus, und sein Lächeln wirkte gebrochen. Und Anton ... Seine Reaktion war das Schlimmste: Er hatte bis dahin nicht gewusst, dass meine Eltern mich wegschicken wollten. Erst als wir losfuhren, schien er es zu begreifen. Er rannte schreiend hinter uns her: »Karl! Lass mich nicht allein! Komm zurück!«
Die Verzweiflung in seiner Stimme werde ich nie vergessen. Ich habe meinen Bruder nie wiedergesehen. Ebenso wenig wie meine Eltern.
In diesem Zustand kam ich bei euch an. Meine Familie war an dem Tod meiner Schwester zerbrochen, und mein Inneres war in tausend Scherben zersplittert. Nach außen ließ ich mir nichts davon anmerken. Ich wollte stark und trotzig sein und allen vormachen, dass mir der Abschied nichts ausmachte.
Heute weiß ich, dass Veronika meinen Kummer dennoch durchschaut hat. Sie hat sich Mühe gegeben, mir eine neue Zukunft zu bieten. Aber ihr Versprechen konnte sie nicht einlösen.
Gustav war überrascht, als sie mich von ihrer Reise mitbrachte, noch dazu als künftigen Hoferben. Schon als Veronika mich meinem Onkel vorstellte und ich seinen skeptischen Blick sah, wusste ich, dass ich mich beweisen musste. Ich wusste, dass ich nicht länger rebellisch und trotzig sein durfte. Nicht einmal für meine Trauer würde noch Platz sein. Von nun an hing meine ganze Zukunft daran, Gustav zu überzeugen, dass ich ein guter Ersatzsohn sein würde.
In den ersten Tagen wohnte ich im Gutshaus, in einem kleinen Zimmer neben der Bibliothek. Doch Gustav wollte nicht, dass ich jemandem vorgestellt wurde. Bis er sich entschieden hatte, was er von Veronikas Vorschlag hielt, sollte ich nicht in Erscheinung treten. Veronika selbst brachte mir das Essen aufs Zimmer, während wohl nur einige Dienstboten ahnten, dass die Steinecks einen Besucher hatten.

An einem Abend bekam ich mit, wie Veronika und Gustav sich über mich stritten. Sie waren nebenan in der Bibliothek, und ich konnte jedes Wort hören. Gustav warf ihr vor, dass sie ihn nicht gefragt hatte. Er sprach davon, dass er immer noch auf eigene Kinder hoffte, und schließlich stellte er fest, dass er mich unmöglich adoptieren könne. Ich sei vielleicht ein netter Bursche, aber im aufstrebenden Nationalsozialismus könne er unmöglich einen Zigeunermischling an Kindes statt annehmen. Er sorgte sich, dass er an Achtung und Stellung verlieren könnte, wenn meine Identität bekannt wurde. Und schließlich warf er Veronika vor, dass selbst die Verwandtschaft mit Zigeunermischlingen schon schlimm genug sei. Solange die Zigeuner weit entfernt wären, hätte es ihn nicht gestört. Aber es war ihm zu riskant, einen davon auf seinem Gut zu beherbergen.

Veronika hielt entgegen, was ich mitgemacht hatte und was mit Emma geschehen war. Für mich sei es zu gefährlich geworden, in meinem Heimatdorf zu bleiben.

Nur meine Rachegedanken und den Vorfall mit dem Gewehr erwähnte sie nicht.

Letztendlich machte Gustav einen Kompromissvorschlag: Ich dürfte als Knecht auf dem Gut bleiben, aber niemand sollte von der Verwandtschaft erfahren. Auf diese Weise wäre er bereit, mich vor der Verfolgung in meiner Heimat zu schützen, aber mehr könne er nicht tun. Jedenfalls nicht, solange die Nationalsozialisten an der Macht seien.

Aus seinen Worten wurde mir klar, dass er selbst nicht viel von Hitler und seinen Anhängern hielt. Doch er wusste, dass er still sein musste und seine Kritik nicht äußern durfte.

Noch in der gleichen Nacht zeigte Veronika mir die Kammer im Pferdestall, und ich zog dorthin um. Sie hatte Tränen in den Augen, als sie mir von Gustavs Entscheidung berichtete, und ich war froh, dass ich längst alles gehört hatte. So konnte ich den Schrecken überspielen und so tun, als würde es mir nichts ausmachen.

Veronika entschuldigte sich unzählige Male bei mir, sie versuchte alles, um es wiedergutzumachen. Sobald sie herausfand, dass Selma eigentlich mein Pferd war, erklärte sie mir, dass ich sie weiterhin als mein Eigentum betrachten sollte. Und sie hoffte noch immer darauf, dass sie Gustav eines Tages umstimmen konnte. Sie sagte mir, ich solle mich bemühen, und ich hielt mich daran.

Ich tat mein Bestes, um ein guter Knecht zu sein. Pferde waren ohnehin meine Leidenschaft, und so fiel es mir nicht schwer, meine Arbeit besonders gut zu machen. Gustav schien das zu sehen. Schon bald ließ er mich einzelne Pferde reiten und teilte mir immer größere Aufgaben zu. Ich vermute, das war seine Form von Achtung und Wiedergutmachung.

Auch Veronika versuchte, mir heimliche Privilegien zuzuteilen. Wann immer Gustav nicht da war, lud sie mich ins Haus ein, um sich mit mir zu unterhalten. Sie erlaubte mir, Klavier zu spielen oder Bücher aus der Bibliothek zu nehmen. Dafür war ich ihr sehr dankbar. Doch etwas in mir war kalt geworden. Ich vermute, es war das Gefühl von Liebe, das ich von einem Tag auf den anderen verloren hatte. Meine Eltern schrieben mir Briefe, die sie an Veronika adressierten. Sie entschuldigten sich bei mir und erkundigten sich, wie es mir ergangen war. Aber ich antwortete auf keinen davon. Ich war froh über die Kälte in meinem Herzen, weil sie mich davor schützte, den Schmerz zu empfinden.

Aber dann kamst Du. Genauer gesagt traf ich Joseph zuerst, an einem Nachmittag, als ich ein paar Pferde ins Bruch brachte. Er war nett und aufgeschlossen, stellte mir neugierige Fragen und erzählte von Eurer Familie. Anfangs maß ich ihm keine große Bedeutung zu. Ich wollte keine neuen Freunde, und die Fragen brachten mich in Bedrängnis.

Nur ein winziges Detail ging mir nahe: die liebevolle Art, wie er von seiner kleinen Schwester erzählte. Es erinnerte mich an mein Verhältnis zu Emma.

Von da an war ich neugierig auf Dich. Und als ich Dich zum ersten Mal sah, begann das Eis in meinem Herzen zu schmelzen. Dein Aussehen war das genaue Gegenteil von Emma, aber Deine Ausstrahlung war die gleiche: Deine schüchterne, unsichere Art, die dunkle

Traurigkeit in Deinen Augen. Ich konnte Dir ansehen, wie viel Du bereits mitgemacht hattest, wie schlecht Du behandelt wurdest, und alles was Joseph über Dich erzählte, bestätigte diesen Verdacht.
Vom ersten Augenblick an warst Du meine neue Emma. An Dir wollte ich wiedergutmachen, was ich bei meiner Schwester versäumt hatte. Ich wollte Dich beschützen und Deine Unsicherheit besiegen. Ich wollte Deine tote Mutter ersetzen und Dir Geborgenheit geben. Es war der einzige Weg, auf dem ich meinen Schmerz heilen konnte.
Das Jahr 1933 war verwirrend für mich. Ich war ein Zigeunermischling in der Fremde, ein Gutsherrensohn, der zum Knecht degradiert wurde. Während ich noch damit kämpfte, in meiner neuen Rolle nicht aufzufallen, gab es keine Möglichkeit, die Fragen zu beantworten, die über mich gestellt wurden. So gut ich konnte, verbarg ich mich hinter einer Mauer aus Freundlichkeit und Schweigen. Ich wurde zu einem Mysterium, und die Fragen wurden immer lauter.
Wenn man den Menschen keine Antworten gibt, suchen sie sich ihre Antworten selbst. So entstanden Gerüchte, wilde Spekulationen, die ich nie korrigiert habe. Ich war froh, dass nichts davon die Wahrheit traf, dass niemand den Zigeunermischling in mir erkannte und niemand meine Verwandtschaft zu den Steinecks durchschaute.
Auch Veronika und Gustav waren erleichtert darüber, und so ließen wir alle Gerüchte stehen, selbst das schmutzigste von ihnen, in dem es hieß, ich hätte ein Verhältnis mit Veronika.
Oft tat es weh, dass in dieser Weise über mich geredet wurde. Aber es war noch immer besser als die Wahrheit.
Als Lotti sich in mich verliebte, erkannte ich es viel zu spät. Damals, mit 14, war ich noch weit davon entfernt, mich für ein Mädchen zu interessieren. Ich war viel zu aufgewühlt von der Bedrohung und der Trauer und dem Zwang, ein neues Leben zu beginnen. Eine ehrliche, harmlose Freundschaft war das Einzige, was ich mir wünschte. Diese Freundschaft fand ich bei Joseph und bei Dir. Ihr beide wart die Einzigen, die keine Gerüchte über mich erzählten, und bald kam es mir so vor, als wärt Ihr die einzigen Menschen, denen ich vertrauen konnte.

In diesem ersten Jahr hoffte Veronika noch darauf, Gustav von mir überzeugen zu können. Doch im September 1933 wurde ein neues Gesetz erlassen, das Reichserbhofgesetz. In Paragraph 13 hieß es, dass nur noch Deutsche einen Bauernhof führen durften. Wer unter seinen Vorfahren jüdisches oder »farbiges Blut« hatte, war von jeglichem Hoferbe ausgeschlossen.

Mit diesem Gesetz starb unsere letzte Hoffnung, dass ich das Gut erben könnte. Ich trug zu einem Viertel farbiges Blut in mir. Selbst das Gut meiner Eltern hätte ich demnach nicht erben dürfen.

Kurz darauf kam jener Tag, an dem die SA das Zigeunerlager niederbrannte. Als ich sah, wie die SA-Männer das Feuer legten, habe ich den Verstand verloren. Um jeden Preis wollte ich den Zigeunern helfen, vor allem die Kinder musste ich retten. Das war ich Emma schuldig. Dabei vergaß ich jegliche Vorsicht. Ich nahm in Kauf, dass man mich für einen Zigeuner halten würde, und war bereit, mein Leben aufs Spiel zu setzen. Mein Leben für das einer Handvoll Kinder, dieser Tausch erschien mir gerecht.

Dann sah ich Dich im Lager, inmitten der Flammen und zwischen fliegenden Steinen. Und plötzlich war die Angst da, eine schreckliche, grauenhafte Angst, dass sie Dich töten würden, ebenso wie Emma. Diese Furcht überdeckte alles andere. Von da an wusste ich, dass ich mich nicht opfern durfte. Ich musste überleben, um Dich in Sicherheit zu bringen.

Spätestens seit jenem Tag waren wir beide wie zusammengeschweißt. Ohne Dich hätte ich mein Leben aufgegeben. Aber so musste ich weitermachen, musste die Verfolgung überleben, um bei Dir zu sein.

Die Situation spitzte sich immer weiter zu: Im Herbst und Winter 33 fing auch der Standesbeamte an, Fragen über mich zu stellen. Bis dahin hatte Gustav versäumt, mich in meinem neuen Wohnsitz anzumelden. Auf diese Weise wollte er meinen Nachnamen verschleiern, der mit Veronikas Mädchennamen identisch war. Doch von da an konnte er meine Meldung nicht länger herauszögern. Erst viel später erzählte er mir, wie er es damals angestellt hat, dass trotzdem niemand meinen echten Nachnamen erfuhr: Gustav war seit jeher gut mit Günter Heuerling, dem Standesbeamten befreundet. Also lud er Günter auf ein Glas Wein ein und erzählte ihm die Geschichte, dass seine Frau ihren Neffen überraschend als Hoferben mitgebracht hatte. Meine Zigeuneridentität verschwieg er, aber er sprach davon, dass es ihm nicht recht sei, den Neffen seiner Frau zum Hoferben zu machen, weil er noch auf eigenen Nachwuchs hoffte. Er wolle sich das alles weiterhin vorbehalten, doch bis dahin solle ich als Knecht auf seinem Gut leben und niemand sollte meinen richtigen Namen erfahren.

Günter Heuerling hatte Verständnis dafür, dass Gustav seine Ehre und seinen Stolz auf diese Weise schützen wollte. Er versprach ihm, dass er schweigen würde wie ein Grab, und er hielt sich daran. Für Euch Fichtenhausener war ich also immer nur der Steinecken Karl. Niemand hat je nach meinem Nachnamen gefragt, denn wer interessiert sich schon für den Nachnamen eines Knechtes?

Während all den Jahren kam es mir vor, als würde ich auf einer tickenden Zeitbombe sitzen. Jederzeit könnte Günter Heuerling etwas erzählen, jederzeit könnte durchsickern, woher ich stammte und dass ich ein Zigeunermischling war.

Dass ich in den nächsten Jahren nicht enttarnt wurde, verdanke ich wohl nur einem einzigen Umstand: Bis 1934 war mein Vater der Standesbeamte meines Heimatortes, ein Amt, das schon immer in unserer Familie lag. Als er die Meldung über meinen neuen Wohnort erhielt, entschloss er sich, sie zu vernichten. Seit meinem Fortzug galte ich in meinem Heimatdorf als vermisst. Meine Eltern verbreiteten die Geschichte, dass ich nach Emmas Tod im Frühling 33 in die Wildnis gelaufen und niemals zurückgekehrt war. Ich wurde nie offiziell für tot erklärt, aber in meiner Heimat geht bis heute das Gerücht um, dass mich wilde Tiere getötet haben.

Das alles weiß ich aus den Briefen, die meine Eltern mir schrieben und die sie den Briefen an Veronika beifügten. Nach einiger Zeit verflog mein Hass auf sie, und ich fing an, ihnen zu antworten. Doch im Laufe der Jahre wurde die Situation der Zigeuner immer gefährlicher. Alle Gesetze, die gegen Juden galten, wurden auch auf Zigeuner und Mischlinge angewendet. Auch meine Familie geriet immer weiter in Bedrängnis: Zuerst wurden meinem Vater sämtliche Ämter entzogen. Mehrmals legte man ihm nahe, sich von meiner Mutter zu trennen. Aber er weigerte sich hartnäckig. Immer wieder standen Kaufinteressenten vor seiner Tür, die sein Gut aufkaufen wollten. Zumeist Nazigrößen, die nach einem hübschen Besitz Ausschau hielten. Nachdem er die ersten Interessenten achtkantig aus dem Haus warf, schickten die Nächsten Briefe mit der Kaufsumme, die sie anboten. Diese Summen waren so lächerlich, dass mein Vater sie ignorierte und darüber schimpfte, wie wenig er sie ernst nehmen konnte. Damals war ich mir nie sicher, ob er sich als Gutsherr noch immer so sicher fühlte, oder ob er die Sache in seinen Briefen herunterspielte, damit ich mir nicht so große Sorgen machte.

Ab 1936 verschärfte sich die Lage so sehr, dass es selbst meinem Vater schwerfiel, die Bedrohung zu verleugnen. In diesem Jahr standen Leute vom Rassenforschungsinstitut vor seiner Tür und verlangten, meine Mutter und Anton zu untersuchen. Mein Vater verweigerte auch ihnen den Zutritt.

Beim nächsten Mal kehrten sie mit der Kriminalpolizei zurück, und meinen Eltern blieb keine andere Wahl, als die Untersuchung zuzulassen. Die Forscher notierten sich Stammbäume und Körpermaße, Haarfarben und Augenfarben, selbst die Gesichtszüge wurden vermessen. Meine Eltern wiesen auf Antons arisches Aussehen hin und baten die Forscher darum, ihn als Arier einzustufen. Stattdessen stellten sie jedoch fest, dass seine Gesichtszüge denen meiner Mutter frappierend ähnlich sahen und notierten, dass er als Zigeunermischling mit arischem Erscheinungsbild, aber zigeunerischen Zügen eine besondere Gefährdung für die Reinhaltung des deutschen Blutes darstelle. Sie wiesen Anton und meine Eltern darauf hin, dass er sich keinesfalls mit einem arischen Mädel einlassen dürfe und dass sie sich weitere Maßnahmen zum Schutz des deutschen Blutes vorbehielten. Zu guter Letzt fragten sie auch nach mir, und meine Eltern antworteten, was sie auf alle Fragen nach mir geantwortet

hatten: Ich sei schon vor Jahren nach dem Tod meiner Schwester davongelaufen und vermutlich in der Wildnis gestorben.
Der Brief, in dem meine Mutter von dieser Untersuchung schrieb, war der letzte für eine sehr lange Zeit. Noch in diesem Brief teilte sie mir mit, dass es zu gefährlich sei, mir länger zu schreiben. Stattdessen würden sie den Kontakt abbrechen, nicht nur zu mir, auch zu Veronika.
Danach erfuhr ich nichts mehr von meiner Familie. Einzig Gustav erzählte davon, was den Zigeunern im Reich widerfuhr. Die Sichtungen der Zigeunerforscher gab es überall. Ganze Stammbäume und Familienzweige wurden analysiert, und alle gesichteten Zigeuner bekamen ein »Z« und Zigeunermischlinge ein »ZM« in ihren Ausweis. Sie durften ihr Gewerbe nicht mehr ausüben und ihren Aufenthaltsort nicht verlassen. Die Kinder in den Schulen mussten getrennt von den anderen sitzen, bis sie gar nicht mehr zur Schule gehen durften. In den großen Städten wie Berlin und Hamburg wurden Zigeunerlager am Stadtrand errichtet. Dorthin mussten alle Zigeuner umziehen, selbst solche, die eine feste Wohnung oder Besitz gehabt hatten. Das Ganze ging so weit, dass die Kriminalpolizei Zigeuner jederzeit festnehmen durfte, zur vorbeugenden Verbrechensbekämpfung. Dafür musste kein Verbrechen verübt worden sein, die Zigeuneridentität reichte aus, um als kriminell zu gelten.
Ich weiß nicht, ob Du von all diesen Dingen jemals gehört hast. Aber für mich war es eine ständige Bedrohung, ein schwarzer Schatten, der über meinem Leben hing. So wenig hat gefehlt und ich wäre enttarnt worden. Es hätte nur jemand auf die Idee kommen müssen, in der Verwandtschaft nach dem vermissten Karl von Meyenthal zu suchen, und schon wäre auch in meinen Ausweis ein »ZM« gestempelt worden. Schon wären die Forscher gekommen, um mich zu vermessen und mich als besondere Gefährdung des deutschen Blutes einzustufen.
Ich gefährde DICH, Mathilda. Die Rassengesetze von 1936 betreffen uns beide. Wir dürfen uns nicht lieben! Wenn wir es doch tun, dann begehen wir »Rassenschande«. Unsere Liebe ist Dein Verderben und

mein Todesurteil. Ich bin ein Zigeunermischling 3. Grades. Damit ist das gefährliche Blut so tief in mir verborgen, dass ich mich nahezu unerkannt unter die Arier mischen kann. Deshalb bin ich eine »besondere Gefahr«, noch gefährlicher als ein reinrassiger Zigeuner, auf den sich ein arisches Mädel sicher niemals, NIEMALS einlassen würde.

Um dieser Gefahr zu begegnen, darf man mich vorbeugend verhaften, man darf mich in ein Lager sperren und meine Arbeitskraft ausbeuten, man darf mich prügeln und demütigen. Man darf mich sterilisieren, damit ich keine Kinder mehr zeugen kann. Man darf sogar das Haus anzünden, in dem ich schlafe, oder meinen Schädel einschlagen oder mich irgendwo einsperren, bis ich verhungert bin. Alles das darf man mit mir tun und die Leute werden applaudieren. Himmel, Mathilda. Verstehst Du es jetzt? Verstehst Du jetzt, was in jenem Sommer 38 in mir vorging? Jahrelang war ich erleichtert über unsere unschuldige Freundschaft und darüber, dass mich keines der Mädchen reizen konnte.

Doch dieser Sommer änderte alles. Du warst kein Kind mehr und ich konnte kaum aufhören, Dich anzusehen. Ich bekam Herzklopfen in Deiner Gegenwart. Immerzu wollte ich Dich berühren, in den Arm nehmen, mit Dir reden oder einfach nur in Deiner Nähe sein. Wenn wir zusammen am Klavier saßen, brannte ein Feuer in mir, das ich kaum verbergen konnte. Manchmal nahmen meine Phantasien überhand. Dann stellte ich mir vor, Dich zu küssen, ich wollte wissen, wie Du Dich anfühlst, wie es wäre, Deine Haut zu streicheln.

Jede Minute mit Dir war ein Spiel mit dem Feuer. Ich wusste, dass Du die gleichen Gedanken hast wie ich, dass Du meine Nähe genauso willst. In Deinen Blicken lag der Spiegel meiner Gefühle. Er klang in Deiner Stimme, verbarg sich in Deiner Haltung. Es war nur eine Frage der Zeit, ehe wir beide die Kontrolle verlieren würden.

Das war der Grund, warum ich so oft vor Dir zurückgewichen bin, warum ich immer dann gegangen bin, wenn es am schönsten wurde, und warum ich an manchen Tagen versucht habe, mich von Dir fernzuhalten. In Gegenwart anderer hatte ich schreckliche Angst, dass wir uns verraten. Alles an uns war auffällig: Wie wir uns ansahen, wie wir lächelten, wie sich unsere Stimmen veränderten, wenn wir miteinander sprachen. Joseph hat es mir gesagt. Er fand es nicht schlimm. Ganz im Gegenteil. Er sagte mir, dass wir beide füreinander bestimmt seien und dass ich Dich eines Tages heiraten soll. Zu gerne hätte ich das getan. Damals warst Du noch zu jung. Aber ich hätte zu gerne auf Dich gewartet, hätte mich angestrengt, um etwas aus meinem Leben zu machen, damit ich auch Deinen Vater von mir überzeugen könnte. Alles das wäre jedoch vergebens gewesen. Ich bin ein Zigeunermischling, eine tickende Zeitbombe.

Dann kam der Nachmittag am Fluss, an dem ich Dich retten musste, an dem uns die Strömung in die Wurzelhöhle trieb, wir beide halb nackt, Arm in Arm. Dieser Moment fühlte sich an, als müsste ich sterben. Ich wollte Dich küssen, wollte Dir sagen, wie sehr ich Dich liebe. Das Geständnis lag schon auf meiner Zunge. Wenn die anderen nicht aufgetaucht wären, hätte ich es gesagt.

Doch so hat dieser Nachmittag alles geändert: Leni hat nicht nur gesehen, was zwischen uns geschieht, sie hat auch erkannt, was ich bin.

Seit ich in Fichtenhausen war, habe ich die Sonne gemieden. Immerzu habe ich lange Ärmel und lange Hosen getragen. Meine Kappe habe ich nie abgelegt, damit ich unter dem Schirm nicht allzu braun werde. Wenn ich im Fluss baden wollte, habe ich stets bis zum Abend gewartet.

Einzig an diesem Nachmittag habe ich jede Vorsicht hinter mir gelassen. Ich wollte einfach nur bei Dir sein und nirgendwo sonst.

Lenis Spruch war meine Quittung. Sie hat mich ertappt, kaum dass ich ein einziges Mal nachlässig war. Und sie hat mich bestraft, weil ich nicht sie liebe, sondern Dich.

Eines muss ich Dir gestehen, etwas, das ich sehr bereue: In diesem Sommer, irgendwann zwischen dem Tag, an dem wir zusammen in die Sterne geschaut haben, und diesem besagten Nachmittag am Fluss ... Ich habe Dich geliebt und zugleich gewusst, wie gefährlich es ist. Aber auch Leni wurde mit jeder Begegnung aufdringlicher. Sie wollte etwas von mir, und irgendwann habe ich mich darauf eingelassen.

Es ist verrückt, ich weiß. Sie zu lieben, wäre genauso gefährlich gewesen, aber nicht ganz so auffällig. Sie war alt genug für mich. Doch eigentlich habe ich kaum darüber nachgedacht. Eines Abends waren wir allein, hinten im Bruch, nachdem sie den Ackergaul und ich ein paar der Pferde auf die Weide gebracht hatte. Wir haben uns unterhalten, es war lustig mit ihr, und dann hat sie mich geküsst. Ich hätte sie zurückstoßen können, aber es hat sich schön angefühlt. Eigentlich wollte ich nicht sie. Meine Gedanken waren bei Dir. Dennoch tat es gut, die Gefühle herauszulassen.

Leni wollte noch weitergehen. Sie hat versucht, mich zu verführen. Erst damit wurde mir klar, was ich eigentlich tat. Ich habe sie zurückgewiesen und weggeschickt.

Seitdem war sie wütend auf mich und vermutlich auch auf Dich, weil sie ahnte, wem meine Gefühle galten.

Es tut mir so leid, Mathilda. Ich habe lange überlegt, ob ich Dir diesen Teil überhaupt schreiben soll. Aber ich finde, Du hast ein Recht auf die Wahrheit, auf die ganze Wahrheit.

Doch der schlimmste Teil geschah kurz darauf. Seit Jahren war von meinen Eltern kein Brief mehr gekommen, aber in diesem Sommer schickte mein Vater den schrecklichsten, den ich je erhalten habe. Es hatte einen weiteren Übergriff auf meine Familie gegeben, einen Anschlag auf meine Mutter und meine Großmutter. Meine Omi war inzwischen sehr alt geworden und lebte noch immer allein in ihrem Haus im Dorf. Dorthin ging meine Mutter regelmäßig, um sich um sie zu kümmern.

Bis zu jenem Abend, an dem das kleine Holzhaus in Brand geriet. Sie beide waren darin, und keiner von ihnen kam heraus. Meine Mutter und meine Großmutter starben im Feuer, nur wenige Tage, nachdem mein Vater eine Drohung erhalten hatte: Wenn er nicht sein Gut verkaufen würde, würde seiner Familie etwas Schreckliches geschehen. Auch sonst deutete alles darauf hin, dass es Brandstiftung war. Jemand hatte die Türen verriegelt, um die beiden in der Hütte einzu-

sperren. Trotz allem weigerte sich die Polizei, gegen die Täter zu ermitteln.
Dieses Mal gab mein Vater den Drohungen nach. Er verkaufte seinen Besitz für eine Summe, die noch lächerlicher war als alle Angebote zuvor. In seinem Brief schrieb er mir, dass er mit Anton zusammenfliehen wollte, wohin, wusste er noch nicht. Seither habe ich nie wieder von ihnen gehört.
Nach dieser Nachricht kam alles in mir hoch: Der Tod meiner Mutter und meiner Großmutter, der schreckliche Winter, in dem Emma starb, und die Erinnerungen an meine verlorene Heimat. Wochenlang lag ich weinend im Bett. Am Anfang in meiner Kammer, bis Veronika mich ins Haus holte, weil sie Angst hatte, dass ich mir etwas antun könnte. In dieser Zeit beschlossen Gustav und sie, dass es zu gefährlich wäre, mich länger auf dem Gut zu behalten. Mit der erneuten Tragödie in meiner Familie war es noch wahrscheinlicher geworden, dass jemand bei den Steinecks nach mir forschen würde. Und die Scherze, die Leni über mein zigeunerisches Aussehen in Umlauf gebracht hatte, taten ihr Übriges.
In Fichtenhausen war ich nicht mehr sicher.
Gustav kannte Leute, die mir gefälschte Papiere organisieren konnten. Ich nehme an, er zahlte viel Geld dafür, mir einen gestempelten Blanko-Ausweis zu besorgen, auf dem mein neuer Name eingetragen wurde. Ich bekam sogar ein Arbeitsbuch und ein Abschlusszeugnis von einer Volksschule, die auf den neuen Namen ausgestellt waren. Das Zeugnis war nicht so gut wie mein richtiges Zeugnis, doch es passte dazu, dass ich meine letzten Jahre als Knecht verbracht hatte.
Mit den neuen Papieren sollte ich mich als Freiwilliger bei der Kavallerie melden. Wenn das glückte, würde ich dort fürs Erste in Sicherheit sein. Falls sie die Fälschung der Papiere hingegen erkannten, musste ich mit meinem Todesurteil rechnen.
In diesen Wochen war die Trauer zu stark, um die Bedrohung wahrzunehmen. Mir wäre es nur recht gewesen, meinen Tod entgegenzusteuern.

Erst nach und nach begriff ich, was es für mich bedeutete, eine neue Identität anzunehmen: Sobald ich Karl Bergmann war, musste ich alle Verbindungen kappen. Niemand bei der Kavallerie sollte wissen, dass ich zuvor bei den Steinecks gewesen war. Auch zu Euch sollte ich jeden Kontakt abbrechen. Ich durfte mich nicht einmal von Dir und Joseph verabschieden.

Es tut mir so leid, Mathilda, dass ich Dir das alles antue. Von Anfang an stand unsere Liebe unter einem schlechten Stern. Du würdest Dich vielleicht fragen, was Gott sich dabei denkt, welche Prüfung er uns auferlegen will und womit wir uns das verdient haben. Doch ich glaube inzwischen etwas anderes, etwas, was Dich wundern wird, weil es eigentlich nicht zu meinem evangelischen Glauben passt: Ich denke, diese Zeit gehört dem Teufel und die Hölle lebt hier auf Erden. Gott muss ein Jude sein, den sie ins Lager gesperrt haben, so wie Jesus ein Jude war, der ans Kreuz geschlagen wurde. Er ist machtlos gegen das, was hier geschieht.

Es tut mir leid, Mathilda, dass Du in meine Hölle hineingeraten bist. Manchmal frage ich mich, ob es wohl besser gewesen wäre, wenn wir uns nie begegnet wären. Und dann wieder möchte ich glauben, dass es doch ein gutes Schicksal war, das uns zusammengeführt hat. Aber weißt Du, was ich mir am liebsten vorstelle? Dass ich zu Dir zurückkehre, wenn ich tot bin, dass irgendein Teil von mir zu Dir zurückfindet. Ich habe mal gehört, dass Gott überall sein soll, und wir Protestanten glauben, dass wir nach unserem Tod an Gottes Seite wiederauferstehen.

Ich weiß nicht, ob das wirklich so ist. Aber wenn ja, dann werde ich zu Dir zurückkehren. Dann darfst Du mich in den winzigen, wunderschönen Kleinigkeiten suchen, die Dich umgeben. Vielleicht bin ich dann ein Tautropfen, der an einem Spinnennetz hängt, oder ein Wassertropfen, der vom Himmel regnet, oder eine Träne in Deinen Augen.

Das wird es sein: Wenn ich tot bin, dann bin ich eine Träne in Deinen Augen, unzählige Tränen, so lange, bis Du nicht mehr traurig bist. Und weißt Du, was ich mir dann wünsche? Dann wünsche ich

mir, dass Du stark bist. *Du bist ein Engel, vielleicht der letzte, wenn die Welt zur Hölle geworden ist. Ich möchte nicht, dass Du mir folgst.*
Leb wohl, Mathilda. Ich liebe Dich! Für immer.

Dein Karl

Mathildas Herz zerriss unter seinen Worten, ihre Tränen verschleierten die Zeilen, nur für einen Moment, ehe sie sich lösten und die Sicht wieder frei gaben: Neben ihr auf dem Sofa lag ein Stapel loser Blätter, seine Schrift in unzähligen Worten. Die Blätter sahen leicht aus, durchdrungen vom Licht der Leselampe. Doch ihr Inhalt wog schwer, Karls Geheimnis, das sie immer geahnt, aber nie durchschaut hatte. Jetzt schlang es sich um ihren Brustkorb und presste ihn zusammen. Karl war nicht tot, noch nicht, er lebte und er hoffte. Aber seine Chancen waren gering. Wie lange konnte man mit falschen Papieren überleben? Wie lange würde es dauern, bis er enttarnt wurde?

Er wünschte sich von ihr, dass sie stark war, dass sie nicht aufgab. Und er wünschte sich eine letzte Nachricht: Ob sie noch zu ihm gehörte, oder ob sie Abstand nahm.

Mathilda schluckte. Er war ein Zigeunermischling. Ihn zu lieben, war ihr Verderben, »Rassenschande« in den Augen der Nazis. Und dennoch gab es keinen Zweifel. Sie gehörte zu ihm. Für immer.

Mathilda wischte sich die Tränen von den Wangen. Wilder Trotz brodelte durch ihren Magen. Wenn Karl hier wäre, würde sie ihm sagen, dass es ihr egal war. Sie liebte ihn, ganz gleich, was die Gesetze der Nazis dazu sagten.

Doch er war nicht hier. Nur Veronika stand noch immer am Fenster und drehte sich zu ihr um. Mit langsamen Schritten kam sie durch den Raum und blieb vor Mathilda stehen. »Wir können den Brief nicht behalten.« Ihre Stimme klang sanft. »Es war gefährlich genug, ihn so lange aufzubewahren. Aber jetzt müssen wir ihn vernichten.«

Mathilda zuckte zusammen, ihre Hand schob sich über den Papierstapel.

Veronika lächelte. »Es tut mir leid. Bewahre die Worte in deinem Herzen, lies ihn noch einmal, wenn du möchtest. Du kannst die ganze Nacht bleiben, um ihn zu lesen. Aber danach müssen wir ihn verbrennen.«

Mathilda schüttelte kaum merklich den Kopf, ihre Hände streichelten das Papier. Aber sie wusste, dass Veronika recht hatte. »Dann werde ich ihn noch mal lesen«, flüsterte sie.

Veronika nickte. Ihr Lächeln wirkte matt. Sie kehrte an ihren Platz neben dem Fenster zurück, und Mathilda las den Brief von neuem, sie las ihn fünfmal und einige Stellen noch häufiger. Dann entzündeten sie ein Feuer im Kamin und verbrannten Karls Geheimnis in den Flammen.

31. KAPITEL

Fichtenhausen, Paderborner Land, März 1943

Tagelang versuchte sie, die richtigen Worte zu finden, Worte, mit denen sie sagen konnte, wie sehr sie zu ihm hielt, und die dennoch nichts von seinem Geheimnis verraten durften. Mathilda wollte mehr schreiben als nur ein schlichtes »Ich gehöre zu Dir«. Ein allerletztes Mal wollte sie ihre Gefühle ausdrücken, damit er etwas hatte, woran er sich festhalten konnte. Doch was auch immer sie zu Papier brachte, sie musste immerzu daran denken, warum sie keine Briefe mehr schreiben durften. Jederzeit konnte einer davon in die Hände der Zensur fallen und Karl an die Nazis verraten. Ein ums andere Mal vernichtete Mathilda ihre Versuche. So lange, bis der Tag kam, an dem die kleine Resi krank wurde.

Seit jener stürmischen Nacht, in der Katharinas Tochter geboren worden war, war inzwischen ein gutes Jahr vergangen. In dieser Zeit war die kleine Resi zu einem wichtigen Teil ihrer Familie herangewachsen. Sie hatte sitzen und krabbeln gelernt, brabbelte unverständliche Worte und lachte ihr glucksendes Lachen. Aus dem Baby war schließlich ein kleines Kind geworden, das sich an den Möbeln entlanghangelte und laufen lernte. So manchen Sonntagnachmittag hatte Mathilda damit verbracht, ihre kleine Nichte an den Fingern durch die Deele zu führen.

Mit Frühlingsbeginn hatten sie ihre Spaziergänge in den Garten verschoben, und so manchen Tag lang saß die Kleine auf den schmalen Sandwegen, die durch den Gemüsegarten führten, während Katharina das erste Frühlingsgemüse säte. Resi war neugierig und munter, alles steckte sie in ihren Mund, um es zu untersuchen – oder um es zu essen –, und ihre wachen Augen beobachteten haargenau, was die Erwachsenen taten.

Bis zu jenem Morgen.

Während Mathilda sich anzog, schimpfte Katharina nebenan, weil die Kleine nicht aufwachen wollte. Stattdessen kam ein merkwürdiges Jammern aus ihrem Bettchen, das andauerte, bis Mathilda nach draußen ging, um zu melken.

Als sie zum Frühstücken wieder hereinkam, hatte sich Resis Jammern in ein schrilles Geschrei verwandelt. Katharina lief aufgebracht in der Küche hin und her, während die Kleine kreischend auf dem Fußboden saß. »Nimm sie doch bitte mit in die Stube«, rief Katharina über das Geschrei hinweg, während Mathilda sich die Hände wusch. »Das Frühstück braucht noch ein paar Minuten.«

Mathilda trocknete ihre Hände und hob die Kleine hoch. Doch Resi krümmte sich in ihrem Arm und schrie immer schriller. »Schhht!« Mathilda schaukelte sie, trug sie in die Stube und setzte sich auf ihren Platz. Aber die Kleine wand sich auf ihrem Schoß und kreischte umso lauter.

Leni zog eine gespielte Grimasse in Resis Richtung und hielt sich die Ohren zu. »Was ist denn mit dir los?« Sie ließ ihre Grimasse spielen, um die Kleine zum Lachen zu bringen.

Aber Resi schrie weiter.

»Jetzt ist es aber man gut!«, schimpfte ihr Vater, als er durch die Tür kam.

Resi zuckte unter seiner Stimme zusammen. Für eine Sekunde starrte sie ihn an. Ihre Augen waren rot, ihre Wimpern von den Tränen verklebt und ihr Gesicht mit roten Flecken übersät. Dann war die Sekunde vorbei, und ihr Geschrei setzte wieder ein, noch schriller als zuvor.

Als Katharina hereinkam, lag Besorgnis auf ihrem Gesicht. »Das ist doch nicht normal«, rief sie. »Das ist doch kein Trotzanfall? So schreit sie sonst nie.«

»Dann musst du sie wohl besser erziehen«, rief ihr Vater zurück. »Das Kind braucht einen Vater, der ab und zu ein Machtwort spricht!«

Katharina ging nicht weiter darauf ein. Sie setzte sich und nahm ihre Tochter auf den Schoß. Resis Geschrei wurde allmählich leiser, verwandelte sich in ein mattes Jammern, bis sie vollkommen erschöpft in den Armen ihrer Mutter hing.

Katharina bemühte sich, sie mit Milchsuppe zu füttern. Die Kleine öffnete den Mund, aber ihr Augenaufschlag ging langsam, so als wollte sie wieder einschlafen, kurz bevor sie in sich zusammensackte. Ihr kleiner Kopf schlug auf die Tischplatte, ihre blonden Löckchen fielen in die Milchsuppe.

Katharina zog sie vom Tisch zurück, rüttelte sie sanft und flüsterte an ihr Ohr. »Resi, wach auf!«

Nur kurz schlug die Kleine die Augen auf, ehe sie wieder zusammensackte.

»Was ist mit ihr?« Panik klang in Katharinas Stimme. Hilfesuchend sah sie zu Leni. »Was hat sie? Hattet ihr das schon mal in der Klinik?«

Während Leni das bewusstlose Mädchen betrachtete, flackerte eine schreckliche Erkenntnis in ihren Augen. Einen Moment lang schien sie sich sammeln zu müssen, ehe sie mit gelassener Stimme antwortete: »Nein. Ich bin mir nicht sicher. Das kann alles Mögliche sein. Hat sie Fieber?«

Katharina legte die Hand an Resis Stirn und zuckte zurück. »Ja«, stammelte sie. »Ich glaube, ja.«

Leni tat noch immer gelassen, während sie nach einer Brotscheibe griff. »Ich denke, wir sollten den Arzt holen«, murmelte sie beiläufig. Aber Mathilda konnte sehen, wie ihr Gesicht an Farbe verloren hatte.

»Ach was, Arzt.« Ihr Vater murrte. »Wenn wir bei zehn Kindern für jedes Geschrei einen Arzt geholt hätten … Fütter sie man ordentlich und pack sie ins Bett. Dann wird das schon wieder.«

Doch er hatte unrecht. Über den Rest des Tages wurde Resis Zustand nicht besser. Sobald Katharina sie ins Bett zurückgebracht hatte, rollte sie sich auf die Seite, bog ihren Kopf nach hinten und krümmte die Knie nach vorne. In dieser verdrehten Haltung schlief sie ein.

Im Laufe des Tages glühte ihr Körper immer heftiger, während ihr Gesicht immer blasser wurde. Katharina schlug kühlende Wickel um ihre Waden, um das Fieber zu senken. Aber auch das schien nichts zu nutzen. Nur hin und wieder wachte Resi auf und verfiel in ihr jämmerliches Schreien.

Am Nachmittag war Katharina am Ende mit den Nerven. Sie bettelte ihren Vater an, damit er den Arzt holte. Inzwischen wirkte er ebenso besorgt und fuhr kurz darauf mit der Kutsche vom Hof. Im Haus des Bürgermeisters gab es das einzige Telefon, von dem aus er den Arzt anrufen wollte.

Während sie auf den Arzt warteten, lief Katharina unruhig im Schlafzimmer auf und ab. Mal setzte sie sich zu Resi ans Bett, dann wieder stand sie auf und schaute aus dem Fenster. Mathilda saß derweil auf der Fensterbank, und Leni hockte neben dem Bett der Kleinen. Ihre Miene wurde immer düsterer und ließ Mathilda ahnen, dass sie einen schlimmen Verdacht hegte. Aber ihre Schwester sprach mit keinem Wort darüber.

Nach einer Weile kehrte ihr Vater zurück und sagte, dass der Arzt noch ein bisschen brauchen würde.

Es dauerte bis zum späten Abend, ehe das Automobil des Arztes auf den Hof rollte. Mathilda hatte den Platz am Fenster eingenommen und entdeckte den Wagen zuerst. »Er ist da!«, rief sie und lief hinaus auf den Hof.

Sie kam gerade rechtzeitig aus der Deele, um zu sehen, wie er ausstieg. Doch es war nicht der alte Dr. Witte, der sie als Kinder behandelt hatte, sondern ein fremder Arzt, der sich mühsam aus dem Wagen arbeitete.

Mehrstimmiges Gekicher folgte ihm durch die offene Tür.

Mathilda entdeckte die drei Frauen, die in seinem Wagen saßen. Sie streckten ihre Arme nach ihm aus, hielten ihn fest und krümmten sich vor Lachen. Mit einem süffisanten Lächeln riss er sich los und torkelte aus dem Wagen. Eilig fuhr er sich durch die zerwühlte Frisur. Dann nahm er den Hut und den Arztkoffer entgegen, den eine der Frauen aus dem Wagen reichte. »Danke, meine Schöne«, säuselte er, warf den drei Frauen Kusshände zu und kam in Mathildas Richtung. »Hei'tler!« Er streckte nachlässig den Arm vor. Sein Gang schwankte, während er ein Bein hinter sich herzog. Es sah nach einer Kriegsverletzung aus, doch das schien nicht alles zu sein. Auch seine Stimme klang verwaschen: »Gut'n' Abend, schönes Fräulein. Wo ha'm wir denn die Patientin?« Er lachte und hauchte eine Alkoholfahne in Mathildas Richtung. »Und entschuldig'n Sie die Verspätung. Wir hatten noch einen Notfall.« Wieder lachte er.

Mathilda wich zurück. Ihr fiel es schwer, die Beherrschung zu bewahren. Was konnte das für ein Notfall gewesen sein? Immerhin hatte er Zeit genug, sich mit drei Damen zu betrinken.

Doch er war der Arzt, sie brauchten ihn. »Kommen Sie mit. Die Patientin ist meine Nichte. Sie ist im Schlafzimmer.« Damit wandte sie sich ab und führte den Arzt durch die Deele ins Haus.

»Wun'erschön«, nuschelte der Arzt hinter ihr. »Wissen Sie, wenn man aus dem Krieg zurückkommt, dann is alles wun'erschön, vor allem die Frauen.« Sein Lachen hallte durch den Flur. »Hat Ihnen schon mal einer gesacht, dass Sie wun'erschön sind?«

Mathilda beachtete ihn nicht. Sie öffnete die Tür zum Mädchenzimmer und führte ihn hinein.

»Ich habe ein halbes Bein verloren, wissen Sie.« Der Arzt sprach unbeeindruckt weiter. »Ein falscher Schritt, eine klitzekleine Mine. Und WUMM, weg war es.« Wieder lachte er. »So kommt man nach Hause.« Erst jetzt schien er Katharina und Leni zu sehen, die ihnen mit entsetzter Miene entgegenschauten. Er warf ihnen ein schiefes Lächeln zu. »Aber die Frauen mögen mich immer noch. Gibt ja auch keine Auswahl mehr. An Männern, mein'ich.« Sein Lachen bekam einen verzweifelten Unterton.

Leni räusperte sich. Das Entsetzen in ihrer Miene verwandelte sich in Wut. »Sie sind spät dran! Der Kleinen geht es schlecht.« Sie deutete auf das Bett.

»Sie hat hohes Fieber«, fiel Katharina ein. »Den ganzen Tag hat sie geschlafen, und heute Morgen hat sie so schrill geschrien. Essen wollte sie auch nichts.«

Schlagartig schien dem Arzt aufzufallen, warum er hier war. Das Lächeln verschwand von seinem Gesicht, während er sich über Resis Bettchen beugte. Er schlug die Decke zurück, fühlte die Wärme ihrer Haut und maß ihren Puls. Schließlich holte er ein Stethoskop aus seiner Tasche und horchte sie ab. »Die Lunge ist frei«, erklärte er, und gab sich Mühe, nicht zu nuscheln. »Das ist nur eine Grippe. Da kann man nichts machen. Wenn sie stark ist, geht das vorbei. Geben Sie ihr viel Wasser zu trinken, und machen Sie Wadenwickel.« Damit deckte er Resi zu und stand auf.

»Mehr nicht?« Katharina klang ungläubig. »Wasser trinken und Wadenwickel? Es geht ihr schlecht. Das ... Wir müssen doch noch mehr tun können. Eine Medizin vielleicht?«
Der Arzt schüttelte den Kopf und packte sein Stethoskop in den Koffer. »Gegen Grippe gibt es keine Medizin.«
»Das ist keine Grippe!« Leni sprang auf. »Sie hat eine Meningitis! Schauen Sie, wie sie daliegt. Die gekrümmten Beine, der steife Nacken. Ihr schrilles Schreien heute Morgen. Ich habe das schon mal gesehen.«
Der Arzt richtete sich auf. Seine Wangenmuskeln zuckten, ehe ein überhebliches Lächeln auf seinem Gesicht erschien. »Wenn Sie das besser wissen, Fräulein, hätten Sie mich ja nicht rufen müssen.«
Leni kniff die Augen zusammen. Mathilda konnte sehen, wie ihre Wut kochte.

Der Arzt griff nach seinem Koffer und tippte sich an den Hut. »Wenn die Damen mich dann jetzt entschuldigen würden.« Damit humpelte er zur Tür.

Mathilda sah zu ihren Schwestern. Katharina war kreidebleich geworden, während Leni so aussah, als wollte sie dem Arzt etwas Tödliches hinterherwerfen. »Das IST eine Meningitis«, rief sie. »Sie muss sofort behandelt werden, sonst stirbt sie!«

Der Arzt drehte sich noch einmal um. »Und wenn es eine Meningitis wäre ...« Wieder zuckte sein Kiefermuskel. »... Dann gäbe es trotzdem keine Medizin. Der Führer braucht alle Reserven für seine Soldaten. Schwachsinnige Kinder braucht er keine. Bei einer Meningitis würde sich das zum Glück von selbst regeln.« Wieder erschien das schiefe Lächeln auf seinem Gesicht. »Aber ich sagte ja bereits: Es ist nur eine Grippe. Sie sind doch sicher katholisch, oder?« Er sah in die Runde, wartete, bis Katharina nickte. Gleich darauf wurde sein Grinsen spöttisch. »Wenn Sie was tun wollen, beten Sie. Hei'tler!« Wieder streckte er den Arm vor, ließ die Hand auf die Türklinke fallen und ging nach draußen.

Zu dritt starrten sie ihm nach. Eigentlich würde es sich gehören, ihn hinauszubegleiten. Dennoch blieb Mathilda stehen. Nach diesen Worten musste er den Weg allein finden.

»Er hat doch recht?!«, fragte Katharinas mit vor Furcht geweiteten Augen. »Es ist doch nur eine Grippe, oder?«

Leni sah sie an, flüchtige Verzweiflung in ihrem Gesicht. Dann zuckte sie mit den Schultern. »Er ist der Arzt.«

Sie log, Mathilda erkannte es. Leni sagte das, was Katharina hören wollte, und Katharina nickte erleichtert, obwohl sie es besser wusste.

Nur wenige Minuten später kam ihr Vater herein. Auch sein Gesicht wirkte besorgt. »Und? Was sagt der Arzt?«

Katharina lächelte ihm zu. Es war ein dünnes Lächeln, eines, das sich wie eine Maske über ihre Angst legte. »Es ist nur eine Grippe. Wir … wir sollen beten.«

Leni schnaubte, nur ganz leise, ehe es in dem Rascheln unterging, mit dem sie zur Tür eilte.

Mathilda wollte mit ihr reden, wollte wissen, was sie wirklich dachte. Doch sie wartete, bis Katharina mit ihrem Vater sprach, bevor sie Leni unauffällig folgte.

Sie war weder im Flur noch in der Stube. Mathilda suchte eine Weile, bis sie ihre Schwester in der Schweineküche fand. Mit schnellen Bewegungen drehte Leni Runkelrüben durch die Quetsche und warf sie in den Schweinepott.

Ihre Geschäftigkeit wirkte unpassend. Draußen war es stockdunkel, und die Tiere im Stall waren ruhig. Nur eine orangefarbene Glühbirne brannte an der Decke.

»Wie sicher bist du dir?«, fragte Mathilda vorsichtig. »Hat sie wirklich eine Meningitis?«

Immer schneller drehte Leni an der Kurbel, quetschte eine Rübe nach der anderen. »Ziemlich sicher. Ich habe es zwar erst einmal gesehen. Aber bei dem Jungen war es genauso. Die Haltung, wie er im Bett lag, dieses merkwürdige Schreien. Der Arzt hat eine Meningitis diagnostiziert. Drei Tage später war der Kleine tot.« Ein verbittertes Zucken huschte um ihre Mundwinkel. »Diese vermaledeiten Ärzte. Auch

der Arzt damals wollte ihm keine Medizin geben. Weil es sich nicht lohnt, ein Kind zu retten, das womöglich schwachsinnig bleibt.«
Mathilda stockte der Atem. »Ist das so? Bleibt sie schwachsinnig?«
Leni stieß ein weiteres Schnauben aus. »Nicht unbedingt. Nur vielleicht. Aber solche Kinder können die Nazis nicht brauchen. Das hast du doch gehört.« Sie ließ die Kurbel los und wischte sich über die Augen. Ein leises Schniefen drang aus ihrer Nase.
»Was tun wir denn jetzt?«, flüsterte Mathilda.
Leni drehte sich zu ihr. Tränen schimmerten in ihren Augen. »Wir bräuchten einen anderen Arzt, die richtige Medizin. Aber der nächste Arzt ist mindestens eine halbe Tagesreise entfernt.«
Mathilda fiel etwas ein, worüber sie schon den ganzen Tag nachgedacht hatte. »Was ist mit Veronika?«
Leni stützte sich vornüber gegen den Schweinepott. »Was soll mit ihr sein? Hat sie etwa die passende Medizin? Sie ist keine richtige Ärztin, selbst, wenn sie die richtige Diagnose stellt. Die Medizin bekommt sie davon noch lange nicht. Und verschreiben darf sie auch nichts.«
Mathilda wollte sich dennoch nicht von der Idee abbringen lassen. »Vielleicht weiß sie trotzdem eine Möglichkeit. Wir sollten es versuchen.«
Leni nickte. »Meinetwegen.«
Mathilda ging wieder ins Haus zurück und schlug Katharina vor, dass sie Veronika rufen sollten.
Ihre große Schwester hielt den Rosenkranz zwischen ihren Händen und war so in das Gebet vertieft, dass sie nur mit den Schultern zuckte.
Die Gutsherrin kam sofort zu ihnen, nachdem Mathilda wieder einmal im Dunkeln an ihre Tür geklopft hatte. Veronika zog den gleichen Schluss wie Leni: Alles deutete darauf hin, dass Resi eine Meningitis hatte. »Morgen früh könnte ich versuchen, Prontosil zu bekommen.« Veronika sprach gedämpft. »Wenn die Meningitis von Bakterien ausgelöst wurde, ist es das einzige Medikament, das eventuell hilft.«
Nur Leni und Mathilda hörten ihr zu, während Katharina sich über das Bett beugte und mit einem beständigen Murmeln ihren Rosenkranz

betete: »… Heilige Maria, Muttergottes, bitte für uns Sünder jetzt und in der Stunde unseres Todes …«

»Aber vielleicht haben wir auch Glück, und die Erreger sind Viren.« Veronika sprach ein bisschen lauter, dieses Mal in Katharinas Richtung. »Dann kann sie es allein schaffen.«

Katharina sah auf, nickte vorsichtig und betete gleich darauf weiter. Spätestens jetzt ahnte Mathilda, wie wenig Hoffnung es gab. Prontosil hatte Veronika schon nicht bekommen, als Thea und Willi im Sterben gelegen hatten. Damals hatte sie überall die Antwort bekommen, dass es für zivile Kranke nicht ausreichend verfügbar sei. Trotzdem versprach Veronika, es noch einmal bei den Schwarzmarkthändlern zu versuchen, von denen sie schon seit Jahren ihre Medizin bezog.

Die ganze Nacht lang wachten sie abwechselnd bei Resi und beteten einen Rosenkranz nach dem anderen. Katharina weigerte sich hartnäckig, überhaupt zu schlafen. Erst gegen Ende der Nacht gelang es Leni, sie ins Bett zu schicken.

Am nächsten Morgen beobachtete Mathilda, wie Veronika mit dem Opel davon fuhr.

Von da an verstrich Stunde um Stunde, in denen sie nicht zurückkehrte. Währenddessen ging es Resi zunehmend schlechter. Sie jammerte inzwischen kaum noch. Entweder sie schlief, oder sie lag schlaff auf der Seite und schaute mit leeren Augen vor sich hin.

Wann immer Mathilda an Resis Bett saß, betete sie den Rosenkranz. In Gedanken hat sie die Muttergottes darum, die Kleine zu verschonen, während die Worte des Gebetes beständig aus ihrem Mund flossen: »Gegrüßet seist du Maria, voll der Gnade, der Herr ist mit dir, du bist gebenedeit unter den Frauen, und gebenedeit ist die Frucht deines Leibes Jesu, der für uns Blut geschwitzt hat. Heilige Maria, Muttergottes, bitte für uns Sünder, jetzt und in der Stunde unseres Todes …« Ihre Finger glitten eine Perle weiter. »Gegrüßet seist du Maria …«

Doch ganz gleich, wie viel Mühe sie sich gab – als sich der Tag dem Ende entgegenneigte, atmete Resi so flach, als würde sie jederzeit damit aufhören. Inzwischen beteten Mathilda und Katharina zusammen. Sie beide hielten einen Rosenkranz und murmelten die Worte wie aus einem Mund. Tränen standen in Katharinas Augen, und Mathilda bemerkte kaum, dass sie selbst ebenso weinte.

Nur Leni lief neben ihnen im Zimmer auf und ab. Draußen war es stürmisch geworden. Der nahende April zeigte seine ersten Launen. Dunkle Wolken rasten über den Himmel, brachten in einem Moment Regen, im nächsten Hagel, nur um wenige Minuten später wieder die Sonne hervorblitzen zu lassen. Dann wieder wurde es nachtdunkel, und der Schneeregen trieb nahezu waagerecht vor ihrem Fenster entlang.

Es war ein solcher Augenblick, in dem Leni abrupt stehenblieb und Katharina mit ernster Miene ansah: »Es hat keinen Zweck! Veronika wird wieder keine Medizin bekommen. Und wenn doch, dann ist es zu spät. Wenn Resi irgendwo richtig behandelt wird, dann im Krankenhaus.« Sie deutete nach draußen, wo die Welt in Schnee und Sturm versank. »Wir dürfen nicht länger warten. Wir müssen losfahren und sie nach Paderborn bringen. Das ist unsere letzte Chance.«

Katharina sah zweifelnd aus dem Fenster. »Bei dem Wetter kommen wir doch keinen Kilometer weit. In der Kutsche wird sie klatschnass! Und das bei dem Fieber ...«

Leni schüttelte unwillig den Kopf. »Wir klappen das Verdeck hoch und bringen einen Vorhang an, hinter dem ihr euch verkriechen könnt. Du willst vielleicht nicht begreifen, wie ernst es ist. Aber ich sehe das als einzige Möglichkeit.«

Mathilda dachte an das, was Leni ihr im Stall erzählt hatte. Wenn das alles stimmte, dann würde Resi wohl auch in Paderborn nicht richtig behandelt werden.

Dennoch hatte Leni recht: Es war ihre letzte Chance.

Aber vielleicht war es besser, wenn Katharina und Leni nicht allein fuhren. »Warum wartet ihr nicht, bis Veronika wieder da ist? Dann kann sie euch mit dem Automobil bringen. Womöglich sind die Ärzte viel eifriger, wenn das Kind von einer Offiziersgattin gebracht wird und nicht von ein paar Bäuerinnen.«

Leni schien den Gedanken sorgfältig abzuwägen. Aber dann schüttelte sie den Kopf. »Wir dürfen nicht länger warten. Wer weiß, wann sie kommt. Du kannst sie uns nachschicken, wenn sie auftaucht.«

Mathilda seufzte. Auch Katharina nickte langsam. Ein paar Minuten später liefen Mathilda und Leni in den Stall und spannten den kleinen Max vor den Gig. Draußen lugte wieder einmal die Sonne hervor und ließ erkennen, dass sie bereits dem Horizont entgegensank.

Eine halbe Stunde später fuhren Katharina und Leni mit Resi vom Hof. Die Kleine war in eine dicke Decke gehüllt, und Katharina hielt sie auf dem Schoß. Doch hinter dem schwarzen Vorhang, den Leni an der Vorderseite des Gigs angebracht hatte, waren Katharina und Resi nicht zu sehen. So war es nur eine Erinnerung an das kleine Mädchen, der Mathilda mit hängenden Schultern nachsah.

Kurz nachdem die Dunkelheit hereingebrochen war, kehrte Veronika zurück. Aber sie kam ohne das Medikament und ohne ihr Auto. Im Laufe des Tages hatte sie den gesamten Vorrat an Benzin verbraucht. Weitere Sonderbezugsscheine besaß sie nicht, und ohne diese war es unmöglich, neues Benzin zu bekommen. So war ihr nichts übrig geblieben, als das Auto in Lippstadt stehen zu lassen und den Weg mit dem Bus und zu Fuß zu kommen.

In dieser Nacht betete Mathilda weiter. Während der Sturm um das Haus heulte, betete sie einen Rosenkranz für die Toten: für Stefan, Thea und den kleinen Willi. Sie betete einen zweiten Rosenkranz für Resi und einen dritten für Karl und Joseph. Erst, als die Erschöpfung ihre Knochen schwer machte, rollte sie sich zum Schlafen zusammen. Doch das Weinen schüttelte ihren Körper, bis sie zitternd in der Dunkelheit versank.

Als sie im Morgengrauen erwachte, war der Sturm verstummt. Es war früher als sonst, noch weit vor der Zeit, zu der die Faust ihres Vaters an die Tür hämmern würde. Dennoch stand Mathilda auf, zog sich an und ging in den Stall. Die Kühe blinzelten ihr irritiert entgegen. Auch die Tiere waren noch in ihre Nachtruhe versunken. Also ließ Mathilda den Stall hinter sich und ging auf den Hof hinaus.

Von dem Sturm war nicht einmal ein laues Lüftchen geblieben. Nur die Feuchtigkeit stieg auf und tauchte das Gelände in dichten Nebel, während die Sonne noch hinter dem Horizont schlief.

Mathilda lehnte sich gegen die Scheunenwand und schaute gen Osten. Immer wieder fielen ihre Augen zu, bis sich ein tiefes Orangerot durch den Nebel schob. Auch wenn sich die Sonne noch hinter einem Schleier verhüllte, ihr Blut goss sich bereits in dampfenden Schwaden über das Land.

Irgendwann wurden dieses Schwaden von einer Bewegung durchbrochen. Zuerst schälte sich der Kopf eines Pferdes daraus hervor, dann das ganze Tier und schließlich die schwarze, zweisitzige Kutsche dahinter.

Der dunkle Vorhang vor dem Gig war zur Seite geschlagen worden. Zwei Frauen saßen darin, eine führte die Leinen, die andere hielt ein Bündel aus Decken in den Armen. Doch die Gesichter, die Mathilda entgegenblickten, waren so fahl, dass nicht einmal das Blut der Sonne sie färben konnte.

Mathilda musste mit niemandem sprechen, um zu wissen, dass Resi gestorben war.

* * *

Katharina bahrte ihre Tochter in der Stube auf. Die Kleine lag in ihrem Körbchen, das über und über mit weißen Nelken geschmückt war. Die getrockneten Blüten bedeckten die Kissen und waren in ihre Haare geflochten, sie zierten das weiße Sonntagskleid, und ein kleiner Strauß lag zwischen ihren gefalteten Händen.

Die Kleine sah aus, als würde sie schlafen.

Mathilda wusste nicht, ob sie selbst weinte, oder ob es das Schluchzen der anderen war, das sich in ihre Ohren stahl. Nur eines nahm sie deutlicher wahr als alles andere: Den süßlichen Duft der Nelken, der den ganzen Raum erfüllte.

In Mathildas Vorstellung war es jener Duft, der sämtliche Toten miteinander vereinte: ihre Mutter und die kleine Resi, Thea und Willi, Annas Baby, dem nicht einmal ein einziger Tag von seinem Leben gelassen worden war. Selbst die Erinnerung an Stefan verknüpfte sich mit diesem Geruch, obwohl sein Leichnam weit im Osten unter kaltem Schnee begraben lag.

Noch Wochen nach Resis Beerdigung hing der Geruch in ihrem Haus und brannte sich unauslöschlich in Mathildas Erinnerung.

In all der Zeit versuchte sie, nicht an Karl zu denken. Aber sie konnte nichts dagegen tun. Ihre Gedanken ließen sich nicht vorschreiben, in welche Richtung sie zogen, bis auch Karls Gesicht mit dem Duft von weißen Nelken verknüpft war.

Mathilda weinte. Tagelang, nächtelang, heimlich, im Stall bei den Tieren, draußen auf dem Feld, in der Dunkelheit in ihrem Bett. Sie wusste, dass die anderen es ebenso taten, selbst Leni, die immer den Anschein wahrte, als könnte nichts ihre Fröhlichkeit trüben. Doch niemand sprach darüber. Nähe und Trost gehörten nicht zu den Dingen, die sie miteinander teilten. Nur einmal legte Mathilda ihre Hand auf Katharinas Schulter, als sie nebeneinander an Resis Grab standen. Aber die Art wie ihre Schwester sie abschüttelte, zeigte ihr, dass Trost nur Schwäche hervorlockte und Schwäche nicht erwünscht war. Nicht in Gegenwart anderer.

Schon nach wenigen Tagen straffte Katharina ihre Schultern und versah ihre Arbeit, als sei sie niemals eine Mutter gewesen. Von da an konnte Mathilda nur ahnen, wie viel Schmerz in ihrer Schwester schlummerte.

In diesen Tagen lernte sie, dass es besonderer Stärke bedurfte, um Schwäche zu zeigen. Karl war stets der Einzige gewesen, dem sie ihre Schwäche offenbaren durfte, der genug Kraft besaß, um sie darüber hinwegzutragen. Er war der Einzige, der seine eigenen Schwächen zugab und ihr dadurch nur noch stärker erschien.

Was ihm und seiner Familie geschehen war, musste unerträglich sein, und dennoch gab er nicht auf. Er war ein Kämpfer in einem Meer aus Feinden. Wenn es jemand schafft, diesen Krieg zu überleben, dann er.

Daran wollte sie glauben.

Und mit diesen Gedanken formten sich die Worte in ihr. Sie musste sich nur vor ein leeres Blatt setzen, und schon flossen die Zeilen aus ihrer Hand, bildeten ein Gedicht, das sie an Joseph sandte, mit der Bitte, es an seinen Freund weiterzugeben:

Zwei Fische sind wir in strömendem Wasser
Sturm peitscht die Wellen, Todesvögel kreischen
Sie picken und hacken mit langen Schnäbeln
Doch wir schwimmen und kämpfen
Um uns und unser Leben
Gemeinsam
Wir halten uns fest
Aneinander
Du sagst, Fische könnten sich nicht halten
Weil sie keine Arme besäßen
Und ich widerspreche Dir
Wir brauchen keine Arme
Wir brauchen nur die Kraft und die Liebe
Von zwei Seelen, die zusammengehören
Jetzt und in Ewigkeit
Deine Mathilda

32. KAPITEL

Fichtenhausen, Anfang 1944

Wie Karl es angekündigt hatte, hörte er auf, ihr zu schreiben. Mehr als ein Jahr verging, in dem nur Joseph ihr Briefe schickte. Manchmal erwähnte er »ihren Prinzen« und deutete an, dass Karl noch am Leben war. Doch Genaueres schrieb er nicht.
Es war schließlich ein kalter, verschneiter Wintertag im Januar 1944, als Mathilda auch von Joseph einen letzten Brief erhielt. Es war ein ungewöhnlich dünnes Kuvert, in dem sie nur eine kurze Notiz fand. In hektischer Schrift und ohne Datum hatte Joseph sie auf einen kleinen Zettel gekritzelt.

Liebste Schwester,

ich bin im Lazarett. Ein Streifschuss hat mich am Bein verletzt und hierhergebracht. Aber deshalb musst Du Dir keine Sorgen machen. Es geht schon wieder. Ich humple noch ein bisschen, aber ich kann wieder laufen. Bis gestern habe ich gehofft, dass ich vielleicht auf Genesungsurlaub in die Heimat kommen kann, bevor ich wieder zu meiner Schwadron muss. Aber heute habe ich eine Nachricht bekommen, die alles ändert: Ich werde versetzt. Schon morgen muss ich abreisen und wieder in den Kampf.
Es tut mir leid, Mathilda. Ich hätte Dich zu gerne wiedergesehen, ich hätte Dir zu gerne von Deinem Prinzen erzählt. Aber jetzt kann ich Dich nur um eines bitten: Für den Fall, dass Gott Euch beide am Leben lässt, versprich mir, ihn zu heiraten! Ihr gehört zusammen.
Für Euch beide habe ich das alles getan.

In Liebe,
Dein Bruder

Josephs Brief versetzte Mathilda in Starre. Einen Ewigkeit lang schaute sie darauf und fragte sich, was das alles bedeutete. Es klang wie ein Abschiedsbrief. Aber warum? Was war geschehen? Und was meinte er mit seinem letzten Satz? Was genau hatte er für sie und für Karl getan? Sosehr Mathilda auch darüber nachgrübelte, sie fand keine Lösung. Wochenlang hoffte sie, dass vielleicht doch noch ein Brief von Joseph kommen würde. Wenigstens seine neue Feldpostnummer wollte sie haben, damit sie ihm schreiben konnte. Aber ihre Familie hörte nichts mehr von ihm.

Stattdessen brach der Frühling an und mit ihm ein Stück Normalität. Wie schon in den Jahren zuvor übernahmen die Zwangsarbeiter die schwere Arbeit auf den Feldern ihres Hofes, während Mathilda auf Veronikas Gestüt half. Neue Fohlen waren geboren worden, und einzelne Jungpferde waren so weit herangewachsen, dass sie eingeritten werden mussten. Es waren nicht mehr viele, die ihnen gelassen worden waren, und selbst die wenigen waren bereits für den Krieg reserviert. Aber Veronika hatte durchsetzen können, sie selbst einzureiten, bevor sie verkauft wurden.

So verbrachten Mathilda und Veronika noch immer viele Tage gemeinsam. So manches Mal, wenn sie an den Abenden ihre Arbeit beendeten, führte Veronika sie in ihren Salon. Auf ihrem Volksempfänger haftete ein Aufkleber, der sie darauf hinwies, dass das Hören von Feindsendern mit der Todesstrafe geahndet wurde.

Doch wann immer Veronika und Mathilda allein im Haus waren, stellte die Gutsherrin das Radio leiser und wechselte den Sender. Dann rauschte und kratzte es in den Lautsprechern, bis sich eine Stimme mit englischem Akzent daraus hervorschälte. Veronika erklärte Mathilda, dass es ein Sender war, den die Alliierten vom Westen aus ins Reich sendeten, um die Deutschen über die reale Kriegslage aufzuklären.

Während der Wehrmachtbericht noch immer versuchte, nur positive Nachrichten zu senden, waren die Nachrichten der Alliierten erschreckend. Die Fronten im Osten zerfielen. Die Heeresgruppe Nord und die Heeresgruppe Süd waren schon im Winter deutlich zurückgedrängt worden. Nur noch die Heeresgruppe Mitte hielt die Stellung. Aber auch für sie wurde die Lage enger, während die Feinde versuchten, sie zu umfassen und aufzureiben.

Karl und Gustav gehörten zur Heeresgruppe Mitte.

Atemlos lauschten Mathilda und Veronika den Meldungen und stellten den Sender zurück auf die übliche Einstellung, sobald die Nachrichten vorüber waren. Nicht einmal die Köchin durfte sie beim Hören des Feindsenders erwischen, und so manches Mal litt Mathilda darunter, dass sie die Informationen nicht an den Rest ihrer Familie weitergeben durfte.

Doch wenn sie ehrlich war, dann war die Überlegenheit ihrer Gegner selbst hier in Fichtenhausen offensichtlich geworden. Zu den Bomberschwadronen der Briten hatten sich inzwischen auch die Amerikaner gesellt. Tag und Nacht wechselten sie sich ab, nahezu ununterbrochen dröhnten die Flugzeugmotoren über Fichtenhausen. Allem Anschein nach hatten sie es nur auf die großen Städte abgesehen, dennoch erschien es Mathilda wie ein Wunder, dass in ihrem Dorf noch nicht eine einzige Bombe gefallen war.

Nur wenige Dinge gab es in dieser Zeit, die den düsteren Alltag des Krieges durchbrachen.

In jenem Frühling war es eine Hochzeit. Lotti und Wolfgang wollten sich endlich das Jawort geben.

Seit Theas Tod besorgte Lotti seinen Haushalt, und es war schon lange kein Geheimnis mehr, dass die beiden ein Paar waren. Mehr als ein Jahr war inzwischen vergangen, seit ihre Schwester gestorben war, genug Zeit also, um den Anstand zu wahren.

Es wurde eine ruhige Hochzeit mit wenigen, ausgesuchten Gästen. Doch sie alle genossen den kurzen Moment des Friedens. Alles, was vor dem Krieg noch problematisch gewesen war, schien nicht mehr von Bedeutung zu sein. So viel Theater ihr Vater auch gemacht hatte, als Thea den brotlosen Musiker Wolfgang heiraten wollte, so zufrieden wirkte er jetzt, während er Lotti an die Seite ihres Zukünftigen führte. Männer waren rar geworden, und ein Vater mit acht Töchtern durfte nicht länger wählerisch sein.

Letztendlich ging auch der Tag der Hochzeit viel zu schnell vorüber und ließ sie in die dunkle Bedrohung des Krieges zurückkehren.

Dass der Krieg auch vor Fichtenhausen nicht haltmachte, erfuhren sie an einem Sonntag Ende April. Direkt nach dem Kirchbesuch war der Großteil ihrer Familie nach Hause aufgebrochen. Nur Mathilda machte noch einen Umweg über den Friedhof, um ein paar stille Worte an ihre Mutter zu richten. Auch Thea, Willi und Resi waren in ihrem Familiengrab beigesetzt worden. Mathilda hockte sich auf den Boden, zupfte das erste Unkraut aus der feuchten Erde und sprach ein Gebet für jeden von ihnen.

Eine Dreiviertelstunde später machte sie sich auf den Rückweg. Es war ein ungewöhnlich dunkler Frühlingstag. Der Hochnebel hing noch immer tief am Himmel, sogar die Spitzen der Fichten verschwanden in seinem Schleier, und das Land darunter färbte sich in dreckiges Graubraun. Selbst das Gras erschien fahlgrau in diesem Licht, und die Feuchtigkeit des Nebels setzte sich auf Mathildas Haut.

Von weitem erhob sich schließlich das dumpfe Dröhnen der amerikanischen Bomber. Allein an diesem Geräusch konnte Mathilda hören, wie tief sie flogen, doch der Hochnebel versperrte jede Sicht. Nur vage konnte sie abschätzen, wie nah die Flieger bereits herangekommen waren, bevor sie die dunklen Schemen im Hochnebel ausmachte. Unter den Flugzeugen wackelte etwas, klobige Dinger, die mit einer eirigen Bewegung herunterfielen.

Bomben!

Noch bei diesem Gedanken folgte die erste Detonation.

Mathilda sprang zur Seite, eine heiße Druckwelle erfasste sie und warf sie in den Abzugsgraben am Rande des Weges. Für eine Sekunde blieb ihr die Luft weg, ehe sie sich tiefer in den Graben duckte und ihre Hände über dem Kopf verschränkte. Eine zweite Detonation folgte, kurz darauf eine dritte, immer näher. Der Donner riss in ihren Ohren, ihre Trommelfelle schmerzten.

Dann war es vorbei. Das Dröhnen der Flugzeuge war nur noch ein dumpfes Brummen, das leise davon zog. Mathilda verharrte im Graben und wartete auf weitere Explosionen.

Doch alles blieb still. Nur ein hoher Ton pfiff durch ihre Ohren, begleitete sie auch noch, als sie den Kopf hob und aufstand.

Rauchschwaden zogen ihr entgegen, vermischten sich mit dem Hochnebel und nahmen ihr die Sicht.

Dort, wo ihr Hof liegen musste, war alles grau.

Mathildas Herzschlag setzte aus. Dann rannte sie. Ihr Herz trommelte, ihre Ohren sirrten, der Rauch verdichtete sich.

Es war kein Rauch! Der scharfe Geruch von Feuer fehlte darin. Es war Staub, feiner Sandstaub! Er verklebte ihre Nase, legte sich auf ihre Zunge und brannte in ihrer Kehle.

Erst als sie den Fichtenwald erreichte, konnte sie wieder etwas sehen: Noch nicht ihren Hof, auch nicht Böttchers Hof, nur die Fichten, die über und über mit Stroh und Heu bedeckt waren. Wie Lametta hing es von den Zweigen.

Dann hörte sie die Schreie. Kreischende Stimmen kamen ihr entgegen.

Mathilda erreichte die Hecke ihres Gartens. Erst jetzt erkannte sie die Gebäude ihres Hofes ...

Sie standen noch! Das Haupthaus, die Scheune, der Stall dazwischen.

Einzig das Geschrei hielt an. Endlich konnte sie es orten: Von Böttchers Hof drang es herüber. Mathilda rannte weiter, stieß auf Leni und Katharina, die kurz vor ihr liefen. Im nächsten Moment lichteten sich die Staubschwaden. Böttchers Hof war zerstört. Das Wohnhaus war in tausend Teile zerrissen, die Scheune abgedeckt und das Stroh hing überall, bedeckte die Trümmer, die Felder, den Sandweg unter ihren Füßen. In feinen Schnipseln rieselten die Strohspelzen vom Himmel.

Feuer gab es keines, nur die wüste Zerstörung, die eine Luftmine hinterließ. Zwischen alldem erhob sich Tumult. Kühe brüllten, Schweine rannten über die Felder, Hühner liefen mit wildem Gegacker umher. Doch am lautesten war das Geschrei der beiden jungen Frauen, die am Fuße der Trümmer standen: Anna und Liesel. Heute Morgen hatte Mathilda sie noch in der Kirche gesehen. Auch sie waren später nach Hause gegangen als ihre Eltern.

Von Böttchers Mama und Böttchers Papa fehlte jede Spur.
»Damit hat sie der liebe Gott gestraft«, murmelte Katharina. »Weil sie das Kind getötet haben.«

Mathilda sah zu Anna hinüber. Ihre Freundin aus Kindertagen presste die Hände auf ihre Ohren und schrie. Dabei starrte sie auf etwas hinunter, das vor ihren Füßen lag.

Hinter den Staubschleiern und halb von Trümmern verborgen, erkannte Mathilda die Gestalt eines Menschen.

Der Rest zog wie in Trance an ihr vorbei. Nach und nach kamen die Leute des Dorfes herbeigeeilt. Rund um den Fichtenwald fanden die Männer zwei weitere Bombenkrater und eine Reihe von Blindgängern, die nicht detoniert waren. Aus den Trümmern des Hauses bargen sie das, was es noch zu bergen gab, während die Frauen Liesel und Anna trösteten und die Dorfkinder über den zerstörten Hof tobten, als sei es ein Abenteuerland.

Bald schon stand unmissverständlich fest, dass Böttchers Mama und Papa tot waren. Die Luftmine hatte ihre Lungen zerrissen, erklärte der Arzt.

Mathilda achtete darauf, ihre Leichen nicht anzusehen. Sie wollte keine Toten mehr sehen. Nur zu den Lebenden kehrten ihre Gedanken zurück. Immer wieder dachte sie an Böttchers Mama, die ihnen Leberwurstbütterchen geschmiert hatte, wenn sie als Kinder zu Besuch gewesen waren, und die sich so oft bemüht hatte, Mathilda zu trösten, nachdem ihre Mutter gestorben war.

Mindestens tausend Mal hatte sie sich gefragt, ob Böttchers Mama das Baby erstickt hatte ...

Oder hatte Böttchers Papa die Schuld auf sich genommen? Der gemütliche alte Herr, der für seine Kinder ein strenger und trotzdem ein gerechter Vater gewesen war. Oft hatte Mathilda gesehen, wie er mit Liesel und Anna lachte, und seine Töchter hatten stets mehr Freiheiten gehabt als Mathilda und ihre Schwestern.

Sie hatte nie durchschaut, ob er tatsächlich ein überzeugter Nazi gewesen war oder ob er sich nur angepasst hatte.

War es so, wie Katharina sagte? Gottes Strafe?

Am Nachmittag suchte sie ein weiteres Mal nach Anna. Doch ihre Freundin war nicht mehr bei den anderen Frauen. Während um sie herum das Durcheinander tobte, ging Mathilda durch den zerrissenen Zaun in Böttchers Garten. Ihre Schritte führten sie an den äußersten Rand, wo das Grab von Annas Baby im Schatten des Waldes lag.

Anna hockte mit gesenktem Kopf davor und weinte. Mathilda kniete sich neben sie und legte den Arm um ihre Schultern.

»Mich hätte sie treffen sollen!«, murmelte ihre Freundin. »Ich wünschte, die Bombe hätte mich getroffen. Dann wäre ich jetzt wieder bei ihnen.«

Bei ihnen ... Mathilda fragte nicht, wen Anna damit meinte. Sie wusste auch so, dass ihre Freundin nicht von ihren Eltern sprach. Sie redete von ihrem Baby ... und von Jean-Luc, ihrer großen Liebe.

* * *

Noch am gleichen Abend nahm Veronika die beiden Schwestern bei sich auf und gab jeder von ihnen ein Zimmer. Von da an liefen Anna und Liesel wie Schatten ihrer selbst über das Gut, sofern sie überhaupt aus ihren Zimmern kamen. Die heimlichen Hörstunden vor dem Feindsender fielen seither aus, weil Veronika der Gesinnung der Mädchen nicht traute. Vor allem Liesel schien die Schuld an ihrem Unglück allein bei den Alliierten zu sehen.

Nur wenige Wochen später klopfte ein unerwarteter Gast bei Mathilda zu Hause an die Tür. Es war unmittelbar nach dem Abendessen. Sie saßen noch immer am gedeckten Tisch, als Katharina aufstand, um die Tür zu öffnen. Kurz darauf führte sie Böttchers Emil in die Stube.

Mit betretener Miene blieb der Nachbarssohn in der Tür stehen. Emil war noch immer groß und kräftig, in ordentlicher SS-Uniform gekleidet und mit einigen Auszeichnungen geschmückt. Einzig in seinen Augen hatte sich etwas verändert. Der sarkastische Angeber, der mit Vorliebe Scherze auf Kosten anderer machte, schien verschwunden zu sein. Stattdessen lagen Scham und Demut in seiner Haltung.

Katharina bat ihn auf einen Pfefferminztee an den Tisch. Doch es dauerte eine Weile, bis ein Gespräch zustande kam. Ihr Vater stellte Fragen über die Front. Aber Emil antwortete mit einem schwachen Schulterzucken. »Ich war nicht an der Front«, murmelte er. »Ich war im rückwärtigen Heeresgebiet ... in einem Wachbataillon.« Ein düsterer Schatten flackerte in seine Augen. Hastig griff er nach der Tasse und trank einen Schluck. »Aber das ist jetzt auch geschafft. Ich darf zu Hause bleiben und den Hof wieder aufbauen.«

Spätestens mit dieser Bemerkung fielen sie zurück in betretenes Schweigen. Nicht nur Emils Eltern waren gestorben, auch seine beiden Brüder waren im Laufe des Krieges gefallen und der Hof, den er erben sollte, war bis auf die Grundmauern zerstört. Nach solch einer Tragödie war es kaum möglich, die passenden Worte zu finden.

Nur Mathildas Gedanken drehten sich weiter: Emil war in einem Wachbataillon gewesen. In einem SS-Wachbataillon. Sie starrte auf die gezackten Runen, die er an seinem Kragen trug, auf die er einst so stolz gewesen war.

Wen genau hatte er bewacht? Und was hatte er mit ihnen getan?

In seinen letzten Briefen war Joseph immer offener geworden, allzu gefährlich waren seine Worte gewesen, bis er schließlich von schrecklichen Lagern geschrieben hatte, in denen grausame Wärter arbeiteten. War Emil einer von ihnen?

Sein Kopf war noch immer gesenkt, sein Blick ruhte im Teesatz seiner Tasse. Als er endlich aufsah, schaute er zu Leni. Noch immer lag ein dunkler Schatten in seinem Gesicht. Dann stand er auf, ließ sich vor Leni auf die Knie sinken und sah zu ihr hoch. »Helene Alvering, meine liebe, kluge, freche Leni ...« Er räusperte sich. »Ich weiß, es ist nicht der richtige Augenblick, und ich weiß auch, dass ein Bauer ohne Hof nicht mehr die beste Partie ist. Aber wenn ich jetzt zu Hause bleibe und das alles wieder aufbaue ... Dann hätte ich das freche Mädchen von gegenüber gern an meiner Seite.« Seine Stimme kippte, mit einem leisen Krächzen sprach er weiter. »Deshalb frage ich dich jetzt und sofort und bevor es ein anderer tut: Möchtest du meine Frau werden?«

Leni starrte ihn an. Mathilda konnte sehen, wie ihr der Unterkiefer

487

herunterklappte. »Ich ... das ...« Ihre Schwester begann zu stammeln. »Ich weiß nicht. Das kommt ein bisschen plötzlich ... aber ...« Ein zaghaftes Grinsen bildete sich auf ihrem Gesicht. »Ich denke, ich ... überlege es mir.«

Ein Anflug von Enttäuschung huschte über Emils Miene. »Du ... du überlegst es dir?«

Leni nickte.

Mathilda unterdrückte ein Lachen. Selbst Katharina wirkte erheitert.

»Ich meine, ich ...« Emil wandte sich in die Runde und blickte zu ihrem Vater. »Ich frage natürlich auch dich, Stefan. Wenn du erlaubst, würde ich gerne um die Hand deiner Tochter anhalten.«

Ihr Vater schmunzelte und breitete die Arme aus. »Meinen Segen habt ihr. Aber ich denke ...« Er nickte in Lenis Richtung. »Du musst erst meine freche Tochter überzeugen.«

Lenis Grinsen war noch breiter geworden. Sie griff nach Emils Hand, stand auf und zog ihn vom Boden hoch. »Ich denke, wir sollten das ohne meine Familie besprechen.« Damit warf sie ein Lächeln in die Runde und führte Emil nach draußen.

Mathilda erfuhr nicht, was die beiden beredeten. Doch in den Tagen darauf waren sie fast immer zusammen. Gemeinsam räumten sie die Trümmer des Böttcher-Hofes auf, bauten einen provisorischen Stall für die Tiere und arbeiteten mit Liesel und Anna auf Böttchers Feldern.

Spätestens als Lenis Bett auch in den Nächten leer blieb, ahnte Mathilda wie ihre Schwester sich entschieden hatte.

Nur abends, wenn sie allein in ihrem Zimmer lag, kam ihr dieser eine Gedanke und wollte sie nicht mehr loslassen: Emil war in einem Wachbataillon gewesen.

Es war eine jener Nächte, in denen Mathilda nicht schlafen konnte, in denen die Bomber über ihr Haus flogen und das Bett neben ihr leer blieb. Sie lag so lange wach in ihren Federn, bis Leni durch das Fenster in ihr Zimmer kletterte.

In diesem Moment konnte Mathilda die Frage nicht länger zurückhalten. »Wie kannst du ihn lieben?«, flüsterte sie. »Er war in einem Wachbataillon.«

Leni zuckte zusammen, ihre schmale Gestalt wirbelte herum. »Mathilda! Ich dachte, du schläfst. Nun erschrick mich doch nicht so!«
Mathilda richtete sich auf. »Nun sag schon!«, forderte sie. »Was hat er getan? Wie kannst du ihn lieben?«
Leni wurde ernst. Schwarze Schatten zeichneten sich auf ihr weißes Nachthemd. Langsam setzte sie sich auf ihr Bett. »Er sagt nicht, was er getan hat«, flüsterte sie. »Aber du hast recht: Es müssen schlimme Dinge sein, und er bereut sie zutiefst.«
Mathilda schüttelte unwirsch den Kopf. »Und das reicht dir? Dass er seine Taten bereut? Ich weiß ja nicht, was du von diesen Lagern gehört hast, aber es müssen ...«
»Ich weiß!« Leni wurde lauter. »Ich bin nicht dumm, Mathilda! Joseph, unser törichter, selbstzerstörerischer Bruder konnte es nicht lassen, uns allen davon zu schreiben.« Sie atmete scharf ein. »Aber ja. Es reicht mir, dass Emil seine Taten bereut, weil ich mitbekomme, wie sehr er darunter leidet. Fast jede Nacht wacht er auf und schreit. Manchmal weint er sogar, und wenn er dann merkt, dass ich bei ihm bin, sagt er mir, wie sehr er sich schämt.«
Mathilda starrte ihre Schwester an. Ihr Herz fühlte sich an, als würde es brennen.
Lenis Stimme klang plötzlich sanft. »Du verstehst das vielleicht nicht, weil du immer nur ein Engel warst, weil du nie irgendetwas falsch gemacht hast. Aber bei mir ist das anders. Ich habe selbst schon viele Fehler gemacht, habe Unrecht getan und bin in Dinge hineingeraten, aus denen ich nicht mehr herauskonnte. Du möchtest nicht wissen, was die Nazis mit unheilbar kranken Kindern tun. Aber ich habe es erlebt, und ich konnte nichts daran ändern.« Sie stieß ein tiefes Seufzen aus. »Und Emil ... Er war ein Dummkopf, der gerne ein Held sein wollte. Er hat sich zur SS gemeldet, um ein Teil von dieser großen bombastischen Idee zu sein. Und als er gesehen hat, was das alles bedeutet, was genau von ihm verlangt wird, war es längst zu spät. Gehorche oder stirb! Sei ein Mörder oder lass dich hinrichten!«
Mathilda senkte den Kopf. Das Brennen stieg in ihre Kehle und verschnürte ihren Hals.

Doch Leni war noch nicht fertig. »Dein Karl in der Wehrmacht wird auch nicht viel besser sein. Du wirst in diesem ganzen verfluchten Land keinen einzigen Mann mehr finden, der kein Mörder ist. Das ist die Wahrheit, Mathilda.« Leni schniefte, wischte sich mit einer unwirschen Geste über die Nase. »Und der einzige Unterschied zwischen ihnen ist die Frage, ob sie es bereuen, oder ob sie noch immer stolz darauf sind.«

Mathilda presste die Lippen aufeinander, wischte sich über ihr Gesicht, das ebenso nass war wie das ihrer Schwester.

»Und mein Emil …« Leni flüsterte. »Er bereut seine Taten. Er leidet so sehr darunter, dass es ihn fast zerstört. Ich kann ihn jetzt nicht im Stich lassen. Er braucht mich, um seine Menschlichkeit wiederzufinden.«

33. KAPITEL

Fichtenhausen, Frühling/Sommer 1944

Die erste und einzige Nachricht, die sie über Josephs Verbleib erhielten, stammte von seinem Kommandeur. Es war Anfang Mai, als ihr Vater den Brief nach dem Mittagessen öffnete, als er ihn mit den Augen überflog und stöhnend auf dem Tisch zusammensackte. Katharina sprang auf und beugte sich zu ihm. Doch ihr Vater schüttelte nur den Kopf, reichte Leni den Brief und stützte das Gesicht in seine Hände.

Leni nahm ihn mit erschrockener Miene entgegen, senkte ihren Blick auf die Zeilen und las den Brief laut vor.

3. Kavalleriebrigade, 28. April 1944

Sehr verehrter Herr Alvering,

ich bin mir nicht sicher, ob Ihnen bekannt ist, dass Ihr Sohn Joseph mit Beendigung seines letzten Lazarettaufenthaltes in eine andere Einheit strafversetzt wurde. Mit diesem Brief möchte ich Ihnen mitteilen, dass ich darüber sehr erschüttert bin. Sicherlich fragen Sie sich, was er sich hat zuschulden kommen lassen, und ich muss Ihnen gestehen, dass mich diese Frage ebenso beschäftigt. In unserem Regiment haben wir Ihren Sohn immer als tapferen, verlässlichen Soldaten erlebt, der stets seine Pflicht tut und sich durch hohes Verantwortungsbewusstsein auszeichnet.

Leider bin ich selbst erst seit kurzer Zeit wieder beim Regiment, nachdem ich zuvor eine schwere Verletzung auskurieren musste. Seither habe ich jedoch gründliche Nachforschungen angestellt und kann Ihnen versichern, dass die Strafversetzung keinesfalls von uns veranlasst wurde. Ganz im Gegenteil. Seit ich von meinem Genesungsurlaub zurückgekehrt bin, habe ich mich darum bemüht, Ihren Sohn zu uns zurückzuholen. Wie Sie sich vielleicht vorstellen können, ist ein kavalleristisch ausgebildeter Soldat mit mehrjähriger Kriegserfahrung im 5. Kriegsjahr kaum noch zu ersetzen. Auch aus diesem Grund hat mich die unverständliche Strafversetzung besonders erzürnt.

Doch meine Bemühungen, Ihren Sohn für unser Regiment zurückzugewinnen, waren leider vergeblich. Gerade erreichte mich die Nachricht, dass es unmöglich sei, Ihren Sohn zu uns zurückzuversetzen, da er seit seinem letzten Einsatz als vermisst gälte.

Unter welchen Umständen er verschollen ist, konnte ich leider nicht herausfinden.

Ich bedaure sehr, Ihnen dies mitteilen zu müssen. Aber ich möchte Ihnen noch einmal versichern, dass Sie mit ungebrochenem Stolz an Ihren Sohn zurückdenken dürfen. Nachdem ich dem Rätsel der Strafversetzung nun eine Weile nachgegangen bin, kann ich mir die Maßnahme nur durch einen Irrtum oder eine Verwechslung erklären.

Dies bestürzt mich zutiefst, und ich möchte Ihnen und Ihrer Familie mein vollstes Mitgefühl zum Ausdruck bringen. Mit dem Gefreiten Joseph Alvering haben wir einen treuen Kameraden verloren, den wir in würdevoller Erinnerung behalten werden.

Hochachtungsvoll,
gez. Oberstleutnant Georg Freiherr von Boeselager

Leni ließ den Brief sinken und sah sie der Reihe nach an.
Eine *Verwechslung*! Das Wort irrte durch Mathildas Gedanken, brachte den Boden zum Schwanken. Vielleicht hatte Joseph zu viele gefährliche Briefe geschrieben, vielleicht waren einige davon in die Hände der Zensur gefallen. Oder er war verwechselt worden: Auch Karl hatte Josephs Absender benutzt. Die ganzen Jahre hindurch hatte er in seinem Namen an Mathilda geschrieben. Für die Zensurbehörde mussten die beiden wie eine Person erschienen sein.

Womöglich hatte jemand herausgefunden, dass der Zigeunermischling Karl von Meyenthal unter falschem Namen in Fichtenhausen gelebt hatte. Aber der einzige falsche Name, unter dem er aufgefallen war, war der von Joseph.

Je länger Mathilda darüber nachdachte, desto gewisser war sie, dass die Nazis ihren Bruder strafversetzt hatten, weil sie ihn mit Karl verwechselten.

Der Gedanke stach in ihr Herz, setzte sich darin fest und hinterließ einen wilden, unbändigen Schmerz. In den nächsten Tagen konnte sie an nichts anderes denken. Sie kramte die Briefe der beiden aus ihrer Kiste, las sie ein ums andere Mal und suchte nach Hinweisen. Sie versuchte, die Worte zu entziffern, die geschwärzt worden waren, und machte sich ein Bild davon, wie die Nazis Joseph gesehen hatten.

Jeden Abend las sie in ihren Briefen bis tief in die Nächte hinein, in denen sie noch weniger schlafen konnte als zuvor. Irgendwann schlief sie gar nicht mehr. Die Müdigkeit saß tief in ihren Knochen, quälte ihren Körper und wollte sie in den Schlaf zwingen. Mathilda hingegen wollte nicht eher ruhen, bis sie verstanden hatte, bis sie wusste, warum Joseph gestorben war. Seine Zeilen beschworen grausige Bilder herauf, die sich auch dann noch fortsetzten, wenn sie die Papiere beiseitelegte und aus dem nächtlichen Fenster sah.

Im Licht des Mondes hingen Nebelschleier über den Wiesen, umhüllten die Bäume und bedeckten die Wege. Mathilda starrte so lange hinaus, bis sich Gestalten durch den Nebel schoben, unzählige Pferde, zusammen mit ihren Reitern.

Doch es waren keine gewöhnlichen Reiter. Es waren Ritter. Ihre Visiere waren heruntergeklappt, düstere Augenöffnungen lugten ihr entgegen. Es waren Hunderte, Tausende, die lautlos durch den Nebel glitten und immer näher rückten. Aber die Ritter waren nicht allein. Zwischen den Pferden liefen Menschen.

Mathilda wusste nicht, warum sie aus ihrem Bett aufstand und in den Flur lief. Sie öffnete die Haustür und rannte nach draußen, riss die Gartenpforte auf und blieb auf dem Sandweg stehen. Vielleicht hatte sie gehofft, dass die Gestalten verschwinden würden, wenn sie herauskam. Aber sie waren noch da. Lautlos glitten sie durch den Nebel und ritten auf sie zu.

Die ersten Ritter erreichten den Hof. Ihre Rüstungen waren mit frischem Blut eingefärbt. Ihre Hände trugen Peitschen, ließen sie sirren und knallen, um die Gefangenen mit sich zu treiben.

Aber selbst die Gefangen trugen Uniformen, graue Reiteruniformen. Fadenscheinig und zerlumpt hingen sie um ihre Körper, blutiges Rot sickerte von innen durch den Stoff und tropfte zu Boden.

Die Peitschen knallten, Pferdehufe trampelten, der Zug von Rittern und Getriebenen hatte sie fast erreicht. Immer mehr Gestalten reihten sich hinein, unzählige Menschen, die sich kaum noch auf den Beinen halten konnten. Die meisten waren Soldaten, sowjetische und französische, deutsche und polnische, dazwischen Frauen und Kinder, selbst alte Leute.

Mathilda konnte sich nicht rühren. Voller Grauen starrte sie dem Zug entgegen, konnte selbst dann nicht zur Seite weichen, als der erste Ritter sie erreichte.

Dann glitt er durch sie hindurch, ein zweiter Ritter folgte, gleich darauf die Menschen. Ihre Gesichter kamen auf Mathilda zu, große, dunkle Augen in tiefen Höhlen, eingefallene Wangen, magere Körper. Ihre Blicke stachen in ihre Seele, ihre Geisterkörper glitten durch sie hindurch. Mathilda wollte schreien, doch ihre Stimme blieb stumm.

Erst, als der Zug vorbeigezogen war, konnte sie sich abwenden. Zögernd kehrte sie zum Haus zurück.

Aber sie war nicht allein. Auf der Treppe vor der Tür hockte ein kleines Mädchen in einem weißen Kleid. Mit großen Augen schaute es zu ihr auf.

Resi.

Mathilda schauderte. Das Mädchen konnte nicht Resi sein, Resi war tot. Die Kleine musste ihr Geist sein.

Das Geistermädchen rührte sich nicht, während Mathilda auf es zuging, während sie sich seitlich an ihm vorbeischob. Mathilda hatte die Tür schon fast erreicht, als die Kleine den Kopf hob und zu ihr aufsah.

Ein Lachen erklang hinter ihr, draußen im Garten.

Mathilda wirbelte herum.

Willi lief über die Wiese neben der Hecke, dicht gefolgt von Thea, die mit ihm Fangen spielte. Beide blieben stehen und sahen Mathilda an. Aber sie sagten nichts.

Stattdessen bemerkte sie eine Bewegung. Hinter der Hecke näherte sich noch jemand. Zuerst sah sie nur den Schopf, bis er das Gartentor erreichte und zum Hauseingang blickte. Stefan! Er trug seine Uniform und einen Koffer, legte die Hand auf die Gartenpforte, als wollte er sie öffnen und nach Hause kommen. Doch er kam nicht herein.

Mathilda wollte weglaufen, aber ihre Beine waren gelähmt. Nur langsam konnte sie ins Haus schleichen und die Haustür schließen.

Als sie ihr Zimmer erreichte, saß jemand an ihrem Bett. Es war ihre Mutter, die sich auf der Bettkante niedergelassen hatte und ihr entgegenlächelte.

Mathilda ging zögernd an ihr vorbei, lief das letzte Stück und huschte unter ihre Bettdecke. Hastig schloss sie die Augen. Doch etwas strich über ihre Haare, ein Lufthauch, eine Geisterhand ...

Mit einem Ruck zog sie die Decke über den Kopf.

Irgendwann musste sie eingeschlafen sein ... bis sie wieder hochschreckte.

Ein Baby. In ihrem Zimmer schrie ein Baby!

Draußen war es noch immer dunkel. Einzig der Mond war weitergezogen und leuchtete von einer anderen Seite durch den Nebel. Mathilda sah sich um. Ihre Mutter war verschwunden. Nur das Babygeschrei war geblieben. Es kam aus Katharinas Zimmer.

Mathilda sprang auf, rannte hinüber und schaute in das Körbchen, das noch immer dort stand. Es war Resis Körbchen, das eigentlich leer sein müsste.

Zwei Babys lagen darin, so nackt wie der Herrgott sie erschaffen hatte. Ein Mädchen und ein Junge. Die kleine Resi und Annas namenloser Sohn. Das Mädchen schlief. Einzig der Junge schrie. So wie damals.

Mathilda streckte die Arme aus, wollte den Kleinen wenigstens dieses Mal hochnehmen und trösten. Doch ihre Hände schlüpften durch ihn hindurch, ehe sich die Babys auflösten.

Schwer atmend blieb Mathilda stehen, starrte in die leere Wiege hinab und hielt sich die Schläfe. »Ich werde verrückt.«

»Damit hast du wohl recht.« Eine Stimme ließ sie herumfahren. Joseph stand in der Tür zwischen Katharinas und ihrem Zimmer. Sein Blick wirkte ernst. »Du siehst Geister, das ist kein gutes Zeichen.«

Mathilda starrte ihn an. »Joseph? Bist du das?«

Er lachte leise.

Mathilda streckte die Hand in seine Richtung. »Löst du dich auch auf, wenn ich dich berühre?«

Wieder lächelte er nur.

Langsam ging sie auf ihn zu. Sie wollte es genauer wissen, wollte testen, ob er echt war oder nicht.

»Mathilda?« Eine verwunderte Stimme erklang hinter ihr.

Sie fuhr herum.

Katharina saß in ihrem Bett. »Was machst du hier? Warum geisterst du mitten in der Nacht im Zimmer herum?«

»Ich …« Mathilda schüttelte den Kopf. Sie wusste keine Antwort.

Katharina murrte erschöpft. »Geh wieder ins Bett und weck nicht den ganzen Hof!«

Mathilda nickte, drehte sich zur Tür um und suchte nach Joseph.

Doch ihr Bruder war verschwunden.

* * *

Von nun an blieben die Geister bei ihr, ebenso wie die Schlaflosigkeit, die Mathilda wie eine Schlafwandlerin durch die Nächte trieb. Wenn der Mond hell genug schien, erwachten die Ritter im Bruch und zogen in einem endlosen Totenzug an ihrem Fenster vorbei. Immer deutlicher erkannte Mathilda den Anführer der Meute. Er trug Hitlers Bart und gab die Befehle. So lange, bis sie in ihr Bett huschte und die Decke über den Kopf zog, um nichts von alledem mitzubekommen.

Die Geister ihrer Familie waren im Vergleich dazu eine Erleichterung. Frühmorgens, wenn der Nebel über dem Land hing, waren sie überall. Dann spielte Willi in den Schatten zwischen den Hofgebäuden, Resi buddelte im Sand der Wege, und Thea hockte auf den Stufen vor der Haustür und weinte um ihre verlorenen Babys. Manchmal kauerte ihre Großmutter in der Laube im Garten und strickte Socken für die Familie, und ihre Mutter saß auf der Bank hinter dem Fichtenwald.

Am meisten Mitleid hatte Mathilda jedoch mit Stefan. Nur von weitem schlich er um den Hof herum, nie gelang es ihm, nach Hause zurückzukehren. Selbst sein trauriger Gesichtsausdruck war aus der Ferne nur zu ahnen.

Manchmal sprach sie mit ihm. Dann winkte sie ihm zu und wollte ihn näher locken. Doch nichts davon half.

Nach und nach gewöhnte Mathilda sich an die Geister, vor allem an Joseph, der ihr von allen am nächsten war. Wenn sie morgens aufstand und nach draußen ging, begleitete er sie. Er folgte ihr zum Melken auf die Wiesen und war bei ihr, wenn sie die äußeren Blätter der Runkelrüben für den Schweinepott abzupfte. Manchmal sprach er mit ihr, gab ihr Ratschläge oder erzählte eine Geschichte aus dem Krieg. An anderen Tagen schwieg er und war einfach bei ihr.

Nur in den sonnigen Stunden hielt er sich von ihr fern. Solange das gleißende Tageslicht vom Himmel brannte, waren sämtliche Geister verschwunden. Erst in der Abenddämmerung tauchten sie wieder auf.

Im Laufe des Sommers kehrten auch die Pferde zu Mathilda zurück. Dutzende von Pferden, die sie von früher kannte und die im Krieg gefallen waren. Wenn sie morgens ins Bruch zum Melken ging, dann standen die Geisterpferde im Nebel. Lautlos galoppierten sie über die Wiesen, warfen ihre Köpfe hoch und sahen ihr entgegen.

Es war ein solcher Morgen im Nebel, ein Morgen im frühen September 1944, als Mathilda wie immer ins Bruch ging. Die Felder waren längst gemäht und der größte Teil des Getreides gedroschen. Die Tage wurden kürzer und die Nächte kühler. Auch der Tau unter ihren Füßen fühlte sich kalt an, während sie barfuß durch die Wiesen lief.

Einzig die Geisterpferde tobten um sie herum, wie sie es den ganzen Sommer über getan hatten. Sie kümmerten sich nicht um die Grenzen zwischen den Grundstücken, rannten über sämtliche Wiesen, ganz gleich, wem sie gehörten. Manchmal liefen sie durch Zäune hindurch, dann wieder verschwanden sie und tauchten woanders wieder auf. Auch an Mathilda streiften sie so nah entlang, dass die Wucht sie umwerfen müsste – wenn es lebendige Pferde wären.

Mathilda murmelte die Namen der Stuten und war froh, dass sie bei ihr waren. Wenn der Krieg schon so viele Tote forderte, sollten sie wenigstens als Geister zu ihr zurückkehren.

Wie an so vielen Tagen, ging sie auch an diesem Morgen allein zum Melken. Leni war direkt nach dem Aufstehen zu den Böttchers hinübergeeilt, um Emil auf seinem Hof zu helfen.

Mathilda war es nur recht so. Sie wollte mit den Geistern lieber allein sein. Niemand sollte sie beobachten und die Zwiegespräche hören, die sie mit dem Nebel führte.

Während sie durch die Wiesen stapfte, hüpfte das Joch auf ihren Schultern, und die leeren Eimer schlenkerten hin und her. Joseph lief nur wenige Schritte hinter ihr. Doch an diesem Morgen war er stumm. Nur wenn Mathilda sich umdrehte, konnte sie ihn sehen.

Schließlich erreichte sie die Kühe. Sie sprach leise mit Emma, klopfte ihr den Hals und schob einen der Eimer unter ihr Euter. Mit gesenktem Kopf hockte sie sich neben sie und fing an zu melken. Das rhythmische Geräusch, mit dem die Milch in den Eimer spritzte, lullte sie ein. Immer wieder fielen ihre Augen zu.

»Kann ich dir helfen?«

Mathilda schreckte auf, sprang auf die Beine und starrte den Mann an, der neben ihr stand. Seine Haare waren schwarz, seine Augen wirkten dunkel, ein weiches Lächeln bildete sich um seine Mundwinkel. Mathilda erkannte ihn. »Karl? Bist du das?«

Ein trauriges Flackern leuchtete in seinen Augen. »Ja, ich bin es.« Er trat näher, streckte seine Hand nach ihr aus.

Mathilda zuckte zurück. Eisiger Schwindel tobte durch ihren Kopf. Er musste ein Geist sein! Er war im Krieg gefallen und zu ihr zurückgekehrt. Der Schwindel zerrte an ihrem Körper, wollte sie zu Boden ziehen. Er durfte nicht tot sein! Niemals!

»Oh, Verzeihung.« Karl zog seine Hand zurück. »Ich ... ich wollte nicht aufdringlich sein.«

Mathilda starrte ihn an. Er sah anders aus. Seine Wangen waren schmaler, seine Haut wirkte rauher, an seinen Schläfen zeigten sich die ersten grauen Haare.

Er war zu jung, um graue Haare zu haben, gerade mal 25 Jahre alt. »Du bist nicht echt.«

Karl zog die Augenbrauen zusammen. »Wie meinst du das?«

Mathilda schüttelte den Kopf. »Du bist ein Geist, du existierst nur in meiner Vorstellung.« Hastig wandte sie sich ab, schob den Milcheimer zurecht und hockte sich wieder neben Emma. Aus den Augenwinkeln konnte sie sehen, wie Karl den zweiten Eimer nahm und zu der nächsten Kuh hinüberging. Er hockte sich neben sie und fing an zu melken.

Geister konnten nicht melken.

Karl hob den Kopf, sah zu ihr herüber. »Wie kommst du darauf, dass ich ein Geist bin?«

Mathilda geriet aus dem Gleichgewicht, konnte sich nur gerade so abfangen, um nicht in der Hocke nach hinten zu kippen. »Nur Geister tauchen so plötzlich auf«, haspelte sie. »Ich kann sie sehen. Der Krieg hat sie getötet, aber sie kehren zurück.«

Karls Blick veränderte sich. Dunkle Besorgnis zeichnete sich darin. »Ich bin kein Geist.« Seine Stimme klang tonlos. »Ich war verletzt. Jetzt bin ich auf Genesungsurlaub. Schon die halbe Nacht lang habe ich auf dich gewartet, dort hinten, in der Plaggenhütte.« Er zeigte auf die kleine Torfhütte, die im Laufe der letzten Jahre halb in sich zusammengesunken war.

Mathilda spähte in die dunkle Türöffnung, entdeckte einen kleinen Rucksack, der dort lehnte.

Karl stand auf, klopfte der Kuh auf das Hinterteil und trug den Milcheimer zu ihr herüber.

Mathilda sprang auf, sah ihm entgegen, bis sie direkt voreinander standen. Karl berührte ihre Wange. »Ich bin kein Geist«, wiederholte er.

Mathilda zuckte zusammen. Sie konnte ihn fühlen, seine warme Hand auf ihrer Haut. Ihre Beine gaben nach, ließen sie fallen.

Karl fing sie auf, zog sie in die Arme. Sein Atem strich durch ihre Haare, seine Hände streichelten ihren Rücken. Alles an ihm fühlte sich lebendig an, warm und vertraut. Mathilda schluchzte, ihr Körper fing an zu zittern. Sie schlang die Arme um seinen Rücken, presste sich an ihn. Karl stöhnte auf. »Vorsicht!« Er lockerte ihren Griff, schob sie ein kleines Stück von sich. »Hinter mir ist eine Handgranate explodiert, in einem Holzschuppen.« Er sprach leise. »Ich hatte Glück, dass der Schuppen die Wucht gemindert hat, aber mir sind Tausende Splitter um die Ohren geflogen. Die meisten sind in meinem Rücken gelandet.«

Mathilda zog die Hände zurück, trat einen Schritt nach hinten.

Karl senkte den Kopf. »Ich hatte ziemliches Glück. Der Helm hat mir das Leben gerettet.« Ein schiefes Schmunzeln erschien auf seinem Gesicht. »217 Splitter im Rücken sind eine elende Sache, aber sie haben mich nach Hause gebracht.«

Mathilda wurde blass. »217 Splitter? Heilige Maria!«

Karl lachte leise. »Ich hätte auch die doppelte Menge auf mich genommen, solange sie mich lebendig zu dir bringen.«

Mathildas Hals schnürte sich zu. Nur mühsam konnte sie sprechen: »Die doppelte Menge hätte dich als Geist zu mir gebracht.«

Karl wurde ernst, forschte eindringlich in ihrem Gesicht. Er musste sie für verrückt halten. Kein gesunder Mensch glaubte an Geister.

Mathilda wich ihm aus. Sie ließ ihren Blick über die Wiesen schweifen, dorthin, wo eben noch die Geisterpferde gestanden hatten. Aber sie waren verschwunden. Auch Joseph war nicht mehr da. Einzig die Sonne erhob sich allmählich hinter dem Nebel.

»Niemand darf mich sehen.« Karl senkte die Stimme. »Nur Veronika und du dürft wissen, dass ich hier bin.« Er wirkte gehetzt.

Mathilda betrachtete sein Gesicht, seine schwarzen Haare, das Braun seiner Augen. Auch seine Haut war dunkel geworden, vermutlich durch die Sommer- und die Wintersonne. Einen ganzen Krieg lang hatte sie auf ihn herabgeschienen und sein Gesicht in das eines Zigeunermischlings verwandelt. Vielleicht waren andere Soldaten ebenso braun. Doch Mathilda erschien es plötzlich, als müsste jeder seinen Makel erkennen.

Karl trat auf der Stelle. »Warum siehst du mich so an?«

Mathildas Herz machte einen Sprung. Er hatte alles verloren, seine Familie, seine Freunde, seine Heimat … Nicht einmal hier konnte er sein, ohne in Gefahr zu geraten. Sie war das Einzige, was ihm geblieben war. Mathilda berührte seine Wange. »Ich möchte dein Zuhause sein.« Karl stieß die Luft aus. Sein Gesicht kam näher, verharrte vor ihrem. »Das bist du«, flüsterte er. »Das warst du schon immer.« Die Worte streiften ihren Mund, strömten in den Kuss, mit dem sie zusammenfanden. Mathilda schmiegte sich an ihn, nur vorsichtig. Ihre Hände legten sich an seine Arme, fühlten die Muskeln unter seiner Uniform. Etwas Fremdes lag in seinem Geruch, erinnerte an Lazarett und Desinfektionsmittel, an Verletzung und Tod, vielleicht sogar an den Krieg selbst. Mathilda wollte ihn heilen, wollte den Tod und den Krieg besiegen. Ihre Lippen vereinten sich, zuerst nur sanft, doch schließlich so atemlos, dass der Schwindel ihren Körper erfasste. Zeit und Raum gingen darunter verloren … für einen endlosen Moment, vielleicht waren es nur Minuten oder Stunden, so lange, bis sie die Wärme spürten, die durch den Nebel drang.

Mit einer sanften Geste schob Karl sie von sich. Die Sonne war bereits hoch über den Horizont gestiegen, der Nebel wurde dünner und bot ihnen kaum noch Schutz.

»Du musst weitermachen.« Karl hielt sie an den Schultern. »Sonst fragen sie sich, wo du bleibst und suchen nach dir.« Entschlossen trat er von ihr zurück. »Niemand darf mich sehen.« Er deutete in die Runde, dorthin, wo die Wege und die Häuser lagen. »Bis zum Abend bleibe ich in der Plaggenhütte. Erst, wenn es dunkel ist, kehre ich in meine Kammer zurück. Von da an rühre ich mich nicht mehr von der Stelle. Veronika hat versprochen, mir Essen zu bringen, und du …« Er druckste herum, räusperte sich und schenkte ihr ein verlegenes Lächeln. »Ich würde mich freuen, wenn du mich besuchst. Heute Nacht.«

Mathilda hielt den Atem an. Der Gedanke ließ sie straucheln. Allein mit ihm in seiner Kammer … In der Nacht …

Karl senkte den Kopf. »Keine Sorge, ich …« Er fing an zu stammeln. »Ich werde dir nichts …«

501

»Nein!« Mathilda unterbrach ihn. »Ich mache mir keine Sorgen. Ich ... ich werde da sein. Heute Nacht.«

Karl lächelte warm. »Danke«, flüsterte er. Gleich darauf wandte er sich ab. Mit einem leichten Humpeln lief er zur Plaggenhütte und verschwand in ihr.

34. KAPITEL

Fichtenhausen, 12. September 1944

Den ganzen Tag ging Mathilda wie auf Wolken. Die Geister waren verschwunden, und die Arbeit floss so leicht von ihrer Hand, als würde sie sich im Traum erledigen. Dabei kam es ihr vor, als müsste ihr jeder ansehen, was mit ihr los war. Jedes Detail erschien ihr verräterisch: Das Lächeln auf ihrem Gesicht, die Knitter in ihrem Kleid, selbst das Kribbeln auf ihren Lippen, als hätte der Kuss einen Abdruck hinterlassen.

Dennoch sprach sie niemand darauf an. Nicht einmal Leni schien ihre gute Laune zu bemerken, was vermutlich daran lag, dass ihre Schwester nur noch Emil bemerkte.

Als es Abend wurde und sie alle zu Bett gingen, stellte Mathilda sich schlafend. Anfangs fürchtete sie, dass sie tatsächlich einschlafen würde, doch ihr Herz pochte so laut und schnell, dass allein dieses Geräusch sie wach hielt. Mit halbem Ohr lauschte sie auf Katharina, die im Nachbarzimmer anfing zu schnarchen, und schließlich auf Leni, die wie jeden Abend aufstand und aus dem Fenster kletterte. Emil bewohnte ein Zimmer im Gesindehaus der Steinecks. Lenis Weg durch die Nacht war also fast dergleiche wie ihrer.

Als Mathilda schließlich aufstand und ebenfalls aus dem Fenster kletterte, wusste sie, dass ihre Schwester die größte Gefahr war. Wenn sie Karls Geheimnis bewahren wollte, durfte sie Leni keinesfalls über den Weg laufen. Wie eine Verbrecherin schlich sie durch die Dunkelheit. Zuerst blieb sie an der Gartenpforte stehen, duckte sich hinter die Hecke und spähte prüfend in die Ferne. Dann huschte sie den Sandweg entlang, lief so schnell sie konnte in die Allee und pirschte von Baum zu Baum. In der Tordurchfahrt des Gutes verharrte sie, lehnte sich in den Schatten und lauschte auf sämtliche Lebenszeichen, die aus dem alten Anwesen drangen. Erst als alles ruhig blieb, rannte sie zum Pferdestall, zog die Tür auf und eilte über den Stallgang.

Mit fragenden Augen schauten ihr die Pferde entgegen. Ein paar der Stuten brummelten eine Begrüßung.

Mathilda presste den Zeigefinger auf die Lippen. »Pscht!«, flüsterte sie. »Verratet mich nicht.«

Dann hatte sie Karls Tür erreicht. Ihre Faust legte sich dagegen, klopfte zögernd an. »Ich bin's, Mathilda.«

Es dauerte nicht lange und Karl öffnete die Tür. Nur das schwache Licht einer Nachttischlampe beleuchtete sein Gesicht. »Komm herein.« Er wich zur Seite, ließ sie eintreten und schloss die Tür hinter ihr. Wie schon bei seinem letzten Besuch hatte er seine Uniform gegen braune Hosen und ein weißes Hemd getauscht. Doch seine Hosenträger saßen schief. »Schön, dass du gekommen bist.« Verlegen schob er die Hand durch seine Haare.

Mathildas Blick blieb an seinem Ringfinger und dem kleinen Finger hängen. Die oberen Glieder fehlten! Wie hatte sie das übersehen können?

Karl zuckte zurück. Hastig steckte er die Hand in die Hosentasche, zog sie langsam wieder heraus und drehte sie im Licht. »Das ist ...« Er räusperte sich. »Das war der Frost. Im Winter 41/42. Zwei Finger und ein Zeh.« Er lächelte unglücklich. »Ich hoffe, es stört dich nicht, wenn ich nicht mehr vollständig bin.«

Mathildas Herz schlug lauter, der Pulsschlag rauschte in ihren Ohren. Auf einmal wusste sie, warum sie es übersehen hatte. Er hatte seine Hand am Morgen versteckt und die andere Hand benutzt, damit sie es nicht bemerkte.

Eine Welle von Zärtlichkeit spülte durch ihren Körper. Sie nahm seine Hand in ihre und strich über die verstümmelten Finger. »Keine Sorge, es stört mich nicht. Ganz sicher nicht.« Plötzlich hielt sie inne. Schlagartig wurde ihr klar, was der Verlust bedeutete: »Aber du ... Du brauchst die Finger.« Sie starrte ihn erschrocken an. »Um die Zügel zu halten ... Um Klavier zu spielen.«

Er schaute auf seine Hand. »Ich nehme an, deshalb sind sie erfroren, weil der Zügel dazwischenlag. Sie konnten sich nicht an ihrem Nachbarn wärmen.« Ein kaum merkliches Zucken bewegte seine Schulter. »Aber es geht noch. Sie sind noch lang genug zum Reiten, gerade so.« Sein Kehlkopf bewegte sich. »Und Klavier spielen ...?« Ein trauriges Lächeln legte sich um seine Lippen. »Das einzige Klavier, das ich in den letzten Jahren gesehen habe, stand in einem russischen Bauernhaus, das wohl irgendwann einem Kulaken gehört hat, einem russischen Großbauern, bevor Stalin die Landwirtschaft kollektiviert hat und alle Großbauern aus ihren Dörfern verschleppt und getötet wurden.« Karls Blick brannte, Bitterkeit tanzte in seiner Stimme. »Als wir in das Dorf kamen, war die Bevölkerung schon lange nicht mehr da. Die Front war schon zweimal an dem Dorf vorbeigezogen, einmal beim Vormarsch und wir kamen beim Rückzug dort vorbei. Zwischendurch war es ein Partisanenort, bis die SS dort aufgeräumt hat.« Ein verzweifeltes Seufzen löste sich aus seiner Kehle. »Du möchtest nicht wissen, wie die SS ein Dorf aufräumt. Als wir dort ankamen, stand fast nichts mehr. Nur noch ein paar Grundmauern und Keller und das Klavier, in einem Bauernhaus ohne Dach, von dem es nur noch zwei Fassaden gab. Ganz ungeschützt stand es da. Die Tasten waren aufgequollen von Regen und Schnee, der Lack war geschmolzen, vermutlich in der Hitze eines Feuers. Ich habe trotzdem versucht, darauf zu spielen, aber die Tasten waren zusammengeklebt, und wenn doch zwei Töne herauskamen, dann passten sie nicht zusammen.«

Mathilda konnte das Klavier vor sich sehen, wie es inmitten der Zerstörung stand und ein stummes Lied spielte. Auch das Lied konnte sie hören. Es war Karls Melodie, das Zigeunerlied.

»Tut mir leid.« Er wandte sich von ihr ab. »Ich sollte aufhören, dir Gruselgeschichten zu erzählen.«

Mathilda starrte ihn an. »Nein. Es ist in Ordnung. Ich bin kein Kind mehr. Ich verkrafte die Gruselgeschichten.«

Karl drehte sich zu ihr. Seine Augen schimmerten im Licht der Lampe. Verlegen schaute er auf seine Hand, hob sie hoch und bewegte die Finger. »Ich weiß nicht, ob ich noch spielen kann. Vielleicht kann man sich daran gewöhnen. Aber es wird mir wohl schwerfallen, eine Oktave zu greifen.«

Dunkle Wehmut presste sich um Mathildas Herz. Wieder hörte sie die Melodie. »Ich würde es zu gerne noch einmal hören. Vor allem das letzte Lied ... Das du gespielt hast, als wir uns ...« Sie brach ab.

Karl trat näher. Sein Schatten fiel auf ihr Gesicht. »Wir können nicht zum Klavier gehen«, flüsterte er. »Das wäre zu riskant. Liesel und Anna sind im Haus, womöglich sogar Emil.«

Mathilda nickte. »Ich weiß.«

Seine Augen waren nah, direkt vor ihr. Doch etwas in ihnen war gebrochen, dunkle Splitter lagen in ihrer Tiefe.

Karl wich zurück, lief ein paar Schritte durch seine Kammer. »Ich habe nicht viel, was ich dir anbieten kann, nicht einmal eine richtige Sitzgelegenheit.« Er zeigte mit einer vagen Geste auf sein Bett. »Ich weiß, es gehört sich nicht ... für ein katholisches Mädchen ... aber wenn du dich setzen möchtest ...«

Mathildas Puls rauschte. Zögernd sah sie sich in seiner Kammer um. Seit ihrer Kindheit war sie nicht mehr hier gewesen, und selbst damals hatte sie ihn nur selten in seinem Zimmer besucht. Aber so weit sie es erkennen konnte, hatte sich nichts verändert. Die Kammer war winzig. Ein kleines Butzenfenster führte auf eine der Wiesen hinaus. Abgesehen davon besaß Karl nur ein Bett und eine Kommode mit einer Waschschüssel darauf und ein Regalbrett, auf dem sich eine Reihe von Büchern aneinanderlehnten.

Allein für diese Bücher hatte sie ihn immer bewundert. Sie kannte nur wenige Menschen, die ein Bücherregal besaßen. Veronika, ihre Schwester Frida und Karl. Auch Joseph hatte immer gerne gelesen. Aber er hatte nur wenige Bücher besessen, die meisten hatte er sich von Karl geliehen. Ihre anderen Schwestern lasen allenfalls Groschenromane.

Mathilda setzte sich zögernd auf die Bettkante.

Karl blieb vor ihr stehen. »Ich kann dir wirklich nicht viel bieten. Ich weiß nicht einmal, worüber wir reden könnten. Seit fünf Jahren bin ich im Krieg. Alles, was mir einfällt, sind Schauergeschichten.«

Mathilda schluckte. So deutlich wie nie wurde ihr klar, wie sehr ihn der Krieg mitgenommen hatte. Fünf Jahre an der Front. Der Karl, der vor ihr stand, war nicht mehr der gleiche. Die fehlenden Finger und Zehen, die grauen Haare an seinen Schläfen, das alles waren Anzeichen für das, was mit ihm geschehen war. Viel schlimmer musste die Zerstörung sein, die in seiner Seele gewütet hatte.

Eigentlich war es ein Wunder, dass er überhaupt hier war. »Wie hält man das durch?« Die Worte rutschten Mathilda heraus. »Wie hält man es durch, so lange im Krieg zu sein?«

Karl lachte auf. Die Splitter in seinen Augen funkelten. Ruckartig wandte er sich ab, trat an sein Fenster und starrte in die Nacht hinaus. »Wie man das durchhält? Ich weiß nicht.« Eine ganze Weile schwieg er, bis sie schon nicht mehr mit einer Antwort rechnete. Dann fing er an zu erzählen. »Ich nehme an, es sind die anderen Männer, die Kameraden, mit denen du kämpfst. Fünf Jahre sind eine lange Zeit. Und sie wird noch länger, wenn man sie Tag und Nacht miteinander verbringt. Selbst, wenn du es gar nicht willst, früher oder später werden die anderen deine Freunde. Vielleicht nicht alle, aber einige.« Er hielt inne, blickte kurz auf seine verstümmelten Finger und schaute wieder nach draußen. »Fünf Jahre sind eine lange Zeit, um einen Menschen kennenzulernen. Irgendwann weißt du nicht nur, wie die anderen kämpfen, du kennst auch ihre Schwächen. Sie haben dir von ihrem Leben erzählt, von ihrer Familie, von dem Mädchen, das sie lieben. Du weißt, wer von ihnen nachts heimlich weint, obwohl er tagsüber besonders mutig erscheint. Du kennst die Schreie, mit denen sie aufwachen, und du kannst dir die Bilder denken, die sich in ihre Träume gefressen haben. Manchmal wachst du selbst schreiend auf und hörst dann das Flüstern neben dir, das versucht, dich zu beruhigen.« Karl atmete tief ein, drückte die Schultern gerade und sprach mit langsamen Worten weiter: »Tagsüber redet ihr nicht über diese Dinge, weil es nicht zum Bild eines Helden passt. Aber es schlummert in euch und schweißt euch zusammen. Ihr geht gemeinsam durch die Hölle, Tag für Tag. Und wenn dann der Punkt kommt, an dem du an nichts mehr glaubst, nicht an den Sieg, nicht an dein Land und erst recht nicht an die Ideologie, für die du kämpfen sollst, wenn du weißt, dass du nichts mehr wiedersehen wirst, was du einst geliebt hast, nicht deine Freundin, nicht deine Familie und nicht deine Heimat. Wenn die Fronten zerfallen und die Kugeln und Granaten um dich herum einschlagen und eure Chancen gleich null sind …« Er stützte die Hände auf die Fensterbank, lehnte seine Stirn gegen die Scheibe und sprach so verzweifelt, dass das Glas unter seiner Stimme vibrierte: »In diesem Moment kämpfst du nur noch für die Kameraden an deiner Seite, für ihr Überleben und ihren nächsten Hurra-Ruf, mit dem sie ein Kartenspiel gewinnen sollen. Du tötest die Fremden, damit deine Freunde überleben, du hebst abgezogene Handgranaten auf, die der Gegner in eure Stellung geworfen hat, und wirfst sie mit bloßen Händen zurück. Du weißt, dass jeder Augenblick dein letzter sein könnte. Aber du hast keine Zeit, um zu zögern. Die Angst vor dem Tod liegt längst hinter dir, denn eigentlich bist du schon tot. Nur die Kameraden dürfen nicht sterben, weil du nicht sehen willst, wie das Licht in ihren Augen erlischt. Denn du hast es schon gesehen, viel zu oft, bei all jenen, die du nicht retten konntest.« Karl schwankte, seine Hände krampften sich um die Fensterbank.

Mathilda hielt es nicht länger aus. Sie stand auf und ging zu ihm. Doch sie wagte es nicht, ihn zu berühren.

Ein winziges Beben lief durch seinen Körper. »Viel zu oft hast du deine Freunde schon durch den Schnee zum Verbandsplatz getragen, du hast sie im Arm gehalten, wenn sie starben oder wenigstens ihre Hand genommen. Du hast ihren letzten Worten gelauscht, hast ihre Augen zugedrückt, wenn es vorbei war und tröstende Zeilen an ihre Familien geschrieben.« Seine Stimme brach, seine Arme gaben nach, bis die Fensterscheibe das Einzige war, was ihn hielt. Nur im Flüsterton sprach er weiter. »Und du hast die allerschlimmsten Momente erlebt. In denen du alles das nicht tun konntest, weil du weiterkämpfen musstest, während dein Freund still und leise an deiner Seite verblutet ist.«

Mathilda legte vorsichtig eine Hand auf seine Schulter.

Karl fuhr herum. Wieder schwankte er, sein Gesicht im Schatten. »Ich habe für Joseph gekämpft, all die Jahre, habe versucht, deinen Bruder zu beschützen. Und dann schicken sie ihn einfach woanders hin, in ein Strafbataillon.« Er rang nach Atem, fing an zu rufen .»Und warum das Ganze? Wegen mir! Weil *ich* unter seinem Namen Briefe geschrieben habe.«

Mathilda erstarrte.

Karl deutete mit dem Daumen auf sich selbst. »*Mich* hätten sie dorthin schicken müssen! *Ich* war gemeint! Sie wollten den Zigeunermischling auf einen tödlichen Einsatz schicken, nicht deinen arischen Bruder!«

Mathilda schüttelte den Kopf. »Das vermutest du nur. Vielleicht lag es auch an seinen Briefen. Er hat Dinge geschrieben, die er besser verschwiegen hätte ...«

»Nein!« Karl unterbrach sie. »Ich weiß es! ›Aus rassepolitischen Gründen in ein Strafbataillon versetzt‹. Wilhelm König hat mir den Brief gezeigt, den das Personalamt an unsere Abteilung geschickt hat.«

Mathilda wurde schwindelig.

»Ich habe Joseph alles erzählt«, fuhr Karl fort. »An dem Tag, als ich dir meinen letzten Brief geschrieben habe. Ich habe ihm gestanden, dass ich ein Zigeunermischling bin, die ganze Geschichte. Zu dem Zeitpunkt war er nicht der Einzige. Auch meine Vorgesetzten wussten es: Angefangen mit Wilhelm König, dem Mann, mit dem du getanzt hast.« Sein Gesicht verzog sich zu einer Grimasse. »Ich musste es ihnen sagen, ich hatte keine andere Wahl. Aber das sind alles Männer, denen ich vertrauen kann. Sie haben mir versprochen, mein Geheimnis zu bewahren. Trotzdem kam es mir nicht richtig vor, dass sie es wissen, dass du es weißt, aber Joseph nicht. Also habe ich es ihm gesagt.« Karl schaute ihr in die Augen, Schmerz und Trauer glühten in seinem Blick. »Er hat mir geschworen, dass er zu mir hält, ganz gleich, was noch geschieht.«

Mathildas Schwindel tanzte weiter, drehte sich auf der Stelle und ließ sie schwanken. Mit einem Mal begriff sie die Tragweite. »Dann ist Joseph freiwillig gegangen«, flüsterte sie. »Er wusste, dass du gemeint warst. Er hätte den Irrtum aufklären und dich verraten können. Aber er hat zu dir gehalten.«

Karl wich zurück, die Fensterbank hielt ihn auf. Er senkte den Kopf.

»Ich bin schuld«, hauchte er. »Am Tod deines Bruders. Du müsstest mich hassen, verachten ... Auf keinen Fall können wir uns lieben. Nicht so. Wir sollten uns trennen, jetzt gleich, bevor noch Schlimmeres geschieht.«

Mathildas Herzschlag versteinerte. Für eine Sekunde konnte sie sich nicht rühren. Dann fiel ihr ein, was Joseph ihr geschrieben hatte. »Nein«, flüsterte sie. »Das hätte er nicht gewollt. In seinem letzten Brief hat er mich um ein Versprechen gebeten: Falls wir beide den Krieg überleben, soll ich dich heiraten.«

Karl sah wieder zu ihr, Tränen glänzten in seinen Augen.

Plötzlich wusste sie, warum ihr Bruder sich entschieden hatte, sein Leben zu opfern, und was er mit seinem letzten Satz gemeint hatte. »Er hat das für uns getan. Verstehst du? Wenn er dich verraten hätte, dann hätte er auch mich verraten. Aber dafür liebt er uns beide viel zu sehr. Mit dieser Schuld hätte er kaum weiterleben können.« Mathilda trat vor, legte ihre Hände auf Karls Schultern und sah ihm in die Augen. »Aber wenn er sich schon für uns beide opfert, dann darf es nicht umsonst gewesen sein.« Ihre Stimme bebte, ihre Beherrschung brach zusammen. Nur verschwommen erkannte sie wie Karls Gesicht näher kam, ehe er anfing, sie zu küssen.

Sein Geruch hatte sich verändert. Krankheit und Tod waren daraus verschwunden. Stattdessen roch er warm und vertraut, nach Pferden und Sommer, nach dem Flusswasser, in dem er gebadet hatte. Ihre Lippen bewegten sich, tanzten immer schneller umeinander, in einem dunklen Reigen aus Angst und Mut, aus Verzweiflung und Dankbarkeit.

Karl zog sie fort von dem Fenster, ihre Füße stolperten umeinander, verhakten sich und ließen sie fallen. Das Bett fing sie auf, kühles Leinen und weiche Federn.

Karl löste sich von ihr, starrte sie erschrocken an. »Entschuldige.« Sein Gesicht war noch vor ihr, seine warmen Augen, sein verlegenes Lächeln ... Mathilda legte die Hand in seinen Nacken, zog ihn zu sich und küsste ihn weiter.

Ein leises Keuchen wich aus seinem Mund, fachte ein Kribbeln an, das durch ihren Körper jagte. Mathilda wollte mehr davon, mehr von ihm. Ihre Hände schoben sich in seine Haare, weiches Schwarz schmiegte sich um ihre Finger.

»Aufhören«, stieß er hervor. »Wir dürfen nicht weitermachen. Es ist verboten.« Er stemmte sich hoch.

Rassenschande! Das Wort raste durch Mathildas Gedanken. Was sie taten, war nicht nur unkeusch, es stand unter Todesstrafe.

Und dennoch ... Mathilda wollte es, hier und jetzt, mit ihm und mit niemand anderem, bevor der Krieg ihn wieder fortriss. »Und was, wenn ich es trotzdem möchte?«, flüsterte sie. »Wenn du der Einzige bist, dem ich jemals so nah sein will?«

Karls Lippen öffneten sich, so als wollte er widersprechen. Mathilda legte den Finger darauf. »Mir ist es egal«, flüsterte sie, »vollkommen gleichgültig, wie die Nazis unsere Liebe nennen.«

Seine Augen wurden weiter. Glut und Dunkelheit vermischten sich darin. Doch er wisperte gegen ihren Finger: »Du könntest schwanger werden.«

Mathilda schüttelte den Kopf. »Ich werde nicht schwanger.« Sie schob die Hand in ihre Schürzentasche, zog ein kleines Metalldöschen heraus, das Leni ihr vor vier Jahren gegeben hatte. Sie hielt es Karl entgegen. »Drei Stück sind darin«, flüsterte sie. »Drei Nächte, in denen wir uns keine Sorgen machen müssen.«

Karl richtete sich auf, nahm das Döschen und starrte sie an. »Drei Nächte?«, fragte er. »Drei Nächte mit dir?«

Mathilda nickte. »Wenn du möchtest.«

Karl lachte, nur leise, während sein Gesicht näher kam. »Ich habe es versucht«, flüsterte er. »Ich habe ehrlich versucht, nicht davon zu träumen. Aber Träume richten sich nicht nach geltenden Gesetzen.« Er duckte sich an ihre Schulter. »Für mich ist das so neu wie für dich. Ich kenne nur Geschichten darüber. Schöne Geschichten, schlimme Geschichten, welche, die aus Büchern stammen, und die schrecklichsten, die sie im Krieg erzählen.« Er hob den Kopf, sah ihr in die Augen. »Ich habe Angst, dir weh zu tun.«

Mathilda legte die Hand in seinen Nacken. »Ich habe keine Angst. Du wirst mir nicht weh tun, das kannst du gar nicht.«

Er lachte, sein Atem streifte ihre Haut. »Meine Schneeflocke.« Er strich eine Haarsträhne aus ihrem Gesicht. »In meinen Träumen sind wir langsam. Damit es lange dauert, eine ganze Nacht.«

Mathilda lächelte. »Das klingt schön.«

Karl erwiderte ihr Lächeln. Seine Augen zogen sie an sich, ließen sie eintauchen. Das Karamell umhüllte sie, sickerte in einem weichen Strom durch ihren Körper. Es schmeckte süß, als er sie küsste, floss mit seinen Händen über ihre Haut. Langsam streifte er das Kleid über ihren Kopf, bis nur noch seine Wärme ihren Körper bedeckte. Goldenes Licht flutete ihre Blöße. Anfangs glaubte sie, dass es peinlich sein müsste. Doch das war es nicht. Nicht hier, nicht bei ihm, nicht solange das Karamell seiner Augen sie wärmte. Ihre Hände wurden mutiger, wollten die Wärme mit ihm teilen, fanden einen Weg, um das Goldlicht auch auf seine Haut zu werfen. Kurz erschrak sie vor seinen Verletzungen, mehr als zweihundert Wunden, die seinen Rücken überzogen, manche schon Narben, andere von braunem Schorf bedeckt, einzelne noch tief und entzündet. Ihre Berührung musste behutsam sein, musste die Wunden umgehen, musste achtgeben, ihm nicht weh zu tun.

Immerzu hatte sie geglaubt, dass er stärker sei als sie, dass er sie stützte und hielt und sie rettete, wenn es sein musste. Nun begriff sie, wie es wirklich war: Sein Leid war so viel größer als ihres. Alles an ihm war verletzlich, seine Wunden, seine Seele, sein Geheimnis, das sie sicher bewahren musste. In Wirklichkeit war es ihre Liebe, die ihn stützte. So war es schon immer gewesen, seit sie sich kannten. Doch jetzt hing sein ganzes Leben daran.

Behutsam suchte sie einen Weg zwischen den Wunden, hauchte Küsse auf die Narben, bis sein Körper darunter bebte. Seine Angst war größer als ihre, und dennoch lag Vertrauen in seinen Augen. Sie beide waren bereit, wollten sich abgeben in die Hände des anderen.

Karls Hände waren zärtlich, am Anfang noch zaghaft, ehe sie ihre Scheu verloren. Sie entdeckten und forschten, weckten Regungen, die sich ein Leben lang verborgen hatten. Irgendwann richtete er sich auf, löschte das Licht und kehrte zurück. Einzig der Mond schien von draußen herein, zauberte einen bläulichen Schimmer auf Karls Gesicht.

Nur ein Blick genügte, ein winziges Lächeln für ihr letztes Einverständnis. Karamell verwandelte sich in Schwarz, in dunkles Zartbitter, dessen Ankunft brannte, ehe es langsam in ihrer Mitte zerschmolz. Nur ein Teil davon glühte weiter, langsam und stetig, wie ein Kohlefeuer in eisiger Nacht. Es begann mit einem Knistern, bekam Luft und schlug Flammen. Zuerst waren sie klein ... zart ... bevor sie wuchsen und höher schlugen. Sie konnte sein Feuer hören, wie es seine Stimme entzündete. Seine Hände vereinten sich mit ihren, ihre Küsse brannten. Atemlos tanzten die Flammen, kamen aus dunkler Tiefe und schlugen immer höher. Sie zuckten und keuchten, erfüllten ihre Körper und verschlangen sie von innen. Einzig ihre Schreie konnten den Schmerz lösen, viel zu laut in der Dunkelheit, ehe sich Hände darüberschoben, ehe die Schreie verklangen und der Schmerz verebbte.

Nur eine Spur davon blieb, stille Glut in dunkler Tiefe, während ihre Körper übereinandersanken. Ihre Arme umfingen sich, ihre Herzen pulsierten, schlugen die letzten Schläge in gemeinsamer Hast.

Ganz allmählich beruhigte sich das Pochen, ließ sie still liegen und die Augen schließen.

So wie jetzt wollte Mathilda bleiben, in seinen Armen, um sie herum die Nacht.

Vielleicht döste sie, vielleicht schlief sie ein. Als Karl ihr zuflüsterte, schreckte sie auf. »Du musst nach Hause gehen.«

Mathilda wollte nicht. Doch ihr blieb keine Wahl. Noch im Dunklen huschte sie zu ihrem Hof, kletterte durch das Fenster in ihr Zimmer. Leni war noch nicht dort, ihr Bett war leer. Erst im Morgengrauen kehrte auch ihre Schwester zurück.

* * *

Zwei weitere Nächte verliefen genauso. Zwei weitere Male traf sie Karl in seiner Kammer. Sie liebten sich im Goldlicht der Lampe, im Schein des Mondes, vereinten die Glut ihrer Körper, bis das Feuer sie von innen verschlang. Erst in der vierten Nacht war alles anders. Das

Döschen war leer, der letzte Schutz verbraucht. Vielleicht war es ein Fehler, sich zu treffen, doch sie taten es trotzdem.

In dieser Nacht fand im Dorf ein Fest statt. Liesel und Anna, Emil und Leni, selbst Veronika, die dicke Köchin, und der alte Andreas, sie alle waren dort und ließen das Gutshaus allein. Einzig Mathilda fand eine Ausrede, um nicht mitzugehen, eine leichte Übelkeit, wegen der sie nicht tanzen wollte.

Als sie in dieser Nacht seine Kammer erreichte, zog Karl sie mit sich, führte sie ins Gutshaus und setzte sich in der Dunkelheit an den Flügel. Er begann zu spielen, doch die Melodie holperte, Töne fehlten oder trafen daneben. Immer wieder setzte er an, spielte langsam und bemühte sich, die Tasten zu treffen, aber verfehlte sie. Immer schneller trieben seine Finger über den Flügel, hackten die Töne in die Tasten, zerrissen die Melodie, bis sie in schepperndem Lärm ertrank. Schließlich hob er die Fäuste, schlug mit voller Wucht zu, zuerst mit flachen Händen, dann mit Armen und Ellenbogen. Der Flügel schepperte und brüllte, brachte das Parkett zum Beben und das Glas in der Vitrine zum Klirren.

Mathilda wollte ihn aufhalten, wollte ihm zurufen und seine Wut beruhigen. Doch bevor sie etwas sagen konnte, ließ er seinen Kopf nach vorne fallen. Die letzten Dissonanzen sprangen hervor, kreischten in die Dunkelheit und verklangen in der nächtlichen Stille.

Karl blieb vorne über gebeugt liegen. Langsam schob er die Hände über den Kopf und vergrub sie in den Haaren. Lautlos zuckten seine Schultern, weinten um die Musik, die er zusammen mit seinen Fingern verloren hatte.

Mathilda spürte den Schmerz, er zerriss ihre Brust und sickerte durch ihren Körper. Doch zugleich wusste sie, dass die verlorene Musik nicht alles war. In seinem Weinen lagen noch schlimmere Geheimnisse, die er ihr noch immer verschwieg.

In diesem Moment erkannte sie, wie ernst es um ihn stand. Mit dieser Erkenntnis traf sie ihre Entscheidung.

Schweigend führte sie Karl aus dem roten Salon, hinaus aus dem Gutshaus und zurück in seine Kammer. Als sie vor seinem Bett stehen blieben, nahm sie sein Gesicht zwischen die Hände, küsste die Tränen von seinen Augen und streifte die Hosenträger von seinen Schultern. Er schob sie von sich, bat sie, aufzuhören.

Aber Mathilda schüttelte den Kopf. »Ich möchte es«, flüsterte sie. »Ich möchte ein Kind von dir. Damit mir etwas bleibt, falls der Krieg dich umbringt.«

Karl starrte sie an. Seine Tränen waren versiegt. Er widersprach ihr nicht, und er stimmte ihr nicht zu. Er fing nur an, sie zu küssen, so verzweifelt, als gäbe es kein Morgen mehr.

Spätestens jetzt wusste Mathilda, dass sie recht hatte: Er ging davon aus, dass er sterben musste, schon bald.

Dies hier würde ihre letzte Nacht sein.

Im Schutz seiner Kammer fanden sie ein letztes Mal zusammen, liebten sich so stürmisch wie ein Fluss die Felsen umspülte, wie ein Orkan durch die Bäume tobte ... wie ein Feuer ganze Dörfer und Städte und Länder verschlang.

* * *

Mathilda schlief in seinen Armen, ihr Kopf ruhte auf seiner Brust, ihr Atem strich über seine Haut. Draußen war es noch dunkel, und dennoch hatte er sie schon viel zu lange bei sich behalten. Längst hätte er sie wecken und nach Hause schicken sollen. Jede Minute mit ihm wurde gefährlicher für Sie.

Karl drückte sein Gesicht in ihre Haare, atmete ihren Geruch und spürte die Wärme, die von ihr ausging. Am liebsten wäre er ewig so geblieben, bis zum Ende der Nacht und in allen weiteren Nächten.

Doch er durfte es nicht. Eigentlich hätte er gestern schon gehen sollen.

Zu viel war geschehen, zu viele Dinge, die er Mathilda nicht erzählen durfte. Die ersten Pläne für das Attentat auf Hitler waren im letzten Moment verworfen worden. Generalfeldmarschall von Kluge hatte ihnen verboten, den Führer während seines Frontbesuches zu erschießen. Damals hatte Kluge befürchtet, dass ein Bürgerkrieg zwischen Wehrmacht und SS entstehen würde, wenn Hitler durch Wehrmachtsoldaten erschossen wurde. Anfang 1943 hatte es noch zu viele Menschen gegeben, die auf Hitlers Seite standen und die Chancen auf einen erfolgreichen Staatsstreich waren gering gewesen.

Aber inzwischen hatte sich das alles geändert. Die Stimmung im Volk wurde kritischer, und die Verschwörer hatten so konkrete Pläne für einen Staatsstreich ausgearbeitet, dass es sehr vielversprechend ausgesehen hatte. Von all dem hatte Karl jedoch kaum etwas erfahren, bis zu jenem Tag, an dem das Attentat auf Hitler stattgefunden hatte. Am 20. Juli war eine Bombe in der Wolfsschanze detoniert, die von einem ihrer Mitverschwörer gezündet worden war.

Wäre das Attentat gelungen, wäre Karl jetzt in Berlin, im Regierungsviertel, um gemeinsam mit ihrer Kavalleriebrigade den Staatsstreich abzusichern.

Doch das Attentat war gescheitert. Seither hing ihr Leben am seidenen Faden. Dass sie bis jetzt noch nicht enttarnt worden waren, war ein Wunder. Nur dem Krieg hatten sie dieses Wunder zu verdanken, dem Chaos, das an der Front herrschte.

Bis zum Frühling war die Heeresgruppe Mitte die einzige gewesen, die ihre Fronten noch halten konnte, während die Heeresgruppen Nord und Süd längst zurückgedrängt worden waren. Doch mit Beginn der sowjetischen Sommeroffensive waren auch ihre Fronten zusammengebrochen. Hitler hatte zahlreiche Städte zu festen Plätzen erklärt, von denen sie auf keinen Fall zurückweichen durften. Umso blutiger und sinnloser waren ihre Verluste. Ein fester Platz nach dem anderen wurde von den Sowjets umzingelt und aufgerieben. Nur einzelne Kommandeure wagten es, die festen Plätze auf eigene Faust zu räumen, um das Schlimmste zu verhindern. Auch die 2. Armee, für die sie zuletzt gekämpft hatten, zog sich schließlich zurück.

Die Rückzugskämpfe waren hart und unübersichtlich. Im hinhaltenden Widerstand musste ihre Reiterbrigade den Rückzug der Infanterie decken. Viele erschöpfende Tage hatten sie gekämpft, ehe Philipp von Boeselager am 18. Juli den Befehl gegeben hatte, sich von der Front zurückzuziehen. Sechs Schwadronen, insgesamt 1200

Reiter hatte er aus der Front gelöst und ins Hinterland marschieren lassen.

Bis dahin wusste kaum jemand, für welche Aufgabe ihre Vorgesetzten sie eingeteilt hatten, dass sie Teil eines gewaltigen Staatsstreiches sein sollten. Die beiden Boeselager-Brüder hatten nur wenige eingeweiht. Einzig Karl, Wilhelm König und ein weiterer Offizier wussten von den Plänen.

Alle anderen schienen nur zu ahnen, dass etwas im Busch war. Sie ahnten es, weil sie in einem Gewaltmarsch Richtung Westen reiten mussten, Tag und Nacht, 200 Kilometer ohne Rast, bis sie vor Erschöpfung im Sattel einschliefen. Als sie Brest-Litowsk durchquerten, mussten sie traben. Auch diese Stadt war ein fester Platz, und sie mussten jederzeit befürchten, für den Kampf festgehalten zu werden. Dass sie jedoch im Trab über rutschiges Kopfsteinpflaster reiten sollten, war ein Frevel, der die Reiter stutzig machte. Doch sobald sie durchparierten, trieb Georg von Boeselager sie an.»Weiter, weiter!«, rief er und scheuchte sie vorwärts.

In diesem Moment war Karl sich sicher, dass die Männer etwas ahnten. Sicherlich wussten sie nicht, worum es ging, aber sie bemerkten, dass etwas Ungewöhnliches bevorstand. Doch niemand sprach darüber.

Alle waren erleichtert, als sie endlich an ihrem Versammlungsplatz ankamen und sich ausruhen durften. Die Pferde sollten zurückbleiben, und die Reiter wurden auf Flugzeuge verteilt. Aber kaum waren alle Dinge geregelt, änderte Philipp von Boeselager den Befehl: Er ließ sie wieder aufsitzen und führte sie in einem zweiten Gewaltmarsch zurück zur Front, die ganzen 200 Kilometer, bei Tag und bei Nacht.

Als sie an jenem Abend von dem gescheiterten Attentat auf Hitler erfuhren, musste jeder Mann erkennen, dass ihre 1200 Reiter damit zusammenhingen.

Dennoch sagte niemand ein Wort.

In den Tagen darauf wurde ein Verschwörer nach dem anderen enttarnt und hingerichtet. Familien wurden auseinandergerissen, Frauen in Sippenhaft genommen und Kinder in Heime gebracht. Andere begingen Selbstmord, weil sie fürchteten, unter der Folter noch weitere Mitverschwörer zu verraten.

Aber ihre 1200 Reiter ritten unbehelligt zur Front zurück. Das Chaos dort war so groß, dass niemand ihre Abwesenheit bemerkt hatte. Selbst Georg und Philipp von Boeselager wurden nicht behelligt. Niemand schien zu wissen, dass sie zum Kreis der Verschwörer gehörten.

In jenen Tagen wurde Karl bewusst, dass diese Reiterbrigade vermutlich der einzige Ort im Nazireich war, in dem er so lange hatte überleben können.

Bis zum Schluss hatte Georg von Boeselager ihn gedeckt. Sie waren kaum an die Front zurückgekehrt, als ein Befehl hereinkam, der Karl betraf: Der Zigeunermischling Karl von Meyenthal war enttarnt worden, und Boeselager wurde angewiesen, Karl Bergmann, der betrügerischerweise unter diesem Namen diente, unverzüglich aus der Wehrmacht zu entlassen und an die SS auszuliefern.

Boeselager verbrannte den Befehl vor Karls Augen. Ihre Reiter starben wie die Fliegen, erklärte er, und ausgerechnet jetzt sollte Karl entlassen und getötet werden? Um ihn nicht auszuliefern, wollte er ihn als verschollen melden. In der Rolle des Vermissten sollte Karl desertieren, sich im Wald verstecken oder zu den russischen Partisanen überlaufen. Selbst die russische Gefangenschaft wäre noch besser, als in den Händen der SS zu landen.

Der nächste Kampf kam jedoch schneller, als Karl sein Vorhaben umsetzen konnte. Der Kampf, in dem die Splitter ihn verletzten. Mit solcher Pein fielen die Schmerzen über ihn her, dass ihn seine Zukunft kaum noch interessierte.

Nur wenige Dinge drangen in dieser Zeit zu ihm vor: Wilhelm König wurde am gleichen Tag verletzt wie er. Eine verirrte Granate detonierte neben seinem Freund und durchschlug seine inneren Organe.

Das alles erfuhr Karl erst hinterher. Seine letzte Erinnerung an Wilhelm König war eine andere. Auf dem Hauptverbandsplatz lagen sie für wenige Stunden nebeneinander. Der Arzt und die Sanitäter hatten gerade erst die Splitter aus Karls Rücken entfernt. Einen Nachmittag lang, ohne Narkose und in stundenlanger Qual hatten sie die Splitter aus seiner Haut operiert, immer wieder unterbrochen von anderen Notfällen, die dringender behandelt werden mussten. Selbst bis zum Abend waren noch immer nicht alle Splitter entfernt worden. Auf dem Bauch lag Karl auf seinem Lager, eingehüllt in schwebenden Morphinnebel und tiefe Erschöpfung. Nur verschwommen bekam er mit, dass ein weiterer Notfall ankam, dass der Arzt zu dem anderen eilte und großer Tumult um den Verletzten herrschte. Kurz darauf glitt er in einen unruhigen Schlaf, aus dem die Schmerzen ihn immer wieder aufschreckten.

Nur einmal weckte ihn etwas anderes. Jemand lag neben ihm, ein bekanntes Gesicht, das ihn anlächelte. »Ich habe keine Schmerzen«, flüsterte Wilhelm König an seiner Seite. »Vielleicht wird es ja wieder.« Karl betrachtete das blutleere Gesicht seines Freundes und wusste, dass der Tod schon neben ihm stand. Einzig der Rausch des Morphins ließ ihn ebenfalls lächeln. »Das wird wieder«, gab er zurück, auch wenn sie beide wussten, dass es eine Lüge war. Ihre Finger zitterten, als sie sich berührten, besaßen kaum Kraft, um sich zu halten. Schon bald fielen sie wieder auseinander.

»Ich habe mich verlobt«, flüsterte Wilhelm. »Mit einem anderen Mädchen.« Seine Stimme klang schwach, sein Lächeln flackerte. »Das bedeutet, du musst überleben, Karl von Meyenthal. Mathilda hat jetzt nur noch dich.«

Karls Tränen brannten in seinen Augen. Lautlos rannen sie über seine Wangen. »Herzlichen Glückwunsch«, wisperte er.

Kurz darauf fielen Wilhelms Augen zu. Auch Karl konnte der Erschöpfung nicht länger widerstehen. Ein tiefer, traumloser Schlaf zog ihn in die Tiefe. Als er erwachte, war Wilhelm König verschwunden.

In jenen Tagen starb ein Kamerad nach dem anderen. Auch Gustav von Steineck war darunter. Wie immer war es Georg von Boeselager, der die Reste ihres Haufens beisammenhielt. In einem letzten Akt der Loyalität tauschte er Karls Namen mit dem von Ludwig Palm. Auch sein Erzfeind war in den vergangenen Tagen gefallen. Doch für die Bücher war er nur verletzt worden. Unter Palms Namen wurde Karl ins Lazarett gebracht und in die Heimat verlegt.

Kurz darauf erreichte ihn die letzte Hiobsbotschaft, ein letzter Brief von seiner Einheit. Auch Georg von Boeselager war gefallen. Wie schon oft zuvor, war er vorne im Kampf gewesen. Dort hatte ihn eine Maschinengewehrsalve getroffen und ihm nicht einmal einen letzten Atemzug gelassen.

Erst mit dieser Nachricht wurde Karl sich bewusst, dass auch sein Vorgesetzter ein Stückchen Heimat gewesen war, ein letzter Halt inmitten des Sturmes. Mit Boeselagers Tod gab es niemanden mehr, der ihn noch schützen konnte, keinen Ort, an den er zurückkehren konnte, nicht einmal seine Reiterbrigade.

Jetzt gab es nur noch Mathilda und dieses Gut, auf dem er nicht sein durfte. Bei ihr war der schönste Ort auf Erden und zugleich der gefährlichste. Jede Minute in ihren Armen trieb ihn weiter in die Arme des Todes.

Es war nur eine Frage der Zeit, bis sie ihn hier suchen und abholen würden.

Schon viel zu lange war er hier, schon deutlich länger, als Mathilda ahnte. Noch am Tag, als er von Boeselagers Tod erfahren hatte, war er aus dem Lazarett geflohen. Er war noch viel zu schwach gewesen, noch unter dem Einfluss des Morphins, als er sich aus dem Krankenhaus geschleppt hatte. Einen halben Tag später hatte die Wirkung des Morphins nachgelassen und der Entzug eingesetzt. In den zerbombten Trümmern eines Hauses hatte er sich versteckt, um die schlimmsten Symptome zu überstehen. Drei Tage glaubte er, Übelkeit und Erbrechen würden seinen Körper auflösen. Die Schmerzen zerrissen ihn von innen, bis nichts mehr von ihm übrig blieb.

Mit Müh und Not konnte er schließlich aufstehen und die Ruine verlassen. Es war ein Wunder, dass er den Rest seiner Reise überstand. Mit letzter Kraft hielt er sich aufrecht, so lange bis er Veronika gegenübertrat. Er schaffte nur einen Schritt über die Schwelle des Gutshauses, ehe er zusammenbrach und in ihre Arme fiel.

Seine Tante fing ihn auf und brachte ihn in seine Kammer. Sie gab ihm eine Ohrfeige, beschimpfte und umarmte ihn abwechselnd, und weinte, als er ihr die Nachricht von Gustavs Tod überbrachte. Tagelang pflegte sie ihn, versorgte seine Wunden und brachte ihm Essen. Je besser es ihm ging, desto häufiger wurden ihre Vorwürfe. Immer wieder sagte sie, dass er bald gehen müsse und behielt ihn dennoch von Tag zu Tag länger hier. Am Anfang wagte Karl es kaum, sie zu fragen, doch mit der Zeit erzählte Veronika immer mehr von Mathilda. Von seiner Tante erfuhr er, welche täglichen Wege sie ging und wo er sie unauffällig abfangen konnte. Doch er wollte Mathilda nicht als jämmerlicher Krüppel gegenübertreten. Also hatte er gewartet, bis seine Kräfte weit genug zurückgekehrt waren. Erst dann war er ins Bruch geschlichen und hatte sie im Nebel überrascht.

Doch erst hier und jetzt, in ihren Armen, spürte er, wie gebrochen er tatsächlich war. Karl zog sie näher an sich, schob seine Hand auf ihren Bauch und stellte sich vor, wie ein Kind in ihr heranwuchs. Allzu gerne wollte er sie heiraten, wollte tausend Nächte wie diese mit ihr verbringen und seine Kinder aufwachsen sehen.

Nichts davon würde in Erfüllung gehen. Selbst dieses eine Kind war eine dumme Entscheidung. Ein unehelicher Zigeunerbastard. Mathilda würde kämpfen müssen, um es behalten zu können, sie würde sich verstecken und lügen müssen, wenn sie dieses Kind nicht verlieren wollte.

Falls es überhaupt ein Kind geben würde.

Karl hoffte es dennoch. Mathilda brauchte etwas, woran sie glauben und was sie lieben konnte, wenn er nicht mehr da war. Noch heute würde er gehen, in der Morgendämmerung, sobald Mathilda wieder zu Hause war.

Veronika hatte ihm eine Adresse in Berlin gegeben, wo er gefälschte Papiere bekommen konnte. Wenn alles gut ging, würde er in der Hauptstadt ein weiteres Mal untertauchen. Vielleicht konnte er nach dem Krieg zurückkehren, falls die Alliierten gewonnen hatten und das Deutsche Reich zerfallen war.

Karl atmete tief ein und schaute aus dem Fenster. Die Dunkelheit der Nacht verlor allmählich ihre Schwärze. Lange würde es nicht mehr dauern, ehe die Dämmerung hereinbrach.

Karl drehte sich zu Mathilda. Vorsichtig küsste er ihren Mund, streifte ihre Wangen, ihre Nase …

Mathilda lächelte, als sie aufwachte. »Noch bleiben«, murmelte sie. »Für immer.«

Karl strich die Haare aus ihrer Schläfe. »Ich weiß«, flüsterte er. »Das würde ich auch gern. Aber du musst gehen. Es wird bald hell.«

Das war eine Lüge, nur die halbe Wahrheit. Eigentlich müsste er Lebewohl sagen.

Mathildas Gesichtsausdruck veränderte sich. Sie richtete sich auf und erschien plötzlich hellwach. Ihr Blick brannte, während sie sich anzog, während sie ihn unablässig anschaute und in seiner Miene forschte. Als sie sich an der Tür verabschiedeten, fiel sie ihm in die Arme. »Ich liebe dich«, wisperte sie. »Ganz gleich, was passiert.«

Karl bemühte sich, die Tränen zurückzuhalten. Aber er wusste, dass Mathilda sie dennoch sah. »Ganz gleich, was passiert«, gab er leise zurück.

Langsam ging sie rückwärts. Ihre Augen schienen alles zu ahnen, bis sie sich mit einem heftigen Ruck herumdrehte und durch die Stallgasse davonlief.

Als Karl die Tür schloss, drohte sämtliche Beherrschung zusammenzubrechen. Er wollte schreien und gegen die Tür schlagen, wollte sie zurückholen und gegen jede Vernunft bei ihr bleiben.

Doch er durfte es nicht.

Gleich darauf überfiel ihn die Eile. So schnell er konnte, holte er seinen Rucksack und warf seine wenigen Habseligkeiten hinein. Jetzt gab es nur noch einen Weg, um zu überleben.

* * *

Mathilda war gerade erst eingeschlafen, als ein stürmisches Klopfen sie aus dem Traum riss. Mit rasendem Herzen fuhr sie auf, starrte auf die Tür und lehnte sich erleichtert wieder zurück, als sie draußen die Schritte ihres Vaters hörte. Er hatte sie geweckt, hatte gegen die Tür geklopft, wie an jedem Morgen.

Auch Leni war wieder in ihrem Bett. Verschlafen setzte sie sich auf und rieb sich die Augen.

Während Mathilda sich anzog, bemühte sie sich, das ungute Gefühl abzuschütteln. Etwas lag in der Luft, drängte sich in ihre Brust, die stumme Befürchtung, dass sie Karl nie wiedersehen würde. Sie hatte gerade ihr Kleid geschlossen, als es ein zweites Mal klopfte. Dieses Mal im Flur, an der Haustür.

Katharina war bereits auf dem Weg in die Küche. Sie öffnete die Tür und redete mit dem Besucher. Mit der Besucherin.

»Ich würde gerne mit Mathilda sprechen.« Es war Veronikas Stimme. Etwas in ihr klang fremd, wie ein rauher Stein, der sich auf ihre Stimmbänder gelegt hatte.

Es war dieser Tonfall, an dem Mathilda die Tragweite erahnte. Im Grunde wusste sie schon, was sie erwartete, als sie in den Flur kam. Das Gesicht der Gutsherrin war fahl, ihre Augen stumpf und ihre Haare so unordentlich, als sei sie eben erst aus dem Bett gesprungen.

Mathilda presste die Zähne aufeinander, ging mit langsamen Schritten auf Veronika zu und folgte ihr aus dem Haus. Neben der Gartenhecke blieben sie stehen.

»Sie haben ihn abgeholt.« Veronikas Satz klang hohl, nur eine Hülle aus Worten, die nichts bedeutete.

Mathilda musste sich bemühen, ihr Gleichgewicht zu halten. Erst allmählich drang die Bedeutung zu ihr vor. »Wie kann das sein?«, flüsterte sie. »Wann sind sie gekommen? Ich war eben noch bei ihm.«

Veronikas Miene änderte sich. Ihre Augen verwandelten sich in kalte, graue Steine. »Deshalb konnte es sein!«, gab sie zurück. »Nur wegen dir ist er hierhergekommen, anstatt sofort unterzutauchen.«

Die Kälte schlug in Mathildas Herz.

»Er ist ein Narr, wenn es um dich geht«, fuhr Veronika fort. »Tausendmal habe ich ihm gesagt, dass er gehen soll, dass er uns alle in Gefahr bringt. Aber er ist geblieben!«

Mathilda wich zurück. Ohne dass sie es wollte, wanderte ihre Hand zu ihrem Bauch, legte sich darauf.

Veronika bemerkte es. »Oh nein«, murmelte sie. »Das habt ihr nicht getan?!«

Mathilda sah nach unten, Scham und Röte schossen in ihre Wangen.
»Doch. Ich fürchte, schon.«

Veronika gab einen verzweifelten Laut von sich. In einer heftigen Bewegung wandte sie sich ab, sah zum Gestüt hinüber und drehte sich zu Mathilda zurück. »Hör zu!« Sie senkte die Stimme, trat noch näher und legte die Hände auf Mathildas Schultern. »Das war dumm von euch. Ausgesprochen dumm. Ich würde dir trotzdem helfen, aber ich kann es nicht mehr. Du musst alleine klarkommen, ohne ihn und ohne mich.« Sie nickte mit dem Kopf zum Haus. »Bete darum, dass deine Familie dich nicht rauswirft, dass es deinem Kind nicht so geht wie dem von Anna. Ich kann dich nicht mehr schützen, Mathilda. Noch heute muss ich fort, jetzt gleich. Es ist ohnehin schon ein Wunder, dass sie mich nicht sofort mitgenommen haben. Vielleicht durchschauen sie noch nicht alles, vielleicht wissen sie noch nicht, wie sehr ich ihm geholfen habe. Aber das werden sie bald herausfinden. Selbst, wenn Karl so tut, als hätte ich nichts damit zu tun, ich bin seine Tante, ich wusste, dass er ein Zigeunermischling ist, und ich habe ihn versteckt. Dafür werden sie mich abholen und hinrichten, genauso wie ihn.«

Mathilda schwankte.

Wo würde es geschehen? Irgendwo in einem Waldstück neben der Straße? Oder in einem dieser Lager? Wie lange würde er noch haben, um an sie zu denken und alles zu bereuen? Einen Tag? Ein paar Stunden? Oder war er schon tot?

»Ich werde sofort aufbrechen«, fuhr Veronika fort. »Für meine Leute wird es aussehen, als wäre ich vom Hof gefahren und nicht wiedergekommen. Du bist die Einzige, mit der ich darüber spreche. Aber auch dir werde ich nicht sagen, wohin ich gehe. Ich möchte dich nur um eines bitten: Kümmere dich um die Pferde.« Veronikas Miene flackerte, für einen Moment sah es aus, als würde sie die Beherrschung verlieren. Dann fing sie sich. »Ich würde dir gerne sagen, dass sie von nun an dir gehören. Ich würde dir gerne das ganze Gestüt vermachen. Aber so wird es nicht sein. Die Nazis werden alles beschlagnahmen und die Pferde mitnehmen. Wenn ich Glück habe, komme ich mit dem Leben davon. Wenn ich Pech habe, nicht einmal das.« Sie deutete mit dem

Kopf auf die andere Straßenseite, wo der zerstörte Böttchershof lag. »Vielleicht werden sie Emil unseren Besitz zusprechen. Als Ausgleich für seinen zerstörten Hof. Oder es findet sich irgendeine Nazigröße, die das Gut haben will.«

Mathilda starrte sie an. Sie wollte widersprechen, wollte anmerken, dass der Krieg vielleicht bald vorbei war, dass die Nazis bald besiegt wurden. Aber »bald« war ein relativer Begriff, schon ein paar Wochen konnten ausreichen, um eine Familie zugrunde zu richten.

»Pass auf dich auf, Mathilda.« Veronika war kurz davor, die Beherrschung zu verlieren. Rasch wandte sie sich ab und ging durch das Gartentor davon.

35. KAPITEL

Deportationszug, September 1944

Im Inneren des Zuges war es dunkel. An den Tagen drang ein schwaches Dämmerlicht zwischen den Brettern des Viehwaggons herein. Doch in den Nächten war es stockfinster. Dicht an dicht saßen die Menschen in der Dunkelheit, während das Rattern der Schienen sie in einem schläfrigen Rhythmus schaukelte. Zu Beginn hatten sie getobt und geschrien und versucht, einen Ausweg zu finden. Auch Karl hatte die Latten des Waggons abgetastet, um nach losen Stellen zu suchen. Tatsächlich hatte er Löcher gefunden, durch die andere schon geflohen waren. Aber jedes einzelne war so sorgfältig vernagelt worden, dass es keinen Ausweg mehr gab.

Inzwischen waren auch die anderen ruhig geworden. Die meisten von ihnen waren Frauen und Kinder. Nur wenige Alte waren darunter und noch weniger Männer. Anfangs hatten die anderen ihn verwundert angesehen, seine Wehrmachtsuniform, die Abzeichen daran, die ihm niemand abgenommen hatte. Aber jetzt beachtete ihn keiner mehr. Er war eingetaucht in die Masse von Sterbenden.

Denn genau das waren sie.

Die Ersten hatte es bereits getroffen. Noch lag der Leichengeruch im Hintergrund, versteckte sich zwischen dem Gestank von Urin und Exkrementen, von Schweiß und Kotze. Doch der Geruch des Todes kroch darunter hervor. Süßlich und schwer setzte er sich in Karls Nase und erinnerte an die vielen Momente, in denen er dem Leichengestank begegnet war. Wenn im Frühling der Schnee geschmolzen und der Boden getaut war, waren die Leichen des Winters wieder hervorgekommen. Dann hatten die toten Russen die Felder rund um ihre Stellungen bedeckt, und ihre Kameraden waren unter den schmelzenden Schneebergen aufgetaucht, unter denen man sie begraben hatte. Allzu oft war der Frost zu hart gewesen, um richtige Gräber zu schaufeln.

Aber zumeist waren es die Toten anderer Einheiten gewesen, die sie im Frühling ein zweites Mal bestatten mussten, weil sie in der Zwischenzeit längst weitergezogen waren.

Am schlimmsten war es in jenen Dörfern gewesen, die von der SS »gesäubert« worden waren. Dort hatten sie nicht nur die Leichen von Soldaten und männlichen Partisanen gefunden, die Erschießungen der SS hatten auch vor Frauen und Kindern keinen Halt gemacht. Manchmal hatten sie die Leichen in Massengräbern verscharrt, aus denen einzelne Gliedmaßen noch herausschauten. Doch oftmals hatten sie ihre Opfer nur zu Scheiterhaufen geschichtet und darunter ein Feuer entzündet, das nur schlecht gebrannt und grässliche Überreste hinterlassen hatte.

Karl versuchte, die Bilder aus dem Kopf zu schütteln. Im Angesicht seines Todes wollte er nicht länger daran denken.

Aber er konnte die Bilder nicht aufhalten. Immer wieder kamen sie hervor, während die Menschen um ihn herum jammerten und um Wasser flehten.

Der Durst war das Schlimmste. Karl bemühte sich, seinen Mund geschlossen zu halten. So gut er konnte, sammelte er die Spucke darin und schluckte sie in kleinen Portionen hinunter. Im Laufe der Stunden wurde sie jedoch klebrig und zäh, bis es kaum noch möglich war, sie herunterzuschlucken. Für winzige Augenblicke überfiel ihn die Panik. Es war ein rasendes, unkontrollierbares Gefühl, das sich tief in seinem Inneren aufbaute. Es wollte ihn hochtreiben und zur Flucht drängen, wollte ihn kämpfen lassen, bis sein Weg frei war. Erst im letzten Moment konnte sein Verstand das Gefühl zurückdrängen.

Er musste an etwas anderes denken, musste sich ablenken.

Die Kinder! Es waren so viele Kinder im Waggon. Manche von ihnen weinten, andere schliefen. Doch die meisten waren hellwach. Während sich die Erwachsenen in ihr Schicksal fügten, waren die Augen der Kinder aufmerksam. Sie nahmen auf, was um sie herum geschah. Je größer sie waren, desto mehr Angst lauerte in ihren Gesichtern, aber die Augen der Kleinen zeigten vor allem auch eines: Neugierde.

Diese Kinderaugen waren es, an denen Karl sich festhielt. Im Krieg hatte er für seine Kameraden gekämpft, hatte für sie überlebt und sich bemüht, sie zu schützen. Jetzt wollte er für die Kinder kämpfen. Sie waren das Einzige, was noch einen Sinn gab.

Immer wieder sah er sie an, lächelte ihnen zu und versuchte, sie wenigstens so zu trösten. So lange, bis eine Melodie in ihm aufstieg. Seine Finger bewegten sich im Takt, glitten in einem stummen Tanz über sein Bein, während sich das Lied in seiner Erinnerung aufbaute. Seine Lippen bewegten sich dazu. Leise fing er an zu singen, das Wiegenlied, mit dem seine Mutter ihn als Kind getröstet hatte. Mit jeder Strophe wurde er lauter, bis seine Stimme klar und fest durch den Waggon hallte.

Er konnte sich nicht mehr daran erinnern, wann er zuletzt gesungen hatte, vermutlich in seiner Kindheit, als Emma noch gelebt hatte.

Bevor die Menschen angefangen hatten, Nazilieder zu singen.

In diesen Stunden im Viehwaggon zwischen den sterbenden Menschen hörte er seine erwachsene Gesangsstimme zum ersten Mal. Ihr Klang überraschte ihn, die sauberen Töne, die irgendwo zwischen Bariton und Tenor lagen. Nur verschwommen nahm er wahr, wie die Menschen sich aufrichteten und ihm zuhörten, wie sich die Kinder einen Weg zwischen den anderen bahnten und ihm näher kamen.

Karl sah sie der Reihe nach an und sang für sie, ein Wiegenlied für die Kinder. Immer, wenn es endete, begann er von vorne. Erst, als der Durst unerträglich wurde, hörte er auf.

Irgendwann hielt der Zug an. Das tat er häufiger, doch jetzt erklang ein rauschendes Geräusch und prasselte auf das Holzdach. Kurz darauf tropfte Wasser durch die Ritzen.

Die Gefangenen sprangen auf, öffneten ihre Münder und versuchten, das Wasser hineinlaufen zu lassen. Andere nahmen ihre Mützen und bemühten sich, es darin aufzufangen. Innerhalb von Sekunden entstand ein wüstes Gerangel um die besten Plätze. Manche versuchten gar, das Wasser von den Holzlatten zu lecken. Auch Karl angelte sich etwas davon mit seiner Mütze. Doch er wollte niemanden zur Seite stoßen, wollte nicht seine Kraft gegen Kinder und Frauen einsetzen, um von dem Wasser zu bekommen. Am Ende blieb ihm nicht viel, aber es war besser als nichts.

Irgendwann hörten sie einen Streit, und das Wasser versiegte. Karl verstand nur einen Teil der Worte, und dennoch wusste er, dass sich dort draußen jemand einem Befehl widersetzt hatte, dass er ihnen Wasser gegeben hatte, obwohl er es nicht durfte. Dass es doch noch Menschen gab inmitten der Grausamkeit.

Der Zug war schon längst wieder angefahren, und die letzten Wassertropfen waren versiegt, die Gefangenen hatten sich wieder niedergelassen und wurden allmählich ruhiger, als ein alter Mann auf Karl zukam. Er trug einen verbeulten Wehrmachtshelm zwischen den Händen und hielt ihn Karl hin. »Hier«, sagte er. »Trinken Sie. Damit Sie wieder singen können.«

Auch die Kinder sahen ihn hoffnungsvoll an.

Karl zögerte, ehe er den Helm entgegennahm. Er trank nicht viel, nur ein paar Schlucke, bis die schlimmste Pein besiegt war. Das übrige Wasser gab er zurück. »Der Rest ist für die Kinder«, flüsterte er.

Der alte Mann nickte. Ohne ein weiteres Wort wandte er sich ab und gab den Kindern zu trinken, während Karl wieder zu singen begann, sein Lied voller Sehnsucht und Liebe, voller Schmerz und Hoffnung, voller Elend und Trauer ...

... um sein verlorenes Leben.

* * *

Fichtenhausen, Herbst 1944

Mit Karls Verlust kehrten die Geister zurück. Nachts zog der Totenzug an Mathildas Fenster vorbei, und in den Morgen- und Abendstunden war sie umgeben von den Geistern ihrer Familie. Während die Geisterpferde über die Wiesen tobten, begleitete Joseph ihren Alltag. Er redete mit ihr, erzählte ihr Geschichten oder gab ihr Ratschläge. Manchmal waren es schöne Dinge, und manchmal waren es Worte, die sie lieber nicht hören wollte.

»Du wirst jetzt sehr traurig sein«, erklärte er eines Morgens, als sie gerade nach draußen gingen. Mit einer vagen Geste deutete er zur Seite, in die Ecke zwischen Stallungen und Wohnhaus.

Karl lehnte mit gesenktem Kopf an der Ziegelwand. Sein Blick wirkte traurig, seine Haare waren zerwühlt, weiße Asche fing sich darin und färbte sie grau.

Mathilda wusste sofort, was seine Gegenwart bedeutete. Es war sein Geist.

Von nun an wechselten Karl und Joseph sich ab. Einer von ihnen war fast immer bei ihr. Nur mit dem Unterschied, dass Karl stumm blieb. Ganz gleich wie oft Mathilda ihn ansprach, allenfalls ein Lächeln huschte über sein Gesicht.

An manchen Tagen fand sie seine Gegenwart tröstlich. An anderen war es unerträglich, ihn bei sich zu wissen und dennoch nicht mit ihm reden zu können. Wenn sie ihn wenigstens berühren könnte. Aber immer, wenn sie es versuchte, verschwand er vor ihren Augen.

Wenn ihr Kummer allzu schlimm wurde, holte sie das Glas mit dem Winterhonig unter ihrem Bett hervor, naschte einen Krümel davon und schob es wieder zurück. Doch ihre Angst, dass es leer werden könnte, war größer denn je. Noch bevor sie den letzten Löffel aß, musste es einen anderen Trost geben, den einzigen Trost, der jetzt noch möglich war.

So gut sie konnte, lauschte Mathilda auf die Zeichen ihres Körpers. Wann immer sie abends im Bett lag, ließ sie die Hand über ihren Bauch gleiten, sie berührte ihre Brüste und suchte nach den Veränderungen, von denen ihre Schwestern erzählt hatten. Wenn ihre große Liebe schon verloren war, wollte sie wenigstens ein Kind von ihm bekommen.

Immerzu redete sie sich ein, dass ihre Brüste größer wurden, dass sie sich morgens unwohl fühlte, dass ihr manchmal auf unerklärliche Weise schwindelig war. So lange, bis ihre nächste Blutung einsetzte und jede Hoffnung zunichtemachte. Als Mathilda das Blut entdeckte, hatte sie das Gefühl zu sterben. Doch einzig ihre Seele ging daran zugrunde, jegliche Hoffnung, die noch in ihr geblieben war.

Zum ersten Mal begriff sie in vollem Ausmaß, was es für Thea bedeutet hatte, ihre Kinder tot zur Welt zu bringen. Und noch mehr verstand sie, wie es für Anna gewesen war, als sie zuerst ihre große Liebe und dann ihr Baby verloren hatte.

Immer wieder war sie versucht, mit ihrer Freundin darüber zu reden. Aber Anna war Liesels und Emils Schwester, und Mathilda war sich nicht sicher, ob die beiden noch immer überzeugte Nazis waren. Es wäre gefährlich, mit Anna über Karl zu reden.

Stattdessen sprach sie mit Thea. Als sie ihre Geisterschwester ein weiteres Mal auf den Stufen vor der Haustür entdeckte, setzte sie sich neben sie und redete über verlorene und nie dagewesene Kinder, über Männer, die man liebte, aber nicht haben konnte, über den Krieg, der so viele Leben genommen hatte. Thea antwortete nicht, aber sie hörte zu, und Mathilda schüttete ihr Herz aus, bis Leni sie auf der Treppe ertappte und sie fragte, mit wem sie redete.

Mathilda war es gleichgültig. Leni sollte ruhig wissen, dass sie von Geistern umgeben waren. »Ich spreche mit Thea«, erklärte sie. »Sie sitzt neben mir. Auch die anderen sind noch da, Joseph und Stefan, Willi und Resi, sogar Mama.« Sie rechnete damit, dass Leni sie auslachen würde.

Aber ihre Schwester stand mit offenem Mund vor der Treppe und starrte auf sie herab. »Himmel!«, keuchte sie. Ihre Hand schlug ein hastiges Kreuz. »Was erzählst du da? Das meinst du doch nicht ernst?«

Mathilda sah ihr in die Augen. An einer vagen Bewegung konnte sie erkennen, wie auch Thea aufsah. Aber vermutlich war es besser, wenn sie aufhörte, von den Geistern zu erzählen.

Auch der Rest ihrer Familie reagierte befremdet. Mathilda wusste nicht, ob Leni es weitererzählt hatte, oder ob sie es von allein bemerkt hatten. So manches Gespräch verstummte, wenn Mathilda hinzukam. Manchmal sah sie die sorgenvollen Blicke ihres Vaters, auch Katharina bedachte sie mit prüfender Miene. Mathilda kümmerte sich nicht darum. Die Geister waren alles, was ihr geblieben war.

Manchmal fragte sie sich, wie Veronika darauf reagiert hätte. Sie wäre die Einzige, mit der sie darüber reden könnte. Aber die Gutsherrin war fort.

Die Frage, was mit Veronika geschehen war, sorgte für wilde Spekulationen. Die einen glaubten, sie sei gen Osten gefahren, um die Leiche ihres gefallenen Gatten zurückzuholen. Andere hielten sie für eine Spionin der Alliierten und vermuteten, dass sie in die eroberten Gebiete geflohen war. Wieder andere glaubten, dass sie einem Verbrechen oder einem Unglück zum Opfer gefallen war. Schließlich konnte es leicht passieren, bei einem Bombenangriff in einer fremden Stadt getötet zu werden, wenn man dort auf Besuch war. Dass sie von der Kriminalpolizei gesucht wurde, kam erst heraus, als das Gutshaus und die Pferde beschlagnahmt wurden.

Es war ein Tag Mitte November, als die Automobile der Nazis durch die Allee zum Gut fuhren. Zögernd ging Mathilda ihnen nach. Doch im Schatten des Hoftores blieb sie stehen. Mitten auf dem Hof stand der Mann mit der Narbe und kommandierte die anderen herum.

Mathilda starrte ihn an. Nie hatte sie herausgefunden, wie er hieß, hatte nie erfahren, welche Aufgabe er im Dienst der Nazis erfüllte. Sie wusste nur, dass er die Zigeuner hasste, und in diesem Moment wurde ihr klar, dass *er* es gewesen war, dass er herausgefunden hatte, welche Identität sich hinter Karls Fassade verbarg. Wegen ihm war Karl abgeholt worden, wegen ihm war Joseph in ein Strafbataillon versetzt worden, wegen ihm hatte Veronika fliehen müssen.

Am liebsten wäre Mathilda aus ihrem Versteck gesprungen, hätte sich eine Mistgabel gegriffen und ihn damit attackiert. Doch sie wusste, dass es zwecklos war. Er würde sie nur auslachen und dafür sorgen, dass sie als Nächste abgeholt wurde. Mit einem letzten Rest von Überlebensinstinkt zog sie sich aus dem Torbogen zurück.

Auch in den nächsten Tagen hielt sie sich versteckt. Während die Nazis sämtliche Nachbarn und Zeugen zum Verschwinden der Gutsherrin verhörten, täuschte sie eine Krankheit vor und verkroch sich im Bett.

Schließlich kam es, wie Veronika vorhergesagt hatte: Emil bekam das Gut und die Ländereien zugesprochen, während die meisten der

Pferde für den Krieg eingezogen wurden. Selbst trächtige Stuten und Fohlen nahmen sie mit. Nur ein paar alte Pferde blieben da.

Mathilda musste Emil zugutehalten, dass er sehr zögerlich als neuer Gutsherr auftrat. Auch Leni wirkte verlegen, wenn man sie darauf ansprach, dass sie an Emils Seite die zukünftige Gutsherrin sein würde. Eigentlich machten die beiden weiter wie zuvor. Emil zog zwar aus dem Gesindehaus aus und bewohnte einen Raum im Herrenhaus. Aber er arbeitete weiterhin an dem Wiederaufbau seines Hofes. Wenn er gefragt wurde, sagte er, dass Liesel und Anna den alten Hof bekommen sollten.

Mathilda sah ihm an, wie unbehaglich er sich auf dem Gut fühlte. Er besaß nicht das Format eines Gutsherren. Ihm fehlten die Bildung und die Weltgewandtheit, die Würde und Haltung, welche die Steinecks umgeben hatte. Seine Art von Stolz wirkte plump und ließ ihn wie einen Knecht wirken.

Gerade daran bemerkte Mathilda, wie sehr ihr die Steinecks fehlten. Immer, wenn sie zum Gut hinübersah, glaubte sie, Karls Klaviermusik zu hören, und wusste zugleich, dass es niemanden mehr gab, der dem Flügel solche Klänge entlocken konnte. Aber nicht nur Karl fehlte ihr, auch Veronika hinterließ ein Loch in ihrem Herzen, das sich durch niemanden füllen ließ.

Währenddessen spielte der Krieg sein letztes, wütendes Crescendo. Tag und Nacht flogen die Bombenflugzeuge über ihren Hof und entluden ihre tödliche Last über den Städten. Nicht nur die Großstädte wurden zerstört, auch die kleineren Orte wurden bombardiert. Abertausende von Menschen starben in den Flammen und kehrten in den Nächten zu Mathilda zurück. Mit jeder Nacht wurde der Totenzug länger, der an ihrem Fenster vorbeimarschierte.

Wie durch ein Wunder blieb Fichtenhausen von weiteren Bomben verschont. Dennoch erschien es Mathilda, als würde alles um sie herum zerfallen. Der Krieg hatte schon vieles zerstört und unzählige Leben genommen, doch spätestens jetzt wütete die Zerstörung bis in die tiefsten Winkel ihrer Seele.

Es war an einem Wintermorgen, als sie zusammen mit Leni im Kuhstall war, um zu melken. Joseph lehnte neben ihr an der Heuraufe und sprach mit ihr. Manchmal antwortete sie ihm und vergaß vollkommen, dass Leni nicht weit von ihr entfernt hockte.

»Du musst damit aufhören«, erklärte ihre Schwester nach einer Weile. Ihre Stimme klang leise unter dem rhythmischen Spritzen der Milch. »Du musst aufhören, mit den Geistern zu reden.«

Mathilda hielt inne. Erst jetzt wurde ihr klar, wie selbstverständlich sie mit der Luft gesprochen hatte.

Leni war mit ihrer Kuh fertig. Sie stand auf, nahm den Milcheimer und trat an Mathildas Seite. »Jeder, der dich hört, wird glauben, dass du verrückt bist.« Sie wirkte besorgt. »Ist dir klar, wie gefährlich das ist?«

Mathilda starrte sie an. Sie wusste nicht, was sie sagen sollte.

Joseph löste sich von der Heuraufe und blieb neben Leni stehen. »Leni muss es wissen.« Damit wandte er sich an Mathilda. »Sie weiß genau, wovon sie redet. Das ist der wahre Grund, warum sie keine Krankenschwester mehr ist. Allein wegen einem Ekzem würden die Nazis doch niemals eine ausgebildete Krankenschwester aus dem Kriegsdienst entlassen. Höchstens eine, deren Mundwerk zu lose ist und die auch vor kritischen Worten nicht haltmacht.«

Mathilda öffnete den Mund. »Du meinst ...« Sie verschluckte die restlichen Worte, beinahe hätte sie schon wieder mit einem Geist geredet.

»Ich meine, dass die Nazis dich abholen würden, wenn sie davon erfahren, wie verrückt du bist«, ergänzte Leni.

Mathilda senkte den Kopf.

»Was ist los mit dir?« Ihre Schwester klang aufgebracht. »Warum bist du so durch den Wind?«

Mathilda zuckte die Schultern

»Hat es etwas mit Karl zu tun?« Lenis Tonfall wurde sanfter. »Du hast seit Ewigkeiten nichts von ihm erzählt.«

Mathilda erstarrte. Sie hatte nichts mehr erzählt, seit sie von Karls Geheimnis wusste, seit er ihr keine Briefe mehr geschrieben hatte. Doch sie konnte nichts sagen. Sie durfte Leni nicht verraten, dass er hier gewesen war. Sie durfte nicht erzählen, dass sie mit ihm geschlafen hatte, und genauso wenig durfte Leni erfahren, dass die Nazis ihn abgeholt hatten, unmittelbar nach ihrer letzten gemeinsamen Nacht.

Nur eines konnte sie ihrer Schwester anvertrauen: »Er ist tot.« Lenis Miene entgleiste. Mit hängenden Armen stand sie da. Ein verräterischer Schimmer erschien in ihren Augen. »Das tut mir leid«, wisperte sie. Gleich darauf wandte sie sich ab und trug den Eimer in die Stallgasse.

Sie hatte Karl ebenfalls gemocht. Mathilda erinnerte sich an das, was er ihr geschrieben hatte, an seinen Ausrutscher, als er noch jung gewesen war. Damals hatte er Leni geküsst. Aber erst jetzt wurde Mathilda klar, dass ihre Schwester nicht nur mit ihm gespielt hatte. Leni hatte ihn wirklich gemocht. Vielleicht war sie sogar in ihn verliebt gewesen – und hatte ihn dennoch freigegeben, als ihr klargeworden war, dass er sich für Mathilda entschieden hatte.

Womöglich hatte sie Leni falsch eingeschätzt, vielleicht war ihre Schwester ehrlicher und weniger selbstsüchtig, als sie geglaubt hatte.

Leni stellte den Eimer mit einem Klappern in die Stallgasse und kehrte in den Verschlag zurück. »Ist es deshalb? Redest du deshalb mit den Geistern? Weil du um ihn trauerst?«

Mathilda wandte sich ab. Mit einem zögernden Nicken duckte sie sich hinter den Bauch der Kuh. In schnellem Rhythmus fuhr sie fort, Emma zu melken.

Leni ließ nicht locker. »Ist er auch dabei?«, fragte sie. »Ist er auch ein Geist?«

Mathilda hielt inne. Kaum merklich nickte sie.

Leni stieß erschrocken die Luft aus. »Sei bitte vorsichtiger«, flüsterte sie. »Niemand darf davon erfahren.«

Wieder nickte Mathilda. Aber sie glaubte nicht, dass sie sich daran halten konnte.

* * *

Fichtenhausen, Winter 1944 bis Frühling 1945

Es wurde ein schlimmer Winter. Ohne die Arbeit mit den Pferden wusste Mathilda kaum, wohin mit ihrer Zeit. Es gab niemanden mehr, dem sie schreiben konnte, und ihre Gedanken trieben unaufhörlich im Kreis. Die Geister waren ihre einzige Ablenkung und ihr einziger Trost.

An einem Abend im Februar 45 belauschte sie schließlich einen Streit ihrer Familie. Sie selbst war schon im Bett gewesen, während die anderen noch in der Stube saßen. Sie musste jedoch noch einmal aufstehen, um zum Plumpsklo zu gehen. Als sie den Flur durchquerte, hörte sie die Stimmen aus der Stube.

»Ihr muss doch geholfen werden«, erklärte ihr Vater hilflos. Auch Katharina pflichtete ihm bei. »Sie ist verrückt. Sie muss zu einem Nervenarzt.«

Doch Leni hielt vehement dagegen. »Ein Krankenhaus wäre ihr Verderben«, rief sie. »Ihr habt ja keine Ahnung, ihr wisst ja nicht, was sie dort mit ihr machen würden. Die Nazis können verrückte Menschen nicht gebrauchen, ebenso wenig wie Behinderte. Wenn ihr sie in ein Krankenhaus bringt, dann wird sie getötet.«

Einen Moment lang herrschte Schweigen. Mathilda blieb wie angewurzelt im Flur stehen.

»Warum sollte sie getötet werden?« Katharina klang ungläubig.

Leni antwortete mit einem Schnauben. »Weil die Nazis so etwas tun. Weil sie die Menschen *entsorgen*, die sie nicht gebrauchen können. Vielleicht wollt ihr das nicht glauben. Aber ich habe in einem Krankenhaus gearbeitet. Ich weiß es!«

Wieder wurde es still. Nur Mathildas Herz raste, ihre Gedanken drehten sich. Die Nazis würden sie umbringen, weil sie verrückt war, weil sie mit den Geistern redete, weil sie Rassenschande begangen hatte …

Mathilda suchte nach der Angst, die sie empfinden müsste. Alles, was sie fand, war eine merkwürdige Aufregung. Ihr war egal, wie die anderen über sie entschieden. Ganz gleich, ob die Nazis sie abholten oder ihr Hof von einer Bombe getroffen wurde, der Tod erschien ihr als willkommene Lösung. Wenigstens in ihm wollte sie mit Karl vereint sein.

Dennoch wollte sie nicht länger zuhören. Sie wollte nicht wissen, wie die Stimme ihres Vaters klang, wenn er sich Sorgen um sie machte.

Langsam schlich sie rückwärts, wandte sich ab und lief nach draußen zum Plumpsklo.

Aber niemand brachte sie ins Krankenhaus. Unbehelligt schleppte sie sich durch ihren Alltag, redete mit den Geistern und fühlte sich wie eine Zuschauerin, während der Krieg allmählich zu Ende ging.

Zu Ostern 1945 erreichte der Bodenkrieg Fichtenhausen. Es war Karfreitag, kurz vor Mittag, als sie von weitem die Männerstimmen hörte. Im Kommandoton riefen sie zur Eile auf.

Mit zögernden Schritten trat Mathilda auf den Hofplatz hinaus, ging bis zum Rand des Sandweges und sah den Menschen entgegen, die über den Weg heranmarschierten. Es waren Frauen. Eine lange Kolonne von jungen Frauen, die sackartige Gewänder trugen. Bewaffnete SS-Männer liefen neben ihnen her, hielten ihre Maschinengewehre im Anschlag und riefen den Frauen zu: »Hopp, hopp! Schneller, schneller!«

Nur vage bemerkte Mathilda, wie Leni sich neben sie stellte. »Das müssen Jüdinnen sein«, flüsterte ihre Schwester. »Zwangsarbeiterinnen.«

Die Kolonne erreichte ihre Gartenhecke, marschierte an ihrem Hofplatz vorbei. Mathilda betrachtete die Gesichter der Jüdinnen. Es waren schöne Frauen, die meisten von ihnen noch so jung, dass sie kaum dem Mädchenalter entwachsen waren. Einige marschierten in gerader Haltung an Mathilda und Leni vorbei, andere wirkten erschöpft und stolperten über ihre Füße. Der Sand dämpfte ihre Schritte, ließ sie beinahe so leise vorbeiziehen wie die nächtlichen Geister.

Mathilda stand da wie versteinert, schaute in ihre vorwurfsvollen Augen und ahnte etwas darin, das sie nicht entschlüsseln konnte.

Die SS-Männer trieben die Mädchen weiter, ließen sie auf dem Sandweg in die Weite des Bruches marschieren.

Ob sie ins Sennelager gebracht wurden? Oder in ein KZ, das noch weiter entfernt lag?

Lange stand Mathilda da und sah ihnen nach. Leni war schon längst wieder gegangen und die letzten, marschierenden Gestalten waren am Horizont verschwunden, als sie endlich erkannte, was sie in den Augen der Mädchen gesehen hatte: den Tod.

In diesem Moment wurde Mathilda klar, dass nicht Staaten oder Herrscher einen Krieg gewannen, der wahre Sieger war immer nur der Tod. Die Lebenden konnten sich die größten Ideale und schlimmsten Ziele setzen, dem Tod jedoch war es egal, welcher Rasse, Hautfarbe oder Gesinnung die Menschen waren, die er sich holte.

Mathilda sprach ein stilles Gebet, eine leise Bitte an die Muttergottes, wenigstens diese Jüdinnen vor dem Tod zu bewahren. Erst dann löste sie ihren Blick vom Horizont und kehrte in den Stall zurück.

Als sie am Ostermorgen in die Kirche gingen, hatte der Bodenkrieg sie beinahe erreicht. Schon von weitem hörte Mathilda die Schüsse der Artillerie, das Pfeifen der Geschosse, kurz bevor sie in der Ferne detonierten. Die Kirche war zum Bersten gefüllt und das »Großer Gott wir loben dich« erhob sich so laut und hell über den fernen Donner, dass es Mathilda durch Mark und Bein ging.

Als sie die Kirche verließen, kamen deutsche Soldaten durch das Dorf, auf dem hektischen Rückzug vor den Amerikanern. In der Ferne näherten sich Panzer. So mancher Kirchgänger drängte zurück in die Kirche, andere liefen eilig nach Hause.

»Wir brauchen eine Friedensfahne«, rief jemand. »Hängt weiße Tücher aus den Fenstern!«

Unter den Dorfbewohnern herrschte Verwirrung, ob es sich um amerikanische oder um deutsche Panzer handelte. Einzig die Tochter des Bürgermeisters reagierte prompt. Kurz bevor die Panzer das Dorf erreichten, ließ sie ein weißes Bettlaken aus ihrem Fenster.

Zu spät erkannten sie, dass es deutsche Panzer waren. Noch ehe das Tuch wieder zurückgezogen werden konnte, antworteten die Deutschen mit einer Gewehrsalve in die Fenster des Bürgermeisters.

Mathilda konnte nicht sehen, ob jemand getroffen wurde. Sie spürte nur die Panik, die in ihr aufstieg. Sobald die Panzer das Dorf durchquert hatten, verließen sie die Kirche und liefen über die Felder zu ihrem Hof. Auch Frida kam mit ihnen und trug ihre kleine Tochter auf dem Arm. Vor kurzem war sie zwei Jahre alt geworden und duckte sich tief an die Schulter ihrer Mutter.

Rund um ihren Hof hatten sich die deutschen Soldaten versammelt. Die meisten von ihnen versteckten sich im Bruch und im Fichtenwald, andere baten darum, in ihren Stallungen Unterschlupf zu finden. Seite an Seite saßen sie schließlich in der Deele, Mathildas Familie zusammen mit den Soldaten, während die Aufklärungsflugzeuge unablässig über ihnen kreisten. Ihr Dröhnen vermischte sich mit den Schüssen der Artillerie. Im Bruch brannten bereits die ersten Viehstände und Bäume, während die Einschläge immer näher kamen. Jedes Mal, wenn es donnerte, zuckte Mathilda zusammen. Ein paarmal duckte sie sich, weil es so klang, als müsste der Einschlag ihren Hof treffen.

»Wenn der Knall kommt, ist die Gefahr vorbei«, murmelte der Soldat neben ihr. »Du musst auf den Abschuss hören.«

Mathilda versuchte, sich darauf zu konzentrieren. Tatsächlich konnte sie den Rückstoß hören, ein Pfeifen, das durch die Luft zischte, ehe die Kugel irgendwo einschlug. Doch was könnte sie schon tun, falls eine der Kugeln ihren Hof traf? Sie konnte nur hier sitzen und abwarten und sich bereitmachen für die Flucht. Mit verschwitzten Fingern tastete sie nach dem Bündel, das sie auf ihrem Schoß hielt. In aller Eile hatte sie ihre wichtigsten Habseligkeiten zusammengepackt. Neben ihrer Wechselwäsche und Proviant hatte sie vor allem den Inhalt ihrer geheimen Kiste in den Beutel gesteckt. Jetzt tastete sie nach dem Honigglas, nach der kleinen Strohpuppe und dem zusammengebundenen Stapel mit Karls Briefen.

Sie waren das Wertvollste, das sie besaß.

So saßen sie da, bis der Abend hereinbrach. Wie durch ein Wunder entfernte sich die Artillerie in eine andere Richtung. Einige der Soldaten baten um ein Nachtquartier, und ihr Vater ließ sie auf dem Strohboden schlafen. Der Soldat, der neben Mathilda gesessen hatte, fragte sie, ob sie ihm Zivilkleidung leihen könnte. Mit Katharinas Einverständnis holte Mathilda ihm alte Sachen von Stefan.

In der Nacht schreckte sie einige Male auf, weil sie glaubte, etwas gehört zu haben. Aber die Kanonen schwiegen, und der Aufklärer schien im Dunklen nicht zu fliegen.

Am nächsten Morgen standen sie wie gewohnt auf und gingen in den

Stall zum Melken. Erst das Bellen des Hundes schreckte Mathilda auf. Diana knurrte und blaffte, ihre Kette klirrte.

Als Mathilda aus dem Stall nach draußen trat, stand ein junger Amerikaner vor der Deele. Er hielt ein Maschinengewehr im Anschlag, richtete es abwechselnd auf die Hündin und auf Mathilda. Sein Gesicht wirkte ängstlich, seine Hände zitterten, sein Blick richtete sich auf die Rucksäcke der Soldaten. Mindestens ein Dutzend von ihnen lagen noch auf der Deele.

»Where are they?«, rief der Amerikaner ihr zu und deutete auf die Rucksäcke.

Mathilda hatte nie Englisch gelernt, sie verstand nicht, was er sagte. Doch an seinen Gesten ahnte sie, was er meinte. Also zeigte sie ihm die Richtung, wies ihn zur Waschküche, in der sich die deutschen Soldaten wuschen.

Zögernd trat der Amerikaner in die Deele, zielte mit seinem Gewehr und pirschte sich voran.

Mathilda blieb draußen. Weiter hinten auf dem Sandweg erklang ein Motorengeräusch, das rasch näher kam. Kurz darauf hielt ein amerikanischer Jeep neben dem Hofgelände. Mathilda wich zurück in den Schatten der Hofeiche. Eine Handvoll Soldaten sprangen aus dem Jeep, gerade rechtzeitig, bevor der junge Amerikaner die ersten Wehrmachtsoldaten nach draußen führte. Auf Englisch riefen sie sich etwas zu. Zu dritt stürmten die Amerikaner in die Deele und holten die restlichen Deutschen heraus. Die Gefangenen mussten sich nebeneinander an der Stallwand aufstellen. Zwei Amerikaner tasteten sie ab, während die anderen das Gepäck auf den Jeep luden. Zu guter Letzt mussten auch die Gefangenen auf die Ladefläche des Jeeps steigen und die Amerikaner fuhren mit ihnen davon.

Jetzt waren nur noch die Soldaten übrig, die Zivilkleidung von ihnen bekommen hatten – und Mathilda fand einen weiteren, der noch friedlich im Stroh schlief. Aber auch das Gepäck der Versteckten war auf den Jeep verladen worden. Damit war es nur eine Frage der Zeit, ehe die Amerikaner bemerken würden, dass sie zu wenig Männer mitgenommen hatten. Also scheuchte ihr Vater die restlichen Soldaten vom Hof.

Als sie eine Stunde später beim Frühstück saßen, stürmten vier Amerikaner ins Haus. Mit vorgehaltenen Gewehren polterten sie herein, stießen alle Türen auf, liefen die Treppe nach oben und trampelten durch das Obergeschoss. Allein daran konnten sie hören, dass sie sämtliche Schlaf- und Vorratsräume durchsuchten und schließlich auch zum Strohboden gingen. Als sie zurückkamen, hatten sie ihre Gewehre geschultert und grüßten. »Okay«, nickte einer von ihnen. Dann waren sie fort.

Nur das Ticken der Wanduhr blieb, während sie stocksteif um den Tisch herumsaßen. Keiner hatte mehr gewagt, etwas zu essen, und Mathilda bemerkte, dass ihr letzter Brotbissen noch halb gekaut in ihrem Mund klebte. Inzwischen war er so eingeweicht, dass sie ihn nur herunterschlucken musste.

»Was für ein Glück«, stieß ihr Vater hervor, »dass sie die Gewehre nicht gefunden haben.«

Lenis Augen weiteten sich. »Die Gewehre?«

Ihr Vater nickte. Sein Gesicht hatte die Farbe einer frisch gekälkten Wand angenommen. »Die Gewehre der Soldaten«, erklärte er tonlos. »Ich habe sie unter dem Häckselhaufen versteckt.«

Mathilda schauderte. Auch Leni und Katharina sahen erschrocken aus. Wenn die Amerikaner die Gewehre gefunden hätten …

* * *

Die Wochen danach blieben unruhig. Die gefangenen Russen und Polen waren befreit worden und campierten in den Wäldern. Immer wieder hörte Mathilda, dass sie Bauernhäuser überfielen. Aber sie schienen sich an die zu halten, die sie schlecht behandelt hatten.

Ihr Hof hingegen blieb verschont, und Mathilda ahnte, dass sie von den russischen Burschen beschützt wurden, die bei den Steinecks gearbeitet hatten. Manchmal kamen sie in der Dämmerung vorbei, und Mathilda gab ihnen heimlich ein paar Brotscheiben, eine Kanne Milch oder eine Wurst aus der Vorratskammer. Irgendwann brachten sie einen fremden Russen mit, der ein Musikinstrument bei sich hatte, eine Balalaika, die Mathilda sehr wertvoll erschien. Die Russen baten sie darum, das Instrument aufzubewahren, damit ihm nichts geschah.

Mathilda nahm es an sich und hütete es zusammen mit ihren anderen Schätzen, die sie wieder unter ihrem Bett verstaut hatte. Doch im Haus war es eng geworden, seit ihre älteste Schwester Agnes mit ihren fünf Kindern bei ihnen eingezogen war. Ihr Mann war noch nicht zurückgekehrt, und die Amerikaner hatten ihr Haus beschlagnahmt.

In dieser Weise fand der Krieg sein Ende. Inzwischen war es Mai, die Unruhe legte sich allmählich, und Mathilda und Leni gingen wieder ihrer Feldarbeit nach. Sie mussten Steckrüben und Runkeln verziehen und zwischen den Reihen Unkraut hacken.

Eine Zeitlang hatten die Geister Mathilda in Ruhe gelassen, doch mit dem Ende des Krieges kehrten sie zurück. Immerzu dachte sie an Karl und Joseph, bis sie sich so schwach fühlte, als müsste sie jederzeit zerbrechen. Eines Tages, direkt nach dem Aufstehen, sackte sie ohnmächtig zusammen.

Von da an konnte sie sich kaum noch aus ihrem Bett rühren. Sie bekam Fieber, das mit jedem Tag höher stieg. Unbändiger Schwindel umfing sie und ließ sie straucheln, wann immer sie aufstand. Ihre Augen ertrugen die Helligkeit nicht mehr, so dass Katharina das Fenster verhängen musste.

Mathilda bekam kaum mit, wie ihre Familie nach einem Arzt schickte. Aber der Arzt, der sie besuchte, war der Gleiche, der schon nicht gewusst hatte, wie er der kleinen Resi helfen sollte. Auch dieses Mal roch er nach scharfem Alkohol, während er erklärte, dass das Fieber nur vorübergehend war und von allein vergehen würde.

Stattdessen stieg das Fieber immer weiter an.

Fast jeden Abend kam ihr Vater an ihr Bett und bat sie darum, mit nach draußen zu kommen, um in der Abendsonne zu sitzen. Mathilda wollte es gerne, und manchmal versuchte sie es. Aber sobald sie draußen saß, wurde ihr so schlecht, dass sie sich beinahe übergeben musste. Nur mit Mühe und Not schaffte sie es, in ihr Bett zurückzukehren.

Es war ein solcher Abend, als sie ihren Vater auf dem Flur weinen hörte. »Es ist meine Schuld«, jammerte er. »Ich habe sie zu Tode gescheucht.«

Mathilda lag in ihrem dunklen Zimmer und lauschte auf seine Stimme. Noch nie hatte sie gehört, dass er um sie weinte. Noch nie hatte sie seine Liebe so deutlich gespürt. Ihr selbst kamen die Tränen. Aber sie konnte nichts tun, um endlich gesund zu werden.

Immer wieder rief ihre Familie den Arzt. Jedes Mal wurde er ungehaltener und beharrte darauf, dass ihre Krankheit nur ein vorübergehendes Fieber sei.

Irgendwann begannen ihre Haare auszufallen. In dicken Büscheln lösten sie sich und hafteten an ihrem Kissen. Mathilda bemerke es kaum. Ihre Fieberträume waren weitaus schlimmer. Unablässig drehten sie sich im Kreis, liefen immer wieder über dieselbe Stelle, bis sie schweißnass daraus erwachte. Fast immer saß jemand an ihren Bett, wenn sie aufschreckte. Meistens waren es Joseph und Karl, die abwechselnd auf sie aufpassten. Dann wieder saß ihre Mutter bei ihr und flüsterte ihr zu: »Wir warten auf dich. Komm zu uns, wir sind für dich da.«

Mit jedem Tag fühlte Mathilda sich durchscheinender. Nicht mehr lange und sie würde selbst ein Geist sein. »Bald bin ich bei euch«, flüsterte sie, als Karl an ihrem Bett saß.

Auf einmal geschah etwas, womit sie nicht gerechnet hatte. Zum ersten und einzigen Mal, seit sein Geist sie begleitete, redete er mit ihr. »Das darfst du nicht zulassen«, flüsterte er. »Sei stark! Bleib am Leben! Iss von dem Winterhonig. Er wird dich gesund machen.«

Mathilda nickte. Doch sie hatte keine Kraft, um das Honigglas unter ihrem Bett hervorzuholen. Erst, als Leni nach ihr sah, bat sie ihre Schwester, ihr einen Löffel zu bringen.

Mathilda war schon fast wieder eingeschlafen, als Leni mit dem Löffel zurückkehrte. Nur mit Müh und Not erinnerte sie sich, um was sie ihre Schwester bitten wollte. »Bitte schau unter meinem Bett«, flüsterte sie. »Dort findest du eine Kiste … und in der Kiste ein Honigglas. Gib mir einen kleinen Löffel davon.« Eigentlich hatte sie keinen Appetit. Auch der Gedanke, etwas Süßes zu essen, erfüllte sie mit Abscheu. Aber sie hatte es Karl versprochen.

Leni kniete sich vor das Bett, zog die Kiste hervor und fand das Honigglas darin. »Winterhonig«, las sie leise. »Was soll das sein? Bienen halten Winterschlaf.«

Mathilda lächelte matt. »Und sie überwintern mit Hilfe ihres Honigs«, flüsterte sie. »Deshalb heißt er so. Und deshalb, weil er nach Winter schmeckt.«

Leni schüttelte verständnislos den Kopf. Aber sie öffnete das Glas, kratzte mit dem Löffel hindurch und reichte ihn Mathilda.

Mathilda probierte den süßen Honig. Die erwartete Übelkeit blieb aus. Nur ein vertrautes Gefühl flutete ihren Körper, eine stille Wehmut, die unzählige Erinnerungen hervorbrachte. Sie musste an Karl und die Bienen denken, an die Pferde und an Veronika.

Mathilda zwang sich, den Löffel leer zu essen, sank schließlich erschöpft in ihre Kissen und bemerkte kaum, wie sie einschlief.

Als sie erwachte, saß jemand an ihrem Bett. Doch es waren nicht die Geister. Es war auch nicht Leni oder Katharina, nicht einmal ihr Vater.

Die junge Frau war ihre Schwester Betti, ihre weit entfernte Lieblingsschwester, die den Krieg in Hannover verbracht hatte. Selbst ihre beiden Kinder hatte sie in der Stadt bekommen, obwohl sie dort mit jedem einzelnen Tag ihr Leben riskierte. Wie durch ein Wunder hatte sie die Bombenangriffe überlebt.

»Du siehst schlimm aus«, erklärte Betti, ohne ein Blatt vor den Mund zu nehmen. »Papa, Katharina und Leni haben mir alles erzählt. Euer Arzt hat keine Ahnung. Aber so kann das nicht weitergehen. Du brauchst jemanden, der dir hilft.« Sie räusperte sich leise. »Ich werde dich mit nach Hannover nehmen. Dort in den Krankenhäusern haben einige gute Ärzte angefangen, die vorher in den Lazaretten gearbeitet haben.«

Mathilda musste an ihren Vater denken. Seiner Ansicht nach war Betti stets das schwarze Schaf der Familie gewesen. Durfte sie Mathilda jetzt einfach so mitnehmen? »Was sagt Papa dazu?«

Betti lächelte. »Er sagt, dass er schon alles versucht hat. Mein Vorschlag ist deine letzte Chance.«

Noch am gleichen Abend nahm Betti sie mit sich. Von einem ihrer

Nachbarn hatte sie sich ein Auto geliehen. Mathilda wurde mitsamt ihrer Decken und Kissen auf den Rücksitz des Wagens gebettet, und schließlich schaukelte das Automobil los.

Im Krankenhaus war es voll und betriebsam. Aber nach einer kurzen Untersuchung bekam Mathilda ein Einzelzimmer. Ein Quarantänezimmer, wie der Arzt es nannte, der ihre Diagnose innerhalb weniger Minuten stellte. Sie hatte Typhus, und nur ein neuartiges Medikament, das die Amerikaner mitgebracht hatten, konnte ihr helfen: Penicillin.

In den ersten Tagen ging es ihr trotzdem noch schlecht. Auch der Arzt verbreitete nur wenig Hoffnung. »Ich weiß noch nicht, ob ich Ihre Schwester wieder hochkriege«, erklärte er Betti am zweiten Tag. Mathilda wusste, dass die Worte nicht für sie bestimmt waren. Doch gleich darauf hörte sie Karls Stimme. »Sei stark«, flüsterte er. »Bleib am Leben! Tu es für mich!«

In diesem Moment beschloss sie zu kämpfen.

Tatsächlich ging es ihr nach und nach besser, bis sie aus dem Quarantänezimmer in ein Mehrbettzimmer verlegt wurde. Aber im gleichen Maß, in dem sie den Typhus besiegte, kehrte ihre Trübsal zurück. Abends im Halbdunkel gesellten sich die Geister zu ihr, und tagsüber sehnte sie sich danach, mit Karl und Joseph zu reden.

In dieser Zeit bekam sie häufig Besuch von Anna. Zum ersten Mal seit Annas Baby gestorben war, führten sie echte Gespräche miteinander. Ihre Freundin war noch immer untröstlich über ihren Verlust. Abscheu klang in ihren Worten, als sie erzählte, dass ihre Familie über ihren Kopf hinweg entschieden hatte, das Baby zu töten.

Mathilda begriff, dass sie Anna die ganze Zeit über hätte vertrauen können. Sie beide teilten dasselbe Schicksal in zwei verschiedenen Varianten.

Irgendwann kam der Tag, an dem der Arzt Mathilda entlassen wollte. Es kam so unerwartet, dass ihr keine Zeit blieb, ihre Familie zu informieren. Nur Anna war zufällig an jenem Morgen bei ihr. Sie war es auch, die Mathilda beim Packen half und sie an der Hand aus der Klinik führte.

Als sie draußen stehen blieben, fühlte Mathilda sich ratlos. Sie wusste nicht, wie sie weitermachen sollte. Den ganzen Krieg hindurch hatte sie nicht mehr über ihre Zukunft nachgedacht. Im letzten März war sie 22 geworden. Damit war sie deutlich zu alt, um noch eine Lehre zu beginnen. Doch genauso wenig wollte sie für den Rest ihres Lebens auf dem Bauernhof schuften, den am Ende Katharina erben würde.

»Lass uns fortgehen«, murmelte Anna, nachdem sie für eine Weile durch die Trümmer der Stadt gewandert waren. »Lass uns irgendwohin gehen, wo wir vergessen können, was geschehen ist, wo wir zu uns selbst und zu einem neuen Leben finden.«

Mathilda wusste nicht, an welchem Ort das sein sollte. Aber schließlich nickte sie und folgte Anna zum Bahnhof.

36. KAPITEL

Rheda, Westfalen, November 1947

Der große Saal war erfüllt von kaltem Zigarettenrauch und dem schalen Geruch von verschüttetem Fliegerbier. Das Parkett klebte an einigen Stellen, und die Tische waren noch nackt, da Mathilda in der Nacht nur die Gläser und die dreckige Tischwäsche abgeräumt hatte. Entschlossen durchquerte sie den Raum, stellte den Wassereimer und den Wischmopp ab und öffnete die großen Flügelfenster. Von draußen strömte kühle, verregnete Herbstluft herein. Doch selbst die Kälte war besser als der abgestandene Zigarettenrauch.

Mathilda tauchte den Mopp ins Wasser, wrang ihn so gut wie möglich aus und wischte das klebrige Parkett. Bis spät in die Nacht waren die Engländer hier gewesen, um zu tanzen und zu feiern. Wie immer hatten etliche deutsche Frauen sie begleitet, sei es, weil sie eine kleine Liebschaft pflegten oder weil die Briten für ein Tänzchen so manches Tauschobjekt bereithielten. Zigaretten, Nylonstrümpfe oder Schokolade waren noch immer eine begehrte Währung, von der man im Notfall auch ein paar vaterlose Kinder ernähren konnte.

Mathilda hielt sich von diesem Treiben fern und war zugleich mittendrin. Sie servierte die Getränke, wischte den Dreck auf, und manchmal wurde sie von einem übermütigen Engländer auf die Tanzfläche gezogen. Aber die Besatzungssoldaten kannten sie inzwischen und wussten, dass sie sich nie zu mehr als einem Tänzchen hinreißen ließ. Dafür respektierten sie Mathilda und bedachten sie mit kumpelhafter Freundschaft. Wenn doch einmal jemand zudringlich wurde, dann waren es zumeist unbekannte Gäste, und mit der gleichen Selbstverständlichkeit, mit der sich die Fremden an Mathilda heranmachten, fand sich einer ihrer Stammgäste, der sie empört verteidigte.

Lange Zeit hatte Mathilda geglaubt, dass es niemals mehr einen

Mann geben würde, der es schaffen konnte, Karls Platz einzunehmen. Aber inzwischen war sie nicht mehr sicher.

Seit einem dreiviertel Jahr gab es Clemens. Zu Beginn war er ein Gast unter vielen gewesen. Fast jeden Abend war er mit seinen Maurerkollegen in die Wirtschaft gekommen und hatte das dünne Fliegerbier getrunken. Mathilda konnte sich nicht mehr erinnern, was ihr zuerst an ihm aufgefallen war. Vielleicht war es sein hübsches Gesicht und das jungenhafte Lächeln gewesen, oder seine dunklen Haare, die an seinem Kopf klebten, wenn er den Hut absetzte, so lange, bis er mit den Händen hindurchstrich und sie durcheinanderbrachte. Sie waren nicht ganz so dunkel wie Karls Haare, und seine Augen waren blau. Auch sonst war er vollkommen anders. Aber vielleicht war es diese Geste, die Mathilda angelockt hatte.

In jedem Fall hatte Clemens sie ebenso bemerkt. Mathilda konnte sich allmählich wieder sehen lassen. Seit dem Typhus waren ihre Haare lang genug gewachsen, um sich eine kurze Dauerwelle zu machen, die sich in hübschen Locken um ihr Gesicht schmiegte. Manchmal trug sie einen dezenten Lippenstift dazu. Aber sie wollte nicht aufdringlich wirken, also ließ sie ihn in der Regel weg, vor allem dann, wenn der Saal an den Abenden mit tanzwütigen Männern gefüllt war.

Erst Clemens' Gegenwart brachte sie wieder auf die Idee, den Lippenstift zu benutzen. Inzwischen kam er regelmäßig, auch ohne seine Kollegen, und Mathilda wusste, dass er wegen ihr so oft da war. Dennoch war seine Art niemals aufdringlich.

Clemens war zwei Jahre jünger als sie und hatte etwas rührend Unschuldiges an sich. Vielleicht war es das, was sie am meisten an ihm mochte. Clemens war einfach nur da. Beiläufig hielt er sich in ihrer Nähe auf und sprang ihr zur Hilfe, wenn sie etwas Schweres tragen musste oder die Arbeit überhandnahm. Dann konnte es passieren, dass er sich ein Tablett griff und mit ihr die Gäste bediente.

Nach und nach verlor Mathilda ihre Scheu und unterhielt sich mit ihm. Auch Clemens hatte als Soldat im Krieg dienen müssen. Aber sein Einsatz war nur kurz gewesen. Er war gerade erst 17 Jahre alt geworden, als die Wehrmacht ihn nach Norwegen geschickt hatte, um Minen zu räumen. So lange, bis ein Minensplitter seinen Fuß verletzt hatte. Letztendlich hatte er Glück gehabt, dass die Explosion ihn nur einen Zeh gekostet hatte und dass der Krieg vorbei gewesen war, als seine Verletzung endlich ausgeheilt war.

An ihm schien der Krieg nicht die seelischen Spuren hinterlassen zu haben, die sie bei Karl bemerkt hatte. Clemens war unbeschwerter. Er hatte einen trockenen Humor, mit dem er sie zum Lachen brachte, und zugleich eine praktische, naturverbundene Art, mit der er für jedes Problem eine handfeste Lösung fand. Ebenso wie Mathilda stammte er von einem Bauernhof. Doch als einer von fünf Brüdern und zwei Schwestern blieb ihm kein Erbe. Stattdessen war er ein geschickter Handwerker.

Vielleicht lag es daran, dass er in Rheda aufgewachsen war, oder es hatte etwas mit seiner offenen Art zu tun. In jedem Fall schien er nicht nur die Bauern zu kennen, sondern auch die halbe Stadtbevölkerung. Wann immer jemand einen handwerklichen Dienst brauchte, war Clemens zur Stelle. Nach den Zerstörungen des Krieges gab es viel aufzubauen, und er war nicht nur Maurer, er konnte ebenso gut Fließen legen oder einen Holzschuppen zimmern. So bekam er immerzu neue Aufträge und musste sich niemals um sein Auskommen sorgen.

Im Winter, wenn alle diese Tätigkeiten nicht gefragt waren, arbeitete er als Hausschlachter. Seit der Herbst begonnen hatte, brachte er Mathilda so manche Wurst mit, die er selbst gekocht hatte und um die sie sicherheitshalber ein Geheimnis machte, damit sie nicht allzu sehr beneidet wurde.

Was sie jedoch am allermeisten rührte, war die Sache mit den Äpfeln. Zu jeder Jahreszeit hatte Clemens Äpfel bei sich. Die unterschiedlichsten Sorten lagerte er in seinem Keller. Je weiter der Winter voranschritt und dem Frühling entgegenging, desto kleiner und schrumpeliger waren die Äpfel. Doch die Süße des Sommers konzentrierte sich in ihnen, als wollten sie sich mit aller Macht gegen die Vergänglichkeit wehren.

Die gelben, fruchtigen Kläräpfel waren im Sommer die ersten neuen Äpfel gewesen, die er mitgebracht hatte. Seitdem zauberte er immer neue Sorten hervor und zeigte ihr, welche Vielfalt es gab. Wann immer Mathilda hinter der Theke die Getränke ausschenkte, saß Clemens vor ihr am Tresen und schälte Äpfel. Er entkernte sie und schnitt sie in Spalten, die er Mathilda über den Tresen reichte. An besonders hektischen Tagen war es mitunter das Einzige, was sie abends zu essen bekam. Wenn ihre Hände nass und schaumig vom Spülwasser waren, steckte Clemens die Apfelspalten in ihren Mund. Dann grinsten sie sich über den Tresen zu, und Mathilda spürte, wie ihnen die anderen Gäste zusahen. Zweifellos hielt man sie beide für ein Paar.

Doch bis heute war nichts Eindeutiges geschehen. Noch nie hatten sie sich umarmt oder geküsst. Jegliche Berührungen waren rein zufällig, und sie waren noch nicht einmal gemeinsam ausgegangen. Sie sahen sich nur hier, und ein lapidares »Bist du morgen auch da?« war ihre einzige Verabredung gewesen.

Dennoch wusste Mathilda, dass Clemens nur auf ein Zeichen von ihr wartete. Er schien zu ahnen, dass sie noch nicht bereit war, und war zu anständig, um sie zu drängen.

Einmal hatte er ihr davon erzählt, dass er ein Haus bauen wollte, um mit seiner zukünftigen Frau und seinen Kindern dort zu wohnen. Mathilda war sich sicher, dass sie die einzige Frau in seinem Leben war, und sie hatte sofort gewusst, dass es seine Art war, ihr eine heikle Frage zu stellen.

In diesem Moment hätte sie nur noch reagieren müssen. Sie hätte ihm nur näher kommen müssen, um einen Kuss zu bekommen, hätte ihn nur berühren müssen, um seine Umarmung zu fordern. Ein winziger Satz hätte ausgereicht, um die Zukunftspläne mit ihm zu teilen.

Aber Mathilda hatte nichts davon getan.

Sie hatte Clemens nie gesagt, dass ihr Herz einem anderen gehörte. Denn bis heute verging kein Tag, an dem sie nicht an Karl dachte. Clemens konnte kaum etwas tun, ohne dass sie ihn heimlich mit ihrer großen Liebe verglich.

Vielleicht ahnte er, dass er mit einem Toten konkurrierte. Womöglich war das der Grund, warum er so geduldig war. Aber an diesem Morgen, während Mathilda den großen Saal wischte und die Novemberluft um ihre Nase strich, wurde ihr klar, dass sie Clemens nicht mehr lange vertrösten durfte. Ein Mann wie er, der so anders war als Karl, war womöglich der Einzige, mit dem sie ein neues Leben beginnen konnte.

Mathilda richtete sich auf und stützte sich auf den Stiel des Wischmopps. Erst jetzt fiel ihr auf, dass Tränen aus ihren Augen liefen und ihre Wangen benetzten. Hastig nahm sie einen Zipfel der Schürze und trocknete ihr Gesicht. Als sie sich im Saal umsah, stellte sie fest, dass sie schon beinahe die ganze Fläche gewischt hatte.

Plötzlich musste sie an Leni denken und daran, was ihre Schwester zu ihr sagen würde: »Niemand kann so gut gleichzeitig träumen und arbeiten wie du, Tildeken.«

Bis heute hatte Mathilda keine Nachricht an ihre Familie geschickt. In ihrer ersten Trauer hatte sie sich nicht für die Reaktion ihrer Familie interessiert. Zusammen mit Anna war sie einfach davongefahren, hatte in einem süddeutschen Krankenhaus gearbeitet und auf diese Weise ihre schlimmste Trauer überstanden. Aber irgendwann hatte Anna beschlossen, nach Frankreich zu gehen, weil sie Hinweise darauf gefunden hatte, dass Jean-Luc überlebt hatte.

Nachdem ihre Freundin fortgegangen war, hatte Mathilda zum ersten Mal den Wunsch verspürt, nach Hause zurückzukehren. Aber noch auf dem Weg dorthin war sie hier in Rheda gestrandet. Von hier aus müsste sie nur einen Bus nehmen, um in ihr Heimatdorf zu fahren. Aber der Mut hatte sie schlagartig verlassen, und sie hatte nicht gewagt, nach so langer Zeit zurückzukehren. Stattdessen hatte sie diese Stelle in der Wirtschaft angenommen, um sich über Wasser zu halten.

Inzwischen waren zwei Jahre vergangen. Anfangs hatte sie geglaubt, dass es niemanden in ihrer Familie gab, der sie genug liebte, um sie zu betrauern. Doch mittlerweile ahnte sie, wie schrecklich ihr Verschwinden für ihren Vater und ihre Schwestern sein musste. Manchmal wusste sie selbst nicht so genau, warum sie noch länger zögerte, warum sie ihnen nicht längst einen Brief geschrieben hatte.

Aber je mehr Zeit verstrich, desto schwieriger wurde es. Vermutlich würde ihre Familie sie für verrückt halten. Mathilda konnte nicht erklären, warum sie gegangen war, und spätestens, wenn sie von den Geistern erzählte, würde sie jeder für unzurechnungsfähig halten.

Allein das wäre ein Grund, um sich mit Clemens zu verloben. Er war ein Mann, mit dem sie sich sehen lassen konnte. Zur Krönung war er auch noch katholisch, und ihr Vater würde begeistert von ihm sein. Mit ihm an ihrer Seite wäre es möglich, in Rheda zu leben und an den Wochenenden ihre Heimat zu besuchen.

Wieder blieb Mathilda stehen und schluckte die Tränen herunter. Sie musste sich entscheiden. Schon bald!

Ein letztes Mal tauchte sie den Wischmopp ins Wasser, wrang ihn aus und wischte den letzten Streifen bis zur Tür. Schließlich trug sie den Eimer nach draußen auf den Bürgersteig und schüttete das Wasser in den Gulli.

Als sie in die Schankstube zurückging, ließ sie die Tür offen, um auch hier vorne zu lüften. Wie immer um diese Zeit waren die Tische leer. Sie hatten zwar längst geöffnet, doch so früh am Morgen ging kaum jemand in eine Wirtschaft. Erst um Mittag würden die ersten Gäste erscheinen, nur wenige Gäste, die wohlhabend genug waren, um sich an einem Wochentag ein Mittagessen in der Wirtschaft zu leisten.

Bis dahin hatte Mathilda ausreichend Zeit, alles wieder herzurichten. Wenn die Wirtin kurz vor Mittag hier auftauchte, wurde von ihr erwartet, dass auch die Tische in den Sälen neu eingedeckt waren.

Mathilda stellte den Wischeimer beiseite und wandte sich den letzten Gläsern zu, die noch ungespült hinter dem Tresen standen. Um drei Uhr nachts, als die letzten Gäste gegangen waren und die Wirtin längst schlief, hatte sie sich herausgenommen, ein paar Gläser für heute Morgen übrig zu lassen.

Während sie frisches Wasser in das Spülbecken ließ, schaute sie die Theke entlang. Wenn sie in Eile war, stellte sie die Gläser häufig dort ab. Spätestens jetzt durfte sie keines davon vergessen.

Plötzlich blieb ihr Blick an einem Einmachglas hängen, das definitiv nicht dorthin gehörte. Es war mit einem roten Gummi abgedichtet und mit einem Etikett beklebt, dessen Anblick ihr bekannt vorkam.

Mathilda beugte sich vor und betrachtete das Etikett genauer: Gestreifte Bienen und blaue Schneeflocken zierten den Rand des Schildes, während in der Mitte ein einziges Wort prangte: *Winterhonig.*

Mathilda schauderte. Sie hob den Kopf und sah sich im Schankraum um. Doch sämtliche Tische waren leer.

Wer hatte das Glas hierhergestellt?

Sie dachte an Clemens. Konnte es sein, dass sie ihm von dem Winterhonig erzählt hatte? Mit Sicherheit hatte sie nie von Karl gesprochen, aber vielleicht hatte sie den Winterhonig in einem anderen Zusammenhang erwähnt.

Mathilda schaute zur Garderobe. Nur der Mantel des Kochs hing dort. Abgesehen von ihr war er der einzige Mensch, der um diese Zeit in der Wirtschaft war. War er es gewesen? Hatte der Koch den Winterhonig für sie zubereitet? Mathilda versuchte, sich zu erinnern, ob sie dem alten Fritz davon erzählt hatte. Vielleicht im Zusammenhang mit einem Rezept?

Sie öffnete die Tür zur Küche und sah zu Fritz, der soeben einen Kohlkopf zerteilte. »Auf dem Tresen steht ein Honigglas«, erklärte sie leise. »Weißt du, wer es da hingestellt hat?«

Fritz wischte sich den Schweiß von der Stirn. »Ein Honigglas?« Er klang ratlos. »Ich weiß nichts von einem Honigglas.«

Mathilda blieb unentschlossen in der Tür stehen. Konnte es sein, dass das Glas schon seit gestern auf dem Tresen stand? Im Trubel des Abends hatte sie es womöglich übersehen. Doch wer hatte es dorthin gestellt? Gab es noch andere Leute, die Winterhonig herstellten?

»Darf ich dich was fragen, Fritz?«

»Nur zu!« Er klang amüsiert.

Mathilda räusperte sich. »Weißt du, was Winterhonig ist?«

Die Miene des Kochs wirkte skeptisch. »Winterhonig? Nie gehört. Soweit ich weiß, halten Bienen Winterschlaf.«

Mathilda seufzte. Das Gleiche hatte Leni auch gesagt. Trotzdem musste sie sichergehen. »Dann kennst du also kein Rezept, in dem man Honig mit Zimt, Nelken und Kardamom verfeinert?«

Fritz ließ das Messer sinken und sah sie verwundert an. Gleich darauf brach er in schallendes Lachen aus. »Honig mit Zimt, Nelken und

Kardamom? Wer denkt sich denn so etwas aus? Honig hat einen eigenen Geschmack. Den verfälscht man doch nicht mit Gewürzen! Zimt, Nelken und Kardamom …« Er schnaubte durch die Nase. »Haben das die Amerikaner erfunden?«

Mathilda zuckte verlegen die Schultern. »Ach. Ist nicht so wichtig.« Mit schnellen Schritten verließ sie die Küche und trat wieder hinter den Tresen.

Das Glas mit dem Winterhonig war noch da. Unverändert stand es auf dem Tresen und leuchtete ihr in dunklem Honigbraun entgegen. Plötzlich kam ihr ein merkwürdiger Gedanke. Was, wenn es nicht echt war? Sie hatte schon lange keine Geister mehr gesehen, aber womöglich fing es wieder an?

Zögernd streckte sie die Hand nach dem Honig aus. Ihre Nackenhaare kribbelten, fast erwartete sie, durch das Glas hindurchzugreifen. Doch ihre Finger schlossen sich darum und hoben es hoch. Kühl und schwer lag es in ihrer Hand.

Ungewöhnlich kühl … Das Glas war kälter als die Luft im Raum, fast so, als wäre es eben erst von draußen hereingetragen worden.

Ein weiteres Mal sah Mathilda sich um, überblickte auch die entlegenen Winkel des Schankraumes.

Niemand war hier.

Im nächsten Moment hörte sie Musik. Zuerst waren es nur einzelne Klaviertöne, die sich gleich darauf zu einer Melodie zusammensetzten, zu einer ganz besonderen Melodie.

Mathilda fröstelte. Spätestens jetzt war sie sicher: Die Geister kehrten zu ihr zurück.

Ohne es zu wollen, löste sie sich von der Theke, durchquerte den Schankraum und betrat den Flur, der zum kleinen Saal führte. In jenem Hinterzimmer stand der Flügel. Manchmal spielten die Engländer darauf. Aber um diese Zeit benutzte ihn niemand.

Kurz, bevor sie den kleinen Saal erreichte, hielt sie inne. »Du bist verrückt, Mathilda«, flüsterte sie. »Nur sein Geist ist hier. Du bildest dir das ein.«

Die Tür zum Saal war angelehnt. Mathilda schob sie auf und erstarrte.

Hinter dem Flügel saß ein junger Mann. Er hielt die Augen geschlossen, seine Schultern wiegten sich im Takt des Liedes. Mathilda kannte den Anblick. Auch seine dunklen Haare passten dazu. Fast erwartete sie, dass sie zerwühlt sein müssten ... Aber sie waren glatt, genauso ordentlich wie der Anzug, den er trug.

Mathilda blinzelte, um das Trugbild zu vertreiben. Doch der Mann am Klavier blieb sitzen und spielte weiter.

Zögernd trat sie in den Raum und blieb mitten im Saal stehen. Der junge Mann bemerkte sie nicht. Seine Augen waren noch immer geschlossen, während die Melodie den Raum erfüllte. In großen Wellen spülte sie über Mathilda hinweg, hüllte sie ein und nahm sie gefangen. Erst nach einer Weile bemerkte sie die Unebenheit. Zuerst sah sie es in seinen Bewegungen, immer dann, wenn er die hohen Töne spielte. Sein rechter Arm zuckte, ein winziges Staccato lag in seinem Anschlag, als müsste er sich beeilen, um die richtigen Tasten zu treffen.

Mathilda ging weiter, um den Flügel herum, bis sie seine Finger sehen konnte, seinen kleinen Finger und den Ringfinger, von denen die oberen Glieder fehlten. Sie betrachtete sein Gesicht, seine geschlossenen Augen. Sehnsucht und Trauer spielten in seiner Miene, veränderten sich im Takt der Musik. Für eine Sekunde prägten sich winzige Falten in seine Stirn, dann wieder bewegten sich seine Lippen, als würde er lautlos singen.

Mathildas Herz raste, stolperte über den Takt der Musik und hämmerte im falschen Rhythmus dazwischen. Allzu oft hatte sie ihn gesehen, als durchscheinenden Geist, der sie begleitete, als Schemen, der verschwand, wenn sie ihn ansehen wollte. So deutlich wie jetzt hatte sie sein Gesicht jedoch nie erkennen können. Beinahe hatte sie vergessen, wie hübsch er war.

Mathilda trat einen Schritt zurück. Das Parkett unter ihren Füßen knarrte.

Karl schreckte auf, drehte sich zu ihr, die Musik verstummte.

»Bist du das wirklich?«, flüsterte Mathilda.

Dunkle Splitter funkelten in seinen Augen. Langsam stand er auf und kam auf sie zu. »Ja. Ich bin es. Und du bist es auch.« Ein trauriges Lächeln legte sich um seine Mundwinkel.

Mathilda konnte es nicht fassen. »Sie haben dich abgeholt. Ich dachte, sie hätten dich umgebracht, zum Tode verurteilt.«

Karl schüttelte langsam den Kopf. »Das wollten sie. Sie haben mich zum Tod verurteilt. Aber sie haben das Urteil nicht vollstreckt. Stattdessen haben sie mich auf einen Transport geschickt.«

Mathilda betrachtete seine Wangen, die Sommersprossen darauf, die im Novemberlicht schon längst verblasst waren. Früher war seine Bräune gleichmäßiger gewesen, jetzt sah es aus, als wäre er ein weiteres Mal älter geworden.

Er war erst 28 Jahre alt, doch sechs Jahre Krieg hatten ihm die Jugend gestohlen.

Mathilda wollte mehr wissen, wollte wenigstens seine Stimme hören. »Sie haben dich auf einen Transport geschickt? Wohin?«

Karls Augen schimmerten. »Auf einen Transport nach Auschwitz. In einem Viehwaggon voller Menschen. Aber ich bin mir nicht sicher«, er stockte, »ob ich das wirklich erzählen soll.«

Mathilda wollte die Hand nach ihm ausstrecken, wollte seinen Arm berühren, sein Gesicht, seine Haare. Doch sie wagte es nicht. »Bitte«, flüsterte sie. »Du sollst es erzählen. Alles, was passiert ist.«

Karl sah sie an. Sein Kehlkopf zuckte. »Das ist ... keine schöne Geschichte.«

Mathilda blinzelte. »Ich verkrafte auch die schlimmen Geschichten. Erinnerst du dich?«

Er lächelte gequält. Fast konnte sie sehen, wie seine Gedanken zurückkehrten, in eine Nacht vor drei Jahren, zu den anderen schrecklichen Geschichten, die er ihr schon erzählt hatte. »Also gut.« Er schloss die Augen, legte den Kopf in den Nacken und atmete mit einem schweren Geräusch ein. »Als wir mit dem Zug ankamen, war der Tod überall. Er lag in dem Geschrei der Menschen, in dem Gestank der Leichen, in den dunklen Wolken, aus denen Ascheflocken auf uns herunterfielen. Aber sie haben mich aussortiert. Frauen, Kinder und Alte mussten sich in die eine Schlange stellen, arbeitsfähige Männer in die andere.« Wieder zitterte sein Atem, seine Lippen pressten sich aufeinander. Nur mit Mühe konnte er weitersprechen:»Danach kam der nächste Transport. Und die nächste Schlange. Und die nächste Aussonderung ... Ich nehme an, meine Uniform hat mich gerettet. Ein Wehrmachtsoldat, der bis zum Schluss treu gedient hat. Ich war zu wertvoll, um ohne Nahrung beim Straßenbau zu verhungern. Also haben sie mich zurück an die Front geschickt. In ein Bewährungsbataillon.« Erst jetzt sah er sie wieder an. Sein linker Nasenflügel bebte, formte einen bitteren Zug auf seinem Gesicht.»Eine Bewährung war sicher nie vorgesehen, nur mein letzter Einsatz als Kanonenfutter. Aber sie haben einen Fehler gemacht. Sie haben nicht nach meiner Ausbildung gefragt, nach meiner Spezialisierung. Sie wussten nicht, dass ich Spähtruppführer war, und dass ich den Krieg nur deshalb so lange überlebt habe, weil ich lautlos und unsichtbar sein kann.« Der bittere Zug verwandelte sich, wurde zu einem schiefen Lächeln.»Wer sich auf zehn Meter an seinen Gegner heranpirschen kann, der kann sich auch von der eigenen Truppe davonschleichen. Mitten im Kampf bin ich desertiert und im Wald untergetaucht. Dort hab ich mich in einer Baumkrone versteckt und gewartet, bis der Frontlärm vorbeigezogen war.«

Mathilda schwankte, als befände sie sich selbst auf einem Baum. Sie musste sich auf dem Flügel abstützen.

Karl schien sie kaum zu bemerken.»Erst danach bin ich der Front nach Ostpreußen gefolgt. Mal in der Uniform eines russischen Soldaten und dann wieder als Deutscher, je nachdem, welche Seite sich in meiner Nähe aufhielt. Das Chaos in Ostpreußen war so groß, dass ich mich als Zivilist unter die Flüchtlinge mischen konnte.« Ein verzweifeltes Lachen stieß sich durch seine Nase.»Fast kam es mir vor, als würde ich meine Heimat ein zweites Mal verlieren. Die Seen und Wälder, das goldene Licht im Sonnenuntergang, meine Familie ... So viele sind auf dem Weg über das Haff gestorben. Im Wintermeer ertrunken oder im Schnee erfroren, unter dem Beschuss der Flieger ermordet oder von ihren Bomben in die Luft gesprengt.« Karls Atem ging hastig. Endlich sah er sie wieder an.»Es kommt mir wie ein Wunder vor, dass ich auch das überlebt habe. Von da an wollte ich nur noch zu dir, zurück auf das Gut, ein neues Leben beginnen. Aber die Besatzungssoldaten haben mich abgefangen und festgenommen.«

Er löste seinen Manschettenknopf, schob den Hemdsärmel zurück und streckte den Arm in Mathildas Richtung. »Das hier hat mich gerettet.« Auf seinem Unterarm stand eine lange Nummer, Buchstaben und Zahlen, die in seine Haut tätowiert waren. »Auschwitz«, erklärte er. »Wenn du dort ankommst, nehmen sie dir deinen Namen und ersetzen ihn durch eine Nummer, beginnend mit einem Kürzel für deine Rasse. Z – für Zigeuner.« Sein Gesicht verzog sich zu einer Grimasse. »Nur deshalb haben mich die Alliierten wieder freigelassen und in ein Lager für Displaced Persons gebracht. Dort bin ich vor Schwäche zusammengebrochen und durfte erst wieder gehen, als sie mich aufgepäppelt hatten.« Karls Blick veränderte sich. Dunkler Zorn erschien darin. »Aber als ich in Fichtenhausen ankam, war niemand mehr dort. Du nicht und Veronika auch nicht. Nur Emil und Liesel als neue Gutsbesitzer.«

Karls Worte schwebten im Raum. Er löste sich aus der Starre, ging ein paar Schritte über das Parkett und kehrte zurück. Als er weitersprach, sprang der Zorn aus seiner Stimme. »Kannst du dir vorstellen, was das für ein Gefühl ist?«

Mathilda zuckte zusammen.

Karl starrte sie an, sein Finger zeigte in ihre Richtung. »Wenn man nach alldem nach Hause kommt, wenn man sechs Jahre im Krieg war und 13 Jahre Verfolgung überlebt hat, wenn man längst selbst zum Mörder geworden ist und zugleich das schlimmste Grauen gesehen hat, zu dem Menschen fähig sind.« Seine Augenbrauen zogen sich zusammen. »Bis dahin dachte ich, dass es schlimmer nicht kommen kann, dass ich längst zerstört bin und mich vielleicht nie mehr davon erholen werde. Aber in diesem Moment ...« Seine Hände ballten sich zu Fäusten, lösten sich und ballten sich erneut. »Kannst du dir vorstellen wie das war, als Leni mir gesagt hat, dass du verschwunden bist? Direkt nach der Typhusbehandlung aus dem Krankenhaus weggelaufen ...«

Mathilda schluckte. Ohne es zu wollen, wich sie vor ihm zurück.

Karl erschrak. Der Zorn verschwand aus seinen Augen und ließ etwas Weiches hervorkommen. »Nur für dich habe ich so lange durchgehalten«, fuhr er leise fort. »Nur weil du auf mich gewartet hast, konnte ich das Grauen überleben. Aber ohne dich ...« Seine Stimme brach.

Mathilda trat wieder näher. Sie berührte seinen Arm, streichelte ihn dort, wo die Nummer in seine Haut tätowiert war.

Karl zuckte zurück, das Parkett knarrte unter seinen Füßen. »Zwei Tage später bin ich losgefahren. Überall habe ich nach dir gesucht. In jeder Stadt und in jedem Dorf in Westfalen. Selbst hier bin ich gewesen.« Er zeigte mit dem Arm in die Runde. »Selbst in dieser Wirtschaft habe ich nach einem Mädchen gefragt, das vom Typhus alle Haare verloren hat. Aber da warst du noch in Karlsruhe.« Er lachte verzweifelt. »In Karlsruhe! Wer hätte ahnen sollen, dass ihr so weit fahrt? Ich konnte noch verstehen, dass du fort wolltest, dass du nicht in Fichtenhausen bleiben wolltest, wenn ich tot bin. Aber nie hätte ich damit gerechnet, dass du gehst, ohne deiner Familie eine Nachricht zu schicken.«

Mathilda senkte den Kopf. Plötzlich schämte sie sich. Die ganze Zeit hatte sie nur an sich und ihren Kummer gedacht. Erstmalig wurde ihr klar, wie feige sie gewesen war.

Karl drehte sich zu ihr. »Ein Mädchen, das gerade erst dem Typhus entkommen ist, mitten in den Nachkriegswirren.« Er sprach zärtlich. »Ein halbes Jahr lang hab ich dich gesucht. Danach war ich mir sicher, dass du tot bist.«

Mathilda sah zu ihm auf.

Sein Gesicht war nah, schwarze Glut leuchtete in seinen Augen. »Als ich zurück nach Fichtenhausen kam, war Veronika wieder da. Emil hat ihr das Gut zurückgegeben. Trotzdem musste er ins Entnazifizierungslager, während Liesel zurück auf ihren Hof gezogen ist.« Die Muskeln an Karls Wangen zuckten. Wieder lag ein Schimmern in seinen Augen. »Ohne dich, Mathilda. Kannst du dir vorstellen, wie das war? Ohne dich ist der Boden unter meinen Füßen weggebrochen. Ich bin gefallen, bis ins Endlose. Ich bin verrückt geworden und wusste nicht, wohin damit. Manchmal habe ich Veronika angeschrien oder Dinge durch die Gegend geworfen. Und dann kamen die Tage, ganze Wochen und Monate, in denen ich sterben wollte. Ich wollte nicht mehr leben, wenn es dich nicht mehr gibt. Aber ich konnte mich nicht umbringen, solange ich keinen Beweis für deinen Tod hatte.« Sein Blick brannte sich in Mathildas Herz.

Sie konnte ihn nicht länger so sehen, konnte seinen Schmerz nicht länger ertragen. »Es tut mir leid«, flüsterte sie. »Ich hätte einen Brief schreiben sollen, wenigstens eine Nachricht, dass ich noch lebe. Aber ich war zu feige.«

Karl nickte, seine Augen flackerten. Er sagte nichts zu ihrer Entschuldigung, nahm sie nicht an und lehnte sie nicht ab. Er setzte nur seine Geschichte fort. »Veronika hat immer versucht, mir Mut zu machen. Sie hat behauptet, dass du noch lebst und dass es nur deine Art ist, um mich zu trauern. Dank ihr habe ich wieder gelernt zu atmen, ohne sterben zu wollen.«

Mathilda berührte seine Wange, strich mit dem Daumen über seine Sommersprossen.

Dieses Mal wich er nicht zurück. Nur sein Kehlkopf bewegte sich. »Und dann kam Annas Brief«, flüsterte er. »Letzte Woche, aus Frankreich. Sie hat Liesel geschrieben und dich in dem Brief erwähnt. Dass du mit ihr in Karlsruhe warst und jetzt hier arbeitest.«

Mathilda senkte den Kopf. Wieder fühlte sie sich schuldig. »Dieser Brief hätte von mir sein sollen.«

Karl hob ihr Kinn und sah ihr in die Augen. »Ich habe dich wiedergefunden«, flüsterte er. »Nur das ist jetzt noch wichtig.«

Mathilda musste an Clemens denken, an ihre Entscheidung, die sie vorhin schon beinahe getroffen hatte. Sie hatte sich mit Clemens verloben wollen, um dann mit ihm zusammen ihre Familie zu besuchen.

Wenn Karl nicht heute hier aufgetaucht wäre, wenn Anna nicht diesen Brief geschrieben hätte, dann hätte sie Karl erst wiedergefunden, nachdem sie sich mit einem anderen verlobt hatte.

Schwindel fegte durch ihren Kopf und ließ sie straucheln. Karl fing sie ab, zog sie in die Arme und hielt sie fest, so eng umschlungen, dass es weh tat.

Oder war es nur ihr Herz, das schmerzte? Mathilda vergrub den Kopf in seiner Halsbeuge, ihre Arme klammerten sich um seinen Rücken.

Karls Atem strich durch ihre Haare. »Bitte komm mit mir! Bleib bei mir. Werde meine Frau.«

Mathildas Atem stolperte, ihre Brust zog sich zusammen. Sie wollte antworten, aber ihre Kehle war wie zugeschnürt. Plötzlich konnte sie nicht mehr atmen. Ein riesiges Tier quetschte sich in ihre Lunge. Mit einem gewaltigen Schluchzen brach es aus ihr heraus.

»Die Nazis sind fort.« Karl flüsterte weiter. »Wir müssen uns nicht länger verstecken. Wir können uns im Arm halten und küssen, können heiraten und Kinder kriegen. Ich darf ein Gestüt erben und Gutsherr werden. Und unser Name wird ›von Meyenthal‹ sein. Bitte sag ja, Mathilda. Wenn du jetzt ja sagst, bekommst du alles von mir!«

Mathilda wollte ja sagen, aber sie konnte nicht. Ihr Körper zitterte unter dem Weinen. Stattdessen nickte sie nur, nickte so heftig an seiner Wange, dass sie ihm fast eine Kopfnuss gab. »Ja«, machten ihre Lippen, wiederholten es immer wieder, bis es endlich laut herauskam. »Ja. Ich sage ja!«

EPILOG

Fichtenhausen, Sommer 1949

Knapp zwei Jahre waren vergangen, zwei Jahre auf einer langen Reise an der Seite eines Mannes, der die Splitter seiner Vergangenheit zusammensuchte. Durch halb Deutschland und weit über die Grenzen hinaus hatte sie Karl begleitet, auf einer Odyssee, die er hinter sich bringen musste, ehe er ein normales Leben führen konnte.

Doch jetzt lag all das hinter ihnen. Während sie durch das Paderborner Land Richtung Fichtenhausen fuhren, waren die Weizenfelder goldgelb, der Sommerwind wehte durch das offene Fenster herein und das wohlige Gefühl von Heimat legte sich um Mathildas Herz.

Sie war vielleicht der erste Mensch gewesen, nach dem Karl gesucht hatte, aber nicht der letzte. Erst im Laufe ihrer Reise war Mathilda bewusst geworden, wie viel er tatsächlich verloren hatte und wie sehr er darunter litt.

Nachdem Karl sie gefunden hatte, waren sie kurz in Fichtenhausen gewesen, für einen rührseligen Besuch bei ihrer Familie, für ein Wiedersehen mit Veronika und für den denkwürdigen Abend, an dem Karl zu ihrem Vater gegangen war und um ihre Hand angehalten hatte.

Bis dahin war Mathilda sich nicht sicher gewesen, was ihr Vater dazu sagen würde. Aber er strahlte vor Glück und hatte Tränen in den Augen. Seit jenem Abend waren sie offiziell verlobt, aber ihre Hochzeit hatte noch nicht stattgefunden.

Nur wenige Tage nach der Verlobung hatte Karl ihr gestanden, dass er nicht in Ruhe leben konnte und dass er nicht heiraten wollte, solange er nicht wusste, was aus seinem Vater und seinem Bruder geworden war. Er wollte seine Familie suchen und hatte sie gebeten, ihn zu begleiten.

In dieser Stimmung waren sie mit dem Automobil aufgebrochen, das

Veronika ihnen geliehen hatte. Ihre Reise hatte durch halb Deutschland geführt, von Behörde zu Behörde auf der Suche nach Eintragungen über Karls Familie. Dass Ostpreußen nicht mehr zu Deutschland gehörte und die Bevölkerung von dort geflohen war, machte es nicht leichter. Mathilda hatte unzählige Lager gesehen, in denen Displaced Persons lebten, hatte die Spuren von Grausamkeit und Hunger in ihren Gesichtern wahrgenommen und erst dadurch einen Eindruck davon bekommen, wie grauenhaft dieser Krieg tatsächlich gewesen war. Zwischen all jenen Menschen war Karls Familie jedoch wie vom Erdboden verschluckt.

Unzählige Nächte hatte Mathilda mit Karl in Hotelzimmern verbracht, hatte ihn im Arm gehalten, wenn er schreiend erwachte und seinen Worten gelauscht, wenn der Schrecken des Krieges aus ihm hervorbrach. Grausige Bilder waren vor ihren Augen entstanden, wann immer er erzählte, doch mit jedem einzelnen konnte sie spüren, wie es sie weiter zusammenschweißte und ihre Liebe stärkte.

Wenn sie Karl zuhörte, dann war es, als würde sie den Stachel und das Gift eines Bienenstiches aus seinem Herzen saugen, während ihr eigenes Herz im Angesicht seiner Erlebnisse immer mutiger und entschlossener wurde.

Es waren diese Nächte voller Worte und Verzweiflung, in denen sie sich ein ums andere Mal liebten, unzählige Male, wenn auch meistens mit dem nötigen Schutz, um noch kein Kind in die Trümmer ihres Lebens zu setzen. Nur manchmal, in ganz besonderen Nächten, hatten sie das Schicksal herausgefordert.

Ein halbes Jahr, nachdem sie aufgebrochen waren, hatten sie die erste Spur von Karls Familie gefunden. Ein früherer Freund seines Vaters war nach Schleswig-Holstein geflohen. Als sie ihn dort trafen, erzählte er ihnen, dass Karls Vater zusammen mit seinem Sohn nach Schweden ausgereist war, oder es zumindest vorgehabt hatte.

So führte der Weg sie weiter in den Norden, in eines der wenigen Länder, die vom Krieg unberührt geblieben waren. Nach zahlreichen Versuchen bekamen sie von den schwedischen Behörden eine Adresse, und fanden Karls Vater in einem kleinen Bauernhaus in Småland.

Nur einen Tag später tauchte auch Anton dort auf, der mit seiner schwedischen Frau im Nachbardorf lebte.

Es waren Tage voller Gespräche und Erinnerungen, voller Wehmut und kurzen Ausbrüchen. Karls Vater hatte direkt nach dem Krieg einige Briefe an Veronika geschickt, um sich nach Karl zu erkundigen. Doch Veronika war noch nicht wieder zurückgekehrt, und sämtliche Briefe waren mit dem Vermerk »Empfänger unbekannt verzogen« wieder zurückgekommen.

Karls Vater hatte daraus den Schluss gezogen, dass Karl und Veronika doch noch in das Verfolgungsnetz der Nazis geraten waren. Von Schweden aus hatten Anton und er versucht, nach ihnen zu forschen. Aber für eine längere Reise nach Deutschland fehlten ihnen die Mittel.

Vor der Flucht hatte Karls Vater sämtliches Geld in bar von seinem Konto abgehoben, gerade noch rechtzeitig, bevor die Nazis alles beschlagnahmten. Die größten Werte des Familienbesitzes hatten jedoch im Grund und Boden des Rittergutes gelegen. Das Bankvermögen hatte nur knapp ausgereicht, um ein verlassenes schwedisches Bauernhaus zu kaufen.

Besonders fasziniert war Mathilda von Anton, der so aussah wie eine blonde Version von Karl. Auch seine Augen hatten die gleiche Karamellfarbe, und seine Haut färbte sich in dem gleichen, dunklen Teint wie Karls. Anton war ein herzlicher Mensch, der häufig lachte und trotz der Härte seines Schicksals ein natürliches Strahlen in seinem Gesicht trug. Auch seine schwedische Frau, die in etwa so alt war wie Mathilda, schien ihn anzuhimmeln.

Nur manchmal blitzte etwas Trauriges in seinen Augen auf, und schließlich erfuhren sie, dass die Nazis auch ihn nicht verschont hatten.

Kurz vor dem Attentat auf Karls Mutter und seine Oma war Anton während der Schulzeit abgeholt und ins Krankenhaus gebracht worden. Ohne ihm zu sagen, worum es ging, hatte man ihn operiert. Nur durch die Art seiner Schmerzen und die Nachforschungen seines Vaters hatten sie herausgefunden, dass die Ärzte ihn sterilisiert hatten, um sein »zigeunerisches Erbgut« auszuschalten.

Von diesem Tag an hatte Karls Familie die Flucht geplant, und war dennoch nicht schnell genug gewesen, nicht so schnell wie ihre Gegner, die Karls Mutter und seine Oma ermordet hatten.

Anton selbst redete nicht darüber. Karl erfuhr es nur von seinem Vater – und erzählte es Mathilda in einer der Nächte, in denen er aus dem Schlaf aufschreckte.

Von diesem Tag an war Mathilda hin- und hergerissen zwischen Mitleid und Bewunderung für Anton und seine Frau. Die beiden würden niemals Kinder bekommen. Dennoch hatte Kristina sich für ihn entschieden, und die beiden schienen unzertrennlich zu sein.

Nur kurz hatte Mathilda sich gefragt, wie sie sich selbst entschieden hätte. Aber im Grunde wusste sie die Antwort sofort. Sie würde Karl genauso lieben und sich genauso für ihn entscheiden, wenn es bedeuten würde, dass sie ein Leben ohne Kinder führen mussten.

Ein leichtes Holpern des Wagens rief Mathilda in die Gegenwart zurück. Sie stützte den Ellenbogen auf den Rahmen des Autofensters, lehnte ihren Kopf gegen die Scheibe und schaute nach draußen. Weite Felder und Wiesen zogen an ihnen vorbei, während sie langsam über die Sandwege fuhren.

Inzwischen war sie sich sicher, dass es auf der Fähre geschehen war, auf der Rückfahrt von Schweden nach Deutschland, dass sie in jener Schiffskabine und umgeben von mehreren Quadratkilometern Wasser, das Kind gezeugt hatten, das seit fünf Monaten unter ihrem Herzen wuchs.

Mathilda lächelte. Ihre Hand schob sich auf die leichte Rundung ihres Bauches und versuchte, die Bewegungen des Kindes darunter zu spüren. Sie hatte gehört, dass man ein Baby ab dem 5. Monat fühlen konnte, doch bis jetzt hatte sie noch nichts bemerkt.

»Ist alles gut mit dir?« Karl löste seine Aufmerksamkeit von dem schmalen Weg und schaute in ihre Richtung. »Du bist so schweigsam.«

Mathilda schenkte ihm ein Lächeln. »Keine Sorge. Ich träume nur ein bisschen.«

Karls Augen glitzerten, ehe er wieder nach vorne sehen musste.

Es war diese Sekunde, in der es Mathilda vorkam, als würde sie die Splitter in seinen Augen sehen. In den vergangenen Monaten hatten sie sich wieder zu größeren Teilen zusammengefügt, und vermutlich würden sie weiterhin heilen. Aber die Narben des Krieges würden auch an dieser Stelle niemals ganz verschwinden.

Mathilda legte eine Hand auf seinen Arm, fühlte die Wärme seiner Haut, ehe er die Hand von der Gangschaltung löste und sie wieder ans Lenkrad führte. Mathildas Blick blieb an seinem Unterarm hängen, auf der eintätowierten Nummer.

Bis jetzt hatte sie noch nicht herausgefunden, ob es Stolz oder Trotz war, mit dem er diese Nummer trug. Allzu oft hatte sie gesehen, wie er seine Ärmel hochkrempelte, bevor er mit anderen Menschen redete. Dann trug er seine Hemden ganz selbstverständlich so, dass alle die Nummer sehen konnten. Manchmal fragte Mathilda sich, ob er seine Gesprächspartner damit bloßstellen oder schockieren wollte. Doch in vielen Fällen hatte es geholfen. Wenn sie auf den Behörden versucht hatten, etwas herauszufinden, hatte er die Nummer manchmal wie ein Druckmittel zur Schau gestellt.

Kaum jemand wagte es, einen ehemaligen Auschwitzhäftling abzuwimmeln, wenn er nach Informationen über seine Familie fragte.

Aber vor allem schien es Karl um eines zu gehen. Er wollte sich nicht länger verstecken. Jeder durfte sehen, dass er ein »Zigeuner« war, und so mancher ehemalige Nazi war irritiert davon, dass ein »Zigeunermischling« ein großes Gut führte und ein »von« in seinem Namen trug.

Wieder ging ein leichter Ruck durch das Auto und riss Mathilda aus ihren Gedanken. Sie sah nach hinten und bemerkte, dass die beiden Pferde auf dem Anhänger unruhig auf der Stelle traten. Es waren zwei junge Stuten, zwei neue Mitglieder ihrer zukünftigen Pferdeherde.

Seit Veronika aus dem Exil zurückgekehrt war, kaufte sie Trakehner und Ostpreußenstuten mit möglichst hohem Trakehneranteil. Mit ihnen wollte sie eine neue Zucht beginnen, um eine der edelsten Pferderassen vor dem Aussterben zu bewahren.

Ostpreußen waren die beliebtesten Pferde im Krieg gewesen. Fast alle waren für den Fronteinsatz eingezogen worden, und von den wenigen, die in ihren Heimatställen geblieben waren, waren die meisten bei der Flucht verlorengegangen. Entsprechend suchte Veronika die Trakehner und Ostpreußen überall dort zusammen, wo ehemalige Kriegspferde gehalten wurden.

In Wirklichkeit hatte Karl jedoch nur nach einem Pferd gesucht, nach der braunen Ostpreußenstute, die noch immer einen beträchtlichen Teil von seinem Herzen gefangen hielt.

Aber alles, was er von ihr gefunden hatte, war eine traurige Gewissheit. Sie hatten einen ehemaligen Kameraden aus Karls Reiterbrigade ausfindig gemacht, der ihm sagen konnte, was mit Selma geschehen war: Nur wenige Monate vor Kriegsende war sie im Maschinengewehrfeuer gestorben, zusammen mit ihrem letzten Reiter.

Seit sie von Selmas Schicksal erfahren hatten, waren erst wenige Tage vergangen. Karl hatte umgehend beschlossen, die letzten, gekauften Pferde zu verladen und nach Hause zu fahren. Über Selma hingegen, hatte er kein Wort mehr verloren. Mathilda konnte nur ahnen, wie sehr ihn der Verlust betrübte.

Auch jetzt sah er traurig aus, beinahe verloren, während er das Auto auf immer schmalere Sandwege lenkte. Vor ihnen erschienen die ersten Felder, die zu Fichtenhausen gehörten. Sie näherten sich jedoch von der anderen Seite des Dorfes. Von ihrem Hof und dem Gestüt war noch nichts zu sehen. Stattdessen tauchte vor ihnen das grüne Band der Lippe auf, die dichte Baumreihe aus Erlen und Weiden, die das Ufer des Flusses säumte.

Kurz bevor sie die Brücke erreichten, bremste Karl unvermittelt. Er brachte das Automobil zum Stehen, stellte den Motor ab und stieg aus. Mathilda sah ihm verwundert nach, öffnete ihre Tür und folgte ihm. Karl stand mit dem Rücken zu ihr und schaute über die weite Landschaft. Die Pferde im Anhänger wieherten unruhig, aber er kümmerte sich nicht darum.

Mathilda trat neben ihn. Vorsichtig schob sie ihre Finger zwischen seine, streichelte mit dem Daumen über seinen Handrücken und wartete auf seine Reaktion, ob er zurückweichen würde oder ob er bei ihr blieb, ob er allein sein wollte oder ihren Trost brauchte. Etwas stimmte nicht mit ihm, aber sie wusste, dass sie ihn nicht drängen durfte.

Karls Hand schloss sich um ihre, drückte sie leicht und hielt sie fest. Mathilda rückte näher, nur so weit, bis sich ihre Schultern berührten.
»Ist es wegen Selma?«
Karls Gesicht blieb unbewegt, schaute weiterhin in die Ferne. Einzig seine Hand zuckte leicht. »Ja«, flüsterte er, »auch. Es ist wegen allem.«
Mathilda neigte den Kopf zur Seite, beobachtete seine Miene und wartete.
»Kannst du dir vorstellen, wie schwer das ist?« Karl sprach leise. »Abgesehen von kurzen Besuchen, war ich jetzt elf Jahre fort von hier. Ein Jahr in der Kaserne, sechs Jahre im Krieg und dann vier Jahre auf der Suche. Immer nur auf der Suche, auf der Suche und wieder auf der Suche.« Sein Gesicht zuckte, flüchtig schaute er zu Mathilda und blickte wieder in die Ferne. »Ich will mich nicht beschweren«, fuhr er fort. »Abgesehen von Selma und meiner Heimat und den Menschen, die längst tot sind, habe ich alles wiedergefunden, was mir auf dieser Welt noch etwas bedeutet. Und trotzdem …« Er atmete ein, ein mühseliges Geräusch, das so klang, als müsse er Mauern einreißen, um weiterzuatmen. »Weißt du, wie schwer das ist? Wenn man nach so langer Zeit nach Hause kommt? Wenn man nur noch Schrecken, Angst und Grausamkeit kennt und dann plötzlich ein normales Leben führen soll?« Er riss seine Hand von ihr los, drehte sich zu ihr um und sah sie an. »Ich weiß nicht mehr, wie das geht. Ich weiß nicht mehr, wie man seinen Alltag in Ruhe und Frieden verbringt.«

Mathildas Hals schnürte sich zusammen. Für das, was Karl mitgemacht hatte, gab es keine Worte. Nur ihr Mitgefühl, das ihn zum hunderttausendsten Mal in den Arm nehmen wollte.

Stattdessen standen sie voreinander und wagten es kaum, sich anzusehen. Wenn er so war wie jetzt, durfte sie ihn nicht in den Arm nehmen. Dann musste sie warten, bis er bereit dazu war.

»Ich bin so schrecklich empfindlich geworden.« Seine Hände zitterten, suchten fahrig nach Halt und verschwanden in seinen Hosentaschen. »Ich zucke zusammen, wenn etwas knallt, und wenn ich durch den Wald gehe, halte ich nach Baumschützen Ausschau.« Er hob den Kopf, blickte Mathilda zum ersten Mal in die Augen. »Selbst wenn ich mir nach außen hin Mühe gebe, der Krieg wird für immer in mir drin sein. Verstehst du das?«

Mathilda nickte. Sie hatte es schon lange verstanden, schon vom ersten Tag an, an dem er sie wiedergefunden hatte. Seither wusste sie, dass er Zeit brauchen würde, vielleicht genauso viele Jahre, wie der Krieg ihm genommen hatte, oder noch mehr. »Es mag sein«, begann sie leise, »dass du nie wieder so wirst, wie du früher warst. Aber niemand verlangt das von dir. Am allerwenigsten ich. Ich liebe dich so, wie du bist, ganz gleich, wie viele Narben dir geblieben sind.«

Karl stand still. Mit gesenktem Kopf und hängenden Schultern, wie ein kleiner Junge, der darum kämpfte, nicht zu weinen. Nur mit dem Unterschied, dass Karl den Kampf längst gewonnen hatte. Er weinte nicht mehr. Seitdem der Krieg zu Ende war, hatte sie ihn nie wieder weinen sehen. Er konnte schreien und toben, konnte voller Verzweiflung reden oder schweigend zusammenbrechen. Aber Tränen schien er keine mehr zu haben.

Mathilda trat auf ihn zu, legte ihre Hände um seinen Nacken und streichelte die Haare an seinen Schläfen. Karl zuckte, aber er ließ es geschehen, schaute ihr ins Gesicht, während sie die silbrigen Haare zwischen den schwarzen betrachtete. Plötzlich fühlte sie die Stärke in ihrem Herzen, jene Stärke, die Karl ihr gegeben hatte. Ihre halbe Kindheit hindurch hatte er sie beschützt und gerettet. Jetzt musste sie ihn retten.

Sie schob ihre Hände auf seinen Rücken, fasste die Umarmung enger und legte ihr Gesicht an seine Wange. »Lass mich deine Ruhe sein«, flüsterte sie, »dein Alltag und dein Frieden.«

Karl sog heftig die Luft ein. Ruckartig zog er sie näher und presste sie an sich. Er sagte nichts, doch es war jener Moment, in dem sie es zum ersten Mal fühlte: ein leichtes Flattern in ihrem Bauch, wie ein winziger Fisch, der sie von innen kitzelte. Ihr Kind. Ihr winziges Fischkind, geborgen in stillem Wasser.

»Meine Ruhe und mein Frieden …« Karl flüsterte an ihr Ohr. »Das bist du, Mathilda. Das warst du schon immer.«

NACHWORT DER AUTORIN

Diese Geschichte orientiert sich einerseits an realen Personen, historischen Persönlichkeiten und tatsächlichen Ereignissen. Andererseits, und wahrscheinlich zu einem viel größeren Teil, ist sie frei erfunden. Ich werde es in meinem Nachwort sicherlich nicht schaffen, Wahrheit und Fiktion haarklein auseinanderzudröseln. Dennoch möchte ich ein paar Dinge gerne erklären und etwas über die Geschichte hinter der Geschichte erzählen.

Fangen wir mit Mathilda an. Mathilda ist meine Oma. Oder besser gesagt, für Mathilda habe ich meine Oma als »Vorlage« genommen. Sie ist es also und sie ist es nicht. Aber am besten, ich erzähle von vorne.

Ich war zwölf oder dreizehn Jahre alt, als meine Oma damit begann, ihre Lebensgeschichte aufzuschreiben. Ein oder zwei Jahre später, es war der Sommer, in dem ich 14 war, durfte ich ihr »Buch« zum ersten Mal lesen. Ihre Geschichte von einem Mädchen, das als jüngstes von zehn Geschwistern im Paderborner Land auf einem kleinen Bauernhof aufwuchs, immerzu unter der Knute einer strengen katholischen Erziehung. Nach dem frühen Tod ihrer Mutter hatte dieses Mädchen etwas Verlorenes an sich, sie war beherrscht von diversen Ängsten und litt heimlich darunter, von niemandem richtig geliebt zu werden. Spätestens mit dem Krieg kamen zahlreiche »schaurige« Erlebnisse dazu, die man einer jungen Frau wahrlich nicht wünscht.

Ich war also 14, als ich diese Geschichte zum ersten Mal las und zum ersten Mal von ihr berührt wurde. Noch im gleichen Sommer fing ich selbst an zu schreiben.

Von da an hat es satte zwanzig Jahre gedauert, ehe ich zum ersten Mal ein gedrucktes Buch von mir in den Händen hielt, zwanzig Jahre, die das Manuskript meiner Oma in einer Schublade verbracht hat. Aber nun, seitdem ich den Weg in die »Verlagswelt« gefunden hatte, fing meine Oma wieder an, von »ihrem Buch« zu reden. Immer wieder bat sie mich darum, ihre Geschichte doch zu nehmen und einen »richtigen« Roman daraus zu machen. Sie gab mir alle Manuskripte und Aufzeichnungen und schrieb immer weitere Dinge auf, an die sie sich erinnerte. Ich las ihre Geschichte also ein weiteres Mal, und nun aus der Perspektive einer erwachsenen Schriftstellerin.

Autoren und Verlage sprechen gerne von »Stoffen«, wenn sie von unfertigen Geschichten reden, und in diesem Moment wusste ich, dass ich einen guten »Stoff« in der Hand hielt. Ich mochte die ländliche Atmosphäre und die Figuren, das kleine Mädchen, das von ihren großen Schwestern herumkommandiert wurde, und die Darstellung der Geschwister, deren Eigenheiten und Konflikte verschiedene Facetten in sich trugen. Auch die Details und Erinnerungen besaßen ein spannendes Potenzial.

Nur eine wesentliche Sache fehlte der Geschichte: Ein roter Faden, der den Leser mitfiebern lässt. Für mich war bald klar, dass dieser rote Faden eine Liebesgeschichte sein soll, eine männliche Hauptfigur, die ich hinzuerfinden musste.

Mein Opa bot sich als Protagonist leider nicht an. Ich wollte die Handlung des Buches gerne im Krieg ansiedeln. Meine Großeltern haben sich jedoch erst nach dem Krieg kennengelernt, in einer Wirtschaft in Rheda, in der meine Oma damals gearbeitet hat. Falls das jetzt jemandem bekannt vorkommt – ja, ich habe auch meinen Opa in diesem Buch vorkommen lassen. Wer sich also Mathildas wahre Geschichte vorstellen möchte, der muss sich Karl wegdenken und darf sich dann ausmalen, wie es wäre, wenn sie Clemens geheiratet hätte, den praktisch veranlagten Mann, der nahezu alles bauen konnte und der bis zu seinem Lebensende immer ein paar Äpfel in der Tasche trug, die er für uns geschält hat. Ganz ungelogen: Dieser Opa war meine erste große Liebe, und ich möchte mich gerne bei ihm entschuldigen, weil ich ihm keinen größeren Platz in diesem Buch eingeräumt habe. Er hätte es sich redlich verdient.

Aber ich nehme an, das ist der Unterschied zwischen Romanen und dem wahren Leben. Das wahre Leben besitzt nur selten die Dramaturgie eines Romans. So leid es mir für meinen Opa tat, mein Buch brauchte einen männlichen Protagonisten, der meine Oma durch den Krieg begleitet.

Und damit kommen wir zu Karl: Karls Geschichte habe ich erfunden. Zusammen mit ihm hat sich aber auch Mathilda als »Figur« verändert. Das wiederum ist in Romanen genauso wie im wahren Leben: Menschen, die einander wichtig sind, verändern sich gegenseitig. Karl hat Mathilda stärker und widerstandsfähiger gemacht und sie in mancherlei Hinsicht ein gutes Stück von dem »Vorbild« meiner Oma entfernt.

Zusammen mit Karl habe ich noch eine Reihe von anderen »Dingen« erfunden, die es in der Geschichte meiner Oma nicht gab: Das Gestüt, Veronika von Steineck, die Pferde und Mathildas Reitkünste – alles das stammt allein aus meiner Feder. Nur den Konflikt zwischen Katholiken und Protestanten gab es damals in Westfalen tatsächlich.

Bevor ich mit Karls Figur weitermache, ein kleiner Abstecher zu Mathildas Schwestern: Ich selbst habe nur einen Teil meiner Großtanten kennengelernt. Größtenteils beschränkte sich das auf wenige, kurze Begegnungen, in denen ich ein kleines Kind und sie »nette Großtanten« waren, die vielleicht ein paar Süßigkeiten mitgebracht haben. In jedem Fall kann ich nicht sagen, dass ich sie tatsächlich gekannt hätte. Für die Charaktere und das Rollengefüge zwischen den Schwestern habe ich das als Vorlage genommen, was meine Oma über sie geschrieben hat. Diese Vorlage habe ich interpretiert und teilweise umgedichtet, manchmal mit Absicht, weil ich bestimmte Konflikte und Konstellationen brauchte, und oft einfach dadurch, dass mein Bild von den Figuren von den tatsächlichen Vorbildern abweicht.

Also, an dieser Stelle ein kurzes Wort an meine Verwandten: Falls ihr eure Mütter, Großmütter und Tanten in diesem Buch nicht so ganz wiedererkennt – dann seid bitte nicht böse auf mich. Ich habe mir bei jeder Figur Mühe gegeben, verschiedene Facetten zu zeigen, sowohl Positives als auch Negatives. Denn nur so wirken die Figuren in einem Buch lebendig. Zudem werden hier alle Schwestern aus dem Blickwinkel der »kleinen Schwester« betrachtet. Und jeder, der Geschwister hat, kann sicher nachvollziehen, wie die Konflikte zwischen Geschwistern manchmal ablaufen. Falls ihr in dem ein oder anderen Punkt unzufrieden sein solltet, hoffe ich dennoch, dass ihr euch mit meiner Darstellung arrangieren könnt.

Nun aber wieder zurück zu Karl. Schon seit einigen Jahren beschäftige ich mich mit der Geschichte der Roma und Sinti, die über so viele Jahrhunderte, nein eigentlich über ihre ganze Existenz hinweg, verfolgt wurden. Selbst bis heute hat sich daran kaum etwas geändert, und wenn man die Nachrichten liest, könnte man oft meinen, viele Menschen hätten vergessen, was den Roma und Sinti im Dritten Reich angetan wurde. Erst in den achtziger Jahren wurde der NS-Völkermord an dieser Minderheit von der deutschen Regierung offiziell anerkannt, und bis heute soll es unter den sesshaften Roma und Sinti eine hohe »Dunkelziffer« geben, die ihre Ethnie geheim halten, aus Angst vor Repressalien und Benachteiligung. Ein Großteil dieser Angst geht auf die Verfolgung im Dritten Reich zurück. Dabei wurden nicht ausschließlich »vollblütige Zigeuner« verfolgt, die aufgrund ihrer »fahrenden Lebensweise« leicht zu identifizieren waren – es sollten auch diejenigen »vernichtet« werden, die schon seit Generationen sesshaft waren und sich mit der Mehrheitsbevölkerung »vermischt« hatten. Mit Hilfe der »Stammbaumforschung« wollten die Nazis auch die sogenannten »Halb- und Viertelzigeuner« ausfindig machen, die sie als »besondere Bedrohung des deutschen Blutes« ansahen.

Schon seit den ersten Entwürfen zu diesem Buch war mir klar, dass Karls Großmutter eine Sinteza sein sollte, weshalb er sich als »Viertel-Zigeuner« vor den Nazis versteckt.

Tatsächlich war es in der Planung dieses Buches eine der größten Herausforderungen, Karl vor den Nazis zu verstecken. Je mehr ich über die Bürokratie und das Verfolgungsnetz des Dritten Reiches las, desto klarer wurde mir, dass es kaum möglich ist, einen »Zigeunermischling« vor dem Regime zu verstecken. Die Nazis waren sehr geschickt darin, zuerst das Überwachungsnetz zu schnüren und dann erst ihre Verfolgungsabsicht erkennen zu lassen. Wenn man die Verfolgung bemerkte und fliehen wollte, war es in den meisten Fällen längst zu spät.

In meinem Buch konnte ich das Problem nur dadurch lösen, Karls Familie die Verfolgung schon sehr früh spüren zu lassen, also direkt mit Beginn der Naziherrschaft 1933.

Das Fälschen von Papieren hingegen scheint eine realistische Möglichkeit gewesen zu sein, wenn auch eine sehr riskante. Zumindest sind zahlreiche Fälle von überlebenden Juden belegt, die auf diese Weise entkommen konnten. In diesem Zusammenhang stieß ich auf das Buch »Hitlers jüdische Soldaten« von Bryan M. Rigg. Darin hat der deutschstämmige US-amerikanische Historiker die Erfahrungsberichte von »jüdischen Mischlingen« gesammelt, die sich bis zum Kriegsende erfolgreich in der Wehrmacht verstecken konnten, während ihre Familien im KZ ermordet wurden. Laut Riggs Forschung sollen es Tausende gewesen sein, die in der Tarnung als »Hitlers Soldaten« überlebten. Teilweise gelang ihnen dies mit falschen Papieren, oft aber auch durch die Hilfe ihrer Vorgesetzten, die stillschweigend den Befehl ignorierten, die »Mischlinge« aus der Wehrmacht zu entlassen.

Ob es auch »Zigeunermischlinge« gab, die sich in der Wehrmacht versteckt hielten, konnte ich trotz umfangreicher Recherche nicht eindeutig herausfinden. Sicher ist nur, dass etliche »Zigeuner und Zigeunermischlinge« aus der Wehrmacht »entfernt« wurden und noch mit ihren Uniformen ins KZ eingeliefert wurden. Sie hatten zuvor also etliche Jahre in der Wehrmacht gedient. Daher vermute ich, dass ein Szenario, wie ich es in meinem Roman schildere, analog zu der Geschichte der »jüdischen Soldaten« durchaus möglich war.

Karl sollte sich also in der Wehrmacht verstecken. Mit Riggs Buch stand diese Idee für mich fest und stellte mich vor die größte Herausforderung meines bisherigen Schriftstellerlebens: Wie schafft es eine 36-jährige Autorin, die noch nie ein Gewehr in der Hand hatte und vom Militär nicht den blassesten Schimmer besitzt, die Geschichte eines

575

Wehrmachtsoldaten zu erzählen? Diese Frage brachte mich anfangs mächtig ins Schwitzen.

Es war der Zufall, der mir half. Manchmal, wenn ich recherchiere und eine Geschichte entwickle, fügen sich die Dinge so »magisch« zusammen, als wären sie schon immer füreinander bestimmt gewesen. Genauso war es auch, als ich mich gefragt habe, in welchem Teil der Wehrmacht mein Protagonist eigentlich »dienen« könnte.

Eines der ersten Bilder, die mir zu dem Buch in den Kopf kamen, war das von den Geisterpferden auf den morgendlichen Nebelwiesen. Alle Toten, die im Krieg gestorben sind, sollten zu Mathilda zurückkehren. Aber Pferde? Wie war das mit Pferden im zweiten Weltkrieg? War es nicht eher ein »moderner« Krieg, in dem man auf technischen Fortschritt gesetzt hat? Ich fing an, über die Kavallerie zu recherchieren und fand heraus, dass die berittenen Truppen sehr wohl eine wichtige Rolle gespielt haben. Insbesondere auf den morastigen Wegen und in der undurchdringlichen Landschaft Russlands waren Pferde den Maschinen weit überlegen. Ich recherchierte also weiter und stieß dabei auf Georg und Philipp von Boeselager, die am Widerstand in der Wehrmacht beteiligt waren und zu den Verschwörern des Stauffenberg-Attentates gehörten. So erfuhr ich auch von der unglaublichen Geschichte der 1200 Reiter, die unter der Führung der Boeselager-Brüder dafür vorgesehen waren, in Berlin den Staatsstreich abzusichern, und die unbemerkt von der Front wegreiten und nach dem gescheiterten Attentat wieder dorthin zurückkehren konnten. Nach dem Attentat vom 20. Juli 1944 wurden die meisten der Verschwörer enttarnt und exekutiert. Die Beteiligung der Boeselager-Brüder und ihrer Kavalleriebrigade wurde durch die Nazis jedoch nie aufgedeckt.

Spätestens nach diesem Stand meiner Recherchen war für mich klar, dass Karl zu den 1200 »Boeselagerschen Reitern« gehören sollte. Und hier kommt einer der Punkte, die sich magisch zusammenfügten: Die »Heimatkaserne« der Boeselagers befand sich in Schloss Neuhaus, in der Nähe von Paderborn. Also genau dort, wo ein junger Mann aus dem Paderborner Land seine Kavallerielaufbahn begonnen hätte.

Ich musste in meiner Recherche also nur den Pfaden der beiden Widerstandskämpfer folgen, um Karls Geschichte zu entwerfen und herauszufinden, welche Wege er während des Krieges gegangen ist, woran er beteiligt war und welche Ansichten innerhalb der Truppe herrschten. Zum Glück gibt es einiges an Literatur, in der ich fündig wurde. Insgesamt hat die Recherche für dieses Buch ein gutes Jahr gedauert. Die Hälfte dieser Zeit habe ich mich mit dem Widerstand in der Wehrmacht beschäftigt, mit Biografien über Georg und Philipp von Boeselager, Büchern über die Kavallerie und nicht zuletzt mit westfälischer »Divisionsliteratur«. Anhand Letzterer konnte ich die Einsätze und Truppenbewegungen der »Aufklärungsabteilung 6« und später der »Boeselagerschen Reiter« erstaunlich kleinteilig nachverfolgen. Darin fanden sich Auszüge aus Kriegstagebüchern, genaue Landschaftsbeschreibungen und Kampfabläufe, Grundlagenwissen über Aufklärungseinsätze und die Arbeit im Spähtrupp bis hin zu Problematiken beim Kampfeinsatz und in der »Erkennung von Partisanen«.

Auf diese Weise konnte ich tiefer in die Kriegsabläufe eintauchen, als ich es je für möglich gehalten hätte. Für mein Buch konnte ich wichtige Informationen daraus übernehmen. So bewegt sich Karl ausschließlich an Originalschauplätzen, alle Namen von Orten, alle Truppenbewegungen, Einsatzbefehle und Aufstellungen bis hin zu genauen Daten und Zeiten entsprechen dem, was ich in den Quellen darüber gelesen habe.

Auch die Biografien über die beiden Boeselager-Brüder waren sehr aufschlussreich. Hierdurch bekam ich Einblick in die Sichtweise von Wehrmachtsoffizieren, in damalige Analysen der Kriegslage und zu den Motivationen, die sie zum Widerstand gebracht haben. Insbesondere die Persönlichkeiten der beiden wurden sehr plastisch dargestellt, bis ich irgendwann das Gefühl hatte, sie gut zu kennen. Genauso wie Karl stammten die beiden aus einer Gutsherrenfamilie und damit aus demselben Bildungsmilieu. Die Einstellung den Nazis gegenüber war von Anfang an kritisch, bis hin zu entfernten Familienangehörigen, die durch das Naziregime politisch verfolgt wurden. Tatsächlich konnte ich einiges als Vorbild für Karls Charakter nehmen, zum Beispiel den Stolz, das Verantwortungsbewusstsein, die Loyalität gegenüber Kameraden, aber auch eine grundlegende Menschlichkeit und den Mut, diese Menschlichkeit gegenüber dem Naziregime zu verteidigen, bis in die letzte Konsequenz, Hitler zu töten und dabei das eigene Leben aufs Spiel zu setzen.

In den hohen Offizierskreisen, die den Widerstand begründeten, zeigt sich jedoch auch eine Ambivalenz, die uns heute befremdlich vorkommt: Einerseits wollten sie Hitler stoppen, um den Völkermord an den Juden und »Zigeunern« zu beenden und empfanden tiefen Schrecken angesichts dieser Grausamkeit, andererseits waren sie gute Offiziere, die zu jeder Zeit und mit vollem Einsatz für die deutsche Seite gekämpft haben.

Bereits ab 1943 sahen die Offiziere des Widerstandes den Ostfeldzug jedoch als gescheitert an. Die geschwächte Wehrmacht war dem großen »Raum«, den sie abdecken mussten, nicht mehr gewachsen und die Partisanen, die sich »im Rücken« der Wehrmacht zusammengefunden hatten, wurden zu einer ernsten Bedrohung. Die Beteiligten des Widerstandes hielten eine Kapitulation für die einzige vernünftige Alternative. Alles was danach von Hitler befohlen wurde, sahen sie als Verbrechen an den eigenen Soldaten, die in einen aussichtslosen Kampf getrieben wurden. Neben den Völkermorden, die im Hinterland hinter der Front zumeist von der SS vorgenommen wurden, war dies also eine zweite Motivation für den Widerstand in der Wehrmacht.

Die Attentatspläne, die Georg und Philipp von Boeselager in meinem Roman darlegen und an denen Karl sich laut meiner Geschichte beteiligen soll, entsprechen haargenau den echten Plänen. Dieses Attentat sollte im März 1943 tatsächlich stattfinden und wurde aus den im Buch angegebenen Gründen im letzten Moment abgesagt. An dieser Stelle sollte ich erwähnen, dass auch Wilhelm König eine reale Persönlichkeit ist, die ganz am Rand in den Widerstand verwickelt war. König war einer der wenigen Offiziere, die von den Boeselager-Brüdern in die Attentatspläne eingeweiht wurden und der als Führungsoffizier mit der

»1. Schwadron« tatsächlich auf dem Gelände die Außensicherung durchführen sollte. Auch später bei dem Attentat vom 20. Juli 1944 und dem Gewaltmarsch der 1200 Reiter war Wilhelm König einer der beiden Offiziere, die von den Plänen zum Staatsstreich wussten. Alle einfachen Reiter und die restlichen Offiziere hatten über diese Pläne keine Kenntnis. Georg und Philipp von Boeselager gingen aber davon aus, dass die Männer dem Kommando ihrer Führungsoffiziere in den Staatsstreich folgen würden.

Auch der echte Wilhelm König hat seine Kavallerielaufbahn in Schloss Neuhaus begonnen und war seither mit den Boeselager-Brüdern befreundet. Alles, was ich über ihn schreibe, bis hin zu seinem Tod und der vorherigen Verlobung, entstammt ebenfalls den tatsächlichen Begebenheiten. Selbst ein Teil seiner letzten Worten, die er an Karl richtet, waren in Wirklichkeit die letzten Worte an Philipp von Boeselager, der ihn auf dem Krankenbett kurz vor seinem Tod besucht hat.

Nur die Begegnung mit Mathilda und natürlich die genauen Dialoge und Wilhelms Freundschaft zu Karl habe ich ihm angedichtet. Alles in allem war Wilhelm König ebenfalls ein Vorbild, das ich genutzt habe, um Karls Laufbahn zu entwerfen. Zum Beispiel ist ihm das seltene »Kunststück« gelungen, über all die Kriegsjahre nicht verwundet zu werden. Man könnte also sagen, dass ich Karl an der Seite dieser realen Figur angelegt habe, bis hin zu dem Tag, an dem beide zum ersten Mal verwundet werden.

Auch die Militärlaufbahn Georg von Boeselagers habe ich so wiedergegeben, wie sie tatsächlich war. Wenn er im Buch in eine andere Stellung versetzt wurde oder plötzlich eine andere Rangbezeichnung trägt, dann war das wirklich so. Bis hin zu den Umständen, unter denen er 1944 gefallen ist. Auch hier ist es wieder das persönliche Verhältnis zu Karl, das ich hinzuerfunden habe. Die beiden sind sich aus vorgenannten Gründen durchaus ähnlich, und ich denke, dass sie sich gut verstanden hätten. Wenn Karl zum Beispiel seine »gewagte Analyse« über die Kriegslage ausspricht und Boeselager ihm sagt, dass er seine Auffassung zu 100 % teilt, dann kann ich das wohl ungelogen so behaupten, weil es in Wirklichkeit Boeselagers Auffassung war.

Ob es tatsächlich einen »Zigeunermischling« oder »jüdischen Mischling« unter Boeselagers Reitern gab, konnte ich leider nicht feststellen. Wenn es so wäre, hätte das sicher in keinem meiner Recherchebücher gestanden. Aber nach allem, was ich über Boeselagers politische Einstellung und die Loyalität zu seinen Soldaten herausfinden konnte, wäre er wohl einer von jenen Vorgesetzten gewesen, die ihren Untergebenen so weit wie möglich gedeckt hätten.

Der echte Philipp von Boeselager ist einer der wenigen Offiziere des Widerstandes, der von den Nazis nie enttarnt wurde und den Krieg obendrein überlebt hat. Bis zu seinem Tod 2008 hat er zahlreiche Interviews gegeben sowie eine Reihe von Büchern und Beiträge über den Widerstand verfasst, darunter auch die gemeinsame Biografie über ihn und seinen Bruder Georg. Vieles, was ich in diesem Buch verwerten konnte, insbesondere die Charakterisierungen von seinem Bruder Georg und seinem Freund Wilhelm König, stammen aus seiner Feder.

Alle weiteren Soldaten, die im Buch vorkommen, beispielsweise Ludwig Palm oder Oscar Rabe, sind frei erfunden und folgen auch keinem realen Vorbild. Sollten sich bei ihnen dennoch Namensähnlichkeiten zu echten Personen zeigen, dann sind diese rein zufällig. Das Gleiche gilt für den dubiosen »Mann mit der Narbe«, dessen Namen und Funktion man nie erfährt. Mehr als das, was ich im Buch erzähle, gibt es über ihn nicht zu wissen. Ich sehe ihn als Symbol für die universelle Bedrohung durch das Naziregime, die immer und überall aus einer unerwarteten Ecke zuschlagen konnte.

Neben allem, was ich bis jetzt erläutert habe und was sich in der Recherche sowie beim Schreiben so schön »zusammengefügt« hat, gibt es eine Sache, die mir durchaus Kopfschmerzen bereitet hat. Es ist eine heikle Angelegenheit, als deutsche Autorin ein Buch aus der Perspektive eines deutschen Wehrmachtsoldaten zu schreiben.

Auch wenn Karl selbst zu den Verfolgten gehört, bewegt er sich innerhalb einer Truppe, die für Hitler kämpft, und ich habe in mancher

Hinsicht versucht, die damalige Perspektive eines Wehrmachtsoldaten in meinem Buch nachzuerzählen. Das ist eine heikle Sache, bei der man genau aufpassen muss, was man schreibt und wie es verstanden wird. Denn während die damaligen Soldaten oft nur sehr wenig von dem wussten, was außerhalb ihrer eigenen »Sichtweite« vor sich ging, kennen meine Leser die ganze Geschichte vom Holocaust über den Porajmos bis hin zu unzähligen Greueltaten, die teilweise auch von der Wehrmacht begangen wurden.

Verglichen mit der damaligen Perspektive ist Karl eine ungewöhnliche Figur, die erstaunlich viel weiß, erstaunlich viel durchschaut und zudem noch unwahrscheinliches Glück hat, mit all den rebellischen Gedanken so lange davonzukommen. Damit habe ich versucht, dem heutigen Leser und seinem »Wissensvorsprung« gerecht zu werden.

Nachdem ich dieses Buch jetzt zu Ende geschrieben habe, hoffe ich, dass mir dieser Spagat weitgehend gelungen ist. Für alle Leser, die vielleicht doch noch auf etwas gestoßen sind, das sie empörend oder aus heutiger Sicht »politisch unkorrekt« finden, möchte ich an dieser Stelle ganz klar sagen, dass ich beim Schreiben nicht meine persönliche Meinung wiedergebe, sondern ausschließlich aus der Perspektive meiner Figuren erzähle.

Zu allem, was ich hier nur kurz angerissen habe, gibt es noch weitere Hintergründe, die ich auf meiner Homepage veröffentliche. Dort finden sich nähere Informationen zu meinen Quellen, zu »Problemen« mit meiner Rechercheliteratur und zu weiteren Details der Geschichte wie beispielsweise dem Einsatz von Pervitin in der Wehrmacht, dessen Wirkstoff mit der Droge »Crystal Meth« identisch ist.

http://www.daniela-ohms.de/

Tja, und dann ... zu guter Letzt noch der Winterhonig. Vielleicht fragt sich jemand, was es nun eigentlich mit dem Winterhonig auf sich hat, ob dieser zum fiktiven oder zum wahren Teil der Geschichte gehört. Aber wisst Ihr was? Jetzt bin ich gemein: Diese Frage dürft Ihr mir noch mal stellen, wenn wir bei einem Glas »Lebkuchenmilch« oder einer Tasse Schwarztee mit »Winterhonig« zusammensitzen, zum Beispiel auf einer Lesung oder dergleichen.

In jedem Fall findet Ihr nach der Danksagung ein Rezept für meinen »Winterhonig« und dazu noch ein paar Spezialitäten, für die man ihn verwenden kann.

Für alle, die das ausprobieren möchten: Ich wünsche guten Appetit!

Daniela Ohms

Berlin, den 14. Dezember 2015

DANKSAGUNG

Im Ausgleich für das lange Nachwort halte ich die Danksagung ein bisschen kürzer:

Zuallererst danke ich natürlich meiner Oma – dafür, dass sie mir ihre Geschichte nicht nur anvertraut hat, sondern mir auch die Erlaubnis gab, sie zu verändern. Das waren zwei ganz besondere Jahre mit Dir und Mathilda, die ich nicht mehr missen möchte. Diese endgültige Fassung weicht jetzt ein kleines bisschen von der Testfassung ab, die Du gelesen hast, und ich hoffe sehr, dass die Druckerei sich ein bisschen beeilt, damit ich Dir zu Deinem 92. Geburtstag ein druckfrisches Belegexemplar überreichen kann.

Des Weiteren danke ich meiner Lektorin Martina Wielenberg, die von Anfang an an diese Geschichte geglaubt und dafür gesorgt hat, dass meinem Buch im Knaur-Verlag ein schöner »Platz« eingeräumt wird. Genauso danke ich meiner Agentin Anja Koescling, die das Buch mit auf seinen Weg gebracht hat – und nein, ich werde mich nicht für die »latenten Schlafstörungen« entschuldigen, die Dir die Lektüre des Buches eingebracht hat. Das war beabsichtigt.

Ein weiterer Dank gebührt Zhenja Oks für die Russisch-Übersetzungen. An dieser Stelle dann doch eine Entschuldigung für die Eile, die dabei am Ende ausgebrochen ist.

Ebenfalls eine Entschuldigung geht an meine Freunde, die mich in diesem Jahr beschämend selten bis gar nicht zu Gesicht bekommen haben. Nach einem ganzen Jahr Recherche war die Zeit zum Schreiben verdammt knapp. Ich lüge wohl nicht, wenn ich sage, dass mir das etliche graue Härchen beschert hat, und ich hoffe, wir sehen uns im nächsten Jahr wieder häufiger.

Virtuelle Gesellschaft und das wohl lustigste, nachdenklichste, informativste und vor allem »liebevollste« Schriftsteller-Großraumbüro habe ich dagegen im Facebook-Stammtisch meiner DeLiA-Kolleginnen und Kollegen gefunden (DeLiA = Vereinigung deutscher Liebesromanautor/innen). Ihr seid die besten Ratgeber, die man sich wünschen kann, und mit Eurem Schriftsteller-Schwarm-Wissen manchmal unersetzlich.

Last but not least gebührt mein größter Dank wie immer meiner Familie, meinem Mann und meinen beiden Töchtern, die es aushalten mussten, dass ich oftmals nur »halb anwesend« war, während die andere Hälfte von mir gerade den 2. Weltkrieg nacherlebte. Ich weiß nicht, ob ich Euch das versprechen kann – aber vielleicht wird die nächste Zeit ja ein bisschen ruhiger.

Wie Mathilda und Karl an dieser Stelle sagen würden: Ich liebe Euch. Für immer!

Eure Daniela

WINTERHONIG

Zutaten:
1 Glas Blütenhonig (500g)
2 TL gemahlener Zimt
1/4 TL fein geriebene Muskatnuss
1/2 TL gemahlene Nelken
1 TL gemahlener Kardamom
1 TL gemahlener Anis

Alle Gewürze in eine kleine Tasse geben und gut durchmischen.

Aus dem Honigglas ca. ein Drittel Honig entnehmen (so dass man Platz hat, um im Glas zu rühren). Dann die Gewürze in das Honigglas geben und mit einem langen Teelöffel bis zum Grund des Glases gut durchrühren. Anschließend den entnommenen Honig wieder ins Glas zurückfüllen und auch die obere Schicht vorsichtig umrühren, bis die Gewürze das ganze Glas gleichmäßig einfärben.

Fertig!

Der Winterhonig lässt sich auf verschiedene Weise genießen. Besonders gut schmeckt er in einem Glas mit heißer Milch oder als »Zuckerersatz« im schwarzen Tee. In diesem Fall empfehle ich einen guten Schuss Milch dazu und schon erinnert das Getränk an indischen Chai.

Ebenfalls besonders lecker: Den Winterhonig in Naturjoghurt einrühren und frische Erdbeeren hineinschneiden.

Aber zu guter Letzt noch mein Lieblingsrezept:

BRATÄPFEL MIT WINTERHONIG

Von einer beliebigen Anzahl an Äpfeln (säuerliche Sorte, z.B. Boskop oder Elstar) das Kerngehäuse ausstechen und in einer passend großen Auflaufform bereitstellen.

Dann Schmand mit Winterhonig, zerbröseltem Lebkuchen, Rosinen und gehackten Nüssen zu einer Füllung verrühren. Auf die Menge kommt es nicht so sehr an, lieber zu großzügig als zu wenig. Bei den Zutaten kann je nach Geschmack variiert werden.

Die Füllung in die ausgestochenen Äpfel füllen. Restliche Füllung rund um die Äpfel in der Auflaufschale verteilen und Sahne darübergießen. Auf jeden Apfel ein Flöckchen Butter setzen.

In den vorgeheizten Backofen schieben und braten, bis die Haut der Äpfel aufplatzt und sie anfangen zu zerfallen.

Ihre Gäste werden sie garantiert nach dem Rezept fragen. Wenn Sie den Drang haben, in dem Zug das Buch zu erwähnen, dürfen Sie das gerne tun ;-)

Guten Appetit!

*Drama, Intrigen und große Gefühle
in einem britischen Herrenhaus*

AMY FORSTER

Der Himmel über Berkeley Park

ROMAN

Auf dem britischen Landsitz Berkeley Park begegnen sich zwei Frauen, wie sie unterschiedlicher nicht sein könnten: das englische Dienstmädchen Ella, immer darauf bedacht, beherrscht und korrekt zu bleiben, und die deutsche Adlige Auguste, die mit ihren Eskapaden das altehrwürdige Haus auf den Kopf stellt. Beide Frauen kämpfen in einer Zeit, in der Europa auf den Ersten Weltkrieg zusteuert, auf unterschiedliche Arten um ihr Glück.
Doch eine Gemeinsamkeit wird die zwei für immer verbinden: die Liebe zu Augustes Ehemann Rhys.

*»Ich will dir erzählen, wie es im Ghetto war, Danny.
Bevor ich sterbe. Ich will dir die Wahrheit erzählen –
dir und meinem Herzen.«*

EVA WEAVER
Jakobs Mantel

ROMAN

New York 2009. Eines Tages, während eines Spaziergangs mit seinem Enkel, glaubt der alte Mika auf einem Plakat den Mantel seines Großvaters Jakob zu sehen. Mit dem Mantel kehrt die Erinnerung an seine Kindheit zurück, an die lange verdrängten Schrecken des Warschauer Ghettos und an seine Rettung.